Nora Roberts
Mondblüte

Nora Roberts

Mondblüte

Roman

Deutsch von Uta Hege

blanvalet

Die Originalausgabe erschien 2020
unter dem Titel »The Awakening« bei St. Martin's Press, an imprint of
St. Martin's Publishing Group, New York.

Penguin Random House Verlagsgruppe FSC® N001967

1. Auflage
Copyright © der Originalausgabe 2020 by Nora Roberts
Published by arrangement with Eleanor Wilder
Dieses Werk wurde vermittelt durch die Literarische Agentur
Thomas Schlück GmbH, 30161 Hannover
Copyright © 2021 der deutschsprachigen Ausgabe
by Blanvalet Verlag, in der Penguin Random House Verlagsgruppe GmbH,
Neumarkter Str. 28, 81673 München
Redaktion: René Stein
Umschlaggestaltung und -motiv: © Johannes Wiebel | punchdesign,
unter Verwendung von Motiven von Shutterstock.com
(BLESKY; visual-journey; Jason Wilde)
Satz: Uhl + Massopust, Aalen
Druck und Bindung: GGP Media GmbH, Pößneck
LH · Herstellung: sam
Printed in Germany
ISBN: 978-3-7341-1048-1

www.blanvalet.de

Meinem aufgeweckten Jungen Colt,
der unserem Leben
zusätzliches Licht und Liebe schenkt.

Teil 1

VERÄNDERUNGEN

Eine Lüge, die halb wahr ist,
ist die schwärzeste von allen.

ALFRED, LORD TENNYSON

Denk nicht, ich sei das Ding noch,
das ich war.

WILLIAM SHAKESPEARE

Prolog

Tal der Fey

Feine Nebelfäden stiegen silbrig schimmernd aus dem grünen Wasser in den ruhigen grauen Himmel auf, während im Osten schon das erste zarte Morgenrot mit angehaltenem Atem darauf wartete, hinter den Hügeln aufzusteigen und die Welt mit seinem warmen Glanz zu überziehen.

Keegan O'Broin stand in der kühlen Dämmerung am Ufer des Gewässers und verfolgte reglos, wie der Tag anbrach. Ein Tag des Wechsels und der Wahl, der Hoffnung und der Macht.

Ebenfalls mit angehaltenem Atem wartete er darauf, seine Pflicht zu tun, und hoffte, spätestens am Mittag wieder auf dem Hof zu sein. Natürlich warteten dort jede Menge Arbeit und das nächste Training, aber dort war er nun mal zu Hause, und dort fühlte er sich wohl.

Als das Signal ertönte, zog er seine Tunika und seine Stiefel aus. Sein Bruder Harken und an die sechshundert anderer junger (und auch nicht mehr ganz so junger) Leute aus verschiedenen Ecken ihres Landes taten es ihm gleich.

Sie kamen aus dem Süden von Talamh, wo die Frommen ihre geheimen Gebete sprachen, aus dem Norden, wo das Meer der Stürme tobte und der Schutz der Küste in den Händen ihrer besten Krieger lag, aus dem Osten mit der Hauptstadt und hier aus dem Tal im Westen, wo seine Heimat war.

Ihr Anführer war tot. Er hatte sich geopfert, um die Welt zu retten, und wie es geschrieben stand, berichtet und gesungen würde, würde hier an diesem Ort, an diesem Tag, auf diese ganz besondere Art ein neuer Anführer bestimmt.

Natürlich würde Harken niemals Taoiseach werden wollen. Zwar machte es den Zwölfjährigen stolz, dass er als Jüngster zu dem Wettstreit zugelassen war, aber er war mit Leib und Seele Bauer, und im Grunde waren dieser Tag, die vielen Leute und der Kopfsprung in den See für ihn einfach ein großer Spaß.

Und Keegan selber würde heute ein Versprechen halten, das er einem Sterbenden gegeben hatte, einem Mann, für den er wie ein Sohn gewesen war, nachdem die Götter seinen eigenen Vater heimgerufen hatten, einem Mann, dem Talamh seinen Sieg über die Macht, die sie hätte versklaven wollen, zu verdanken hatte, auch wenn er in diesem Kampf gefallen war.

Er hatte sicher nicht den Wunsch, das Schwert des Taoiseach aus dem See zu holen, doch er hatte diesem Mann sein Wort gegeben, also würde er sich so wie all die anderen Jungen, Mädchen, Männer und Frauen in die Fluten stürzen.

»Na los, Keegan!« Der junge Harken grinste und ließ seine rabenschwarzen Haare in der Frühlingsbrise wehen. »Das wird sicher lustig, und wenn ich der neue Taoiseach werde, lege ich als Erstes fest, dass eine Woche lang im ganzen Land geschlemmt, getanzt und wild gefeiert wird.«

»Und wer wird dann die Schafe hüten und die Kühe melken?«

»Wenn ich Taoiseach werde, mache ich das einfach selbst. Ich trauere auch um ihn«, erklärte Harken und schlang einen Arm um Keegans Schultern, weil er wusste, dass der Tod des letzten Anführers ihm wirklich naheging. »Er war ein Held und wird für immer unvergessen sein, aber wir haben diese Schlacht gewonnen, und heute wird ein neuer Anführer bestimmt. Genauso würde er es haben wollen, und genauso muss es sein.« Er blickte sich mit himmelblauen Augen in der Menschenmenge um. »Wir ehren dadurch ihn, alle, die vor ihm kamen, und jeden, der noch kommen wird.« Entschlossen rammte er seinem Bruder einen Ellenbogen in die Seite und verlangte: »Also hör gefälligst auf zu grübeln. Schließlich wird bestimmt nicht einer von uns beiden mit Cosantoir in den Händen wieder an die Oberfläche kommen. Wahrscheinlich wird es Cara, weil sie besser schwimmt als eine Nixe, oder Cullen, denn der hat schließlich wochenlang geübt, unter Wasser die Luft anzuhalten.«

»Das passt zu ihm«, murmelte Keegan schlecht gelaunt, denn Cullen war zwar ein hervorragender Krieger, doch das Zeug zum Clanchef hätte er ganz sicher nicht. Statt nachzudenken, stürzte er sich lieber blindlings in die Schlacht.

Keegan war mit seinen vierzehn Jahren ebenfalls Soldat. Er hatte Blut vergossen, und er kannte das damit einhergehende Gefühl der Macht, doch ihm war klar, dass Nachdenken genauso wichtig wie das Schwert, der Speer und der geschickte Umgang damit war.

Vielleicht war es sogar noch wichtiger. Das hatten ihm sein Vater und der Mann, der ihn wie einen Sohn behandelt hatte, beigebracht.

Als er mit Harken und so vielen anderen, die aufgeregt wie Elstern plapperten, am Ufer stand, bemerkte er, dass seine Mutter Tarryn sich durch das Gedränge schob.

Er wünschte sich, sie würde heute tauchen, denn er kannte niemanden, der sich so gut wie sie darauf verstand, einen Streit zu schlichten, und in der Lage war, ein Dutzend Dinge gleichzeitig zu tun. Harken hatte ihre Freundlichkeit geerbt, ihre Schwester Aisling ihre Schönheit, und er selbst hoffte, dass er selbst zumindest einen Teil der Klugheit mitbekommen hatte, die sie ein ums andere Mal bewies.

Tarryn blieb bei Aisling stehen − die statt mit ihren Brüdern, die sie momentan verachtete, mit ihren Freundinnen zusammenstand. Sie legte eine Hand unter ihr Kinn, küsste ihr die Wangen, sagte irgendwas, worüber ihre Tochter lächelte, und wandte sich dann ihren Söhnen zu.

»Ein Grinsen und ein Stirnrunzeln«, bemerkte sie, zerzauste Harken sanft das dunkle Haar und zupfte spielerisch an Keegans langem Kriegerzopf, der über seine linke Schulter fiel. »Vergesst nicht die Bedeutung dieses Tags. Er soll uns einen und uns sagen, wer und was wir sind. Was ihr hier tut, haben andere schon vor über tausend Jahren getan. Und die Namen aller, die das Schwert gefunden haben, standen bereits fest, bevor sie auf die Welt gekommen sind.«

»Wenn das Schicksal schon bestimmt hat, wer der neue Clanchef werden soll, können wir uns den ganzen Aufwand doch auch sparen. Dann müsstest du als jemand, der in die Vergangenheit und Zukunft blickt, doch wissen, wer der neue Taoiseach werden wird«, beschwerte Keegan sich.

»Das kann ich nicht, weil sich der neue Taoiseach selbst

dafür entscheiden muss, das Amt zu übernehmen.« Wie vorher Harken legte sie den Arm um Keegans Schultern und sah aus genauso leuchtend blauen Augen wie ihr Jüngster durch den Nebelschleier auf den See.

»Ihr habt euch dafür entschieden, in den See zu springen oder nicht? Und wer das Schwert entdeckt, muss sich dafür entscheiden, es auch zu ergreifen«, klärte Tarryn ihre Söhne auf.

»Es wäre doch bestimmt niemand so dumm, das nicht zu wollen«, wunderte sich Harken. »Schließlich würde jeder Taoiseach werden wollen.«

»Ein Clanchef wird geehrt, trägt aber gleichzeitig auch die Last von uns allen auf seinen Schultern. Und da er bereit sein muss, die Last zu tragen, sollte er sich überlegen, ob er tatsächlich das Schwert ergreifen will. Und jetzt seid still, denn da kommt Mairghread«, mahnte sie und gab den beiden Jungen jeweils einen mütterlichen Kuss.

Mairghread O'Ceallaigh, früher einmal selbst Taoiseach und die Mutter ihres letzten, allzu jung verstorbenen Clanchefs, hatte ihre schwarze Trauerkleidung abgelegt und trug ein schlichtes weißes Kleid und einen Anhänger mit einem Stein, der rot wie ihre Haare war.

Stein und Haare sahen aus, als würden sie in Flammen stehen und die dünne Nebelwand verbrennen, die sie durchschritt. Sie trug ihr Haar so kurz wie eine von den Feen, die in ihrem Gefolge an den See geströmt gekommen waren. Die Menge teilte sich, und ehrfürchtige Stille breitete sich aus.

Keegan kannte sie als Marg, die Frau, die in dem kleinen Haus im Wald nicht weit von ihrem Hof zu Hause war. Die Frau, die einem Jungen, wenn er Hunger hatte,

Honigkuchen schenkte und ihn mit Geschichten unterhielt. Eine mächtige und couragierte Frau, die für Talamh
gekämpft und einen hohen Preis dafür entrichtet hatte,
dass der Kampf gewonnen worden war.

Er hatte sie im Arm gehalten, als sie Tränen um den
Sohn vergossen hatte, denn er hatte Wort gehalten und ihr
selbst die Todesnachricht überbracht. Obwohl sie schon
gewusst hatte, dass er nicht mehr am Leben war.

Er hatte sie im Arm gehalten, bis die Frauen gekommen waren, um ihr beizustehen. Und dann, obwohl er
ein Soldat und Mann war, hatte er sich tiefer in den Wald
begeben und dort selbst um diesen ganz besonderen Mann
geweint.

Jetzt aber sah sie wieder stark und prachtvoll aus und
rief in ihm dieselbe Ehrfurcht wie in allen anderen wach.

Sie trug den Stab, das uralte Symbol der Herrschaft, dessen rabenschwarzes Holz im Licht der Sonne glänzte, die
inzwischen stärker als der Nebel war.

Die Schnitzereien schienen zu pulsieren, und im
Inneren des Drachenherzensteins an der Spitze wirbelte
die ganz besondere Macht, die ihm verliehen war.

Und als sie sprach, verstummte selbst der Wind.

»Mit Blut und unter großen Opfern haben wir den
Frieden wiederhergestellt. Wir haben unsere und dadurch
auch alle anderen Welten immer schon beschützt. Wir
haben uns entschieden, so zu leben, wie wir leben. Von den
Dingen, die das Land, das Meer, die Fey uns geben, und
all diese Dinge gleichzeitig zu ehren. Wir haben wieder
Frieden, und wir werden dieses Land wieder erblühen lassen, bis die nächste Zeit des Blutvergießens und der Opfer
kommt. Heute wird, wie es geschrieben steht, berichtet

und gesungen wird, ein neuer Clanchef aus den Fluten steigen, und wir alle werden Talamh und dem Taoiseach, der das Schwert im See der Wahrheit findet und den Stab des Rechts von mir entgegennimmt, die Treue schwören.«

Sie warf den Kopf zurück und sah zum Himmel auf, und Keegan war sich sicher, dass die klare, starke Stimme bis zum Meer der Stürme und noch darüber hinaus zu hören war:

»Wir wenden uns an diesem Ort zu dieser Stunde
an die Quelle unserer Macht,
auf dass der Auserwählte dieser Runde
sich entscheidet, seine Pflicht zu tun und zukünftig die Fey
*   bewacht.*
Auf dass die Hand, die gleich das Schwert ergreift, so weise
*   sei, so stark und treu,*
dass sich das ganze Land daran erfreu.«

Ein Strudel bildete sich im blassgrünen Wasser, und die letzten Nebelschwaden wogten hin und her.

»So sei es.«

Mairghread reckte den Stab, und alle liefen los. Ein paar der Jüngeren lachten oder juchzten, während sie ins Wasser sprangen, und die Leute, die am Ufer standen, feuerten sie an.

Auch Harken rannte los, doch Keegan blieb wie angewurzelt stehen. Er dachte an den Eid, den er geleistet, und an die Hand, die seine Hand während der letzten Augenblicke hier in dieser Welt umklammert hatte, aber schließlich stürzte er sich ebenfalls ins kalte Nass.

Ein paar der anderen schimpften oder lachten oder

tauchten sofort wieder zitternd an der Wasseroberfläche auf, er aber wusste, dass das völlig sinnlos wäre, und verschloss den Teil, der die Gedanken von den anderen hören konnte, um sich ganz auf sich zu konzentrieren.

Er hatte es dem Mann versprochen, an dem Wettstreit heute teilzunehmen, bis zum Grund des Sees zu tauchen und das Schwert zu ergreifen, falls er es dort fand.

Er dachte an die vielen Male, wenn er nur zum Spaß mit seinem Bruder und der Schwester in den See gesprungen war, um glatte Steine auf dem weichen Grund zu suchen, und genauso machte er es diesmal auch.

Er sah die anderen, die noch tiefer als er selbst, auf seiner Höhe oder höher tauchten, und er wusste, dass der See sie an die Oberfläche drücken würde, wenn die Luft in ihren Lungen nicht mehr reichte, denn es stand geschrieben, dass niemand zu Schaden kommen würde, der an diesem Tag ins Wasser ging.

Trotzdem war das Wasser aufgewühlt und wirbelte um ihn herum. Inzwischen waren der Grund und die besonderen, glatten Steine, die dort lagen, gut zu sehen.

Und dann sah er die Frau. Sie schwebte schwerelos dahin, weshalb er sie zunächst für eine Nixe hielt. Dabei nahmen die Meerjungfrauen gewohnheitsmäßig gar nicht an dem Wettstreit teil, denn sie beherrschten die Meere, und das reichte ihnen aus.

Dann wurde ihm bewusst, dass er nur ihr Gesicht und ihre Haare sah. Sie waren rot wie die von Marg, doch länger, und sie breiteten sich fächerförmig um sie herum aus. Und ihre Augen waren grau wie Rauch, und irgendwie kam es ihm vor, als hätte er sie schon mal irgendwo gesehen. Aber er kannte dieses Mädchen nicht. Er kannte alle jungen Frauen aus dem Tal, doch dieses Mädchen war ihm fremd.

Und gleichzeitig seltsam vertraut.

Dann konnte er sie plötzlich klar und deutlich hören wie zuvor Marg am Strand.

Er hat auch mir gehört. Doch dies ist deine Aufgabe. Das wusste er, und das weißt du.

Das Schwert sprang ihm fast von allein in die Hand. Er spürte sein Gewicht und seine Kraft und sah den hellen Glanz, den es umgab.

Natürlich hätte er es einfach fallen lassen und so tun können, als hätte er es nie gesehen. Den Göttern und Geschichten zufolge lag die Entscheidung ganz allein bei ihm.

Er hat an dich geglaubt. Das Mädchen sah ihn reglos an.

Er lockerte den Griff, denn das Gewicht, die Kraft, der Glanz, es war zu viel für ihn. Er konnte kämpfen, reiten, fliegen, aber andere in die Schlacht zu führen oder den Frieden zu wahren, das hatte er niemals gelernt.

Die herrlichen Gravuren in dem Schwert pulsierten, und der rote Stein am Griff sah aus, als würde er in Flammen stehen. Dann lockerte er seinen Griff, das Silber wurde matt, und die Flamme flackerte, als würde sie im nächsten Augenblick erlöschen wollen.

Ich soll mich frei entscheiden können?, ging es Keegan durch den Kopf. Das war ja wohl totaler Schwachsinn, denn die Ehre ließ ihm keine Wahl.

Also wies er mit der Spitze des vermaledeiten Schwertes dorthin, wo die Sonne Diamanten auf der Wasseroberfläche tanzen ließ.

Und die Erscheinung – denn inzwischen war ihm klar, dass sie nicht echt sein konnte – lächelte ihn an.

Wer bist du?, fragte er.

Das müssen wir beide noch herausfinden.

Pfeilschnell trug ihn das Schwert nach oben. Es durchschnitt das Wasser und die Luft, und als die Klinge in der Sonne blitzte, brach am Ufer lauter Jubel aus.

Dann tat er das, was die Geschichte ihm befahl. Er fiel im dichten, feuchten Gras vor Mairghread auf die Knie.

»Ich würde dir das Schwert und das, wofür es steht, mit Freuden überlassen, weil es keine würdigere Trägerin für diese Waffe gibt«, erklärte er, wie es damals auch ihr Sohn getan hatte.

»Meine Zeit ist abgelaufen«, antwortete sie und legte eine Hand auf seinen Kopf. »Und deine Zeit bricht heute an.« Entschlossen nahm sie seine Hand, verhalf ihm wieder auf die Beine, und als er sie ansah, raunte sie ihm leise zu: »Genauso habe ich es mir gewünscht.«

»Aber warum? Ich weiß nicht, wie ...«

Bevor er seinen Satz beenden würde, küsste sie ihn sanft auf die Wange und erklärte: »Du weißt viel mehr, als du denkst.« Dann übergab sie ihm den Stab. »Nimm, was ab heute dir gehört, Keegan O'Broin.«

Als er den Stab ergriff, machte sie einen Schritt zurück. »Und jetzt tu deine Pflicht.«

Bei diesen Worten wandte er sich all den anderen Gesichtern zu und schämte sich der Furcht, die er in seinem tiefsten Inneren empfand.

Keegan musste und würde seine Ängste überwinden, denn er hatte angenommen, als die Wahl des Schwerts auf ihn gefallen war. Er reckte, so wie vorher Marg, den Stab des Rechts hoch über seinen Kopf, damit die Menge das Pulsieren des Drachenherzens sah.

»Mit diesem Stab wird es Gerechtigkeit für alle hier in Talamh geben«, rief er den Menschen zu und hielt die hellglänzende Waffe in die Luft. »Und mit diesem besonderen Schwert wird ganz Talamh beschützt. Ich bin Keegan O'Broin. Ab heute werde ich mit allem, was ich bin und jemals sein werde, im Dienst der Täler, Hügel, Wälder, Gletscher und vor allem sämtlicher Bewohner dieses Landes stehen. Ich werde für das Licht stehen und für Talamh, und wenn die Götter es so wollen, gebe ich dafür mein Leben hin.«

Die Menge brach erneut in lauten Jubel aus, und über all dem Lärm erklärte Marg: »Das hast du gut gemacht, mein Junge. Ja, das hast du wirklich gut gemacht.«

So hob Talamh den jungen Taoiseach auf sein Schild und schlug dadurch ein weiteres Kapitel dieses Landes auf.

1

Philadelphia

Breen Kelly saß in einem Bus, der unter einem fürch-
terlichen Schluckauf litt, und rieb gegen den Schmerz in
Höhe ihrer Schläfe an. Sie hatte einen wirklich schlimmen Tag am Ende einer schlimmen Woche gehabt, die die
letzte eines schlimmen Monats war.

Kopf hoch, sagte sie sich. Schließlich war jetzt Freitag,
und erst am Montag musste sie wieder in die Schule gehen
und dort versuchen, Mittelstufenschüler in die Kunst des
Schreibens einzuführen.

Natürlich brächte sie den Großteil ihrer beiden freien
Tage mit dem Korrigieren von Arbeiten und mit der Vorbereitung ihrer nächsten Stunden vor, zumindest aber
stünde sie nicht vor der Klasse, wo sie den gelangweilten,
teilweise irren und mitunter hoffnungsvollen Blicken ihrer
Schülerinnen und Schüler ausgeliefert war.

Sie würde sich zwei wunderbare Tage lang nicht de-
platziert und unzulänglich wie die pubertierenden Jungen
und Mädchen fühlen, die nirgendwo so ungern wie in der
Schule waren.

Zumindest war das Unterrichten eine ehrenwerte Tätigkeit. Wichtig, lohnend und bedeutungsvoll. Zu schade,
dass sie nicht das geringste Talent für den Beruf besaß.

Der Bus hielt stotternd an der nächsten Haltestelle an, und ein paar Leute stiegen aus und andere ein.

Sie schaute sich die Leute unauffällig an. Statt aktiv am Geschehen teilzunehmen, hielt sie sich lieber abseits und beobachtete stumm ihre Umwelt.

Die Frau im grauen Hosenanzug, mit dem iPhone in der Hand und dem gequälten Blick. Bestimmt war sie alleinerziehend und fuhr jetzt von der Arbeit heim, um dort für ihre Kinder da zu sein. Wahrscheinlich hätte sie sich niemals träumen lassen, dass sie es im Leben mal so schwer haben würde, dachte Breen.

Und die zwei Jungs in knöchelhohen Turnschuhen, knielangen Shorts von Adidas und mit Stöpseln in den Ohren würden sicher irgendwelche Kumpel treffen, um mit ihnen Basketball zu spielen, sich dann eine Pizza holen und zum Abschluss noch ins Kino gehen. Sie waren in einem beneidenswerten Alter, denn für sie waren Wochenenden nur dazu da, sich zu amüsieren.

Der Mann in Schwarz, er ... sah ihr direkt ins Gesicht, und eilig wandte sie sich ab. Er kam ihr irgendwie bekannt vor. Wo zum Teufel hatte sie den Kerl schon mal gesehen? Mit seiner wirren silbergrauen Mähne sah er wie ein Collegeprofessor aus.

Doch nein, er konnte kein Professor sein. Sie musste schlucken, und ihr Herz fing an zu rasen, und wenn er zu ihr nach hinten käme, um sich neben sie zu setzen, würden sie nie wieder aussteigen und immer weiterfahren, ohne Plan und ohne Ziel in einem nicht endenden Kreislauf völliger Bedeutungslosigkeit.

Sie wusste, dass das völlig irre war, doch das war ihr egal. Eilig sprang sie auf und stürzte, während ihre Aktentasche gegen ihre Hüfte schlug, nach vorn. Sie wagte nicht, den Mann noch einmal anzusehen, aber auf dem Weg zur Tür kam sie direkt an ihm vorbei. Er machte höflich einen Schritt zur Seite, aber trotzdem stieß sie gegen seinen Arm, und ihre Knie wurden weich, und ihre Lunge stellte kurzzeitig die Arbeit ein. Jemand fragte, ob sie Hilfe bräuchte, doch sie stolperte entschlossen weiter Richtung Tür. Und hörte, wie der Fremde in Gedanken zu ihr sprach: *Komm nach Hause, Breen Siobhan. Es ist allmählich an der Zeit, dass du nach Hause kommst.*

Sie umklammerte die Haltestange, um nicht die Balance zu verlieren, als sie auf die Straße stolperte, und rannte wie von Sinnen los.

Normalerweise gab sie sich die größte Mühe, ja nicht aufzufallen und in der Masse zu verschwinden, denn sie hasste es, im Mittelpunkt zu stehen. Deshalb fand sie es entsetzlich, dass die Leute ihr mit großen Augen hinterhersahen und sich fragten, was in sie gefahren war.

Mit einem neuerlichen Stottern rumpelte der Bus an ihr vorbei. Obwohl sie laut nach Luft rang, nahm der Druck auf ihre Brust ein wenig ab, und schließlich schaffte sie es, ihr Tempo zu drosseln und wie alle anderen zu gehen.

Sie brauchte einen Augenblick, bis sie die Orientierung wiederfand.

So schlimme Angstattacken hatte sie zum letzten Mal vor ihrem ersten Tag als Lehrerin und dann noch mal vor ihrem ersten Elternabend an der Grady Middle School erlebt, nur hatte sie in beiden Fällen das Glück gehabt, dass Marco, ihr bester Freund seit Kindertagen und Mitbewohner, für sie da gewesen war.

Sie hatte einfach einen Mann in einem Bus gesehen,

sonst nichts. Was sollte daran schon gefährlich sein? Und seine Stimme hatte sie sich einfach eingebildet, denn wenn sie glaubte, dass sie die Gedanken anderer Menschen hören könnte, wäre sie schlichtweg verrückt.

Hatte ihre Mutter ihr das nicht zeit ihres Lebens eingebläut?

Und jetzt, infolge eines Augenblicks des Wahnsinns, musste sie noch über eine halbe Meile laufen. Doch an einem milden Frühlingsabend so wie diesem wäre das bestimmt nicht weiter schlimm. Vor allem, da sie zu ihrem leichten Regenmantel, einem dünnen Pulli und der Stoffhose durchaus bequeme Schuhe trug. Marco hatte morgens spöttisch seine Brauen hochgezogen, als sie ihren Regenmantel mitgenommen hatte, weil die Chance auf Regen eher gering gewesen war, aber sie hatte wie in allen Dingen auf Nummer sicher gehen wollen.

Im Grunde ging sie durchaus gern spazieren. Und hey, die zusätzlichen Schritte machten sich auf ihrem Fitnessarmband sicher gut.

Zwar geriete jetzt ihr Zeitplan etwas durcheinander, doch was machte das schon aus?

Sie war sechsundzwanzig Jahre alt, alleinstehend, es war ein wunderbarer Frühlingsfreitagabend, und sie hatte noch nichts vor. Als wäre das nicht Grund genug für eine Depression, hatte sich ihr Kopfschmerz durch die Panikattacke noch verstärkt. Sie zog einen der Reißverschlüsse ihrer Aktentasche auf, in der ein kleiner Beutel mit Tabletten lag, nahm zwei davon und spülte mit dem Wasser aus der Flasche nach, die sie immer bei sich hatte.

Am besten würde sie zuerst zum Haus ihrer Mutter gehen und dort die eingegangene Post durchsehen. Jennifer

Wilcox war die Leiterin der Medienabteilung einer gut gehenden Werbeagentur und oft beruflich unterwegs. Da sie sich aber standhaft weigerte, die Zustellungen während dieser Zeiten aussetzen zu lassen, fiel es Breen dann zu, den Briefkasten zu leeren, die Werbung in den Müll zu werfen und die Rechnungen, die Briefe und die anderen Sachen in die Ablagen zu sortieren, die auf dem Schreibtisch standen. Und da es nicht geregnet hatte, würde sie die Fenster öffnen und die Blumen gießen, dann nach einer Stunde alle Fenster wieder schließen, die Alarmanlage einschalten, die Tür absperren und mit dem nächsten Bus nach Hause fahren.

Dort angekommen, würde sie sich was zu essen machen, wie an jedem Freitag einen Salat mit Hühnchenbrust und ein Glas Wein − juhu −, um dann die ersten Arbeiten zu korrigieren. Manchmal hasste sie moderne Technik, weil die Politik der Schule vorschrieb, dass sie ihren Schülern umgehend die Noten schickte, und sie sich dann oft mit denen oder deren Eltern auseinandersetzen musste, die mit der Beurteilung nicht einverstanden waren.

Im Laufen hakte sie gedanklich die verschiedenen Posten auf der Liste ab, während die Menschen rund um sie herum auf ihrem Weg zur Happy Hour, einem frühen Abendessen oder einer anderen Tätigkeit waren, was deutlich interessanter wäre als die Tätigkeiten, die sie selber ausführte. Trotzdem war sie nur ein bisschen neidisch, denn tatsächlich hatte sie mal einen Freund gehabt, Grant, mit dem sie abends zum Essen, ins Theater, ins Kino oder sonst wohin gegangen war. Nicht zu vergessen der Sex, den sie in ihren Terminkalender hatte zwängen müssen. Auch wenn das aus ihrer Sicht kein wirkliches Problem gewesen war. Für ihn jedoch anscheinend schon, denn irgendwann hatte er nichts mehr von ihr wissen wollen.

Was ebenfalls in Ordnung war. Es war okay, denn schließlich waren sie nicht hemmungslos verliebt gewesen, auch wenn sie ihn durchaus nett gefunden hatte und der Sex mit ihm nicht schlecht gewesen war. Doch als sie ihrer Mutter hatte sagen müssen, dass sie ohne Grant zur Feier ihres sechsundvierzigsten Geburtstags kommen würde, hatte diese augenrollend festgestellt: »Ich habe es dir gleich gesagt.«

Das hatte sie getan, und trotzdem hätte Breen sie gerne angeschrien.

Du warst mit neunzehn schon verheiratet, und mich hast du mit zwanzig auf die Welt gebracht. Und nicht einmal zwölf Jahre später hast du meinem Vater solchen Druck gemacht, dass er es nicht mehr ausgehalten hat. Wer war denn schuld daran, dass er am Ende nicht nur dich, sondern auch mich verlassen hat?

Vielleicht sie selbst?, fragte sich Breen. War es womöglich ihre eigene Schuld, dass ihre Mutter sie nicht respektierte und ihr Vater einfach irgendwann verschwunden war? Obwohl er ihr versprochen hatte, immer für sie da zu sein.

Das waren uralte Geschichten, rief sie sich streng zur Ordnung. Am besten dachte sie nicht mehr darüber nach.

Sie sollte überhaupt nicht so viel grübeln, sann sie weiter und war erleichtert, dass es jetzt nur noch ein Block bis zu der hübschen, baumbestandenen Straße war, in der das ebenfalls sehr hübsche Stadthaus ihrer Mutter lag.

All die schönen roten Backsteinhäuser mit den blank geputzten Fenstern und den sorgfältig gepflegten Gärten in der Gegend wurden von erfolgreichen Geschäftsleuten bewohnt, die das Leben in der Stadt genossen und gern die interessanten Läden und die guten Bars und Restaurants besuchten, die es in der Nähe gab. Hier gingen die Leute morgens vor der Arbeit joggen oder, wenn es regnete, ins Fitnessstudio, flanierten in der Abenddämmerung am Fluss, veranstalteten elegante Dinnerpartys, liebten teuren Wein und lasen abends gern ein gutes Buch.

Nahm sie zumindest an.

Dann musste sie urplötzlich an ein anderes winzig kleines Haus denken, mit einer schrägen Decke über ihrem Bett und einem uralten Kamin im Wohnzimmer, der nicht mit Gas oder mit Strom, sondern mit echtem Holz betrieben wurde, und an einen Hof, in dem es jede Menge Abenteuer zu erleben galt. Es war das Haus aus den Geschichten ihres Vaters, wenn er abends noch an ihrem Bett gesessen hatte.

Magischen Geschichten von so zauberhaften Orten, dass sie sich gewünscht hatte, sie könnte sie mit eigenen Augen sehen, bis all die Streitereien ihr den Spaß verdorben hatten – die, die aus dem Zimmer nebenan gedrungen, und auch die, die nur in ihrem Kopf zu hören gewesen waren.

Und dann war er gegangen. Anfangs nur für ein, zwei Wochen, und dann war er samstags – da sie Tiere über alles liebte – immer mit ihr in den Zoo oder zum Picknick-Park gegangen, wo er sie die Enten hatte füttern lassen. Und schließlich war er urplötzlich gar nicht mehr aufgetaucht.

Das war inzwischen über fünfzehn Jahre her, aber noch immer hatte sie die Hoffnung nicht aufgegeben, er käme irgendwann zu ihr zurück.

Sie öffnete den Geldbeutel, in dem der Schlüssel lag,

den ihr die Mutter neben einer detaillierten Liste all der Dinge, die sie machen sollte, überlassen hatte, als sie sich für drei Wochen auf Geschäftsreise mit anschließendem Wellnessurlaub verabschiedete.

Da ihre Mutter nächsten Donnerstag nach Hause käme, würde sie den Schlüssel nächsten Mittwoch zusammen mit der Tüte Milch und den verschiedenen anderen Lebensmitteln von der Liste in die Küche legen, wenn sie ging.

Sie klemmte sich die Post unter den Arm, sperrte die Haustür auf, trat in den Flur und schaltete dort die Alarmanlage aus. Dann drückte sie die Tür wieder ins Schloss und schob den Schlüssel zurück in ihr Portemonnaie.

Als Erstes ging sie in die Küche, die mit ihrem rostfreien Stahl, den weißen Schränken, weißen Metrofliesen, einer Bauernhausspüle und den lehmfarbenen Wänden an modernem Schick nicht mehr zu überbieten war. Sie ließ ihre Tasche und die Briefe auf die Kücheninsel fallen, hängte ihren Regenmantel über einem Hocker ohne Lehne auf, stellte den Wecker an ihrem Handy so, dass er in einer Stunde klingeln würde, und riss alle Fenster auf: in Küche sowie Ess- und Wohnzimmer, die alle ineinander übergingen, was die herrlich breiten Dielen besonders vorteilhaft zur Geltung kommen ließ, und dann noch auf der Gästetoilette.

Es wehte zwar nicht mal die allerkleinste Brise, doch das Lüften stand nun mal auf ihrer Liste, und sie war eben ein Mensch, der sich an Regeln hielt.

Als Nächstes brachte sie die Post nach oben in das Arbeitszimmer ihrer Mutter, wo ein großer L-förmiger Schreibtisch stand. Die Wände hatten einen Ton wie Milchkaffee, durch den das schokoladenbraune Leder ihres Schreibtischsessels vorteilhaft zur Geltung kam. In den Regalen herrschte eine strenge Ordnung, und es gab dort nichts, wobei es nicht um ihre Arbeit ging. Die Auszeichnungen, Bücher und selbst die gerahmten Fotos hatten ausnahmslos mit ihrem Job zu tun.

Breen öffnete die Fenster in der Wand hinter dem Schreibtisch, und wie jedes Mal ging ihr die Frage durch den Kopf, warum ihre Mutter mit dem Rücken zu der wunderbaren Aussicht auf die Backsteinhäuser, Bäume und den Himmel saß. Sie müsse sich auf ihre Arbeit konzentrieren und könne keine Ablenkung gebrauchen, hatte Jennifer ihr einmal erklärt, und kopfschüttelnd zog Breen auch noch die beiden Seitenfenster links und rechts des abgeschlossenen Aktenschranks auf.

Jetzt musste sie nur noch die Pflanzen gießen, die in Kupfertöpfen auf den breiten Fensterbrettern standen, und die Post sortieren, und wenn der Wecker ihres Handys schrillte, alle Fenster wieder schließen, absperren und nach Hause gehen.

Doch vorher zog sie noch die Fenster in dem einladenden Gästezimmer, in dem angrenzenden Gästebad, dem eleganten Schlafzimmer ihrer Mutter und in deren Badezimmer auf. Sie fragte sich, ob ihre Mutter jemals einen Mann in dieses wunderschöne Bett mit seiner sommerblauen Decke und den dicken Kissen eingeladen hatte. Und versuchte, sofort wieder zu vergessen, dass ihr der Gedanke überhaupt gekommen war.

Dann ging sie wieder runter, um auch die Verandatür zu öffnen, als das Klingeln ihres Handys sie noch einen Umweg durch die Küche machen ließ.

Da sie nur dranging, wenn sie wusste, wer sie anrief,

warf sie einen Blick auf das Display – und lächelte, denn falls ihr irgendjemand diesen grauenhaften Tag versüßen könnte, dann ihr bester Freund.

»Hi, Marco.«

»Hi. Heute ist Freitag, Mädchen.«

»Das ist mir bekannt.« Sie nahm das Handy mit auf die Terrasse, die mit einem Tisch aus Edelstahl, passenden Stühlen und den hohen, hübsch bepflanzten Urnen in den Ecken ebenso modern und elegant wie alles andere war.

»Dann solltest du allmählich deinen wohlgeformten Hintern schwingen, denn bei *Sally's* ist gleich Happy Hour, und die erste Runde geht aufs Haus.«

»Ich kann nicht.« Sie griff nach dem Wasserschlauch und goss den ersten Topf. »Ich bin jetzt noch im Haus von meiner Mutter, und danach muss ich noch Hefte korrigieren.«

»Es ist Freitag, also mach dich mal ein bisschen locker«, wiederholte er. »Wir haben heute Abend Karaoke, und ich stehe bis zwei hinter der Theke.«

Vor anderen zu singen war so ungefähr das Einzige, was sie – vor allem nach einem Drink und im Duett mit Marco – ohne Ängste hinbekam. »Ich kann die Fenster erst in« – sie warf einen Blick auf ihre Uhr – »dreiundvierzig Minuten wieder schließen, und die blöden Korrekturen machen sich nicht von allein.«

»Dafür ist Sonntag auch noch Zeit. Grant Arschloch Webber ist es ganz bestimmt nicht wert, dass du ihm hinterherweinst, und es wird allmählich Zeit, dass du auf andere Gedanken kommst.«

»Oh, es geht nicht, also nicht nur um ihn. Ich hänge gerade allgemein ein bisschen durch.«

»Jeder wird mal abserviert.«

»Du nicht.«

»Oh doch. Denk zum Beispiel an den heißen Harry?«

»Du und Harry, ihr seid gemeinsam zu dem Schluss ge-kommen, dass eure Beziehung sich erledigt hat. Aber ihr seid noch immer gute Freunde, also hat er dich ja wohl nicht abserviert.«

»Du brauchst mal wieder Spaß. Und wenn du nicht in spätestens drei Stunden aufgebrezelt hier erscheinst, komme ich und hole dich.«

»Du hast doch Thekendienst.«

»Sally liebt dich, Mädchen, und wird mich deshalb sogar begleiten, um dich abzuholen, wenn du nicht freiwillig kommst.«

Sie liebte Sally ebenfalls. Sie liebte auch den Club der Dragqueen, wo sie glücklich war, und das Schwulenviertel, in dem sie und Marco Olsen sich ein winziges Apartment teilten, seit sie zu Beginn des Studiums zu Hause ausge-zogen war.

»Lass mich hier erst mal fertig werden, und wenn ich nach Hause komme, überlege ich mir, ob ich noch ein bisschen rüberkommen will, okay? Ich hatte nach der Schule fürchterliche Kopfschmerzen – im Ernst –, und dazu hatte ich im Bus noch eine blöde Panikattacke, die mich ziemlich mitgenommen hat.«

»Ich fahre sofort los, hole dich ab und bringe dich nach Hause.«

»Nein.« Inzwischen hatte sie den dritten Blumentopf erreicht. »Ich habe was gegen die Kopfschmerzen genom-men, es wird mir also sicher gleich schon wieder besser gehen.«

»Was ist im Bus passiert?«

»Das erzähle ich dir später. Eigentlich war es vollkommen lächerlich. Aber wahrscheinlich hast du recht – sowohl ein Drink als auch deine und Sallys Gesellschaft täten mir jetzt sicher gut. Lass mich sehen, wie es mir geht, wenn ich zu Hause bin.«

»Schreib mir, wenn du dort angekommen bist.«

»Meinetwegen, aber mach jetzt erst mal weiter deinen Job. Ich muss noch den letzten Topf hier draußen gießen, dann die Blumen drinnen, die blöde Post sortieren und die verdammten Fenster zumachen.«

»Du solltest endlich lernen, auch mal nein zu sagen.«

»Eigentlich ist es ja keine große Sache. Spätestens in einer Stunde bin ich durch und fahre heim. Ich schreibe dir, wenn ich zu Hause bin. Mix du jetzt erst mal ein paar Drinks. Bis dann.«

Sie ging zurück ins Haus, schloss die Terrassentür hinter sich ab, füllte die Gießkanne und wandte sich den Zimmerpflanzen zu. Plötzlich wehte eine Brise durch die offenen Fenster, und sie schloss die Augen und genoss den kühlen Wind, der ihr entgegenblies. Vielleicht würde es doch noch Regen geben, einen netten, gleichmäßigen Frühlingsregen, und dann hätte sie am Vormittag zu Recht den Regenmantel eingepackt.

Dann nahm der Wind noch zu. »Vielleicht gibt es ja einen Sturm.« Auch gegen einen Sturm hätte sie nichts einzuwenden gehabt, denn von dem frischen Wind bekäme sie ja vielleicht endlich wieder einen klaren Kopf. Und da Marco sie erst in drei Stunden in den Club beordert hatte, obwohl ihr zwei Stunden locker reichen würden, hätte sie sogar noch etwas Zeit, um sich die ersten

Hefte anzusehen. Dann hätte sie weniger Schuldgefühle, wenn sie etwas trinken ging, statt die Arbeiten zu korrigieren.

Als sie mit der Gießkanne nach oben lief, wehten die Vorhänge, die links und rechts der offenen Fenster hingen, im Wind.

»Tja, Mom, so ordentlich gelüftet wird dein Haus bestimmt nicht oft.«

Mit diesen Worten trat sie durch die Tür des Arbeitszimmers, in dem das totale Chaos ausgebrochen war. Die Tür des Aktenschranks − von der sie sicher angenommen hätte, sie sei abgeschlossen − war geöffnet, und Papiere flatterten wie Vögel durch den Raum. Eilig stellte sie die Kanne auf den Boden und versuchte, die Papiere einzufangen, die der Wind durchs Zimmer blies. Und während sie, die Hände voller Dokumente, dastand, kam es ihr so vor, als hätte jemand eine Tür ins Schloss geworfen, denn mit einem Mal war alles wieder ruhig.

Wenn ihre Mutter etwas von dem Durcheinander mitbekäme, wäre sie wahrscheinlich alles andere als erfreut.

»Na toll, jetzt darf ich alles wieder aufräumen, damit sie ja nichts merkt. Das war's mit meiner zusätzlichen Stunde, bevor ich ins *Sally's* hätte gehen wollen. Tut mir leid, Marco, aber das war's mit meinem Drink.«

Sie sammelte die leeren Ordner sowie den Haufen an Papieren ein und nahm am Schreibtisch ihrer Mutter Platz, um sie so gut wie möglich zu sortieren. Und riss verblüfft die Augen auf, als sie die Aufschrift auf dem ersten Ordner sah:

KAPITALANLAGEN/BREEN/2006−2013

Sie hatte keine Kapitalanlagen. Sie bezahlte immer noch in monatlichen Raten ihren Studienkredit zurück und teilte sich mit Marco nicht nur deshalb eine Wohnung, weil sie gern mit ihm zusammenwohnte, sondern auch, weil die Miete so erschwinglich für sie war.

Verwundert nahm sie sich den nächsten Ordner vor.

KAPITALANLAGEN/BREEN/2014–2020

Auch auf einem dritten Ordner stand ihr Name und dazu KORRESPONDENZ. Hatte ihre Mutter etwa Geld in ihrem Namen angelegt, ohne ihr was davon zu sagen? Aber warum hätte sie das machen sollen?

Die Eltern ihrer Mutter hatten etwas für ihr Studium gespart, wofür sie ihnen wirklich dankbar war. Es hatte für das erste Studienjahr gereicht, danach jedoch hatte ihr ihre Mutter deutlich zu verstehen gegeben, dass sie jetzt auf eigenen Beinen stehen musste. »Du wirst dir deinen Lebensunterhalt verdienen müssen«, hatte Jennifer ihr ein ums andere Mal erklärt. »Du musst mehr lernen und härter arbeiten, sonst bleibst du immer Mittelmaß.« Tja nun, sie hatte neben ihrem Studium zwei Teilzeitjobs gehabt und dazu einen Studienkredit beantragt, dessen Rückzahlung noch ewig dauern würde, und am Ende hatte sie nach einem – mittelguten – Abschluss einen – mittelguten – Job als Lehrerin bekommen, aber einen weiteren Kredit aufnehmen müssen, um an ihren Bachelor den Master dranzuhängen, weil das die Voraussetzung für eine Festanstellung war. Und jetzt hatte ihre Mutter plötzlich Geld auf ihren Namen angelegt? Das ergab doch einfach keinen Sinn.

Sie fing an, die Papiere zu sortieren, um drei verschiedene Stapel für die Ordner anzulegen, hörte aber schon nach ein paar Blättern wieder auf. Zwar kannte sie sich nicht mit Aktien und Dividenden aus, doch Zahlenlesen hatte sie gelernt. Der monatliche Auszug für den Mai 2014 – als sie sich nur mühsam hatte über Wasser halten können und trotz der beiden Teilzeitjobs außer Ravioli aus der Dose oder Tütensuppen kaum was auf den Tisch gekommen war – wies einen Betrag von weit über 900 000 – neunhunderttausend – US-Dollar aus. Und dieses Konto lief auf ihren Namen – auch wenn als Bevollmächtigte zusätzlich noch ihre Mutter eingetragen war.

Sie wühlte in den anderen Auszügen und stellte fest, dass jeden Monat Geld von einem Konto bei der Bank of Ireland an sie überwiesen worden war. Zitternd stieß sie sich vom Schreibtisch ab, lief blind zum Fenster und zerrte das Gummiband aus ihrem Pferdeschwanz. Ihr Vater hatte ihr seit Jahren jeden Monat Geld geschickt. Dachte er, das würde wettmachen, dass er einfach verschwunden war? Dass er nie angerufen, ihr niemals geschrieben und vor allem nie zurückgekommen war, um sie zu sehen?

»Das macht es nicht, das macht es nicht, das macht es nicht. Aber ...«

Ihre Mutter hatte es gewusst und ihr bis heute nichts davon erzählt. Sie hatte es gewusst, sie aber trotzdem einfach in dem Glauben gelassen, dass er abgehauen wäre, ohne wenigstens auf die Idee zu kommen, Unterhalt für sie zu zahlen.

Aber das hatte er die ganze Zeit getan.

Sie musste warten, bis das Zittern ihrer Hände und das Brennen ihrer Augen nachließen, bevor sie wieder an den

Schreibtisch trat, um die Papiere weiter zu sortieren, die Schreiben durchzugehen und sich den letzten Kontoauszug anzusehen. Ihr bisheriger Groll und ihre Trauer, weil der Vater sie verlassen hatte, wichen einem Gefühl des Zorns.

Breen zog ihr Handy aus der Tasche und rief den Vermögensverwalter an, der das Konto führte. Sie hatte Glück, dass sie ihn so spät noch erreichte.

»Benton Ellsworth.«

»Hallo, Mr. Ellsworth, Breen Kelly hier. Ich …«

»Miss Kelly! Das ist aber eine Überraschung! Schön, Sie endlich mal zu sprechen. Ihrer Mutter geht's hoffentlich gut?«

»Auf jeden Fall. Mr. Ellsworth, eben habe ich erfahren, dass Sie ein Konto verwalten, das auf meinen Namen läuft. Die Summe auf diesem Konto beläuft sich inzwischen auf 3 853 812 Dollar 65 Cent, korrekt?«

»Ich kann natürlich gerne nachsehen, wie hoch das Guthaben mit Stand von heute ist, aber was meinen Sie damit, Sie hätten eben erst erfahren, dass es dieses Konto gibt?«

»Ist das mein Geld?«

»Natürlich. Ich …«

»Und warum hat meine Mutter eine Vollmacht für das Konto?«

»Miss Kelly, Sie waren bei der Eröffnung dieses Kontos noch nicht volljährig und haben, als Sie es dann waren, ausdrücklich erklärt, dass Ihre Mutter sich auch weiter darum kümmern soll. Aber ich kann Ihnen versichern, dass sie sämtliche Investitionen stets korrekt und ausschließlich in Ihrem Sinn getätigt hat.«

»Und wann habe ich diese Erklärung abgegeben?«

»Mrs. Wilcox hat erklärt, Sie hätten nicht den Wunsch, sich selbst darum zu kümmern, und tatsächlich haben Sie sich bisher nie bei mir gemeldet, weil Sie dieses Konto hätten selber führen wollen.«

»Weil ich bis heute gar nicht wusste, dass dieses Konto existiert.«

»Das muss ein Missverständnis sein. Vielleicht ist es das Beste, wenn ich Sie und Ihre Mutter treffe, um die Angelegenheit zu klären.«

»Meine Mutter ist im Augenblick im Wellnessurlaub, wo sie weder telefonisch noch per E-Mail zu erreichen ist.« Wie's aussah, hatte irgendeine Gottheit es jetzt endlich einmal gut mit ihr gemeint, sagte sich Breen. »Am besten klären wir beide diese Sache einfach selbst«, schlug sie dem Vermögensverwalter vor.

»Da haben Sie völlig recht. Mein Assistent hat jetzt schon Feierabend, aber kommen Sie am Montag doch vorbei.«

Oh nein, bis Montag würde sie der Mut verlassen, denn so war es jedes Mal. »Am besten komme ich jetzt gleich.«

»Miss Kelly, eigentlich hatte ich gerade Feierabend machen wollen, als Ihr Anruf einging.«

»Es tut mir leid, wenn ich Ihnen Umstände bereite, aber diese Angelegenheit ist wirklich dringend. Jedenfalls für mich. Ich würde deshalb gern mit Ihnen reden, um die ... Sache zu verstehen, bevor ich einen Anwalt kontaktiere.«

Als er schwieg, kniff sie die Augen zu und dachte, bitte, bitte, sag, dass ich noch heute kommen kann.

»Vielleicht wäre es tatsächlich besser, wenn wir uns noch heute treffen würden, um die Angelegenheit zu klären, denn, wie gesagt, ich bin mir sicher, dass das alles nur ein Missverständnis ist. Man sagte mir, dass Sie nicht Auto fahren, also …«

»Was Ihnen gesagt wurde, ist falsch. Ich fahre Auto, habe aber keins, weil ich mir keins leisten kann. Aber ich bin durchaus in der Lage, zu Ihrem Büro zu kommen, und fahre sofort los.«

»Dann treffe ich Sie unten in der Eingangshalle. Wir sind eine kleine Firma, Miss Kelly. Die meisten Angestellten werden, bis Sie kommen, schon im Wochenende sein.«

»In Ordnung. Vielen Dank.«

Sie legte auf, bevor er es sich noch mal anders überlegen konnte, und ließ sich mit wackeligen Beinen in den Schreibtischsessel fallen. »Reiß dich zusammen, Breen. Reiß dich zusammen und fahr los.«

Sie schob die Unterlagen in die Ordner, ließ die Kanne auf dem Boden und die Tür des Aktenschranks einfach offen stehen, schloss alle Fenster und verließ das Haus. Von hier aus würde es wahrscheinlich ewig dauern, mit dem Bus zurück ins Stadtzentrum zu fahren, deshalb forderte sie – was sie bisher nie getan hatte – über Uber ein Taxi an. Natürlich strandeten sie mitten im Berufsverkehr, was allerdings um diese Zeit nicht anders zu erwarten war. Die Uber-Fahrerin, die ungefähr in ihrem Alter war, plapperte fröhlich vor sich hin und brach erst ab, als Breen den Kopf gegen die Nackenstütze lehnte und die Augen schloss.

Sie hätte gern die Unterlagen noch mal durchgelesen, doch wahrscheinlich wäre ihr dann schlecht geworden, und es hätte sich bestimmt nicht gut gemacht, mit Flecken auf der Hose zu dem ersten Treffen mit dem Mann zu gehen, der offenkundig der Verwalter ihres – alles andere als bescheidenen – Vermögens war.

Sie brauchte einen Plan, aber vor Trauer und vor Wut konnte sie keinen klaren Gedanken fassen, denn sie hätte dieses Wochenende wieder einmal ihre Rechnungen sortieren und mit dem bisschen Geld, das sie auf ihrem Konto hatte, hin- und herjonglieren wollen – nach ihrem Workout in der Wohnung, denn für die Mitgliedschaft in einem Fitnessstudio hatte ihr bescheidener Verdienst ganz einfach nicht gereicht. Im Grunde aber hätte sie sich auch nicht wohl dabei gefühlt, umgeben von so vielen anderen Leuten zu trainieren. Und was auch immer dieses Treffen gleich ergäbe, müsste sie auch weiterhin ihre Rechnungen bezahlen.

Sie schlug die Augen wieder auf und blickte auf den Fluss, auf dessen Uferstraße sie inzwischen fuhren. Das Licht der untergehenden Sonne, das aufs Wasser und die Brücken fiel, tauchte die Gegend in ein warmes Licht.

Dann wird es wohl doch nicht regnen, dachte sie, und ihr fiel ein, dass sie ihren Regenmantel im Haus vergessen hatte. Hatte sie zumindest daran gedacht, die Tür hinter sich abzuschließen und vor allem die Alarmanlage wieder anzustellen? Nach einem Augenblick der Angst kniff sie die Augen wieder zu und kehrte in Gedanken noch mal in das mütterliche Haus zurück. Ja, ja, sie hatte abgesperrt und die Alarmanlage angestellt. Sie hatte automatisch das getan, was nötig war.

Dann hielt der Wagen vor dem würdevollen, alten Haus aus rotem Backstein, das im Schatten der aus Glas und Stahl bestehenden Wolkenkratzer lag, und sie drückte der Fahrerin ein großzügiges Trinkgeld in die Hand.

Das war's mit ihrer sonntäglichen Pizza vor dem Fernseher.

Noch während sie die Straße überquerte, öffnete ein Mann die Tür. Er war groß und schlank, trug einen marineblauen Nadelstreifenanzug über einem blütenweißen Hemd und einem leuchtend roten Schlips und sah mit seinen graumelierten Haaren durchaus vertrauenerweckend aus.

Er war schon älter und deshalb bestimmt erfahren, dachte sie. Das hieß, er wusste, was er tat. Das wäre sicher gut, denn schließlich wusste sie es nicht.

»Miss Kelly«, grüßte er und reichte ihr die Hand.

»Ja, hallo, Mr. Ellsworth.«

»Bitte kommen Sie doch rein. Wir müssen in den ersten Stock. Macht's Ihnen etwas aus, wenn wir die Treppe nehmen?«

»Nein.«

Sie sah sich in der Eingangshalle um. Mit ihrem beigefarbenen Teppichboden, dem Empfangstisch, ein paar riesengroßen Ledersesseln und verschiedenen Grünpflanzen in Terrakottatöpfen sah sie elegant, doch gleichzeitig behaglich aus.

»Ich möchte mich bei Ihnen entschuldigen, falls ich an diesem Missverständnis irgendwie beteiligt war«, setzte er auf dem Weg nach oben an. »Jennifer – Ihre Mutter – hat gesagt, dass Sie sich nicht für Einzelheiten dieses Kontos interessieren.«

»Dann hat sie gelogen.« Oh, das hatte sie nicht sagen wollen, es war ihr einfach rausgerutscht. »Wenn stimmt, was Sie behaupten, hat sie Sie belogen, denn ich habe heute erst erfahren, dass es dieses Konto gibt. Das heißt, dass sie dann nicht nur Sie, sondern auch mich belogen hat.«

»Tja nun.« Er wies auf eine offene Tür.

In dem Büro, das größer als das Wohnzimmer in ihrer Wohnung und dank großer Fenster herrlich luftig war, standen ein wunderschöner alter Mahagonischreibtisch, zwei Besucherstühle sowie eine kleine Ledercouch. Auf einem Tresen war ein schicker Kaffeeautomat platziert, und auf einem an der Wand hängenden Bord waren die gerahmten Fotos seiner Frau und seiner Kinder aufge-reiht.

»Darf ich Ihnen einen Kaffee anbieten?«

»Das wäre nett. Mit Milch und ohne Zucker.«

»Bitte nehmen Sie doch Platz«, lud er sie ein, während er selber vor den Kaffeeautomaten trat.

»Ich habe alle Unterlagen mitgebracht«, setzte sie an und drückte, als sie saß, die Knie aneinander, damit Ells-worth nicht sah, wie ihre Beine zitterten. »Nach allem, was ich sehe, besteht dieses Konto seit 2006. In dem Jahr haben meine Eltern sich getrennt.«

»Das ist korrekt.«

»Können Sie mir sagen, ob es sich bei diesen Zahlungen um meinen Unterhalt gehandelt hat?«

»Oh nein, dafür waren sie nicht gedacht. Ich würde vor-schlagen, dass Sie über den Unterhalt mit Ihrer Mutter sprechen, weil ich selbst nur über dieses eine Konto reden kann.«

»Also gut. Dann hat also meine Mutter dieses Konto angelegt?«

»Nein, Ihr Vater, Eian Kelly, hat das Konto damals noch auf Ihren Namen eröffnet und Ihrer Mutter, da Sie selbst noch minderjährig waren, die Vollmachten dafür erteilt. Er hat damals dafür gesorgt, dass jeden Monat ein Betrag von der Bank of Ireland auf das Konto überwiesen wird.

Für Ihre Zukunft, Ihre Ausbildung und allgemein für Ihre finanzielle Sicherheit.«

Sie verschränkte eilig ihre Hände, denn jetzt fingen sie ebenfalls zu zittern an. »Und Sie sind sich sicher, dass es so gelaufen ist?«

»Auf jeden Fall.« Er hielt ihr den Kaffee hin und nahm mit seinem eigenen Kaffee nicht hinter seinem wunderschönen Schreibtisch, sondern auf dem Stuhl ihr gegenüber Platz. »Er kam damals in mein Büro, und ich habe das Konto für ihn eröffnet und kümmere mich seither darum.«

»Hat er – hat er sich danach noch mal irgendwann bei Ihnen gemeldet?«

»Nein. Aber die Überweisungen gehen noch immer regelmäßig ein. Ihre Mutter hat das Konto all die Zeit für Sie geführt, und wie ich bereits sagte, war sie dabei immer sehr gewissenhaft. Wie Sie den Auszügen entnehmen können, hat sie niemals auch nur einen Penny abgehoben. Sie kommt jedes Vierteljahr, und falls es sonst was zu besprechen gibt, auch öfter her, und bisher ging ich davon aus, dass das durchaus in Ihrem Sinne ist.«

»Haben Sie viele Kunden – oder nennt man das Mandanten?«

»Ja genau, Mandanten«, klärte er sie lächelnd auf.

»Haben Sie häufiger Mandanten, denen ein Konto, auf dem an die vier Millionen Dollar liegen, völlig schnuppe ist? Ich weiß, dass dies ein angesehenes Unternehmen ist, in dem es sicher meist um deutlich größere Beträge geht, aber auch vier Millionen sind kein Pappenstiel.«

Er sagte nicht sofort etwas, und ihr war klar, er wählte seine nächsten Worte mit Bedacht. »Es gibt Situationen, in denen ein Elternteil, ein Vormund oder ein Verwalter eher in der Lage ist, Entscheidungen über die Finanzen der Person zu fällen, auf die das Konto eingetragen ist.«

»Ich bin eine erwachsene Frau, und sie ist nicht mein Vormund.« Sie spürte, nein, sie wusste, was geschehen war. »Sie hat Ihnen erzählt, ich hätte kein Verantwortungsgefühl und könnte nicht mit Geld umgehen.«

»Miss Kelly – Breen – ich möchte nicht persönlich werden, aber Ihrer Mutter ging es immer um Ihr Wohl. Bei den Problemen, die Sie haben...«

»Was sollen das für Probleme sein?« Jetzt wurde ihre Aufregung durch kalte Wut verdrängt. »Hat sie gesagt, ich wäre leichtfertig und nicht besonders helle oder vielleicht gar etwas zurückgeblieben oder was?«

Er wurde rot und schüttelte den Kopf. »So direkt hat sie das niemals ausgesprochen.«

»Also hat sie es nur angedeutet. Vielleicht ist es gut, dass wir uns endlich mal persönlich kennen lernen, Mr. Ellsworth. Ich habe einen Master in Erziehungswissenschaft – den habe ich mir hart verdient, und da ich obendrein noch einen Kredit für dieses Studium aufnehmen musste, stehe ich mit einem Haufen Schulden da.« Sie nickte, als sie die betroffene Miene ihres Gegenübers sah. »Die beiden Jobs, die ich neben dem Studium hatte, haben für die Studiengebühren, das Essen und die Miete nämlich nicht gereicht. Und um die Schulden irgendwann mal abbezahlen zu können, arbeite ich seit dem Abschluss meines Studiums als Lehrerin für Englisch an der Grady Middle School. Ich gebe Ihnen gern die Namen meines Rektors und verschiedener Professoren, die ich an der Uni hatte, wenn Ihnen das weiterhilft.«

»Das wird nicht nötig sein. Mir wurde der Eindruck vermittelt, dass Sie keine Arbeit hätten und bisher noch immer alles abgebrochen hätten, was Sie angefangen haben.«

»Ich habe schon mit sechzehn regelmäßig in den Sommerferien und an den Wochenenden eigenes Geld verdient. Und weil ich jetzt noch die verdammten Schulden abbezahlen muss, arbeite ich weiter in den Sommerferien und gebe dazu noch zweimal in der Woche abends Nachhilfe.« In ihren Augen stiegen Zornestränen auf. »Ich gehe nie ins Restaurant, ich kaufe meine Kleider secondhand und teile mir mit einem Freund ein winziges Apartment, weil ich nicht noch weiter in die Miesen rutschen will. Ich habe …«

»Bitte.« Er nahm ihre Hand. »Es tut mir furchtbar leid, dass es zu diesem …«

»Reden Sie bloß nicht noch mal von einem Missverständnis«, unterbrach sie ihn, »denn ich weiß, dass meine Mutter mir das Konto vorsätzlich verschwiegen hat. Das Geld war für mich angedacht, und statt davon zu profitieren, habe ich mich jahrelang mit Studienkrediten, als Verkäuferin und als Bedienung durchgeschlagen«, fauchte Breen ihn an. »Mit diesem Geld und in dem Wissen, dass mein Vater dieses Konto für mich eingerichtet hat, hätte mein Leben völlig anders ausgesehen.« Sie stellte ihre Kaffeetasse auf den Tisch und atmete tief durch. »Es tut mir leid, es ist die Schuld meiner Mutter. Sie können nichts dafür. Warum hätten Sie ihr nicht glauben sollen? Aber im Grunde bin doch ich Ihre Mandantin, oder nicht?«

»Das sind Sie, und wir werden diese Angelegenheit so schnell wie möglich klären. Wann kommt Jennifer zurück?«

»Nächste Woche, aber eine Sache wüsste ich gerne jetzt gleich. Gehört das Geld auf diesem Konto allein mir?«

»Ja.«

»Das heißt, ich bin befugt, was davon abzuheben und zu überweisen.«

»Ja, wobei es meiner Meinung nach das Beste wäre, erst die Rückkehr Ihrer Mutter abzuwarten und dann ein Gespräch zu dritt zu führen.«

»Das wird nicht nötig sein. Ich hätte gern ein Konto, das allein auf meinen Namen läuft, auf das ich dann etwas von diesem Konto überweisen kann. Kann ich das tun?«

»Ja. Ich richte Ihnen gern ein solches Konto ein. Wie viel wollen Sie dorthin überweisen?«

»Alles.«

»Breen …«

Sie schüttelte den Kopf und wiederholte: »Alles. Wenn ich nicht zu unserem nächsten Treffen einen Anwalt mitbringen soll, der meine Mutter wegen, keine Ahnung, Unterschlagung oder so verklagt.«

»Sie hat das Geld nicht angerührt.«

»Ich bin mir sicher, dass ein Anwalt weiß, wie der korrekte Terminus lautet für das, was sie getan hat. Ich will mein Geld, um meine Schulden zu bezahlen und endlich wieder richtig durchzuatmen. Dieses Geld hat Eian Kelly Ihnen anvertraut, weil Sie mich hätten damit unterstützen sollen. Also tun Sie das jetzt bitte auch.«

»Sie sind inzwischen volljährig und können mit dem Geld auf diesem Konto tun und lassen, was Sie wollen. Sie können Ihrer Mutter auch die Kontovollmachten entziehen. Ich müsste dazu bitte Ihren Ausweis sehen, Sie müssten ein paar Formulare ausfüllen, und dazu müsste ich noch einen unserer Notare sowie einen Zeugen holen, damit alles seine Ordnung hat.« Noch einmal nahm er ihre Hand. »Ich glaube Ihnen, Breen. Aber würde es Ihnen etwas ausmachen, mir noch die Telefonnummer von Ihrem Schulleiter zu geben? Nur zu meiner eigenen Beruhigung.«

»Kein Problem.«

2

Bis Breen ins *Sally's* kam, herrschte dort bereits Hochbe-
trieb. Über dem Tresen, an dem sich die Gäste drängten,
und den vollen Tischen kreisten bunte Lichter, doch im
Rampenlicht stand Cher – das hieß Sally alias Cher – und
schmetterte ihren Hit *If I Could Turn Back Time*.

Auch Breen hätte die Zeit gerne zurückgedreht.

Sie kämpfte sich durch das Gedränge Richtung Bar und
schaffte es sogar zu lächeln, wenn ihr jemand winkte oder
ihren Namen rief. Und dann fiel Marcos Blick auf sie, und
während er Getränke mixte, salutierte er ihr knapp.

Da man im *Sally's* Strass und Glitzer liebte, trug er ein
schimmerndes Silbershirt zu einer engen schwarzen Jeans
und einen Silberring im Ohr. Seit Kurzem ließ er sich ein
kurzes Ziegenbärtchen wachsen, das ihm mindestens so
gut wie seine langen, zurückgebundenen schwarzen Zöpfe
stand, und auf der schokoladenbraunen Stirn glänzte der
Schweiß. Aber schließlich war die Bar auch in mehr als
einer Hinsicht wirklich heiß.

»Mach Platz für unser Mädchen, Geo«, forderte er den
Kollegen auf, der auf einem der Hocker Platz genommen
hatte.

»Nein, nein, schon gut.«

Aber der kleine, dünne Geo, der an diesem Abend ganz
in Rot gekleidet war, hatte den Hocker bereits freige-
macht.

»Jetzt setz dich erst mal hin, Schätzchen. Ich muss sowieso die Runde machen«, meinte er und gab ihr einen Wangenkuss. »Du armes Huhn siehst vollkommen erledigt aus.«

»Das bin ich auch.«

Sie nahm auf dem ihr angebotenen Hocker Platz, während Marco die Bestellung eines anderen Gastes ausführte und ihr dann ein Glas Weißwein einschenkte.

»Du bist spät dran – und hast dich nicht mal umgezogen. Dieses Outfit ist echt traurig, Mädel«, kritisierte er und zog verblüfft die Brauen hoch, als er sie mindestens die Hälfte ihres Weins mit einem Schluck herunterkippen sah.

»Okay, du hattest offenkundig wirklich einen harten Tag.«

»Hart, seltsam, furchteinflößend und befreiend«, erklärte sie und brach in Tränen aus.

»Geo! Lös mich mal kurz ab!«

Er kam zu ihr vor den Tresen, packte sie am Arm und zog sie in den kleinen Raum hinter der Bühne, in dem zwei Künstler vor den Spiegeln saßen, um die neuesten Klatschgeschichten auszutauschen, bis sie an der Reihe waren.

»Wir bräuchten mal den Raum, meine Damen.«

Einer von den beiden, der die Lady Gaga geben würde, nahm Breen tröstend in den Arm. »Schon gut, mein Baby. Es wird alles gut. Glaub deinem alten Jimmy. Kein Mann ist es wert, dass so ein tolles Mädel seinetwegen weint.«

Er küsste sie auf die Wange, und als Sally alias Cher *Gypsies, Tramps & Thieves* anstimmte, drückte Marco Breen auf einen Stuhl.

»Was ist passiert, Schätzchen? Erzähl mir alles ganz genau.«

»Ich – mein Vater ...«

»Hat er sich gemeldet?«, fragte Marco und nahm ihre Hand.

»Nein, nein, aber er – oh, Marco, er hat mir seit Jahren jeden Monat Geld geschickt. Er hat extra ein Konto dafür eingerichtet und mir jeden Monat Geld überwiesen. Sie hat mir nie etwas davon erzählt und hatte alle Auszüge und anderen Unterlagen weggesperrt. Und all die Zeit ...« Sie blickte auf die Hand, die Marco fest umklammert hielt. »Ich habe meinen Wein vergessen.«

»Kein Problem, ich laufe schnell nach vorn und hol ihn dir.«

»Warte. Es ist ... Marco, es gab über all die Jahre Zinsen, Dividenden und was sonst noch für das Geld, und deshalb sind auf diesem Konto heute knapp vier Millionen Dollar.«

Er starrte sie mit großen Augen an. »Hast du geträumt? Du weißt, dass du mitunter diese Träume hast, mein Schatz.«

»Nein. Ich habe gerade ein Gespräch mit meinem Vermögensverwalter geführt. Ich habe wirklich an die vier Millionen Dollar auf dem Konto, Marco.«

»Bleib sitzen. Rühr dich nicht vom Fleck. Ich hole dir nicht nur dein Glas, sondern am besten gleich die ganze Flasche Wein.«

Sie tat wie ihr geheißen, und im Spiegel sah sie, dass sie wirklich kreidebleich und vollkommen erschöpft aussah. Inzwischen trug sie ihre Haare offen, aber von der mühsam morgens hergestellten glatten Fönfrisur war jetzt

48

nichts mehr zu sehen. Und die mausbraune Tönung, die sie einmal in der Woche auftrug, um das allzu auffällige Rot zu dämpfen, war inzwischen so verblichen, dass sie sterbenslangweilig aussah.

Egal, sagte sie sich. Im Grunde war es vollkommen egal. Sobald sie ihren Kummer bei dem lieben Marco abgeladen hätte, würde sie nach Hause und dort sofort schlafen gehen. Für die geplanten Aufsatzkorrekturen ging ihr gerade einfach zu viel anderes durch den Kopf, und da sie vorhatte, vor ihrer Heimkehr mindestens zwei Gläser Wein zu trinken, müsste sie auf jeden Fall bis morgen warten, bis sie wieder halbwegs bei sich war.

Als Marco mit zwei Gläsern und der Flasche wiederkam, schenkte er ihnen erst mal ein, doch schließlich meinte er: »Am besten fängst du ganz von vorne an. Wie hast du rausgefunden, dass es dieses Konto gibt?«

»Das war wirklich seltsam«, fing sie an, doch dann erzählte sie ihm alles ganz genau.

»Ich muss gleich wieder hinter die Theke«, erklärte er. »Du bist also ganz allein zu diesem Typ gefahren, der sich um das Konto kümmert? Das war wirklich mutig, Breen.«

»Ich war einfach total sauer und wusste nicht, was ich sonst hätte machen sollen.«

»Wer sagt dir immer, dass du öfter wütend werden musst?«

Ein Lächeln huschte über ihr Gesicht. »Na, du.«

»Und jetzt sage ich dir, dass du so lange wütend bleiben musst, bis du mit deiner Mom gesprochen hast.«

»Oh Gott.« Sie ließ den Kopf zwischen die Hände fallen, denn ihre Knie waren zu weit weg.

»Jetzt mach bloß keinen Rückzieher.«

Er blickte hinter sich, als Sally in die Garderobe kam. Sally, der mit bürgerlichem Namen Salvador Travino hieß, stemmte eine seiner Hände in die Hüfte seines glitzernden Paillettenkleids und schüttelte gekonnt die hüftlange Perücke aus.

»Die Leute stehen in Dreierreihen an der Bar, Marco. Verdammt, was macht ihr hier?«

»Sorry, Sally. Breen ...«

Bevor er weitersprechen konnte, reckte Sally einen Finger in die Luft und blickte Breen unter seinen dichten, falschen Wimpern hervor forschend an. »Du bist doch wohl nicht krank, Schätzchen?«

»Nein, nein. Es tut mir leid. Ich habe nur ...«

»Aber du siehst krank aus.« Er legte eine Hand unter ihr Kinn. »Blass wie eine echte Jungfrau vor der Hochzeitsnacht. Geht es um dieses Arschloch Grant?«

»Oh nein.«

»Da bin ich froh, denn das wäre der Kerl einfach nicht wert. Wann hast du zum letzten Mal etwas gegessen?«

»Ich ...« Sie wusste es nicht mehr.

»Genau das, was ich dachte. Marco, du bringst unser Mädel heim und setzt ihr was zu essen vor. Am besten rotes Fleisch.«

»Tja nun, ich glaube nicht, dass wir so was im Kühlschrank haben.«

Sally schüttelte den Kopf, bevor er sich gekonnt wie Cher das lange Haar über die Schultern warf. Dann streckte er die Hand in Marcos Richtung aus und forderte ihn auf, sein Handy rauszurücken. »In diesem Kleid ist schließlich nirgends Platz für so ein Ding.« Er nahm das Telefon, gab eine Nummer ein und wippte ungeduldig mit einem der goldenen Glitzer-High-Heels, die er trug. »Beau, du hübscher Schweinehund, hier ist Sally. Mir geht's besser, als ich aussehe, und wie nicht anders zu erwarten, sehe ich fantastisch aus. Mach mir bitte zwei von deinen Käse-Steak-Spezialsandwiches zum Abholen. Na klar, mit allem Drum und Dran. Setz sie auf meine Rechnung, ja? Marco kommt gleich bei dir vorbei. Bis bald. Gib deiner hübschen Frau und deinem wunderhübschen Baby einen Kuss von mir. Und hier ist noch einer für dich.« Mit einem Kussgeräusch drückte er Marco das Handy wieder in die Hand. »Du holst die Sandwiches bei Philly Pride. Und dann steigst du aus deinen Klamotten, Breen, und ziehst einen Pyjama an. Du solltest auf die gute Sally hören und diese Sachen einfach aus dem Fenster schmeißen. Vielleicht findet sie ja jemand, dessen Sinn für Mode ebenfalls zu wünschen übriglässt.«

»Ich kann dich doch an einem Freitagabend nicht im Stich lassen«, fing Marco an und handelte sich einen bösen Blick von Sally ein.

»Glaubst du, ich käme mit dem Zapfhahn nicht zurecht? Ich konnte schon mit Hähnen aller Art umgehen, als du noch in den Windeln lagst. Und so gut, wie ich aussehe, streiche ich sicher jede Menge Trinkgeld ein. Bring du erst mal die Kleine nach Hause.«

»Danke, Sally.« Breen stand auf und legte ihren Kopf auf Sallys Schulter ab. Er war ihr in den letzten Jahren mehr wie eine Mutter vorgekommen als Jennifer.

»Wir reden später, ja? Und ruf mich an, wenn du mich brauchst. Aber nicht vor zehn Uhr morgens, außer wenn's ein echter Notfall ist. Du weißt, ich brauche meinen Schönheitsschlaf.«

»Oh nein, den brauchst du nicht. Du bist der schönste Mensch, der mir jemals begegnet ist.«

»Na los, haut ab. Ich habe schließlich einen Club zu führen.«

Sie nahmen den Hinterausgang, und während Marco wie selbstverständlich einen Arm um ihre Taille legte, lehnte sie genauso automatisch ihren Kopf an seiner Schulter an.

»Ich bin plötzlich total groggy, Marco. Ich weiß nicht, ob ich noch was essen kann.«

»Wenn du nicht isst, erzähle ich es Sally. Und nach dem Essen bringen wir dich ins Bett.«

Sie liefen unter regenbogenfarbenem Licht über die mit Ziegelsteinen ausgelegten Bürgersteige, und in den Cafés, den Clubs und Restaurants, an denen sie vorüberkamen, herrschte ebensolches Treiben wie im *Sally's*, was jedoch an einem schönen Freitagabend Mitte Mai nicht anders zu erwarten war.

»Mir fällt gerade ein, dass ich die Gießkanne im Arbeitszimmer auf dem Boden habe stehen lassen. Mist! Wahrscheinlich hinterlässt sie einen dunklen Ring im Holz.«

»Na und?«

»Die Fußböden in ihrem Haus sind wirklich wunderschön und können schließlich nichts dafür.«

»Aber das ist das Problem von deiner Mutter, und vor allem hättest du die Kanne nicht dort stehen lassen, wenn sie dir nicht sechzehn Jahre lang verschwiegen hätte, dass du jeden Monat Geld von deinem Vater kriegst. Also hör auf, wegen der blöden Kanne rumzujammern, und erzähl mir lieber, was du mit der ganzen Kohle machen willst.«

»Als Erstes werde ich den Studienkredit zurückbezahlen. Mr. Ellsworth hat gesagt, dass er mit jemandem darüber reden wird. Mit wem, weiß ich nicht mehr, weil's um so viele Dinge ging. Er meint, wenn ich alles auf einmal zahle, wird es sicher etwas billiger für mich. Das mache ich auf jeden Fall. Dann kann ich endlich einen Schlussstrich unter diese Sache ziehen.«

»Okay, verstehe. Aber noch zwei andere Dinge Was wirst du zu deiner Mutter sagen, und – vor allem –, was machst du eigentlich mit all dem Geld? Nur so zum Spaß?«

»Darüber kann ich jetzt nicht nachdenken.«

»Okay. Dann denke ich für dich darüber nach.«

Inzwischen hatten sie das Philly Pride erreicht, und Breen beschloss, erst einmal überhaupt nicht nachzudenken, während Marco sich das Essen für den Weg verpacken ließ und scherzhaft mit dem Mann hinter dem Tresen flirtete.

»Ich sollte ihn vielleicht mal fragen, ob er Lust hat, mit mir auszugehen«, bemerkte Marco, als er wieder auf die Straße trat.

»Trace? Auf keinen Fall. Der ist doch viel zu jung für dich.«

»Er ist so alt wie wir!«

»Vielleicht auf dem Papier. Spätestens nach einer Woche würdest du dich mit dem Kerl zu Tode langweilen, weil er total verrückt nach Videospielen ist. Wenn du ihn bitten würdest, abends noch mit dir in irgendeinen Club zu gehen, würde er wahrscheinlich sagen, ja, vielleicht, aber ich muss erst noch *Assassin's Creed* zu Ende spielen.«

»Ich hasse, dass du recht hast, weil der Typ ein echtes Sahneschnittchen ist.«

»Du weißt, dass Sahne innerhalb von ein paar Tagen sauer werden kann. Vor allem redest du doch nur von Trace, weil du versuchst, mich abzulenken.«

»Und es hat tatsächlich funktioniert.«

Sie wollte abermals den Kopf an seine Schulter lehnen, als sie auf der anderen Straßenseite erneut den großen, schlanken, ganz in Schwarz gehüllten Typen mit den Silberhaaren sah.

»Siehst du den Mann da, Marco?« Eilig packte sie den Freund am Arm und wies mit ausgestrecktem Arm dorthin, wo plötzlich niemand mehr zu sehen war.

»Was für einen Mann?«

»Ich – vor einem Augenblick war er noch da. Wahrscheinlich ist er um die Ecke da gebogen. Er war heute Nachmittag im Bus. Er… Ich hatte bei dem Typ einfach ein seltsames Gefühl.«

Da Marco wusste, dass die seltsamen Gefühle seiner Freundin meist begründet waren, nahm er ihre Hand, lief los und hielt mit ihr zusammen in der Seitenstraße Ausschau nach dem Kerl.

»Kannst du ihn sehen? Wie sieht er aus?«

»Er ist verschwunden. Sicher hat das alles gar nichts zu bedeuten, denn ich hatte diese blöden Kopfschmerzen und vielleicht einfach deshalb dieses seltsame Gefühl. Aber genauso seltsam hat es sich jetzt eben angefühlt, ihn noch mal hier zu sehen.« Einschränkend fügte sie hinzu: »Falls ich ihn überhaupt gesehen habe, denn im Grunde habe ich nur einen kurzen Blick auf ihn erhascht. Egal.«

Sie gingen den letzten halben Block zu ihrem Haus und nahmen die Treppe in den dritten Stock. Den Aufstieg bis in ihre Wohnung aber nahm sie gern in Kauf, denn sie liebte das Gebäude, das aus altem rotem Backstein war, den Regenbogen, den der Eigentümer hatte auf die Haustür malen lassen, und die fröhliche Musik, die auch an diesem milden Frühlingsabend durch die offenen Fenster auf die Straße drang.

Der Vermieter hielt das Haus und die Apartments gut in Schuss, und auch die Mieter gingen sorgsam mit den Räumlichkeiten um und passten aufeinander auf.

Auf ihrem Weg durchs Treppenhaus drangen aus der 101 Geräusche einer freitagabendlichen Kartenrunde, aus der 204 das leise Weinen eines Babys und aus der 302 die Klänge einer Oper an ihr Ohr, und wieder einmal dachte Breen, wie gut sie hier doch aufgehoben war.

Oben in der Wohnung stellte Marco ihre Sandwiches in der winzig kleinen Küchenzeile ab und wies sie an: »Du ziehst dich erst mal um – und schmeißt das Zeug am besten aus dem Fenster, wie es Sally dir empfohlen hat.«

»Ich finde, dass man diese Sachen durchaus tragen kann.«

»Eine Hose, die am Hintern schlabbert, einen beige-farbenen Pulli, in dem man mit heller Haut, wie du sie hast, wie ausgekotzt aussieht, und Schuhe, die vielleicht bequem, aber dafür eine Beleidigung fürs Auge sind?«

Etwas schmollend ging sie in ihr Zimmer mit dem ordentlich gemachten Bett, dem kleinen, aber aufgeräumten Schreibtisch und dem Fenster, durch das sie auf all die wunderbaren Farben ihres Viertels sah. Sie stieg aus ihren Schuhen, stellte sie in ihren winzig kleinen Schrank und zog den Pulli und die Hose, die sie plötzlich nicht mehr leiden konnte, aus, warf sie aber statt aus dem Fenster in den Wäschekorb.

Die Hose schlabberte vielleicht um ihren Po, doch zumindest zogen ihre Schüler und Kollegen, wenn sie sie in dieser Hose sahen, nicht vielsagend die Brauen hoch, wie sie es taten, wenn Geschichtslehrerin Anna Mae in ihren figurbetonten Outfits durch die Korridore lief.

In T-Shirt und Pyjamahose trat sie kurz vor ihren Schreibtisch, aber statt dort Platz zu nehmen, um wie ursprünglich geplant die Aufsätze der letzten Woche durchzusehen, ging sie zurück ins Wohnzimmer, das gleichzeitig auch Fitnessraum und Esszimmer der kleinen Wohnung war.

Es war nicht wirklich groß, dank Marcos ausgeprägtem Sinn für alles Schöne aber durchaus schick. An den Wänden, die in einem warmen Chiliton gestrichen waren, hatten sie gerahmte Springsteen-, Jagger-, Joplin-, Prince- und Lady-Gaga-Poster und daneben ein Regal mit farbenfrohen Flaschen in verschiedenen Formen und Größen aufgehängt; die Couch, die sie vom Sperrmüll hatten, hatten sie mit einem dunkelgrünen Überwurf und jeder Menge bunter Kissen aufgemöbelt, und als Esstisch diente eine ausrangierte Tür auf alten Eisenbeinen, auf der ein leuchtend grün-orangefarbener Drache prangte, der von einem Künstlerfreund von Breen entworfen worden war.

Marco hatte in der Zwischenzeit den Tisch mit Tellern und mit Weingläsern gedeckt, die Kerzen in den Eisenständern angezündet und Loungemusik, die er beim Essen liebte, gewählt.

»Setz dich. Wein gibt's erst, wenn du etwas gegessen hast.«

»Ich sollte keinen Wein mehr trinken.«

»Trotzdem wirst du's tun.«

Obwohl sie keinen Hunger hatte, griff sie nach dem Steak-Sandwich, das vor ihr auf dem Teller lag. »Ach, Marco«, seufzte sie. »Was täte ich nur ohne dich?«

»Das braucht dich nicht zu interessieren, denn schließlich hast du mich. Und jetzt hau rein.«

Auch wenn sie keinen Appetit verspürte, tat Breen das
Essen tatsächlich gut. »Ich würde gerne meinen Job kün-
digen.« Sie ließ ihr angebissenes Sandwich auf den Teller
fallen und schlug eine Hand vor ihren Mund. »Oje, das
hätte ich nicht sagen sollen.«

»Warum denn nicht? Du wolltest schließlich sowieso
nie unterrichten.« Er aß gemütlich weiter, hatte dabei aber
ein verstohlenes Lächeln im Gesicht.

»Im Grunde kann ich kaum erwarten, diese Arbeit endlich hinzuwerfen, aber das wäre dumm und vollkommen
verrückt. Okay, ich habe plötzlich sehr viel Geld, das lange
reichen und sich vielleicht sogar noch vermehren wird,
wenn ich es richtig anstelle. Aber eine feste Stelle hinzuschmeißen, für die ich studiert und mich sogar verschuldet
habe, wäre trotzdem alles andere als schlau.«

»Was ist mit deinem Traum, Tierärztin zu werden?«

»Ich wollte auch mal Ballerina werden, Rockstar oder
eine zweite J.K. Rowling. Aber ich bin keins von diesen
Dingen, und das werde ich auch niemals sein.«

»Aber du hast doch eine super Schreibe, Mädchen.«

Kopfschüttelnd wandte sie sich wieder ihrem Essen zu.
»Das ist ein alter Traum. Aber ich muss ans Jetzt denken
und daran, wie es für mich weitergehen soll.«

»Und deshalb kündigst du am besten deinen Job.«

»Mar…«

»Du wolltest niemals unterrichten. Es war deine Mutter,
die das für dich wollte und dich davon überzeugt hat, dass
du keine anderen Möglichkeiten hast. Aber jetzt zahlst du
deinen Studienkredit zurück, schmeißt diese Arbeit hin

und nimmst dir erst mal etwas Zeit, um rauszufinden, was du wirklich machen willst.«

»Ich kann ja wohl nicht einfach …«

»Doch. Der Wunsch, die Arbeit hinzuschmeißen, ist aus dir herausgeplatzt, weil es tatsächlich das ist, was du willst. Und jetzt hast du die Möglichkeit dazu.«

»Aber ich kann doch gar nichts anderes.«

»Weil du nie die Chance hattest, etwas anderes zu probieren. Also nimm dir etwas Zeit und finde raus, ob du nicht doch auch noch was anderes kannst. Du könntest schreiben, glaub mir das. Und falls das nicht dein Ding ist, mach ein eigenes Unternehmen auf.«

»Ich?«

»Ja, du. Verdammt, Breen, du bist eine kluge und patente Frau.« Nachdem sie was gegessen hatte, schenkte er ihr stirnrunzelnd ein wenig Weißwein ein. »Du könntest es mit Innendesign versuchen«, schlug er vor und warnte sie: »Frag bloß nicht wieder: ›Ich?‹ Ich habe diese Wohnung schließlich nicht alleine eingerichtet, und ich finde, sie sieht einfach super aus. Dazu hast du noch eine wirklich gute Stimme und spielst ziemlich gut Klavier, woraus sich sicher ebenfalls was machen lässt. Du hast zugelassen, dass dich deine Mom in eine viel zu enge Kiste zwängt.« Er redete sich immer mehr in Rage. »Aber wag es bloß nicht, diese Kiste noch mal zuzumachen, nachdem endlich der verdammte Deckel weggeflogen ist.«

»Ich … gehe also Montag in die Schule und erkläre meinem Rektor, dass ich nach den Sommerferien nicht mehr wiederkommen werde? Einfach so?«

»Genau. Und in den Ferien überlegst du, was du machen oder ausprobieren willst.«

»Das klingt ziemlich furchteinflößend.«

»Nennen wir es eher befreiend«, schlug er grinsend vor. »Und jetzt erzähl mir, was du immer schon mal hättest machen wollen und was du jetzt machen kannst. Denn schließlich hast du Zeit und Geld. Also, was ist dein größter Wunsch? Denk jetzt nicht nach und überleg nicht, was vielleicht den meisten Sinn ergeben würde, sondern sag mir einfach, was du immer schon mal hättest machen wollen. Lass es einfach kommen.«

»Ich will nach Irland fliegen. Meine Güte, Gott, oh Gott! Ich hatte immer schon einmal nach Irland fliegen wollen. Ich will die Heimat meines Vaters kennen lernen und versuchen zu verstehen, was ihn dazu gebracht hat, mich allein zu lassen und dorthin zurückzuziehen. Ich will versuchen, ihn zu finden, und ihn fragen, warum er nie mehr zurückgekommen ist. Warum er mich verlassen, aber all das Geld für mich auf dieses Konto überwiesen hat. Ich möchte es verstehen.«

»Das kann ich nachvollziehen. Also flieg nach Irland, verbring dort den Sommer, und nimm dir die Zeit, um rauszufinden, wie es danach für dich weitergehen soll.«

»Den ganzen Sommer?«

»Himmel, Arsch und Zwirn, warum denn nicht? Wie lange ist dein letzter Urlaub her?«

»Das war, als wir nach unserem Collegeabschluss mit dem Bus für eine Woche an den Strand gefahren sind. In Jersey.«

»Das war wirklich toll«, erinnerte auch Marco sich. »Doch das ist ewig her.«

Sie griff nach ihrem Glas und trank einen möglichst großen Schluck von ihrem Wein. »Komm mit.«

»Nach Irland?«

»Ja. Alleine traue ich mich nicht. Also komm mit. Denn du hast völlig recht.« Sie sprang von ihrem Stuhl und wirbelte fast übermütig durch den Raum. »Warum eigentlich nicht? Ich hatte schließlich immer schon einmal nach Irland fliegen wollen. Wir werden erster Klasse fliegen und in einer alten Burg wohnen. Zumindest eine Nacht. Wir werden uns ein Auto mieten und dort auf der falschen Straßenseite fahren. Wir könnten – ja, wir könnten uns ein kleines Cottage mieten. Ein mit Stroh gedecktes, kleines Häuschen auf dem Land.«

»Bist du betrunken?«

»Nein.« Jetzt fingen ihre Augen an zu blitzen, und sie brach in fröhliches Gelächter aus. »Komm mit, Marco, und teile meinen größten Traum.«

»Ich kann auf keinen Fall den ganzen Sommer weg. Sally und Derrick hätten kein Problem damit, aber ich habe schließlich auch noch einen anderen Job.«

»Den du nicht leiden kannst. Du hasst die Arbeit im Musikladen.«

»Das stimmt, aber im Gegensatz zu dir bin ich auch weiter arm wie eine Kirchenmaus. Trotzdem könnte ich auf alle Fälle für zwei Wochen mit nach Irland kommen, dann wärst du wenigstens am Anfang nicht allein. Europa. Wahnsinn! Dass ich jemals nach Europa kommen würde, hätte ich beim besten Willen nicht gedacht.«

»Das wird bestimmt der Hit. Dann ist es also abgemacht?«

Er lehnte sich auf seinem Stuhl zurück. Er liebte seine Freundin mehr als alles auf der Welt und hätte es nicht über sich gebracht, dem Leuchten ihrer Augen einen Dämpfer zu verpassen. Aber handeln könnte er auf jeden Fall.

»Unter ein paar Bedingungen.«

Sie ließ sich wieder auf den Stuhl ihm gegenüber fallen und sah ihn fragend an. »Und welche wären das?«

»Ich kann mir keine erste Klasse leisten, also geht der Flug auf deine Kosten, aber alles andere teilen wir uns.«

»Ich kann auch gern den ganzen Urlaub zahlen.«

»Ja, klar, weil du jetzt eine gottverdammte Millionärin bist.«

Sie warf den Kopf zurück und brach in schallendes Gelächter aus. »Genau, weil ich jetzt eine gottverdammte Millionärin bin.«

»Okay, dann zahl den ganzen Urlaub, wenn du willst. Aber die anderen Bedingungen sind nicht verhandelbar. Wenn du mit Essen fertig bist, gehst du ins Bad und wäschst dir diese dämliche kackbraune Tönung aus den Haaren – und zwar zum allerletzten Mal. Und das verdammte Glätteisen, mit dem du jeden Morgen deinen wundervollen Locken den Garaus machst, wirfst du in den Müll.«

Sie öffnete den Mund, er aber schüttelte den Kopf und fuhr entschlossen fort:

»Du fliegst nach Irland, und dort bist du sicher nicht die Einzige mit rotem Haar.«

»Die bin ich auch hier in Philadelphia nicht.«

»Das stimmt, aber aus irgendeinem Grund hast du dir eingeredet, deine roten Locken sähen irgendwie ... frivol aus und würden die Blicke auf sich ziehen. Aber, verdammt, warum auch nicht? Du siehst mit deinen roten Locken schließlich super aus.«

»Du kommst also für mindestens zwei Wochen mit, wenn ich mein Haar so lasse, wie es von Natur aus ist.«

»Genau.«

»Okay.«

»Das ist noch nicht alles. Eine Sache gibt es noch.«

»Du bist ein schwieriger Verhandlungspartner, Marco.«

»Allerdings. Wobei die letzte Sache mir noch wichtiger als deine Haare ist.« Er beugte sich zu ihr über den Tisch. »Und zwar werden wir beide morgen shoppen gehen, weil du den Inhalt deines Kleiderschranks heute noch in irgendwelche Säcke stopfen wirst. Die geben wir dann morgen bei der Kleiderkammer ab, und du wirst davon profitieren, dass du den von allen Frauen erträumten schwulen besten Freund hast, der dir hilft, Klamotten auszusuchen, deren Anblick anderen Menschen nicht die Tränen in die Augen treibt.«

»So schlimm sind meine Sachen doch bestimmt nicht.«

»Doch. Das Zeug, in dem du rumläufst, ist im Gegensatz zu dir einfach erbärmlich und vor allem furchtbar trist. Ich will nichts gegen deine Mutter sagen, denn dazu bin ich zu gut erzogen, doch sie hat dir eingeredet, dass du dich so jämmerlich und trist und ganz in Beige und anderen grauenhaften Farben präsentieren musst. Aber wenn du nächste Woche mit ihr sprichst, wirst du zum ersten Mal so aussehen, wie du wirklich bist: stark, patent, intelligent und wunderschön. Und wenn wir schon dabei sind, kaufen wir dir morgen auch noch ein paar anständige Schminksachen, okay?«

»Findest du nicht auch, dass du da ganz schön viel von mir verlangst?«

»Das tue ich. Und zwar, weil ich dich liebe, Breen.«

»Ich weiß, und deshalb … ist es abgemacht«, erklärte sie und reichte ihm die Hand.

»So ist es recht, mein Schatz!«

3

Nach vielen anderen Premieren nahm sich Breen am Tag der Rückkehr ihrer Mutter erstmals in der Schule frei. Die Lebensmittel von der Liste hatte sie trotz allem eingekauft und ordentlich verstaut, denn schließlich hatte sie das zugesagt.

Sie öffnete die Fenster, goss die Blumen, und während sie die Post sortierte, ging sie in Gedanken noch mal all die Dinge durch, die sie ihrer Mutter sagen wollte. Tatsächlich hatte sie sich ihre Rede aufgeschrieben, diese mehrmals abgeändert und dann vor dem Flurspiegel geprobt. Dann hatte sie sie ohne Spiegel aufgesagt, weil ihr die Frau, die sie dort sah, ein wenig fremd gewesen war.

Die Blicke, Kommentare und die Komplimente, die sie in der Schule und im Bus bekommen hatte, hatten ihr gezeigt, dass die Veränderung dramatisch war.

Nachdem Marco ihr verboten hatte, ihre feuerroten Locken wenigstens zu kürzen, fielen sie jetzt offen bis auf ihren Rücken, und auch wenn sie keine Ahnung hatte, was ihr Haar den Menschen sagen sollte, sagte es auf alle Fälle etwas aus. Sie hatte keine Chance mehr, sich im Hintergrund zu halten, und sie würde einfach abwarten, wie es ihr auf Dauer damit ging.

Die neuen Outfits, die ihr Marco während ihrer Shoppingtour empfohlen hatte, sagten ihr aber auf alle Fälle zu. Die Farben waren überwiegend kräftig, und die frühlingshellen Pastelltöne, die ihr so gut gefallen hatten, waren etwas völlig anderes als das langweilige Beige, in dem sie sonst herumgelaufen war. Die Hosen saßen gut, die beiden Kleider waren schlicht, doch wirklich hübsch, der Hosenanzug wirkte elegant, und ihre neuen Schuhe sahen herrlich weiblich aus. Am liebsten hätte Marco sie zwei Dutzend Paare kaufen lassen, doch sie hatte sich auf drei beschränkt und dazu noch für Irland ein Paar ordentlicher Wanderschuhe ausgesucht.

Die Sachen waren ausnahmslos im Angebot gewesen, aber trotzdem hatte sie an einem Tag mehr ausgegeben als die alte Breen in einem halben Jahr. Wenn nicht sogar noch mehr.

Das hatte solchen Spaß gemacht, dass Marco sie sogar noch hatte dazu überreden können, sich Ohrlöcher stechen zu lassen, und jetzt griff sie nach dem kleinen Silberstecker und las sich noch einmal seine letzte Nachricht auf dem Handy durch.

Nur Mut.

Dann hielt das Taxi vor dem Haus, und sie versuchte, seinen Ratschlag zu beherzigen. Sie ging zur Tür, und da sie sich auf ihre Mutter konzentrierte, bemerkte sie nicht den Mann mit silbergrauem Haar, der auf der anderen Straßenseite stand.

Jennifer Wilcox sah in ihrer gut geschnittenen grauen Hose, einer roten Jacke, einer weichen weißen Bluse und mit ihrer seidenweichen braunen Keilfrisur, die ihre feinen Züge vorteilhaft zur Geltung brachte, makellos wie immer aus, doch als sie Breen entdeckte, riss sie überrascht – und alles andere als erfreut – die Augen auf.

»Lass mich den nehmen.« Breen schnappte sich den

großen Rollkoffer, und übellaunig schulterte die Mutter ihre Laptop- und die kleine Reisetasche, die noch übrig waren.

»Was machst du hier? Musst du nicht in der Schule sein?«

»Ich habe mir kurzfristig frei genommen.« Breen unterdrückte ihre Aufregung und zog den Koffer durch die Tür ins Haus.

»Das war bestimmt nicht nötig.«

»Für mich schon.«

»Du bist doch wohl nicht krank?«

»Nein.« Breen zog den Koffer bis zum Fuß der Treppe. Als sie merkte, dass sie im Begriff war, ihn hinaufzutragen, blieb sie stehen. »Es geht mir gut, das heißt im Grunde sogar mehr als das.«

»Dann hast du also einen neuen Freund?« Jennifer stellte ihre Reisetasche ab und zeigte auf Breens Haar. »Ist das der Grund für die Veränderung?«

»Oh nein, ich habe weder einen neuen noch einen alten Freund. Aber ich habe nun mal rote Haare«, hörte sie sich selber sagen. »Und beschlossen, zukünftig dazu zu stehen.«

»Das musst du natürlich selbst entscheiden, aber dann wird niemand mehr was anderes sehen. Und wie sollen deine Schüler dich in Zukunft ernst nehmen, wenn du so frivol aussiehst?«

»Das kümmert mich nicht mehr. Ich werde dieses Schuljahr noch zu Ende machen, aber dann ist Schluss. Ich habe meine Kündigung schon eingereicht.«

»Hast du den Verstand verloren? Du musst sofort zu deinem Rektor gehen, um das rückgängig zu machen«, herrschte Jennifer sie an. »Man wirft nicht einfach seine

Ausbildung, die Sicherheit, die einem seine Arbeit bietet, und die Zukunft weg.«

»Ich wollte niemals unterrichten.«

»Ach, red doch keinen Unsinn. Und vor allem habe ich jetzt keine Zeit für diesen Quatsch. Ich muss auspacken und im Büro anrufen.« Sie warf einen Blick auf ihre Uhr. »Und wenn du dich beeilst, kommst du noch rechtzeitig zur Schule, um dich dort bei deinem Rektor zu entschuldigen und ihn zu bitten, dass er deine Kündigung vergisst.«

»Nein.«

Die Mutter sah sie aus zusammengekniffenen braunen Augen an. »Wie bitte?«

»Ich habe nein gesagt, und du nimmst dir am besten etwas Zeit für eine Unterhaltung über meinen Vater und das Konto, das er damals für mich eingerichtet hat.«

Jennifer Wilcox wurde leichenblass. »Wie konntest du es wagen, meine privaten Unterlagen durchzugehen?«

»Im Grunde waren es *meine* Unterlagen, aber darum geht es nicht. Es geht alleine darum, dass du mich die ganze Zeit belogen hast.«

»Das habe ich ganz sicher nicht. Ich habe nur getan, was jede gute Mutter tut, und dabei ging's mir nur um deine Zukunft, um sonst nichts.«

»Aber warum hast du mir das Leben während meines Studiums und auch heute noch unnötig schwer gemacht? Er hat das Geld für mich geschickt, für mich, aber du hast mich all die Jahre glauben lassen, dass ich ihm egal bin und er einfach abgehauen ist.«

»Er ist damals schließlich einfach abgehauen, und das Geld, das er geschickt hat, habe ich in deinem Namen angelegt. Du warst noch minderjährig …«

»Das ist lange her.«

»Und du hast dich für Geldgeschäfte niemals auch nur ansatzweise interessiert.«

Inzwischen war Breen außer sich vor Zorn. »Du weißt genauso gut wie ich, dass das der totale Schwachsinn ist!«, schrie sie ihre Mutter an.

»Wag nicht, in diesem Ton mit mir zu sprechen!«

»Ich lasse mir von dir nicht mehr den Mund verbieten. Damit ist jetzt Schluss. Ich hatte neben meinem Studium zwei Jobs, ich habe einen Studienkredit beantragt und mir nie auch nur die kleinste Kleinigkeit gegönnt, damit ich einen Abschluss machen konnte, an dem mir im Grunde nie was lag. Um Lehrerin zu werden, weil du mir die ganzen Jahre über eingeredet hast, dass ich nichts anderes kann. Du hast niemals gesagt, dass Unterrichten eine ehrenwerte, wichtige, befriedigende Tätigkeit oder vielleicht sogar eine Berufung ist. Dir ging es immer einzig darum, dass ich sonst nichts kann. Wie oft hast du mir das gesagt, Mom?«

»Du hast nun mal keine anderen Fähigkeiten. Und vor allem beruhigst du dich jetzt besser erst einmal.«

»Ich werde mich ganz sicher nicht beruhigen«, widersprach ihr Breen. »Ich hätte ja erst mal was anderes ausprobieren und versuchen können rauszufinden, was ich einmal werden will. Ich hätte beispielsweise gucken können, ob ich schreiben kann.«

»Also bitte. Sei doch nicht so kindisch.«

»Um Himmels willen, du hast für mich entschieden, was ich wie studieren, wie ich mich kleiden und was ich mit meinen Haaren machen soll. Und meine Freiheit hast du all die Jahre in dem Aktenschrank in deinem Arbeitszimmer eingesperrt.«

»Ich habe dich beschützt! Ich habe dich dein Leben lang beschützt!«

»Wovor? Davor, mein Leben so zu leben, wie es mir gefällt? Und Mr. Ellsworth gegenüber hast du so getan, als ob ich kein Interesse daran hätte, meine Geldgeschäfte selbst zu regeln, und als hätte ich vor allem keine Ahnung, wie man so was macht.«

»Weil du die auch nicht hast«, erklärte Jennifer ihr in dem ruhigen, nachsichtigen Ton, der sie zur Weißglut trieb, und fuhr sich mit der Hand durchs Haar. »Sieh dich doch nur mal an. Kaum weißt du etwas von dem Geld, kündigst du deinen Job. Ist das etwa verantwortungsbewusst?«

»Und was ist daran bitte schön verantwortungsbewusst, sich Tag für Tag in einem Job zu quälen, den man hasst? Sich selbst oder den Menschen, der man sein könnte, so gut wie möglich zu verleugnen, nur weil einem die eigene Mutter immer das Gefühl gibt, dass man unzulänglich ist?«

»Das habe ich niemals gesagt. Das ist nicht fair.«

»Das stimmt. Du hast immer gesagt, ich wäre Mittelmaß, ich wäre gerade einmal Mittelmaß. Und weißt du, was, vielleicht hast du damit ja recht. Vielleicht stellt sich ja raus, dass stimmt, was du mir immer eingeredet hast. Aber das finde ich jetzt endlich selbst heraus.« Sie atmete tief durch. Sie konnte sehen, wie blass die Mutter war, aber sie wusste, dass es kein Zurück mehr gab. »Du wusstest, wie besorgt ich wegen meiner Schulden war und dass ich neben meiner Arbeit an der Schule auch noch Nachhilfe gegeben habe, damit es bis zum Monatsende reicht. Und trotzdem hast du mir mit keinem Wort was von dem Geld erzählt.«

»Es ist wichtig, dass man lernt, mit dem zurechtzukommen, was man hat.« Mit diesen Worten wandte Jennifer sich ab und ließ sich matt in einen Sessel fallen. »Dein Vater war ein Träumer, und wie's aussieht, kommst du ganz nach ihm. Du musstest lernen, wie das wahre Leben funktioniert. Ich habe stets mein Möglichstes für dich getan.«

»Wo ist er?«

»Keine Ahnung.« Ihre Mutter presste sich die Finger vor die Augen. »Ehrlich, Breen, ich weiß es nicht. Er hat entschieden, nicht zurückzukommen, vergiss das nicht, wenn du jetzt derart auf mich losgehst. Er hat sich entschieden, nicht mehr für dich da zu sein. Ich hätte ihn niemals daran gehindert, dich zu sehen. Das hätte ich niemals getan.« Sie ließ die Hände wieder sinken. »Ich war immer für dich da. Ich habe mich um dich gekümmert, wenn du krank warst, dich bei deinen Hausaufgaben unterstützt und mir gleichzeitig eine Karriere aufgebaut, damit ich dir ein sicheres Zuhause bieten kann.«

»Das stimmt, wobei du eine Sache ausgelassen hast. Du hast viel Zeit und Mühe investiert, um mich zu der zu machen, die ich hätte sein sollen, statt mich die werden zu lassen, die ich hätte werden wollen.«

»Ich wollte, dass du ein stabiles, sicheres Leben hast und ein normales, produktives Leben führst.«

»Als unglückliche Lehrerin mit einem solchen Minderwertigkeitskomplex, dass ich mir die roten Haare braun getönt und immer nur in Beige herumgelaufen bin, um ja nicht aufzufallen.«

»Du bist gesund. Du hast eine gute Ausbildung und einen ordentlichen Job.«

»Aber das reicht mir nicht. Und dir hätte das auch niemals gereicht. Du hast eine Karriere, du machst Urlaub, fährst in teure Spas.«

»Dafür habe ich auch hart gearbeitet«, fuhr Jennifer die Tochter zornig an.

»Das hast du«, stimmte Breen ihr zu und nahm ihr gegenüber Platz. »Du hast es ganz allein aus eigener Kraft bis zur Leiterin der Medienabteilung einer großen Werbeagentur gebracht. Du hattest dafür das Talent und die Entschlossenheit, und du hast hart dafür gearbeitet. Ich bewundere dich für das, was du aus dir gemacht hast, und ich gönne dir diesen Erfolg. Aber ich habe doch bestimmt das Recht, auch zu versuchen, was aus mir zu machen, oder nicht?« Mit diesen Worten stand sie wieder auf. »Du hast für mein Konto keine Vollmacht mehr. Mr. Ellsworth ruft dich sicher morgen an, um dich zu fragen, ob du deine eigenen Konten zukünftig von einem anderen Unternehmen führen lassen willst. Die Lebensmittel, die ich dir besorgen sollte, stehen in der Küche, deine Blumen sind gegossen und die Post sortiert. Wie du sehen kannst, habe ich die Fenster auf-, aber nicht wieder zugemacht. Das wirst du selber machen müssen, denn als Handlangerin habe ich erst einmal ausgedient.« Sie zögerte, doch schließlich sprach sie aus, was sie empfand. »Es tut mir leid, wenn du betroffen bist, aber du hast mich belogen, und was du getan hast, hat mir wehgetan. Du hast mir wehgetan.«

»Ich habe dich niemals verletzen wollen.«

»Mag sein. Vielleicht hast du das nicht gewollt, aber wie du selber immer sagst, muss man der Realität nun mal ins Auge sehen. Und jetzt muss ich allmählich los, denn Marco wartet sicher schon auf mich.«

»Was wirst du tun? Was hast du vor?«

»Nun, fürs Erste werde ich nach Irland fliegen, und zwar gleich am ersten Ferientag. Ich möchte endlich das

Land sehen, aus dem mein Vater stammt, und werde obendrein versuchen, ihn zu finden.«

Wieder presste ihre Mutter sich die Finger vor die Augen und erklärte rau: »Ich kann dir jetzt schon sagen, dass du ihn nicht finden wirst.«

»Ich werde es auf jeden Fall versuchen, und egal, was dabei rauskommt, breche ich zum ersten Mal, seit er gegangen ist, zu einem Abenteuer auf.«

»Tu das nicht, Breen. Denk erst nach, statt einfach nur zu reagieren.«

»Denk dran, die Fenster zuzumachen, denn es sieht nach Regen aus.«

Mit diesen Worten ließ sie ihre Mutter stehen und marschierte aus dem Haus. Sie lief immer weiter, und obwohl die schwarzen Wolken immer dichter wurden, beschloss sie, statt sofort den Bus zu nehmen, erst einmal ein Stück des Wegs zu Fuß zu gehen.

Der Mann in Schwarz lief ein paar Meter hinter ihr. Er hatte selbstverständlich einen schwarzen Regenschirm dabei, denn ihm war klar, genau in einer Viertelstunde finge es zu regnen an.

Dass es so schnell und glatt gehen würde, hätte er beim besten Willen nicht gedacht. Natürlich waren sie noch lange nicht am Ziel, die ersten Schritte aber waren getan. Er hatte angenommen, dass er sie noch etwas stärker stupsen müsste, doch der erste Anstoß hatte offenbar gereicht. Und wenn sie auf dem weiteren Weg ins Schwanken käme, stieße er sie einfach noch mal an.

Fürs Erste aber könnte er die faszinierende Stadt genießen, in der er noch nie zuvor gewesen war. Das Essen und vor allem die weichen Brezeln – auch wenn er die süßen Kokospralinés mit Zimt, die irische Kartoffeln hießen, eher enttäuschend fand –, die vielen hübschen Viertel und der bunte Mix verschiedener Stilrichtungen waren wirklich nett, auch wenn er auf der unternommenen Stadtführung ein Lächeln hatte unterdrücken müssen, als die Führerin davon geschwärmt hatte, wie alt und wie geschichtsträchtig ein Teil der Häuser waren.

Mit wirklich alten Dingen und dem langen Weg, den die Geschichte schon genommen hatte, kannten sich die Menschen hier nicht aus. Doch insgesamt fand er die Stadt auf ihre Art durchaus charmant. Die Menschen waren stolz darauf, dass Philadelphia der Sitz der ersten richtigen Regierung ihres Landes war. Natürlich war die jetzige Regierung relativ chaotisch, doch die Präsidenten kamen und gingen, und vor allem waren die Menschen noch so jung.

Und starrsinnig, gewaltbereit und allzu sehr auf ihren materiellen Vorteil aus.

Aber es gab auch Mut und Ehrlichkeit und Hoffnung, also war es ganz bestimmt noch nicht zu spät. Er dachte an die junge Frau, die diese Eigenschaften hatte und sie brauchen würde, auch wenn sie sich ihrer während ihrer Zeit in dieser Welt kaum je bewusst gewesen war. Sie lief und lief, wofür er dankbar war. Obwohl er Züge durchaus mochte, fuhr er alles andere als gerne Bus. Doch wenn sie immer weiterliefe, würde sie gleich furchtbar nass.

Dann blieb sie plötzlich stehen, sah in das Schaufenster eines Geschäfts, lief weiter, machte kehrt und blieb noch einmal stehen. Und während er noch überlegte, ob er sich in ihr Gehirn einklinken sollte, trat sie – überraschend eilig – durch die Tür des Ladens, und er schlenderte gemächlich weiter, blickte auf das Schild im Fenster, runzelte die Stirn und öffnete dann lachend seinen Schirm.

Auf die Sekunde pünktlich öffnete der Himmel seine Schleusen, und erfreut darüber, wie die Dinge sich entwickelten, marschierte er davon. Er hatte Appetit auf eins der dick belegten, fluffig weichen Sandwichbrötchen, die sie hier in Philadelphia Hoagies nannten und die er daheim wahrscheinlich sehr vermissen würde, weil es so was dort nicht gab.

Als Breen zwei Stunden später in die Wohnung kam, war Marco bereits da und nahm sie wortlos in den Arm.

»Es war einfach grauenhaft.«

»Ich weiß. Wein oder Eis?«

»Warum nicht beides?«

»Klar. Dann setz dich erst mal hin, und Onkel Marco bringt dir, was du brauchst.« Er strich mit einer Hand über ihr feuchtes Haar. »Wie's aussieht, hat der Regen dich erwischt.«

»Ein bisschen«, gab sie zu und ließ sich, plötzlich abgrundtief erschöpft, aufs Sofa fallen. »Musst du nicht arbeiten?«

»Erst in einer Stunde. Zeit für ein Glas Wein, für Eis und den Bericht, wie deine Mutter reagiert hat, bleibt also auf jeden Fall. Ich glaube kaum, dass sie es gut aufgenommen hat.«

»Erst tat sie beleidigt, weil ich ohne ihre Zustimmung an ihren Unterlagen war, und dann hat sie mir Vorwürfe gemacht, weil ich den Job gekündigt habe, was aus ihrer Sicht beweist, dass ich erschreckend unvernünftig bin und nicht mit Geld umgehen kann. Sie hat mir von dem Geld und davon, dass mein Vater es für mich geschickt hat, angeblich nichts erzählt, weil sie mich schützen wollte.«

Als guter Freund, der Marco war, kam er mit einem Tablett, auf dem zwei Gläser kalter Pino Grigio und zwei große Schüsseln Cookie-Eiscreme standen und zwei hübsche, kleine Stoffservietten lagen, in den Wohnbereich zurück.

»Und wovor hätte sie dich schützen wollen?«

»Wahrscheinlich vor mir selbst, denn schließlich bin ich dumm, habe keinerlei Verantwortungsgefühl, und wenn ich eigene Entscheidungen träfe, würde das unweigerlich zu einer Katastrophe führen.«

Marco setzte sich, nahm seinen Löffel in die Hand und stellte fest: »Ich liebe deine Mom.«

»Ich weiß, dass du das tust.«

»Ich liebe sie, denn sie war immer gut zu mir, und sie hat mich nach meinem Coming-out so akzeptiert, wie's meiner eigenen Familie nicht möglich war und immer noch nicht ist. Das hat mir mehr bedeutet, als ich sagen kann.«

»Ich weiß.«

»Und trotzdem muss ich sagen, dass sie in Bezug auf dich total im Unrecht ist. Es gibt keine Entschuldigung für das, was sie getan hat, und das tut mir leid.«

»Sie war völlig fertig, und so habe ich sie nie zuvor erlebt. Nicht nur, weil ihre gottverdammte Lüge aufgeflogen ist, und ganz egal, wie sie versucht, es darzustellen, weiß ich sicher, dass sie mich belogen hat. Es war beinahe so, als wäre ich aus ihrer Sicht durch die Entdeckung dieses Kontos endgültig dem Untergang geweiht.«

Lächelnd schob er sich den ersten Löffel Eiscreme in den Mund. »Könnte es sein, dass du ein bisschen übertreibst?«

»Vielleicht, aber so hat es sich nun einmal für mich angefühlt. Sie hat gesagt, sie hätte keine Ahnung, wo mein
Vater ist, und ich hatte den Eindruck, dass das stimmt.
Zum Lügen war sie viel zu aufgeregt. Wir haben fast die
ganze Zeit gestritten, doch am Ende hat sie einfach aufgegeben, auch wenn das im Grunde gar nicht zu ihr passt.«

»Hast du ihr auch gesagt, dass wir nach Irland fliegen
werden?«

»Ja, und alles, was ihr dazu einfiel, war, dass ich ihn dort
nicht finden würde.« Jetzt griff Breen nach ihrem Wein. »Sie
hat mit keinem Wort gesagt, dass sie es bereut oder sie sich
falsch verhalten hat. Warum konnte sie nicht einfach sagen:
›Breen, es tut mir leid‹?« Sie schüttelte den Kopf und gab
sich selbst die Antwort, ehe Marco die Gelegenheit dazu
bekam. »Weil sie nicht denkt, dass sie was falsch gemacht
hat, deshalb. Sie hat immer recht mit allem, was sie tut, und
dafür wird sie sich ganz sicher nicht entschuldigen.«

»Nur dass sie dieses Mal im Unrecht war.«

»Egal.« Mit einem Seufzer wandte Breen sich ihrer Eiscreme zu. »Ich habe ihr gesagt, was ich zu sagen hatte, und
ich werde tun, was ich tun muss. Oder was ich tun will.
Ich muss ihr nichts beweisen.« Als sie Marcos Seitenblick
bemerkte, gab sie abermals von einem Seufzer begleitet
zu: »Okay, zum Teil will ich ihr sicher was beweisen, aber
hauptsächlich mir selbst. Das ist jetzt erst einmal das Wichtigste für mich. Oh.« Sie fuchtelte mit ihrem Löffel durch
die Luft. »Natürlich fand sie meine roten Haare schrecklich, und als ich nach unserem Streit nach Hause lief – ich
bin tatsächlich fast den ganzen Weg zu Fuß gegangen –,
fiel mir plötzlich auf, dass meine Haare rot und lockig wie
die Haare meines Vaters sind. Es könnte also sein, dass sie

sich durch mein Haar zu sehr an ihn erinnert fühlt, aber soll ich dir was sagen?«

»Unbedingt.«

»So sehen meine Haare nun mal aus, und eine Mutter sollte ihre Tochter lieben, wie sie ist. Am besten findet sie sich also einfach damit ab, mich zukünftig mit meinem eigenen roten wild gelockten Haar zu sehen.«

»Da hast du völlig recht«, stimmte ihr Marco zu, nahm ihre Hand und setzte eine ernste Miene auf. »Was ist passiert? Du bist verletzt.«

»Nicht wirklich.« Hastig griff sie abermals nach ihrem Weinglas, während er den Ärmel ihres Pullis hochschob, um sich den Verband an ihrem Handgelenk genauer anzusehen.

»Was ist es dann?«

»Ich war so sauer, dass ich, um mich abzureagieren, erst mal ewig weit zu Fuß gelaufen bin. Und ständig ging mir unsere Auseinandersetzung durch den Kopf. Im Grunde war es unglaublich beleidigend für mich. Und plötzlich fiel mir wieder ein, wie gern ich früher zum Ballett gegangen bin.«

»In dem Gymnastikanzug und mit dieser Strumpfhose sahst du echt niedlich aus.«

»Es hat mir solchen Spaß gemacht, und Dad hat immer ›meine kleine Tänzerin‹ zu mir gesagt, und als er uns verlassen hat ... hat sie gesagt, sie könnte sich die Stunden nicht mehr leisten, aber da ich sowieso nur Mittelmaß gewesen wäre, sollte ich deshalb nicht traurig sein. Ich hätte aus den Stunden haltungs- und balancetechnisch bereits alles für mich rausgeholt. Die Klavierstunden hat sie noch für ein Jahr bezahlt, aber am Ende war auch damit Schluss.«

»Davon hast du mir nie etwas erzählt.«

»Ich konnte nicht darüber reden, denn es hat mir zu sehr wehgetan. Es war nicht so, dass ich mir eingebildet hätte, dass aus mir mal eine Primaballerina oder so was werden würde, denn ich wusste selber, dass ich auch nicht besser als der Durchschnitt war – aber ich habe es geliebt. Das Tanzen und die Übungsstunden mit der Gruppe und ein Teil davon zu sein. Doch darum geht es jetzt nicht mehr. Es war ganz einfach so, dass es mir plötzlich neben einer Reihe anderer Sachen wieder eingefallen ist. Genau wie die Tatsache, dass ich nie versucht habe, mich gegenüber meiner Mutter zu behaupten, dass ich niemals für mich selbst und meine eigenen Interessen eingetreten bin. Und das hat mich noch wütender gemacht.«

»Und deshalb hast dir die Pulsadern aufschneiden wollen?«

»Oh, nein. Ich lief und lief und dachte über all die Male nach, an denen ich kampflos aufgegeben habe, und dann war da plötzlich dieses Schild. *Drück dich aus.* Und war das nicht genau das, was ich schon seit Jahren hätte machen sollen? Meine eigenen Wünsche formulieren? Also bin ich in den Laden rein und ...« Sie brach ab, blies ihre Backen auf und atmete geräuschvoll aus.

»Meine Güte, Breen! Du hast dich tätowieren lassen!«

»Es war einfach ein Impuls. Aus Wut und aus dem Wunsch nach Rache oder so. Und bis ich wieder halbwegs bei mir war, war es zu spät.«

»Und was hast du dir stechen lassen? Los, zeig her. Warum hast du mir nicht Bescheid gegeben, denn dann hätten wir uns irgendwas zusammen stechen lassen können. Das war schließlich der Plan.«

»Wir hatten keinen Plan, bei dem es um eine Tätowierung ging.«

»Aber den hätten wir auf jeden Fall gehabt, wenn ich gewusst hätte, dass du auf so was stehst. Was ist es? Wann kann ich es sehen?«

»Jetzt gleich, denn eigentlich ist es kein richtiger Verband und kann jetzt weg. Erst wollte ich ja das Tattoo auf meinem Bizeps haben, aber auf dem Handgelenk kann ich es immer sehen, wenn's nötig ist. Was noch idiotischer als diese Tätowierung selber ist.« Sie wickelte den Mullverband von ihrem Handgelenk und drehte es herum, damit ihr Freund den Schriftzug sah.

»Die Schrift ist wunderschön, als wäre sie in alten Stein geritzt, und die Farbe – dunkelgrün, fast schwarz – sieht wirklich super aus. Aber was zur Hölle soll das heißen? *Misneach*?«

»Wenn man es ausspricht, klingt es wie ›Misnah‹. Das ist Gälisch und bedeutet Mut. Ich habe es gegoogelt«, gab sie zu. »Und es ist deine Schuld, dass ich auf die Idee für das Tattoo gekommen bin.«

Er drehte ihre Hand nach links und rechts und sah sich jeden Buchstaben des Worts genauestens an. »Warum denn das?«

»Als meine Mutter heimkam, hast du mir viel Mut gewünscht. Den habe ich gebraucht, und daran habe ich beim Anblick des verdammten Schilds über der Ladentür gedacht.«

»Das Lob nehme ich gerne an, denn das Tattoo ist wirklich cool. Lass uns gleich morgen noch mal in den Laden gehen, damit ich mir auch eins stechen lassen kann. Das heißt, am besten lasse ich mir eins in Irland stechen, weil das noch viel cooler ist. Und du kannst dir dort noch eins machen lassen«, schlug er grinsend vor.

»Ich glaube, dass mir diese eine Tätowierung erst mal reicht. Aber lass dir ruhig eine stechen, wenn du willst.«

»Hat es sehr wehgetan?«

»Am Anfang war ich noch zu wütend, um etwas davon zu merken, aber dann hat's ziemlich wehgetan. Doch da war es zu spät. Vielleicht bin ich ja doch so leichtfertig und unbedacht, wie meine Mutter immer sagt.«

»Das bist du nicht. Du hast mit dieser Tätowierung eine Aussage gemacht, und ich bin hin und weg. Warum kommst du nicht mit zu *Sally's* und gibst dort ein bisschen damit an?«

»Ich werde hierbleiben, den Unterricht der nächsten Woche planen und mich schon mal nach einem Cottage umschauen, das man in Galway mieten kann.«

»Wir werden also tatsächlich nach Irland fliegen.«

»Unbedingt.« Sie drehte ihren Arm und sagte sich: »Nur Mut.«

Als pflichtbewusster Mensch ging sie auch weiter jeden Morgen in die Schule, gab ihr Bestes, korrigierte Hefte und empfand es als befriedigend, dass sich einige von ihren Schülerinnen und Schülern seit Beginn des Schuljahrs verbessert hatten. Wie's aussah, hatte sie als Lehrerin ja doch nicht vollkommen versagt. Und nebenher bereitete sie alles für die Reise ihres Lebens vor. Sie fand ein hübsches Cottage, das in Connemara lag, einem Bezirk von Galway, und genau ihrer Vorstellung entsprach. Es lag idyllisch ein paar Meilen außerhalb von einem malerischen, kleinen Dorf und bot einen wunderbaren Ausblick auf die

Berge und das Meer. Bestimmt war es ein gutes Zeichen, dass die Cottages vorher alle ausgebucht gewesen waren und dies hier noch zu haben war. Sie unterdrückte ihre Angst davor, so lange irgendwo allein zu sein, und mietete es für den Sommer an. Dann buchte sie, bevor der Mut sie doch noch mal verlassen konnte, ihre Flüge und drei Nächte im Dromoland Castle, einer alten Burg im County Clare nicht weit von ihrem Ankunftsflughafen entfernt.

Schließlich hatte sie es geschafft, und sie und Marco bräuchten nur noch auf die Ankunft ihrer Ausweise zu warten und sich etwas gegen Übelkeit während des Fluges zu besorgen, weil sie bisher nie geflogen waren und es deshalb sicher besser wäre, wenn sie für den Fall des Falls gewappnet wären. Sie kaufte Reiseführer, Karten, mietete ein Auto und bekam in der darauffolgenden Nacht bei dem Gedanken, dass sie auf der linken Straßenseite fahren müsste, kaum ein Auge zu.

Dann traf sie sich noch mal mit Mr. Ellsworth, und er zahlte ihr von ihrem Konto tausend Euro – Himmel, tausend Euro – aus.

Und selbst beim Packen oder als sie zum letzten Mal den Unterricht beendete, kam es ihr vor, als wäre all das nur ein Traum. Sie nahm zum letzten Mal den Bus und hatte das Gefühl, als schlösse sie auf diese Weise eine Tür. Sie sperrte diese Tür nicht ab und tat auch nicht, als wäre sie nicht da. Sie zog sie einfach hinter sich ins Schloss und war in einem anderen Raum. Das hieß, im Grunde zog sie eher aus einem Haus, in dem sie immer etwas fremd gewesen war, und hoffte, dass die nächste Bleibe besser zu ihr passen würde, eben wie ein echtes Heim.

Und morgen um die Zeit wären sie auf dem Weg zum

Flughafen und flögen durch die Nacht in eine andere Welt. Zum ersten Mal in ihrem Leben wäre sie dort einzig für sich selbst verantwortlich. Sie hätte keinerlei Termine, keine Stundenpläne, keinen Wecker, der sie zwänge, pünktlich für die Arbeit aufzustehen. Doch was zum Teufel sollte sie in Irland ganz mit sich allein anfangen?

Das würde sie schon merken, wenn es so weit wäre, dachte sie und blickte auf ihr Handgelenk. *Sei mutig, Breen, und finde es heraus.*

Dann klingelte ihr Handy, und nach einem Blick auf das Display nahm sie den Anruf an.

»Hi, Sally.«

»Breen, mein Schatz. Du musst mir bitte einen riesigen Gefallen tun. Ich weiß, dass du beschäftigt bist.«

»Nicht wirklich. Meine Koffer sind gepackt, und jetzt gibt es nichts mehr für mich zu tun.«

»Da bin ich aber froh, denn dadurch fühle ich mich nicht mehr ganz so schlecht. Ich stecke ein bisschen in der Klemme, denn mir haben für heute Abend drei von meinen Leuten abgesagt. Anscheinend macht ein blöder Magen-Darm-Virus die Runde, und jetzt fehlt mir Personal. Kannst du vielleicht für ein paar Stunden einspringen?«

»Ja sicher, kein Problem.«

»Du bist ein Engel. Und den armen Marco habe ich natürlich auch schon eingespannt. Es tut mir leid, aber …«

»Schon gut. Ich freue mich, wenn ich die anderen alle noch mal sehen kann. Wann soll ich da sein?«

»Schaffst du es bis gegen sechs?«

»Na klar. Ich sitze schon im Bus nach Hause, werde dort noch einmal meine Reiseliste durchgehen und mich umziehen, und dann kommen wir um sechs.«

»Dafür schulde ich euch einen riesigen Gefallen, Schatz. Ich liebe dich.«

»Und ich dich auch.«

Tatsächlich war sie froh, dass sie beschäftigt wäre, dachte Breen. So wäre sie von den Gedanken an den Flug, an die Flughafenkontrollen, an einen Absturz über dem Atlantik, vom vermaledeiten Linksverkehr in Irland und von all den anderen Sorgen, die sie sich seit Wochen machte, abgelenkt. Wenn sie bis zwei hinter dem Tresen stünde, könnte sie danach nach Hause gehen, ins Bett fallen und bekäme – bitte, bitte, lieber Gott – bestimmt ein Auge zu. Und bevor sie sich versähe, würde sie im Flugzeug sitzen und mit Marco nach Europa fliegen, in das Land, in dem ihr Vater auf die Welt gekommen war.

Sie blickte durch das Seitenfenster ihres Busses auf die Straße. Direkt ihr gegenüber auf dem Gehweg stand der Mann mit silbergrauem Haar und lächelte sie an.

Inzwischen wusste sie nicht mehr, wie oft sie ihn gesehen hatte, seit sie ihm zum ersten Mal im Bus begegnet war. Und jedes Mal, wenn sie all ihren Mut zusammennahm und losgehen wollte, um ihn anzusprechen, war er plötzlich verschwunden. Natürlich löste er sich nicht in Luft auf, denn die Vorstellung war einfach lächerlich. Er ging ihr einfach aus dem Weg. Natürlich war es möglich, dass sie einfach in derselben Gegend wohnten – aber warum hatte sie ihn dann auch immer wieder einmal in der Innenstadt gesehen?

Egal, sagte sie sich. Bald würden Tausende von Meilen zwischen ihnen liegen, und dann könnte sie vergessen, dass sie sich jemals begegnet waren. Nur noch ein Tag. Nur noch ein Tag, und endlich finge sie ein neues Leben an.

4

Zurück in ihrer Wohnung tat Breen das, was sie sich vorgenommen hatte, und ging noch mal zwanghaft ihre Reiseliste durch.

Die neuen türkisfarbenen Koffer – die vielleicht aufgrund ihrer Farbe auf den halben Preis herabgesetzt gewesen waren – waren nur halb voll, denn schließlich brauchte sie noch Platz für Souvenirs, Geschenke und die eine oder andere Sache, die ihr während der drei Monate in Irland in die Hände fiel. Als Bordgepäck würde sie ihren Rucksack nehmen, den sie seit der Zeit am College hatte, denn auch wenn er ziemlich abgetragen war, käme er ihr auf den geplanten Wanderungen sicherlich zupass. Und jetzt enthielt er ihre Reiseführer, Straßenkarten, Augentropfen, die Tabletten gegen Kopfschmerzen und Reisekrankheit, Pflaster, Laptop, Tablet, Ladekabel, Kugelschreiber, ein Notiz- sowie zwei andere Bücher, ihren Toilettenbeutel und den kleineren Beutel mit Kosmetika. Dazu hatte sie sich auch noch eine kleine Umschnalltasche zugelegt, in der ihr Ausweis, ihre Tickets, die Kreditkarte sowie ihr Bargeld waren.

Am Ende musste Breen sich eingestehen, dass es nichts mehr zu überprüfen gab. Sie stellte den Wecker ihres Handys und legte sich auf die Couch. Wenn sie die halbe Nacht bedienen müsste, wäre es bestimmt nicht falsch, wenn sie zuvor noch etwas schlief.

Vorher aber musste sie noch ihr Gehirn ausschalten, das darauf bestand, sich weiterhin die denkbar größten Katastrophen, die sich während ihres Trips ereignen könnten, vorzustellen. Eine schlimme Krankheit, die sie selber oder Marco über Nacht befiel, ein schwerer Unfall oder so. Die Nachricht, dass es plötzlich bis auf Weiteres keine Flüge mehr nach Irland gab. Dass sie den ganzen Weg nach Irland flögen, um dort zu erfahren, dass ihre Ausweise nicht gültig waren, sodass sie auf direktem Weg hierher zurückkehren mussten. Dass die vielbeschworene Invasion der Aliens oder dass die Horror-Fernsehserie *The Walking Dead* urplötzlich Wirklichkeit geworden war.

Nachdem sie all die grauenhaften Möglichkeiten durchgegangen war, verwunderte es kaum, dass der Rest des kurzen Nickerchens nicht unbedingt erholsam war.

Sie lief im Traum allein über üppiges grünes Gras. Der Himmel war zwar grau, aber er schimmerte zum Zeichen dafür, dass hinter den dichten, dunklen Wolken helles, warmes Sonnenlicht zu finden war. Schlangengleich wand sich ein Meeresarm zwischen dem Land und der breiteren Bucht. Auf der ruhigen Wasseroberfläche schwammen grüne Algen, und die fernen Hügel waren mit schwarzgesichtigen, ansonsten aber flauschig weißen Schafen übersät. Die feuchte, kühle Luft zog flatternd durch die Bäume und den Garten, der mit seinen kühnen, beinah aufdringlichen Farben wunderbar lebendig war. Sie hörte den Gesang von Vögeln und das melodiöse Klirren von Dutzenden von Windspielen in den Ästen eines Baumes, der am Rand des Waldes stand.

Sie nahm den Weg über das dichte Gras in Richtung eines schmalen braunen Pfades, und aufgrund des Mooses, das die dicken Stämme, sanft geschwungenen Äste und die Steine auf dem Boden überzog, war der gesamte Wald von einem wundervollen, gespenstisch grünen Licht erfüllt. Das Wasser eines Bachs ergoss sich plätschernd über ein paar Felsvorsprünge, und sie hatte das Gefühl, als würde sie ein leises Murmeln und Gelächter hören. Das Wasser, dachte sie, oder die Windspiele, an denen sie vorbeigegangen war.

Gefangen in der Schönheit der Umgebung ging sie freudig weiter, bis drei Vögel – einer grün wie ein Smaragd, der zweite rot wie ein Rubin, der dritte blau wie ein Saphir – an ihr vorüberschossen und sie eilig hinterherlief, um sie sich genauer anzusehen. Im grünen Schatten und im Licht hörte sie sie rufen, jung und seltsam eindringlich. Sie wurden nicht einmal vom Tosen des enormen Wasserfalles übertönt, der sich aus unendlichen Höhen in den sanft gewundenen Bach ergoss. Die Wassermassen waren weiß wie Schnee, und erst an ihrem Ziel nahmen sie den grünen Ton des Bachlaufs an.

Die Vögel schwirrten um den Wasserfall herum. Die drei, die sie gesehen hatte, und noch andere, die blau wie Kobalt und Topas, rötlich orange wie Karneole, violett wie Amethyste waren. Sie schwirrten auf und ab, und ihr Geflatter wirkte wie ein Tanz. Dann schoss ein Vogel direkt auf sie zu, und sie entdeckte, dass die goldene Farbe seiner Augen sich auch in den Spitzen seiner roten Flügel wiederfand. Aber es war kein Vogel. Nein, es war ein Drache, der nicht größer war als ihre Hand.

»Hallo. Du bist Lonrach«, begrüßte sie den Kleinen, streckte eine Hand aus, sodass er gemütlich darauf Platz nehmen konnte. »Und du gehörst zu mir.« Sie ging mit ihm zusammen bis zum Wasserfall, um sich den Tanz der kleinen Drachen aus der Nähe anzusehen. Dann fiel ihr auf, dass sie durchs weiße Wasser sehen konnte, denn urplötzlich war es durchsichtig wie Glas. Und hinter dieser Wand lag eine Stadt mit grauen und mit schwarzen Türmen, die in einen Himmel ragten, der nicht blau war, sondern violett. Wie ein noch nicht verheilter Bluterguss. Der höchste Turm, ein Speer aus schwarzem Glas, thronte auf einer Felseninsel, die durch eine schmale, hin- und herschwankende Brücke mit der Stadt verbunden war, die auf den Klippen stand.

Sie dachte, dass sie Schluchzen hörte, Kriegsgeheul und unmenschliche Schreie, das Donnern von Hufen und das Klirren von Stahl auf Stahl. Mit wild klopfendem Herzen trat sie näher und sah Wirbel grellen Lichts. Sollte sie den Wasserfall durchschreiten, sollte sie den wundervollen Wald verlassen, um freiwillig in die Welt des Elends und des Krieges einzutauchen? Aber weshalb sollte sie das tun? Weshalb sollte das irgendjemand tun? Trotzdem ging sie noch ein wenig näher, als die Drachenrufe immer lauter wurden und der Wasserfall den Boden erbeben ließ.

Ihr Drache kehrte zu den anderen zurück, und sie versuchte, ihn zurückzurufen, doch wie hätte er sie bei dem Lärm verstehen sollen?

Dann nahm sie auf dem Grund des grünen Wasserbeckens ein rot-goldenes Glitzern wahr und fürchtete, der Drache wäre in den Teich gefallen und ertrunken, doch er schwirrte weiter durch die Luft und sah sie durchdringend aus seinen goldenen Augen an. Es war ein Stein, erkannte sie, so groß wie eine Babyfaust, mit Dutzenden von kleineren Steinen, die an einer goldenen Kette glitzerten. Und der Verschluss sah wie ein Drache aus. Anscheinend hatte jemand diese Kette hier verloren. Und jeder konnte sehen, wie kostbar dieses Schmuckstück war. Am besten würde sie durchs Wasser waten, bis sie es erreichte, und danach versuchen rauszufinden, wer der Eigentümer war. Noch während sie sich an den Rand des Wassers schob, begann der größte Stein im Rhythmus ihres Herzschlags zu pulsieren, die Luft griff dieses Pochen auf, und die moosbedeckten Bäume bogen sich im Wind. Dann zuckte ein so starker, greller Blitz über den Himmel, dass sie während eines Augenblicks geblendet wurde, und das Donnergrollen, das ihm folgte, machte sie vollkommen atemlos.

Ein Gewitter, dachte sie. Und bei Gewitter war ein Aufenthalt im Wald oder vielleicht sogar im Wasser alles andere als angesagt. Sie würde einfach später noch mal wiederkommen, aber erst mal würde sie nach Hause gehen, wo sie trocken, warm und sicher wäre, und falls vorher jemand anderes die Kette fände, sollte es vielleicht so sein. Aber wenn sie nur ganz kurz den Arm ins Wasser tauchte, könnte sie sie ja vielleicht erreichen und… Mit einem Mal verlor sie die Balance, und statt in einen flachen Teich stürzte sie in das fahle grüne Wasser eines plötzlich bodenlosen Sees. Sie versuchte, wieder an die Oberfläche zu gelangen, stieß dort aber gegen eine Wand, die härter war als Stahl. Sie schwamm nach rechts und prallte gegen eine andere Wand. Sie wandte sich nach links und stellte fest, dass sie in einer Art Aquarium gefangen war. Sie sah den rabenschwarzen Himmel über ihrem Kopf, die Blitze und vernahm das dumpfe Donnergrollen. Sie trommelte verzweifelt auf die Wände ein, bis sie im Wasser Fäden ihres eigenen Blutes schwimmen sah.

Sie bekam keine Luft, dachte sie. Sie musste hier raus.

Du bist der Schlüssel. Dreh ihn um. Erwache.

Undeutlich sah sie ein Schloss. Es glänzte silbern und war mit Juwelen besetzt. Sie ruderte verzweifelt mit den Armen, ohne dass sie es erreichte, und sie dachte, es ist zu weit weg. Das Herz schlug ihr vor Panik bis zum Hals, und sie zitterte am ganzen Leib …

… bevor ihr Handy schrillte und der gute Marco sie vom Sofa riss.

»Meine Güte, Breen! Ich dachte kurz, du hättest einen Schlaganfall.«

»Ich … ich war in diesem Teich, aber er war zu tief, und beinah wäre ich ertrunken … Oh mein Gott, das war echt grauenhaft.«

Marco nahm sie tröstend in den Arm, und sie schob sich ihr wirres Haar aus dem Gesicht.

»Ich war an diesem wunderschönen Ort. Ich kann mich nur noch undeutlich erinnern, aber er war wirklich wunderschön. Und dann war ich im Wasser. Dort lag irgendetwas, was ich brauchte, und dann bin ich reingefallen und wäre fast ertrunken.«

»Armer Schatz. Du zitterst immer noch.« Er presste ihr die Lippen auf die Stirn. »Am besten atmest du erst mal tief durch.«

»Jetzt geht's mir wieder gut.« Sie atmete vernehmlich aus. »Wahrscheinlich war es wieder mal ein Angsttraum, weiter nichts.«

»Aber so schlimm war es noch nie. Du hast gezittert und nach Luft gerungen, und deine Augen waren riesengroß. Du hast mir wirklich einen Riesenschrecken eingejagt.«

»Mir auch.« Wie immer stellte seine Schulter das perfekte Ruhekissen für sie dar, und seufzend lehnte sie sich an ihn an. »Es tut mir wirklich leid. Wahrscheinlich war es meine eigene Schuld. Ich habe mir mal wieder schreckliche Gedanken über die Kontrollen am Flughafen, den Flug und alles andere gemacht. Aber damit werde ich jetzt aufhören, denn egal, wo dieser wunderschöne Ort aus meinem Traum ist, wir fahren auf jeden Fall dorthin.«

»Dann bin ich froh, wenn wir dort angekommen sind. Tu mir so etwas bitte nicht noch einmal an.« Er nahm sie bei den Schultern und blickte ihr forschend ins Gesicht. »Wie würde meine Oma sagen? Du siehst immer noch ein bisschen oder eher geradezu erschreckend blass um die Nase aus. Soll ich Sally anrufen und sagen, dass du doch nicht kommen kannst?«

»Auf keinen Fall. Es war einfach ein – wenn auch wirklich – schlimmer, stressbedingter Traum. Die Arbeit und die Leute in der Bar kommen mir heute Abend gerade recht, denn eine bessere Ablenkung von all den Dingen, die aus meiner Sicht schiefgehen könnten, gibt es schließlich nicht.«

»Dann kümmere dich noch schnell um dein Gesicht.«

»Was soll es da zu kümmern geben? Abgesehen von der Blässe rund um meine Nase?«, fragte Breen.

»Lass deine wunderschönen grauen Augen leuchten, Mädchen. Schließlich habe ich dir extra beigebracht, wie man das macht. Und ich ziehe mir irgendeinen sexy Fummel an, der unsere Gäste daran erinnert, dass ein großzügiges Trinkgeld für den Bartender sich auf alle Fälle lohnt. Du kannst zuerst ins Bad.« Er ging in sein Zimmer, um sich umzuziehen, und rief ihr von dort aus zu: »Wie war übrigens der letzte Tag von deinem alten Leben?«

»Ganz okay. Das heißt, im Grunde sogar wirklich gut. Wobei ich jetzt auf jeden Fall bereit für etwas Neues bin.«

Später, auf dem Weg zum Club, schlang Breen den Arm um Marcos Taille, und beim Anblick seines engen roten T-Shirts, das den schlanken Körper und die muskulösen Arme ihrs Freundes vorteilhaft zur Geltung brachte, dachte sie unweigerlich an ihren bösen Traum zurück. Doch sie verdrängte den Gedanken, denn sie war sich ziemlich sicher, dass sie nicht die Einzige mit Ängsten war.

»Willst du mir nicht erzählen, wie dein Abschiedsbesuch bei deinen Eltern war?«

»Da gibt's nichts zu erzählen«, klärte er sie achselzuckend auf. »Wir waren alle höflich wie sonst auch. Mein Dad hat kurz gesagt, dass er mir eine gute Reise wünscht, und sich, so schnell es ging, in seinen Hobbyraum verdrückt; meine Mom hat mir noch eine Cola angeboten und gesagt, dass es in Irland jede Menge Kirchen geben und sie hoffen würde, dass ich Zeit fände, um sie mir anzusehen. Sie glaubt anscheinend immer noch, dass Beten gegen Schwulsein hilft.«

»Es tut mir leid.«

»Zumindest waren wir höflich, also war es gar nicht mal so schlimm. Natürlich wusste ich, dass sich mein Bruder nicht zusammenreißen könnte, also habe ich ihn gar nicht erst besucht. Und mit meiner Schwester habe ich am Telefon gesprochen – sie hat in der Arbeit wieder einmal alle Hände voll zu tun, aber trotzdem hatten wir ein echt gutes Gespräch.«

»Auf Keisha ist eben Verlass.« Sie drückte ihn im Weitergehen. »Wir beide sind eben die schwarzen Schafe der

Familien, Marco, so war's schließlich immer schon. Im Gegensatz zu dir bin ich bisher nie wirklich damit klargekommen, aber jetzt beginne ich, mich daran zu gewöhnen, und im Grunde fühle ich mich in der Rolle plötzlich sogar durchaus wohl. Und wenn wir morgen in den Flieger steigen, ist dort niemand, der uns kennt. Dann können wir sein, wer wir auch immer sein wollen.«

»Und als was gibst du dich dann im Flugzeug aus?«

»Ich bin beim MI6, das heißt, dass ich nicht über meine Arbeit reden darf.«

»Nicht schlecht. Und ich bin ein milliardenschwerer, junger Singer-Songwriter, der eine heimliche Affäre mit einem heißen, schauspielernden Rapper hat.«

»Und wer soll dieser heiße, schauspielernde Rapper sein?«

»Da niemand was von unserem Verhältnis wissen darf, kann ich dir das nicht sagen. Höchstens, dass sein Name sich fantastisch auf Moodacris reimt.«

»Für mich als MI6-Agentin ist ein solcher Code das reinste Kinderspiel. Und Ludacris ist wirklich heiß.«

Inzwischen hatten sie den Club erreicht, und Marco zeigte auf das Schild im Glitzerrahmen, das neben dem Eingang hing. »Hat Sally was davon gesagt, dass heute hier eine private Party steigt?«

»Nein. Oje! Aber zumindest ist das Trinkgeld dann normalerweise immer gut.«

Sie traten durch die Tür, und Dutzende von Leuten nahmen sie grölend in Empfang.

Der ganze Raum sah aus, als hätte Sally ihn zu Ehren des St. Patrick's Day geschmückt. Kleeblätter, Regenbogen, Feen und Kobolde – der gute Sally hatte wirklich sämtliche Klischees erfüllt, und Marco stieß ein leises »Scheiße« und ein unterdrücktes Kichern aus.

Sallys heißer, langjähriger Freund Derrick Lacross kam auf sie zumarschiert. Er drückte ihnen je ein Glas Champagner in die Hand und sah in einer grünen Lederweste über der beeindruckenden Brust und mit dem kleinen Koboldhut auf seiner blonden Mähne etwas lächerlich, vor allem aber überraschend niedlich aus. »Ihr habt doch nicht gedacht, dass wir euch ohne Abschiedsfest auf Reisen gehen lassen würden, oder?« Eilig schnappte er sich selbst ein Glas von einem Tablett und wandte sich den anderen Gästen zu.

Als er sein Glas erhob und alle »Sláinte!« brüllten, brach auch Breen in leises Kichern aus.

»Wahnsinn! Das ist einfach der totale Wahnsinn!«

»Dabei haben wir noch gar nicht richtig angefangen. Also hoch die Gläser, Kinder.«

Aus den Lautsprechern drang irische Musik, als Sally mit zu diesem Anlass grün gefärbtem, kurzem Stoppelhaar in ihre Richtung kam. Er küsste ihr die Wangen, drückte Marco einen schwarzen Hut mit grün schimmerndem Samtband auf den Kopf und wies hin an: »Zieh los und iss und trink und amüsier dich, ja? Und du …«, wandte er sich an Breen und nahm entschlossen ihre Hand, »… kommst erst mal mit.«

»Sally.« Marco fiel ihm grinsend um den Hals. »Du bist der Beste, das heißt, du und Derrick seid die Besten, Mann.«

»Das ist uns klar. Wir haben übrigens auch deine Schwester eingeladen, und sie hat gesagt, dass sie gleich nach der Arbeit kommt.«

»Wirklich? Das ist – toll!«

»Und jetzt lauf los. Für Breen ist gleich erst Partytime.«
Entschlossen zog er sie durch das Gedränge und rief: »Sie
kommt auf jeden Fall zurück, Ladys and Gentlemen. Bis
dahin amüsiert euch schön.« Dabei winkte er mit der
freien Hand, als teilte er das Rote Meer, um sie nach jah-
relanger Knechtschaft ins Gelobte Land zu führen.

Dann hielt ihm irgendwer ein Glas Champagner hin,
und Breen erklärte: »Das ist wirklich eine tolle Überraschung, Sally, und vor allem furchtbar nett von dir.«

»Du weißt doch, wie ich bin. Mir ist nun einmal jeder
Grund zum Feiern recht.« Er führte sie in den Gardero-
benraum und fügte noch hinzu: »Vor allem aber ist dir ja
wohl klar, wie wichtig du und Marco mir und Derrick
seid. Und jetzt verpassen wir dir erst einmal ein Outfit,
das zu dieser Party passt.« Mit diesen Worten griff er nach
dem kurzen grünen Kleid mit bis zum Hintern ausge-
schnittenem Rücken, das an einem der Garderobenstän-
der hing.

»Das Kleid ist wunderschön, aber ich …«

»Der liebe Derrick, der in allen Dingen über einen ausnehmend erlesenen Geschmack verfügt, hat es mit Liebe
für dich ausgesucht.«

»Ihr habt ein Kleid für mich gekauft?«

»Ein Partykleid, das du dir trotz des Reichtums, der urplötzlich über dich hereingebrochen ist, nie selbst geleistet hättest«, schalt er sie. »Genauso wenig wie die Schuhe,
für die ich mit meinem ebenfalls erlesenen Geschmack
zuständig war.« Er hielt ihr ein Paar vorne offener golde-
ner Glitzerschuhe mit erschreckend hohen Absätzen und
schmalen Knöchelriemen hin.

»Die Absätze sind aber ganz schön hoch.«

»Damit kommst du schon klar. Du kommst schließlich mit allem klar. Und jetzt wirf dich in Schale, Kleines, denn die Party hat schon ohne uns begonnen, und wir wollen doch nicht, dass du noch mehr davon verpasst.«

Gehorsam zog sie sich die Schuhe, T-Shirt und die enge Hose aus und stand nur noch in ihrem schlichten weißen Büstenhalter und dem weißen Baumwollslip da.

»Auch den BH, Schätzchen. Es macht mich einfach traurig, dieses Ding zu sehen.«

»Auch den BH?«

»Das Kleid hat einen eingebauten Büstenhalter, aber deine Mädels sind auch so noch jung und straff genug – und dieses traurige Gestell wirfst du am besten in den Müll. Stell deine Mädels ordentlich zur Schau, solange du es kannst.«

»Okay. Ich habe schließlich in der letzten Zeit vieles zum ersten Mal gemacht.« Sie zog den Büstenhalter aus, zwängte sich windend in das Kleid und hob einen Arm.

Sally schloss den Reißverschluss. »Es passt.«

»Es sitzt wie angegossen«, korrigierte sie der mütterliche Freund. »Und jetzt kommen die Schuhe dran.«

Sie setzte sich auf einen Stuhl, stieg vorsichtig in die High Heels, und während sie noch mit den dünnen Riemchen kämpfte, meinte sie: »Du hast auch Marcos Eltern eingeladen, stimmt's?«

»Alles andere wäre unhöflich gewesen.«

»Aber sie haben abgelehnt. Genau wie meine Mom, als du sie eingeladen hast.«

Der gute Sally ging vor seiner jungen Freundin in die Hocke und nahm ihr die Arbeit mit den Riemchen ab.

»Ihr Pech. Es tut mir in der Seele weh, wenn Menschen wunderschöne, wundervolle Kinder haben und es dann nicht schaffen, diese Kinder so zu nehmen, wie sie sind.« Er tätschelte Breens Fuß und blickte zu ihr auf. »Lass dir eins von einer alten Dragqueen sagen, Mädchen: Sei du selbst, und pfeif auf das, was andere in dir sehen.«

»Du bist doch noch nicht alt«, erklärte Breen, und Sally lachte auf.

»Und du brauchst dringend eine Pediküre und vor allem ein bisschen Farbe auf den hübschen Zehen.«

»Die lasse ich in Irland machen.«

»Und kauf dir vor allem hübsche Unterwäsche, Kind.« Er schob verächtlich einen Finger unter einen Träger ihres einfachen BHs und warf ihn achtlos fort. »Was willst du machen, wenn du einen heißen Iren findest und nichts anderes als dieses jämmerliche Zeug zu bieten hast?«

»Ich nehme an, statt eines heißen Iren finde ich am besten erst einmal mich selbst.«

»Das hast du gut gesagt. Finde die Breen, mit der du glücklich bist, und kümmere dich dann erst um den Rest.«

»Ich liebe dich, Sally.«

»Das trifft sich gut, Schätzchen, denn schließlich liebe ich dich auch. Und jetzt steh auf und schau dich an.«

Im Spiegel sah Breen eine Frau mit feuerroten Locken und in einem leuchtend grünen Kleid, das ihre wohlgeformten Beine in den goldenen Schuhen, die eher eine Prinzessin hätte tragen sollen, vorteilhaft zur Geltung kommen ließ. »Ich sehe aus wie … eine Frau von Welt.«

»Gerade Linien ohne jeden Schnickschnack. Das ist es, was meiner Meinung nach am besten zu dir passt.« Sally ließ den Zeigefinger kreisen und verlangte: »Dreh dich mal.«

»Ich will mir nicht die Knöchel brechen.«

»Keine Angst, dein Gleichgewichtssinn ist viel besser, als du denkst.«

Gehorsam drehte Breen sich um die eigene Achse, und als sie die – kaum vorhandene – Rückseite des Kleides sah, entfuhr ihr ein »Oha«.

»Du hast einen wirklich sexy Rücken, Kleines.« Sally legte ihr die Hände auf die Schultern, schmiegte sein Gesicht an ihre Wange und erklärte: »Endlich kriegen wir einmal die echte Breen zu sehen.«

»Auch ohne Flügel bist du meine gute Fee, Sally.«

»Das hoffe ich doch wohl. Und jetzt schnapp dir dein Glas, und zeig dich deinen Gästen, ja?«

Nach ihrer Heimkehr packte Breen ihr neues Kleid und ihre neuen Schuhe noch für Irland ein und schlief danach vor Glück und vor Erschöpfung traumlos bis zum nächsten Morgen durch.

Dann aber brach sie abermals in Hektik aus, bestätigte zum x-ten Mal die Flüge, die schon längst bestätigt worden waren, ging noch mal alle Taschen durch und betrachtete ihren Ausweis in der Angst vor irgendwelchen Fehlern, die sich über Nacht dort eingeschlichen hatten. Anschließend lag sie Marco damit in den Ohren, dass auch er sich vergewissern sollte, dass nicht irgendeine Kleinigkeit von ihm vergessen worden war. »Hast du die Post auch sicher abbestellt?«

»Das habe ich, obwohl wir sowieso kaum welche kriegen. Und die Handvoll Lebensmittel aus dem Kühlschrank habe ich bei Gracie gegenüber abgegeben und ihr einen Schlüssel dagelassen, damit sie die beiden Pflanzen, die wir haben, gießen und manchmal das Licht einschalten kann, damit es hier bewohnt aussieht und niemand denkt, dass er hier einbrechen und uns das Wenige, das wir besitzen, klauen kann.«

»Und deine Euro hast du sicher eingesteckt?«

»Ja, ja. Einschließlich der fünfhundert, dir mir Sally gestern Abend noch gegeben hat.«

»Was? Er hat dir tatsächlich fünfhundert Euro zugesteckt?«

»Er und Derrick, und ein Nein haben sie nicht akzeptiert. Sie haben nur gesagt, ich sollte dich von einem Teil des Geldes schön zum Essen ausführen, damit du noch einmal dein neues Kleid anziehen kannst.«

»Das ist einfach ... typisch Sal und Derrick.«

»Und es geht sogar noch weiter, falls du endlich aufhörst auszuflippen, weil du mich dadurch allmählich ebenfalls zu einem Nervenbündel machst.«

»Was heißt, dass es sogar noch weiter geht?«

»Dass Sally uns von einer schicken Limousine abholen und zum Flughafen kutschieren lässt.«

»Wir können ganz unmöglich annehmen, dass er so viel Geld für uns verprasst.«

»Das tut er nicht. Die ganze Gang im Club hat sich zusammengetan, und Renos Bruder fährt ein solches Ding. Er wird in einer Stunde hier sein, also werde ich jetzt duschen und mich in mein Outfit eines Weltreisenden werfen. Hast du etwa vor, das Zeug da für die Reise anzuziehen?«

Sie sah auf ihre schwarze Yogahose und den schlichten schwarzen Pulli, den sie trug. »Wir sollten wenigstens versuchen, unterwegs etwas zu schlafen, und die Sachen sind total bequem.«

»Okay. Du siehst in ihnen aus, als wärst du ständig in der Weltgeschichte unterwegs. Aber tausch die schwarzen Schuhe gegen diese roten, die einfach der Hammer sind. Ein bisschen Farbe wäre nämlich ganz bestimmt nicht schlecht.«

»Meinetwegen.«

Nach dem Tausch der Schuhe überprüfte sie noch einmal die Gepäckanhänger an den Koffern und zog ihre schwarze Jacke an. Sie hatte bereits nachgesehen, wie das Wetter morgen auf dem Flughafen in Shannon wäre: sechzehn Grad und leicht bewölkt, mit vierzigprozentiger Regenwahrscheinlichkeit.

Marco kam in Jeans und olivgrünem T-Shirt aus dem Bad, und als er aus dem Fenster schaute, rief er: »Aber hallo. Vor dem Haus fährt gerade eine dicke schwarze Limousine vor.«

»Oh Gott, oh Gott, dann ist es jetzt so weit. Wir müssen unsere Taschen runterbringen.«

Was aus dem dritten Stock und ohne Fahrstuhl alles andere als einfach war, und bis sie mit Breens Koffern, ihrem Rucksack, Marcos Koffer und mit seiner Reisetasche unten waren, stand der livrierte Fahrer schon im Flur.

Breen fiel beim besten Willen nicht mehr ein, wie Renos alias Tina Turners Bruder hieß.

»Moment, ich nehme Ihnen etwas ab. Ich bin übrigens Frazier«, stellte er sich vor. »Der Wagen steht gleich vor der Tür.«

»Eine wirklich schicke Limousine«, stellte Marco anerkennend fest.

»Auf jeden Fall.«

»Es tut mir leid, aber zwei Taschen sind noch oben.«

»Kein Problem«, wandte sich der Chauffeur erneut an Breen. »Am besten laden wir die anderen Sachen erst mal ein, dann setzen wir die Lady in den Wagen und holen den Rest, Bruder, okay?«

Breen hatte das Gefühl zu träumen, die lange Limousine und das glatte Leder, eine kaum erblühte weiße Rose in der durchsichtigen Vase und die Flasche Wasser, die ihr Frazier anbot, um vorsorglich die Tablette gegen Reisekrankheit einzunehmen, aber waren durch und durch real. Als der Wagen lautlos anfuhr, spielte Marco mit dem Licht und der Musik, während sie aus dem Fenster sah.

Sie würde Philadelphia für ein Vierteljahr verlassen. Alle Menschen, die sie kannte, waren hier. Und, wenn sie sich an ihren Plan hielt, kehrte Marco in zwei Wochen wieder zurück und sie bliebe allein in einem fremden Land. Dann wäre sie zum ersten Mal in ihrem Leben wirklich ganz auf sich allein gestellt.

Sie hätte keine Mutter, die ihr sagen würde, was sie tun und lassen sollte, keinen besten Freund an ihrer Seite, keinen Sally, um sich anzulehnen. Keinen Vorgesetzten, keine Arbeit und nicht einen einzigen Termin. Natürlich könnte sie sich auch in Irland eine Arbeit suchen, um die Zeit ein wenig auszufüllen. Als Tochter eines Iren war sie schließlich selber eine halbe Irin und könnte dort arbeiten, wenn sie …

»Hör endlich auf, dir einen Kopf zu machen«, befahl Marco ihr. »Wir wollen doch schließlich nicht, dass du dich selber runterziehst.«

»Das tue ich auch nicht. Ich habe einfach gerade überlegt, dass ich mir auch in Irland eine Arbeit suchen könnte, falls mir danach ist. Vielleicht in einem Pub – um völ-

lig in die Atmosphäre dieses Landes einzutauchen – oder
einem Laden oder einem Gartencenter, denn ich würde
wirklich gerne etwas über Pflanzen und das Anbauen irgendwelcher Sachen lernen. Ich glaube, dass die Eltern
meines Vaters Bauern waren. Ich bin mir nicht ganz sicher,
weil ich die Geschichten, die er mir erzählt hat, manchmal
durcheinanderbringe, aber meiner Meinung nach hat er als
Kind auf einem Bauernhof gelebt.«

»Von denen es in Irland jede Menge gibt.«

»Wie dem auch sei, ich mache mir zumindest keine
Sorgen.« Keineswegs, sagte sie sich. »Ich bin nervös, aber
das ist was anderes. Bist du nicht aufgeregt?«

»Nein. Ich bin begeistert, weil es endlich so weit ist. Bisher sind wir kaum je aus Philly rausgekommen, aber jetzt
bereisen wir die Welt. Ich bin dir wirklich dankbar, dass du
mir die Chance dazu gegeben hast.«

»Im Grunde gibst du mir die Chance zu tun, was ich
schon lange hätte machen wollen. Das ist mein voller
Ernst. Wenn ich hätte ganz allein fliegen müssen, hätte ich
niemals den Mut dazu gehabt.«

»Dann mach dich jetzt bereit zu fliegen, denn wir sind
gleich da.«

Automatisch tastete sie nach der Umschnalltasche, die
sie trug, und Marco drückte ihr die Hand.

»Du hast alles dabei, Schätzchen, auch deinen Pass. Deswegen solltest du genießen, dass du wie ein Star in einer
schicken Limousine durch die Gegend fährst.«

Sie zog ihr Handy aus der Tasche, schmiegte sich an
seine Schulter an und sagte lächelnd: »Limousinen-Selfie-
Time.«

»Schick mir das Bild, damit ich es auf Instagram und

auch bei Twitter posten kann. Hashtag BFF, Hashtag unterwegs, Hashtag...«

»Okay, okay, das reicht«, stellte sie lachend fest.

»Du brauchst auf jeden Fall ein Reisetagebuch, in das du täglich etwas schreibst. Oder noch besser einen Reiseblog.«

»Ich wüsste gar nicht, wie das geht.«

»Du kannst schreiben, und den Blog richte ich dir einfach nach unserer Ankunft ein.« Grinsend schob er sich die teure Sonnenbrille, die er sich geleistet hatte, ins Gesicht. »Wir brauchen einen Namen, und wenn ich dich alleine lasse, musste du diesen Blog alleine weiterführen, damit ich... Scheiße, wir sind schon da. Ich überlege mir etwas.«

Nachdem die Limousine bereits eine andere Welt gewesen war, kam Breen der Flughafen mit all den Menschen, all dem Lärm und all den Schildern wie ein anderes Universum vor. Sie checkten ein, und sie versuchte, nicht in Panik auszubrechen, als sie ihre Taschen über das Gepäckband irgendwo im Nirgendwo verschwinden sah und ihr außer dem Rucksack nur noch ihre Umschnalltasche blieb. Und dann die Schlangen überall! Auf ihrem Weg durch die Security stieg neue Furcht in ihrem Inneren auf, doch niemand wurde festgenommen, und dann folgten sie den Schildern in die Erste-Klasse-Lounge.

»So viele Leute, die irgendwohin wollen oder von irgendwo zurückkommen«, meinte sie.

»Genau wie wir. Wir wollen schließlich auch irgendwo hin.« Grinsend packte Marco ihre Hand und schlenkerte fröhlich mit dem Arm. »Vielleicht sollten wir uns etwas zu trinken oder eine Kleinigkeit zu essen holen, denn schließlich haben wir noch jede Menge Zeit.«

»Am besten gehen wir erst mal in die Lounge, denn schließlich haben sie gesagt, dass wir dort warten sollen.« Sie hatte keine Ahnung, ob sie überhaupt einen Bissen herunterbekam, aber wenn sie wieder halbwegs zu sich kommen wollte, bräuchte sie erst einmal einen halbwegs ruhigen Ort.

Sie sah ganze Familien mit Babys, Kleinkindern und Großeltern, Geschäftsleute, die irgendwas auf ihren Handys lasen, und vor allem jede Menge Leute, die auf Stühlen saßen und dort dösten oder einfach nur gelangweilt waren. Wie konnte man so kurz vor einem Flug gelangweilt sein? Sie sah Leute, die fernsahen, Bücher oder irgendwas auf ihren Tablets lasen, sah ... den Mann mit silbergrauem Haar.

Das konnte doch nicht sein.

Aber tatsächlich entdeckte sie ihn an einem der Gates in einer langen Menschenschlangen.

»Marco ...«

»Da ist unsere Lounge.«

»Marco, ich ...«

Ehe sie jedoch den Satz beenden konnte, war er plötzlich nicht mehr da. »Schon gut«, murmelte sie.

Es lag bestimmt am Stress und an der Überfrachtung ihrer Sinne, dass die Fantasie kurzfristig mit ihr durchgegangen war.

Sie gingen durch die markierten Türen in einen ruhigen Raum, in dem es angenehm nach Zitrus duftete, und traten vor den elegant schimmernden Tresen, auf dem eine Orchidee blühte, die so weiß war wie die makellosen Zahnreihen der Frau, die sie mit einem breiten Lächeln um die Bordkarten bat.

»Ich weiß gar nicht genau, ob wir hier richtig sind«, erklärte Breen, während sie umständlich die Karten aus der
Tasche zog.

»Das sind Sie ganz bestimmt. Wir geben durch, wenn
Sie an Bord gehen können. Einfach dort entlang.«

Sie gingen durch die nächste Tür in einen großen
Raum, in dem dieselbe angenehme Stille wie im Vorraum
herrschte und in dem die Leute wahlweise auf freistehen-
den Stühlen oder auch an Tischen saßen, etwas aßen oder
tranken und in den verschiedenen Magazinen blätterten,
die es zur Auswahl gab.

Breen hatte keine Ahnung, was sie machen sollte, und
sah ihren Freund mit großen Augen an.

Er sah sich selbst staunend um und stellte fest: »Es gibt
tatsächlich Menschen, die so leben, Breen. Stell dir das vor!
Da drüben gibt es Shrimps – hast du gesehen? Am besten
hole ich uns erst einmal zwei Krabbencocktails, oder was
meinst du?«

Ein Mann in Uniform blieb neben ihnen stehen und
fragte höflich: »Möchten Sie etwas zu trinken?«

»Ich ...«

»Haben Sie Champagner?«, fragte Marco.

»Selbstverständlich.«

Also tranken sie Champagner, aßen Krabbencocktails, und Breen zuckte nicht mal mit der Wimper, als ihr
Freund zwei Äpfel, eine Flasche Cola, eine Tüte Chips und
eine Flasche Wasser in der Reisetasche unter ihrem Tisch
verschwinden ließ. Denn dies war der Beginn von ihrem
großen Abenteuer, dachte sie und fand mit einem Mal Gefallen an der Idee von einem Reisetagebuch. Das könnte
durchaus lustig werden – und vor allem könnte sie mit

seiner Hilfe die Erinnerungen an die Reise immer wieder auffrischen, wenn sie wieder zu Hause war.

Dank des Champagners hatte ihre Aufregung sich weit genug gelegt, dass sie mit träumerischem Gleichmut reagierte, als das Boarding begann. Was in der ersten Klasse hieß, dass man direkt zu seinem Platz gelangte, ohne dass man vorher noch durch irgendwelche endlos langen Gänge lief. Und dass die Sitze futuristische Gebilde waren, in denen man bequemer als in einem Ohrensessel saß.

»Wir haben unseren eigenen Fernseher und jede Menge Filme – ganz umsonst. Und hier – die Sessel kann man so weit umklappen, dass echte Betten draus werden. Und dann haben wir noch diese coolen Beutel voller Zeug. Zahnbürsten, Gesichtsspray, Schlafmasken und Socken. Wie cool ist das alles?«

»Ich habe das Gefühl, als wäre all das nur ein Traum.«

»Oh, nein, das ist die Wirklichkeit. Am besten mache ich ein Selfie, das es dir beweist.«

Er zog sein Handy aus der Tasche, und im selben Augenblick kam eine Flugbegleiterin und fragte: »Darf ich Ihnen vor dem Start noch was zu trinken bringen?«

»Champagner«, entschied Breen und lächelte sie fröhlich an. »Wir haben mit Champagner angefangen, und den werden wir jetzt weiter trinken, bis wir morgen früh in Irland sind.«

Der grauhaarige Mann stand noch im Terminal und sah dem Flieger seufzend hinterher.

Er hatte seine Arbeit hier erfolgreich abgeschlossen, deshalb war jetzt auch seine eigene Zeit in Philadelphia vorbei. Die Stadt, die Brezeln, Farben und die wunderbaren Menschen würde er vermissen, aber trotzdem käme er auch gerne wieder heim. Noch aber war es nicht so weit. Noch einen Zwischenstopp und eine letzte Aufgabe, die es dort zu beschließen galt.

Er schlenderte durch das Gedränge, bog um eine Ecke … und verschwand.

5

Breen stellte zu ihrer Überraschung fest, dass sie gern flog. Sie hatte nicht damit gerechnet und war sicher davon ausgegangen, dass sie während all der Stunden in der Luft vor Angst vergehen würde, doch ihr machte das Fliegen sogar richtiggehend Spaß. Sie hatte was zu essen, was zu trinken und Unterhaltung. Marco saß neben ihr, und sie genoss es, durch das Fenster in die Dunkelheit hinauszusehen und sich die Schiffe, die den Ozean durchpflügten, und die kleinen Inseln, die dort lagen, vorzustellen.

Zwar würde sie ihr Geld auch weiterhin zusammenhalten und deshalb bestimmt nicht immer in der ersten Klasse fliegen, doch sie würde jetzt nicht mehr am Boden kleben, sondern sich in Zukunft jedes Jahr einen besonderen Flecken auf der Erde suchen, ihre Taschen packen und in einen Flieger steigen, um ihn sich mit eigenen Augen anzusehen.

Das wäre der totale Wahnsinn, oder nicht?

Genauso wenig hatte sie erwartet, dass sie während ihres Flugs auch nur ein Auge zubekommen würde, doch der Wein, der Film, den sie mit Marco ansah, und das ruhige Summen der Triebwerke verfehlten ihre Wirkung nicht. Da sie sich in Stimmung bringen wollte, suchte sie auf ihrem Handy ihre Playlist mit den irischen Balladen, klappte ihren Sitz nach hinten, kuschelte sich in die Decke, die sie von der Flugbegleiterin bekommen hatte, und schlief praktisch auf der Stelle ein.

Und diesmal träumte sie von grünen Feldern und von blauen Seen, von dichten Wäldern und von sanft wogenden Hügeln, davon, dass sie auf dem Rücken eines roten Drachen über diese Felder, Seen und Wälder ritt. Breen träumte derart intensiv, dass sie sogar den Wind spürte, der ihr entgegenblies. In ihrem Traum sah sie ein kleines Haus aus Stein, das am Rand des Waldes und am Ufer eines Bachs inmitten eines bunten Gartens lag. Und in der Nähe einen Hof mit grünen Feldern und mit Steinmauern, auf dem ein muskulöses braunes Pferd, geführt von einem Mann, braune Furchen durch die grüne Erde zog. Der Traum war so lebendig, dass sie seine Stimme hörte, während er von Liebe, von Verlust und Trauer sang. Der rote Drache segelte am sternenübersäten Himmel, und zwei Monde – einer voll und weiß, der andere eine gelb glühende Sichel – wachten über die nächtliche Welt. Dann ging die Sonne auf, tauchte die Erde in ihr goldenes und rotes Licht, und der Drache landete am See neben dem Mann, der dort, ein Schwert an seiner Seite und in einer seiner Hände einen Stab mit einem rot glitzernden Stein, am Ufer stand. In seiner anderen Hand hielt er die Zügel eines schwarzen Pferds. Sein Haar, das schwarz war wie das Fell des Tieres, fiel in sanften Wellen über den Kragen seines Hemds, und über seine linke Schulter hing ein dünn geflochtener Zopf.

Er sah sie durchdringend aus Augen an, die das Grün der Hügel hatten. »Träume reichen nicht aus. Wach auf und nimm die Dinge in die Hand, oder schlaf weiter, wenn sein Opfer dir nicht wichtig ist.«

Die Worte riefen Zorn und Scham in ihrem Inneren wach. Der morgendliche Himmel wurde schwarz, der Wind schnitt messergleich in ihre Haut, und als ein Blitz nur ein paar Zentimeter vor den Füßen dieses Mannes in die Erde schlug, fuhr sie zusammen, er und das Pferd hingegen blieben ruhig, als wäre nichts geschehen. Dann huschte plötzlich ein zufriedenes Lächeln über sein Gesicht. »Wach auf und zeig mir, dass ich mich geirrt habe. Wach auf, Breen Siobhan O'Ceallaigh und fang dein wahres Leben an.«

Benommen und verwirrt schlug sie die Augen wieder auf. Sie hätte schwören können, dass sie die Luft und auch das Gras aus ihrem Traum noch roch. Reglos lag sie in der Dunkelheit und klammerte sich an die Einzelheiten ihres Traums.

Am besten, sie schrieb ihn gleich auf, auch wenn ihr Hirn noch immer leicht vernebelt war.

Sie richtete sich auf, schaltete die Leselampe ein und klappte ihren Laptop auf. Im Grunde hatte sie den Traum genossen, er war wundervoll gewesen, amüsant, und selbst der schwarzhaarige Mann hatte sie fasziniert. Sie fragte sich, ob er Soldat gewesen war oder vielleicht ein König und wofür er stand.

Der Rest war leicht. Der Drache war derselbe wie in ihrem anderen Traum, auch wenn er diesmal groß gewesen war. Er war geflogen, weil sie gerade selbst in einem Flugzeug saß, und stand für die Freiheit, die sie plötzlich selbst empfand. Und die Umgebung entsprach dem Klischee von Irland als dem Land der grünen Hügel, dunklen Wälder und der leuchtend blauen Seen.

Die beiden Monde standen vielleicht für die eine Welt, die sie verlassen hatte, und die andere, die sie bald kennen lernen würde, auch wenn sie sich da nicht wirklich sicher war.

Das Cottage sah genau wie das von ihr gebuchte kleine

Haus in Galway aus. Und hatte sie nicht Marco gerade erst erzählt, dass ihr Vater ihres Wissens nach auf einem Hof wie dem, den sie in ihrem Traum gesehen hatte, aufgewachsen war? Hatte also vielleicht er das Feld gepflügt? Der Mann hatte gesungen wie ihr Vater auch. Ein irischer Tenor, doch nein, die Stimme ihres Vaters hatte einen anderen Klang gehabt. Sie kannte Eian Kellys Stimme auch nach all den Jahren noch genau, denn sie hatte sich die Aufnahmen von seinen Liedern immer wieder angehört, wenn ihre Mutter nicht zu Hause gewesen war.

Trotzdem hatte dieser Mann wahrscheinlich ihren Vater darstellen sollen.

Und der schlecht gelaunte Mann am See? Er war groß und muskulös gewesen, aber nicht so bullig wie zum Beispiel Derrick. Leuchtend grüne Augen, langes, leicht gewelltes schwarzes Haar, das links von seinem Kopf zu einem dünnen Zopf geflochten war. Mit Kleidern wie aus *Game of Thrones* oder aus einem Arthus-Film. Der Stab hatte für Macht gestanden, richtig? Das Schwert dafür, dass er ein Krieger war. Und der Stein hatte genauso ausgesehen wie der Stein aus ihrem anderen Traum.

Wahrscheinlich hatte das Gewitter ihren eigenen Zorn gespiegelt, weil ihr wieder einmal jemand hatte sagen wollen, was sie zu tun und zu lassen habe. Denn davon, dass andere über sie bestimmten, hatte sie inzwischen endgültig die Nase voll.

Oh ja, im Grunde war es ein echt cooler Traum gewesen, und es lohnte sich auf jeden Fall, ihn festzuhalten. So wie ihre Reise, dachte sie. Sie hatte sich bisher noch nie als Bloggerin versucht, aber sie öffnete ein neues Dokument, dachte kurz nach, und schon fiel ihr ein Titel dafür ein.

Auf der Suche nach mir selbst

Sie schrieb fast eine Stunde, und allmählich wurden auch die anderen Passagiere wieder wach und schalteten die Leselampen über ihren Sitzen ein. Dann begannen die Flugbegleiterinnen und -begleiter, ihre Runden durch den Raum zu drehen, und boten leise Kaffee oder Frühstück an.

Also trank sie einen Kaffee und las sich den ersten Text des Reisetagebuchs noch einmal durch. Fünf Seiten – wow!

Dann ging sie kurz ins Bad, und als sie wiederkam, saß Marco ebenfalls mit einem Kaffee da und las in ihrem Tagebuch.

»He.«

»Du hast den Laptop aufgeklappt stehenlassen, und vor allem ist das wirklich gut«, stellte er anerkennend fest.

»Ich muss es erst noch etwas aufpolieren.«

»Aber es ist jetzt schon gut. Es klingt, als ob du mit den Leuten plaudern würdest, es ist lustig und vor allem detailliert. Genau das Richtige für einen Blog. Ich richte ihn dir sofort ein.«

»Marco ...«

»Außerdem habe ich uns Omelette bestellt, für mich mit Würstchen und für dich mit Speck. Ich hatte überlegt, ob wir dazu Mimosas oder Bloody Marys trinken sollen, aber da wir bald schon Auto fahren müssen, lassen wir das besser sein. Carla, die Stewardess, hat mir erzählt, dass wir in einer knappen Stunde landen.« Während er sprach, tippte er schon etwas in ihren Laptop ein. »Was für einen Domänennamen willst du haben?«

»Ich ...«

»Am besten einen möglichst einfachen, zum Beispiel *breensiobhan.com* – den Nachnamen lassen wir am besten erst mal weg. Ich richte es so ein, dass Einzelheiten zu deiner Person nicht eingesehen werden können und dass du die Seite selbst verwaltest, ja? Im Anfang werde ich dir dabei helfen, also keine Angst. Die Seite wird dir automatisch Updates schicken, wenn du Kommentare kriegst und so. Die Aufmachung bleibt schlicht und elegant, und ich stelle es so ein, dass man sich auch gut vom Handy auf die Seite klicken kann.«

Sie wusste, dass er solche Dinge gerne machte, also ließ sie ihn gewähren. »Ich glaube kaum, dass irgendjemand diese Sachen lesen wird.«

»Sally und die anderen auf jeden Fall. So sind sie immer über alles auf dem Laufenden, was wir in Irland unternehmen, oder nicht? Und wenn ich wieder nach Hause komme, kriege auch ich selbst auf diese Weise mit, was du allein dort treibst.« Er lächelte sie an. »Du schreibst, und ich kümmere mich um den Technikkram. Wie du Fotos und die Texte hochlädst, zeige ich dir noch, und wenn du in ein paar Tagen feststellst, dass der Blog dir keinen Spaß macht, hörst du einfach wieder auf. Was für einen Schrifttyp willst du haben?«

»Such du einfach einen aus.« Darüber würde sie sich sicher nicht den Kopf zerbrechen, und am besten sähe sie den ganzen Blog als eine Art ausführlicherer Postkarte an die daheim gebliebenen Freundinnen und Freunde an.

»Super. Dann schicke ich jetzt eine Gruppen-E-Mail mit dem Link zu deinem Blog an Sally und die anderen.«

Auch wenn sie beim Schnick-Schnack-Schnuck gewonnen hatte und deshalb zuerst der arme Marco fahren müsste, sollte sie allmählich anfangen, sich Gedanken über die bevorstehenden Passkontrollen, den Weg zu ihrem Wagen und vor allem den Linksverkehr zu machen, doch sie blickte bei der Landung einfach aus dem Fenster und sah durch die Wolken auf die Felder und die Hügel, über die sie während ihres Traums hinweggeflogen war. Ein satter grün-braun-goldener Flickenteppich breitete sich endlos unter einem fahlen grauen Himmel aus.

Ihr Herz fing an zu singen, eine süße, klare Melodie, die ihr die Tränen in die Augen trieb.

»Oh, Marco, sieh nur!«

Aber Marco tat sogar noch mehr. Er beugte sich in Richtung Fenster und hielt diesen wunderbaren Ausblick mit dem Handy fest. »Ich kannte so was bisher nur aus Filmen, aber das, was wir hier sehen, ist echt. Dies ist das echte Irland, Breen.«

»Ich habe diese Landschaft vorhin schon im Traum gesehen und alles aufgeschrieben.«

»In dem Blog stand davon aber nichts.«

»Nein, ich habe diesen Traum in einer anderen Datei gespeichert. Du kannst sie lesen, wenn wir im Hotel sind, denn jetzt müssen wir uns erst mal fertig machen und …«

»Wir sind bereit«, erklärte er und drückte ihre Hand.

Im Grunde war es ziemlich einfach, denn sie mussten nur den Schildern folgen, ihre Pässe zeigen – ohne dass sie festgenommen wurden –, ihr Gepäck vom Band holen und dann dorthin zu karren, wo ihr Wagen stand.

Da Marco fahren würde, ging er auch den Wagen holen, während Breen mit dem Gepäckwagen am Ausgang stand, wo ihr zum ersten Mal irische Luft entgegenschlug. Sie war anders als die Luft in Philadelphia – weicher, so wie auch das Licht. Der Regen ließ noch auf sich warten, doch die feuchte Luft verriet, dass er im Anzug war. Natürlich standen auch noch andere Menschen vor dem Flughafengebäude, ein paar amerikanische Touristen wie sie selbst, vor allem aber Iren, deren melodiöse Sprache sie an ihren Vater denken ließ. Würde sie ihn finden? Und falls sie ihn fände, würde er sich freuen, sie zu sehen, und vor allem, würde er ihr sagen, warum er niemals zurückgekommen war?

Sie wollte ihm vergeben, und sie hoffte, dass sie eines Tages in der Lage wäre, auch ihrer Mutter zu verzeihen. Aber heute, dachte sie, geht es allein um mich. Ich habe eine Tür geöffnet und den Schritt in eine andere Welt gewagt.

Sie sah den kleinen schwarzen Wagen, der im Schneckentempo auf sie zugekrochen kam, und stellte fest, dass Marco konzentriert hinter dem Steuer saß, als hätte er eine Atombombe im Kofferraum, die drohte, jeden Moment in die Luft zu gehen.

Nur gut, dass ich erst mal nicht selber fahren muss, sagte sich Breen, als Marco sie erreichte und erleichtert aus dem Wagen stieg.

»Bis hierher habe ich's schon mal geschafft.«

»Ist es sehr schlimm?«

»Wirklich einfach ist es nicht. Nur gut, dass es bis zu der Burg nur ein paar Meilen sind«, stellte er grinsend fest und lud die erste Tasche in den Kofferraum. »Der Typ bei dem Verleih hat extra noch das Navi für mich programmiert, wir kommen also auf jeden Fall dort an.«

»Ich habe eine Karte, und ich habe zusätzlich auch noch die Strecke ausgedruckt.«

»Dann kann ja nichts passieren.« Er wollte wieder einsteigen und stellte fest, dass er zum Fahren auf der falschen Seite stand. »Ich wollte dir die Tür aufmachen, wie es sich für einen echten Gentleman gehört«, redete er sich heraus.

»Wer's glaubt, wird selig.« Grinsend stieg Breen ein, schnallte sich an und atmete tief durch. »Du kannst ruhig langsam fahren.«

»Schrei einfach, wenn ich etwas falsch mache, okay? Das heißt, am besten schreist du nicht, sondern sagst möglichst ruhig: ›Marco, mein Freund, du fährst auf der verdammten falschen Straßenseite. Lass das bitte sein.‹«

»Okay.«

»Dann geht's jetzt los.« Er ließ den Motor an und stellte grinsend fest: »Dann stürmen wir jetzt die Burg!«

Er machte seine Sache überraschend gut, bemerkte Breen. Auch wenn sie, statt die Landschaft zu genießen, ständig auf die Straße schauen musste für den Fall, dass er auf der verdammten falschen Straßenseite fuhr. Im Grunde aber kam er mit dem Linksverkehr verblüffend gut zurecht und bog selbst in die Kreisel immer richtig ein.

»Ich fahre in Irland Auto, Baby.«

»Richtig. Also Augen auf die Straße. Jetzt haben wir's fast geschafft.«

»Du weißt, beim nächsten Mal fährst du. So haben wir es schließlich abgemacht.«

»Auf einer Burg gibt's sicher viel zu unternehmen. Vielleicht bleiben wir also einfach die drei Tage dort.«

»Auf keinen Fall. Wir werden Pubs besuchen, shoppen und uns irgendwelches Zeug ansehen.«

»Es gibt auch jede Menge Sachen, die man – oh, da ist Bunratty Castle. Das liegt in der Nähe unseres Hotels, bis dahin schaffe ich's vielleicht. Im Reiseführer steht, dass man dort eine Führung machen kann und dass es viel zu sehen und sogar ein paar Läden gibt. Ob's dort auch einen Pub gibt, weiß ich nicht. Findest du nicht auch, dass das hier einfach eine wunderschöne Gegend ist, Marco?«

»Außer im Kino und in Büchern habe ich so was noch nie gesehen.«

Am Hinweisschild nach Dromoland bog er in eine links und rechts von großen, prachtvollen Bäumen gesäumte Straße ab. Nach einer Weile gingen die Bäume abermals in eine offene grüne Fläche über, und sie fuhren an einem großen Teich vorbei, auf dem gleich eine ganze Schar von Enten schwamm.

Breen atmete geräuschvoll ein, und Marco trat aufs Bremspedal.

»Ich muss einfach kurz anhalten. Gott, Breen, da vorn ist eine gottverdammte Burg. Eine echte, gottverdammte Burg.«

Auf einer Anhöhe stand stolz und wunderschön der alte Bau aus grauem Stein. Die Türme, Brustwehre und Zinnen ragten in den Himmel, und ein Dutzend Fahnen flatterten im Wind.

»Ich habe bereits Bilder von der Burg gesehen«, erklärte Breen. »Ich habe recherchiert, aber dass sie so aussehen würde, hätte ich trotz allem nicht geglaubt.«

»Was für ein Tag! Was für ein Tag!«

»Zum Einchecken ist es zwar noch zu früh, aber das Gepäck bewahren sie trotzdem sicher schon mal für uns auf. Und bis wir in die Zimmer dürfen, können wir hier stundenlang spazieren gehen.«

Im Schneckentempo fuhr er noch den Rest des Wegs. »Etwas Bewegung täte mir jetzt bestimmt gut. Es sieht nach Regen aus, aber ich glaube nicht, dass der uns stören wird.«

»Ganz sicher nicht.«

Dann hielten sie vor dem Hotel, und ein livrierter Page öffnete Breens Tür. »Willkommen in Dromoland. Kommen Sie gerade an?«

»Genau. Wir kommen gerade an.«

Es lief tatsächlich alles wie geschmiert, erkannte Breen. Das Personal war nett und hilfsbereit, und die Umgebung des Hotels war einfach zauberhaft und bot sich zum Spazierengehen geradezu an.

Dann kam der Regen, der es wirklich ernst zu meinen schien, und pudelnass, doch glücklich kehrten sie zurück, um sich im Inneren des alten Gemäuers umzusehen. Sie stießen dort auf alte Ritterrüstungen, auf heimelige Feuer, die in steinernen Kaminen brannten, ein paar nette Läden und auf zahlreiche Broschüren der Umgebung, von denen Breen sofort jeweils ein Exemplar einsteckte. Dann setzten sie sich in die Bar, genehmigten sich einen Drink sowie ein leichtes Mittagessen, und schließlich kam jemand vom Personal, um sie zu ihren Zimmern zu begleiten, die inzwischen frei geworden waren.

Die Räume waren wunderhübsch, mit großen Betten, kuscheligen Überwürfen, Whiskey in der Minibar und einer fantastischen Aussicht auf die Hügel der Umgebung, merkte Breen.

»Ich bin der Herr der Burg«, rief Marco aus und hüpfte auf dem Bett in seinem Zimmer auf und ab.

»In Ordnung, Ihre Majestät. Wir packen erst mal aus und legen uns dann für ein Stündchen hin. Wir haben uns an der frischen Luft bewegt, etwas gegessen, und wenn wir jetzt etwas schlafen, kommen wir laut Reiseführer besser mit dem Jetlag klar. Dann brauchen wir noch Zeit zum Duschen und zum Umziehen, also … sehen wir uns gegen fünf Uhr wieder, ja?«

»Dann fängt die Happy Hour für Cocktails an, das heißt, am besten treffen wir uns in der Bar.«

»Okay. Dann können wir uns überlegen, was wir morgen machen wollen.« Sie ging zur Tür. »Pack erst mal aus, und stell dann deinen Wecker, denn du wirst bestimmt nicht von allein in einer Stunde wach.«

Er salutierte zackig. »Alles klar. Und wenn du plötzlich Angst vor deiner eigenen Courage kriegst, weil wir jetzt hier in Irland sind, mach's einfach wie Bruce Willis in *Stirb langsam*: Zieh die Schuhe aus und ball die Zehen zu Fäusten«, gab er ihr mit auf den Weg.

In ihrem eigenen Zimmer angekommen, schlenderte sie erst mal durch den Raum und berührte jeden Stoff und jedes Möbelstück. Dann packte sie den für den ersten Teil der Reise vorgesehenen Koffer aus und überlegte, ob sie bereits vor dem Nickerchen unter die Dusche springen sollte, ließ es aber ihrer Haare wegen sein. Also streckte sie sich auf dem breiten Bett unter der weichen Decke aus und schlief fast auf der Stelle ein. Sie hatte wieder Träume, aber als ihr Wecker schrillte, konnte sie sich nur verschwommen daran erinnern, und vor allem musste sie erkennen, dass die Tipps gegen den Jetlag offenkundig nicht das Wahre waren.

Egal, wie schön das Zimmer war, hatte ihr Körper das Gefühl, als wäre es noch mitten in der Nacht. Sie war total erledigt, und bei den Gedanken, dass sie plötzlich Tausende von Meilen fern der Heimat war, versuchte sie, die Zehen zu krümmen, wie Marco ihr geraten hatte, kämpfte sich dann mühsam aus dem Bett und schleppte sich ins Bad. Sie brauchte dringend eine Cola, um in Schwung zu kommen, und erinnerte sich an die Minibar. Mit nassem Haar und eingehüllt in den hoteleigenen, flauschig weichen Bademantel nahm sie eine Flasche aus dem Kühlschrank und genehmigte sich einen großen Schluck.

Jetzt ging es ihr schon besser, und zwar deutlich besser, aber trotzdem brauchte sie noch eine ganze Weile, bis sie halbwegs präsentabel und dann endlich auf dem Weg in die Hotelbar war.

Als sie ankam, flirtete er bereits heftig mit dem Tender, einem attraktiven, jungen Mann mit sandfarbenem Haar.

»Da kommt ja endlich meine beste Freundin. Ist sie nicht einfach eine Schönheit, Sean?«

»Auf jeden Fall. Guten Abend, Miss. Willkommen in der Bar des Dromoland.«

»Danke. Tut mir leid, dass ich dich habe warten lassen«, wandte Breen sich an den Freund.

»So, wie du aussiehst, hat sich das Warten auf jeden Fall gelohnt.«

»Was kann ich Ihnen servieren?«, fragte Sean, und sie beäugte Marcos Bier, doch wenn sie jetzt noch etwas trinken würde, fiele sie wahrscheinlich auf der Stelle um.

»Kir Royale«, kam Marco ihr zuvor. »Ich finde, sie sieht aus wie eine Frau, die niemals etwas anderes trinkt.«

»Wäre Ihnen ein Kir Royale genehm?«

»Das weiß ich nicht. Ich habe bisher nie einen probiert.«

»Dann ist es allerhöchste Zeit. Marco hat mir erzählt, dass Sie das erste Mal in Irland sind, obwohl Ihr Vater hier geboren wurde.«

»Das stimmt. Und es ist tatsächlich so schön, wie er immer behauptet hat. Wobei er nicht von hier, sondern aus Galway war.«

»Dort ist's genauso schön wie hier.«

»Sean stammt von hier, aus Clare, und hat mir schon erzählt, was man hier in der Gegend unbedingt gesehen haben muss. Im Übrigen haben schon achtundvierzig Leute deinen Blog gesehen und zweiundzwanzig Kommentare abgegeben«, meinte Marco und hielt Breen sein Handy hin.

»Das kann doch gar nicht sein.«

»Natürlich kann es das. Sieh einfach selbst nach, wenn du mir nicht glaubst.« Mit diesen Worten wandte er sich abermals an Sean. »Breen schreibt ab heute einen Blog über die Reise und das Leben allgemein.«

»Echt? Den würde ich natürlich gerne lesen, also schick mir doch den Link.«

»Das mache ich.«

Während Sean der frisch gebackenen Bloggerin eine rotgoldene Flüssigkeit mit Himbeeren in einer eleganten Sektflöte servierte, griff sie nach dem Handy ihres Freundes und bemerkte kritisch: »Das sind doch wahrscheinlich nur die üblichen Verdächtigen.«

»Oh, nein – es haben sich auch schon jede Menge anderer Leute deinen Beitrag angesehen.«

Im Lesen griff sie nach dem Glas, nahm einen vorsichtigen ersten Schluck und blickte auf. »Das Zeug ist wirklich lecker. Warum hat mich nicht schon früher irgendwer damit bekannt gemacht?«

Grinsend stieß Marco mit ihr an. »Dann holst du das, was du bisher an Kir Royale verpasst hast, eben einfach in den nächsten Jahren nach.«

Tatsächlich trank sie zwei, bevor sie sich zu ihren Fish and Chips an Wasser hielt, dann gingen sie noch mal spazieren und sahen einer Familie aus Baltimore beim Billardspielen zu.

»Ich bin total erledigt, Marco«, meinte Breen. »Aber ich habe immerhin bis nach zehn durchgehalten, und das hätte ich vorhin beim Aufwachen beim besten Willen nicht gedacht.«

»Wie wäre es mit einem Absacker?«

»Ich habe in den letzten Tagen mehr getrunken als normalerweise im Verlauf eines ganzen Jahres, und vor allem wäre ich dir bei dem Flirt mit Sean doch sicher nur im Weg.«

»Ach, Mädchen, er sieht super aus, aber was sollte ich mit einem strammen Hetero? Als ich mich vorhin an ihn rangeschmissen habe, habe ich dabei im Grunde nur an dich gedacht.«

»Nur dass ich weder einen Flirt noch sonst was haben will.«

»Warum musst du mich so traurig machen, Schatz?«

»Wie dem auch sei, ich muss erst mal ins Bett.« Mit einem unterdrückten Gähnen fügte Breen hinzu: »Denk dran, Frühstück um acht, und dann geht's los. Wir haben morgen schließlich jede Menge vor.«

»Wobei du fährst.«

»Nur hin. Zurück fährst du.«

»Dann sollte ich am besten auch allmählich schlafen gehen.«

Auf dem Weg zu ihren Zimmern lehnte sie den Kopf an seiner Schulter an und stellte fest: »Das war ein wirklich guter erster Tag.«

»Vergiss nicht, darüber zu schreiben – und vor allem zu erwähnen, wie hervorragend ich mit dem Linksverkehr zurechtgekommen bin.«

»Auf keinen Fall. Und morgen endet unser Tag mit Essen und Musik in einem Pub. Wer weiß? Mein Dad hat früher selbst in Pubs gesungen, und vielleicht erinnert sich ja irgendwer an ihn.«

»Hast du mir nicht erzählt, dass er und deine Mutter sich damals in einem Pub, wo er gesungen hat, zum ersten Mal begegnet sind?«

»Das stimmt. Sie war damals mit ein paar Freundinnen vom College hier in Clare, und vielleicht tritt er ja noch immer hier oder in Galway auf.«

»Ich hoffe sehr, dass wir ihn finden, aber selbst wenn nicht …« Er brachte sie noch bis zu ihrer Tür. »Erinnere dich an den Titel deines Blogs.«

»Auf der Suche nach mir selbst?«

»Genau, vor allem geht es um dich selbst. Wir sehen uns dann beim Frühstück, ja?«

»Nacht, Marco.«

Um halb fünf fuhr sie aus dem Schlaf, kämpfte sich aus dem Bett und war nur froh, dass sie das Licht im Badezimmer angelassen hatte und auf diese Weise sehen konnte, wo ihr Laptop stand.

Eilig trug sie ihn zurück zu ihrem Bett, bevor der Traum so sehr verblasste, dass es nichts mehr aufzuschreiben gab.

Ein riesiges Gebäude oder eher eine Ruine, denke ich. Wände aus Stein und Fenster ohne Glas, von denen einige nur schmale Schlitze waren. In die Wände und die Türstürze waren Zeichen eingeritzt. Statt Türen nur offene Durchgänge, durch die man offenbar in irgendwelche anderen Räume kam.

In einigen der Wände gab es Nischen, aber die waren leer. Über meinem Kopf sah ich den Himmel. Blau mit vielen Wolken, aber die waren weiß.

Beim Gehen konnte ich das Echo meiner eigenen Schritte hören. Aber das war noch nicht alles, denn daneben hallte auch das Echo längst verstummter Stimmen im Gebäude nach.

Auf dem Boden steinerne Markierungen und eingeritzte Zeichen. Ich kann sie nicht mehr deutlich sehen, aber sie gehörten offenbar zu irgendwelchen Gräbern, und die großen Steine sahen wie Särge aus.

Eine Art Hof, von Steinsäulen umgeben, zwischen denen grünes Gras und Wildblumen mit Blüten wuchsen, die wie kleine weiße Sterne aussahen.

So, wie auch am Fuß der Steintreppe, die ich genommen habe, auch wenn ich jetzt nicht mehr weiß, warum. Ich hatte keine Angst, aber die Luft um mich herum pulsierte, und ich habe es auf meiner Haut gespürt.

Dann war ich draußen und sah einen runden Turm mit einem spitzen Dach und in der Ferne Hügel, Cottages und Rauch, der aus den Schornsteinen quoll. Und unter mir hat eine Schafherde gegrast. Ihre Gesichter waren schwarz, aber die dicke Wolle weiß.

Dann sah ich noch die Grabsteine auf einem Friedhof und dahinter einen Kreis aus Steinen. Nicht wie auf den Stonehenge-Bildern, die ich mal gesehen habe, sondern kleiner. Und dahinter schlängelte sich ein Fluss in Richtung einer Bucht. Auf der Wasseroberfläche hat das Sonnenlicht geglitzert und sah wie die weißen Sternblüten der wilden Blumen aus.

Ich genoss die Schönheit der Umgebung und den warmen, weichen Wind, der mir durch meine offenen Haare fuhr, und denke, dass ich glücklich war.

Dann sah ich eine Reiterin. Sie hatte einen braunen Umhang mit Kapuze und saß auf einem weißen Pferd mit schwarz getupften Hinterbacken. Sie ritt auf den Friedhof, und dort stieg sie ab. Sie hatte Blumen in der Hand. Ich kann mich nicht daran erinnern, wie genau sie ausgesehen haben, aber sie waren weiß. Sie ging zu einem der Gräber, legte dort die Blumen ab und blieb gesenkten Hauptes stehen.

Ich wollte sie nicht stören, also trat ich einen Schritt zurück, doch plötzlich setzte sie ihre Kapuze ab und blickte direkt in die Richtung, wo ich stand.

Sie sah genauso aus wie ich. Oder wie ich vielleicht einmal aussehen werde, wenn ich älter bin. Und um den Hals trug sie die Kette mit dem roten Stein, die auf dem Grund des Teichs in meinem anderen Traum gelegen hat.

Und dann sprach sie mich an. Ich wünschte mir, ich wüsste noch genau, was sie gesagt hat, aber die genauen Worte habe ich nicht mehr im Kopf. Sie sagte was wie: »Du musst suchen, um zu finden. Du musst fragen, wenn du Antworten bekommen, und erwachen, wenn du leben willst.«

Breen lehnte sich zurück und dachte nach. Lebendige, bizarre Träume hatte sie auch schon als Kind gehabt. Von Einhörnern und Drachen, die sie ganz besonders liebte und die in der Luft mit Schmetterlingen tanzten. Von weißen Streitrössern und Feen und all den wundervollen Dingen aus den Geschichten ihres Dads.

Doch diese Träume waren bereits verblasst, bevor ihr Vater sie verlassen hatte, und an ihrer Stelle hatten sich die Angstträume von möglichem Versagen in der Schule, während ihres Studiums und im Rahmen ihrer Arbeit eingestellt. Sie fand es interessant, wenn nicht gar tröstlich, dass die schönen Träume jetzt zurückgekommen waren. Am besten kaufte sie sich irgendwo ein Buch, in dem es um die Interpretation von Träumen ging.

Da es noch viel zu früh war, um schon in den Frühstücksraum zu gehen, begnügte sie sich wie am Nachmittag zuvor mit einer Cola aus der Minibar und schrieb den nächsten Beitrag ihres Blogs.

Es machte wirklich Spaß, von ihrer Ankunft auf dem Flughafen, der Fahrt hierher, der Burg und allem anderen zu berichten, und am Ende lud sie zusätzlich zu ihrem Text noch ein paar Fotos hoch und stellte sie ins Netz. Aus reiner Neugier rief sie noch mal ihren ersten Eintrag auf und rang nach Luft, denn von den zwischenzeitlich über zweihundert Personen, die sich ihr Geschreibe durchgelesen hatten, hatten sechsundvierzig sich sogar die Zeit genommen, ihn zu kommentieren. Das lag wahrscheinlich einfach daran, dass der Blog noch neu war – und dass Sally Werbung dafür machte. Aber trotzdem war die Resonanz auf ihre Worte einfach wunderbar.

Verdammt, in einer ganzen Woche in der Schule war sie

froh gewesen, wenn vier Dutzend Schüler sich gemeldet hatten, überlegte sie.

Erfüllt von neuer Energie zog sie sich ihre Sportklamotten an und streamte eins von ihren Fitnessvideos. Natürlich gab es im Hotel auch einen Fitnessraum, aber dafür war sie noch nicht bereit. Auch nach der Dusche und nachdem sie ihre Outdoorbekleidung für Irland – Stiefel, Jeans, ein weißes T-Shirt und darüber einen dunkelblauen Pulli – angezogen hatte, war es noch zu früh, um in den Frühstücksraum zu gehen. Es kam ihr vor, als wäre plötzlich täglich Sonntag, nur noch besser, denn sie hatte keinerlei Verpflichtungen und keinen einzigen Termin. Also schnappte sie sich ihre Umschnalltasche, Schlüssel, Handy, Jacke, um die Gegend zu erkunden, bis es Zeit fürs Frühstück war.

Die aufgehende Sonne überzog die weißen Wolken am blassblauen Himmel mit den ersten zarten Rot- und Rosatönen, und Breen genoss den frischen, neuen Duft, der über allem hing.

Sie nahm den hübsch mit Steinen ausgelegten Weg, dann die Steintreppe die grüne Anhöhe hinauf und lauschte dem Gesang der ersten Vögel in den Bäumen, der das einzige Geräusch in dieser stillen Landschaft war. Sie lief und lief und blieb nur hin und wieder stehen, um Bilder von der Burg oder von einem Baum zu machen, der sie an die Bäume denken ließ, die sie sonst nur aus Märchen kannte. Dann war sie plötzlich bei den Stallungen, wo ihr aus einer Box ein braunes Pferd entgegensah.

»Na, du bist aber mal ein hübscher Kerl«, bemerkte sie, blieb aber weiterhin auf Abstand, weil sie außer in den Träumen ihrer Kindheit nie geritten war. Sie trat vorsichtig ein bisschen näher, und als sie ihn schnauben hörte, kam es ihr so vor, als würde er sie bitten: *Komm und tätschel mich.*

»Vielleicht morgen«, sagte sie, weil sie ihm für das erste Treffen nah genug gekommen war. Sie machte noch ein Bild, sah auf die Uhr und trat mit dem Gedanken, wie es wäre, hier zu arbeiten, den Rückweg an.

Vielleicht sollte sie sich, wenn ihr Freund zurück nach Philadelphia flöge, hier um einen Job bewerben, oder vielleicht eher in irgendeinem anderen historischen Hotel in Galway, damit sie es nicht so weit bis zu dem Cottage hätte, das sie für den gesamten Sommer angemietet hatte. Sie machte einen kurzen Umweg durch den Garten, und vor Freude schlug das Herz ihr bis zum Hals, als sie durch einen weinumrankten Bogen trat und all die herrlichen Gewächse in den Beeten links und rechts der Wege sah. Ein paar der Blumen kannte sie, die meisten aber waren ihr ein wunderbares Rätsel, das sich so wie die Bedeutung ihrer Träume sicher nur mithilfe eines Buchs lösen ließ.

Sie würde gerne lernen, Blumen anzupflanzen und zu pflegen und auf diese Weise selber Schönheit zu kreieren.

Sie betrachtete die Schmetterlinge und die Bienen, die an ihr vorübersummten, neigte ihren Kopf und sog den leichten, süßen Duft der Blumen und den würzigen Geruch der Erde ein. Wie herrlich die verschiedenen Texturen, Farben und die Formen waren, die sie hier umgaben. Und wie wundervoll es wäre, eigenhändig was zu schaffen, das so aussähe, als hätte es ganz von allein das Licht der Welt erblickt.

Sie konnte all diese Dinge lernen, denn schließlich hatte sie ihr ganzes bisheriges Leben hauptsächlich mit Lernen zugebracht. Doch diesmal würde sie nur Dinge lernen, die ihr wirklich wichtig wären.

Sie setzte sich auf eine Bank, schaute den weißen Wattewölkchen, die am Himmel schwebten, hinterher und schüttelte den Kopf. »Vor zwei Minuten hast du noch von einem Job in einer alten Burg geträumt, und plötzlich willst du gärtnern.«

Es war offenkundig, dass sie keine Ahnung hatte, was sie mit sich anfangen sollte, wenn sie erst allein wäre. Stirnrunzelnd stand sie auf, um endlich frühstücken zu gehen. Dann aber blieb sie noch mal stehen, um eine ganz besonders hübsche violette Blüte aus der Nähe aufzunehmen, bevor sie sachte mit der Hand über die Blütenblätter strich. Als sie vibrierten, riss sie ihre Hand zurück, denn offenkundig hatten sich dort irgendwelche schlecht gelaunte Bienen, Schlangen oder andere Bestien versteckt. Das hieß, sie war in Irland. Wo es keine Schlangen gab.

Sie war sich trotzdem sicher, dass dort irgendetwas war. Doch nichts bewegte sich, und nicht der kleinste Laut drang an ihr Ohr.

Vorsichtig streckte sie die Hand noch einmal nach der Blüte aus und spürte abermals ein seltsames Vibrieren auf der Haut.

»Merkwürdig. Irgendwie fühlt es sich an, als ob die Blume wachsen würde«, murmelte sie vor sich hin. »Selbst mir ist klar, dass diese Dinge nicht so laufen. Also ist es jetzt wahrscheinlich Zeit für einen Kaffee. Ja, genau, ein Kaffee täte mir jetzt sicher gut.«

Sie wandte sich zum Gehen …

… und sah deswegen nicht die neue Blume, die sich aus der Erde schob.

6

Breen ging das Fahren auf der linken Straßenseite mit derselben panischen Entschlossenheit wie alle anderen neuen Dinge an. Sie umklammerte das Steuer wie eine Ertrinkende den Rettungsring, den man ihr zugeworfen hatte, manövrierte das Gefährt dann aber souverän über die schmalen, kurvenreichen Wege, die so völlig anders als die breiten, mehrspurigen Straßen Philadelphias waren.

Im Grunde war sie nie zuvor wirklich verreist, jetzt aber stürzte sie sich kopfüber in das Touristenleben, machte eine Liste all der Dinge, die sie sehen und unternehmen wollte, und legte die Routen auf der Karte fest. Es gab Ruinen, alte Rundtürme, Abteien und Friedhöfe mit schon vor Hunderten von Jahren angelegten Gräbern zu erforschen und zu bewundern, die berühmte, auch der Rand der Welt genannte Landzunge Loop Head und die Klippen von Moher. Dazu Lunch in einem Pub mit braunem Brot und gelber Butter und mit einem Torffeuer im steinernen Kamin, um sich daran aufzuwärmen, wenn man aus der Kälte kam.

Beim Einkaufen in Ennis fand sie zwar kein Traumbuch, aber eines über Blumen, was angesichts der bunt bepflanzten Körbe, die dort in den Fenstern und selbst an Laternenpfählen hingen, nicht wirklich überraschend war. Sie kaufte einen Schal in Regenbogenfarben für den lieben Sally und einen in Grün- und Bernsteintönen für sich selbst, aß Erdbeereis in einer Waffel, die mit einem dicken

128

Zuckerrand versehen war, und zündete in einer wunderschönen, alten Kirche, in der eine Atmosphäre vollkommenen Friedens herrschte, eine Kerze an. Dann nahm sie abermals hinter dem Steuer ihres kleinen Wagens Platz, kutschierte Marco in das kleine Dörfchen Doolin, suchte einen Parkplatz und stellte den Motor ab.

»Auch hier gibt's jede Menge toller Aussichten«, verkündete ihr Freund. »Aber bevor wir aussteigen und – noch mal – wandern gehen, muss ich sagen, dass du deutlich besser fährst als ich.«

»Meine Hände sind schweißnass.«

»Vielleicht, aber du hast den Bogen wirklich raus.«

»Was sicher daran liegt, dass du mich ganz hervorragend geleitet hast. Aber trotzdem bin ich immer froh, wenn ich zu Fuß gehen kann.«

»Das kannst du jetzt auf jeden Fall.«

Sie stieg aus, hielt ihr Gesicht kurz in die Brise, die vom Meer herüberwehte, setzte ihren abgenutzten Rucksack auf und stapfte los. Eins hatte sie an diesem vollgepackten, ersten Tag bereits gelernt: Höhenangst hatte sie nicht. Auf einer Seite ihres Wegs ragten die Klippen steil und höchst dramatisch aus den wilden Wassern des Atlantiks auf, und auf der anderen lagen ein paar Höfe und das hübsche, pittoreske Dorf, das in das Grün der Wiesen und der Felder eingebettet war. Auf ihrem Weg stiegen die Klippen immer weiter an, und tosend brachen sich die Wellen an dem harten Stein.

»Kannst du dir vorstellen, so was jeden Tag zu sehen?«, fragte Breen, die einfach nicht genug von all den wunderbaren Ausblicken bekam. »Ich kann nicht glauben, dass man sich an diese Aussicht je gewöhnt.«

Möwen segelten wie weiße Federn und wie grauer Rauch über das Meer und schrien im Wind, als sie und Marco den gekiesten Weg und dann die raue Steintreppe bis an den Rand der Klippe nahmen, um sich dort mit großen Augen umzusehen.

»Siehst du die hübschen Wildblumen da vorn?«, fragte Breen. »Moment, ich glaube, ich weiß sogar, was das ist.« Sie griff nach ihrem Rucksack, um das Blumenbuch hervorzuziehen, und vollführte einen kleinen Freudentanz, als sie, auch ohne extra nachzuschlagen, auf den Namen kam. »Grasnelken. Das sind Gewöhnliche Grasnelken, genau.« Sie ging vor den Blumen in die Hocke und machte ein Bild für ihren Blog. »Ist es nicht erstaunlich, dass sie einfach auf dem kargen Kalkstein wachsen und dabei auch noch so hübsch aussehen? Ich schwöre dir, wenn ich wieder nach Hause komme, werde ich dort anfangen, selber hübsche Topfpflanzen zu ziehen.«

»Meinst du, dass du in unserer Wohnung bleiben wirst?«

Sie sah ihn fragend an. »Denkst du etwa, ich käme plötzlich ohne dich zurecht?« Sie richtete sich wieder auf, und als sie weitergingen, überlegte sie: »Wir könnten uns natürlich auch nach einer anderen Wohnung in derselben Gegend umsehen. Vielleicht mit einem Balkon. Oder nach was im Erdgeschoss mit einem kleinen Garten oder so.«

»Ich dachte, dass du vielleicht ausziehen und dir ein eigenes Haus irgendwo kaufen willst.«

»Ein Haus.« Sie sprach das Wort wie einen Seufzer aus. So groß hatte sie bisher nie geträumt. »Ich könnte mir ein Haus mit einem Garten kaufen. Und dazu noch einen Hund!«

»Jetzt denkst du offenbar darüber nach.«

»Oh, ja, jetzt denke ich darüber nach. Und wenn ich irgendwo ein Haus mit Garten finde, hoffe ich doch wohl, dass du dort mit einziehen wirst. Aber weißt du, was? Wir sollten erst einmal das Hier und Jetzt genießen, findest du nicht auch? Sieh dir doch nur mal an, wo wir hier sind. Sieh dir doch nur mal diese Klippen an! Und vor zwei Stunden waren wie noch auf der anderen Seite dieser wunderschönen Bucht. Von hier aus sehen die Klippen aus, als hätte ein uralter Riese sie mit einer Axt in Form gehauen. Ein Anblick, der an Wildheit und Dramatik kaum zu überbieten ist. Und dann dreh dich mal um.« Jetzt wandte sie dem Meer den Rücken zu. »Wie friedlich und idyllisch diese Landschaft ist. Sie sieht wie ein Gemälde aus.«

Sie rollte mit den Augen, als sie merkte, dass ihr Freund sie aufgenommen hatte, während sie am Schwärmen war.

Zufrieden schob er sich die Sonnenbrille wieder vor die Augen und erklärte: »Das ist für den Blog.«

Sie überquerten Felder, erklommen die Hügel, und begeistert sog sie alles in sich auf. Die Sonne schien so hell und klar, dass sie am Ende ihre Jacke auszog und sich um die Hüften band.

»Von hier aus kann man endlos in die Ferne sehen. Siehst du die Inseln da?«

»Das sind die Aran-Inseln«, meinte Breen. »Im Reiseführer steht, dort würden sie noch Gälisch sprechen und die Felder würden dort noch mit dem Pferd gepflügt. Das fand ich echt unglaublich und habe sogar mal davon geträumt.«

Als Marco von dem Drachen hörte, auf dem sie in ihrem Traum über den Wald, die Felder und die kleinen Steinhäuser hinweggesegelt war, verzog er das Gesicht.

»Warum kann ich nicht mal so coole Sachen träumen? Ich muss wirklich an mir arbeiten. Wobei das alles hier der reinste Traum ist, denn wer hätte je gedacht, dass du und ich mal über irgendwelche Klippen wandern würden, und dann auch noch hier, im Land der Trolle und der Feen?«

»Wir müssen wirklich öfter reisen und mehr Dinge unternehmen, findest du nicht auch? Auch wenn's vielleicht nicht überall so alte Burgen und so wilde Küstenpfade gibt wie hier, verlassen wir in Zukunft öfter mal die ausgetretenen Pfade, um was von der Welt zu sehen, okay?«

»Ich bin dabei.« Er hielt ihr seinen kleinen Finger hin. »Wir werden die gesamte Welt bereisen oder wenigstens die Ostküste der USA. Im nächsten Sommer können wir uns einen Wagen mieten, um dann rauf nach Maine, runter nach Key West oder sonst wohin zu fahren. Auf alle Fälle werden wir in Zukunft nicht mehr ohne Pause arbeiten und höchstens davon träumen, auch mal was anderes zu tun.«

»Damit ist es jetzt vorbei.«

Auf den Klippen, oberhalb der Wellen, die sich an den Felsen brachen, verschränkten sie ihre kleinen Finger zur Besiegelung des Schwurs. Dann setzten sie sich wieder in Bewegung, und bis sie das Dorf wieder erreichten, hatten sie fünf Meilen zurückgelegt.

»Wie geht es deinen Füßen?«, fragte Marco.

»Gut.« Sie sah ihn aus zusammengekniffenen Augen an. »Und deinen?«

Leicht verlegen gab er zu: »Es könnte sein, dass ich an einer Ferse eine kleine Blase habe, und okay, ich hätte diese Creme benutzen sollen, die du mir angeboten hast.«

»Ich habe Pflaster mit.«

»Natürlich hast du das.«

Sie zeigte dorthin, wo ihr Wagen stand. »Jetzt setz dich erst mal hin und zieh Schuhe und Socken aus, damit ich dich verarzten kann.«

Tatsächlich wies ihr Freund sogar an beiden Füßen kleine Blasen auf, die sie mit Salbe und mit Heftpflastern versah. »Ich nehme an, so geht's. Vor allem ist es langsam an der Zeit für einen weiteren Pubbesuch, das heißt, dass du erst einmal eine Zeitlang sitzen kannst.«

»Au ja.« Er wackelte mit seinen Zehen, bevor er seine wehen Füße wieder in die Schuhe schob. »Es ist echt schön, in eine Bar zu gehen, ohne dort zu arbeiten. Dort gibt's doch sicher auch Musik, nicht wahr?«

»Auf jeden Fall. Und ich fahre nachher zurück.«

»Aber ich bin mit Fahren dran.«

Sie schüttelte den Kopf. »Solange ich den Schlüssel habe, nicht.«

Sie könnten entweder verschiedene Pubs abklappern oder auch in einem bleiben – wo sie sich an Wasser und an Limo halten würde, denn auch wenn es ihr natürlich um die Musik und um die Atmosphäre ging, hatte sie auch noch etwas anderes im Sinn. In Doolin wurde in den Pubs auch heute noch die ursprüngliche irische Musik gemacht, mit der ihr Vater seinen Lebensunterhalt verdient hatte, bevor er nach Amerika gekommen war. Er hatte doch bestimmt auch irgendwann einmal in diesem Dorf gespielt, sagte sich Breen, und vielleicht trat er sogar immer noch gelegentlich hier auf.

Sie hatte wirklich die perfekte Wahl getroffen, dachte sie, als sie den Pub betrat. Der lange Tresen war aus schwarzem Holz, und an der Wand aus altem Stein waren unzählige Flaschen in Regalen aufgereiht. Die meisten Hocker an der Bar und auch der größte Teil der Tische waren bereits besetzt. Die Menschen aßen, tranken, unterhielten sich und lauschten dem Gefiedel, das im Hintergrund erklang. Im steinernen Kamin brannte ein Torffeuer, und an den Wänden waren alte Fotos neben Schildern aufgereiht, die für *Jameson*, für *Harp* und *Guinness* warben. Es roch nach Torfrauch, Bier und Essen, und genauso hatte Breen sich den Geruch in einem Pub in Irland vorgestellt.

Eine der Bedienungen, die sich das glatte schwarze Haar zu einem Pferdeschwanz gebunden hatte, hielt mit ihrem Tablett voll leerer Gläser auf dem Weg zum Tresen neben ihnen an.

»Möchten Sie einen Tisch?«

»Ja, bitte.«

»Suchen Sie sich einfach einen aus, außer dem da vorne in der Ecke. Der ist für die Musiker.«

Sie setzten sich an einen hohen Zweiertisch.

»Hier drinnen ist es wie in einem Film, nicht wahr?«

Breen grinste breit. Bereits der Lunch in einem anderen Pub war wundervoll gewesen, aber das hier? Dies war der perfekte Abschluss eines rundherum perfekten Tages.

»Es ist alles, was ich jemals wollte.«

»Ein Bier musst du einfach trinken«, drängte Marco sie. »Alles andere wäre ein Sakrileg. Wir werden etwas essen und uns dann noch die Musik anhören, das heißt, es wird noch Stunden dauern, bis du wieder fahren musst.«

»Ein kleines«, stimmte sie ihm zu. »Mein Dad trank meistens Smithwick's, also werde ich das auch einmal probieren.«

Dieselbe junge Frau, die sie schon in Empfang genommen hatte, kam zu ihnen an den Tisch.

»Und, wie stehen die Aktien?«

»Ganz hervorragend«, erklärte Marco ihr.

»Das freut mich zu hören. Sie sind Amerikaner, stimmt's?«

»Aus Philadelphia.«

»Philadelphia«, wiederholte sie, was dank ihres Akzents exotisch wie die Möwenschreie und die Wellen klang, die sich an den Klippen brachen. »Da war ich noch nie, aber ich war schon zweimal in Amerika. Einmal in New York, weil dort meine Cousinen wohnen, und einmal in Wyoming.«

»Wyoming?«, fragte Breen, und die Bedienung lächelte sie an.

»Ich wollte Cowboys sehen, und das habe ich getan. Wyoming ist echt riesengroß. Ich bin übrigens Kate und heute Abend für Sie da.« Sie legte ihnen die Speisekarte auf den Tisch. »Kann ich Ihnen schon mal was zu trinken bringen?«

»Für mich bitte ein großes Guinness und für meine Freundin hier ein kleines Smithswick's. Ich arbeite zu Hause ebenfalls in einer Bar«, erklärte Marco ihr.

»Ach ja? Dann können Sie uns später ja vielleicht ein bisschen aushelfen. Die *Cobblers Three* sind nämlich ungemein beliebt, und wenn sie spielen, wird es immer brechend voll. Sie haben Glück, dass Sie noch früh genug gekommen sind, um einen Tisch zu kriegen. Aber jetzt laufe ich los und hole Ihnen Ihr Bier.«

Typisch Marco, schnappte sich Breens Freund die Speisekarte und erklärte: »Unsere Wanderung hat mir echt Appetit gemacht.«

»Du kriegst doch selbst vom Schlafen Appetit«, gab Breen zurück, sah sich dann aber ebenfalls die Speisekarte an. »Ich glaube, ich probiere mal den Shepherd's Pie.«

»Ich fange mit den Muscheln an. Sollen wir uns die teilen?«

»Hast du mich jemals Muscheln essen sehen?«

»Wenn du nicht willst, bleibt umso mehr für mich. Sie haben auch irische Lasagne. Bin gespannt, was daran irisch ist. Oh Mann, ich habe seit dem Mittagessen gar nicht mehr nach deinem Blog gesehen.«

Sie seufzte, während er nach seinem Handy griff.

»Du hast sechzehn weitere Kommentare zu dem Blog von gestern, und den heute haben inzwischen achtund-fünfzig Leute kommentiert.«

»Wirklich? Und was schreiben sie?« Sie rückte neben ihn, damit sie auch was auf dem Handy sah, und stellte leicht verwundert fest: »Er scheint ihnen tatsächlich zu ge-fallen.«

»Auf jeden Fall. Und warte, bis sie lesen, was du über heute schreibst. Was wirst du über heute schreiben?«

»Ich – ich weiß noch nicht. Im Grunde wird mir jetzt erst wirklich klar, dass es tatsächlich Leute gibt, die sich für mein Geschreibsel interessieren.«

»Darüber denkst du besser gar nicht nach.« Er tippte gegen ihre Stirn. »Schreib einfach weiter, ja? Du bist jetzt schließlich eine echte Bloggerin.«

»Dafür reichen zwei Posts doch ganz bestimmt nicht aus. Lass uns sehen, wie die Dinge laufen, wenn ich erst alleine hier in Irland bin.«

In diesem Moment brachte die Serviererin ihr Bier und wollte wissen: »Haben Sie sich entschieden, was Sie essen wollen?«

»Ich hätte gern den Shepherd's Pie.«

»Damit machen Sie bestimmt nichts falsch. Und Sie, Sir?«

»Ich fange mit den Muscheln an, und danach nehme ich die irische Lasagne.«

»Die ist wirklich toll. Nach dem Rezept von meiner Mom, die zwei Rezepte meiner Großmütter zusammengeworfen hat. Ihre Mum stammt aus Italien, und die Mom von meinem Dad kommt hier aus Clare.«

»Dann kocht hier also Ihre Mutter?«, hakte Marco nach.

»Zusammen mit meinem Bruder Liam. Der Pub hat früher meinen Großeltern gehört, und jetzt führen meine Eltern ihn, das heißt, dass es ein richtiges Familienunternehmen ist.«

»Apropos Familie – Breens Vater hat vor Jahren in Pubs wie diesem hier Musik gemacht. Vielleicht ja sogar hier.«

»Ach ja?«

Breen hätte es dezent angehen wollen, aber Marco war jemand, der Dinge gern direkt in Angriff nahm.

»Ja«, ergriff sie jetzt das Wort. »Er stammt eigentlich aus Galway, aber da er meine Mutter hier in Clare getroffen hat, hat er bestimmt auch hier gespielt. Natürlich war das alles vor meiner Geburt, weshalb ich nichts Genaues weiß. Aber vielleicht war er ja wirklich einmal hier.«

»Vielleicht kann sich mein Vater ja an ihn erinnern.«

»Ich weiß nicht mal den Namen seiner Band. Aber er heißt Eian Kelly.«

»Falls ein Mann in Clare Musik gemacht hat, war er ganz bestimmt auch hier in Doolin, und falls er in Doolin war, war er auf jeden Fall auch hier. Aber jetzt gebe ich erst mal Ihre Bestellung in der Küche auf.«

Marco griff nach seinem Bier und prostete der Freundin zu. »Auf einen weiteren unglaublich tollen Tag.«

»Wer würde darauf wohl nicht trinken wollen?« Wie zum Beweis nippte sie vorsichtig an ihrem eigenen Bier. »Soll ich dir erzählen, was morgen alles auf dem Plan steht?«

Marco schüttelte den Kopf. »Ich bin noch ganz im Heute. Überrasch mich einfach, ja? Ich wäre nie auf die Idee gekommen, dass ich jemals nach Irland kommen würde, weil auf meiner Liste all der Orte, die ich gerne hätte einmal sehen wollen, eher Paris und Rom und Maui standen, aber das hier ist einfach der Hit. Wer hätte das gedacht?«

Sie selbst, und zwar bereits seit ihrer frühesten Kindheit. »Ich hätte nicht gedacht, dass ich in meinem Leben überhaupt je reisen würde«, gab sie zu. »Ich habe immer nur gearbeitet und dachte, dass ich eines Tages jemand finden, heiraten und Kinder haben würde, um sie dann in einen Minivan zu stopfen und nach Disney World oder vielleicht auch an den Strand zu fahren, damit sie anders als ich selbst als Kind nicht das Gefühl hätten, dass sie an einem Ort gefangen wären.« Sie betrachtete die Familien an den Tischen, die Freunde an der Bar und das Feuer im Kamin. »Aber falls ich jemals Kinder haben sollte, käme ich mit ihnen nach Irland, weil dies Teil von ihrem Erbe wäre, das ich ihnen nicht würde vorenthalten wollen. Und erst mal bin ich froh, dass ich hierhergekommen bin und diesen Teil von meinem Erbe jetzt für mich zurückerobern kann.«

Ein breitschultriger Mann mit sandfarbenem Haar und leuchtend blauen Augen kam zu ihnen an den Tisch. »Ich bin Tom Sweeney«, stellte er sich vor. »Meine Tochter meinte, dass hier Eian Kellys Tochter sitzt.«

»Ja. Ich … Sie kennen meinen Vater?«

»Er und seine Kumpel haben früher öfter hier gespielt. Sie nannten sich *Warlocks*, und tatsächlich haben sie uns mit der Musik verhext, die sie gemacht haben. Doch das ist ewig her«, klärte er Breen mit einem breiten Lächeln auf. »Wie geht es Ihrem Dad?«

»Das weiß ich nicht. Er und meine Mutter …«

»Ah, das ist natürlich traurig. Und danach ist die Verbindung zwischen Ihnen eingeschlafen?«

»Ja. Ich hoffe, ihn vielleicht zu finden, während ich in Irland bin. Oder zumindest irgendwelche Leute, die ihn kannten und die mir erzählen können, wie er war.«

»Nun, wenn Sie möchten, fallen mir bestimmt ein, zwei Geschichten ein.«

»Das wäre wunderbar.«

»Ich hole Ihnen einen Stuhl«, bot Marco an und sprang beflissen auf.

»Danke. Schätzchen!«, rief er seiner Tochter zu. »Bring deinem alten Dad bitte ein Bier.«

»Das ist übrigens Breen, und ich bin Marco«, stellte er sie beide vor und kam mit einem leeren Stuhl vom Nachbartisch zurück.

»Es freut mich wirklich sehr. Sie haben tatsächlich viel von ihm«, bemerkte Tom an Breen gewandt und nahm ihr gegenüber Platz. »Die sanften grauen Augen und das feuerrote Haar. Sind Sie auch musikalisch?«

»Nicht besonders.«

»Er war der reinste Zauberer und kam mit jedem Instrument zurecht. Und seine Stimme war unglaublich klar und stark. Wir waren ungefähr im selben Alter, und als er und seine Kumpel hier gespielt haben, stand ich hinter der Bar.« Als seine Tochter mit dem Bier kam, nahm er ihre Hand. »Im Grunde ist es Eian Kelly zu verdanken, dass es dieses wunderbare Mädchen, ihre Schwester und auch ihre beiden Brüder gibt.«

»Das klingt nach einer echt guten Geschichte«, stellte Marco grinsend fest.

»An denen mangelt's ihm ganz sicher nicht.« Kate küsste ihren Vater auf den Kopf und wandte sich dann wieder ihren übrigen Gästen zu.

»Tja nun, ich gebe zu, dass ich als junger Bursche furchtbar schüchtern war. Nicht allen Menschen gegenüber, aber gegenüber jungen Frauen. Ich brachte einfach keinen Ton heraus, wenn ich ein Mädchen sah. Und dabei war ich hoffnungslos in so ein hübsches, junges Ding verliebt. Sarah Maria Nero mit dem rabenschwarzen Haar und dem glutvollen Blick, der alle Herzen schmelzen ließ. Wenn ich sie auf dem Markt oder der Straße sah oder sie in den Pub kam, fiel mir nicht mal mehr mein eigener Name ein. Und dann ...«, er gönnte sich den ersten Schluck von seinem Bier und seufzte abgrundtief, »dann kamen sie und ihre Freundinnen – von denen sie schon damals immer jede Menge hatte – in den Pub, um sich die *Warlocks* anzuhören. Und ich habe das Bier für sie gezapft, und jedes Mal, wenn ich ihr herrliches, lebendiges Gelächter hörte, habe ich gelitten wie ein Schwein, denn mir war klar, dass so ein Mädchen für mich unerreichbar war.«

»Es ist nicht einfach, wenn man schüchtern ist und sich für unzulänglich hält«, pflichtete Breen ihm bei.

»Das stimmt.« Er sah sie an und nickte knapp. »Und

während einer Pause kam Ihr Vater an die Bar und meinte: ›Tom, du musst dem Mädchen sagen, dass es einen hübschen Pulli hat.‹ Ich habe so getan, als würde ich ihn nicht verstehen, aber er beugte sich über den Tresen und fuhr fort: ›Sie mag dich, und sie fragt sich, warum du nie mehr als ein, zwei Worte mit ihr sprichst.‹ Und ich habe gebrummt, dass er das ja wohl ganz unmöglich wissen kann und sie noch nicht mal meinen Namen kennt. Aber er hat gesagt, ich sollte ihm vertrauen und würde es ganz sicher nicht bereuen.«

»Und welche Farbe hatte ihr Pullover?«, wollte Marco wissen, und Tom lachte auf.

»Er hatte alle Blautöne, die's gibt, von ganz hell bis ganz dunkel. Sie gingen übergangslos ineinander über, und als sie dann wieder an den Tresen kam, hatte ich Eians Stimme noch im Kopf. ›Sei kein Feigling‹, sagte sie zu mir, ›und sprich das Mädchen endlich an!‹ Und dann sind die Worte einfach so aus mir herausgeplatzt, und sie hat mich mit einem warmen Lächeln angesehen.« Er schlug sich gegen seine breite Brust. »Ich dachte, dass mein Herz vor lauter Freude platzt. Sie hat etwas gesagt, und ich habe geantwortet, auch wenn ich keine Ahnung habe, was, weil es über dem lauten Klopfen meines Herzens nicht zu hören war. Und später blieb sie noch, als ihre Freundinnen bereits gegangen waren, und Eian flüsterte mir zu, dass ich sie fragen sollte, ob ich sie nach Hause bringen darf. Ich habe sie gefragt, und sie hat ja gesagt, und acht Monate, zwei Wochen und vier Tage später war sie meine Frau. Und es ist das Verdienst von Eian Kelly, dass ich jetzt seit achtundzwanzig Jahren mit ihr glücklich bin.«

»Das ist eine wunderbare Geschichte.« In Breens Augen

brannten Tränen, weil ihr Vater plötzlich nicht mehr nur das Wesen war, das sie vor inzwischen fünfzehn Jahren im Stich gelassen hatte.

»Er hatte nicht nur ein besonderes musikalisches Talent, sondern er konnte auch hervorragend mit Menschen umgehen«, fügte Tom hinzu. »Als er gesagt hat, dass ich ihm vertrauen sollte, habe ich ihm blind vertraut. Und kurz nach jenem Abend hörte ich, dass er wieder in Galway wäre, und dann dauerte es fast ein Jahr, bevor er wiederkam. Ich wollte ihn zu unserer Hochzeit einladen und ihn und seine Band noch einmal für das Sweeney's buchen, doch ich hatte keine Ahnung, wie ich ihn hätte erreichen sollen. Und plötzlich war er wieder da, hat noch einmal mit seiner Band bei uns gespielt, und an dem Abend hat er deine Ma kennen gelernt.«

»Die beiden sind sich hier begegnet?« Ihre träumerische, wehmütige Stimmung war wie weggeblasen, und sie riss schockiert die Augen auf.

»An einem regnerischen Sommerabend«, klärte Tom sie auf.

»Du kaust den beiden ja die Ohren ab«, schalt Kate ihren Vater und stellte einen Korb mit Brot und Marcos Muscheln auf den Tisch.

»Sie ist eben durch und durch die Tochter ihrer Mutter«, seufzte Tom. »Dann werde ich euch erst einmal in Ruhe essen lassen«, verfiel er ins freundschaftliche Du.

»Nein, bitte.« Breen hielt ihn am Arm zurück. »Ich würde wirklich gerne mehr hören, wenn Sie nicht zu beschäftigt sind.«

»Für Eian Kellys Tochter habe ich auf jeden Fall noch Zeit. Ich kann auch gerne weiterreden, während ihr esst.«

Ein Lächeln auf den Lippen, nahm er wieder Platz und trank den nächsten Schluck von seinem Bier.

»Deine Mutter und die anderen Mädchen sahen aus wie Collegekids, die hier im Urlaub waren. Es war schon ziemlich spät, und da es keinen freien Tisch mehr gab, haben sie sich an die Bar gedrängt. Dein Vater sang *Black Velvet Band*, genau. Das weiß ich noch. Und draußen hat's gestürmt, gedonnert und geblitzt. Und dann sah ich, wie ihre Blicke sich zum ersten Mal begegnet sind. Wie heißt es doch bei Shakespeare? *Kaum getroffen, sahen sie.*«

Breen nickte zustimmend. »Und kaum gesehen, liebten sie.«

»Es war, als hätte er die Sätze ausdrücklich für sie verfasst. Die Liebe traf die beiden wie ein Blitz. Bei mir und meiner Liebsten war es erst ein langes Sehnen, und dann kamen die ersten vorsichtigen Schritte, aber um die beiden war's im Handumdrehen geschehen. Er hatte sie bereits dabei, als er drei Tage und dann noch einmal zwei Wochen später wiederkam. Dann hörte ich, dass sie in seiner Heimat wären, um dort zu heiraten, und danach habe ich ihn nicht noch mal gesehen. Ich dachte, sie wären entweder dort geblieben oder in die USA gegangen, wo sie zu Hause war.«

»Wir haben in Philadelphia gelebt.«

»Hat er dort auch Musik gemacht?«

»Ja, das hat er. Deshalb war er ständig unterwegs. Das war bestimmt nicht leicht für ihn und meine Mutter, deshalb haben sie sich, als ich zehn war, scheiden lassen, und ein paar Monate später ist er weggegangen, um hierhin zurückzukehren. Er hat zu mir gesagt, er würde wiederkommen, aber ...« Sie brach ab, und mitfühlend drückte ihr Tom die Hand.

»Das tut mir leid zu hören, aber vor allem bin ich überrascht, dass er nicht Wort gehalten hat. Er ist ein anständiger Mann, das schwöre ich. Und er hat deine Mutter ab-
göttisch geliebt. Wenn jemand so verliebt ist wie ich selbst,
erkennt man das. Es war tatsächlich Liebe, keine bloße
Leidenschaft. Eian und ich haben damals viel geredet, und
er hat gesagt, er würde – leider habe ich den Namen deiner Ma vergessen...«

»Jennifer.«

»Ja, richtig. Jenny hat er sie genannt. Er hat gesagt, er
nähme Jenny mit nach Hause, um sie dort zu heiraten.
Wir sprachen davon, dass ich selbst bald Vater würde, und
er meinte, wie sehr er sich darauf freuen würde, wenn er
selbst eine Familie und Kinder hätte, die er auf dem Hof
großziehen würde, auf dem auch er selber aufgewachsen
war.« Jetzt tätschelte er Breen die Hand. »Ich hoffe, dass
dich all das nicht zu traurig macht.«

»Oh, nein, Mr. Sweeney.«

»Tom.«

Sie nickte. »Tom. Sie haben mir Dinge über ihn erzählt,
von denen ich bisher nichts wusste. Und vor allem haben
Sie recht, er ist ein guter Mann. Ich weiß noch, dass er
immer liebevoll, geduldig und vor allem furchtbar lustig
war.«

»Ich hoffe sehr, dass du ihn finden wirst und ihm dann
von mir ausrichtest, dass er hier jederzeit willkommen ist.
Und jetzt kommt unsere Kate mit euren Hauptspeisen. Sie
gehen aufs Haus, also haut rein.«

»Oh, aber...«

»Von Eian Kellys Tochter nehme ich bestimmt kein
Geld. Und meine Frau wird eine Kerze anzünden, damit

ihr eine sichere Reise habt, weil sie eine besondere Verbindung nach ganz oben hat.«

»Vielen, vielen Dank.«

»Es ist mir eine Freude.« Damit stand er auf. »Und gleich gibt es Musik. Sie sind zwar nicht die *Warlocks*, aber trotzdem gut. Marco, richtig?«

»Ja, Sir.«

»Pass gut auf die Tochter meines alten Freundes auf.«

»Das tue ich auf jeden Fall.«

Breen starrte auf ihr Essen, und als sie allein waren, fragte Marco mit besorgter Stimme: »Geht's dir gut?«

»Oh ja. Es geht mir sogar mehr als gut. Es ist einfach ...« Mit Tränen in den Augen sah sie auf, doch Marco merkte, dass es echte Freudentränen waren. »Es ist einfach unglaublich viel auf einmal, findest du nicht auch? Wir kommen hier in diesen Pub und treffen jemanden, der lauter wunderbare Dinge über meinen Vater weiß. Dinge, die ich nie zuvor gehört habe. Und ich kann ihn mir vorstellen und habe plötzlich das Gefühl, als ob ich ihn tatsächlich finden könnte. Aber erst mal bin ich völlig überwältigt von den Dingen, die mir jemand über ihn erzählt hat, der ihn kannte, noch bevor ich auf der Welt war, und der ihn als Freund betrachtet hat.«

»Jetzt weißt du, dass er einmal einem Menschen sehr geholfen hat. Das ist ja wohl echt cool.«

Sie sah sich um und stellte sich den Vater und die Bandkollegen vorne auf der kleinen Bühne vor.

»Er hat sein Leben hier für meine Mutter und für mich als seine Tochter aufgegeben. Vielleicht macht ihn das noch nicht zu einem Helden, aber ich weiß selbst noch, dass er in den Staaten fürchterliches Heimweh hatte, deshalb glaube ich, dass er mit hier hätte leben wollen. Er hat zwar irgendwann kaum noch davon gesprochen, aber die Geschichten, die er mir erzählt hat, als ich klein war, haben alle hier gespielt. Trotzdem sind sie nach Philadelphia gegangen und haben versucht, sich dort ein Leben aufzubauen. Es hat nicht funktioniert, aber ich weiß, sie haben es versucht.« Sie griff nach ihrer Gabel. »Also ja, es geht mir mehr als gut.«

Sie aßen, hörten gute irische Musik, und während Breen noch dachte, dass es besser nicht mehr kommen könnte, kam der Wirt noch mal zu ihnen an den Tisch und hielt ihr ein gerahmtes Foto hin.

»Ich hatte ganz vergessen, dass ich das hier habe, denn es hängt jetzt schon seit vielen Jahren an der Wand. Es ist ein Bild von deinem Vater und von seinen Freunden, hier an diesem Tisch.«

Der Anblick traf sie geradewegs ins Herz.

Er saß, die Fiedel auf der Schulter, mit verträumten Augen da. So jung, mit seinem wilden Mopp aus feuerrotem Haar und ausgelatschten Boots, noch jünger, als sie selbst inzwischen war. Schlank und attraktiv in einem schwarzen Pulli und in an den Rändern ausgefransten Jeans. Biergläser standen auf dem Tisch, und noch drei andere junge Männer hielten ihre Instrumente in den Händen, aber sie sah einzig Eian Kellys träumerischen Blick, sein ruhiges Lächeln und die Fiedel, die auf seiner Schulter lag.

»Hier, nimm. Du solltest dieses Foto haben.«

Selig drückte sie es an ihr Herz, stand auf und tat etwas, wobei ihr für gewöhnlich immer etwas unbehaglich war. Sie fiel dem Mann, den sie kaum kannte, um den Hals.

»Ich danke Ihnen, Tom. Das Bild bedeutet mir sehr viel.«

»Ich hoffe, dass es nicht mehr lange dauert, bis du ihn endlich persönlich wiedersiehst. Und falls du noch mal in der Gegend bist, schau bitte bei uns rein.«

»Das werde ich auf jeden Fall.«

Am Abend stellte sie das Foto auf das Tischchen neben ihrem Bett.

Und hatte einen wundervollen Traum, in dem der Mann von diesem Bild mit einem rothaarigen Baby auf der Hüfte und umtanzt von einer Unzahl bunter Schmetterlinge in der Mitte eines grünen Feldes stand.

»Dies ist unsere Heimat, Schatz«, sagte er. »Wir müssen diesen Ort und alles, was hier lebt, beschützen und bewahren, und es ist meine Pflicht und Freude, dir zu zeigen, wie du das am besten machst.« Er hob sie hoch und wirbelte sie wild im Kreis, und juchzend streckte sie die Hände nach den wild flatternden Schmetterlingen aus.

Dann drückte er sie fest an seine Brust, und als sie seinen Herzschlag spürte, wusste sie, dass seine Liebe grenzenlos und allumfassend war.

7

Sie stand vor Sonnenaufgang auf, schrieb ihren Blog, wählte verschiedene Bilder dazu aus und nahm sich vor, zu Weihnachten ein personalisiertes Fotobuch für Marco zu erstellen.

Beschwingt und voller Energie stieg sie in ihre Kleidung, um wie am Vortag vor dem Frühstück etwas frische Luft zu schnappen. Noch immer fand sie es erstaunlich, dass sie keinerlei Verpflichtungen mehr hatte und um diese Zeit spazieren gehen konnte, statt sich zu beeilen, damit sie pünktlich in die Schule kam. Ermutigt durch den Gang am Tag zuvor beschloss sie, diesmal einen der Wege in den Wald zu nehmen, in dem das weiche Licht der ersten Sonnenstrahlen durch die Bäume fiel und es nach Erde und nach Kiefern roch.

Sie hatte das Gefühl, als wäre sie allein in einem Wunderland, und ging erheblich weiter, als sie hätte gehen wollen, bis sie an einen Fluss gelangte, aus dem weißer Nebel stieg. Am Ufer lag ein kleines Ruderboot aus Holz, und Breen stellte sich vor, sie triebe, nur begleitet von den Enten, die gemächlich auf dem Wasser schwammen, durch die Nebelschwaden um die nächste Flussbiegung und sähe dann die alte Burg, die dort bereits seit Hunderten von Jahren stand. Sie zog ihr Handy aus der Tasche, machte eine Aufnahme des Flusses und des kleinen Boots, und als sie links von sich ein leises Rascheln hörte, drehte sie sich um und entdeckte einen Vogel, der auf einem Ast gelandet war. Er blickte sie aus goldenen Augen an und war erschreckend groß. Vielleicht ein Falke, überlegte sie, denn schließlich gab es auf dem Anwesen auch eine Falknerei.

»Aber hallo«, grüßte sie und wurde schreckensstarr, als er sich von dem Ast erhob, direkt vor ihren Füßen landete, den Kopf zur Seite legte und sie eingehend zu mustern schien.

»Du bist aber ein ganz schön großes Tier«, murmelte sie. »Und wirklich schön.« Da ihre Neugier größer war als ihre Angst, ging sie behutsam vor dem Vogel in die Hocke und schaute ihn fragend an. »Dann lassen sie dich also einfach raus? Ich weiß nicht, wie das funktioniert, aber du wirkst zu schlau, als dass du dich verflogen hast.«

»Keine Bange, er kennt sich hier aus.«

Erschrocken sprang Breen wieder auf, der Falke aber blieb am Boden sitzen und starrte sie weiter reglos an.

Die Frau, die lachend auf den Weg zwischen den Bäumen trat, trug eine derbe braune Hose, eine dunkelgrüne Jacke, eine braune Mütze auf dem sonnenblumenblonden, ordentlich zu einem langen, dicken Zopf geflochtenen Haar und einen Falknerhandschuh an der linken Hand.

»Tut mir leid, wir hätten Ihnen keinen Schreck einjagen wollen. Aber Amish wollte fliegen, und ich selber hatte Lust auf einen kurzen Spaziergang, deswegen sind wir hier. Guten Morgen.«

»Guten Morgen. Bin ich irgendwo, wo ich nicht sein sollte?«

»Es gibt hier keinen Ort, an dem Sie nicht willkommen wären, und anscheinend findet Amish Sie sehr nett. Ich bin übrigens Morena.«

»Ich bin Breen, und einen so prachtvollen Vogel habe ich noch nie gesehen.«

»Worauf er sich ganz schön was einzubilden scheint.« Morena gab dem Vogel ein Signal, und er flog wieder auf den Ast, auf dem er vorher schon gelandet war. »Und wie gefällt Ihnen der Aufenthalt hier auf der Burg?«

»Es ist unglaublich. Einfach zauberhaft.«

Wieder lächelte Morena, und in ihre blauen Augen trat ein warmer Glanz. »Einfach magisch, finden Sie nicht auch?« Sie zog einen zweiten Handschuh aus der Tasche und hielt ihn Breen hin. »Wollen Sie vielleicht ein Stück mit uns spazieren gehen?«

»Wirklich? Ich kann einfach ...« Sie brach ab und blickte dorthin, wo der Falke saß.

»Er findet Sie ja sympathisch, also würde er sich über die Gesellschaft sicher freuen.« Mit diesen Worten zog sie Breen den Handschuh an, und als sich ihre Blicke trafen, fühlte Breen sich ihr auf eine Art verbunden, die sie nicht beschreiben konnte und vor allem nicht verstand.

Dann trat Morena einen Schritt zurück, und der Moment verflog. »Am besten gehen wir ein Stück am Fluss entlang, damit Sie sehen können, wie unser Junge diese Dinge macht. Ich denke, dass Sie heute schönes Wetter kriegen werden, vielleicht nachmittags ein bisschen Regen, doch vor allem jede Menge Sonnenschein.«

»Ich habe kein Problem mit Regen.«

»Das ist gut, denn schließlich regnet es in Irland ziemlich oft. Hier, nehmen Sie dieses Stück Hühnchen in die Hand, winkeln den Ellenbogen an und halten Ihren Arm so hoch.« Sie rückte ihren Arm in Position. »Sehr gut. Und jetzt sehen Sie, wie er angeflogen kommt.«

Tatsächlich kam er direkt auf sie zu, und Breen verfolgte atemlos, wie er mit seinen breiten Flügeln schlug, in denen sich das Licht der Sonne fing. Kraftvoll und geschmeidig segelte er lautlos auf sie zu und landete direkt auf ihrem Arm.

Und wieder schien er sie mit seinen goldenen Augen zu durchbohren.

»Das haben Sie wirklich gut gemacht«, stellte Morena anerkennend fest. »Und jetzt will er seine Belohnung haben. Also drehen Sie die Hand nach oben und öffnen die Faust.«

Er fraß das Stückchen rohen Fleischs und blickte sie abwartend an.

»Erstaunlich.«

»Magisch. Und jetzt heben Sie den Arm ein bisschen hoch und geben ihm dadurch das Zeichen, dass er wieder fliegen soll.«

Sie wiederholten diesen Vorgang noch zweimal, und immer schwang der Falke sich geschmeidig auf den Ast, zurück zum Handschuh und dann wieder in die Luft.

»Das haben Sie wirklich gut gemacht. Als Frühstück reicht das erst mal für ihn aus, und sicher haben Sie langsam selber Lust zu frühstücken, nicht wahr?«

»Das war eine unglaubliche Erfahrung.« Zu Breens Bedauern sprang der Vogel jetzt von ihrem auf Morenas Arm. »Vielen, vielen Dank. Bezahle ich dafür bei Ihnen oder in der Falknerei?«

»Oh, da gibt's nichts zu bezahlen. Mein Junge hatte schließlich jede Menge Spaß dabei.«

»Bestimmt nicht halb so viel wie ich.«

»Das ist nett, dass Sie das sagen. Zum Hotel geht's da entlang«, fügte Morena noch hinzu, während sie mit der freien Hand die Richtung wies. »Ich wünsche Ihnen noch einen schönen Tag und eine glückliche Reise.«

»Vielen Dank, Morena. Diesen Morgen werde ich niemals vergessen.«

»Nichts zu danken.« Damit wandte sie sich in die andere Richtung, blieb dann aber noch mal stehen, und als sie über ihre Schulter blickte, empfand Breen dieselbe seltsame Verbundenheit mit der ihr fremden Frau.

»Wenn Sie nach Hause kommen, werden wir uns wiedersehen.«

»Nach Hause?«

Doch Morena und der Falke waren bereits im Wald und dessen Licht von Spiel und Schatten abgetaucht.

Nachdem sie wegen dieses Treffens länger als erwartet unterwegs gewesen war, musste sich Breen beeilen, damit sie es noch rechtzeitig zum Frühstück schaffte.

Sie rannte in den Speisesaal, wo Marco schon am Tisch saß und etwas auf seinem Handy las.

»Tut mir leid, dass ich dich habe warten lassen, aber ...«

Er hob abwehrend die Hand, damit sie ihn in Ruhe weiterlesen ließ, und achselzuckend schenkte sie sich Kaffee aus der auf dem Tisch stehenden Kanne ein. Und als der Hotelangestellte kam, bestellte sie sich Rührei, Speck und Vollkorntoast.

»Ich nehme das irische Frühstück mit von beiden Seiten angebratenen Spiegeleiern«, meinte Marco, ohne dass er die Lektüre unterbrach. »Ich liebe dieses Frühstück und weiß gar nicht, wie ich jemals wieder ohne es leben soll.« Dann legte er sein Handy fort und wandte sich an Breen. »Ich habe deinen Blog gelesen.«

»Oh. Und wie fandest du ihn? Ist er nicht zu persönlich? Ich war mir nicht sicher, ob ich so persönlich werden sollte, und ...«

»Das solltest du auf jeden Fall. Ja, sicher ist der Blog persönlich, aber er ... Verdammt, ich hätte beinah angefangen zu heulen. Ich meine, ich war selbst dabei, und trotzdem hat mich dein Bericht zu Tränen gerührt. Du hast den Tag beschrieben, wie er war, nicht wahr? Die Fahrt, die Landschaft, die Klippen und den ganzen Rest. Es war, als würde ich all das noch mal erleben, aber als du zu dem Treffen mit dem netten Tom und dem, was er von deinem Dad erzählt hat, kamst? Und zu dem Bild, das du von ihm bekommen hast? Das hätte mich fast umgebracht.«

»Auf eine gute Art?«

»Was sonst? Das Einzige, was fehlte, war das Bild. Ich werde sehen, ob es hier einen Scanner gibt, damit du es hochladen kannst. Natürlich ist die Chance gering, dass dein Vater dieses Foto sieht, aber wer weiß? Vielleicht sieht es ja jemand anderes, der ihn kennt und ihm davon erzählt.«

»Auf den Gedanken wäre ich niemals gekommen.« In ihrem Inneren wogte Hoffnung auf, und daher wiederholte sie: »Auf die Idee wäre ich nie gekommen, Marco, aber sie ist einfach brillant.«

Er tippte sich gegen die Schläfe. »Meine grauen Zellen funktionieren auch hier in Irland noch. Es ist inzwischen über eine Stunde her, dass du den Blog gepostet hast. Was hast du danach getrieben, dass du mich erst mal allein hier hast sitzen lassen?«

»Oh mein Gott, das war einfach der Hit!«

Er hörte zu und warf dann beide Hände in die Luft. »Du hattest einen Riesenvogel auf dem Arm?«

»Genau, und es war wirklich toll. Er hat mir direkt ins Gesicht gesehen, Marco. Direkt in die Augen.«

»Und das hat dir keine Angst gemacht? Ich selbst kriege schon Panik, wenn du nur davon erzählst, denn schließlich haben riesengroße Vögel riesengroße Klauen …«

»Krallen.«

»Was auch immer, scharf sind sie auf jeden Fall. Und dazu haben sie noch riesengroße Schnäbel, um einem die Augen auszuhacken, wenn sie einem nicht wohlgesonnen sind. Was heißt, dass riesengroße Vögel mir per se unheimlich sind. Flamingos? Ja, okay, die sind schön rosa und sehen ziemlich harmlos aus, aber ich wette, dass nicht mal Flamingos wirklich ungefährlich sind. Weißt du noch, der Papagei, den sie uns in der Schule mal gezeigt haben?«

Tatsächlich war der Papagei nur halb so groß gewesen, wie er mit den Händen zeigte, aber schließlich ging es ihm darum zu zeigen, dass die Angst, die er vor diesen Tieren hatte, alles andere als unbegründet war. »Zu hören, wie das Biest gesprochen und uns gleichzeitig so komisch von der Seite angesehen hat? Vor allem ist doch sicher nicht normal, wenn so ein Vogel ›Zeit fürs Abendessen‹ oder ›Lass uns Party machen‹ sagt. Ich hatte selbst noch Wochen später Albträume davon.«

»Ich kann mich noch erinnern«, stimmte Breen ihm zu. »Der Vogel heute früh konnte nicht sprechen und hat ungeheuer elegant und prachtvoll ausgesehen, und die Falknerin, Morena, hat mir beigebracht, wie man ihn auf den Handschuh ruft und ihm dann Stücke rohen Hühnerfleischs hinhält.«

»Du hast das Tier mit rohem Hühnerfleisch gefüttert?«

»Ich hatte keine Zeit, um es erst noch anzubraten«, klärte Breen den Freund sarkastisch auf.

»Okay, es freut mich, dass du deinen Spaß hattest und dass ich nicht dabei gewesen bin. Dann würde ich jetzt sicher abermals von Albträumen geplagt.«

»Du guckst dir mit Begeisterung die schlimmsten Horrorfilme an, aber von Vögeln kriegst du Albträume?«

»Ich habe kein Problem, solange sie am Himmel sind, denn da gehören sie schließlich hin. Auf meinem Arm würde ich nicht mal einen Spatz haben wollen«, gab er schaudernd zu.

Dann kam ihr Frühstück, und beim Essen gingen sie die Pläne für den weiteren Verlauf des Tages durch.

»Bevor wir zu der anderen Burg fahren, lass mich gucken, ob ich dieses Foto einscannen kann. Falls nicht, fotografiere ich es einfach ab.«

Zurück in ihrem Zimmer, nahm sie vorsichtig das Foto aus dem Rahmen und hielt es Marco hin. »Sieh nur, auf der Rückseite stehen ihre Namen. Die Warlocks. Eian Kelly, Kavan Byrne, Flynn McGill und Brian Doherty.«

»Umso besser. Wenn du dieses Foto hochlädst, schreibst du diese Namen noch dazu. Dann ist die Chance größer, dass sich jemand, der das Foto und die Namen sieht, erinnern kann.«

»So fühlt es sich zumindest an.« Sie zog mit einer Fingerspitze die Konturen des Gesichts von ihrem Vater nach. »Aber natürlich ist das alles ewig her.«

»Die Burg, in der wir wohnen, ist Hunderte von Jahren alt. Das heißt, dass Zeit was Relatives ist, nicht wahr? Denk positiv, Mädchen.«

»Das mache ich. Ich komme mit, wenn du das Foto ein-
scannst, und dann fahren wir nach Bunratty und bekommen ein Gefühl dafür, was wahres Alter ist.«

Auf ihrer Führung durch die dominante Steinstruktur, die
hoch über den Fluss errichtet worden war, erreichten sie
den riesengroßen Speisesaal und stellten sich die prächti-
gen Bankette vor, die die adeligen Herrschaften dort gefeiert hatten. Das Feuer hatte laut in den Kaminen gepras-
selt, während von Bediensteten das Bier in großen Krügen
und das Fleisch auf riesengroßen Platten aufgetragen worden war, hoch oben auf der Galerie hatten die Musikanten
aufgespielt, und Kerzen hatten all die schweren Holztische
und Bänke und die dicken Wandbehänge an den Wänden
in ein goldenes Licht getaucht.

Steinerne Wendeltreppen führten in die Schlafgemä-
cher, die Garderoben und Salons, in denen Frauen genäht
oder gesponnen und die Männer Schlachtpläne entworfen
hatten, und ein Zittern vortäuschend stellte Marco fest:
»Im Winter hat man sich bestimmt den Arsch in diesen
Räumen abgefroren.«

»Aber die Aussicht ist fantastisch, oder nicht?«

»Auf jeden Fall. Trotzdem ziehe ich eine Zentralhei-
zung und eine funktionierende Toilette vor.«

Sie stieß ihn mit dem Ellenbogen an. »Aber romantisch
ist's ja wohl auf jeden Fall.«

»Das stimmt, wobei mir die Romantik, wenn ich die
Toilettenspülung höre, deutlich lieber ist. Aber es ist natürlich irre, hier herumzulaufen und zu wissen, dass vor
Hunderten von Jahren Menschen hier gelebt haben. Sie
haben hier gearbeitet, sie hatten Sex, und wenn andere

versucht haben, die Burg einzunehmen, haben sie Pfeile auf sie abgeschossen oder Steine von den Burgmauern geworfen, bis sie wieder abgezogen sind.«

»Sie haben damit einfach ihren Clan, das heißt ihre Familie, beschützt.«

Marco schlang den Arm um ihre Taille und erklärte: »Wenn dir jemand wehtun wollte, würde ich ihn ebenfalls mit Steinen bewerfen, Schwester.«

»Das ist nett.«

Sie war begeistert von der Burg, doch als sie das Museumsdorf erreichten, war es endgültig um sie geschehen. Die reetgedeckten Cottages und Läden, die Kostüme, die Musik, die kleinen Esel und die Gänse und der Fiedler vor dem Pub, die kleinen Bauernhöfe und die schmalen Gassen stellten das reale damalige Leben der normalen Menschen dar. Sie zeigten ihr, wie sie gekocht, geschlafen und die Kinder großgezogen hatten, wie sie während einer anderen Zeit in einer völlig anderen Welt zurechtgekommen waren.

»Ich weiß, dass es ganz sicher nicht so einfach und so reizend war, wie's aussieht, aber so fühlt es sich für mich an. Es kommt mir irgendwie bekannt vor, auch wenn das wahrscheinlich an den Filmen und den Büchern liegt, die ich über diese Zeit gesehen und gelesen habe. Nur laufen echte Menschen hier an einem Ort herum, an dem das Leben damals tatsächlich so ausgesehen hat.«

Beim Weiterschlendern kam es ihr so vor, als könnte sie sich ganz problemlos in die alte Zeit zurückversetzen, um sich in einem der Cottages neben den Kamin zu setzen oder auf ein Bier in den ortseigenen Pub zu gehen.

»Ich habe dieses seltsame Gefühl, als hätte ich das alles schon mal irgendwo gesehen.«

»Ich nicht. Es ist natürlich cool, das alles zu erleben, aber findest du nicht auch, dass Internet und leckere Nachos, weiche Federkernmatratzen, kaltes Bier, die Rechte, die die LGTBQs inzwischen haben, und die Fortschritte der Medizin dem Leben, das die Menschen damals hatten, vorzuziehen sind?«

»Und was ist mit den schrecklichen Atomwaffen, die es inzwischen gibt?«

»Du müsstest lernen, eine Kuh zu melken. Oder eine Ziege.«

»Damals gab's noch keine Luftverschmutzung und noch keinen Klimawandel.«

»Aber dafür gab's auch keine Klimaanlagen in heißen Sommern und keine Fußbodenheizungen, dank derer man sogar im Winter immer wohlig warme Füße hat.«

»Haben wir beides auch nicht«, stellte Breen zutreffend fest.

»Aber es gibt so was, nicht wahr? Und wenn meine beste, reiche Freundin so was haben wollte, könnte sie sich das problemlos leisten, oder nicht?«

»Ich schätze schon«, antwortete sie lachend.

Sie wanderten in einen Souvenirladen. »Siehst du den Falken-Button da? Der wäre doch bestimmt ein nettes, kleines Dankeschön für die Frau von heute Morgen, meinst du nicht?«

»Die Vogelfrau?«

»Genau, die Vogelfrau. Der Button wäre doch perfekt für sie.«

»Dann kauf ihn, und danach sollten wir sehen, wo es hier was zu essen gibt. Das Frühstück ist inzwischen schließlich ewig her.«

Breen erstand den Button und dazu noch eine Dankes-karte, um sie im Hotel zu hinterlegen, damit jemand sie Morena gäbe, weil sie sich nicht vorstellen konnte, dass sie sich noch einmal sähen.

»Wir haben noch zwei Punkte auf der Liste, einer davon ein kleines Dorf, in dem es sicher was zu essen gibt. Ich fahre«, bot sie an.

Und wurde starr vor Schreck.

Das konnte doch nicht sein – und gerade deshalb machte es ihr Angst, als sie den Mann mit den silbergrauen Haaren sah.

Wie damals im Bus sah er ihr direkt ins Gesicht.

»Da ist er!« Ängstlich klammerte sich Breen an Marcos Arm, und lässig schlenderte der Mann davon.

»Wer? Was?«

Sie drückte ihrem Freund die Tüte mit dem Button und der Karte in die Hand und rannte los. Doch diesmal lief sie nicht davon, sondern dem Fremden hinterher. Was unglaublich befreiend war. Sie zwängte sich vorbei an den Erwachsenen, die das Dorf bewunderten und Schnapp-schüsse und Videos machten, und den Kindern, die begeis-tert zu den Eseln rannten, und war direkt hinter ihm, als er um eine Ecke bog.

Sie war ihm auf den Fersen, aber …

… plötzlich war er wie vom Erdboden verschluckt.

Das konnte doch nicht sein, schoss es ihr durch den Kopf, während sie keuchend stehen blieb. Das konnte doch nicht sein.

»Breen!«

Jetzt kam auch Marco angerannt und packte ihren Arm. »Was zur Hölle?«

»Ich habe ihn gesehen, Marco. Ich schwöre dir, ich habe ihn gesehen.«

»Wen, verdammt noch mal? Vor allem ist mir jetzt wieder klar, warum ich immer wollte, dass du in die Leichtathletikmannschaft unserer Schule gehst. Du bist einfach unglaublich schnell.«

»Der Mann – der Mann, der mir im Bus, vor unserer Wohnung und im *Sally's* aufgefallen ist. Er war auch auf dem Flughafen, und eben war er hier.«

»Breen ...«

»Ich weiß, dass das vollkommen irre klingt.« Sie raufte sich die Haare und erklärte noch einmal: »Das weiß ich selbst, aber genauso weiß ich, dass er hier gewesen ist. Er ist zwischen 1,80 und 1,85 m groß und schlank, trägt immer Schwarz und hat silbernes Haar. Es ist nicht weiß und auch nicht grau, sondern hat wirklich einen Silberton.«

Marco legte schützend einen Arm um sie und fragte mit besorgter Stimme: »Aber jetzt kannst du ihn nicht mehr sehen?«

»Ich habe ihn mir ganz bestimmt nicht eingebildet, und ich bin auch nicht verrückt. Ich bin ihm bis zu dieser Ecke hinterhergerannt, und plötzlich ...«, ... *war er wie vom Erdboden verschluckt*, ging es ihr noch einmal durch den Kopf. »Ich weiß nicht, wo er ist. Bei all den Leuten, die hier durch die Gegend laufen, ist er vielleicht einfach in der Menge abgetaucht. Aber ich habe ihn gesehen, und das ergibt nicht den geringsten Sinn.«

»Okay. Lass uns erst einmal weitergehen.« Noch immer lag sein Arm um ihre Schultern, während er sie langsam weiterzog. »Du zitterst ja wie Espenlaub.«

»Das liegt nur daran, dass ich fuchsteufelswild bin«, erklärte sie. »Ich bin unglaublich wütend, denn ich habe das Gefühl, als würde er mich ködern wollen. Was für ein arroganter Mistkerl«, schimpfte sie.

»Ich kann ja Steine auf ihn werfen, falls du ihn noch mal irgendwo siehst.«

Sie lehnte ihren Kopf an seine Schulter, richtete sich aber sofort wieder kerzengerade auf. »Vielleicht hat meine Mutter ihn ja auf mich angesetzt.«

»Vielleicht. Nur, warum sollte sie das tun?«

»Ich habe keine Ahnung, vielleicht will sie einfach wissen, was ich treibe, auch wenn das nicht den geringsten Sinn ergibt. Denn schließlich wusste ich noch gar nichts von dem Geld, als mir der Typ zum ersten Mal in dem verdammten Bus begegnet ist. Und, verflucht, wenn sie tatsächlich wissen wollte, was ich treibe, könnte sie doch einfach meinen Blog lesen wie alle anderen auch. Oder sie könnte einfach anrufen und fragen, wie's mir geht.«

Er streichelte beruhigend ihren Rücken, während sie ihren Weg in Richtung Parkplatz fortsetzten. »Das könnte alles Zufall sein, aber du hast gesagt, du hättest ihn auch auf dem Flughafen gesehen.«

»Das habe ich ...« Oder zumindest hatte sie gedacht, dass er es war.

»Ich wette, wir sind nicht die Einzigen aus Philadelphia, die im Augenblick in Irland oder in Bunratty sind.«

»Aber er hat mich angesehen, als ob er mich kennen würde«, fügte sie hinzu und schüttelte den Kopf. »Vielleicht ging's ihm mit mir ja einfach so wie mir mit ihm. Das könnte sein. Das erste Mal im Bus kam es mir vor, als sähe er mir direkt ins Gesicht, aber da war ich auch schon vorher furchtbar aufgeregt, denn schließlich hatte mich

mein Freund verlassen, und ich habe meinen Job gehasst
und fand es schrecklich, dass ich auf dem Weg zum Haus
von meiner Mutter war. Es könnte also wirklich alles Zufall sein – und vielleicht hat er mich ja heute hier gesehen
und sich gefragt: Wo habe ich die junge Frau nur vorher
schon einmal gesehen?«

Das glaubte sie nicht einen Augenblick.

So war es sicher nicht gewesen, aber es war tröstlich, so
zu tun, als ob es Zufall wäre, dass sie ihm nach all den Be-
gegnungen in Philadelphia jetzt auch hier über den Weg
gelaufen war.

»Wir können ja noch ein bisschen rumlaufen und sehen,
ob du ihn noch mal irgendwo entdeckst.«

»Ach nein, das wäre lächerlich. Wie wäre es mit Fish
and Chips?«

»Au ja«, stimmte ihr Marco zu, doch während des gesamten Wegs zurück zum Wagen ließ er sie nicht los und
schaute sich in allen Richtungen nach einem Mann mit
silbernen Haaren um.

Nach einer Weile schaffte sie es, die Gedanken an den Typen zu verdrängen, und gestärkt von Fish and Chips er-
forschten sie noch andere Ruinen, Rundtürme und eine
weitere Burg, die in der Nähe lag.

Der von Morena prophezeite Regen kam und ging,
als sie die Mondlandschaft des Burren erwanderten und
sich den Wind, der vom Atlantik herwehte, um die Nasen
wehen ließen. Nach einem weiteren Besuch im Pub mit
Lunch und gälischer Musik nahmen sie wieder die ge-
wundene Straße zu ihrem Hotel.

»Lass uns noch in die Bar gehen und was trinken. Schließlich ist dies unser letzter Abend in der Burg, und für die ganze Fahrerei spendiere ich dir einen Kir Royale«, schlug Marco Breen nach ihrer Rückkehr vor.

»Das Angebot nehme ich an, was zu trinken habe ich mir rechtschaffen verdient. Aber geh du ruhig schon mal vor. Ich hinterlege vorher nur noch schnell den Button und die Karte für Morena an der Rezeption und ziehe mir noch andere Schuhe an.«

Sie trat vor den Empfangstisch und hielt der dort arbeitenden jungen Frau die Tüte hin.

»Guten Abend, Miss Kelly. Wie war Ihr Tag?«

»Ganz wunderbar. Das Tütchen ist für eine junge Frau aus Ihrer Falknerei. Ein kleines Dankeschön. Sie heißt Morena, ihren Nachnamen weiß ich leider nicht. Ich habe sie und Amish – ihren Falken – heute früh im Wald getroffen, und sie war so nett, mich ausprobieren zu lassen, wie man diese Vögel auf den Arm lockt und ihnen etwas zu fressen gibt.«

»Das war tatsächlich nett. Natürlich gebe ich die Tüte gerne weiter. Einen schönen Abend noch.«

Den hätte Breen ganz bestimmt. Erst einmal aber ging sie auf ihr Zimmer, zwängte sich aus ihren Wanderschuhen und dachte seufzend an die vielen Märsche, die sie ihren armen Füßen in den letzten beiden Tagen zugemutet hatte. Doch sie hatten sich auf jeden Fall gelohnt.

Da dies ihr letzter Abend wäre, nahm sie sich sogar die Zeit, um ihr Make-up ein wenig aufzufrischen, und bevor sie sich zum Gehen wandte, klopfte es an ihrer Tür.

»Ich habe doch gesagt, dass ich noch meine Schuhe wechseln würde, Marco«, meinte sie, doch statt des Freundes stand die Rezeptionistin vor ihrer Tür.

»Verzeihen Sie die Störung, Miss, aber ich habe mit der Falknerei, das heißt mit meinem Cousin, gesprochen, der dort arbeitet. Er meint, dass es dort keine junge Frau namens Morena und auch keinen Falken namens Amish gibt.«

»Ich verstehe nicht ...«

»Vielleicht haben Sie ja die Namen falsch verstanden. Mein Cousin fragt gerne morgen früh, ob eine von den Falknerinnen Sie getroffen hat, obwohl er denkt, das hätte sie dann sicher heute schon erwähnt. Deswegen dachte ich, ich bringe Ihnen das Geschenk zurück, da ich nicht weiß, wem ich es sonst geben soll.«

»Ja, natürlich, vielen Dank.«

»Kann ich sonst noch etwas für Sie tun, Miss Kelly?«

»Danke, nein. Ich hätte Ihnen keine solche Mühe machen sollen.«

»Das haben Sie nicht. Noch einen schönen Abend«, wünschte ihr die junge Frau und wandte sich zum Gehen.

Breen wusste sicher, dass sie die zwei Namen nicht falsch verstanden hatte. Und vor allem, dass das Erlebnis ganz bestimmt nicht ihrer Einbildung entsprungen war. Sie konnte Amish und Morena noch ganz deutlich vor sich sehen und wusste noch, dass sie vor Aufregung den Atem angehalten hatte, als der Vogel direkt auf sie zugeflogen war. Morena aber hatte nicht gesagt, dass sie zur Falknerei der Burg gehören würden. Vor allem hatte ihr Morena noch erklärt, dass sie sich wiedersehen würden, ehe sie im Wald verschwunden war.

Genauso plötzlich wie der Mann mit dem silbergrauem Haar.

»Vielleicht habe ich mir das alles ja nur eingebildet.« Unglücklich kniff sie die Augen zu und atmete tief durch.

»Vielleicht verliere ich allmählich den Verstand.« Dann aber schlug sie ihre Augen wieder auf und stellte fest: »Oh nein, ich habe mir nichts eingebildet. Sie waren beide wirklich da.«

Und statt sich weiter sinnlose Gedanken über diese Angelegenheit zu machen, ging sie jetzt erst mal runter in die Bar, wo sie mit keinem Wort die seltsame Geschichte erwähnte. Doch als sie nachts im Bett lag, träumte sie von sich als zwei- bis dreijährigem Kind, das weinend zwischen Glaswänden gefangen war, um die herum blassgrünes Wasser floss.

Sie weinte nach der Mutter und dem Vater, doch sie kamen nicht. Dann weinte sie nach einer Nan, die ebenfalls nicht kam. Und außerhalb des Kastens stand der Schatten eines Mannes, der nicht zu erkennen war. Nach ihm weinte sie nicht, denn selbst als kleines Kind von zwei, drei Jahren wusste sie, dass diesem Mann auf keinen Fall zu trauen war. Dann fing er an zu sprechen, und sie konnte hören, wie falsch die weiche, melodiöse Stimme klang.

»Na, na, mein Kind, mein Blut, mein Eigentum. Es ist dumm und schwach zu weinen, und vor allem kann dich hier niemand hören. Du musst noch sehr viel lernen, und wenn du folgsam bist, bekommst du wunderbares Spielzeug und so viele Süßigkeiten, wie dein Herz begehrt.«

»Ich will zu meiner Ma, ich will zu meinem Dad, ich will zu meiner Ma, ich will zu meinem Dad, ich will zu …«

»Ruhe!«, herrschte er sie an und klang drohend und so dumpf wie Donnerhall. »Von jetzt an werde ich dir beibringen, was du willst und was du haben kannst, weil ich ab heute deine Mutter und dein Vater und dein Alles bin. Also gehorch, wenn du nicht mehr als Tränen vergießen willst. Du musst noch sehr viel lernen, und das geht nur, wenn du mir blind gehorchst.«

Dann kam der Schatten näher, und sie schrie zunächst vor Angst, dann aber in dem Zorn, den nur ein Kind in ihrem Alter zu verspüren in der Lage war.

Und mit dem Schrei und unter ihren Fäusten barst das Glas, und sie lag wieder in dem Bett unter der schrägen Zimmerdecke in dem kleinen Haus in Philadelphia. Auch jetzt war sie ein Kind, zwar etwas älter, aber immer noch ein Kind, und klammerte sich ängstlich an ihren Vater.

Er strich ihr sanft die Haare aus der Stirn und wiegte sie im Arm.

»Du hast geträumt, *mo stór,* du hast geträumt. Dein Dad ist da. Du bist in Sicherheit, und ich bin hier. Er wird dich niemals wieder anrühren. Er kann dir nichts mehr tun.«

Breen kämpfte sich aus ihrem Traum, doch ihr war klar, der dunkle Schatten könnte und würde ihr noch mal Gewalt antun.

8

Sie würde weder Marco von dem Traum erzählen noch
ihn in ihrem Blog erwähnen, doch in ihrem ganz privaten
Tagebuch hielt sie ihn fest.

Da die einfachste Erklärung für ihr Treffen mit Morena
und dem Falken war, dass sich die beiden unbefugt auf
einem fremden Grundstück aufgehalten hatten, würde sie
mit niemandem darüber sprechen, um dem Mädchen un-
nötigen Ärger zu ersparen.

Sie konzentrierte sich beim Schreiben ihres Blogs auf
all die anderen positiven, glücklichen Momente des ver-
gangenen Tages und rief dadurch auch in ihrem Inneren
wieder positive, glückliche Gefühle wach. Gewohnheitsmäßig streamte sie danach ein Workout-Video, brach zu
ihrem letzten morgendlichen Gang über das Grundstück
auf und wählte dieses Mal als Ziel den wunderschönen
Blumengarten, dessen friedliches Ambiente ebenfalls ein
gutes Gegenmittel gegen ihre bösen Träume war. Auch
böse Träume waren einfach Träume, und da sie sie schon
seit ihrer Kindheit plagten, konzentrierte sie sich jetzt statt
auf die dunklen Bilder auf die Blumen und die Vögel und
das sanfte Sonnenlicht, das durch die Wolken brach.

Obwohl sie für das Packen ihres Koffers höchstens fünf
Minuten brauchen würde, sagte sie sich, dass sie sich noch
vor dem Frühstück an die Arbeit machen sollte ... bevor
sie widerstrebend einräumte, dass sie ein Feigling war,

und sich zwang, wie am Vortag weiter in den Wald zu gehen.

Sie war nervös, doch stirnrunzelnd nahm sie erneut den Weg zum Fluss. An diesem Morgen aber blieb sie dort allein, und als die ersten Regentropfen fielen, kehrte sie zurück zum Hotel.

Wie an den anderen beiden Tagen saß ihr Freund bereits im Speisesaal, als sie zum Frühstück kam. Nach dem Essen luden sie die Sachen in den Kofferraum und fuhren los. Im Rückspiegel warf Breen noch einen letzten Blick auf das in feinen Nieselregen eingehüllte Dromoland, und Marco stellte fest: »Wir haben in einer Burg geschlafen, Breen.«

»Wir haben in einer Burg geschlafen, Marco«, stimmte sie ihm zu. »Und heute Abend schlafen wir in einem hübschen, kleinen Cottage, das vielleicht nicht ganz so prächtig, dafür aber sicher urgemütlich ist.«

»Wie viele Leute, die wir kennen, können so was von sich sagen?«

»Niemand.«

Sie fuhren erst ein Stück nach Norden, bogen dann nach Westen Richtung Küste ab, und immer, wenn der Regen eine Pause machte und die Sonne Wolkenschatten auf die Felder warf, hielten sie an und stiegen aus.

Zu Fuß durchquerten sie ein Feld voller Ranunkeln, um an seinem Ende eine weitere Burgruine zu erforschen, und eine kleine graue Eseldame, die dort hinter einem Zaun stand, schaute ihnen dabei zu. Begeistert joggte Marco bis zum Zaun, und als die Eselin den Kopf über das Gatter streckte, tätschelte er ihr den Kopf. »Sieh dir das an. Sie wird gern am Kopf gekrault.«

»Dreh dich kurz um, dann mache ich ein Bild. Groß-
städter trifft Eselin.«

»Moment.«

Er machte einen Satz über den Zaun und baute sich
direkt neben der Eseldame auf.

»Ich glaube nicht, dass du …«

»Das tut niemandem weh, und wie es aussieht, freut sie
sich, weil sie nicht mehr alleine ist.«

Tatsächlich rieb die Eselin den Kopf an seiner Jeans, und
grinsend schlang er einen Arm um ihren Hals.

»Das sieht man nicht alle Tage«, meinte Breen und hielt
das Bild mit ihrem Handy fest.

»Komm rüber. Sie ist wirklich süß.«

Breen zögerte, doch schließlich nahm sie allen Mut zusammen und schwang sich ebenfalls über den Zaun. Dann
aber drehte sich das Tier zu ihr herum, und sie schrie leise
auf.

Lachend meine Marco: »Also bitte, Breen. Ich glaube
kaum, dass sie dich fressen wird.«

»Aber vielleicht beißt sie ja. Was wissen wir schon über
Esel?« Sie berührte vorsichtig den Kopf des Tieres und zog
die Hand, so schnell es ging, wieder zurück. »Geschafft.
Und jetzt sollten wir wirklich weitergehen.«

»Warte. Erst muss ich ein Foto von euch beiden machen.
Denk an deinen Blog.«

»Denk an deinen Blog«, äffte ihn Breen mit leiser
Stimme nach, dann aber legte sie dem Tier die Hand noch
einmal auf den Kopf, und plötzlich blickte es ihr wie am
Tag zuvor der Falke direkt ins Gesicht.

»Sie ist echt süß«, erkannte sie und streichelte sie so, wie
man es sonst mit Hunden tat. »Und sie freut sich tatsäch-

lich über den Besuch. Wenn die Schafe weg sind, fühlt sie sich mitunter ziemlich einsam, richtig, Bridget?«

»Wahnsinn!«

»Was?« Breen lächelte die Eseldame an und strich behutsam durch ihr raues Fell, während sie in Gedanken einen Bauernhof und einen Jungen mit wild zerzausten braunen Haaren und einem Striegel aus der Tür des Hauses treten sah.

»Auf deiner Schulter sitzt ein Schmetterling. Beweg dich nicht! Ich habe schon ein tolles Bild, aber dreh jetzt noch deinen Kopf etwas nach links. Ganz langsam, damit du ihn nicht erschreckst.«

Mit wild klopfendem Herzen drehte sie den Kopf und sah den Schmetterling, der mit seinen schwarz getupften gelben Flügeln schlug, bevor er sich wie eine zarte Blüte in die Luft erhob.

»Das war einfach obermegacool. Hier, sieh dir die Fotos an.«

Er zeigte ihr die Aufnahmen, auf denen sie, den Schmetterling auf ihrer Schulter und mit einem freundschaftlichen Lächeln auf den Lippen, vor der Eseldame stand. Als Letztes kam das Bild, auf dem sie sich den Schmetterling ansah. Auf diesem Foto drückte ihr Gesicht statt Überraschung reine Freude aus.

»Ich wusste gar nicht, dass sie sich auf Menschen setzen«, stellte Marco fest.

»Ich auch nicht.« Sie betastete die Stelle, auf dem der Schmetterling gelandet war.

»Wahrscheinlich wäre ich an deiner Stelle völlig ausgeflippt. Aber du warst vollkommen ruhig.«

»Nur äußerlich.«

»Aber man hat dir deine Aufregung nicht angesehen. Das wird ein super Bild für deinen Blog. Darüber musst du auf alle Fälle schreiben.« Marco tätschelte ein letztes Mal die Eselin und fragte grinsend. »Bridget? Wie in aller Welt bist du darauf gekommen, dass sie Bridget heißt?«

Das hätte sie tatsächlich selbst gern gewusst. »Tja nun, für mich sieht sie einfach wie eine Bridget aus.«

»Okay. Hat mich gefreut, Bridget.«

Dann kletterten sie abermals über den Zaun, und als sie händchenhaltend wieder dorthin liefen, wo ihr Wagen stand, bot Marco an: »Das nächste Stück des Wegs fahre ich.«

In Galway City bahnten sie sich mühsam einen Weg zu einem Parkplatz. Erleichtert stieg Breen aus und flunkerte: »Das hast du wirklich gut gemacht.«

»Zumindest habe ich uns hergebracht. Aber jetzt brauchen wir erst einmal eine Pause und etwas zu essen, und vor allem hat eine Straße mit den Namen Shop Street es auf jeden Fall verdient, dass wir sie uns genauer ansehen, meinst du nicht?«

Schon bald entdeckte Breen, dass offenkundig viele Menschen dieser Ansicht waren. Nach einem Morgen in der Einsamkeit empfand sie das Gedränge als erschreckend, aber Marco stürzte sich begeistert ins Getümmel. Sie folgte ihm gehorsam durch die zahlreichen Geschäfte, aber erst als sie auf ein gerahmtes Blatt in altirischer Ogham-Schrift stieß, gab sie der Versuchung nach, auch etwas zu kaufen. Denn unter diesem Blatt stand in normaler Schrift ihr neues Lebensmotto: Mut.

»Womit wir wieder mal beim Thema wären.«

»Aber es ist ein gutes Motto, oder nicht? Und dieses Bild ist klein genug, damit ich es am Ende meiner Zeit hier ganz problemlos mit nach Hause nehmen kann.«

»Ich will jetzt endlich auch eins.«

»Was?«

»Na, ein Tattoo. Was soll ich mir stechen lassen?«

»Die Entscheidung liegt allein bei dir.«

»Dann lass uns erst mal mittagessen gehen. Ich habe einen Bärenhunger.«

»Lass dir doch das Wort Hunger tätowieren, dann brauchst du nur noch drauf zu zeigen, wenn es wieder einmal so weit ist.«

»Haha! Ich hätte gern was typisch Irisches«, erklärte er, als sie zusammen wieder auf die Straße traten, um sich dort nach einem Ort fürs Mittagessen umzusehen.

Mit der goldbraunen Haut, den wilden, dunklen Haaren, die ihm auf den Rücken fielen, und dem sorgsam gestutzten Ziegenbärtchen sah er alles andere als irisch aus.

»Aber du bist kein Ire«, meinte Breen.

»Aber wenn ich mich in Irland tätowieren lasse, passt es trotzdem, oder nicht?«

Er war vielleicht kein Ire, aber Musiker, weshalb die Wahl am Schluss auf eine Harfe fiel.

»Wo soll ich mir die Tätowierung machen lassen? Wo am Körper, meine ich. Wo man sich hier in Galway tätowieren lassen kann, kriege ich über Google raus.«

Da Breen ihn immer noch nicht ernst nahm, schlug sie lächelnd vor: »Ich finde, dass du einen wirklich hübschen Hintern hast.«

»Das stimmt, den würde aber niemand außer den paar Auserwählten sehen. Und ein Tattoo am Oberarm sieht irgendwie gewöhnlich aus. Obwohl ...« Er spannte seinen Bizeps an.

»Ja, klar, Marco, auch deine Oberarme sind der Hit.«

»Dann nehme ich den Oberarm, auch wenn die Stelle nichts Besonderes ist. Zumindest ist das männlich, und, hier, guck, das Studio scheint seinen Bewertungen nach nicht schlecht zu sein.« Er sah sich die Adresse auf dem Handy an. »Dann ist es also abgemacht. Ich lasse mir ein Tattoo stechen.«

Er stand entschlossen auf, und blinzelnd fragte Breen: »Ist das dein Ernst?«

»Wenn du so etwas hast, will ich das auch.«

»Aber, Marco, du brauchst doch schon Sauerstoff, wenn du im Fernsehen siehst, dass jemand eine Spritze kriegt.«

»Halt einfach meine Hand, dann wird's schon gehen.«

Natürlich hielt sie seine Hand – und sah, dass er die Augen aufriss, als der erste Nadelstich die Haut durchdrang.

»Verdammte Scheiße. Lenk mich ab.«

»Wie ist es mit dem großen Einmaleins?«

»Oh Gott, ich hasse Mathe. Nein, am besten singst du was.«

Sie hätte lachen wollen, aber er saß mit riesengroßen Augen auf dem Stuhl und klammerte sich hilfesuchend an ihr fest, während ein Typ mit Namen Joe, der selbst komplexe, farbenfrohe Tätowierungen auf beiden Armen hatte, ihm die Umrisse einer Harfe in den Bizeps stach.

Sie überlegte kurz und wählte mit *Molly Melone* ein Lied, das typisch irisch und mit seiner eher getragenen Melodie beruhigend war. Dann kam sie zum Refrain, und grinsend fiel der Tätowierer ein. Er hatte einen wirklich schönen Bariton, am Schluss des Liedes aber wollte Marco einzig wissen: »Haben wir's geschafft?«

»Noch nicht, Schätzchen.«

»Du hältst dich wirklich tapfer, Marco«, meinte Joe in dem Versuch, ihn aufzumuntern, aber Marco kniff die Augen zu und forderte: »Sing weiter, Breen.«

Mit *The Wild Rover* wählte sie jetzt eine flotte Melodie, und dieses Mal sang eine Frau von Mitte fünfzig mit, die sich von Joes Kollegin eine keltische Spirale stechen ließ. Auch Marco kannte dieses Lied, weshalb er mit noch immer fest geschlossenen Augen kurzerhand die zweite Stimme sang.

»Das war echt super!« Joes Kollegin, eine Frau von vielleicht dreißig, spendete begeisterten Applaus. »Seid ihr professionelle Musiker?«

Breen schüttelte den Kopf und fragte sich, ob sie wohl je wieder die Hand benützen könnte, die der arme Marco schraubstockgleich umklammert hielt.

»Bei euren tollen Stimmen solltet ihr das aber sein. Singt also bitte weiter, ja? Kennt ihr vielleicht auch was von Lady Gaga?«

»Ob wir was von Lady Gaga kennen?« Marco schaffte es zu lächeln, schlug die Augen aber immer noch nicht auf. »Wie wäre es mit *Born This Way*?«

Breen sang weiter, und da auch ihr selbst ein bisschen übel wurde, wenn die Nadel in den Oberarm des Freundes stach, sah sie ihm einfach ins Gesicht.

Nach ein paar Takten lockerte er seinen Griff so weit, dass sie die Finger leicht bewegen konnte, aber da er die Berührung brauchte, drückte sie ihm weiter aufmunternd die Hand.

»Geschafft, Kumpel.« Joe tätschelte dem armen Marco leicht die Schulter und erklärte: »Wenn du willst, kannst du es dir jetzt ansehen.«

»Okay, aber erst mal muss ich tief durchatmen.« Er schlug die Augen wieder auf und schaute sich die grüne Harfe an, die auf seinem Bizeps prangte. »Wahnsinn! Sieh nur, Breen. Ich habe ein Tattoo, und es sieht wirklich super aus.«

»Kommt ruhig noch mal zum Singen wieder«, meinte Joe und zeigte auf die Tätowierung auf Breens Handgelenk. »Gefällt mir.«

»Danke.«

»Falls du jemals eine zweite Tätowierung willst, komm einfach her.«

»Ich denke, eine reicht.«

»Das sagen sie alle«, stellte er mit einem Lächeln fest.

»Ich habe eine Tätowierung«, meinte Marco, als sie wieder auf der Straße standen. »Habe mir in Irland eine Tätowierung machen lassen. Wahnsinn, oder?«

»Allerdings. Auch wenn du immer noch ein bisschen wacklig auf den Beinen bist.«

»Das stimmt, aber ich habe es getan! Das nächste Stück fährst du, oder?«

»Auf jeden Fall.«

»Und die nächste Tätowierung lassen wir uns zusammen stechen.«

»Ich kann es kaum erwarten«, stimmte sie ihm augenrollend zu.

Als sie zum Wagen kamen, zog er sie an seine Brust und wiegte sich mit ihr zusammen hin und her. »Ich liebe dich. Du lässt mich nie im Stich.«

»Niemals.«

»Aber stell mich bloß nicht wie ein Weichei dar, wenn du in deinem Blog von meiner Tätowierung schreibst.«

»Als würde ich das jemals tun.« Sie nahm hinter dem Steuer Platz und wartete, bis Marco auf der anderen Seite eingestiegen war. »Am besten singst du was, bis ich aus dem Gedränge raus bin.«

»Gern.«

Am Ende aber war es deutlich einfacher, aus Galway rauszukommen, und auf dem Weg nach Connemara waren bei Weitem nicht so viele Fahrzeuge wie Schafe unterwegs. Und während Marco, vollkommen erledigt von dem jüngst erlittenen Tätowierungs-Trauma, vor sich hin döste, genoss Breen die Ruhe und Gemächlichkeit der Fahrt sowie das Wissen, dass sie stehen bleiben konnte, wo sie wollte, ohne dass ihr jemand sagte, dass sie etwas anderes machen müsste oder sich beeilen sollte, weil sie völlig frei und ohne jeglichen Termindruck war. Sie sah die Hinweisschilder von verschiedenen Orten, die sie sich mit Freuden angesehen hätte, aber da sie ihren Freund nicht wecken wollte, kämen sie beide – oder sie allein – eben einfach später irgendwann noch mal zurück. Am Ufer von Louch Corrib überlegte sie, ob sie wohl Spaß an einer Bootstour hätte und vielleicht einmal nach Mayo fahren sollte, um sich auch die Sehenswürdigkeiten dieser Grafschaft anzusehen. Sie hätte schließlich Wochen Zeit, in denen sie tun und lassen könnte, was auch immer ihr gefiel.

Ihr wurde beinah schwindelig angesichts der Freiheit, die sie urplötzlich genoss. Falls sie sich tatsächlich jemals eine zweite Tätowierung stechen lassen würde, dann in Form des Wortes *Freiheit,* überlegte sie.

Sie fuhr vorbei an Kühen, Schafen, Hügeln, Feldern, Klippen, und die Schönheit der Umgebung brannte sich ihr regelrecht ins Herz.

Dann rieb Marco sich die Augen und bemerkte: »Mann, ich bin tatsächlich eingenickt! Wo sind … verdammt und zugenäht!«

»Die Bergkette da vorn heißt *Twelve Bens*«, erklärte Breen in ehrfürchtigem Ton. »Wir sind in Connemara. Sie sehen aus, als wären sie genau im rechten Zeitpunkt dort erstarrt. Den See hast du verpasst. Gott, Marco, er ist wunderschön. Wir kommen auf jeden Fall noch mal zurück, damit auch du ihn dir ansehen kannst.«

»Wie lange habe ich geschlafen?«

»Keine Ahnung. Es ist so, als ob die Zeit hier keine Rolle spielen würde. Aber hallo, siehst du das?«

Er richtete sich auf und blickte in die Richtung, die sie wies. »Das große Loch da drüben in der Erde? Aber was sind das für braune Stapel?«

»Das ist Torf, der dort getrocknet wird. Sie holen ihn aus der Erde, schneiden ihn und trocknen ihn dann an der Luft.«

»Das Zeug, das sie in den Kaminen hier verbrennen? Echt?«

»Mein Vater hat mir von den Torfmooren erzählt. Inzwischen fällt mir viel von dem, was er erzählt hat, wieder ein. Wenn ich die Dinge sehe, sind sie plötzlich wieder da. Es gab ein Torfmoor bei dem Hof, auf dem er aufgewachsen ist. Vielleicht war es ja ganz hier in der Nähe. Sicher hat er mir erzählt, wo dieser Hof gelegen hat, aber der Ort ist mir entfallen.«

»Der fällt dir sicher wieder ein.«

»Das hoffe ich, aber die Gegend fühlt sich jetzt schon wie ... zu Hause an.«

»Das ist deine sensorische Erinnerung. Darüber habe ich gelesen.« Eilig zerrte er sein Handy aus der Tasche, hielt es aus dem Fenster und machte ein Bild der Torfstapel am Wegesrand. »Das heißt, du hast diese Erinnerung im Blut. Durch deinen Dad, durch deine Vorfahren und so. Sie haben hier gelebt, und deshalb ist dir diese Gegend ebenfalls vertraut.«

»So sieht es aus. Riechst du die Luft, Marco?« Sie sog den Duft begierig in sich auf. »Man riecht den Torf, die Kiefern und sogar das Gras.«

»Ich kann auch weiterfahren, wenn du dich auf die Gegend konzentrieren willst.«

»Schon gut. Es ist jetzt nicht mehr weit.«

»Da bin ich aber froh, denn langsam habe ich ...«

»... mal wieder Hunger.«

»Nun, ein kleiner Snack wäre nicht schlecht. Moment.« Er zog die Tasche, die im Fußraum stand, auf seinen Schoß. »Ich habe Chips und Cola. Das ist der perfekte Reiseproviant.«

»Gib her«, wies sie ihn an, und grinsend hielt er ihr die Tüte hin. Sie nahm sich ein paar Chips und sah ihn fragend an. »Du hast die Nummer der Verwalterin?«

»Na klar.«

»Dann schreib ihr kurz, dass wir ganz in der Nähe sind. Sie hat gesagt, dass wir uns eine halbe Stunde vor Ankunft melden sollen.«

»Aber müssen wir denn vorher nicht noch ein paar Lebensmittel kaufen?«

»Lass uns erst zum Cottage fahren und eine Liste mit

den Sachen machen, die wir brauchen. Ganz in der Nähe unseres Häuschens gibt's zwei Dörfer, wo wir sicher alles kriegen, was uns fehlt.«

»Sie ist echt schnell«, bemerkte Marco und las sich die Antwort durch. »Sie schreibt, dass sie in einer halben Stunde dort sein wird und uns in Empfang nimmt.«

»Perfekt.« Breen grinste breit, doch als sie wieder auf die schmale Straße zwischen meterhohen Hecken blickte, rutschte er nervös auf seinem Sitz herum.

»Bist du dir sicher, dass wir hier noch richtig sind?«

»Na klar.«

»Ich dachte, dass man von dem Cottage aus das Meer und die Berge sehen kann.«

»Erst müssen wir mal ankommen.«

»Okay ... Ich will damit nur sagen, dass es vielleicht einen Grund hatte, dass dieses Haus den ganzen Sommer über noch zu haben war.«

»Vertrau mir.«

Vielleicht war auch sie etwas nervös — und nicht ganz sicher, dass sie auf der schmalen Straße eine Chance hätte, einem entgegenkommenden Fahrzeug auszuweichen —, aber schließlich ging es nur noch geradeaus, und wenden hätte sie auf diesem schmalen Weg ganz sicher nicht gekonnt.

»Es ist ein bisschen abgelegen«, fügte sie noch hinzu, um sich und Marco Mut zu machen. »Man ist dort völlig ungestört. Und diese Ungestörtheit habe ich gewollt.«

»Aber etwas abgelegen ist was anderes als am Arsch der Welt«, gab er zurück. »Und das hier ist wohl eher der Arsch der Welt. Aber du hast gesagt, es gäbe in der Nähe wenigstens ein Dorf.«

»Zu dem es gerade mal zwei Kilometer sind und das man sogar mühelos zu Fuß erreichen kann.«

»Jeder, der zu Fuß auf dieser Straße läuft, hat einen Todeswunsch. Wie wäre es, wenn ich dieser – wie heißt sie noch einmal? Ah ja, Finola McGill – noch einmal schreibe, um zu fragen, ob wir nicht womöglich doch falsch abgebogen und auf einem Trampelpfad in Richtung einer Kuhweide gelandet sind?«

»Wenn du meinst ... das heißt, da vorn ist eine Abzweigung. In der Beschreibung hieß es, dass wir an ein Schild gelangen würden, wo es dann rechts reingeht. Siehst du? Da ist auch das Schild. *Fey Cottage*. Das ist unser Haus.«

Sie bogen ab, und plötzlich dehnten sich zu beiden Seiten der noch immer schmalen Straße Felder aus, und kurz darauf sahen sie rechter Hand die Berge und zu ihrer Linken eine Bucht.

»Seltsam. Eben waren wir noch zwischen meterhohen Hecken eingezwängt und jetzt ...«

»... ist es damit vorbei.«

Hinter dem Feld erstreckte sich ein märchenhafter grüner Wald, und zwischen Wald und Bucht und auf der anderen Seite majestätisch aufragenden Bergen lag ihr kleines Haus.

Weiß gekieste Wege führten zwischen bunt bepflanzten Blumenbeeten zu dem zweigeschossigen, aus grauem Stein erbauten Cottage, dessen blank geputzte Fenster wie Juwelen in der Sonne glitzerten und dessen Dach mit Stroh gedeckt war.

»Okay, jetzt nehme ich zurück, was ich gesagt habe. Es ist zwar keine Burg, aber es ist ein Cottage wie aus einem Film, und erst die Aussicht ...«

Als Breen schwieg, sah er sie an und stellte fest, dass sie mit tränenfeuchten Augen auf das Häuschen sah.

»He, Mädel.«

»Haargenau so habe ich mir unser Cottage vorgestellt. Ich hatte zwar auch Lust, einmal in einer Burg zu schlafen, aber das hier, davon habe ich geträumt. Ein kleines Haus am Wald und Meer, mit Blumen überall.«

»Und das hast du bekommen.« Lächelnd hob er ihre Hand an seine Wange. »Und das hast du auch verdient.«

»Und die Erfüllung dieses Traums habe ich meinem Vater zu verdanken«, stellte sie mit rauer Stimme fest.

»Dein Dad hat dir die Chance gegeben herzukommen, aber wenn du diese Chance nicht ergriffen hättest, wärst du jetzt nicht hier. Vergiss das nicht.«

»Da hast du recht.« Sie fuhr sich mit den Händen durchs Gesicht, und als sie aus dem Wagen stiegen, ging die weiße Haustür auf.

Die Frau, die auf der Schwelle stand, trug einen leuchtenden orangefarbenen Pulli über einer engen braunen Hose, die die hübschen Rundungen, die sie vorzuweisen hatte, vorteilhaft zur Geltung kommen ließ. Die kastanienbraunen Haare hatte sie sich aus dem rosigen Gesicht gekämmt, und als sie lächelte, blitzten in ihren Wangen hübsche Grübchen auf.

»Da sind Sie ja! Willkommen in Fey Cottage. Ah, Breen Kelly!« Sie legte beide Hände um Breens rechte Hand und drückte sie. »Und Marco Olsen. Einen derart hübschen Burschen haben wir hier lange schon nicht mehr gesehen. Ich bin Finola, und ich freue mich, dass Sie hier Ferien machen wollen. Sie hatten eine weite Reise, also kommen Sie erst mal rein und machen sich's bequem.«

»Danke. Es ist wunderschön hier. Einfach wunderschön.«

»Es freut mich, wenn es Ihnen gefällt. Und jetzt kommen Sie rein, damit ich Ihnen alles zeigen kann, bevor wir Ihre Sachen reinholen. Sie haben sich für Ihre Heimkehr wirklich einen wundervollen Tag gesucht.«

Sie führte sie direkt ins Wohnzimmer mit einem steinernen Kamin, auf dessen Sims drei dicke weiße Kerzen standen und auf dessen Rost bereits die Scheite aufgeschichtet waren. Das Sofa mit den dicken Kissen griff das Dunkelgrün des in den Läufer eingewobenen Keltenknotens auf, und auf der Seitenlehne hatte jemand kunstvoll eine cremefarbene wolkenweiche Wolldecke drapiert. Es gab Regale voller Bücher, Töpfervasen voller frischer Blumen auf den Tischen und Kristalle in den Fenstern, deren regenbogenbuntes Licht im Zimmer tanzte, wenn die Sonne darauf fiel. Und draußen in den Beeten tanzten unzählige weitere bunte Blumen links und rechts der grünen Rasenfläche, über die man bis zum Wasser kam, in dem sich die saftig grünen Hügel spiegelten.

Das Haus und die Umgebung wirkten einladend und tröstlich, und mit rauer Stimme meinte Breen: »Es ist tatsächlich wunderschön.«

»Ich dachte, für ein Feuer ist es noch etwas zu warm, aber trotzdem ist schon alles vorbereitet, falls Sie es sich heute Abend hier gemütlich machen wollen. Wir haben einen großen, offenen Raum im Erdgeschoss, damit Sie, wenn Sie kochen wollen, nicht vom Rest des Hauses abgeschnitten sind.«

Tatsächlich hatte Breen kein wirkliches Talent zum Kochen, aber trotzdem sah sie sich die nur durch einen schiefergrauen Frühstückstresen abgetrennte Küche an. In ihrer Mitte stand ein kleiner, bereits liebevoll für zwei Personen eingedeckter Tisch, und auf der Arbeitsplatte waren eine Steingutschale voll mit frischem Obst, weitere Blumen, ein Toaster und – Gott sei Dank – eine Kaffeemaschine verteilt.

Ein leuchtend roter Wasserkessel prangte auf dem Herd, der Marco strahlen ließ.

»Der Herd ist echt der Hit.«

»Kochen Sie gern?«, erkundigte Finola sich bei ihm.

»Oh ja.«

»Dann sind Sie also nicht nur hübsch, sondern dazu auch noch ein guter Koch. Was haben Sie doch für ein Glück mit Ihrem Freund«, wandte sie sich an Breen. »Die Speisekammer und der Kühlschrank sind bereits gefüllt.«

»Wir hätten nie erwartet, dass …«

»Wir können doch nicht zulassen, dass Sie sofort nach Ihrer Ankunft wieder losfahren müssen, weil's hier nichts zu essen für Sie gibt. Ich habe Ihnen auch ein Vollkornbrot gebacken und da vorne in den Brotkasten gelegt. Und in der Dose sind auch selbstgebackene Plätzchen«, fügte sie hinzu.

Die warme, einladende Geste brachte Breen vollkommen aus dem Gleichgewicht. »Das ist sehr nett von Ihnen. Vielen Dank.«

»Das ist doch nicht der Rede wert. Und gleich hinter der Küche gibt es einen kleinen Raum, in dem die Waschmaschine und der Trockner stehen, obwohl man seine Wäsche, wenn's nicht regnet, gut auch draußen auf die Leine hängen kann. Dazu gibt es hier unten noch ein Schlafzimmer mit einer Tür, durch die man direkt in den Garten kommt.«

Verwundert und erfreut lief Breen Finola hinterher. Wenn sie ein kleines Haus für ihren Aufenthalt hätte entwerfen müssen, hätte es genau so ausgesehen.

Im Schlafzimmer im Erdgeschoss würde sie arbeiten und ihren Frühsport machen, überlegte sie. Wenn sie dann eine Pause machen wollte, könnte sie direkt nach draußen in den wundervollen Garten gehen, in den Wald oder hinunter in die Bucht.

Und dazu würde sie – mit Marcos Hilfe – endlich richtig kochen lernen, abends ein Feuer im Kamin machen und sich dann mit einem Buch aufs Sofa kuscheln oder einfach in die hübschen Flammen sehen und sich darüber freuen, dass sie in diesem wundervollen, kleinen Haus gelandet war.

Dann gingen sie in den ersten Stock, in dessen Flur ein schmaler Tisch mit elegant geschwungenen Beinen stand. Er war mit Kerzen und mit einem weiteren Blumenstrauß geschmückt, und in die Oberfläche war ein Drache ähnlich dem graviert, auf dem sie während ihres Traums geflogen war.

»Was für eine wunderbare Arbeit!«

»Das ist es tatsächlich, und vor allem kenne ich den Künstler, denn ich bin seit achtundvierzig Jahren seine Frau. Als die Erbauerin des Cottages etwas ganz Besonderes wollte, hat er sich das Drachenbild für diesen Tisch hier ausgedacht.«

»Es ist …« Verwundert drehte Breen sich nach Finola um. »Moment.«

»Genau«, mischte sich jetzt auch Marco ein. »Haben Sie etwa geheiratet, bevor Sie auf die Welt gekommen sind?«

Finola lachte fröhlich auf. »Was redet ihr für einen Unsinn?«, wehrte sie errötend ab. »Ich habe schließlich schon vier Enkel, und die eine Enkeltochter ist genauso alt wie du«, verfiel sie in ein mütterliches Du.

Typisch Marco, nahm er ihre Hände und bat flehend: »Enthüllen Sie mir Ihr Geheimnis. Abgesehen davon, ein Huhn zu opfern, würde ich so gut wie alles dafür tun.«

»Tja nun. Ich würde sagen, dass man einfach glücklich leben und von ganzem Herzen lieben, sich um andere kümmern und vor dem Zubettgehen ein Glas guten Rotwein trinken muss.«

»Das alles kriege ich problemlos hin und werde es von jetzt an immer tun.«

»Was mich an was erinnert.« Sie ergriff Breens Hand und klopfte mit dem Finger auf ihr tätowiertes Handgelenk. »Und zwar, dass außer für den Wein für diese Dinge jede Menge Mut vonnöten ist.«

»Sie können Gälisch lesen.«

»Schließlich hat man mir das beigebracht.«

Beunruhigt von Finolas durchdringendem Blick zog Breen die Hand zurück. »Marco hat sich heute Nachmittag in Galway auch was tätowieren lassen.«

Mit einem amüsierten Blitzen in den blauen Augen drehte sich Finola zu ihm um. »Dann zeig mal her – egal, wo das Tattoo auch ist.«

Er schob den Ärmel seines Pullis hoch. »Die Stelle ist noch etwas gerötet.«

»Eine irische Harfe! Die ausnehmend gut getroffen ist.« Sie legte ihren Daumen und den Zeigefinger links und rechts des Bilds auf seinen Oberarm und stellte augenzwinkernd fest: »Wobei auch deine Muckis nicht von schlechten Eltern sind.« Der für gewöhnlich unerschütterliche Marco wurde rot. »Und jetzt musst du noch lernen, wie man Harfe spielt.«

»Das kriegt er sicher hin, denn schließlich ist er Musiker«, meinte Breen.

»Wenn ich nicht gerade mit dem Mixen irgendwelcher Drinks beschäftigt bin.«

»Ein attraktiver junger Mann, der kochen kann und obendrein noch musikalisch ist? Wer immer dich mal abbekommt, hat wirklich Glück. Aber genug davon. Am besten zeige ich euch jetzt auch noch die Schlafzimmer. Mal sehen, ob ich richtiglag. Ich dachte, das hier würdest du wollen, Marco, aber kein Problem, wenn nicht.« Sie zeigte auf ein breites Bett mit dicken Kissen und mit einem flauschig weichen Überwurf, in dessen Kopf- und Fußteil hübsche Schnitzereien von Flöten, Fiedeln, Hackbrettern und Harfen, Cembali und Bodhrán-Trommeln eingelassen waren.

»Wow!« Mehr brachte er beim besten Willen nicht heraus.

»Hat diese Schnitzereien auch Ihr Mann gemacht?«, erkundigte sich Breen und zog auch diesmal mit der Fingerspitze die Konturen der Gravuren nach. »Sie sehen einfach fantastisch aus.«

»Tatsächlich sind sie ebenfalls von ihm, und danke für das Kompliment. Von hier aus hat man eine wunderbare Aussicht auf die Bucht, das Meer und selbst die Berge. Es gibt einen Schrank, eine Kommode und dazu noch einen ordentlichen Sessel, und natürlich hast du auch dein eigenes Bad. Die Decke oder eher den Überwurf hat eine meiner besten Freundinnen gewebt und es geschafft, dass all die Grautöne nicht düster wirken, sondern warm.«

»Was für eine Aussicht, Marco! Und die wirst du in den nächsten Tagen jeden Morgen haben!«, schwärmte Breen.

Er trat zu ihr ans Fenster, und sie beide sahen hinaus.

»Es ist wie ein Gemälde. Du kannst dieses Zimmer auch nehmen, wenn du willst.«

»Oh nein.« Sie lehnte ihren Kopf an seiner Schulter an. »Es fühlt sich schließlich an, als wäre es extra für dich gemacht.«

»Ich sehe, dass ihr beide wahre Freunde seid. Ich habe selber echte Freundinnen und Freunde, und ich weiß, wie wichtig sie im Leben sind. Aber warum zeige ich euch jetzt nicht noch das andere Zimmer? Ich nehme an, dass es dir ebenso gefallen wird wie Marco dieses hier, Breen.«

»Falls es auch nur halb so schön ist, werde ich total begeistert sein. Arbeitet Ihr Mann hier in der Nähe?«, fragte Breen, während sie den Gang wieder hinunterliefen. »Ich suche gerade ein paar neue Sachen, und ich hätte wirklich gern ein Stück von ihm, falls ich es nach Amerika verschiffen lassen kann.«

»Ja, klar. Er arbeitet nicht weit von hier, und wenn ihr euch hier erst mal eingerichtet habt, können wir über alles reden.«

Aber erst mal hatten sie das zweite Schlafzimmer erreicht. Höflich trat Finola einen Schritt zurück und ließ Breen an sich vorbei.

Auf dem Kopfteil des Bettes tanzten Feen, flogen Drachen, blühten Blumen, und der Überwurf am Fußende griff all die Grüntöne auf, die es in Irland gab, vom dunklen Grün des Waldes bis zum weichen, hellen Grün des Meeres. Auch auf dem Schreibtisch in der Ecke standen Blumen neben einer dunkelgrünen Schale voller hübscher

Steine sowie einem alten Tintenfass. Dazu fanden sich die Blumen und die Feen aus den Schnitzereien in den Bildern an den Wänden wieder, und direkt über dem Bett hing das Gemälde einer Frau. Sie wandte dem Raum den Rücken zu und stand am Ufer eines Sees, der im frühmorgendlichen Nebel lag. Ihr langes weißes Kleid wehte im Wind und ihre langen, wild gelockten feuerroten Haare sahen genauso aus wie die von Breen.

Breen aber starrte wie gebannt durchs Fenster auf den wunderbar geheimnisvollen Wald, das Wasser, das sich in der Bucht ein Stückchen unterhalb des Cottages brach, die beiden Schwäne, die dort majestätisch auf dem Wasser glitten, auf die Berge und den plötzlich strahlend blauen Sommerhimmel, an dem keine Wolke mehr zu sehen war.

»Ich glaube, dass es ihr gefällt«, sagte Finola zu Marco.

»Oh ja, das tut's. Du hast hier sogar einen eigenen Kamin. Als Kinder haben wir uns immer ausgemalt, wie wir mal wohnen wollen, und Breen hat damals schon von einem Kamin in ihrem Schlafzimmer geträumt.«

Weil ein Kaminfeuer für sie der Inbegriff von kuscheligen Nächten war.

»Aber die Bilder online …«

»Oh, wir haben seither ein bisschen renoviert. Wir haben alles – wie sagt man noch mal? – ja, richtig, auf den neuesten Stand gebracht.« Als Breen sie fragend ansah, lächelte Finola nur. »Dann sagt dir dieses Zimmer also zu?«

»Miss McGill …«

»Finola«, korrigierte die Verwalterin.

»Im Auto habe ich geweint«, brach es aus Breen heraus. »Das Cottage sah bereits von außen ganz genauso aus, wie ich es hätte haben wollen. Aber das hier? Das ist alles, was ich mir jemals erträumt habe und noch viel mehr. Ich werde gut auf alles aufpassen, versprochen.«

»Davon bin ich überzeugt.« Finolas ausdrucksstarke blauen Augen wurden wieder weich. »Wie sieht es aus, wollen wir noch kurz nach draußen gehen? Natürlich habe ich euch einen Schlüssel mitgebracht«, erklärte sie im Gehen. »Ich kann euch zwar versprechen, dass ihr hier ganz sicher keine Schwierigkeiten haben werdet, aber ihr könnt gerne abschließen, falls ihr euch dann wohler fühlt. Es gibt einen Gemüsegarten, wo ihr euch genau wie bei den Blumen und den Kräutern gern bedienen dürft. An ein, zwei Vormittagen in der Woche kümmert Seamus sich hier um die Pflanzen«, fügte sie auf ihrem Weg nach unten und dort durch die Küche Richtung Hintertür hinzu.

»Die Blumen sind einfach wunderschön.«

»Was wahrscheinlich daran liegt, dass Seamus einen wirklich grünen Daumen hat.«

»Ich habe leider keinen blassen Schimmer vom Gärtnern. Meinen Sie, ich darf ihm ein paar Fragen stellen?«

»Dann wird er bestimmt nicht mehr aufhören zu reden, aber sicher, gern. Und jetzt noch zu den Wegen, über die man in den Wald oder ans Wasser kommt. Ihr könnt hier nach Belieben überall herumspazieren. Ins nächste Dorf kommt man am schnellsten durch den Wald. Und unter dem Unterstand da drüben liegt noch jede Menge Feuerholz, bei dem ihr euch bedienen könnt. Wenn es nicht reicht, gebt einfach Seamus oder mir Bescheid, dann kümmern wir uns drum.«

Falls Breen sich jemals in ihrem Leben ein eigenes Haus

zulegen sollte, würde sie kein anderes als dieses heimliche Cottage mit der wunderbaren Aussicht haben wollen.

»Tja nun, so schön wie heute wird das Wetter hier nicht immer sein«, klärte Finola sie kopfschüttelnd auf. »Denn schließlich sind wir hier in Irland, aber wenn es schön ist, könnt ihr euch an diesen kleinen Tisch hier setzen, um die frische Luft und eine Tasse Tee oder den Rotwein zu genießen, den man sich am Ende eines Tages gönnen soll. Oh, und eins noch: Ihr habt hier auch Internet. Das Passwort lautet: zauberhafterort. In einem Wort und klein.«

Marco zog sein Handy aus der Tasche. »Alles klar. Das brauchen wir, denn Breen ist eine Bloggerin.«

»Ach ja?«

»Ich habe erst vor Kurzem damit angefangen«, schränkte Breen bescheiden ein.

»Ich schicke Ihnen den Link«, wandte Marco sich Finola zu. »Sie können darauf wetten, dass sie Riesenwerbung für das Cottage machen wird.«

»Das wäre wunderbar. Gibt's sonst noch irgendwas, was ich euch sagen muss? Oder gibt's noch irgendwas, was ihr mich fragen wollt?«

»Mir fällt gerade nichts ein«, erklärte Breen und sah sich wieder staunend um. »Aber ich bin schließlich auch noch ganz benommen davon, wie schön hier alles ist.«

»Dann mache ich mich langsam wieder auf den Weg, damit ihr euch nach eurer Fahrt ein bisschen ausruhen könnt. Mein Neffe hat euer Gepäck ins Haus gebracht. Der junge Declan ist ein wirklich netter Kerl.«

»Oh, das hätte er doch nicht gemusst.«

Sie winkte nur ab und ging voran zurück ins Haus, in dem jetzt eine Flasche Rotwein auf dem Frühstückstresen stand. »Genießt den ersten einer ganzen Reihe Abende in diesem Haus«, bat sie und legte ihnen noch den Schlüssel hin.

»Das werden wir auf jeden Fall«, erklärte Marco gut gelaunt und fragte: »Warum blieben Sie nicht noch und stoßen mit dem guten Wein mit uns auf unseren Einzug an?«

»Das ist ein nettes Angebot, doch leider muss ich langsam los. Oh nein, ihr bleibt schön hier und labt euch allein an dieser Flasche Wein. Ich finde selbst hinaus.« Sie wandte sich zum Gehen, blieb an der Tür aber noch einmal stehen und drehte sich zu ihnen um.

»*Fáilte. Déithe libh.* Willkommen und seid gesegnet«, wünschte sie.

Die beiden sahen ihr hinterher, und schließlich wandte Marco sich an Breen. »Okay, das Cottage ist der Hit. Ich gebe zu, ich war von der Idee von einem kleinen Häuschen mitten in der Pampa nicht begeistert, aber es ist wirklich toll. Und jetzt stoßen wir erst mal auf die Zeit hier in der Pampa an.«

»Okay, das Cottage, aber auch die Frau sind der totale Wahnsinn«, stimmte sie ihm zu. »Und hast du ihre Haut gesehen? Sie muss weit über sechzig sein, aber sie sieht wie ... höchstens vierzig aus.«

»Falls sie was an sich hat machen lassen, sieht man ihr das nicht an. Sie wirkt genauso neu und schick wie dieser Herd, auf dem ich uns ein leckeres Mahl bereiten werde, während du in deinem Blog von unserem super Cottage schwärmen wirst.«

»Den Blog schreibe ich morgen früh, nach meiner ersten Nacht in diesem unglaublichen Bett. Und jetzt schenk uns was von dem Rotwein ein und lass uns ihn mit runternehmen in die Bucht, damit ich meine Füße dort ins Wasser tauchen kann.«

»Au ja. Wir trinken feinen Rotwein, ziehen uns die Schuhe aus und tanzen in der Bucht.«

»Genau.«

9

Breen wurde schon vom ersten weichen Morgenlicht geweckt, das durch das Fenster fiel. Sie hatte traumlos, tief und fest geschlafen, und sie fragte sich, ob das womöglich dem zartrosa Kristall, der über ihrem Bett hing, zu verdanken war.

Sie hatte selbst damals nicht daran geglaubt, doch eins der Mädchen auf dem College hatte in der festen Überzeugung, dass er sie vor Albträumen bewahrte, einen ähnlichen Kristall über ihr Bett gehängt. Egal aus welchem Grund, Breen fühlte sich an diesem Morgen ausgeruht und energiegeladen und erfüllt von einem fast schon lächerlichen Glücksgefühl. Sie lag in ihrem wunderschönen Bett und genoss den Raum, die Aussicht durch das Fenster und die Tatsache, dass sie an diesem Ort den ganzen Sommer lang zu Hause war. Da sie in Gedanken schon an ihrem Blog schrieb, sprang sie auf, tappte, ein Sweatshirt über ihrem Schlafshirt und mit dicken Socken an den Füßen, in die Küche, kochte Kaffee, trug den großen weißen Becher in das Schlafzimmer im Erdgeschoss und setzte sich an ihren Laptop, der dort auf dem Schreibtisch stand. Dann aber trank sie erst mal Kaffee und blickte versonnen durch die Glastür auf das bunte Blumenmeer hinaus.

Wahrscheinlich stünde Marco erst in ein paar Stunden auf, denn schließlich hatten sie am Abend ausgemacht, den ersten Tag gemütlich in dem neuen Cottage zu verbringen und sich zusammen oder einzeln erst einmal die nähere Umgebung anzusehen. Und vielleicht würde sie sich ein paar Stunden in ihr neues Arbeitszimmer setzen, um mit einer Kurzgeschichte, einem Roman oder etwas anderem zu beginnen. Doch versuchen wollte sie's auf jeden Fall. Das Bloggen hatte eine Tür für sie geöffnet – und wie sie den lieben Marco kannte, hatte er das sicherlich von Anfang an im Sinn gehabt.

Jetzt fuhr sie ihren Laptop hoch und atmete tief durch.

Gestern haben wir das zauberhafte, wunderbare Dromoland verlassen, fing sie an und schrieb dann eine halbe Stunde fast ohne Pause durch, bevor sie mit den Worten schloss: *Und jetzt sitze ich hier an diesem hübschen, kleinen Schreibtisch, blicke in den wundervollen Garten, der das Haus umgibt, und fühle mich so heimisch wie noch niemals zuvor an irgendeinem anderen Ort. Falls es bei dieser Reise wirklich darum geht, mein wahres Ich zu finden, bin ich offenkundig auf dem rechten Weg.*

Sie holte sich den nächsten Becher Kaffee, las sich alles noch mal durch, wählte die Fotos aus und quälte sich mit dem Gedanken, ob sie es noch besser hätte machen können oder sollen, lud dann aber den Text mitsamt den Bildern hoch.

In ihrem Schlafzimmer zog sie sich ihre Sportklamotten an, ging dann wieder hinunter, streamte eins von ihren Fitnessvideos, und als sie über eine halbe Stunde später Geklapper aus der Küche hörte, hüpfte sie nach nebenan und sah, dass Marco sich den letzten Kaffee aus der Kanne nahm.

»Guten Morgen!«

Knurren.

»Ich habe meinen Blog geschrieben und sogar schon Sport gemacht. Jetzt mache ich uns Frühstück, springe schnell unter die Dusche, ziehe andere Sachen an und werde dann spazieren gehen. Wie sehen deine Pläne aus?«

»Ich trinke Kaffee und versuche, meine übertrieben aufgekratzte Mitbewohnerin zu ignorieren.«

»Ich bin voller Energie!« Als sie zwei Pirouetten drehte, verzog Marco das Gesicht. »Wahrscheinlich ist es besser, wenn ich erst mal dusche und mich umziehe«, erklärte sie. »Das gibt dir noch ein bisschen Zeit, um richtig wach zu werden.«

»Hauptsache, dein aufgekratztes Ich geht mir nicht länger auf den Keks. Ich werde erst einmal …« Er zeigte auf die Hintertür.

»… nach draußen gehen.«

»Genau.« Er rieb sich seine Augen und gab dann mit einem müden Lächeln zu: »Sie geht mir zwar entsetzlich auf die Nerven, aber diese neue Munterkeit steht dir echt gut.«

»So fühlt sie sich auch an.« Sie hüpfte fröhlich Richtung Treppe und verschwand.

Das Frühstück nahmen sie auf der Terrasse ein. Es war zwar etwas frisch, aber nicht wirklich kalt, und vor allem regnete es trotz der Wolken nicht, die über ihnen am Himmel hingen.

»Dein Blog ist gut, Breen.« Halb verhungert schaufelte sich Marco seine Spiegeleier in den Mund. »Das heißt, ich finde, dass er sogar immer besser wird.«

»Das liegt wahrscheinlich daran, dass auch unser Urlaub immer besser wird.« Sie blickte Richtung Meer, als sich die Sonne durch die Wolken schob, sah die Vögel, die dort flogen, und das leuchtend rote Boot, das auf dem Wasser fuhr.

»Wir sind zwar gerade erst hier angekommen, aber ich bin jetzt schon hemmungslos in dieses Häuschen und die Gegend hier verliebt.«

»Es passt auch wirklich gut zu dir.« Er sah sie forschend an und biss in eine Scheibe Vollkornbrot. »Es stimmt, was du am Ende deines Blogs geschrieben hast.«

»Das hoffe ich. Gleich will ich auf jeden Fall spazieren gehen – und mir zu meinem Blumenbuch vielleicht auch noch ein Vogelbuch besorgen, weil es hier von Vögeln wimmelt und ich keine Ahnung habe, welche Arten Vögel es hier in der Gegend gibt. Und auch wenn mir der Gedanke noch ein bisschen Angst macht, möchte ich versuchen, was zu schreiben. Eine richtige Geschichte, keinen Blog.«

Grinsend prostete er ihr mit seinem Kaffeebecher zu. »Dann solltest du das tun.«

»Du hast mich mit dem Blog auf diese Idee gebracht.«

»Kann sein. Vielleicht war das der Anstoß, aber die nächsten Schritte musst du selber gehen, nicht wahr? Wie dem auch sei, ich werde dich in Ruhe lassen, damit du dich konzentrieren kannst. Ich fahre vielleicht mal ins Dorf, sehe mich dort ein bisschen um und finde raus, wo wir essen gehen können.«

»Das wäre toll. Es gibt hier in der Gegend jede Menge Zeug, das man sich ansehen kann, wir sollten also vielleicht schon mal ein paar Touren zusammenstellen.«

»Aber nicht heute.« Zum Beweis, dass er die Absicht hatte, diesen Tag mit Nichtstun zu verbringen, streckte er genüsslich seine Beine aus und meinte: »Heute ruhen wir uns erst mal aus.«

»Na klar. Weißt du noch, was wir uns an dem Tag versprochen haben, als wir in unsere Wohnung eingezogen sind?«

»Oh ja. Falls weder du noch ich die große Liebe finden, werden wir für alle Zeit zusammenleben.«

»Gilt das noch?«

»Auf jeden Fall.«

Damit wäre sie zufrieden, dachte Breen und brach zu ihrem Spaziergang auf, weil Marco, abgesehen vom Sex, die Liebe ihres Lebens war. Und Sex war eigentlich kein großes Ding – vor allem, wenn man ihn so selten hatte wie sie selbst. Sie ging hinunter an den schmalen Strand, ließ sich den Wind dort um die Nase wehen und dachte über die Geschichte nach, die sie schreiben wollte. Sie wusste vielleicht nicht genau, wie sie beginnen sollte, aber trotzdem war es an der Zeit, es zu versuchen. Allerhöchste Zeit. Zwar hätte sie auch gerne noch den Wald erforscht, doch erst einmal ging sie zurück zum Haus.

Keine Ausflüchte, ermahnte sie sich streng. Das Haus war leer und urgemütlich, und bis Marco wiederkäme, konnte sie sich ganz auf ihre Arbeit konzentrieren. Und die Nervosität, die sie empfand, war vielleicht sogar gut. Womöglich schriebe sie ja besser, wenn sie etwas aufgeregt und nicht zu selbstgefällig war. Sie stellte einen Krug mit Wasser auf den Tisch und klappte ihren Laptop auf. Dann brachte sie einige Stunden damit zu, den leeren Bildschirm anzustarren, aber irgendwann schrieb sie den ersten Satz.

In einer Vollmondnacht erschien der Gast, der Claras Leben auf den Kopf stellen sollte.

Mit den ersten Worten brach in ihrem Inneren ein Damm, und sie schrieb fast zwei Stunden ohne Pause durch. Und als sie wieder zu sich kam, war sie verblüfft, dass sie acht vollbeschriebene Seiten vor sich erkannte. Wahrscheinlich waren einige – oder die meisten – ihrer Sätze schrecklich oder, was noch schlimmer war, einfach dämlich. Doch sie hatte was geschrieben und war stolz auf sich. Sie schenkte Wasser in ein Glas, leerte es in einem Zug, stand auf und stapfte durch den Raum. Bis sie erkannte, dass sie lange noch nicht fertig war. Jetzt holte sie sich eine Cola, wandte sich mit neuer Energie wieder dem Laptop zu und tauchte abermals erst nach zwei Stunden wieder aus der Welt des Schreibens auf. Dann zwang sie sich, den ganzen Text noch mal von vorn durchzulesen, aber als ihr Zweifel kamen und sie überlegte, den gesamten Text zu löschen und noch mal von vorn anzufangen, wurde ihr bewusst, dass sie erst einmal eine Pause machen musste, damit sich die Dinge setzen konnten. Es wäre wohl am besten, erst am nächsten Morgen mit der Arbeit fortzufahren.

Es war unglaublich, aber die Geschichte zog sie einfach mit.

Benommen ging sie in die Küche und entdeckte Marco, der am Herd stand und in einem Topf rührte, dem ein verführerischer Duft entstieg.

»Ich habe gar nicht mitbekommen, wie du zurückgekommen bist.«

»Du warst eben total in deine Schreiberei vertieft. Ich habe schon mal Feuer im Kamin gemacht, weil es inzwi-

schen regnet und echt kalt geworden ist. Gleich gibt es
Kartoffelsuppe und dazu ein selbstgebackenes Sodabrot.
Sei bitte nicht zu kritisch, weil ich schließlich brotback-
technisch eine Jungfrau bin.«

»Aber ich hätte dir beim Kochen helfen wollen. Wie
spät ist es?«

»Zeit für ein Glas Wein.«

Sie blickte auf die Uhr. »Verdammt! Mir war gar nicht
bewusst, wie schnell die Zeit vergangen ist. Aber du hättest
dir nicht solche Arbeit machen müssen, Marco. Schließlich
hätten wir ins Dorf gehen und dort was essen können.«

»Ich hatte Lust zu kochen, und für morgen Abend habe
ich schon ein paar Pubs entdeckt.« Er schenkte ihr großzü-
gig Rotwein aus der offenen Flasche auf der Arbeitsplatte
ein. »Du weißt doch, dass ich, wenn ich Zeit habe, echt
gerne koche, und Kartoffelsuppe und vor allem Sodabrot
habe ich bisher nie gemacht.« Er schenkte auch sich selbst
nach und sah tatsächlich rundherum zufrieden aus. »Zum
Mittagessen hatte ich ein Riesensandwich und vor allem
jede Menge Unterhaltung mit den Leuten aus dem Ort,
und danach habe ich noch ein paar Kleinigkeiten eingekauft. Ein Vogelbuch für dich und ein Kochbuch für mich –
in dem auch das Rezept für unser Abendessen stand.«

Er präsentierte ihr das nicht ganz runde, in der Mitte
eingeschnittene Sodabrot.

»Du hast tatsächlich Brot gebacken.«

»Allerdings. Mit Buttermilch. Verdammt, ich habe echte
Buttermilch gekauft. Sieht ziemlich gut aus, findest du
nicht auch?«

»Sieht super aus und riecht vor allem toll. Warum probieren wir es nicht?«

»Weil meine Suppe noch nicht fertig ist und wir uns, bis es so weit ist, mit unserem Wein vor den Kamin setzen, damit du mir von deiner Schreiberei erzählen kannst.«

»Ich hatte dabei beinah das Gefühl, als wäre ich in Trance.«

Er deckte das noch warme Brot erneut mit dem Geschirrtuch ab, rührte noch einmal die Suppe um, ergriff die Flasche und Breens Hand und zog sie Richtung Couch.

»Wie gesagt, du warst total versunken, als ich bei dir reingesehen habe.«

»Fünfzehn Seiten, Marco.«

»Das ist viel. Darf ich es lesen?«

»Erst wenn ich es selbst noch mal gelesen habe«, meinte Breen und legte ihre Füße auf dem Couchtisch ab. »Ich habe damit angefangen, aber dann – ich weiß nicht – kam es mir so vor, als sollte ich das alles erst mal … köcheln lassen, so wie du die Suppe drüben auf dem Herd.«

»Das klingt für mich, als ob du wüsstest, was du tust. Ich schätze, du bist einfach ein Naturtalent.«

»Ich weiß nicht, aber erst mal reicht mir, dass es sich gut anfühlt. Und das tut's auf jeden Fall.«

Genau, wie selbstgebackenes Brot und Suppe in der Küche zu genießen, sich danach mit einem Buch vor den Kamin zu kuscheln und am nächsten Morgen wach zu werden und genauso schwungvoll und so glücklich wie am Tag zuvor zu sein.

Wieder schrieb sie direkt nach dem Aufstehen ihren Blog und brachte dann noch einmal eine Stunde mit dem Schreiben ihres Buchs zu. Sie stellte extra ihren Handywecker, um sie daran zu erinnern aufzuhören, weil sie keinen Augenblick der restlichen Zeit verpassen wollte, die ihr noch bis Marcos Rückflug blieb. Und wenn er sie verließe, hätte sie noch Wochen, um den ganzen Tag zu schreiben, falls ihr danach war.

Sie unternahmen Ausflüge, sahen sich die Sehenswürdigkeiten und die Dörfer der Umgebung an, nahmen ihr Abendbrot in einem Pub in Clifton ein, hörten Musik und stießen auf zwei Menschen, die sich, wenn auch nicht so klar wie Tom in Doolin, an Breens Dad und seine Band erinnerten. Sie stand routinemäßig schon im Morgengrauen auf, um ihren Blog und dann noch kurz an ihrem Buch zu schreiben. Nach dem Frühstück machten sie sich auf den Weg, und abends aßen sie abwechselnd auswärts und zu Hause, wo sie sich von Marco ein paar einfache Rezepte zeigen ließ.

Aber egal, wie gern sie auch die Zeit, die sie zusammen hatten, angehalten hätte, die zehn Tage bis zu Marcos Abflug vergingen wie im Flug.

An einem grauen regnerischen Tag, der gut zu ihrer Stimmung passte, brachte sie den Freund zum Flughafen.

»Was soll ich nur ohne dich machen, Marco? Vielleicht sollte ich …«

»Erzähl mir bloß nicht, dass du überlegst, ob du vielleicht mit mir nach Hause fliegen sollst. Das hier waren die beiden besten Wochen meines Lebens. Mach mir die jetzt bitte nicht kaputt.«

»Darüber zu reden, den Sommer über ganz alleine hier in Irland zu verbringen, ist was völlig anderes, als es dann auch zu tun.«

»Ich weiß, dass es dir hier fantastisch gehen wird. Denkst

du etwa, ich könnte dich alleine lassen, wenn ich nicht der festen Überzeugung wäre, dass du dich hier prächtig amüsieren wirst? Vor allem werde ich dir sagen, was du machen wirst. Du wirst jede Menge schreiben, kochen lernen und dich jeden Tag aufs Neue freuen, hier zu sein.«

»Dann denkst du also nicht, dass ich's vermasseln werde?«

»Warum solltest du das tun? Du wirst diese irren, kilometerlangen Märsche machen, die du so sehr liebst, mir täglich schreiben, was du treibst, und dich finden, Breen. Mir zuliebe«, fügte er hinzu und drückte ihr die Hand. »Und wenn du dich gefunden hast, bringst du dich heim, weil du mir, bis du wiederkommst, entsetzlich fehlen wirst.«

»Du fehlst mir jetzt schon. Ohne dich hätte ich all das nie erlebt.«

»Ich ohne dich genauso wenig.«

Während er es sagte, spürte Breen, wie ihr das Herz in die Hose rutschte, denn jetzt hatten sie den Flughafen erreicht.

»Denk dran: Du setzt mich einfach ab, kommst aber nicht mit rein.«

»Ich kann doch auch den Wagen parken und …«

»Auf keinen Fall. Dann würden wir nur anfangen zu flennen, und das passt einfach nicht zu meinem männlichen Tattoo.«

»Ich werde trotzdem heulen.«

»Tu mir einen Gefallen, Breen.«

Schniefend fuhr sie auf die Abflughalle zu und sah ihn fragend an.

»Amüsier dich, bis du wiederkommst. Lass einfach los und amüsier dich, ja? Ich möchte Fotos von dir sehen, auf denen du an diesem Schreibtisch sitzt und dich beim Schreiben amüsierst. Oder wie du draußen Wein trinkst und aufs Wasser siehst und diesen Anblick durch und durch genießt. Am besten gehst du noch mal abends in den Pub, flirtest mit einem heißen Iren und hast auch dabei jede Menge Spaß.«

»Ich werde es versuchen«, beteuerte sie, wobei ihr der Zweifel deutlich anzuhören war.

»Wie hat es Meiser Yoda ausgedrückt? Es gibt kein Versuchen, tu es oder tu es nicht. Vor allem hast du Finolas Nummer, falls du was im Cottage brauchst, und mit dem Ofen und dem Herd kommst du zurecht. Aber vergiss nicht abzuschließen, wenn du abends schlafen gehst.«

»Das werde ich ganz sicher nicht. Mach dir meinetwegen keine Sorgen, Marco.«

»Scheiße, doch, natürlich werde ich mir Sorgen um dich machen. Das ist schließlich Teil von meinem Job.«

Sie hielt am Terminal und dachte an die freudige Erregung, mit der sie hier angekommen waren. »Hast du deinen Pass, dein Ticket, deine ...«

»Alles da.«

Er stieg aus, um seine Taschen aus dem Kofferraum zu holen, und sie stieg aus und kämpfte gegen die in ihren Augen aufsteigenden Tränen an.

»Schreib mir, wenn du gelandet bist. Sofort.«

»Das werde ich, und du schreibst mir, wenn du wieder im Cottage bist. Dank meiner besten Freundin werde ich dann wieder in der Lounge der ersten Klasse sitzen und Champagner in mich reinkippen.« Er stellte seine Taschen ab und zog sie eng an seine Brust. »Wenn du nicht schlafen kannst oder nervös wirst, ruf mich direkt an. Okay?«

»Das werde ich. Ich liebe dich. Du wirst mir furchtbar fehlen.«

»Ich liebe dich auch, und du wirst mir genauso fehlen. Und jetzt gehe ich besser los, sonst breche ich schließlich doch noch in Tränen aus.« Er küsste sie, umarmte sie ein letztes Mal und griff nach seinem Gepäck. Dann lief er eilig auf den Eingang zu und drehte sie noch einmal zu ihr um. »Amüsier dich, Mädchen, wenn du nicht willst, dass ich sauer werde.«

Und dann war er verschwunden, und sie fuhr durch Regen und durch Tränen zurück in die Einsamkeit, von der sie noch nicht wusste, ob sie sie ertrug. Kurz vor dem Cottage aber brach die Sonne durch, und angesichts des Regenbogens, der sich von der Bucht bis zu den Bergen spannte, brach sie abermals in Tränen aus.

Sie wollte, dass auch Marco diesen Regenbogen sah, stieg aus, machte ein Bild und schickte es dem Freund mit einer kurzen Textnachricht.

Ein gutes Omen für die Reise und die nächste Phase meines Aufenthalts. Die Freundschaft zwischen uns ist mindestens so viel wie dieser Regenbogen wert.

Er antwortete prompt.

Was für ein tolles Bild. Zeig es in deinem nächsten Blog. Ich sitze wie ein reicher Pinkel hier, trinke ein Bier und futtere leckere Kanapees. Du solltest unter diesem wunderbaren Regenbogen unbedingt spazieren gehen. Liebe dich.

Okay, sagte sich Breen, warum eigentlich nicht?

Sie ging ins Haus und zog sich dort die Gummistiefel an, zu denen sie von Marco überredet worden war. Dann trat sie durch die Hintertür und unterdrückte mühsam einen Schrei.

Der Mann trug Gummistiefel so wie sie, eine derbe braune Hose unter einer Arbeitsjacke sowie eine blaue Mütze auf dem grau melierten gelben Haar. Er war kaum größer als ein Kobold, und mit seinem rundlichen Gesicht, der Knollennase und dem Schalk, der in den blauen Augen aufblitzte, sah er auch wie einer aus. Gleichmütig warf er eine Handvoll Grün – wahrscheinlich Unkraut – in den schwarzen Zuber, der vor einem der Beete stand, und nahm, als er sie sah, höflich die Mütze ab.

»Guten Tag, Miss. Ich bin Seamus, und ich kümmere mich um den Garten, wenn Sie nichts dagegen haben.«

»Keineswegs. Finola hat gesagt, dass Sie vorbeikommen würden, aber bisher haben wir Sie anscheinend jedes Mal verpasst.«

Sein süßes, etwas schiefes Lächeln wurde warm. »So sieht es aus. Und, wie gefällt Ihnen der Aufenthalt bisher?«

»Ich fühle mich hier wirklich wohl, auch wenn ich gerade meinen Freund zum Flughafen gefahren habe, weil er nicht so lange Urlaub hat wie ich.«

»Ich kann verstehen, dass Sie das traurig macht. Freundschaft ist das Salz in der Suppe, nicht wahr? Dann wünsche ich ihm eine gute Reise.«

»Danke. All die Blumen hier sind einfach wunderschön.«

»Blumen sind eins der Geschenke, die die Götter uns gemacht haben, und es ist unsere Pflicht und Freude, uns darum zu kümmern, dass sie wachsen und gedeihen.«

»Ich versuche gerade, mir was über Blumen und Pflanzen beizubringen.«

Wieder fing er an zu strahlen. »Ach ja?«

»Ich habe mir ein Buch gekauft.«

»Bücher sind natürlich etwas Feines, aber mindestens genauso gut lernt man, indem man Dinge einfach tut.«

»Hätten Sie etwas dagegen, dass ich Ihnen ein paar Fragen stelle?«

»Keineswegs. Schießen Sie los. Die verblühten Rosen müssen ausgebrochen werden. Wenn Sie möchten, kann ich Ihnen zeigen, wie das geht, und Sie probieren es dann einfach selber einmal aus.«

Dank Seamus und Regenbogen hatte sich ihre Stimmung inzwischen wieder merklich aufgehellt, und sie nickte begeistert. »Ich würde es auf alle Fälle gern versuchen.«

In der nächsten Stunde klärte Seamus sie geduldig über Blumennamen und Wachstumszyklen auf und führte ihre Hand beim Unkrautzupfen und beim Ausbrechen von welken Blüten, bis sie selber wusste, wie es ging. Er zeigte ihr, mit welchen Blumen aus dem Schnittgarten sie hübsche Sträuße für das Cottage arrangieren konnte, doch als sie ihn noch auf einen Tee einlud, lehnte er dankend ab. Anscheinend hatte er noch anderswo zu tun, und als er ging, sah sie ihm, beide Arme voller Blumen und erfüllt von frischem Optimismus, hinterher. Dann ging sie zurück ins Haus, ordnete die Blumen zu verschiedenen, durchaus ansehnlichen Sträußen an und sah sich um. Bevor sie wieder traurig werden konnte, dachte sie daran, dass Marco ihr beim Abschied aufgetragen hatte, sich zu amüsieren, und genau das würde sie auch tun. Sie konnte schreiben. Vielleicht war es nicht mehr ganz so früh wie sonst, wenn sie vor ihrem Laptop saß, aber der Tag gehörte ihr. Sie konnte über ihre Zeit verfügen, wie sie wollte, und sie konnte tun, was ihr gefiel.

Also ging sie in die Küche, um sich ihre Schreib-Cola zu holen, setzte sich an ihren Schreibtisch und gab einen gleichförmigen Strom an Sätzen in den Laptop ein, bis ihr das Knurren ihres Magens deutlich signalisierte, dass es Zeit fürs Essen war. Dankbar für das fürsorglich von Marco für sie vorgekochte Essen, wärmte sie sich eine Mahlzeit auf und stellte ihn sich vor, wie er über den Ozean nach Hause flog. Sie hoffte, dass es während seines Fluges keine Turbulenzen gäbe und er abermals Champagner trank und irgendwelche tollen Filme sah.

Schließlich spülte sie noch das Geschirr und brach zu einem abendlichen Gang ans Wasser auf. Auf ihrem Weg in Richtung Bucht sah sie sich noch mal nach dem Cottage und dem warmen Licht um, das hinter seinen Fenstern brannte, und murmelte voller Trost vor sich hin: »Du hattest recht, Marco. Ich komme hier auch gut allein zurecht. Genau das habe ich gewollt. Genau das brauche ich. Du fehlst mir, aber ich bin trotzdem glücklich und werde daran arbeiten, dass es so bleibt.«

Auf ihrem Weg zurück ließ sie sich Zeit, und als der Mond hinter den Hügeln aufstieg, schimmerte die Bucht in seinem silbrig hellen Licht. Dann drang der Ruf einer wahrscheinlich eben erst erwachten Eule an ihr Ohr, und leise murmelte sie vor sich hin: »Vor allem werde ich herausfinden, wer ich tatsächlich bin.« Sie ging zurück ins Haus, schloss die Tür ab und stellte sich darauf ein, die erste Nacht in ihrem Leben ganz auf sich allein gestellt zu sein.

Zumindest dachte sie, sie wäre ganz allein.

Denn mit geschlossenen Augen konnte sie die Lichter, die vor ihrem Fenster tanzten, und den Falken, der in einem Baum ganz in der Nähe saß, um Eian Kellys Tochter zu behüten, schwerlich sehen. Erst durch das Schrillen ihres Handys wurde sie geweckt. Eine Nachricht ihres Freundes war eingegangen.

Gut in Philly angekommen. Flug war super und noch einmal danke für den tollen Trip. Schlaf weiter, aber schreib mir morgen, wie bei dir die Aktien stehen.

Sie antwortete ihm postwendend.

Froh, dass du gut angekommen bist. Gib allen bei Sally's einen Kuss von mir. Ich werde erst mal weiterschlafen, wie du's mir befohlen hast.

Tatsächlich fielen ihr die Augen bereits wieder zu, und während sie von Regenbogen und von Lichtern träumte, die im Dunkeln tanzten, wachten ebendiese Lichter weiter über ihren Schlaf.

10

Nach einer Weile liefen ihre Tage immer nach demselben Rhythmus ab.

Als Lohn dafür, dass sie normalerweise schon im Morgengrauen erwachte, bot sich ihr der wunderbare Ausblick auf den ersten rosafarbenen Schimmer, der den Himmel überzog, und auf die feinen Nebelschwaden in der Bucht. Dann machte sie sich einen Kaffee, schrieb – als Aufwärmübung für ihr Buch – noch im Pyjama ihren Blog, brachte sich körperlich mit einem ihrer Fitnessvideos in Schwung, genehmigte sich eine zweite Tasse Kaffee und spazierte in die Bucht. Inzwischen konnte sie die Singschwäne, die Turmfalken und Rohrammern auch namentlich benennen und freute sich, wenn sie sie übers Wasser gleiten oder schweben sah. Dann nutzte sie die nur von einer milden Brise und von dem Gesang der Vögel unterbrochene Stille, um zu schreiben, und war immer wieder überrascht davon, wie schnell der Tag verflog. Am späten Nachmittag oder am frühen Abend dann ging sie im Wald spazieren, um sich an den Elstern und den Wildblumen zu erfreuen. Ihr Handy hatte sie stets griffbereit, und einmal war sie von sich selbst überrascht, als ihr ein Bild von einem Reh mit seinem Kitz gelang, die ihr statt ängstlich neugierig entgegensahen.

Nach ein paar Tagen ging ihr auf, dass Alleinsein etwas anderes war als Einsamkeit. Auch wenn ihr Marco fehlte, empfand sie die Freiheit, ganz auf sich allein gestellt zu sein, als rundherum befriedigend.

Auch mit dem Kochen kam sie klar – auch wenn sie oft nur eine Tiefkühlpizza in den Ofen schob. Dazu hatte sie unzählige Bücher, die sie lesen könnte, endlos Zeit zum Schreiben und Spazierengehen und um darüber nachzudenken, was sie mit dem Rest von ihrem Leben anfangen wollte, wenn sie wieder in den Staaten war. Wobei ihr die Liste half, die sie eigens für diesen Zweck erstellt hatte:

Ich werde weiterschreiben, sei es einen Blog oder ein Buch oder einfach nur Geschichten für mich selbst. Ich gebe ganz bestimmt nicht auf.

Ich werde eine Arbeit finden, die mir wirklich Spaß macht und bei der ich obendrein auch noch erfolgreich bin.

Ich werde mir ein kleines Häuschen kaufen, mit genügend Platz für mich und Marco, einem kleinen Arbeitszimmer, wo ich schreiben, und mit einem Garten, wo ich selber Blumen pflanzen kann.

Und wenn ich erst in einem Häuschen wohne, lege ich mir einen Hund zu.

Ich werde weiter meinen Vater suchen, und wenn ich ihn finde, wird es mir gelingen, ihm zu verzeihen, dass er damals fortgegangen ist.

Ich werde rausfinden, wie ich mit meiner Mutter reden kann, und einen Weg finden, ihr ... alles zu verzeihen.

Eines Tages würde sie damit beginnen, die Punkte dieser Liste abzuhaken, und wenn sie das täte, fielen ihr vielleicht noch andere große oder kleine Wünsche ein. Fürs Erste aber hatte sie die Dinge, die sie sich am meisten wünschte, festgehalten, und das musste reichen.

Am Ende ihrer ersten Woche machte sie sich auf den Weg ins Dorf und nahm sich vor, in Zukunft öfter einmal aus dem Haus zu gehen. Nach einer Woche vollkommener Ruhe gingen ihr all die Autos und die Menschen furchtbar auf die Nerven – und da sie ganz sicher nicht die Absicht hatte, sich auf Dauer vor der Welt zurückzuziehen, schlenderte sie nach dem Einkauf extra noch durchs Dorf, sah sich die kleinen Läden an und kam schließlich zu einem Musikgeschäft, in dessen Schaufenster dieselbe Harfe lag, wie sie Marco auf dem Bizeps hatte.

Entschlossen trat sie durch die Tür und vor den Tresen, an dem eine Frau in ihrem Alter saß. Sie hatte kurzes schwarzes Haar und spielte Hackbrett ganz für sich allein.

Dann brach sie ab und meinte lächelnd: »Guten Tag.«

»Bitte hören Sie nicht auf. Sie spielen wunderbar.«

»Oh, ich habe mir damit einfach die Zeit vertrieben. Kann ich Ihnen behilflich sein?«

»Die Harfe vorn im Fenster. Sie ist wunderschön.«

»Ah, die Babyharfe. Sie ist tatsächlich ein wundervolles Stück. Würden Sie sie gerne aus der Nähe sehen?«

»Ja, bitte.«

»Spielen Sie Harfe?«

»Oh nein. Sie ist für einen Freund. Er ist Musiker.«

»Tja nun, ein besseres Geschenk finden Sie sicher nicht.«

In einem Raum voll Mandolinen, Banjos, Flöten, Ziehharmonikas und Trommeln legte sie die Harfe vorsichtig auf einen Tisch.

Breen fragte sich, warum der Laden ihr und Marco nicht schon früher aufgefallen war. Vor allem Marco hätte sich hier sicher pudelwohl gefühlt. »Was für ein schönes Instrument. Das Holz, die Form ...«

»Sie ist aus Rosenholz.« Die Frau glitt mit der Hand über die Saiten und erzeugte einen engelsgleichen Ton.

»Wurde sie in Irland gebaut?«

»Nicht nur in Irland, sondern hier im Ort. Von meinem Vater.«

»Ihrem Vater?«

»Sicher, er ist Instrumentenbauer. Oh, natürlich hat er nur ein paar der Instrumente hier aus dem Laden gemacht, aber ich wage zu behaupten, dass sie deutlich besser als die anderen sind. Sie haben gesagt, dass Sie nicht Harfe spielen, aber möchten Sie sich vielleicht trotzdem setzen und versuchen, ein Gefühl dafür zu kriegen?«

»Ich ... Tatsächlich würde ich das wirklich gern.«

»Dann nehmen Sie Platz. Ich bin übrigens Bess.«

»Und ich bin Breen. Das ist sehr nett von Ihnen.«

Breen setzte sich, und Bess kam mit dem Instrument und zeigte ihr, wie man es auf den Knien hielt.

Mit einem Mal sah Breen ein Bild so klar wie Glas. Von sich als Kind mit einer Harfe auf dem Schoß. Und ihrem Vater, der behutsam ihre Hände führte und sie so im Umgang mit der Harfe unterwies.

»Mein Dad hatte so eine Harfe«, stellte sie mit leiser Stimme fest.

»Ach ja?«

»Jetzt fällt mir wieder ein, dass er mir mal gezeigt hat,

wie man darauf spielt…« Sie legte ihre Finger an die Saiten, schloss die Augen und erinnerte sich an die Melodie.

»*The Foggy Dew*.« Bess applaudierte ihrem Spiel. »Sie beherrschen es anscheinend noch sehr gut.«

Sie wusste nicht, warum oder weshalb der Harfenunterricht ihr je entfallen war. »Ich – ich würde diese Harfe gerne kaufen.«

»Für sich selbst oder für Ihren Freund?«, erkundigte sich Bess und lächelte sie an.

»Für meinen Freund. Und hätte wohl Ihr Vater einen Augenblick Zeit für mich?«

»Bestimmt. Moment, ich hole ihn. Sie können so lange weiterspielen, wenn Sie wollen. Bin sofort wieder da.«

Sie würde weiterspielen, dachte Breen, aber nicht hier, sondern im Haus, wo sie allein war und niemand ihre Freude und den Schmerz sah, der mit dem Spiel verbunden wäre. Aber sie glitt mit ihrer Hand über das Holz, und plötzlich fiel ihr wieder ein, dass es nicht nur ums Spielen, sondern gleichzeitig auch um den liebevollen Umgang mit dem Instrument ging, das man in seiner Obhut hatte. Ein Instrument war wie ein Garten, und es brauchte liebevolle Pflege, damit herrliche Musik aus ihm erwuchs.

Dann tauchte aus dem Hinterraum ein Mann mit grau durchwirkten schwarzen Haaren auf, stämmig und groß mit Schreinerschürze.

»Es freut mich, dass mein Schätzchen jemanden gefunden hat, der es zu schätzen weiß. Sie halten es mit Liebe fest.«

So hat es mir mein Vater schließlich beigebracht, ging es Breen durch den Kopf. »Es ist ein wunderschönes Instrument, und seine Töne sind glasklar. Es wird in Ehren gehalten werden.«

»Das ist schön.«

»Ich habe mich gefragt... Also, mein Dad ist Musiker. Er hatte eine Harfe, genau so wie diese, als ich noch ein kleines Mädchen war. Er stammt aus Galway und heißt Kelly, Eian Kelly.«

»Sie sind Eian Kellys Tochter?«, fragte sie der Mann und stemmte seine Hände in die Hüften. »Warum habe ich das nur nicht gleich gesehen? Sie sind ihm schließlich wie aus dem Gesicht geschnitten.«

»Also kennen Sie ihn.« Sie sprang von ihrem Stuhl und drückte sich die Harfe an die Brust.

»Ich kannte ihn. Er hat mir einmal eine wirklich schöne Quetschkommode abgekauft.«

»Eine Kommode?«, fragte Breen verwundert, und er grinste breit.

»Ein irisches Akkordeon. Ich habe es speziell nach seinen Wünschen angefertigt, ein wirklich wunderbares Instrument. Aber vor allem auf der Flöte klang er wie ein Engel oder ein Dämon. Macht er das immer noch?«

»Das weiß ich nicht, aber ich schätze, schon. Er und meine Mutter...«

»Tja, das tut mir leid. Man sagte mir, er wäre nach Amerika gegangen.«

»Ja, aber er kam bereits vor Jahren hierher zurück. Ich glaube, dass er hier in Galway ist.«

»Ich habe ihn seit... seit einer Ewigkeit nicht mehr gesehen.«

»Er ist auf einem Hof in Galway aufgewachsen. Wissen Sie zufällig, wo genau?«

Bei ihrer Frage schüttelte er mitleidig den Kopf. »Es tut mir leid, das weiß ich nicht. Aber ich kann mich gerne umhören, falls Sie denken, dass das hilft.«

»Das wäre wirklich nett. Ich gebe Ihnen meine Nummer für den Fall, dass Sie was rausfinden. Ich bin den ganzen Sommer hier.«

Womöglich fände dieser Mann ja jemanden, der jemand anderen kannte, der ihr weiterhelfen könnte, dachte sie, als sie, den Kasten mit der Harfe in der Hand, zurück zu ihrem Auto lief. Am liebsten wäre sie direkt zurück zu ihrem kleinen Haus gefahren, aber vorher zwang sie sich noch, in den Supermarkt zu gehen, und nach der Heimkehr räumte sie die Sachen erst noch in den Kühlschrank und die Speisekammer, ehe sie in ihre Wanderschuhe stieg. Sie würde jetzt nicht schreiben, dachte sie, denn dafür gingen ihr zu viele Dinge durch den Kopf. Ein längerer Spaziergang durch den Wald täte ihr also sicher gut.

Doch als sie aus dem Haus trat, stand dort Seamus neben einem Meer noch nicht gepflanzter Blumen und einem großen, bunt bemalten Topf.

»Wie geht es Ihnen, Miss?«

»Schön, Sie zu sehen. Was für ein hübscher Topf! Wollen Sie den bepflanzen?«

»Tja nun, ich dachte eigentlich, dass Sie das vielleicht selber machen wollen.«

»Oh, das würde ich echt gern, aber ich wüsste gar nicht, wo ich dabei anfangen sollte.«

Lächelnd hielt ihr Seamus ein paar Handschuhe und einen kleinen Spaten hin. »Mit Erde und mit guten Absichten.«

Er zeigte ihr, wie man den Topfboden mit Tonscherben befüllte, damit sich kein Wasser in der Erde staute, und wie man die Erde in der Schubkarre mit Torf und Kompost mischte, doch die Blumenauswahl überließ er ihr allein.

»Und was, wenn ich die falschen wähle?«

»Falsche Blumen gibt es nicht. Sie alle fühlen sich in diesem Klima wohl. Und für die Blumen, die Sie übrig lassen, finden wir auf alle Fälle einen anderen, schönen Platz, denn schließlich gibt es immer irgendwo ein leeres Fleckchen, das man füllen kann.« Er nannte ihr die Namen der von ihr gewählten Blumen – Drachenflügelbegonien und Wandelröschen, Irlandglocken, Männertreu, Fleißige Lieschen, Sonnenwenden, Silberkraut. »Sie haben ein gutes Auge für die Farben, für die Höhen und die Textur.«

Wie einst ihr Vater, als er sie das Harfespielen hatte lehren wollen, führte Seamus, während sie die Blumen pflanzte, ihre Hand. »So ist es gut. Sie haben es geschafft. Und jetzt wünschen wir den Blumen noch viel Glück und ein langes und zufriedenes Leben hier in ihrem neuen Heim.«

»Passt die hier vielleicht auch noch rein? Sie hat ein wirklich hübsches Grün.«

»Das Natternkraut. Das setzen Sie am besten an den Rand, damit es, wenn es wächst, über den Topfrand hängen und mit seinem hübschen Grün angeben kann.«

»Der Topf sieht wie ein Regenbogen aus. Ein wirklich bunter Regenbogen«, meinte Breen.

»Das stimmt. Das haben Sie wirklich gut gemacht. Und jetzt werden die Blumen noch gewässert, auch wenn es nachher noch Regen geben wird. Die Erde sollte immer feucht sein, nicht zu trocken und auch nicht zu nass. Am besten stecken Sie einfach den Finger in die Erde, um zu sehen, ob die Pflanze etwas braucht.«

Dann half er ihr noch, Stellen für die Blumen, die sie nicht für ihren Topf verwendet hatte, auszusuchen, und begeistert hob sie mit dem Spaten Löcher aus.

»Eines Tages werde ich ein Haus mit einem eigenen Garten haben. So wie diesen, wo ich einfach alles durcheinanderwachsen lassen kann.«

»Das werden Sie auf alle Fälle hinbekommen.« Der ruhige Klang von seiner Stimme traf sie geradewegs ins Herz. »Denn alles ist verbunden, junge Breen. Die Erde und die Luft, das Wasser, das vom Himmel fällt, die Sonne, die uns Licht und Wärme bringt und alles wachsen lässt. Die Pflanzen, Tiere, Menschen. Selbst die Vögel, die am Himmel fliegen, und die Bienen, die in den Blüten summen, hängen davon ab. Und wenn Sie mit den Blumen sprechen oder vielleicht sogar für sie singen, werden sie es Ihnen lohnen, weil sie spüren, dass sie Ihnen wichtig sind.«

Sie setzte sich auf ihre Fersen, blickte auf die Erde, die an ihren Handschuhen klebte, und erklärte lächelnd: »Als ich heimkam, war ich etwas traurig. Aber das bin ich jetzt nicht mehr.«

»Weil die Gartenarbeit Freude bringt.«

»Das hat sie dieses Mal auf jeden Fall getan.« Normalerweise fühlte Breen sich in der Nähe fremder Menschen immer etwas unwohl, aber Seamus war ihr so vertraut, als hätte sie ihn schon ihr Leben lang gekannt. Verbindungen, erinnerte sie sich. Alles war verbunden, hatte er gesagt. »Haben Sie schon immer hier gelebt, Seamus?«

»Oh nein. Galway ist nicht meine Heimat, auch wenn ich jetzt hier gelandet bin.«

Die Frage, ob er ihren Vater kannte, könnte sie sich dann wohl sparen.

»Und jetzt räume ich noch auf und mache mich dann wieder auf den Weg.«

»Wir räumen zusammen auf«, bot sie ihm an und stand

entschlossen wieder auf. »Das gehört schließlich dazu, nicht wahr?«

Wieder sah er sie mit seinem seltsam schiefen Lächeln an. »Das stimmt.«

Sie fegte die Terrasse, aber als sie ihm die Handschuhe wiedergeben wollte, wehrte er kopfschüttelnd ab. »Oh nein, Miss, die gehören jetzt Ihnen. Und der kleine Spaten auch. Solche Dinge kann man bei der Gartenarbeit immer brauchen.«

»Vielen Dank. Kann ich Ihnen noch einen Tee anbieten?«

»Danke für das nette Angebot, aber wahrscheinlich wartet meine Frau schon mit dem Essen, also mache ich mich besser langsam auf den Weg. Ich komme nächste Woche, oder falls es vorher schon etwas für mich zu tun gibt, vielleicht etwas früher wieder«, versprach er ihr. »Erfreuen Sie sich an den Blumen, junge Breen, so wie sie es andersherum tun.«

»Das werde ich.«

Dann machte sie ein Bild von ihrem ersten selbst bepflanzten Blumentopf und sagte sich, sie hätte gern auch eins von Seamus, um es morgen früh in ihren Blog zu stellen. Als sie sich aber nach ihm umdrehte, war er schon nicht mehr da.

»Er ist echt schnell«, murmelte sie, nahm ihre Handschuhe und trug sie in die Waschküche im Haus.

Statt in den Wald zu gehen – wo sie bestimmt die meiste Zeit nur vor sich hin gegrübelt hätte –, schenkte sie sich ein Glas Rotwein ein, setzte sich an den Terrassentisch und bewunderte ihr Werk. Und abends hielt sie sich an eins der einfachen Rezepte ihres Freundes – dieses Mal für einen

Eintopf mit Kartoffeln, Brokkoli und Hühnchen – und bekam es fast so gut wie Marco hin.

Breen machte eine Aufnahme für ihren Blog, zog sich einen Pullover an, füllte ihr Glas noch einmal auf und setzte sich zum Essen abermals an den Terrassentisch. Sie hatte sich an etwas in Zusammenhang mit ihrem Dad erinnert, was sie glücklich machte, hatte ein fantastisches Geschenk für ihren besten Freund, sie hatte selbst Blumen in die Erde und in einen Topf gepflanzt und eine anständige – ja, in Ordnung, halbwegs anständige – Mahlzeit hinbekommen. Ganz zu schweigen von den beiden Stunden, die sie morgens noch geschrieben hatte, ehe sie ins Dorf gefahren war.

»Das war ein guter Tag«, erklärte sie den Blumen. »Ein wirklich guter Tag.« Sie prostete dem Wald, der Bucht und auch dem Garten zu. »Auf viele weitere gute Tage. Langsam habe ich den Bogen raus«, erkannte sie. »Ich glaube, langsam habe ich den Bogen raus.«

Nachts aber träumte sie von einem wilden Sturm. Er wütete über den Hügeln, fegte über die Felder, wühlte das im Sonnenlicht so klare Wasser auf, bis es ihr wie ein dunkler Sumpf erschien, und peitschte die Bäume hin und her. Mit wild klopfendem Herzen rannte sie durch Blitze, die wie blaues Feuer zuckten, und durch Donner, der in ihren Ohren klang wie wildes Kriegsgeschrei. Aber sie floh nicht vor dem Sturm, sondern vor einer anderen, dunklen, bösen Macht. Sie spürte, wie sie ihre schwarzen Krallen ausfuhr und versuchte, sie zu packen. Um sich alles anzueignen, was sie war, um sich an ihrem Innersten zu laben wie an teurem Wein.

Ich bin dein Schicksal, bin der Grund, aus dem du auf die Welt gekommen bist, erklärte ihr die dunkle Macht.

Breen spürte, wie das Schwert an ihrem Gürtel gegen ihren Oberschenkel schlug. Sie könnte und sie würde es benutzen. Um zu kämpfen oder Selbstmord zu begehen. Denn bevor sie sich noch mal verlöre, brächte sie sich um. Sie schloss die Finger um den Griff des Schwerts und sah ein Licht. Es glühte anfangs schwach und wurde immer heller.

Jemand öffnete ihr eine Tür.

Ob das die Rettung war?

Denn aus dem Licht rief eine andere Stimme: *Komm heim, Breen Siobhan, Tochter des O'Ceallaigh und Kind des Fey. Es ist jetzt an der Zeit, dass du nach Hause kommst. An der Zeit, dass du erwachst.*

Und während sie die dunklen Krallen in ihrem Rücken spürte, sprang sie in das Licht – und wachte schweißgebadet auf.

Sie griff nach ihrem Handy, um sofort bei Marco anzurufen, legte es dann aber wieder auf den Tisch neben dem Bett. Ein dummer Albtraum war bestimmt kein Grund, um ihren besten Freund, der Tausende von Meilen entfernt war, aus dem Bett zu holen, dachte sie.

Vor allem ging's ihr gut. Sie lag in ihrem kuscheligen Bett, es stürmte nicht, und niemand war hinter ihr her.

Trotzdem schnappte sie sich ihr Tablet und schrieb alles auf, woran sie sich noch erinnern konnte. Vielleicht könnte sie den Traum ja für ihr Buch verwenden, denn bei Tageslicht betrachtet hatte sicher selbst ein fieser Traum wie dieser irgendeinen Wert.

Dann schrieb sie so wie jeden Morgen ihren Blog,

ließ dabei allerdings den Kauf der wunderschönen Harfe aus, weil die schließlich als Überraschung für den lieben Marco vorgesehen war. Sie schrieb über die Blumen, die sie hatte pflanzen dürfen, über ihre selbstgekochte Mahlzeit und lud die entsprechenden Fotos hoch.

Als sie auf die Terrasse trat, um sich am Anblick ihrer Blumen zu erfreuen, war der Boden nass. Es hatte also, wie von Seamus prophezeit, geregnet und vielleicht sogar gestürmt, und ihr Unterbewusstsein hatte die Geräusche dann in einen bizarren Albtraum eingebaut. Am besten brächte sie nach ihrem morgendlichen Gang den Rest des feuchten, kühlen Vormittags mit Schreiben zu. Erst aber ginge sie wie jeden Morgen runter in die Bucht, auch wenn die heute früh im Nebel lag.

Doch plötzlich hörte sie ein leises Japsen aus dem Wald, und während sie noch überlegte, ob sie dort ein überraschend kleines, seltsam aussehendes Rehkitz oder ein extrem großes Kaninchen hoppeln sah, kam der Verursacher des Geräuschs begeistert angerannt. Es war ein kleiner Hund, aber mit einem violetten Schimmer in dem wild gelockten Fell und seinem nackten, wild wedelnden Schwänzchen sah er ebenfalls ein bisschen seltsam aus.

»Aber hallo!« Sie ging in die Hocke, um ihn zu begrüßen, und volle Freude krabbelte der kleine Kerl auf ihren Schoß und fuhr ihr mit der Zunge durchs Gesicht. Er war anscheinend noch ein Welpe, und mit dem gelockten Knoten auf dem Kopf, dem süßen, kleinen Bärtchen und dem aufgeregten Blitzen in den dunkelbraunen Augen sah er wirklich niedlich aus.

»Gott, bist du süß! Was du für schöne Locken hast! Wo kommst du her, mein Süßer? Hast du dich verlaufen?«

Fröhlich rannte er im Kreis um sie herum, sprang wieder an ihr hoch und leckte ihr Gesicht und Hände ab.

»Ich freue mich genauso, dass wir uns begegnet sind. Aber du gehörst doch sicher jemandem, der sich sehr gut um dich zu kümmern scheint und dich bestimmt vermisst.«

Sie zog ihr Handy aus der Tasche, um ein Bild von ihm zu machen, und nach mehreren verwackelten Versuchen hatte sie ein Foto, auf dem er problemlos zu erkennen war.

»Das werde ich Finola schicken. Vielleicht weiß sie ja, wem du gehörst.«

Noch ehe sie jedoch Finola eine Nachricht schicken konnte, rannte er zurück in Richtung Wald.

»Warte! Du verläufst dich noch!«

Sie versuchte, ihn zurückzupfeifen, und tatsächlich blieb er stehen und wackelte begeistert mit dem Schwanz. Dann rannte er erneut im Kreis, blieb wieder stehen und sah sie an.

»Na gut, ich komme mit.«

Am besten brächte sie den kleinen Kerl ins Haus und riefe dann Finola an.

Bevor sie ihn jedoch erreichte, rannte er schon wieder los. Blieb stehen und sah sie an, als wollte er ihr sagen: *Nun komm schon!*

Mit einem leisen Seufzer steckte sie ihr Handy wieder ein und folgte ihm.

Er musste irgendwo hier in der Nähe leben, denn er wusste offenbar genau, wohin er wollte, und er sah nicht wie ein Streuner aus.

»Tja, ich wollte schließlich sowieso spazieren gehen, und wohin, ist eigentlich egal.«

Er lief abwechselnd ein Stückchen vor, zu ihr zurück,

dann wieder vor, und wenn er auf sie wartete, behielt er sie die ganze Zeit im Blick. Er lief nicht in Richtung Dorf, wahrscheinlich lebte er also auf einem abgelegenen Hof oder in einem anderen Cottage, das ihr bisher noch nicht aufgefallen war.

Blätter und Kiefernnadeln fielen lautlos auf den dank des Regens weichen Waldweg, und die Luft war von den Düften feuchter Erde und noch nassen Grüns erfüllt. Die Baumstämme waren in weiche Moosdecken gehüllt, und hier und da glitt schwaches Sonnenlicht durch das Geäst, wobei es helle Tupfen auf dem Boden hinterließ.

Der kleine Hund jagte ein riesengroßes schwarzes Eichhörnchen auf einen Baum, von wo es eine laute Schimpftirade auf ihn niedergehen ließ.

Da Breen bisher noch nie so weit in diesen Wald hineingegangen war, konzentrierte sie sich auf besondere Markierungen – einen abgebrochenen Ast, eine kleine Lichtung voller kleiner Blumen mit sternförmigen Blüten, einen Haufen grauer Steine, die zum Teil fast halb so groß waren wie sie. Im Weitergehen kam es ihr so vor, als ob die Bäume immer höher und auch dicker würden, während sich der Pfad verengte und den Eindruck machte, als ob dort nur selten jemand lief. Aber zum ersten Mal in ihrem Leben hörte sie die Rufe eines Kuckucks, und der Welpe antwortete ihm mit einem gut gelaunten Bellen.

Sie würde ihren Weg zurück zum Haus auf alle Fälle finden, machte Breen sich Mut. Natürlich müsste sie ein paarmal abbiegen, aber sie hatte die Markierungen, und außerdem hatte ihr Handy schließlich GPS.

Sie und ihr neuer kleiner Freund erlebten einfach nur ein nettes, kleines Abenteuer, weiter nichts.

Vor allem hatte sie auch einen Hund in die Geschichte integrieren wollen, oder nicht? Und jetzt war plötzlich einer da. Genau wie er wich sie den Dornenbüschen aus, die den Weg verengten, und einmal blieb der Kleine stehen und machte Pipi auf den Pfad. Sie überlegte, ob sie sich ihn einfach schnappen sollte, war sich allerdings nicht sicher, ob es ihr gelänge, dieses kleine, zappelige Wesen bis zu ihrem Haus zurückzutragen. Stattdessen lief sie ihm einfach weiter hinterher.

»Nachdem wir schon so weit gekommen sind, können wir auch noch bis zum Ende gehen«, erklärte sie dem Tier.

Dann kamen sie an einen sanft plätschernden Bach, und kläffend stürzte sich der kleine Kerl ins kühle Nass und paddelte dort fröhlich hin und her.

Er hatte Schwimmhäute, bemerkte sie, das hieß, dass diese Art von Hund anscheinend häufiger ins Wasser ging. Er krabbelte über die Steine, sprang wieder ins Wasser, tauchte seine Nase ein und hatte einen solchen Spaß, dass sie erneut ihr Handy aus der Tasche zog. Die Fotos würde sie seinem Besitzer zeigen, überlegte sie. Es würde sicher nicht mehr lange dauern, und sie kämen zu diesem Cottage oder diesem Hof. Nach einigen Minuten kletterte der Kleine wieder auf den Weg und schüttelte erst einmal kräftig seine dichten Locken aus, bevor er weiterlief.

Sie folgte ihm, doch plötzlich blieb sie stehen und riss die Augen auf.

Statt eines Cottages oder eines kleinen Hofs hatten sie einen riesengroßen Baum erreicht. Er wuchs auf einem Hügel großer grauer Steine, oder vielleicht wuchsen auch die Steine aus dem Stamm. Die Äste wirkten wie die Arme eines Riesen, und die Blätter, die so groß wie Männerhände waren, verströmten einen satten grünen Glanz.

Mit stolzer Miene setzte sich das Hündchen vor den Baum.

»Ich kann verstehen, warum du mich hierhergebracht hast. Dieser Baum ist echt unglaublich. Bleib schön sitzen, damit ich ein Foto von euch beiden machen kann. So einen Baum habe ich nie zuvor gesehen.«

Sie machte ein paar Aufnahmen aus verschiedenen Winkeln, und der Kleine wartete geduldig, bis sie fertig war.

»Hat da jemand was in den Stamm geritzt?«

Sie trat ein ein Stück näher, und der Hund stand auf und wackelte ein wenig ungeduldig mit dem Schwanz.

»Da ist tatsächlich etwas eingeritzt. Ich glaube, das ist gälisch – oder wenigstens sieht es so aus. Und was sind das für Zeichen?«

Sie musste auf die Steine klettern und sich mit der Hand an einem Ast abstützen, um sie sich genauer anzusehen. Sie hätte schwören können, dass die Steine und das Holz vibrierten. Hätte schwören können, dass sie leise summten, als sie näher kam.

»Das liegt bestimmt an der Aufregung, nicht wahr?«, sagte sie zu dem Hund. »Wir haben hier schließlich einen Zauberbau entdeckt. Ich werde ein paar Bilder von den Schnitzereien machen, um bei Google nachzusehen, was sie bedeuten sollen.«

Sie stemmte ihre Beine in den Boden, bis sie halbwegs sicher stand, und als die Sonne hinter einer dunklen Wolkenwand verschwand, benutzte sie den Blitz. Sie machte auch noch Bilder von den Blättern, damit sie sie später

Seamus zeigen könnte, der womöglich wusste, was für ein phänomenaler Baum das war. Dann ging sie in die Hocke und betrachtete die Steine und den Stamm.

»Sie sehen wie eine Einheit aus. Ich habe wirklich keine Ahnung, wo die Steine aufhören und der Baum beginnt.« Sie blickte wieder auf den Hund, der hinter ihr den Steinhügel erklomm. »Und ich weiß wirklich nicht, wie wir daran vorbeikommen sollen, denn schließlich ist der Baum erheblich breiter als der Pfad. Außer wir krabbeln zwischen den Ästen hindurch, was sicherlich nicht ratsam ist.«

Jetzt kletterte das Hündchen neben sie.

»Also lass uns zurück zu meinem Cottage gehen. Dann schicke ich dein Bild Finola und stelle dir erst mal eine Schüssel Wasser hin. Ich wette, dass du das gebrauchen kannst. Ich habe nämlich selbst inzwischen einen Riesendurst.«

Sie streichelte den wild gelockten Kopf, bevor sie aber überlegen konnte, wie sie ihn im Arm halten und gleichzeitig von den verdammten Steinen runterklettern sollte, fing er wieder an zu bellen und rannte plötzlich los.

»Oh nein! Verdammt!«

Sie krabbelte ihm fluchend hinterher, stieg schwungvoll über einen Ast …

… und hatte das Gefühl, dass sie ins Bodenlose fiel.

Teil 2

ENTDECKUNGEN

Erkenne dich selbst.

INSCHRIFT AM TEMPEL DES APOLLO,
DELPHI

*Was wir lernen müssen,
lernen wir durch das Tun.*

ARISTOTELES

11

Sie lag rücklings im weichen Gras und sah hinauf in einen leuchtend blauen Himmel. Die Handvoll Wolken, die dort schwebten, waren so weiß und flauschig wie die Schafe mit den schwarzen Nasen, die nur ein paar Meter weiter friedlich an den grünen Halmen zupften, so als wäre nichts geschehen. Das Hündchen hatte ihr die Vorderpfoten auf die Brust gestellt und fuhr ihr hektisch mit der Zunge durchs Gesicht. War sie gestürzt und hatte sich den Kopf an einem von den Steinen angeschlagen?

Sie war eben noch im Wald gewesen, oder nicht? Der Baum und dann ...

Sie hatte keine Ahnung, was in aller Welt geschehen war.

»Okay, okay.« Sie schob den Welpen fort und richtete sich mühsam auf. Ihr wurde derart schwindelig und übel, dass sie sich gleich wieder auf den Rücken fallen ließ und eilig ihre Augen schloss. »Ich habe mir den Kopf an irgendetwas angestoßen, ja, genau. Wahrscheinlich habe ich eine Gehirnerschütterung. Ich weiß, dass es vor meinem Sturz noch grau und regnerisch gewesen ist. Oh Gott, wie lange liege ich schon hier?«

Behutsam rollte sie sich auf die Seite, stützte sich auf einem Ellenbogen ab und atmete dann erst mal einfach ein und aus. Zumindest sah sie hinter einem schmalen Feldweg einen kleinen Hof, eine Weide, auf der riesengroße, bunt gefleckte Kühe grasten, und ein Feld.

Haupt- und Nebenhäuser waren aus Stein, und aus den Schornsteinen stieg Rauch zum Himmel auf.

»Hier bist du bestimmt zu Hause«, wandte sie sich an den kleinen Hund. »Ich bin okay. Ich weiß noch, wie ich heiße, welchen Tag wir heute haben und wo ich bin. Ich habe mir vermutlich den Kopf gestoßen, aber weiter nichts.« Vorsichtig betastete sie ihren Hinterkopf. »Ich bin vielleicht ein bisschen außer Atem, habe aber keine Beule und auch keine Kopfschmerzen. Das heißt, im Grunde ist mir kaum etwas passiert.«

Sie richtete sich auf und musste kurz die Augen schließen, bevor sie es schaffte, schwankend aufzustehen.

Das Blut rauschte in ihren Ohren, und ihr war immer noch ein bisschen schlecht und schwindelig, aber sie konnte ja wohl kaum hier neben all den Schafen liegen bleiben, bis sie wieder völlig bei sich war. Sie musste einfach rüber zu dem Hof, ein bisschen Wasser trinken – Gott, sie könnte wirklich ein Glas Wasser brauchen – und liefe danach zurück zu ihrem Haus.

Sie blickte wieder auf den Baum, der am Rand des Feldes auf einem Hügel thronte, und erkannte, dass sie wirklich nicht besonders tief gefallen war. Wie hatte sie es bloß geschafft, ohnmächtig zu werden, obwohl sie zu allem Überfluss auch noch im weichen Gras gelandet war?

Da sie aber nun einmal ohnmächtig geworden war, ging sie langsam – und ein bisschen schwankend – zu der Steinmauer, auf der bereits das kleine Hündchen stand.

»Ja, ja, für dich ist das ein Kinderspiel.«

Sie selbst hatte Mühe, die verdammte Mauer zu erklimmen, aber als sie endlich auf der Straße stand, marschierte sie direkt in Richtung Hof, der ebenfalls von einer Steinmauer umgeben war, in der jedoch ein Eisentor Einlass bot.

Sie hörte einen Mann singen und drehte ihren Kopf.

Er sang und hielt dabei die Zügel eines muskulösen Pferds in der Hand, das einen schweren Pflug über die reiche braune Erde zog. Er trug Stiefel, eine grobe Hose und ein Leinenhemd und hatte eine Mütze auf dem schwarzen Haar.

Sie kannte dieses Bild aus einem ihrer Träume, wurde ihr bewusst, und vielleicht träumte sie in diesem Augenblick ja auch. Als er sie sah, blieb er verwundert stehen.

Die Welt um Breen herum versank in Dunkelheit, bevor sie mitten auf dem Feldweg abermals zusammenbrach.

»Mein Gott! Steh auf, Mädchen. Steh auf.« Er rannte auf sie zu und brüllte: »Aisling! Aisling, komm und hilf mir. Hier liegt eine verletzte Frau.«

Er machte einen Satz über die Mauer, rannte los und beugte sich schon über Breen, als seine Schwester aus dem Haus geschossen kam.

»Was für eine Frau? Wo? Mein Gott, atmet sie noch?«

»Sie ist urplötzlich einfach umgefallen. Aber ich habe sie.«

»Bring sie ins Haus. Das arme Ding, bring sie ins Haus.« Sie öffnete das Tor, befühlte vorsichtig Breens Wange und zog ihre Hand wieder zurück. »Harken, sie sieht aus wie …«

»Ja, jetzt sehe ich es auch. Tja nun, Marg hat gesagt, sie würde kommen, und jetzt ist sie da. Auch wenn wir sie auf andere Art daheim hätten willkommen heißen sollen.«

»Leg sie da drüben auf den Diwan«, dirigierte Aisling ihn, als er das Haus betrat. »Ich hole Wasser und ein feuchtes Tuch.«

»Das mache ich.« Er nahm die Mütze ab und raufte sich das dichte, dunkle Haar. »Ich denke, es ist besser, wenn sie erst mal eine andere Frau sieht, wenn sie wieder zu sich kommt. Aber du kontrollierst, ob sie verletzt ist oder ob sie einfach auf den Übertritt nicht vorbereitet war, okay?«

»Ja, ja, nun geh schon.«

Wieder legte sie die Hand an Breens Gesicht, berührte ihre Wange, ihre Braue, ihren Hals, ihr Herz und fühlte sich auf diese Weise in sie ein. Aisling atmete erleichtert auf und hüllte Breen vorsichtig in eine Decke, als ihr Bruder mit der Wasserschale und mit einem Becher aus der Küche kam.

»Es geht ihr gut, sie ist wirklich stark. Der Übertritt hat sie wahrscheinlich einfach etwas aus dem Gleichgewicht gebracht.« Sie nahm das Tuch, das in der Schüssel lag, wrang es vorsichtig aus und legte es Breen auf die Stirn. Dann rieb sie ihre Finger zwischen ihren Händen und rief sie mit leiser Stimme an. »Wach auf, Breen Siobhan O'Ceallaigh. Wach schön langsam wieder auf. Weißt du, welchen Tee sie braucht, Harken?«

»Natürlich weiß ich das.«

»Sei bloß nicht so empfindlich und koch ihr jetzt erst mal diesen Tee. Der wird sie wieder auf die Beine bringen. Schön langsam, Breen«, wandte Aisling sich jetzt wieder ihrer Patientin zu.

Breen schlug die Augen auf und starrte in das prachtvollste Gesicht, das ihr jemals begegnet war. Haut wie Porzellan, ein fein geschwungener Mund, auf dem ein sanftes Lächeln lag, himmelblaue Augen, dichte Wimpern, die so dunkel waren wie das zu einem wirren Knoten aufgesteckte rabenschwarze Haar.

»Da sind Sie ja. Am besten trinken Sie erst mal einen Schluck Wasser.« Sie schob einen ihrer Arme unter Breen, half ihr, sich aufzurichten, und hielt ihr einen tönernen Becher an den Mund.

»Vielen Dank. Es tut mir leid. Ich nehme an, ich bin gestürzt, und dann wurde mir plötzlich schwindelig. Da war ein kleiner Hund, ein Welpe ...«

»Der hier? Der hier sitzt und vollkommen verschossen in Sie ist?«

»Ja, der. Gehört er Ihnen?«

»Nein. Ich dachte, dass er Ihnen gehören würde.«

»Nein, er ... tut mir leid, ich habe mich noch gar nicht vorgestellt. Ich bin Breen Kelly.«

»Freut mich sehr. Ich bin Aisling – Hanning«, stellte sie sich zögernd ebenfalls mit ihrem vollen Namen vor. »Und der Sie eben draußen eingesammelt hat, ist mein Bruder Harken Byrne.«

»Danke. Ihnen beiden vielen Dank.«

Er sah aus wie seine Schwester, jedoch mit etwas rötlicherer Haut und einem Dreitagebart.

»Das war doch nicht der Rede wert«, erklärte Harken. »Ich koche gerade Tee. Wenn Sie den trinken, wird es Ihnen besser gehen.«

»Ich habe Ihnen keine solche Umstände bereiten wollen.« Verlegen stemmte sie sich hoch, und als der Raum anfing, sich abermals um sie herum zu drehen, stützte sie sich eilig auf dem Diwan ab.

»Sieht aus, als wäre Ihnen noch ein bisschen schwindelig«, stellte Aisling fest.

»Aber nur noch ein bisschen«, antwortete Breen. »Ich wollte diesen Hund nach Hause bringen. Er hat mich durch den Wald und bis zu diesem unglaublichen Baum geführt.«

Sie lehnte sich zurück, kniff kurz die Augen zu, und die Geschwister tauschten vielsagende Blicke miteinander aus.

»Ich habe offenbar das Gleichgewicht verloren.«

»So was kommt vor. Und jetzt hole ich erst mal Ihren Tee.«

»Ich sollte langsam wieder los«, erklärte Breen, als Harken den heimeligen Wohnraum mit dem steinernen Kamin, dem Holzboden, den Tischen und den Stühlen verließ. »Auch wenn ich keine Ahnung habe, was ich mit dem Hündchen machen soll.«

»Da habe ich vielleicht eine Idee, aber jetzt trinken Sie erst einmal Ihren Tee. Bestimmt ist Ihnen noch ein bisschen übel, und dagegen hilft er wirklich gut.«

»Sie haben einen wunderschönen Hof«, bemerkte sie, als Harken wiederkam.

»Wir kümmern uns um ihn«, erklärte er. »Und er versorgt uns ebenfalls sehr gut.«

»Danke«, sagte sie und nahm ihm vorsichtig den Becher ab. »Sie haben gepflügt – mit einem Pferd.«

»Ich fange gerade mit der Sommerpflanzung für die Winterernte an.«

»Ich kannte so was bisher nur aus Büchern oder Filmen.« Oder Träumen. »Aber es war ein wunderbares Bild. Und auch der Tee ist wirklich fein. Was ist das für ein Tee?«

»Ingwer, etwas Minze und noch ein paar andere Dinge«, wich ihr Aisling lächelnd aus.

»Auf alle Fälle hat er seine Wirkung nicht verfehlt.« Erleichtert stellte sie den Becher ab. Sie fühlte sich nicht einfach besser, sondern war erfüllt von einer ungeahnten Energie. »Noch einmal vielen Dank für alles.«

»Ich frage mich, ob Sie vielleicht ein Stück mit mir spazieren gehen würden.« Aisling blickte auf den kleinen Hund. »Ich weiß vielleicht, woher er kommt.«

»Wirklich? Damit nähmen Sie mir eine große Sorge ab. Er ist so süß, und ich fände es schrecklich, wenn er sich verlaufen oder ihm etwas zustoßen würde.«

»Das wird sicher nicht geschehen. Bin gleich zurück, Harken. Die Babys müssten schlafen, bis ich wiederkomme.«

»Keine Angst. Wir kommen schon klar. Hat mich gefreut, Sie kennen zu lernen, Breen.«

»Ich hatte Glück, dass Sie so schnell zur Stelle waren. Noch einmal vielen Dank.« Sie ging mit Aisling und dem Hündchen aus dem Haus. »Sie haben Kinder?«

»Ja. Finian ist fast drei und Kavan sechzehn Monate. Und unser nächstes Kleines ist schon unterwegs.« Sie legte eine Hand auf ihren Bauch.

»Oh, ich gratuliere.«

»Hoffentlich wird's dieses Mal ein Mädchen. Nach zwei Jungen würde mich das wirklich freuen. Mein Mann ist momentan mit meinem anderen Bruder … auf Geschäftsreise. Wir wohnen in dem Cottage oberhalb der Bucht da vorn.«

Breen schirmte ihre Augen mit der Hand gegen die Sonne ab. »Es sieht entzückend aus.«

Anscheinend hatte sie sich doch im Wald verirrt, denn sie hätte eigentlich schwören können, dass die Bucht zu ihrer Linken lag. »Ich wohne selbst in einem Cottage ganz hier in der Nähe.«

»Ach.«

»Ich habe es für den gesamten Sommer angemietet und fühle mich dort wie zu Hause.«

»Hier geht es rein. Und sehen Sie, das Hündchen kennt den Weg. Ich nehme also an, das Rätsel seiner Herkunft haben wir gelöst.«

Gemeinsam bogen sie in einen Waldweg ab, zu dessen beiden Seiten Büsche voller weißer Blüten standen, nahmen eine Abbiegung, und Breen riss überrascht die Augen auf.

Auf einer Lichtung stand ein kleines, reetgedecktes Haus mit hübsch bepflanzten Kupferblumenkästen und mit einer leuchtend blauen Tür, die offen stand, als wüssten die Bewohner, dass sie auf dem Weg zu ihnen war.

Breens Hals zog sich zusammen, und zur Beruhigung ihres wild klopfenden Herzens hob sie eine Hand an ihre Brust.

»Schon gut.« Aufmunternd drückte Aisling ihr die Hand, schlang einen Arm um ihre Taille und erklärte ihr mit ruhiger Stimme: »Atmen Sie ganz langsam ein und aus, dann wird's Ihnen gleich besser gehen.«

Tatsächlich nahm der Druck ein wenig ab.

»Es tut mir leid. Es kam mir einfach vor, als hätte ich das Häuschen schon mal vorher irgendwo gesehen. Es ist wirklich reizend. Wie aus einem Buch. Ich habe einfach überreagiert.«

»Nicht im Geringsten. Sollen wir jetzt reingehen? Marg hat sicher schon den Wasserkessel auf den Herd gestellt.«

Dann kam die Frau, die sie besuchen wollten, an die Tür und blieb in deren Schatten stehen. Mit ihrer Krone feuerroten Haars, dem pflaumenblauen Pullover, einer grauen

Hose und den ausgelatschten Stiefeln sah sie aus wie eine Königin. Das Hündchen lief begeistert auf sie zu, und selbst als sie geschmeidig mit der Hand durch seine wilden Locken fuhr, behielt sie ihre kerzengerade Haltung bei.

Sie kannte das Gesicht, sagte sich Breen. Genauso sähe auch sie selbst in dreißig, vierzig Jahren aus.

»Herzlich willkommen.«

Breen starrte sie mit großen Augen an. »Wer sind Sie?«

»Ich bin Mairghread O'Ceallaigh, Marg oder auch Kelly, wie du sagen würdest. Ich bin deine Großmutter. Willst du nicht reinkommen? Es ist schon viel zu lange her, seit du zum letzten Mal bei mir gewesen bist.«

»Dann lasse ich euch beide jetzt allein.«

Entgeistert wandte Breen sich Aisling zu. »Aber ...«

»Mairghread hat die ganze Zeit auf dich gewartet«, verfiel sie jetzt ebenfalls ins Du. »Genau wie du auf sie. Wir sehen uns.«

»Vielen Dank, dass du sie hergebracht hast, Aisling.«

»War mir ein Vergnügen. Der Übertritt hat sie ein bisschen mitgenommen, aber als O'Ceallaigh hatte sie sich schnell davon erholt. Na los, Breen, geh und sprich mit deiner Nan.« Aisling strich ihr aufmunternd über den Rücken, machte kehrt und lief den Pfad wieder hinauf.

»Du hast natürlich jede Menge Fragen, und ich werde mich bemühen, sie zu beantworten«, erklärte Marg.

Hatte sie sich nicht die ganze Zeit gewünscht, dass jemand ihr die Antworten auf ihre Fragen gäbe? Nur dass sie sich plötzlich gar nicht mehr so sicher war, dass sie die Antworten auch würde hören wollen. Sie atmete ein letztes Mal tief durch und tat den ersten Schritt in Richtung Haus.

»Wir werden einen Tee zusammen trinken«, meinte Marg und wandte sich dem Hündchen zu. »Für dich gibt es ein Leckerli, und dann wirst du ein braver Junge sein, okay?«

Sie machte einen Schritt zurück und ließ die Enkelin an sich vorbei in einen Raum, in den die Sonne durch die zarten Spitzenvorhänge fiel, die vor den offenen Fenstern hingen. Zwei dunkelgrüne Ohrensessel standen vor dem steinernen Kamin, in dem an diesem warmen Tag kein Feuer brannte, dessen Sims jedoch aufgrund der Kerzen, der Kristalle und der Blumen, die dort standen, eine Augenweide war. Daneben gab es ein kleines Sofa, das so blau war wie die Tür, mit aufwendig bestickten Kissen und mit einem in Blau- und Grüntönen gehaltenen Überwurf.

»Der Ort für die Familie ist die Küche«, sagte Marg und führte sie durch eine Bogentür in einen Raum, der deutlich größer war.

Ein Kupferkessel stand auf einem bizarren, kleinen Herd, in dem ein Feuer brannte, in den Schränken und den offenen Regalen waren leuchtend blaue Teller, weiße Becher, schillernde Kristallgläser und kleine, bunt gefüllte Glasbehälter aufgereiht, und auf den Arbeitsplatten, deren Holz in einem weichen Glanz erstrahlte, waren Blumen, Töpfe voller Kräuter sowie weitere Glaskrüge verteilt. Löffel, Töpfe, Pfannen und eine Schürze hingen an verschiedenen Haken an der Wand.

Sie kannte diesen Ort, sagte sich Breen. Aber wie war das möglich, obwohl sie noch nie hier gewesen war?

Weil ihr Vater ihr das Haus beschrieben hatte, ja, genau.

»Ich fand, ein Tee täte uns beiden gut«, erklärte Marg. »Aber du bist ein bisschen blass, und schließlich ist dies für uns beide ein besonderer Tag. Warum trinken wir also nicht stattdessen ein Glas Wein? Setz dich doch, *mo stór.*«

Doch Breen blieb stehen und fragte: »Ist mein Vater hier?«

»In dir und mir, aber nicht auf die Art, in der du meinst. Bitte nimm doch Platz. Ich muss mich setzen, weil ich selbst ein bisschen wacklig bin.«

Also setzte Breen sich an den kleinen Holztisch und verschränkte ihre Hände fest in ihrem Schoß. Marg nahm ein Leckerli aus einem der Behälter, und das kleine Hündchen, das erwartungsvoll mit ihr ins Haus getrottet war, nahm es begeistert in Empfang, trug es in eine Ecke, legte sich dort hin und nagte gut gelaunt daran herum.

Dann holte sie zwei Gläser, füllte sie mit einer klaren, bernsteinfarbenen Flüssigkeit und stellte sie zusammen mit einem Teller Plätzchen auf ein bunt bemaltes, hölzernes Tablett.

»Das ist Shortbread. Das hast du als kleines Mädchen ganz besonders gern gegessen.«

Das tat sie immer noch. »Woher weißt du das?«, hakte sie nach, als Marg die Gläser und den Teller auf den Tisch stellte. »Wir haben uns schließlich nie zuvor gesehen.«

Marg nahm ihr gegenüber Platz. »Mein Kind, du bist mit meiner Hilfe auf die Welt gekommen. Ich habe deiner Mutter beigestanden, als sie dich geboren hat. Du hast gebrüllt, du hattest deine kleinen Fäuste kampfbereit geballt und winzig kleine rote Löckchen auf dem Kopf.«

»Du warst damals in Philadelphia?«

»Nein. Du bist hier auf die Welt gekommen, auf dem Hof ein Stück die Straße runter.«

»Aber ich bin in Philadelphia geboren. Meine Mutter

hat gesagt…« Hatte sie das wirklich?, überlegte Breen. Oder war sie einfach davon ausgegangen, dass es so gewesen war? »Ich dachte – nein, ich weiß, dass in meiner Geburtsurkunde als Geburtsort Philadelphia steht.«

»Solche Dinge kann man mühelos so drehen, wie man sie braucht, nicht wahr? Was hätte ich für einen Grund, dich zu belügen?«, fragte Marg.

»Das weiß ich nicht. Wo ist mein Vater? Lebt er in der Nähe?«

Marg nahm einen ersten vorsichtigen Schluck aus ihrem Glas, stellte es behutsam wieder auf den Tisch und sah Breen ins Gesicht. Die Trauer, die dabei in ihren Augen lag, war nicht zu übersehen, und ohne dass sie es in Worte fassen musste, wusste Breen Bescheid.

»Nein. Oh nein, er ist…«

»Denkst du, er wäre nicht zu dir zurückgekommen, wenn er das gekonnt hätte? Du kannst doch nicht ernsthaft glauben, dass dein Dad dich einfach im Stich gelassen hat. Dich, die du das Licht und Herz des Lebens deines Vaters warst? Er hat dich mehr als alles andere geliebt, und tief in deinem Inneren weißt du das.«

»Wann?«, stieß Breen mit rauer Stimme aus und warf sich eine Hand vor das Gesicht. »Sag mir, wann er gestorben ist.«

»Da du dich kaum an was erinnern kannst, wirst du den Trost meiner Umarmung noch nicht wollen. Aber ich hoffe, eines Tages werden wir uns gegenseitig trösten können, denn er war mein Junge, mein einziges Kind, das Wichtigste, was es für mich im Leben gab.«

Trotz des Tränenschleiers, den Breen vor den Augen hatte, war Margs Trauer nicht zu übersehen.

»Er kam zurück, als er gebraucht wurde, denn das war seine Pflicht. Und starb als Held. Das war im letzten Winter vierzehn Jahre her, aber noch heute stehen die Bewohner aller Welten deshalb tief in seiner Schuld.«

»Ich verstehe nicht. Er war doch kein Soldat.«

»Oh doch und noch viel mehr als das.« Jetzt mischte sich in ihre Trauer echter Stolz. »Wenn es nach ihm gegangen wäre, hätte er einfach als Ehemann und Vater, Sohn und Bauer leben wollen, aber er war berufen, und er ist dem Ruf gefolgt.«

»Weiß meine Mutter darüber Bescheid?«

»Das kann ich dir nicht sagen.« Abermals griff Marg nach ihrem Glas. »Ich würde sagen, tief in ihrem Inneren weiß sie es, doch sicher ist es einfacher für sie zu glauben, dass er sie verlassen hat. Sie hat ihn sehr geliebt. Ich will, dass du das weißt. Als sie Mann und Frau wurden und auch bei deiner Zeugung haben sie sich sehr geliebt.«

Sensorische Erinnerung, hatte ihr bester Freund Marco das Phänomen genannt. Tatsächlich kannte sie das Haus, den Hof, die Luft an diesem Ort. In ihrem Herzen kannte sie das alles ganz genau.

»Aber wann und warum sind sie hier weggezogen, wenn ich hier geboren bin?«

»Das werde ich dir später mal erzählen, aber deine Mutter war hier niemals wirklich glücklich und hat sich die ganze Zeit nach ihrer eigenen Welt gesehnt. Sie wollte, dass auch du in ihrer Welt zu Hause bist. Und wie es sich für einen Mann gehört, hat sich mein Eian dann für Frau und Kind entschieden und ist ihr in ihre Welt gefolgt.«

»Und später kam er dann hierher zurück?«

»So oft es ging.« Marg blickte in ihr Glas und sah dann

wieder ihre Enkelin aus trüben blauen Augen an. »Ich schäme mich nicht zuzugeben, dass ich mich danach gesehnt habe, auch dich wiederzusehen. Aber er hat dich nie hierher zurückgebracht, weil deine Mutter dich dort haben wollte, wo du warst. Er hoffte, wenn du älter wärst und er dir mehr erklären könnte, würdest du ihn vielleicht irgendwann einmal begleiten wollen. Aber das sollte dann nicht sein.«

»Warum will sie bis heute nicht, dass ich nach Irland komme?«

Marg sah auf das volle Glas, das vor der Enkeltochter stand. »Hättest du doch eher einen Tee gewollt?«

»Nein ...« Sie griff nach ihrem Glas und trank den ersten vorsichtigen Schluck. »Der Wein ist lecker und ... unglaublich frisch.«

»Den habe ich gemacht.« Margs Lächeln hellte die gesamte Küche auf. »Aus Löwenzahn. Für mich ist dieser Wein Sommer in einem Glas.«

»Das stimmt. Aber du hast dich nie bei uns gemeldet ... Er hat mir von dir und diesem Haus erzählt, aber ich kann mich nur noch undeutlich erinnern.«

»Keine Angst. Die Bilder werden mit der Zeit zurückkommen.«

Durch ein Glas Wein an einem Küchentisch jedoch wurde der lebenslange Graben zwischen ihnen noch lange nicht überbrückt.

»Warum bist du nicht in Kontakt mit uns geblieben? Warum hast du uns nicht mitgeteilt, dass er gestorben ist?«

»Weil deine Eltern darin übereingekommen waren, dass es das Beste für dich wäre, wenn du die drei Jahre hier vergisst.«

»Drei Jahre? Soll das heißen, ich habe drei Jahre hier gelebt?«

»Oh ja. Du warst ein fröhliches Kind.

Deine Mutter... werfe ihr nicht allzu viel vor. Ich hätte ich ihr selber gern Vorwürfe gemacht, aber sie hat sich hier einfach nicht wohlgefühlt und hatte große Angst um dich. Du warst so talentiert. Und nach deiner Entführung...«

»Was? Ich wurde entführt?«

»Genau, und deine Mutter hatte fürchterliche Angst um dich. Die hatten wir natürlich alle, aber schließlich haben wir dich unversehrt zurückbekommen. Doch für deine Mutter war das wohl der Tropfen, der das Fass zum Überlaufen brachte.«

Sie war auf einem Hof in Irland auf die Welt gekommen und als kleines Kind gekidnappt worden? Wie zum Teufel konnten diese Dinge Teil von ihrem Leben sein?

»Davon haben sie mir nie etwas erzählt! Es ist nicht richtig, dass sie mir all das verschwiegen haben.«

»Sie musste damit abschließen, und das ging nur, indem sie tat, als wäre all das nie geschehen.«

»Du hast mir Geld geschickt«, murmelte Breen. »Erst mein Vater und dann du, als er... als er nicht mehr am Leben war.«

»Das hat er, und als er dann nicht mehr da war, habe ich das fortgesetzt. Es war alles, was ich für dich tun konnte, bis du beschlossen hast, hierher zurückzukommen. Und falls du dich dafür entscheidest, dort zu bleiben, wo du all die Jahre warst, beruhigt mich der Gedanke, dass das Geld dein Leben vielleicht etwas leichter macht.«

»Sie hat mir nichts davon gesagt. Auch dieses Geld hat sie mir vorenthalten.«

»Ja, ich weiß.«

»Du weißt davon? Heißt das, dass du mit ihr gesprochen hast?«

»Oh nein, sie würde ganz bestimmt nicht mit mir sprechen wollen. Aber es gibt andere Wege, Dinge rauszufinden.«

»Du bist meine Großmutter – die einzige aus der Generation, die mir noch bleibt. Denn meine Mutter hatte keinen Kontakt zu ihren Eltern, und vor allem sind sie jetzt schon ein paar Jahre tot. Es wäre denn … habe ich auch einen Großvater?«

»Darüber sprechen wir ein andermal.«

Das Weinglas in der Hand, erhob sich Breen von ihrem Platz. »All das ergibt für mich nicht wirklich einen Sinn. Du sagst, ich hätte hier drei Jahre lang gelebt, aber ich kann mich nicht daran erinnern.«

»Nein?«, hakte die Großmutter mit sanfter Stimme nach.

Sonne, die durch Spitzenvorhänge ins Zimmer fiel und der Geruch von frisch gebackenen Plätzchen. Fröhliches Gelächter und Musik. Die Hände ihres Vaters, die ihr zeigten, wie man sanft über die Saiten einer Harfe strich.

»Manchmal sehe ich verschwommene Bilder, aber sie vermischen sich mit den Geschichten, die mir Dad erzählt hat, und vor allem hat mir in all den Jahren niemand mitgeteilt, dass er nicht mehr am Leben ist. Ich habe all die Zeit auf ihn gewartet und bin extra hergekommen, um nach ihm zu suchen. Weil ich furchtbar wütend auf ihn war.« Sie stapfte in der Küche auf und ab und brach in Tränen des Zorns und der Trauer aus. »Ich habe eine Großmutter, die mir seit Jahren jede Menge Geld geschickt, mir aber nie geschrieben und mich auch nie angerufen hat. Ich bin erwachsen, also ist die Ausrede, dass meine Mutter es so wollte, ja wohl lächerlich. Du hast niemals gesagt, hier bin ich, Breen, komm mich doch mal besuchen, und wenn du möchtest, komme ich zu dir nach Philadelphia.«

»Dafür war bisher nie die rechte Zeit.«

Breen wirbelte zu ihr herum. »Seit über zwanzig Jahren war nie die rechte Zeit, aber jetzt plötzlich passt mein Auftauchen dir in den Kram?«

»Genau. Du warst unglücklich und hast so vieles, was du bist, seit Jahren ausgesperrt. Ich habe mein Versprechen gegenüber deiner Mutter eingehalten, und jetzt halte ich auch mein Versprechen gegenüber meinem Jungen ein. Sogar im Sterben hat er noch an dich gedacht. Als er im Sterben lag, hat er …«

Erschrocken über ihre Trauer nahm Breen wieder Platz und unterdrückte ihren eigenen Zorn. »Es tut mir leid. Das ist bestimmt nicht leicht für dich.«

»Ich wollte gerne einen ganzen Stall voll Kinder haben, aber am Ende hatte ich nur diesen einen Sohn. Der dafür aber etwas ganz Besonderes war. Er war wie ein Komet. Und als dann seine Flamme viel zu früh erlosch, bat er mich von Herzen, die Wünsche deiner Mutter weiterhin zu respektieren. Denn er hat sie geliebt, Breen, und hat niemals damit aufgehört. Aber dich hat er noch mehr geliebt und mich gebeten, auf dich aufzupassen, aber weiter abzuwarten. Ich sollte dich erst herholen, wenn ich bemerken würde, dass du das Bedürfnis hast hierherzukommen, oder dass du hier gebraucht wirst. Und das habe ich jetzt getan.«

»Aber wie hast du mich hierhergeholt? Ich wusste nichts

von all dem Geld, und dass ich es entdeckt habe, war reines Glück. Und dann war ich sauer genug, um endlich mal etwas zu tun, was ich tun will. Ich bin in Irland, weil ich diesen Teil von meinem Erbe kennen lernen und sehen wollte, wo mein Vater aufgewachsen ist. Vor allem hatte ich gehofft, dass ich ihn vielleicht finden würde. Dass ich auch noch eine Großmutter in Irland habe, war mir überhaupt nicht klar.«

»Genau das ist es ja. Wie hättest du das wissen sollen, wenn wir gar nicht in Irland sind?«

»Ist dir vielleicht der Wein zu Kopf gestiegen?«, fragte Breen. »Wo sollten wir denn sonst wohl bitte sein? Ich sitze hier nicht weit von einem kleinen Haus in Galway, das ich für den Sommer angemietet habe, und du willst mir doch wohl nicht erzählen, dass Galway nicht in Irland liegt.«

»Tja nun, das Cottage steht in Irland, das ist wahr. Aber du bist übergetreten.«

»*Übergetreten?* Durch den Spiegel, so wie Alice oder was?«

»Das ist zwar nur eine Geschichte, aber ja, so ähnlich«, tat die Großmutter die Frage ab und blickte auf den Welpen, der inzwischen eingeschlafen war. »Du wolltest einen Hund, und deshalb habe ich dir einen Hund geschickt. Dein Dad hat seine beiden Hunde hier bei mir zurückgelassen, als er ging – und du hast dir deshalb die Augen aus dem Kopf geweint. Du warst auch traurig, weil du mich verlassen solltest, doch der Abschied von den Hunden hat dir ganz besonders wehgetan. Inzwischen sind die zwei in einer anderen Welt, aber sie hatten schöne, lange Leben.«

»Will und ... Lute.«

»Dann kannst du dich also erinnern«, stellte Marg mit einem warmen Lächeln fest. »Will hatte seinen Namen von dem großen Barden Shakespeare, und wenn Lute geheult hat, klang das melodiös, als würde jemand auf einer Laute spielen.«

»Ich ...« Jetzt fiel es ihr tatsächlich wieder ein. Irische Wolfshunde, größer als sie und grau und zottelig. »Ich dürfte mich im Grunde nicht daran erinnern, weil ich damals noch ein Baby war. Aber ich bin manchmal auf Will geritten wie auf einem Pony, stimmt's?«

»Es ist das Herz, das die Erinnerung bewahrt.«

Breen betrachtete nervös den kleinen Hund, der in der Ecke schlief, und kehrte schnellstmöglich auf sicheres Terrain zurück. »Wie heißt dein Hündchen überhaupt?«

»Das musst du selbst entscheiden. Schließlich habe ich ihn dir geschenkt.«

»Aber das geht nicht. Ende dieses Sommers fliege ich zurück nach Philadelphia, und ich wohne dort in einem winzigen Apartment, das für Hunde völlig ungeeignet ist. Ich habe zwar die Absicht, mir ein Haus zu suchen, aber ...«

»Wenn du ihn haben möchtest, findet sich bestimmt ein Weg. Du wolltest einen Hund, denn schließlich hattest du zu Tieren und allem Lebendigen schon immer eine ganz besondere Beziehung, und ich wollte dir was geben, was dein Herz begehrt.«

Das war anscheinend auch kein sicheres Terrain.

»Wünschst du dir wirklich Sicherheit?«, erkundigte sich Marg. »Obwohl du das Wort Mut dort trägst, wo du die Schläge deines eigenen Herzens spüren kannst?« Sie wies auf Breens Tattoo. »Sei mutig, Kind, und hör mir zu. Natürlich bist du Blut von meinem Blut, und ich habe auf das Glück, dich aufwachsen zu sehen, verzichtet, auch wenn ich dir die genauen Gründe dafür jetzt nicht nennen kann. Doch diese Zeit ist jetzt vorbei, und die Entscheidungen liegen zukünftig bei dir.«

»Was für Entscheidungen?«

»So viele, die zum Teil bereits von dir getroffen worden sind. Sonst wärst du jetzt schließlich nicht hier. Du bist freiwillig zum Willkommensbaum gekommen und dort, statt umzukehren, weitergegangen. Das bedeutet, du hast den Übertritt aus deiner Welt mit Irland und Amerika in diese Welt gewagt, denn deine eigentliche Heimat ist und bleibt nun mal Talamh.«

Breen schob ihr Weinglas fort. »Die Gegend hier heißt Tala? Davon habe ich bisher noch nie etwas gehört.«

Ein wenig ungeduldig buchstabierte Marg den Namen ihrer Welt. »Zumindest deine Aussprache ist ziemlich gut. Talamh ist eine ebenso reale Welt wie jede andere. Aber wir sind nicht wie die anderen, und sie sind nicht wie wir. Ein paar Welten sind sehr alt und andere sehr jung. In einigen herrscht Frieden und in anderen Gewalt. In einigen – wie in der Welt, in der du all die Jahre aufgewachsen bist – werden Maschinen und Techniken entwickelt, um erst Dinge aufzubauen und sie dann wieder zu zerstören. Wir hingegen haben diesen Dingen abgeschworen und halten uns an die besondere Kraft und Schönheit der Magie.«

Breen hatte keinen Zweifel, dass sie tatsächlich die Enkelin der Frau war, mit der sie hier am Tisch saß. Sie sahen sich verblüffend ähnlich, und die Trauer, mit der Marg von ihrem Sohn gesprochen hatte, war auf alle Fälle echt. Doch das hieß nicht, dass ihre Großmutter nicht etwas irre war.

»Sprichst du im Ernst von einer Art ... Multiversum? So was gibt's doch nur in Comics.«

Marg schlug derart kraftvoll auf den Tisch, dass Breen zusammenfuhr. »Warum sind viele derart arrogant, nicht nur zu glauben, sondern darauf zu bestehen, sie wären alles, was es gibt?«

»Weil es die Wissenschaft bewiesen hat?«

»Bah, die Wissenschaft ist einem steten Wandel unterworfen, oder etwa nicht? Zum Beispiel haben die Wissenschaftler eurer Welt einmal behauptet, dass die Erde eine Scheibe wäre – und dann haben sie plötzlich etwas völlig anderes gesagt. Die Wissenschaft verändert sich, *mo stór,* doch die Magie bleibt immer gleich.«

»Die Wissenschaft verändert sich nicht wirklich, sondern findet einfach immer neue Dinge heraus und passt die Resultate ihrer Forschung daran an. Ich meine, schließlich gab's die Schwerkraft schon, bevor der sprichwörtliche Apfel Newton auf den Kopf gefallen ist. Aber ... ich verstehe, dass die Dinge hier anscheinend anders laufen, und ich kann – zumindest ansatzweise – nachvollziehen, warum du dachtest, dass es besser wäre, keinen Kontakt zu mir zu haben. Für das Geld, das du geschickt hast, damit ich euch hier besuchen kann, bin ich dir wirklich dankbar, und da ich den ganzen Sommer bleiben werde, komme ich auf jeden Fall noch mal hierher zurück, um dich zu sehen. Ich ... Es wäre schön, wenn du mich dorthin bringen oder mir die Stelle zeigen könntest, an der mein Dad begraben ist.«

»In deinen Träumen warst du schon dort. Du hast mich an dem Ort, an dem die Frommen einst gewandelt sind, gesehen, und hast dort die gemurmelten Gebete, die dort immer noch gesprochen werden, und den traurigen Gesang der alten Mauern und der Grabsteine gehört.«

Die Panik schnürte Breen die Kehle zu. »Du kannst nicht wissen, was ich träume. Ich muss gehen.«

Marg sprang auf und hinderte die Enkelin mit ihrem Blick daran, es ihr gleichzutun. »Ich bin Mairghread O'Ceallaigh, einstmals Taoiseach von Talamh. Ich bin Kind des Fey und eine Dienerin der Götter. Ich bin ein junges Mädchen, eine Mutter, eine alte Frau. Du bist das Kind von meinem Kind, und in dir leben all die Gaben, die man unserem Stamm gegeben hat.«

Die Luft schien zu … vibrieren, Margs Haare fingen an zu wehen, und ihre Augen wurden tief und dunkel, als sie ihre Hände mit den Handflächen nach oben in die Höhe hob. Das Geschirr in den Regalen fing an zu klappern, und das Hündchen wachte auf und stieß ein lautes Heulen aus.

»Zerreiß die Fesseln der Beschränkung, die die andere Welt dir angelegt hat. Hör und fühl und sieh die Wahrheit«, mahnte sie die Enkelin. Sie machte eine Handbewegung, und das Feuer in dem alten Herd fing an zu brüllen. »Hier bebt die Erde, peitscht die Luft, hier brennt das Feuer, und das Wasser ergießt sich direkt aus meiner Hand.« Tatsächlich sprudelte ein kleiner Brunnen in ihrer Handfläche und schimmerte im hellen Sonnenlicht. »All diese Elemente sind verbunden durch den Zauber, mit dem diese – unsere und deine – Welt erschaffen worden ist. Du musst nach Hause kommen, Tochter von Talamh und Kind des Fey. Erkenne dein Geburtsrecht an, und dann entscheide dich.«

Mit einer weiteren Handbewegung brachte sie den klei-

nen Brunnen zum Verschwinden und das Feuer zum Erlöschen. Es wurde totenstill im Raum.

»Du ... hast mir etwas in den Wein getan.«

Augenrollend griff Marg nach ihrem Glas und leerte es
in einem Zug. »Mach dich doch nicht lächerlich. Du hast
seit Jahren mit Lügen und mit Täuschungen gelebt. Ich
werde völlig ehrlich zu dir sein. Du wirst geliebt, Breen,
und egal, wie du dich auch entscheidest, wirst du weiterhin geliebt. Zuerst aber musst du erwachen, weil du
dich nur dann vollkommen frei entscheiden kannst.« Mit
diesen Worten trat sie auf die Enkeltochter zu, hob eine
Hand an ihre Wange und erklärte: »Du brauchst noch ein
bisschen Zeit. Ich werde dich ein Stück des Wegs begleiten, und der Hund bringt dich den Rest des Wegs bis zu
deinem Haus. Wenn du bereit bist, werde ich dir deinen
Wunsch erfüllen und mit dir den Ort besuchen, der die
letzte Ruhestätte derer ist, die wir lieben.«

»Ich finde auch allein zurück. Den Hund kann ich nicht
mitnehmen. Ich habe für ihn nichts zu fressen und ...«

»Alles, was du für ihn brauchst, ist bereits dort. Sagen
wir, dass er dir einfach erst mal nur Gesellschaft leisten soll.
Also tu mir bitte den Gefallen und nimm ihn für ein, zwei
Tage bei dir auf.«

»In Ordnung, meinetwegen. Aber langsam muss ich
wirklich los. Es ist ein ziemlich langer Weg.«

»Tatsächlich ist es eine Reise, und ich hoffe, dass du sie
noch einmal unternehmen wirst.«

»Ich werde dich auf jeden Fall noch mal besuchen.« Das
war sie ihr einfach schuldig, dachte Breen. Auch wenn sie
vorher alles über Täuschung und Hypnose lesen würde,
was im Netz zu finden war.

Marg brachte sie zur Tür und stellte lächelnd fest: »Ich sehe, dass du auch noch andere Führer haben wirst.«

Breen erkannte die Falknerin, mit Amish auf dem Arm. Laut bellend sprang das Hündchen auf sie zu.

»Wir haben uns schon mal gesehen. In Clare.«

»Ihr kennt euch schon viel länger. Sie war früher deine beste Freundin, und ihr standet euch so nah wie ihre Großmutter und ich.«

»War sie in Clare, um mich zu überwachen?«

»Ah, mein Kind, wie argwöhnisch du doch geworden bist! Sie war in Clare, weil sie ein Sturkopf ist und eine Chance zu einem Wiedersehen sah. Ich überlasse Breen jetzt dir und Amish«, rief die alte Frau Morena zu. »Ich hoffe, du bedrängst sie nicht und bringst sie wohlbehalten heim.«

»Ich werde sie zu ihrem Cottage bringen, aber mehr versprechen kann ich nicht.«

»Ich nehme an, dass mir das reichen muss.« Marg wandte sich an Breen, umfasste ihre Schultern, küsste sie auf beide Wangen und bat mit eindringlicher Stimme: »Öffne dich, *mo stór,* und sieh, was rund um dich herum und in dir ist.«

Dann kehrte sie zurück ins Haus.

Und weinte dort um das, was hätte sein können, und um das, was vielleicht würde, falls sich ihre Enkelin dafür entschiede, statt in ihre alte Heimat dauerhaft in ihre andere Welt zurückzukehren.

12

In der Absicht, ihrerseits Morena zu bedrängen, marschierte sie schnell dorthin, wo sie mit dem Falken stand.

»Warum hast du behauptet, du wärst Falknerin in Dromoland?«

»Das habe ich mit keinem Wort gesagt.« Morena stützte ihre freie Hand in ihrer Hüfte ab und zog ironisch ihre Brauen hoch. »Das hast du einfach angenommen. Du hast dich nicht an mich erinnert, und das hat mir ziemlich wehgetan, obwohl mich Marg und meine Großmutter davor gewarnt hatten, dass du wahrscheinlich nicht mehr wüsstest, wer ich bin. Zumindest nicht sofort.«

Sie reckte ihren Arm, und während sich der Falke in die Luft erhob, tat sie den ersten Schritt, drehte sich dann aber noch einmal um. »Also, was ist jetzt? Willst du bleiben oder gehen?«

»Ich werde gehen.«

»Als du gegangen bist, hast du versprochen, dass du wiederkommen würdest. Aber wie es aussieht, hast du es in all den Jahren nie auch nur versucht, und deshalb habe ich am Ende auch nicht mehr daran geglaubt.«

»Das war nicht meine Schuld. Soweit ich sehe, bin ich hier die Einzige, die nie gelogen hat, was du mir ja wohl kaum zum Vorwurf machen kannst. Und meiner Großmutter zufolge war ich gerade mal drei Jahre alt, als meine Eltern mit mir in die Staaten umgezogen sind.«

»Du hast Talamh im Stich gelassen.«

»Gott, fang du jetzt bloß nicht auch noch damit an!« Breen warf ungeduldig ihre Hände in die Luft und blickte sich nach allen Seiten um. »Liegt das vielleicht am Wetter hier?«

»Ich könnte dich dasselbe fragen, weil ich einfach nicht verstehe, wie du je vergessen konntest, wer du bist und woher du ursprünglich kommst. Das habe ich dir immer noch nicht ganz verziehen.« Morena klang nicht weniger frustriert als Breen. »Wir beide haben immer im Wald hinter Margs Haus und auf dem Hof der Farm gespielt, wo ihr gelebt habt, bis dein Vater weggegangen ist und die O'Broins dort eingezogen sind. Wir haben Teegesellschaften und Picknicks dort veranstaltet, und abends, wenn wir hätten schlafen sollen, haben wir getuschelt, bis uns irgendwann die Augen zugefallen sind.«

»Ich war damals gerade mal drei Jahre alt! Es tut mir leid, dass ich mich nicht erinnern kann. Aber du hilfst mir nicht, wenn du die Wahnvorstellungen meiner Großmutter, dass das hier eine Art von Brigadoon sein soll, noch unterstützt.«

Morena blickte sie aus argwöhnisch zusammengekniffenen Augen an. »Was ist ein Brigadoon?«

»Ein Dorf, das alle hundert Jahre nur für einen Tag erscheint.«

»Aha.« Besänftigt bückte sich Morena nach dem kleinen Hund, der ihnen hinterhergetrottet war, und strich ihm sanft über den Kopf. »Aber Talamh ist immer da.«

»Sie hat mir etwas in den Wein getan.«

»Ach, red doch keinen Unsinn. Weshalb hätte sie das ihrer eigenen Enkeltochter antun sollen?«

»Damit ich sehe, wie sie unmögliche Dinge tut.«

»Tja nun, für jemanden wie Marg ist nichts unmöglich. Sie ist die mit Abstand beste Hexe, die mir je begegnet ist.«

Breen raufte sich die Haare, denn anscheinend war Morena ebenso verrückt wie ihre irre Großmutter. »Jetzt seid ihr also alle Hexen oder was? Natürlich ist mir klar, dass ihr in Irland auf Folklore und Legenden abfahrt, aber ...«

»Wir sind nicht in Irland, und ich bin auch keine Hexe, sondern eine Sidhe.«

»Aber du siehst aus wie eine ganz normale Frau.«

»Trotzdem bin ich eine Sidhe, Mitglied eines Feen-Clans.«

»Eines Feen-Clans. Ja, sicher. Warum habe ich das bloß nicht gleich gesehen?«

»Mit meiner Hilfe wird die Rückkehr auf die andere Seite einfacher für dich. Harken und Aisling haben gesagt, du wärst beim Übertritt gestürzt, denn wie es aussieht, hast du tatsächlich sämtliche Erinnerungen verdrängt.«

Während der Falke über ihnen kreiste, sprang Morena auf die Steinmauer am Fuß des Hügels, und mit einem Mal sah Breen die Stufen, über die man bis zum Stamm des Baumes kam.

»Ich bin einfach gestürzt. Ich habe bei der blöden Kletterei das Gleichgewicht verloren und bin vom Baum gefallen.«

»Wenn du meinst.«

»Ich bin dem Hündchen hinterhergekrabbelt«, fügte sie entschuldigend hinzu. »Und dabei hat mich dieser wunderschöne Baum anscheinend abgelenkt.«

Sie packte einen der geschwungenen Äste und versuchte, es Morena gleichzutun, die ihn bereits elegant und völlig mühelos erklommen hatte. Geriet dann wieder aus dem Gleichgewicht, als sie den Boden unter ihren Füßen zu verlieren schien, weshalb Morena eilig ihre Hand nahm.

Dann stand sie plötzlich auf dem Weg und war aufgrund des dichten Regens schon nach kurzer Zeit bis auf die Haut durchnässt.

»Wie zum Teufel ...«

»Offenbar willst du das gar nicht wissen«, fuhr Morena sie mit vor Zorn bebender Stimme an. »Du machst lieber die Augen zu, als dir zurückzuholen, was dir von Rechts und deines Blutes wegen gehört.«

»Ich denke, dass ich deutlich klarer sehe als jemand, der sagt, er wäre eine Fee aus einer anderen Welt.«

»Das werden wir ja sehen. Halt dich gut fest.«

Morena schlang den Arm um ihre Taille, und gemeinsam hoben sie vom Boden ab.

»Oh Gott, oh Gott.«

»Festhalten, habe ich gesagt. Du bist nicht unbedingt ein Leichtgewicht.«

Mit diesen Worten flog Morena ein paar Meter oberhalb des Pfades durch den Regen, und das Hündchen rannte ihnen hechelnd hinterher.

Kreischend stieg der Falke höher in den Himmel auf, und instinktiv schlang Breen ihre Arme um Morenas Hals und sah das große, wunderschöne violette Flügelpaar mit Silberspitzen, das aus ihrem Rücken wuchs.

»Ich träume. Das ist alles nur ein Traum.«

»Haha!« Sie gingen etwas tiefer, tauchten unter einem Ast hindurch und stiegen wieder in die Luft. »Es gab mal eine Zeit, da hättest du mich unterstützt.« Morena drehte ihren Kopf und sah, dass Breen vollkommen panisch war.

»Das kann einfach nicht sein.«

»Vielleicht kommst du ja zur Vernunft, wenn ich dich noch mal auf den Kopf fallen lasse«, drohte sie der Freundin an, flog aber weiter aus dem Wald und über grünes Gras und einen Garten voller bunter Blumen und setzte sie auf der Terrasse hinter ihrem Cottage ab. »Ich gehe erst mal rein, um mich ein bisschen abzutrocknen«, meinte sie, und auch das Hündchen lief ins Haus, als würden sie dort wohnen.

Der Falke landete auf einem Ast und legte abwartend die Flügel an, und Breen blieb zitternd stehen. Sie war bis auf die Haut durchnässt. Wie aber war das möglich, während sie im Bett lag und in einem langen, bizarren Traum gefangen war?

Nach kurzem Zögern ging sie ebenfalls ins Haus. Morena hatte ihre Jacke über einem Haken an der Wand zum Trocknen aufgehängt und bot dem Hund ein Leckerli aus einer Dose auf der Arbeitsplatte in der Küche an.

»Das hat er sich verdient«, erklärte sie. »Ich sehe, meine Großmutter hat seine Leckerlis und einen Fress- und einen Wassernapf für ihn gebracht. Das Futter ist da vorne in dem Sack.«

»Deine Großmutter?«

»Finola Mac an Ghaill. Oder für dich McGill. Das Cottage hat natürlich Marg für dich gemacht, doch meine Nan hat dich und deinen Freund hier in Empfang genommen, und mein Granddad Seamus hat dich in die Welt der Blumen und der Pflanzen eingeführt.«

»Ach was.«

»Du konntest schon als Kleinkind wirklich gut mit Pflanzen, Tieren und Leuten umgehen«, fuhr Morena auf dem

Weg in Richtung Küche fort. »Wobei du es mit Leuten offenbar nicht mehr so hast, denn schließlich hast du mir bisher noch nichts zu trinken angeboten und nicht mal Feuer im Kamin für mich gemacht.«

Breen klingelten die Ohren. Wahrscheinlich hatte sie von all der Aufregung Bluthochdruck, stellte aber mit aus ihrer Sicht bewundernswerter Ruhe fest: »Du hattest eben Flügel.«

»Allerdings.«

»Wie ... Tinker Bell.«

»Oh, die Geschichte kenne ich. Die ist echt schön. Auch wenn sie eine Elfe war; auch eine Sidhe, aber eine Elfe. Die sind deutlich kleiner als Feen.«

»Ich schlafe nicht«, bemerkte Breen. »Ich tropfe hier den Küchenboden nass, und mir ist kalt.«

»Dann zünde endlich das verdammte Feuer an.«

»In Ordnung.« Wie in Trance ging sie ins Wohnzimmer und trat vor den Kamin.

Sie hatte dort am Morgen frische Scheite aufgestapelt, auch wenn dieser Morgen ihr jetzt vorkam wie aus einem anderen Leben und aus einer anderen Welt. Seufzend tastete sie nach der Streichholzschachtel, und Morena, die nach Regen und nach Wald roch, kauerte sich neben sie. »Ein Feuer zu entfachen ist die erste Fähigkeit der Weisen, und sie müssen schon als Kinder lernen, diese Macht mit Vorsicht einzusetzen, weil sie gleichermaßen hilfreich wie gefährlich ist.«

»Ich kann ein Feuer nur mit Streichhölzern entzünden.«

»Was mich furchtbar traurig macht.«

Breen starrte auf das Holz. »Ich kann nicht denken. Mir ist klar, dass alles das nicht sein kann, aber ...«

»Trotzdem ist dir klar, dass du nicht träumst. Ich habe eine Flasche Wein in deiner Küche stehen sehen. Die mache ich jetzt erst mal auf.«

»Erzähl mir, wie mein Dad gestorben ist.«

»Das fragst du besser Marg.« Morena stand entschlossen auf. »Es stünde mir nicht zu, dir Dinge zu erzählen, die sie dir sagen muss. Ich kann nur sagen, dass ich keinen besseren Mann in irgendeiner Welt gekannt habe als deinen Dad. Und jetzt hole ich den Wein.«

Das Hündchen machte es sich auf Breens Schoß bequem, und um sich selbst zu trösten, glitt sie mit den Fingern durch sein feuchtes Fell.

»Was ist das für ein Hund?«

»Ein irischer Wasserspaniel. Und da Marg ihn für dich ausgesucht hat, kannst du sicher sein, dass er ein großes Herz hat und dir jetzt schon treu ergeben ist.«

»Und wie heißt er?«

»Es ist dein Hund, also solltest du ihm einen Namen geben, findest du nicht auch? Aber wir nennen ihn Faxe, weil er ständig irgendwelche Faxen macht.«

Breen stieß ein unterdrücktes Lachen aus. »Faxe?«

»Diesen Namen hat er sich verdient, obwohl er viel gelernt hat, seit er ihn bekommen hat. Er macht Sitz, wenn du's ihm sagst, ist stubenrein und wird auch nicht an deinen Stiefeln knabbern, obwohl er als Welpe meine Stiefel wirklich lecker fand.« Morena reichte Breen ein volles Glas, nahm Platz und streichelte den Hund am Kopf. »Nicht war, du kleiner Lump? Ich kann dir sagen, Marg hat dich in all den Jahren fürchterlich vermisst. Und ich gestehe, dass ich gegen ihren Willen an dem Tag nach Dromoland gekommen bin.«

»Aber wie bist du dorthin gekommen? Du bist geflogen«, gab sich Breen die Antwort selbst. »Mit deinen Flügeln.«

»Ich habe ein paar wirklich gute Freundinnen und Freunde, aber keiner war mir je so nah wie du. Natürlich ist es möglich, dass wir uns nach all den Jahren nicht mehr wirklich leiden können, aber ich wollte einfach sehen, was du so treibst«, räumte sie achselzuckend ein und trank den ersten Schluck von ihrem Wein.

»Ich habe ein Geschenk für dich.«

Morena blinzelte sie an. »Ein Geschenk?«

»Ein kleines Dankeschön. Ich dachte, du wärst von der Falknerei, und als dich dort niemand kannte, dachte ich, du hättest dir verbotenerweise Zutritt zu dem Anwesen verschafft. Aber egal.«

»Und was war das für ein Geschenk?«

»Ich werde es dir holen.« Breen setzte Faxe auf dem Boden ab.

»Sag ihm, dass er bleiben soll, wenn du nicht willst, dass er dir hinterherläuft.«

»Bleib«, wies Breen das Hündchen an. »Bin sofort wieder da.«

Im Grunde sah das Cottage so normal wie immer aus, doch auf dem Weg nach oben dachte Breen, in ihrem ganzen Leben wäre sicher niemals irgendwas normal. Sie nahm die kleine Tüte in die Hand, blieb stehen und starrte in den Spiegel an der Wand in ihrem Schlafzimmer. Sie sah wie immer aus – natürlich nicht wie während all der Zeit in Philadelphia, aber wie die Frau, die seit inzwischen fast vier Wochen hier in Irland war.

Obwohl sie ganz bestimmt nicht mehr dieselbe war.

Sie ging zurück nach unten, setzte sich und gab Morena ihr Geschenk. »Es ist auch eine Karte in der Tüte, auch wenn ich nicht weiß, ob du sie lesen kannst.«

»Natürlich kann ich das. Denkst du, ich wäre dumm? Wir hatten bereits Dichter und Gelehrte in Talamh, da waren die Menschen hier in dieser Welt kaum aus den Höhlen raus.«

Breen konnte hören und sehen, dass sie zutiefst beleidigt war, dann aber zerrte sie die Karte aus der Tüte, las sie durch und stellte lächelnd fest: »Das ist echt nett. Man sagte mir, du würdest schreiben, und das kannst du wirklich gut.« Dann klappte sie das Kästchen mit dem Button auf und rang nach Luft. »Ein Falke. Das ist ein fantastisches Geschenk. Ich danke dir dafür, aber ich habe das Gefühl, als hätte ich es vielleicht nicht verdient.«

»Und warum nicht?«

»Vielleicht habe ich dich an dem Tag nicht angelogen, doch ich fürchte, dass ich eben auch nicht völlig ehrlich zu dir war.«

»Du hast mich den Falken füttern lassen, das vergesse ich dir nie. Ich wusste nicht, tja nun, dass Feen Falken haben.«

»Wir haben einander.« Lächelnd steckte sich Morena ihren neuen Falken-Button an. »Und jetzt fliegen wir beide besser langsam wieder heim. Auch wenn mich das natürlich nervt, brauchst du bestimmt ein bisschen Zeit. Ich selbst bin mit dem Wissen aufgewachsen, während man dich die Vergangenheit hat vergessen lassen. Ich hasse es, wenn mir was leidtut, aber das tut mir tatsächlich leid.« Sie rappelte sich auf und fügte widerstrebend an: »Genau, wie dass du über unseren Flug hierher erschrocken warst.«

»Ich verstehe das alles nicht.«

»Ich weiß. Ich wollte es nicht wissen, aber jetzt ist mir das klar. Also lasse ich dich erst einmal allein. Aber darf ich vielleicht noch mal wiederkommen?«

»Unbedingt.« Auch Breen stand auf. »Auf jeden Fall.«

»Fürs Erste reicht mir das.« Mit diesen Worten ging sie wieder in die Küche und zog sich die Jacke an.

»Wie … kommen diese Flügel durch die Jacke?«, fragte Breen.

Morena schüttelte den Kopf. »Dadurch, dass ich es will und dass sie mir gehören. Wie wohl sonst? Denk dran, den Hund zu füttern«, bat sie noch, und als sie ging, sah Breen durchs Fenster, wie der Falke einen Kreis über ihr flog.

Dann breitete sie ihre violett schimmernden Flügel aus und flog zusammen mit Amish durch den Regen Richtung Wald.

»Ich bin ganz sicher nicht verrückt.« Der kleine Hund lehnte sich an ihr Bein, und sie legte die Hand auf seinen Kopf. »Ich bilde mir das alles ganz bestimmt nicht ein. Ich weiß, dass es so war.« Sie sah auf ihn herab, und als sie seinen hoffnungsvollen Blick bemerkte, meinte sie: »Fürs Abendessen ist es noch zu früh, und vor allem muss ich das alles erst mal aufschreiben. Du hast wahrscheinlich schon genügend Leckerlis bekommen, aber was soll's? An einem solchen Tag kommt's nicht drauf an.«

Als sie den Hundekuchen aus der Dose nahm, fingen seine Augen an zu leuchten, und er setzte sich brav hin.

»In Ordnung, kannst du Pfötchen geben? Oder ist das lächerlich?« Sie streckte eine ihrer Hände aus, und als er ihr die Pfote gab, lachte sie leise auf und hielt ihm seinen Hundekuchen hin. »Du bist ein braves Hündchen, Faxe.«

Da er sicher auch was trinken musste, füllte sie noch seinen Wassernapf, nahm für sich selber eine Cola aus dem Kühlschrank und ging in ihr Arbeitszimmer, um in ihrem geheimen Tagebuch die Dinge festzuhalten, die seit der Begegnung mit dem Tier geschehen waren. Beim Tippen kam es ihr so vor, als würde sie die feuchte Luft und Licht und Schatten auf dem Waldweg spüren und sehen, als sie – geführt von Faxe – zu dem wundersamen Baum gelaufen war.

Willkommensbaum hatte ihn Marg genannt.

Sie lud auch noch die Aufnahmen des Hündchens und des Baumes hoch und wünschte sich, sie hätte sich zusammengerissen und auch Bilder auf der... anderen Seite... in Talamh gemacht.

Sie schrieb von der besonderen Luft und dem besonderen Licht und von den vier Menschen, denen sie begegnet war. Harken, Aisling, ihrer Großmutter und einer jungen Frau, die ihr als kleines Kind angeblich mal so nah gewesen war wie Marco seit der Kindergartenzeit bis jetzt.

Dann lehnte sie sich nachdenklich auf ihrem Stuhl zurück, hob ihre Colaflasche an den Mund und starrte durch das Fenster in den Regen. Bis sie merkte, dass das Hündchen in den Raum gekommen und dort aufs Bett geklettert war.

»Das sollte ich dir sicher nicht erlauben.«

Er aber blickte sie aus großen Augen an und hatte sich derart gemütlich auf dem Überwurf zusammengerollt, dass sie ihn gewähren ließ.

Ihr Vater war gestorben. Hatte sie vor all den Jahren nicht im Stich gelassen und sie nicht vergessen, auch wenn sie nicht wusste, wie und wann er umgekommen war. Er war bereits seit Jahren tot, doch das Verlustgefühl war frisch. Sie hatte keine Ahnung, wie sie damit umgehen sollte, denn auch wenn sie jetzt ein Foto und Erinnerungen an ihn hatte, wäre ihr das nicht genug. Sie müsste auch sein Grab besuchen, und womöglich hätte ja die Großmutter noch irgendwas von ihm, was sie ihr geben könnte, um sich daran festzuhalten, wenn die Trauer übermächtig war.

Sie schrieb, wie ihre Nan die Luft in ihrem Cottage hatte wirbeln und das Feuer hatte brüllen lassen, und beschrieb die Flügel, die Morena plötzlich durch den Jackenstoff gewachsen waren, auch wenn sie keine Ahnung hatte, wie das möglich war. Dann lehnte sie sich abermals zurück und stellte fest, dass ihr Bericht inzwischen ungefähr dieselbe Richtung wie die Fantasy-Geschichte nahm, die sie schreiben wollte.

Denn tief in ihrem Inneren hatte sie es schon die ganze Zeit gewusst. Auch wenn das alles geradezu unglaublich war, kamen die Erinnerungen hier in Irland langsam Stück für Stück zurück. Sie hatte sich geöffnet, um zu schreiben, und wie's aussah, brachte sie das Schreiben auch auf ihrer Suche nach der wahren Breen voran.

Anscheinend geht es darum herauszufinden, wer oder vor allem aber, was ich bin. Bin ich tatsächlich eine Tochter von Talamh, ein Kind des Fey und eine weise Frau? Doch weise Frauen sind Hexen, und wie eine Hexe fühle ich mich nicht.

Sie schloss ihr Tagebuch und recherchierte erst einmal zu ihrem kleinen Hund. Tatsächlich sahen die Wasserspaniel, die sie googelte, genau wie Faxe aus. Die Rasse galt als klug und energiegeladen, liebevoll und neugierig, als lustig und natürlich wasserliebend … und sie haarte nicht. Was eindeutig ein weiterer Pluspunkt war.

»In der irischen Folklore«, las sie, »geltet ihr als Nachkommen des Dobhar-chú. Auch wenn ich keine Ahnung habe, was das ist.« Sie googelte auch dieses Wort. »Halb Hund, halb Otter oder Fisch? Im Ernst? Oh, und obendrein ein blutrünstiges Monster, das sein Unwesen in Flüssen und in Meeren getrieben hat. Tja nun, so richtig wild siehst du für mich nicht aus.«

Er glitt vom Bett, streckte die Vorderbeine aus und sah aus treuherzigen Hundeaugen zu ihr auf.

»Willst du was fressen? Nun, ich könnte langsam auch etwas vertragen. Schließlich sitze ich hier schon viel länger als gedacht.«

Das Hündchen auf den Fersen, ging sie in die Küche und las sich die handschriftliche Nachricht auf dem Futterbeutel durch. Dort stand, wie oft er welche Menge Trockenfutter kriegen sollte und dass er ganz sicher nichts dagegen hätte, falls er ab und zu ein wenig Joghurt oder rohes Ei dazu bekam.

Also mischte sie ihm Ei ins Trockenfutter, und als er sich auf sein Fressen stürzte, machte sie sich selbst ein Omelette mit Käse und Tomaten, Speck und Brokkoli.

Dann setzte sie sich an den Tisch, und während sie aß, dachte sie über die Probleme nach, die sie jetzt beim Schreiben ihres Reiseblogs bekäme. Sie müsste und sie wollte schreiben, dass sie auf den sprichwörtlichen Hund gekommen war. Am besten schriebe sie, sie hätte ihn von einer Nachbarin. Was schließlich nur zum Teil gelogen war.

Dass ihr Vater nicht mehr lebte, könnte sie genauso wenig schreiben, wie dass sie – in einer gottverdammten Parallelwelt – ihrer Großmutter begegnet war. Bevor die Freunde und vor allem Marco davon läsen oder hörten, musste sie sich damit erst mal selbst arrangieren.

Als sie fertig war, lief das Hündchen zur Tür und starrte sie mit großen Augen an.

»Du möchtest raus. Das weiß ich, weil es logisch ist oder … vielleicht, weil ich dich lesen kann. So fühlt es sich zumindest für mich an. Aber im Grunde ist das auch egal. Am besten gehen wir einfach los.«

Er tänzelte vergnügt, als sie nach ihrer Jacke griff, und kaum dass sie die Tür geöffnet hatte, schoss er los.

Er rannte wie ein Wilder durch den Garten, kam zurückgetänzelt, und als sie ihm folgte, raste er blitzschnell in Richtung Bucht, stürzte sich mit lautem Bellen ins Wasser und schwamm fröhlich hin und her.

»Du bist schließlich ein wildes Raubtier«, meinte Breen und schaute lachend zu, wie er das Wasser spritzen ließ, als er kurz aus dem Wasser rannte und dann sofort wieder in die Fluten sprang.

Die langlebige Sommersonne schob die Wolken fort und überzog das regengraue Firmament mit einem rötlich goldenen Glanz, und Breen erkannte, dass sie plötzlich rundherum zufrieden war. Sie hatte das Alleinsein seit dem ersten Tag genossen, doch vollkommen wurde das Idyll erst durch den Hund. Dass sie dem Tier zuliebe ihre eingefahrene Routine unterbrechen musste, war bestimmt nicht schlimm. Sie passte sich an Faxe an, indem sie morgens bereits vor dem Schreiben ihres Blogs ein Stück mit ihm spazieren gehen würde. Natürlich ginge es nicht an, dass er in Zukunft jede Nacht am Fußende von ihrem Bett verbrachte. Oder?

Sie schrieb Marco eine kurze Nachricht, denn wenn sie sich eine Wohnung teilten und zusammen in ein Haus umziehen wollten, hatte er verdient, so schnell wie möglich zu erfahren, dass es einen weiteren Mitbewohner gab.

Und um dem kleinen Hund den Weg in Marcos Herz zu ebnen, hängte sie das schönste Foto an, das sie von ihm hatte.

Er schrieb sofort zurück.

Was machst du bloß für Zeug, sobald man dich alleine lässt? Er sieht ein bisschen seltsam, aber gleichzeitig auch ungeheuer niedlich aus. Schick mir, so schnell es geht, noch andere Fotos, ja?

Sie schrieben noch ein paarmal fröhlich hin und her, und dann begann sie ihren Blog.

»Bilder von Welpen kommen immer an.« Sie drehte ihren Kopf, und wie nicht anders zu erwarten, thronte Faxe wieder auf dem Bett. »Jetzt schreibe ich noch zwei Stunden an meinem Buch, und dann fahren wir ins Dorf. Wir brauchen noch ein Halsband, eine Leine, ein paar Spielsachen und vor allem ein Hundebett für dich.«

Das Halsband machte ihm nichts aus, die Leine aber sagte ihm nicht im Geringsten zu. Er setzte sich zwar nicht zur Wehr, doch seine Miene zeigte ihr, wie unglücklich er damit war.

Sie hätte schwören können, dass sie wusste, was er dachte, deshalb sagte sie: »Es ist nicht so, dass ich dir nicht vertraue. Und beim Cottage brauchen wir das Ding auch nicht. Aber im Dorf und wenn wir zu den Sehenswürdigkeiten fahren, die ich noch nicht gesehen habe, geht es ohne Leine nun mal nicht.«

Und dass auf ihrem kleinen Rundgang immer wieder Leute stehen blieben, um ihn zu bewundern, machte die verdammte Leine schließlich mehr als wett. Dazu bekam er die Gelegenheit, die Schuhe dieser Leute zu beschnuppern, Kindern durchs Gesicht zu lecken und mit ein paar anderen Hunden auf dem Bürgersteig zu tollen.

Breen sagte sich, dass dieser Gang vor allem der Gewöhnung ihres Tieres an andere Hunde und an andere Menschen diente, aber wenn sie ehrlich war, gab sie vor allem mit ihm an.

Sie kaufte ihm verschiedene Spielsachen zum Kauen, ein kleines Stofftier und dazu noch einen leuchtend roten Ball, und auf der Rückfahrt saß er hinten und knabberte an einem Kauknochen. Zu Hause ließ sie Faxe laufen, setzte sich auf die Terrasse und bestellte online erst das Hundebett, das sie bei ihrem Einkauf nicht bekommen hatte, und dazu noch ein paar weitere Spielzeuge und Kaustangen und eine Marke, in die sie zum einen seinen Namen und zum anderen ihre Handynummer eingravieren ließ.

»Gott, falls ich je Kinder habe, komme ich wahrscheinlich aus dem Kaufen nicht mehr raus.«

Nach einem Bad im Meer kam Faxe wieder angerannt, doch als sie ihm den roten Ball hinwarf, sah er sie fragend an.

»Du sollst ihm hinterherrennen und ihn mir wiederbringen, damit ich ihn dann noch mal für dich werfen kann.«

Sie konnte geradezu hören, wie er dachte: *Und was macht*

das bitte schön für einen Sinn? Dann aber trottete er los, nahm ihn ins Maul, kehrte zu ihr zurück, und nach der dritten Wiederholung dieses Rituals fand er Gefallen an diesem Spiel und jagte seinem Gummiball begeistert hinterher.

»Okay, jetzt weißt du, wie es geht, und da mein Arm allmählich müde wird, genügt das erst einmal.« Zum Zeichen, dass das Spiel vorbei war, legte sie den Ball neben dem Tablet auf den Tisch, und er lief Richtung Wald und drehte sich dort bellend nach ihr um.

»Da gehen wir heute nicht mehr hin. Ich muss noch Wäsche machen und ein bisschen schreiben und vor allem … bin ich noch nicht bereit. Lass uns ins Haus gehen, ja?« Sie wartete, bis er zurückkam, tätschelte ihm sanft den Kopf und meinte: »Vielleicht morgen.«

Aber auch am nächsten Tag fiel es ihr überraschend leicht, die Zeit mit anderen Dingen auszufüllen. Vor allem, nachdem ihr die Idee zu einer Kurzgeschichte über die verrückten Abenteuer eines Zauberhunds gekommen war. Und auch am Tag danach schrieb sie die Kurzgeschichte weiter, und nachdem sie Kinder zwischen zehn und vierzehn unterrichtet hatte, ging ihr auf, dass dieser Stoff hervorragend geeignet für ein Buch in dieser Altersklasse war.

Die ganze Woche wechselte sie glücklich zwischen dem Roman, dem Kinderbuch und Spaziergängen mit dem Hündchen hin und her, bis ihr an einem heißen Sommertag, als sie mit ihrem Laptop auf der schattigen Terrasse saß, sein gut gelauntes Bellen zeigte, dass Besuch im Anmarsch war.

Sie hob den Kopf und war nicht wirklich überrascht, als ihre Großmutter zusammen mit Finola aus dem Wald in Richtung ihres Gartens kam.

13

Ihre Großmutter trug einen Beutel, Finola einen Korb, und beide sahen wie normale Frauen aus, fand Breen, weil beide deutlich jünger wirkten, als sie waren. Doch eine Fee und eine Hexe hätte sie sich anders vorgestellt.

Der kleine Hund war außer sich vor Freude über den Besuch, doch Breen verspürte eine leise Furcht.

»Was für ein wunderbarer Tag, um an der frischen Luft zu sein«, stellte Finola fröhlich fest. »Wir stören dich doch wohl nicht bei der Arbeit?«

»Oh nein, schon gut.« Breen klappte ihren Laptop zu. »Ich hätte schon viel eher kommen wollen, aber ...«

»Du hast mit dem Schreiben eben alle Hände voll zu tun. Und Seamus hat erzählt, du würdest nebenher noch gärtnern, und die Dinge, die du anpflanzt, würden ganz hervorragend gedeihen. Und jetzt hast du auch noch den kleinen Racker hier, den du versorgen musst.« Finola drückte tröstend und beruhigend ihre Hand. »Wenn's dich nicht stört, gehe ich einfach in die Küche und setze den Tee zu den von mir gebackenen Törtchen auf.«

»Ich ...«

»Lass mich nur machen«, meinte sie und lief an Breen vorbei ins Haus.

Ein Lächeln auf den Lippen, blickte Marg der Freundin hinterher. »Sie weiß, dass ich etwas nervös bin, und mit ihrer Plapperei hat sie mir etwas Zeit verschafft.«

»Dann geht es dir wie mir. Ich hatte wirklich wiederkommen wollen. Ich brauchte nur ein bisschen Zeit, um Mut zu sammeln.«

»Was ich gut verstehen kann. Bei deinem ersten Aufenthalt bei uns sind schließlich furchtbar viele Dinge auf dich eingestürmt. Das hier ist ein wunderschönes Fleckchen Erde, und ich sehe, dass du in dem Cottage glücklich bist.«

Das Thema sagte Breen im Gegensatz zu allen anderen Themen durchaus zu. »Das ist es, und das bin ich, denn es ist das erste Mal in meinem Leben, dass ich ganz alleine lebe und vor allem, dass ich tue, was ich schon seit Langem einmal hatte ausprobieren wollen. Und auch das Hündchen, das du mir geschenkt hast, macht mich glücklich. Vielen Dank dafür.«

»Im Grunde hat er dich vor allem in die Falle locken sollen.«

»Aber trotzdem bin ich wirklich froh, ihn zu haben.« Da Dankbarkeit und Großmut gute Eigenschaften waren, bot sie ihrer Nan erst einmal einen Sitzplatz an.

»Du warst bei der Arbeit – am Schreiben.«

»Ja. Ich habe das Gefühl, als wäre ich nicht schlecht, und hoffe, dass ich langfristig noch besser werden kann.«

Marg setzte sich und sah in ihrer schmal geschnittenen Hose und dem dünnen blauen Pulli elegant, doch gleichzeitig auch sportlich aus. »Als Bloggerin hast du auf jeden Fall Talent.«

»Dann liest du also meinen Blog?«

»Auf meine Art. Dein Vater konnte auch sehr gut mit Worten umgehen.«

»Ich war total verrückt nach den Geschichten, die er mir erzählt hat«, stimmte Breen ihr zu. »Ich hatte wirklich wiederkommen und dich um irgendetwas bitten wollen, was ihm gehört hat und das mich an ihn erinnert – irgendeine Kleinigkeit. Ich habe bisher nur ein Bild von ihm. Ein Wirt in Clare hat mir das Bild geschenkt. Von ihm und seiner Band. Sie sind dort öfter aufgetreten, und die Leute haben sie geliebt.«

»Die Musik war seine erste Liebe, die sein Leben lang gehalten hat. Ich würde dieses Foto gerne sehen, bevor wir wieder gehen. Und wie's der Zufall will, habe ich dir was mitgebracht, was ihm sehr wichtig war.« Marg griff in ihren Beutel und zog einen kleineren, mit einem weißen Band verschnürten Stoffbeutel daraus hervor. »Natürlich habe ich noch andere Sachen, und natürlich darfst du gern auch davon etwas haben, wenn du möchtest, aber ich weiß mit Bestimmtheit, dass er wollen würde, dass du das hier hast.«

Breen öffnete das Säckchen und betrachtete den goldenen Ring, der darin lag: Es war ein Claddagh und, wie sie sich jetzt entsann, sein Ehering.

»Den hat er niemals abgelegt«, erklärte Marg. »Nicht mal, als sie nicht mehr zusammen waren.«

Breen drehte nachdenklich den Ring zwischen den Fingern hin und her. »Das heißt, er hat sie bis zum Schluss geliebt. Er wusste, dass sie nicht zusammenbleiben konnten, aber er hat sie geliebt. Und sie haben mich gezeugt.«

»Vielleicht hat ja das Schicksal sie allein zu diesem Zweck zusammengeführt«, bemerkte Marg.

»Der Ring bedeutet mir sehr viel.« Auch wenn es sie beschämte, dass sie ihn bekommen hatte, ohne dass sie noch einmal zu ihrer Großmutter gegangen war. »Aber ich habe nicht verdient, dass du so freundlich zu mir bist.«

»Was redest du für einen Unsinn? Ich bin deine Nan

und habe dich seit über zwanzig Jahren nicht so verwöhnen können, wie es sich für eine Großmutter gehört. Also gib mir bitte jetzt die Chance, das nachzuholen, Breen.« Sie sprach mit ruhiger Stimme, doch das Flehen in ihrem Blick war nicht zu übersehen. »Du hast ein gutes Herz, ich hoffe also, dass du mir noch eine Chance gibst.«

»Ich habe jede Menge Fragen.« Doch noch während sie dies sagte, drückte Breen die Hand der Großmutter und lächelte sie an.

»Es wird dauern, sie dir alle zu beantworten.«

»Dann nehmen wir uns eben die Zeit. Und vorher hole ich das Bild. Sobald ich in die Nähe eines Scanners komme, mache ich eine Kopie für dich«, versprach sie ihrer Nan und ging ins Haus, wo Finola mit drei Tassen in den Händen in der Küche stand.

»Sie kannten mich, als ich ein kleines Mädchen war.«

»Das stimmt. Du und Morena, ihr wart als Kinder unzertrennlich, und wenn du damals nicht hättest gehen müssen, wärt ihr das wahrscheinlich immer noch. Sie lebt bei uns, seit ihre Eltern in die Hauptstadt umgezogen sind.«

»Nach Dublin?«

»In die Hauptstadt von Talamh. Die Welt, in der wir leben, ist nicht groß, doch sie hat mehr zu bieten als das wenige, das du bisher gesehen hast.« Sie hob den Kopf und blickte Breen aus ihren ausdrucksvollen, durchdringenden Augen an. »Wirst du sie dir noch einmal ansehen, Breen?«

»Das werde ich.«

»Das würde deine Nan sehr glücklich machen.«

»Ich bin gerade auf dem Weg nach oben, um ein Bild von meinem Dad zu holen, das ich ihr zeigen will.«

»Dann bringe ich den Tee und das Gebäck nach draußen. Sie ist eine mächtige und starke Frau, die sich von all den schmerzlichen Verlusten, die sie im Verlauf der Zeit erlitten hat, nicht hat brechen lassen«, fügte Finola noch hinzu. »Sie ist meine Freundin, und ich liebe sie wie eine Schwester oder vielleicht sogar noch ein bisschen mehr. Ich hoffe also sehr, dass du so bist wie sie.«

Breen hatte keine Ahnung, wem sie ähnlich war, nachdem sie außer ihrer Mutter aber nur noch diese eine Oma hatte, hätte es wahrscheinlich wenig Sinn, so zu tun, als ginge diese Frau sie eigentlich nichts an. Sie trug das Bild auf die Terrasse, wo die beiden anderen Frauen vor ihren Tassen saßen und der Welpe – abermals mit einem Hundekuchen – auf dem Boden lag. Sie starrte auf die kleinen, bunt glasierten Törtchen auf der Platte und erklärte überrascht: »Die mit der pinkfarbenen Glasur schmecken wie Rosen.«

»Das waren damals deine Lieblingstörtchen.« Lächelnd legte ihr Finola zwei davon auf einen kleinen Teller, wandte sich der Freundin zu und stellte fest: »Ich habe dir gesagt, dass sie damals auf meine Törtchen ganz versessen war. Morena liebt vor allem die blauen, weil sie nach Sommerhimmel schmecken.«

Breen nahm Platz und hielt der Großmutter das Foto hin.

»Wie hübsch mein Junge darauf ist! Und Fi, da ist dein Flynn.«

»Oh ja! Der junge Bursche mit der Flöte ist Morenas Dad. Und Kavan – bester Freund von deinem Vater, Breen, und gleichzeitig der Dad von Keegan und von Harken und von Aisling, die du bereits kennst. Und Brian mit seiner Bodhrán-Trommel. Und der Einzige, der jetzt noch bei uns ist, ist unser Flynn.«

»Die anderen sind … tot?«

Finola nickte traurig. »Doch es ist schön, sie jung und so lebendig und dabei zu sehen, wie sie was tun, was ihnen immer großen Spaß bereitet hat.«

»Dann werde ich Kopien von dem Foto machen und sie mitbringen, wenn ich wiederkomme«, sagte Breen den Frauen zu und sah sie fragend an. »Werdet ihr mir sagen, wie mein Dad gestorben ist?«

»Wenn wir sein Grab besuchen«, versprach Marg und bat: »Kann dieser Tag bitte der Freude vorbehalten sein? Ich weiß, dass du noch viele andere Fragen hast. Warum suchst du nicht eine aus, die uns den Tee und das Gebäck auch weiterhin genießen lässt?«

»In Ordnung. Du bist also eine weise Frau – das ist so was wie eine Hexe, stimmt's?«

»Das stimmt. Als solche wurde ich – und wurdest du – in allen Welten respektiert, bis an den meisten Orten Angst und Furcht und Neid und andere böse Dinge in den Wesen ohne Macht gewachsen sind. All das gibt es nicht in Talamh. Hier werden unser Wissen und die ganz besonderen Fähigkeiten, die wir haben, heute noch zum Helfen und zum Heilen und zur Verteidigung genutzt.«

»Okay, und Sie?«, wandte Breen sich an Finola. »Sie sind eine Sidhe?«

»Ja. Wir kümmern uns um Erde, Luft und alles, was da wächst.«

»Und gibt es außer Feen und Hexen auch noch andere besondere Wesen in Talamh?«

»Sie meint die anderen Stämme, Marg. Wir leben, arbeiten, wir paaren uns als Fey, als Wesen von Talamh, wobei es außer unseren auch noch andere Stämme gibt. Und jeder Stamm hat seine ganz besondere Funktion. Zum Beispiel kümmern sich Elfen lieber um die Wälder und die Berge als die Felder und die Niederungen, so wie wir es tun.«

»Und sind die Elfen …« Fasziniert hielt Breen die Hand gut einen Meter über den Terrassenboden.

»Oh, sie sind nicht klein mit spitzen Ohren wie in den Märchenbüchern eurer Welt«, erklärte Marg. »Und auch die Were sind nicht die von euch beschriebenen Monster, die bei Vollmond angreifen und töten.«

»Were? Wie in *Wer*wolf?«

»Natürlich hat ein Wer ein Totemtier, in das er sich verwandeln kann. Wolf, Falke, Bär, Hund, Katze oder was auch immer – die Entscheidung, welches Tier er werden will, liegt ganz allein bei ihm.«

»Und dann gibt's noch die Mere, die im Wasser leben und sich dort um alles kümmern«, fuhr Finola fort und knabberte vergnügt an ihrem Gebäck. »Und die Trolle, die die Bodenschätze abbauen.«

»Wobei jedes Wesen auch noch Fähigkeiten, über die normalerweise andere verfügen, haben kann«, griff Marg den Faden auf. »Zum Beispiel kann ein Troll vielleicht mit Tieren reden, auch wenn das normalerweise eher die Hexen, Elfen und Feen tun. Oder ein Wer kann in die Zukunft sehen. Wir haben eben jeder das, was die Götter ihm gegeben haben, Schatz.«

Faszinierend, dachte Breen. Nicht mehr erschreckend, sondern einfach faszinierend. »Und was für Götter sind das?«

»Oh, da gibt es jede Menge. Selbst in eurer Welt schreibt

ihr den Göttern doch verschiedene Namen, Ziele und Geschichten zu, nicht wahr?«

»Haben diese Götter auch den Baum gemacht? Diesen Willkommensbaum?«

»Den Baum haben die Menschen und die Götter und die Fey vor über tausend Jahren gepflanzt. Sie haben damals verschiedene Portale eingerichtet für den Übertritt von einer in die andere Welt, doch Welten ändern sich, und der in jener Zeit geschaffene Frieden war nicht von Bestand.«

»Und was passierte dann?«

»In dieser Welt begann man, Jagd auf uns zu machen und uns umzubringen.«

Tatsächlich hatte man im Mittelalter eine regelrechte Hatz auf Hexen eingeleitet, wusste Breen. »Sie haben Frauen, die als Hexen galten, aufgehängt, ertränkt oder verbrannt.«

Marg nickte knapp. »Wobei die meisten Frauen, die man getötet hat, vollkommen machtlos waren. Ich glaube, damals hat ein Wahn die Welt der Menschen heimgesucht. Sie hatten plötzlich Angst vor uns und haben uns verdammt – und später kamen wir nur noch in Geschichten und in irgendwelchem Aberglauben vor. Die Welt hier ging, wie Welten es nun einmal tun, urplötzlich einen anderen Weg. Die Götter wurden durch Maschinen und die Hexenkünste durch die neuen Techniken ersetzt – weshalb für wahren Zauber irgendwann kein Raum mehr blieb. Doch in Talamh haben wir entschieden, ihn auch weiter zu bewahren, weil uns der alte Zauber wichtiger als diese Art von Fortschritt war.«

»Aber ich bin nach Talamh gekommen, und ihr beide

seid jetzt hier. Und du hast mir erzählt, auch meine Mutter hätte in Talamh gelebt. Heißt das, sie ist eine von euch?«

»Oh nein, sie ist aus dieser Welt.« Inzwischen wesentlich entspannter, ergriff Marg die Teekanne und schenkte ihnen allen noch mal ein. »Die Liebe hat sie nach Talamh geführt. Niemand kommt gegen seinen Willen in unsere Welt – das ist Gesetz. Doch andersrum ermutigen wir jeden, loszuziehen und sich in einer von den anderen Welten umzusehen. Wenn er sich dann entscheidet dortzubleiben, darf er das – auch wenn er vorher schwören muss, seine besonderen Kräfte nie zum Schaden anderer einzusetzen, außer wenn er jemanden aus einer Notlage erretten muss. Aber selbst dann kommt es zu einem Gerichtsverfahren gegen ihn. Manche, so wie deine Mutter, kommen, um zu bleiben, aber manchmal stellen sie dann fest, dass sie dort nicht zu Hause sind, und kehren in ihre Welt zurück.«

»Aber würden sie nach ihrer Rückkehr nicht von ihren Erlebnissen erzählen?«

»Und wer würde ihnen glauben?«, fragte Marg und lächelte die Enkeltochter an. »Das fällt selbst dir nicht leicht, obwohl du dich an einiges erinnern kannst, einiges gesehen hast und sogar dort warst.«

Inzwischen fiel es Breen schon nicht mehr ganz so schwer, wie es ihr hätte fallen sollen. »Schließlich habe ich mein ganzes oder fast mein ganzes Leben hier in dieser Welt verbracht. An einem Ort, der völlig anders ist als der, an dem wir gerade sitzen. Und mir wurde immer eingebläut, dass ich nicht einfach nur normal, sondern in vielen Dingen unzulänglich bin.«

In Mairghreads Augen blitzte etwas auf, und eilig sah sie vor sich auf den Tisch. »Auf diese Art hat deine Mutter dich beschützen wollen. Das war nicht richtig, auch wenn ich ihr das wohl kaum zum Vorwurf machen kann. Du bist egal in welcher Welt etwas Besonderes, *mo stór*. Du bist viel klüger und viel stärker, als du vielleicht denkst. Die Kräfte schlafen, die dir innewohnen, und ich würde gerne helfen, sie zu wecken, wenn du damit einverstanden bist.« Mit diesen Worten stand sie auf, ergriff die Hand der Enkelin, ging mit ihr in den Garten und wies auf den Rosmarin. »Diese Pflanze ist sehr nützlich. Wärst du wohl so nett, sie zu berühren und dir vorzustellen, wie sie wächst, den Sonnenschein genießt und die Luft mit ihrem Duft erfüllt?«

Da es sicherlich nicht schaden konnte, streckte Breen die Finger nach den sanften Nadeln aus.

»Ihre Wurzeln bohren sich in die Erde, damit sie, sobald es regnet, trinken kann. Denk daran, was sie braucht und gibt, und denk an das, was du ihr geben kannst.«

Sie dachte an den herrlichen Geruch, der sich auf ihre Finger übertrug, daran, wie die Pflanze sich dem Sonnenlicht entgegenreckte und … »Sie wächst!« Mit großen Augen sah Breen auf den Rosmarin, der plötzlich gut drei Zentimeter größer war, und fragte ihre Großmutter: »Wie hast du das gemacht?«

Marg schüttelte den Kopf. »Oh nein, das war ich nicht. Das warst du selbst. Ich darf dir noch nicht alles sagen, aber es ist wahr. Du hast diese besondere Fähigkeit und vieles andere in dir vereint. Wasser, Feuer, Erde, Luft, Magie, das alles steckt in dir, auch wenn du es bisher vielleicht nicht wahrgenommen hast.«

»Alles ist verbunden. Seamus hat gesagt, dass alles eng verbunden ist.«

»Da hat er recht. Wobei es meiner Meinung nach für

heute reicht. Im Grunde bin ich hier, weil ich etwas von dir erbitten will, und zwar, ob du mich nicht für ein, zwei Tage in Talamh besuchen willst.«

»Zeigst du mir dann das Grab von meinem Vater?«

»Ja.«

»Aber ich muss schreiben.«

Marg sah dorthin, wo Breens Laptop stand. »Ich fürchte, dass er dort nicht funktioniert. Aber es gibt andere Möglichkeiten, und ich werde dafür sorgen, dass du tun kannst, was du liebst. Nur ein, zwei Tage, mein geliebtes Kind.«

»In Ordnung. Morgen komme ich.«

»Ich kann dir gar nicht sagen, was für eine Freude du mir damit machst. Dann lassen wir sie jetzt in Ruhe, Fi.«

Finola griff nach ihrem Korb und erhob sich ebenfalls von ihrem Platz. »Ich habe unsere Teestunde genossen. Möge heller Segen mit dir sein, mein Kind.«

»Vielen Dank … mit Ihnen auch.«

»Dann also bis morgen in Talamh. Ich freue mich auf dich.«

Breen sah den beiden hinterher, und Faxe brachte sie noch bis zum Wald, kam dann aber zu ihr zurückgerannt.

»Ich nehme an, ich sollte ein paar Sachen packen. Aber was zur Hölle nimmt man mit, wenn man ein bisschen Zeit in einer anderen Welt verbringen will?«

Am nächsten Morgen kümmerte sie sich im Schnelldurchlauf um ihren Blog, das Kinderbuch und den Roman, setzte am späten Vormittag den Rucksack auf und machte sich mit wackeligen Beinen zusammen mit Faxe auf den Weg. Sie spürte seine Aufregung und fragte sich, ob er für ihre Ängste ebenso empfänglich war.

Auf alle Fälle führte er sie wie beim letzten Mal durch Licht und Schatten, und sie nahm das wilde Klopfen ihres Pulses unter ihrer Tätowierung wahr.

Was wohl ihre Mutter dazu sagen würde, dass sie auf dem Weg in ihre alte Heimat war.

Sei doch vernünftig, Breen. Das alles ist zu viel für dich. Kehr um, buch einen Flug und komm zurück nach Philadelphia, denn dort gehörst du hin. Halt dich an die Regeln. Führ ein ruhiges Leben. Wenn du allzu hoch hinauswillst, stürzt du früher oder später ab.

Doch gerade diese Worte führten dazu, dass sie schnellen Schrittes weiterlief, bis sie den Baum erreicht hatte. Natürlich sagte ihr Verstand, dass man durch einen Baum, egal wie seltsam, prachtvoll und gleichzeitig furchteinflößend er auch war, ganz sicher nicht in eine fremde Welt gelangte. Aber sie war dort gewesen – was das Hündchen, das an ihrer Seite saß, bewies.

»›Es gibt mehr Ding' im Himmel und auf Erden‹, richtig, Faxe? Also … lass uns weitergehen.«

Eilig krabbelte er über Steine und Geäst, und in Erinnerung an ihren Sturz beim letzten Mal stieg sie ihm langsam hinterher.

Als sie auch diesmal aus dem Gleichgewicht geriet, umklammerte sie einen Ast, und angesichts des hellen Lichts und starken Winds, der plötzlich ihre Haare wehen ließ, kämpfte sie verzweifelt gegen das Bedürfnis an umzukehren. Und machte, statt zurückzuweichen, einen Schritt nach vorn.

Ihr wurde schwindelig, als die beiden Welten sich um sie herum zu drehen schienen – hinter ihr der dichte Wald und vor ihr grüne Felder –, doch sie stand auf einem harten Felsvorsprung und atmete tief durch, als Faxe loslief, um die Schafe aufzuscheuchen, die sie auch schon letztes Mal hier hatte grasen sehen.

»Es ist real. Das ist schon mal nicht schlecht. Und jetzt werden wir sehen, wie's weitergeht.«

Mit noch immer etwas wackeligen Beinen überquerte sie das Feld bis zu der Mauer, die den kleinen Hof umgab.

Der Mann, der sie beim letzten Mal gerettet hatte – Harken –, lief über den Hof, und seine Schwester Aisling lockerte die Erde im Gemüsegarten auf. Zwei kleine schwarzhaarige Jungen saßen auf der Erde, und der größere der beiden baute einen Turm aus Holzklötzen, während der kleine juchzend gusseiserne Töpfe gegeneinanderschlug. Ein riesengroßer grauer Wolfshund hockte neben ihnen und bewachte sie, als wäre er als Kindermädchen für sie engagiert worden.

Als Aisling sie entdeckte, stützte sie sich auf der Hacke ab und winkte ihr. Dann kam sie aus dem Garten, setzte sich das jüngere der beiden Kinder auf den Arm und nahm das andere an die Hand. Zusammen mit dem ponygroßen Hund kamen sie auf sie zu.

»Du bist zurück. Willkommen.«

»Ich will meine Großmutter besuchen.«

Breen trat an die Mauer, bis sie auf der einen und Aisling mit den beiden Kindern auf der anderen Seite stand.

»Ich kann dir sagen, dass du sie damit sehr glücklich machen wirst. Das hier sind meine beiden Jungen. Finian, sag Mistress Kelly guten Tag.«

»Willkommen.«

»Danke. Aber nennt mich bitte einfach Breen.« Trotz seiner schmutzigen Finger gab sie ihm die Hand.

»Und dieser kleine Satansbraten hier ist unser Kavan.«

Zu Breens Verblüffen streckte er laut juchzend seine Arme nach ihr aus.

»Er ist sehr aufgeschlossen, auch wenn er im Augenblick nicht allzu sauber ist.«

»Das macht mir nichts.«

Als Aisling ihr den Kleinen reichte, packte er mit seinen alles andere als sauberen Händen eine Strähne ihres Haars und brabbelte begeistert vor sich hin.

»Er mag dein Haar, denn Rot ist seine Lieblingsfarbe, oder, kleiner Wildfang?«, wandte Aisling sich an ihren Sohn und stellte Breen auch noch den Wolfshund vor. »Und dies ist unsere Mab. Sie ist sanftmütig wie ein Engel, also keine Angst.«

Faxe stützte seine Vorderpfoten auf der Mauer ab, reckte den Kopf und fuhr der riesengroßen Hündin mit der Zunge durchs Gesicht, was sie würdevoll über sich ergehen ließ.

»Wir wollen dich nicht aufhalten, weil Marg dich sicher schon erwartet, aber hoffentlich kommst du uns mal besuchen, während du in Talamh bist. Mein Mann und Bruder kommen sicher jeden Tag zurück und würden sich sehr freuen, dich zu sehen.«

»Das mache ich auf jeden Fall.«

»Jetzt komm zurück zu deiner Ma, mein Kleiner. Deine neue Freundin muss jetzt weitergehen.« Aisling streckte ihre Arme nach dem Jungen aus und setzte ihn auf ihrer Hüfte ab.

»Ich habe was für dich und deinen Bruder.«

»Ach.«

»Ja, meine Großmutter hat mir erzählt ...« Breen nahm

den Rucksack ab und zog ein hübsch gerahmtes Bild heraus. »Auf diesem Bild sind unsere Väter und zwei andere Freunde.«

»Oh, wie schön!« Aisling nahm Breen das Foto ab. »Seht mal, Jungs, das hier ist euer Großvater.«

»Und wie ist er da reingekommen?«, fragte Finian.

»Das ist ein Bild. So was wie eine Zeichnung von ihm, als er jünger war. Du hast ja keine Ahnung, was für eine Freude du uns damit machst«, wandte sie sich abermals an Breen. »Ich weiß gar nicht, was ich sagen soll.«

»Es ist mir selber eine Freude. Und bevor ich … wieder gehe, komme ich auf jeden Fall noch mal vorbei.«

»Das hoffe ich doch sehr. Grüß bitte Marg von mir.«

»Das mache ich. Du hast zwei wirklich tolle Kinder.«

Aislings Lächeln drückte großen Stolz und warme Freude aus. »Ich bin mit ihnen gesegnet, aber trotzdem würde ich mich, wenigstens einmal, über ein Mädchen freuen. Kommt mit, Jungs, lasst uns dieses schöne Bild ins Haus bringen.«

Als Aisling sich zum Gehen wandte, grinste Kavan Breen über die Schulter seiner Mutter hinweg an, und während sie ihm hinterhersah, winkten ihr von seinem Rücken kleine, leuchtend rote Flügel wie zum Abschied zu.

»So was sieht man nicht alle Tage. Außer vielleicht hier.«

Sie ging den Weg hinab und weiter durch den Wald, bis sie zu Mairghreads Cottage kam. Und wieder standen dort die Türen und Fenster offen, und aus dem Schornstein stieg auch diesmal Rauch zum Himmel auf. Marg pflückte draußen Blumen und legte sie in den an ihrem Arm hängenden Korb.

»Da bist du ja. Und du natürlich auch«, bemerkte sie, als Faxe stürmisch auf sie zulief, so als hätte er sie schon seit Jahren nicht mehr gesehen. »Kommt rein und seid willkommen. Ich werde dir sofort dein Zimmer zeigen. Ich hoffe, dass es dir gefällt.«

Sie war nervös, erkannte Breen, und ihre eigene Aufregung nahm etwas ab.

»Wie war der Übertritt nach Talamh dieses Mal?«

»Zumindest bin ich nicht kopfüber aus dem Baum gefallen und ohnmächtig geworden.«

»Also war er besser. Hier entlang«, bat sie und wies den Weg. »Mein Raum ist auf der anderen Seite, also bist du völlig ungestört. Es gibt natürlich auch ein Badezimmer – aber es ist anders als die Badezimmer, die du kennst, und falls du Fragen hast, zeige ich dir, wie alles funktioniert.«

»Okay.«

Sie führte Breen in einen hellen Raum mit aufgezogenen Spitzenvorhängen links und rechts der Fenster, durch die man den Garten und die Bäume sah. Das Himmelbett war weiß bezogen, und die Truhe, die am Fußende des Bettes stand, war mit denselben Drachen wie das Kopfende des Bettes in ihrem eigenen, kleinen Haus bemalt. Der Sims des steinernen Kamins war ansprechend mit Kerzen, Blumen und Kristallen geschmückt, und unter einem Fenster stand ein hübscher kleiner Schreibtisch, der fürs Schreiben irgendwelcher Fantasiegeschichten wie geschaffen war.

»Wirklich reizend.« Breen lief durch den Raum und stellte ihren Rucksack auf der Truhe ab. »Sehr schön. Ich hätte nicht gedacht, dass es in diesem kleinen Haus genügend Platz für so ein Zimmer gibt.« Dann kam ihr plötz-

285

lich ein Gedanke, und sie drehte sich zu Marg herum. »Weil es den vorher auch nicht gab.«

»Jetzt ist das Zimmer da und wird in Zukunft immer für dich da sein, wenn du kommen willst.«

»Ich sage mir noch immer, dass das alles nur ein Traum sein kann oder ich andernfalls – ich weiß nicht – den Verstand verloren habe oder so. Aber ich weiß, dass ich nicht träume und dass ich auch nicht verrückt geworden bin. Und während ich hier stehe, will ich das auch nicht.«

»Dies ist dein Heim, egal, was du am Ende auch entscheidest. Es wird für immer dein Zuhause sein. Vielleicht willst du ja erst mal auspacken. Dann koche ich uns schon mal einen Tee.«

»Ich habe kaum Gepäck, und das kann warten, falls – vielleicht könnten wir erst zum Grab von meinem Vater gehen? Ich habe das hier mitgebracht.« Noch einmal zog sie ihren Rucksack auf und nahm das nächste Bild heraus. »Für dich. Und auch Finola habe ich eins mitgebracht. Ich habe Aisling auf dem Weg hierher getroffen und ihr ebenfalls ein Bild geschenkt. Und vielleicht hatte ja der vierte Freund, der nicht mehr lebt, ebenfalls eine Familie, und die würde auch ein Foto von ihm haben wollen.«

»Er hatte ebenfalls Familie, und sie würden sich wahrscheinlich sehr darüber freuen. Es ist sehr nett, dass du an sie gedacht hast, Breen.« Marg nahm das Foto an sich und drückte es sich an die Brust. »Dann bringe ich dich jetzt zu seinem Stein. Zu Fuß ist es zu weit, das heißt, dass wir die Pferde nehmen. Meine Igraine und dazu noch ein Pferd, das Harken uns ausleihen wird.«

»Aber ich kann nicht reiten«, antwortete Breen. »Ich habe bisher nie auf einem Pferd gesessen.«

Marg riss überrascht die Augen auf. »Aber natürlich hast du das. Du hattest während deiner Zeit hier in Talamh sogar ein eigenes Pony. Es hieß Birdie. Und dein Dad hat dich oft mitgenommen, wenn er ausgeritten ist. Das wird dir sicher alles wieder einfallen, aber heute lass uns erst mal mit der Kutsche fahren.«

»Dann gibt's hier also wirklich keine Autos?«

»Nein.« Marg holte ihren Blumenkorb und führte Breen über den Hof zu einem kleinen Unterstand, in dem ein Pferd gemütlich Heu aus einem Drahtkorb zog. »Dies ist unsere Igraine. Sie ist ein liebes, sanftes Ding, aber wenn nötig, ist sie wirklich schnell. Wir spannen sie einfach vor den Wagen.«

Das hier war das weiße Pferd mit schwarz getupften Hinterhänden, das sie schon im Traum gesehen hatte, merkte Breen.

»Kann ich dir helfen?«

»Sieh am besten erst mal zu, damit du lernst, wie's geht.«

Behutsam führte Marg das Tier zu einem zweirädrigen Karren, wo es geduldig stehen blieb. So mühelos, wie Marg Igraine das Geschirr unter dem Bauch hindurch und dann entlang der Flanken zog, hatte sie das anscheinend sehr oft getan. Und während des gesamten Vorgangs rührte sich die Stute nicht vom Fleck.

»Der Brustgurt ist gepolstert, damit er nicht reibt, und das hier kontrolliert den Kopf, aber pass auf, dass du es nicht zu hoch schiebst und ihr so die Luft abschnürst. Und mit den Schnüren hier schnallst du das Zaumzeug fest. Dazu kommen noch der Sattel – der jedoch zum Reiten nicht geeignet ist – und diese Spangen hier, die man zum Bremsen braucht.« Marg streichelte das Tier. »Den Gurt musst du gut anziehen, und zum Schluss folgen noch das Zaumzeug und Gebiss – so ist es recht, mein Mädchen«, lobte sie das Pferd.

Breen verfolgte fasziniert die unzähligen Handgriffe, die nötig waren, bis alles richtig saß, und schließlich kontrollierte Marg noch mal, ob alles dort war, wo es hingehörte, machte einen Schritt zurück und hob die Stangen des Karrens an.

»Lass mich dir helfen.«

»Meinetwegen. Diese Stangen müssen durch die Schlaufen hier. Die Lederschlaufen«, meinte ihre Nan und leitete sie weiter an.

Am Ende war der Karren angespannt und Breen bemerkte: »Wahnsinn, was für eine Arbeit man sich jedes Mal machen muss, wenn man wohin will.«

»Man braucht dafür ein bisschen Zeit«, stimmte die Großmutter ihr zu. »Aber durch den Tag zu hetzen, nur, damit man dann am nächsten Tag erneut in Eile ist, ergibt ja wohl auch keinen großen Sinn.«

Behände wie ein Teenager schwang sie sich auf den Sitz und wartete, bis Breen an ihrer Seite saß.

»Du gehst nach hinten«, sagte sie zu Faxe, und er hüpfte hinter sie und legte seinen Kopf gemütlich auf dem Sitz zwischen den beiden Frauen ab.

Marg schnalzte leise mit der Zunge, und das Pferd verfiel in einen gleichmäßigen Trott.

Aus dem Augenwinkel nahm Breen eine flüchtige Bewegung wahr und sah, dass eine Katze, deren Fell wie Silber in der Sonne glänzte, um das Haus verschwand.

»Du hast eine Katze?«

»Hmm.«

14

Auch wenn Breen während ihrer ersten Kutschfahrt kräftig durchgeschüttelt wurde, überwog die Freude über diesen wunderbaren Ausflug jedes Ungemach.

Abgesehen vom Rollen der Räder und dem leisen Hufgeklapper auf dem weichen Boden war es derart still, dass sie die Vögel singen und die Kühe muhen hörte, während sie bei einer milden, süß nach Gras duftenden Brise durch die Sonne fuhren. Unterwegs sah sie noch andere Cottages und Höfe sowie einen Mann mit einem dicken Stock, der höflich seine Mütze abnahm, während sie an ihm vorbeifuhren. Sie sah Kinder auf den Höfen spielen, Wäsche, die zum Trocknen auf der Leine flatterte, und Fohlen auf den Weiden tollen.

»War das ein Fuchs?«, erkundigte sie sich, als sie ein rotes Tier über die Straße huschen sah.

Marg nickte. »Heißt das, dass du vorher niemals einen Fuchs gesehen hast?«

»Nicht wirklich. Und der runde Turm da drüben. Wofür nutzt ihr den?«

»Inzwischen dient er nur noch der Erinnerung. Vor langer Zeit haben die Frommen Zuflucht dort gesucht, wenn sie verfolgt wurden. Wobei sie selber damals alles andere als harmlos waren.«

»Den Namen hast du schon einmal verwendet – für den Ort, an dem mein Dad begraben ist.«

»Der Ort war früher fürs Gebet, für gute Taten und fürs Nachdenken gedacht. Nur leider gibt es immer Wesen, die versuchen, anderen ihren Glauben aufzuzwingen, weil es für sie neben ihrem eigenen keinen anderen wahren Glauben gibt. Für mich sind Wesen, die im Namen eines Gottes töten, brandschatzen und andere versklaven, taub für das, was dieser Gott ihnen zu sagen hat. Oder der Gott ist falsch und grausam und nicht wert, dass irgendwer ihm dient.«

Sie fuhren eine Anhöhe hinauf, und Breen sah eine Burg aus grauem Stein mit Türmen und Brustwehren, die von hohem Gras und Grabsteinen und einer Schafherde umgeben war.

Und auf dem nächsten Hügel entdeckte sie einen Kreis aus Stein.

»Du hast davon geträumt.«

»Das habe ich. Von diesem Ort, von dir und von dem Pferd. Aber du bist auf ihm geritten und du hattest einen braunen Umhang mit Kapuze an. Ich kann mich einfach nicht daran gewöhnen, und ich frage mich, ob mir das je gelingen wird.«

»Dieser Ort ist heilig. Das bedeutet, dass das Blut, das hier vergossen und die Sünden, die an diesem Ort begangen wurden, längst vergeben sind.«

»Und warum liegt mein Dad nicht näher an dem Ort, an dem du lebst?«

»Er war Taoiseach. Es ist eine Ehre, wenn man hier begraben wird, und eines Tages werde auch ich selber hier begraben sein.«

»Was heißt das? Tiescha?«, fragte Breen.

Marg buchstabierte ihr das Wort. »Das bedeutet Anführer, und unser Eian hat die Stämme angeführt. Er wurde ausgewählt, und er hat seinerseits gewählt, wie früher einmal ich.«

»Dann wurdet ihr also … gewählt?«

»Wir wurden auserwählt und haben selbst gewählt«, benutzte Marg dieselben Worte wie zuvor. »Und nach meinem Versagen, nachdem ich mich täuschen und benutzen habe lassen, habe ich dem Schwert und Stab des Taoiseach abgeschworen. Ich werde dir das noch genau erklären«, meinte sie und nahm Breens Hand. »Versprochen. Eian war zu der Zeit noch ein Baby, doch mit sechzehn hat er selber Schwert und Stab gewählt.« Sie hielt den Karren an. »Bist du so nett und holst die Blumen?«, bat sie ihre Enkelin, als Faxe schon vom Wagen sprang, um sich die Schafe und die Steine aus der Nähe anzusehen.

Jetzt kletterte auch Breen vom Wagen, holte Marg den Korb, und ihre Großmutter griff nach den Blumen und fuhr mit einem Finger durch die Luft. Sofort verbanden sich die Stiele wie bei einem sorgfältig gebundenen Strauß.

»Nun, da du hier bist, werden wir sie in die Erde legen, wo sie wachsen und gedeihen.«

»Aber es sind Schnittblumen, die wachsen doch nicht mehr.«

»Für unsere Zwecke sind sie frisch genug.«

Sie nahm Breens Hand und lief mit ihr durchs Gras zu einem Stein, in dem der Name ihres Vaters und ein Schwert gekreuzt mit einem Stecken eingemeißelt waren.

»Dann ist er also wirklich tot. Ich habe es nicht glauben wollen …«

»Du trägst ihn in dir, und ich trage ihn in mir.« Ihre Großmutter schlang einen Arm um ihre Taille und bat eindringlich: »Vergiss das nie. Er ist jetzt bei den Göttern. Nur noch seine Asche und unsere Erinnerungen liegen hier.«

»Dann wurde er also … verbrannt?«

»Wir betten unsere Toten auf ein Blumenbett in einem Boot. Dann zünden wir die Kerzen an und singen unsere Lieder, wenn das Boot aufs Wasser fährt, um dort in Flammen aufzugehen. Die Asche kommt dann durch die Luft zurück in einen Krug aus Stein, der in die Erde eingegraben wird, wodurch der Tote wieder eins mit den uns heiligen fünf Elementen wird.«

»Mit Wasser, Erde, Feuer, Luft und der Magie, an die ihr glaubt.«

»Genau. Soll ich dich kurz alleine lassen?«

»Nein, denn schließlich hat er auch zu dir gehört.«

»Dann pflanzen wir die Blumen zusammen ein.«

»Aber ich weiß nicht, wie das geht.«

»Knie dich auf den Boden, und dann halten wir die Blumen zusammen vor den Stein. Denk dabei mit deinem Herzen, öffne es.« Sodann sprach sie:

> *»Wir bringen Blumen als Geschenk*
> *an diesen Ort des Friedens und der Ruh,*
> *damit die Buntheit die Gedanken auf dich lenk,*
> *geliebten Sohn und Vater, immerzu.*
> *Wie wir wollen, so soll es sein.«*

Breen spürte die Veränderung der Luft und des Bodens unter ihren Füßen, als die Blumenstiele in die Erde glitten und ein wildes, buntes Blumenmeer rund um den Stein erwuchs.

»Das ist einfach ... wunderschön.«

»Und du hast dieses Wunder mitbewirkt.« Als Margs Augen sich mit Freudentränen füllten, schimmerten sie wie das Meer im morgendlichen Sonnenlicht, das durch die letzten Nebelschwaden drang. »Du hast es in dir, und wenn du es möchtest, zeige ich dir alles, was du wissen musst, *mo stór*. Und jetzt nimm dir ein wenig Zeit mit deinem Dad. Die brauchst du, auch wenn du das jetzt vielleicht nicht denkst. Hier ruhen auch noch andere, die mir am Herzen lagen und denen ich kurz meinen Respekt entgegenbringen will.«

»In Ordnung.«

Breen nahm auf der Blumendecke Platz. Sie hatte bei der Schaffung dieses Wunders sicher nicht die Hand im Spiel gehabt, doch irgendwas in ihrem Inneren hatte sich geöffnet, als ihr Blick auf dieses wunderbare Blütenmeer gefallen war. Jetzt aber wollte sie ganz einfach nur hier sitzen und sich freuen, weil sie ihrem Vater endlich wieder nahe war.

»Du weißt gar nicht, wie sehr ich dich vermisse«, fing sie an, und wirklich fehlte er ihr jetzt sogar noch mehr als zu der Zeit, nachdem er fortgegangen war. »Ich hätte eher versuchen sollen, dich zu finden. Hätte aus dem Leben, das ich in den Staaten hatte, ausbrechen und es versuchen sollen. Zwar hättest du dann auch nicht mehr gelebt, aber ich hätte es dann eher gewusst und wäre früher hergekommen. Die Ruine und die Hügel und die Felder hier sind herrlich ruhig und einfach wunderschön. Frieden und Ruhe hat es meine Großmutter genannt, und damit hat sie recht gehabt. Ich glaube zwar nicht wirklich an ein Leben nach dem Tod, aber ich hoffe trotzdem, dass du jetzt woanders weiterlebst. In Ruhe und in Frieden so wie hier. Es gibt so viel, woran ich mich erinnern muss, doch eins habe ich nie vergessen, Dad. Ich liebe dich.« Mit Tränen in den Augen stand sie weder auf.

Und plötzlich stieß das Pferd ein lautes Wiehern aus, stieg auf die Hinterbeine und warf dadurch fast den Karren um. Ohne nachzudenken, lief sie los, ergriff die Zügel und versuchte, Igraine zu beruhigen.

Während gleichzeitig ein lautes, wehendes Geräusch erklang, als ob es stürmen würde.

Sie kämpfte mit dem Pferd und sah zum Himmel auf.

Aus dem ein Mann mit dunklen Flügeln und mit langen, goldenen Haaren direkt auf sie zugeschossen kam. Sie wunderte sich über die bizarre Schönheit dieses Wesens, doch beim Anblick seiner dunklen Augen lief sie los und wich dabei, so gut es ging, den Steinen auf dem unebenen Boden aus.

Dann riss etwas an ihrem Haar, sie spürte einen starken Arm um ihre Taille, zappelte und schrie: »Lauf und versteck dich, Nan!«

Dann hörte sie ein leises Lachen dicht an ihrem Ohr. »Für dich hat es sich ausversteckt. Odran wartet schon seit einer Ewigkeit auf dich.«

Sie trat noch immer um sich, aber er flog einfach mit ihr los.

Ihr wurde schwindelig, und sie vernahm ein lautes Rauschen, das wahrscheinlich nur die Folge ihres wilden Herzschlags war. Dann kam ein weiteres, strahlend helles smaragdgrün-goldenes Wesen auf sie zugeschossen, das auf seinem geschmeidig muskulösen Rücken einen Reiter mit wehenden schwarzen Haaren trug. Das Sonnenlicht fiel auf sein Schwert, und was auch immer sie gefangen genommen hatte, ließ sie los, sodass sie, zu benommen, um zu schreien, unsanft wieder auf die Erde fiel.

Dann zückte ihr Entführer ebenfalls ein Schwert, und während sie noch schwindelig auf dem Boden lag, erzitterte die Erde unter der Gewalt, mit der die Klinge auf die Klinge seines Gegners traf.

»Breen!« Marg ließ sich vor ihr auf die Knie fallen. »Ich bin jetzt da. Zeig mir, wo du verletzt bist.«

»Das ist ein Drache«, stieß die Enkelin mit atemloser Stimme aus. »Ein Drache.«

»Gott sei Dank.«

Der Drache machte kehrt, peitschte mit seinem Schwanz, und als sein Reiter der geflügelten Gestalt den nächsten Schlag versetzte, fiel sie wie ein Stein zu Boden, und ihr Kopf rollte ins hohe Gras.

»Oh Gott, oh Gott!«

»Schon gut. Du bist in Sicherheit. Wahrscheinlich hast du ein paar blaue Flecke, aber du hast dir nichts gebrochen, und am besten bleibst du erst mal sitzen und holst tief Luft. Es ist vorbei.«

Der Drache landete ein Stückchen weiter und riss dabei mit den Krallen die Erde auf. Dann legte er sich auf den Bauch und blickte Breen aus goldenen Augen an.

Behände schwang sein Reiter ein Bein über den breiten Rücken und sprang schwungvoll von ihm ab. Er schob das bluttriefende Schwert in seine Scheide und marschierte auf die beiden Frauen zu. Er sah nicht gerade glücklich aus, was allerdings durchaus verständlich war. Denn schließlich hatte er vor ihren Augen jemanden geköpft. Sein dunkles Haar fiel weit über den Kragen seines offenen Staubmantels, und im Vorübergehen lenkte er den Blick aus seinen leuchtend grünen Augen auf den abgeschlagenen Kopf.

Sie kannte diese harten, aber durchaus anziehenden Züge schon aus ihren Träumen, merkte Breen.

»Das war bestimmt keiner von Odrans besten Leuten«, meinte er und blickte immer noch verächtlich dorthin, wo Breen auf dem Boden saß. »Dann ist sie das also?«

»Ich bin dir wirklich dankbar, Keegan, also bitte sei ein bisschen netter, ja? Mein Mädchen hatte einen Schock und einen Sturz, und mir ist klar, dass du genau im rechten Augenblick gekommen bist. Breen, das ist Keegan O'Broin.«

»Sie haben einen Drachen.«

»Wir haben einander«, korrigierte er sie und sah sie fragend an. »Können Sie aufstehen?«

Sie war sich nicht ganz sicher, aber als er ihr die Hand gab, kam sie zu dem Schluss, dass sie sich weniger idiotisch vorkommen würde, wenn sie diesem Typen gegenüberstünde, als wenn sie zusammen mit dem kleinen Hund, der winselnd ihr Gesicht ableckte, auf dem Boden saß.

Er zog sie unsanft auf die Füße, und dann wandte er sich deutlich netter an ihren Hund. »Wen haben wir denn da? Ist der aus Clancys Wurf?«

»Das ist er, und ich habe ihn der jungen Breen geschenkt.«

»Du hast sie aber ganz schön schlecht bewacht«, schalt er das Tier, streichelte ihm aber zugleich über den Kopf. »Beim nächsten Mal musst du es besser machen«, fügte er hinzu und wandte sich erneut an Marg. »Genau wie sie.«

»Das Mädchen hatte keine Zeit.«

»Ich bin nicht taub, und wenn ihr erst mal hinter meinem Rücken reden möchtet, kann ich gern ein Stück weitergehen.«

»Zumindest hat sie Rückgrat«, sprach er einfach weiter über sie und sah zum Himmel auf. »Mahon war direkt hinter mir, das heißt, dass er euch sicher heimbringen kann. Wahrscheinlich hat der Kerl einfach die Chance, die sich ihm plötzlich bot, genutzt, denn einen derart schlechten Schwertkämpfer hätte euch Odran nie geschickt. Ich kümmere mich um das, was von ihm übrig ist.«

»Ihr wart seit über vierzehn Tagen unterwegs. Bleibt ihr jetzt erst mal eine Weile hier?«

»Ich hoffe es. Mein Heim hat mir gefehlt. Und da kommt auch Mahon.«

»Da werden Aisling und die Kinder glücklich sein.«

Mit mahagonibraunen Flügeln und mit Dutzenden von Zöpfen in derselben Farbe glitt der Sidhe auf die kleine Gruppe zu.

»Wirst du Hilfe brauchen, um sie in den Karren zu setzen?«, wandte Keegan sich an Marg.

»Um Himmels willen«, schnauzte Breen, die jetzt ernsthaft beleidigt war, rief ihren kleinen Hund und stapfte los. Ihr Knöchel schmerzte, aber die Genugtuung zu hinken gönnte sie dem arroganten Fatzke nicht.

»Faxe?«, wiederholte Keegan amüsiert.

»So heißt der Hund, und lass das Mädchen ja in Ruhe, Keegan. Es war meine Schuld, dass das passiert ist. Ganz alleine meine Schuld.«

Sie folgte Breen, bevor Mahon auf seinen Füßen landete.

»Du bist mit einem Mal so schnell davongeflogen, dass mir richtiggehend schwindelig wurde«, hielt er seinem

Partner vor. »Vor allem habe ich den ganzen Spaß verpasst. Der Angreifer war eine dunkle Fee, nicht wahr?«

»Eine von Odran, und er hatte sich Margs Enkelin geschnappt. Und sie hing in der Luft und zappelte und brüllte wie ein kleines Kind, das einen Wutanfall bekommt.«

»In Aislings Botschaft stand, sie wäre endlich hier.«

»Und kurz nach ihrer Ankunft hätte sie sich schon entführen lassen wollen. Also bring die beiden sicher heim, bevor du selbst nach Hause fliegst, Mahon.«

»Das tue ich auf jeden Fall.«

Der Drachenreiter hob den abgeschlagenen Kopf vom Boden auf, warf ihn neben den Rest des Leichnams und wies seinen Drachen an: »*Lasair,* Cróga.«

Mit lautem Brüllen spie der Drache Feuer, bis nur noch ein Häuflein schwarzer Asche von dem Toten übrig war. Bei dem Geräusch sah Breen zurück, und als er sah, wie sie erbleichte, wurde Keegan klar, dass er mit der Entsorgung seines Feindes hätte warten sollen.

Was aber jetzt nicht mehr zu ändern war.

»Du hättest ruhig ein bisschen Rücksicht nehmen können«, meinte auch Mahon und schlenderte gemächlich dorthin, wo der Karren stand. »Mylady«, redete er Mairghread förmlich an, beugte sich zu ihr vor und gab ihr einen Wangenkuss. »Es tut mir leid, dass Sie an dem geweihten Ort in Schwierigkeiten waren. Und dass Sie eine Schwester haben, haben Sie mir bisher verschwiegen.«

»Ach, was bist du doch für ein Charmeur, Mahon. Breen ist meine Enkelin, das weißt du ganz genau. Und Breen, der junge Bursche hier ist Mahon Hannigan.«

»Ihre Frau und ihre Kinder kenne ich bereits«, stieß Breen aufgrund des Rauchs, der noch immer in der Luft lag, mit gepresster Stimme aus. »Sie haben zwei wunderbare kleine Jungen.«

»Und alle Hände voll mit ihnen zu tun. Fühlen Sie sich wohl genug, um jetzt zurückzufahren, Mylady?«

»Danke, mir geht's gut. Es geht mir gut.«

»Dann bringe ich Sie jetzt erst einmal sicher heim.«

Er breitete die Flügel aus, und Breen vergaß, verblüfft zu sein, als er sich in die Luft erhob.

Sie fuhren los, und als sie den Gestank verbrannten Fleischs nicht mehr roch, wandte sich Breen an ihre Nan. »Ich brauche Antworten.«

»Ja. Was hier passiert ist, war alleine meine Schuld.«

»Bevor wir dazu kommen, muss ich erst mal etwas anderes aus dem Kopf bekommen. Der Mann, der mich gerettet hat, flog auf einem Drachen.«

»Solche Wesen sind in eurer Welt Legende, aber hier in dieser Welt gehören sie dazu. Ich hatte eigentlich darum gebeten, dass dir erst mal keiner von den Drachen nahe kommt, weil ich der Meinung war … Nun ja, hier stürmen derart viele neue Dinge auf dich ein, aber ich habe mich getäuscht. Ich habe mich geirrt, und um ein Haar hättest du einen hohen Preis dafür bezahlt.«

»Ist er Aislings und Harkens Bruder? Dieser Drachenreiter, meine ich.«

»Das ist er. Und zugleich ist er der Taoiseach von Talamh.«

»Dann ist er also hier der Chef? Tja nun, warum auch nicht? Aber warum hätte irgendeine dunkle Fee versuchen sollen, mich zu entführen, und wer zum Teufel ist Odran?«

»Ich dachte, Odran hätte noch nicht mitbekommen, dass du hier bist, und wir hätten noch ein bisschen Zeit, um dir die Dinge zu erklären und dir alles beizubringen, was du können musst. Ich weiß nicht, ob der Kerl geschickt wurde oder ein Späher war, der anfangs ganz einfach Glück und schließlich Pech hatte.«

»Das ist keine Antwort auf die Fragen, die ich hatte.«

»Nun, ich nehme an, er hätte dich entführen wollen, weil er dachte, dass ihn Odran reich belohnen würde, wenn er dich ihm bringt. Denn Odran ist dein Großvater.«

»Mein Gro... Aber weswegen sollte dieser Großvater, den du mir gegenüber bisher mit keinem Wort erwähnt hast, mich derart erschrecken und von einer dunklen Fee entführen?« Sie machte eine Pause und dachte nach. »Er hat mich schon als kleines Kind entführt oder entführen lassen, stimmt's?«

Mit angespannter Miene trieb die Großmutter das Pferd zu einem schnelleren Tempo an. »Auch das war meine Schuld. Die Welt, in der wir leben, ist normalerweise friedlich. Aber man muss arbeiten und manchmal sogar kämpfen, um den Frieden zu bewahren, weil es Wesen gibt, die dafür leben zu zerstören, anderen Dinge wegzunehmen und sie gegen ihren Willen zu beherrschen. Und ein solches Wesen ist Odran.«

Dann waren also alle Welten gleich, egal, ob man dort zaubern konnte oder nicht. »Und was will er mit mir?«

»Du bist von seinem und von meinem Blut, *mo stór,* und weißt gar nicht, was alles in dir steckt.«

Als Breen den Drachen sah, der mit dem Mann, der sie gerettet hatte, über sie hinwegglitt, um nach Westen abzubiegen, fragte sie: »Wo will er hin?«

»Er bringt die dunkle Asche zu den Höhlen der Bitterkeit, vergräbt sie dort und salzt den Grund.« Nach einem

Augenblick des Schweigens fügte Marg hinzu: »Wir werden bald zu Hause sein. Können wir so lange warten, bis du noch den Rest erfährst?«

Breen wollte protestieren, doch Marg sah mindestens so elend aus, wie sie sich selber fühlte, deshalb sagte sie: »Nachdem ich jetzt schon so lange gewartet habe, kommt es darauf auch nicht mehr an.« Sie blickte auf Mahon, der direkt über ihnen flog. »Wenn Keegan hier der Chef ist, wer ist dann Mahon?«

»Sein ältester und bester Freund. Die beiden waren schon Brüder, bevor er und Aisling ihren Treueschwur geleistet haben. Er ist ein anständiger Mann und Keegans rechte Hand und jemand, dem du blind vertrauen kannst.«

»Er ist ein … Sidhe, und du hast gesagt, dass Aisling eine Weise ist. Das heißt, dass Heiraten zwischen verschiedenen … Stämmen möglich sind.«

»Natürlich sind sie das. Das Herz liebt eben, wen es liebt. Und Harken liebt Morena, und zwar seit er denken kann. Aber da er in diesen Dingen etwas langsam und Morena ihrerseits ein fürchterlicher Sturkopf ist, schleichen sie schon seit Jahren umeinander herum.« Sie bog in den Weg zum Cottage ein. »Ich spanne schnell noch Igraine aus und würde dich dann gerne noch mal untersuchen oder Aisling rufen, weil die Heilkunst ihre größte Stärke ist.«

»Es geht mir gut. Ich habe ein paar blaue Flecken, und mein linker Knöchel tut mir weh, aber ansonsten geht's mir gut.«

»Ich werde dich mir trotzdem noch mal ansehen, dann trinken wir zusammen ein Glas Wein, und ich erzähle dir in Ruhe, was du wissen musst.«

»Ich will, dass du mir alles sagst.«

301

»Dann werde ich das tun.«

Bei ihrer Ankunft landete Mahon im Hof und nahm Breens Großmutter die Zügel ab. »Ich kümmere mich um das Pferd.«

»Ah, Mahon, ich weiß, dass du nach Hause willst.«

»Und spätestens in einer Stunde bin ich dort.« Er küsste Marg erneut auf die Wange, streichelte den Hund und sagte: »Sie sind hochwillkommen in Talamh, Mylady Breen.«

»Danke.«

Wegen ihres steifen Knöchels musste sie sich zwingen, nicht zu hinken, als sie Richtung Haustür lief.

»Setz dich vor den Kamin«, bat ihre Großmutter, und auf ihr Fingerschnipsen hin loderte darin ein helles Feuer auf. »Und dann leg deinen Fuß hoch, ich ziehe dir den Stiefel aus.«

»Als er mich hat fallen lassen, bin ich hauptsächlich auf meinem Hinterteil gelandet, also ist mein Knöchel sicher nur etwas verstaucht.«

Marg zog den nackten Fuß in ihren Schoß und sah ihn sich genauer an. »Er ist etwas geschwollen und ein bisschen blau. Das Heilen ist nicht gerade meine größte Stärke, aber damit komme ich zurecht.«

»Es reicht bestimmt, wenn ich ihn hochlege und kühle.«

»Hmm.« Ihre Großmutter zog mit den Fingern die Konturen ihres Knöchels nach. »Kaum dass du damals laufen konntest, bist du immer nur gerannt. Du hattest ständig blaue Flecken oder aufgeschlagene Knie, aber du bist immer einfach wieder aufgestanden und dann sofort wieder losgerannt.«

»Ich laufe wirklich gern, eine Zeitlang war ich sogar in der Leichtathletikmannschaft unserer Schule.«

Mairghreads Finger waren herrlich kühl, und unter der Berührung fielen Breen die Augen zu.

»Bleib einfach sitzen, ja? Dann hole ich den Wein und eine Salbe, um die Heilung abzuschließen.«

Überrascht schlug Breen die Augen wieder auf. Nicht nur die Schmerzen, sondern auch die Schwellung und die bläuliche Verfärbung waren weg. »Ist das ein Zauber?«

»Nein. Das Heilen gehört einfach zu meinen Fähigkeiten, auch wenn sich um eine schlimmere Verletzung eher Aisling oder eine von den anderen Heilerinnen hätten kümmern sollen. Auch du hast das Talent zu heilen. Ich weiß noch, einmal hat Morena sich die Finger an der Herdplatte verbrannt, und du hast die Verbrennungen mit einem Kuss geheilt.«

»Und woher wusste ich, wie man das macht?«

»Du hast ganz einfach auf dein Herz gehört. Und jetzt...« Marg stellte ein Tablett mit Wein und Plätzchen, einem Leckerli für Faxe und einer kleinen blauen Dose auf den Tisch. »Ich habe diese Salbe selbst gemacht, weil meine größte Stärke Salben und Lotionen, Arznei- und Zaubertränke sowie Zaubersprüche sind.«

»Der Knöchel fühlt sich gut an.«

»Und die Salbe sorgt dafür, dass es so bleibt. Du hast mich Nan genannt.« Mit denselben sanften, kreisenden Bewegungen wie vorher trug die Großmutter die Salbe auf. »Du hast mich Nan genannt und hast mir zugerufen, dass ich weglaufen und mich verstecken soll.«

»Aber das hast du nicht getan.«

»Du hast mich beschützen wollen. Genauso wie ich andersherum dich.«

»Lässt du eigentlich die Haustür immer offen stehen?«

»Nicht immer, nein, aber ich mag die frische Luft. Soll ich sie zumachen?«

»Oh nein, die Brise und das Feuer sind sehr angenehm.«

Die offene Tür war einladend, erkannte sie. Es besagte, dass man willkommen war.

Marg setzte sich und trank den ersten Schluck von ihrem Wein. »Ich werde dir die Dinge zwar auf meine Art erzählen, aber trotzdem völlig ehrlich sein. Ich werde dir nichts mehr verschweigen, und falls du danach noch Fragen hast, beantworte ich sie dir auch.« Sie nahm den nächsten Schluck aus ihrem Glas. »Als der Taoiseach vor mir starb – nach einem langen Leben, in dessen Verlauf er den Frieden in Talamh bewahrt hatte –, ging ich zusammen mit den anderen an den See. So wählen wir und werden wir gewählt. Der See bekommt das Schwert zurück, und jeder muss für sich entscheiden, ob er danach suchen möchte oder nicht. Ich wollte es, und deshalb sprang ich in den See. Im Grunde aber hätte ich mit meinen damals achtzehn Jahren garantiert nicht Taoiseach werden wollen. Ich wollte einfach eine gute Hexe, und wenn ich mal meinen Seelenbruder träfe, unseren vielen Kindern eine gute Mutter sein. Das waren meine Ziele, als ich mit den anderen ins Wasser sprang. Doch während alle anderen vergeblich suchten, stieß ich auf das Schwert. Und dann entschied ich mich dafür, es anzunehmen und mein Schicksal zu akzeptieren.«

»Wie in der Artussage die Herrin vom See?«

»Sagen haben immer irgendeinen Ursprung, oder nicht? Ich habe also meine Pflicht erfüllt und mich in meiner eigenen Kunst und nebenher in der Politik der Führerschaft geübt. Natürlich gab es Männer, die mein Schicksal hätten teilen wollen, aber keinen, der mir gefiel. Bis ich dann eines Tages Odran traf.« Sie lehnte sich auf ihrem Stuhl zurück und blickte in die Flammen und die Vergangenheit. »Bei den Göttern, er sah wirklich gut aus. Groß und gut gebaut, mit Augen grau wie Sturmwolken und Haar wie Sonnenlicht. Und er war unglaublich charmant, hat mich mit langen Blicken, süßen Worten und mit zärtlichen Berührungen umgarnt. Ich dachte, dass er ebenfalls ein Weiser wäre und natürlich aus Talamh.«

»Aber das war er nicht?«

Marg schüttelte den Kopf. »Ich war vollkommen blind für das, was er in Wahrheit war. Ich war damals noch jung und voller Liebe und Verlangen, auch wenn ich niemals wissen werde, ob es meine wirklichen Gefühle waren oder ob er seine Kräfte eingesetzt hat, um mich zu verführen. Auf alle Fälle teilte ich mir mit ihm das Bett. Er war zwar nicht mein erster Mann, aber ich dachte, dass er der ist, den ich will.«

Die Katze kam herein, bedachte Marg mit einem durchdringenden Blick und setzte ihren Weg in Richtung Küche fort.

»Wir haben den Treueschwur geleistet, in der Hauptstadt und dann noch mal auf dem Hof meiner Familie. Und dann erfüllte sich mein größter Wunsch, und wir zeugten ein Kind. Odran war sehr fürsorglich, als ich mit unserem Jungen schwanger war, half meinem Vater auf dem Feld und brachte meiner Mutter Blumen mit. Und dann kam Eian auf die Welt, und meine Freude hielt noch ein paar Wochen an, denn weißt du, Odran wollte, dass das Baby meine Hexenmilch bekommt und stark und kräftig wird.«

»Aber warum? Wofür?«

»Damit er selbst genauso stark und kräftig wird. Er hatte vor, das Kind von seinem und von meinem Blut, dem Blut des Taoiseach, langsam, aber sicher auszusaugen, aber eines Nachts erwachte ich aus einem Traum von Sturm und Blut. Ich fühlte mich nicht gut, war schwach und schwindelig von dem Schlafmittel im Tee, den er mir fürsorglich ans Bett gebracht hatte, während mein Baby trank. Und plötzlich sah ich ihn als das, was er in Wahrheit war, sah seine dunkle Seele und den bösen Plan, als er das Baby in den Armen hielt, das ebenfalls in einen allzu tiefen Schlaf versunken war. Er saugte dem von uns gezeugten Kind die unschuldigen Kräfte aus.«

»Er hat versucht, das Baby umzubringen? Seinen eigenen Sohn?«

Marg schüttelte den Kopf. »Getötet hat er unseren Jungen nicht, aber ihm langsam alle Kraft und seine Seele ausgesaugt. Und ja, wenn es ihm nichts mehr hätte geben können, hätte er mein süßes Baby umgebracht. Mit meinem Zorn aber kehrte auch meine Kraft zurück. Ich hielt ihn auf, mit einem Fluch, der aus dem Herzen einer Mutter kam, und ich verbannte ihn aus unserem Haus und – wie ich damals dachte – auch für alle Zeit aus unserer Welt. Aber weißt du, er war bereits damals viel mehr, als ich dachte, denn die Sorge um mein Baby hatte mir den Blick getrübt. Und wirklich, eines Tages kam er zusammen mit der Dunkelheit und seinen Dämonen hierher zurück, und mit dem Frieden, der seit langer Zeit geherrscht hatte, war es vorbei.« Marg lehnte ihren Kopf zurück und schloss unglücklich die Augen. »Wir führten über ein Jahr Krieg, und viele anständige Frauen und Männer fielen im Kampf gegen die dunkle Macht. Mein eigener Vater, meine eigenen Brüder starben in dem Jahr, und ein Jahr darauf starb meine Mutter an gebrochenem Herzen, ohne dass sie mir jemals verziehen hat.«

»Aber inwiefern war das deine Schuld?«

»Ich war damals Taoiseach und hätte unsere Welt beschützen sollen. Stattdessen habe ich mich ganz auf meine eigenen Wünsche konzentriert. Also gab ich, nachdem wir ihn zurückgeschlagen, die Gefallenen geehrt und einen neuen Frieden ausgehandelt hatten, das mir anvertraute Schwert zurück, damit es jemand anderen wählt.«

»Aber nicht meinen Vater. Der war damals schließlich noch zu jung.«

»Oh nein, nach mir kam eine Frau, und sie hat ihre Sache wirklich gut gemacht. Und dann kam Eians Zeit. Ich nehme an, nur eine Mutter kann den großen Stolz und die genauso großen Ängste nachvollziehen, die ich empfand, als Eian an dem Morgen mit dem Schwert dem See entstieg. Aber mein Junge hat den Frieden weiterhin bewahrt. Und dann begegnete er während einer seiner Reisen deiner Mutter. Alle aus Talamh werden ermutigt, sich auch andere Welten anzusehen, um zu lernen und zu verstehen, dass wir nicht alleine sind. Und wie ich dir bereits erzählt habe, kam sie freiwillig mit hierher, sie leisteten den Treueschwur und zeugten dich.«

Ein Mann mit Silberhaar betrat den Raum und schenkte Marg noch einmal nach. »Du brauchst noch etwas Wein und was zu essen.«

»Sie ist nicht so sicher, wie ich dachte, also muss sie vorher noch den Rest erfahren.«

»Ich kenne Sie«, bemerkte Breen. »Ich habe Sie schon mal gesehen.«

»Aber nur, weil ich das wollte. Und zwar in der Hoffnung, dass die Dinge dadurch in Bewegung kommen«, antwortete er und füllte auch ihr Weinglas noch mal auf.

»Haben Sie mich etwa gestalkt?«

»Sedric ist mein guter Freund und Weggefährte, den ich nach Philadelphia geschickt habe, um auf dich aufzupassen«, mischte ihre Großmutter sich ein. »Denn es gab eindeutige Zeichen, Breen. Die konnte ich nicht einfach ignorieren. Abgesehen davon, dass du nicht glücklich warst, gab's Zeichen dafür, dass die Zeit gekommen war. Nie im Leben würde Sedric dir was antun.«

»Außer mich um den Verstand zu bringen, oder was?«

»Die Dinge kamen in Bewegung«, stellte er mit einem selbstzufriedenen Lächeln fest und schlenderte gemächlich wieder aus dem Raum.

So wie er lächelte und sich bewegte … »Er ist die Katze, die ich heute früh und gerade gesehen habe, oder nicht?«

»Er ist halb Wer, halb Weiser und dir mindestens genauso zugetan wie mir. Auch wenn er arrogant ist wie sein Totemtier, gäbe er jederzeit sein Leben für uns beide hin.«

Auf zauberhafte Art ergab urplötzlich alles einen Sinn. »Dann war es also nicht nur Glück, dass ich das mit dem Geld herausgefunden habe.«

»Nun, du brauchtest deine Unabhängigkeit. Du musstest wählen können, und das hast du getan. Bereust du es?«

»Oh nein. Obwohl ich mir nicht sicher bin, was ich aus allem, was du mir erzählt hast, machen soll.«

Jetzt beugte Marg sich vor und nahm die Hand der Enkelin. »Das wirst du wissen, wenn du vollständig erwachst. Bis dahin bitte ich dich nur darum, dass ich dir alles zeigen und dich in den Dingen unterrichten darf, die dir die notwendige Kraft verleihen.«

Mit einem Mal fiel es ihr wieder ein. »Im Grunde war ich damals noch ein Baby. Er kam mitten in der Nacht und hat gesagt, er brächte mir das Fliegen bei. Er sah zwar wie ein kleiner Junge aus, aber das war er nicht.«

»Wir hatten dich rundum beschützt, und trotzdem hat er es geschafft, sich an dich anzuschleichen«, räumte Marg mit unglücklicher Stimme ein.

»Er hat mich mitgenommen und in einen Glaskasten gesetzt, aus dem ich nicht entkommen konnte, und ich habe laut nach meinem Dad, nach meiner Mutter und nach dir geschrien.«

»Wir haben dich gehört. Er dachte nicht, dass wir das könnten, aber seine Macht kam gegen all das, was du in dir hast, gegen die Tränen deiner Mutter und die Liebe deines Dads und deiner Großmutter nicht an.«

»Er hat gesagt, ihr könntet mich nicht hören, und erst hat er versucht, mich zu beruhigen, aber als ich immer weiter schrie und nach euch rief, wurde er wütend. Jetzt fällt es mir wieder ein. Ich kann es deutlich hören und ihn deutlich vor mir sehen.«

»Wenn du willst, nimm meine Hand und sieh mit mir zusammen in die Flammen. Dann werden unsere Erinnerungen sich verbinden, und wir werden jeweils sehen, was die andere damals gesehen hat. Die Antworten sind da, falls du sie haben willst. Aber dir muss klar sein, dass es sich so anfühlen wird, als würde all das jetzt passieren.«

Obwohl die Vorstellung, dass alles noch mal zu durchleben, Breen erschreckte, nahm sie Mairghreads Hand.

»Schau in das Herz der Flammen, durch den Rauch

und durch das Licht in das, was war. Ich bin an deiner Seite, so wie du an meiner Seite bist.«

In ihrem Inneren rangen kalte Furcht und heißer Zorn. Sie war ein kleines Mädchen und schlug mit den Fäusten gegen eine unsichtbare Wand. Und hinter dieser Wand sah sie das fahle grüne Licht eines so tiefen Wassers, dass der Grund im Dunkeln lag.

»Lass mich hier raus. Ich will zu meinem Dad!«

»Ich bin jetzt dein Vater, deine Mutter und dein Ein und Alles«, füllte plötzlich eine unsichtbare Stimme den gesamten Kasten an. »Und wenn du still bist, gebe ich dir Süßigkeiten, goldene Spielsachen und Zuckerpflaumen«, versprach sie ihr.

Inzwischen schmerzten ihre Hände von dem wilden Klopfen, und sie brach in Tränen aus. »Ich will zu meinem Dad! Ich will zu meiner Mama! Will zu meiner Nan! Ich mag dich nicht!«

»Hör auf zu plärren, sonst tue ich dir weh.«

Sie wurde schmerzhaft in den Arm gezwickt und schrie vor Schreck und Überraschung auf. Dann sank sie auf den Boden, rollte sich zusammen und brach in hemmungsloses Schluchzen aus.

»Brave Mädchen kriegen Süßigkeiten, böse Kniffe oder Schläge. Also sei ein braves Kind und wachse. Denn wenn du wächst, wächst auch, was in dir ist. Und das, was in dir ist, ist auch in mir, und wenn es reif ist, fahre ich die Ernte ein. Dann ziehen wir in einen Palast im Himmel, wo du wie eine Prinzessin leben wirst.«

Trotz ihrer Angst war ihr bewusst, dass das gelogen war. Sie rief erneut nach ihrem Vater, ihrer Mutter, ihrer Groß-mutter, und während sie nach ihnen schrie, erwuchs in ihrem Inneren eine ungeahnte Kraft. Die Kraft, die sie bisher besessen hatte, hatte ihr die Schönheiten des Landes aufgezeigt und einfach Spaß gemacht. Schmetterlinge, die auf ihre Hand geflattert waren, oder Vögel, die auf ihrer Schulter saßen und dort fröhlich sangen. Aber diese neue Kraft in ihrem Inneren war hart und scharf wie eins der Messer, die sie nicht berühren durfte.

Und obwohl ihr während ihres bisherigen Lebens alles Hässliche erspart geblieben war, schrie sie: »Ich hasse dich! Mein Dad wird kommen und mit dir kämpfen! Und er wird dir wehtun, so wie du versuchst, mir wehzutun.«

Der Schlag war hart und scharf wie die verbotenen Messer. Niemand hatte sie jemals geschlagen, doch der Schock und die Betroffenheit waren stärker als die Angst und weckten ihren Zorn.

Das rot brennende Mal auf ihrer Wange, sprang sie auf, stemmte die Fäuste in die Hüften, und mit Augen dunkel wie die Nacht schrie sie: »Man darf nicht schlagen!«, sodass mit einem lauten Heulen wie unter Schmerzen das Glas barst.

Das Wasser strömte über sie hinweg, und sie verlor das Gleichgewicht. Sie strampelte und ruderte mit ihren Armen, ohne dass sie einen Weg nach draußen fand. Sie wusste zwar, dass sie die Luft anhalten musste – schließlich hatte ihr Dad ihr Schwimmen beigebracht –, aber jetzt schaffte sie es einfach nicht.

Dann wurde sie gepackt, brach abermals in Panik aus, fing an zu schreien, schluckte Wasser und fing an zu husten, als sie endlich an die Oberfläche kam.

»Ich habe dich, *mo stór*. Ich bin es, Nan. Und jetzt halt dich gut an mir fest.«

Sie spuckte hustend Wasser aus und klammerte sich an die Großmutter, die sie ans Ufer eines sanft gewundenen Flusses zog.

»Hilf mir, Fi!«

Finola breitete die rosafarbenen Flügel aus und packte ihre Hand, zog sie an Land und hüllte Breen in einen warmen Umhang ein.

»Jetzt ist es gut, mein kleiner Schatz. Du bist in Sicherheit.«

»Das ist sie nicht.« Marg wedelte mit ihren Händen, um die Enkelin zu trocknen und zu wärmen. »Bring sie zurück, Finola, dorthin, wo sie sicher ist. Bring sie zu ihrer Ma. Ich werde hier gebraucht. Eian und die anderen brauchen mich.«

»Ich werde wiederkommen.«

»Nein. Bitte bleib bei Breen und Jennifer. Pass auf die beiden auf.« Sie hob die Enkelin vom Boden auf und drückte sie der Freundin in den Arm. »Geh mit Finola, Baby. Deine Mutter wartet schon auf dich.«

»Aber du sollst mitkommen! Du und Dad.«

»Wir kommen nach. Bring sie zu ihrer Mutter, Fi. Ich bin hier noch nicht fertig.«

»Ich werde auf sie aufpassen.« Finola zog das Kind an ihre Brust, und eingehüllt in ihre Arme und den warmen Umhang, blickte Breen noch mal zurück und sah das erste Bild des Krieges. Sie sah ein gleißend helles Licht und gleichzeitige Finsternis, und um die gellenden Schreie, die die Luft zerrissen, nicht zu hören, hielt sie sich die Ohren zu.

Dann flog die Fee mit ihr davon.

15

Breen blickte in die Flammen und sah, was ihre Großmutter gesehen hatte. Das Gemetzel und die blutgetränkte
Erde und den rot verfärbten Fluss.

Sie sah Finola, die, das Kind in ihren Armen, auf einen
laut tosenden Wasserfall zuflog. Und als sie ihn durchquerte,
rief die Großmutter in dem Bewusstsein, dass die Kleine
sicher war, nach ihrem Drachen, schwang sich auf den
saphirblau und smaragdfarben schimmernden Rücken, bevor sie ihr Schwert als auch ihren Zauberstab zückte. Ihr
Geist und der des Tieres verschmolzen miteinander, und
gemeinsam stürzten sie sich in die Schlacht.

Ein Dutzend Gargoyles hastete mit gebleckten schwarzen Zähnen durch den dichten Wald und Nebel dorthin,
wo die Fey eine geschlossene Linie bildeten, und sie verbrannte sie mit ihrem Stab und hieb zugleich mit ihrem
Schwert auf die geflügelten Dämonen ein. Laute Trommeln und gellende Schreie durchschnitten die Luft.

Sie wusste, einige der Wesen, die sie auf dem Boden
und auch in der Luft bekämpfte, hatte Odran aus Talamh
und anderen Welten in sein Reich verschleppt, um sie zu
versklaven oder verhexen. Sie standen unter seinem Bann,
und einzig deshalb gaben sie die Leben anderer und auch
ihre eigenen Leben für ihn hin. Sie zerriss die Ketten und
den Bann, wo es ihr möglich war, und wenn sie es nicht
schaffte, brachte sie die armen Kreaturen eigenhändig um.

Die Erde bebte, und am Himmel grollte lauter Donner, und mit Schwertern, Klauen, Flammen stürzte sich die nächste Heerschar finsterer Gestalten in die Schlacht. Das brutale Kriegsgetöse hörte man im ganzen Land.

Entschlossen führte sie drei andere Drachenreiter Richtung Wasserfall. »Ihr haltet hier die Stellung und lasst niemand außer unseren eigenen Leuten durch!«

Dann ritt sie weiter durch den Rauch, bis ihr ein frischer Wind entgegenblies, und zog den Sohn in ihr Gehirn, ihr Herz, ihr Blut, bis sie ihn mit den auserwählten Kämpen gegen Odrans Wachen kämpfen sah. Im Vertrauen darauf, dass die hinter ihr zurückgebliebenen Drachenreiter die dunklen Kräfte abwehren würden, flog sie direkt auf die Quelle zu.

Hoch oben auf der Steininsel hinter dem dunklen Meer ragte die Festung über den Klippen auf, die sich Odran dort errichtet hatte. Die schwarzen Mauern schimmerten wie Glas, und ihre Türme waren mit spitzen, glitzernden Kristallen übersät. Eian und seine Drachenreiter kämpften gegen Odrans geflügelte Dämonen, während unten eine Schar Soldaten von Talamh blutige Schneisen in die Gargoyles und Dämonenhunde, die Verhexten und Verdammten schlug. Die Luft vibrierte unter dem Zusammenprall der dunklen und der hellen Kräfte, und auch hier stieß dichter Rauch zum Himmel auf.

Außer sich vor Zorn, stürzte sich Mairghread in die Schlacht, während ihr Drache mit dem Schwanz durch messerscharfe Flügel schnitt, und taumelnd stürzten die getöteten Dämonen in die aufgewühlte See. Sie kämpfte neben ihrem Sohn und setzte ihre Kräfte ein, um die verdammten Wachen fortzulocken und den Fey den Weg für die Einnahme der Burg zu ebnen. Mit Flügeln, Krallen, Seilen kletterten sie immer höher, sahen sich an und bündelten dann ihre Kräfte, um ein blendend weißes Feuer zu entfachen, das die Riegel an den Toren der schwarzen Festung sprengte und den Fey den Weg freigab.

»Er wird versuchen abzuhauen«, schrie sie.

»Auf jeden Fall.«

Auf seinem leuchtend roten Drachen flog ihr Sohn durch eins der offenen Tore, und sie folgte ihm.

Im Inneren der Festung und inmitten all der Schätze und Juwelen, die Odran einfach zum Vergnügen hatte stehlen oder gegen Leben tauschen lassen, herrschte das totale Chaos, und die Sklaven, die wie Schlachtvieh dicke Eisenringe um die Hälse trugen, kauerten sich ängstlich in die Ecken oder rannten schreiend hin und her. Sie kämpften sich durch den Gestank von Rauch und Blut und der Eingeweide der geschlachteten Dämonen bis zum Wohnturm durch.

Er weiß, wo er ihn findet, dachte Marg. Im Gegensatz zu mir kann er ihn spüren. Er folgt dabei dem Ruf des Blutes.

»Er will, dass du ihn findest«, schrie sie panisch. »Das ist eine Falle.«

Eian, der die stürmisch grauen Augen seines Vaters und die flammendroten Haare seiner Mutter hatte, reckte kühn sein Schwert. »Es ist nur eine Falle, wenn ich mich zum Opfer mache.«

Auf dem Rücken seines Drachen glitt er über die rauchenden Leichen der Dämonen in den Turm. Die Luft, die ihm entgegenblies, war faulig vom Gestank des Todes, verbrannten Fleischs, vergossenen Blutes. Mit vom Rauch brennenden Augen gab Eians Mutter ihm Rückendeckung, verschoss Blitze gleißend hellen Lichts und hieb mit ihrem Schwert auf ihre Widersacher ein. Im Inneren des Turms schimmerten goldene Säulen durch den Dunst des Krieges. Mit Flügeln, Flossen, Klauen ergriffen Odrans Kräfte, denen jetzt nur noch der Tod oder die Niederlage blieb, die Flucht. Eians Truppen folgten ihnen und trieben sie über den Rand der hohen Klippen in das dunkle Meer.

Marg wusste, dass sie alle töten müssten, weil sie sich niemals ergeben würden, doch falls jemand übrig bliebe, dem die Flucht gelänge, würde er sich einen Weg in eine von den anderen Welten bahnen und erschaudernd von den Taten Eians und der Männer von Talamh erzählen. Und genauso musste es auch sein.

Der Wohnturm war ein Labyrinth voll Reichtümer, die Odran hatte plündern lassen, doch an diesem Abend hallten dort das Klirren von Schwertern, laute Schreie und das Prasseln der an vielen Stellen ausgebrochenen Feuer, und in dem verzweifelten Bemühen, ihren Sohn nicht aus den Augen zu verlieren, bahnte sich Marg, obwohl ein messerscharfer Flügel ihren Arm zerschnitt, den Weg. Und dort im großen Saal saß er so schön wie eh und je auf einem grauenhaft geschmückten Thron, mit den Schädeln und den Knochen derer, die er in dem gnadenlosen Streben nach vollkommener Macht gemeuchelt hatte oder hatte meucheln lassen. Auf seinem langen goldenen Haar saß eine Krone aus Kristall und schimmernden Juwelen, und auch der Gürtel, der die goldene Hose und die goldene Tunika zusammenhielt, war mit Juwelen übersät.

Und er saß da und lächelte auf die Weise, der sie selbst als junge Frau verfallen war. Und selbst in diesem Augenblick, in dem ihr der Gestank und Blut und Tod den Atem nahm, verströmte er denselben alten Charme.

»Meine Geliebte und mein Sohn.« Die Stimme schien sie zu liebkosen wie die Küsse, die ihr damals Liebe vorgegaukelt hatten, während es ihm nur um Macht gegangen war. »Kommt näher und nehmt eure Plätze ein. Ihr hättet schließlich immer schon an meinen Seiten sitzen sollen.«

»Steh auf«, verlangte Eian, bevor er mit gezücktem Schwert von seinem Drachen sprang. »Steh auf, damit mein Schwert dich nicht durchbohrt, während du faul auf deinem Hintern sitzt.«

»Wie unfreundlich du bist, und das, obwohl dein Volk schon einen hohen Tribut gezahlt hat für das jämmerliche Gör, das du mit einer schwachen Frau aus einer Welt gezeugt hast, die sich mit der Welt, in der wir leben, nicht mal ansatzweise messen kann. Und all das nur, weil ich ein bisschen Zeit allein mit meiner Enkeltochter hätte haben wollen – auch wenn sie nicht im Mindesten meiner Vorstellung entspricht.«

»Sie ist viel mehr als du.« Marg spürte die Gefahr, weshalb sie selbst auf ihrem Drachen sitzen blieb. »Du bist nicht einmal annähernd so stark und klug wie sie.«

»Denkst du das wirklich, meine Liebe?«, fragte er in mildem Ton. »Sie ist von meinem Blut, und die ihr beschiedenen Kräfte, die sie hat, gehören mir.«

»Sie wird dir nie gehören.«

Odran bedachte seinen Sohn mit einem gleichgültigen Seitenblick. »Der Tag wird kommen, an dem ich jeden Tropfen ihres Blutes schlürfen werde, ohne dass du irgendwas dagegen unternehmen kannst.«

»Steh auf«, verlangte Eian abermals und starrte ihn aus

stürmisch grauen Augen an. »Die elendigen Kreaturen, die dir zu Diensten waren, sind entweder verbrannt oder verblutet, und die Handvoll, die noch lebt, zieht sich mit eingezogenen Schwänzen in ihr dunkles Höllenloch zurück. Dein Palast aus Lügen bricht zusammen, und heute wirst du dafür zahlen, was du meiner Mutter, mir und meiner Tochter angetan hast. Also zück dein Schwert, Verdammter, und tritt mir entgegen wie ein Mann.«

Langsam stand Odran auf. »Aber ich bin kein Mann. Ich bin ein Gott.« Er breitete die Arme aus, und der von ihm heraufbeschworene Sturm warf Eian um und brachte seine Mutter aus dem Gleichgewicht.

»Ich bin kein Opfer, also sei bereit.« Er machte einen Satz nach vorn, und Odran riss entsetzt die Augen auf.

Doch dieser kurze Augenblick genügte, damit Dutzende Dämonen durch die goldenen Wände und die Silberböden krochen, um auf Eian loszugehen. Noch während Marg ihn anschrie, dass er wieder auf den Rücken seines Drachen steigen sollte, stürmten Dutzende Soldaten von Talamh den Thronsaal, aber gleichzeitig drosch Odran mit der schwarzen Klinge eines Schwerts auf das Silberschwert des Sohnes ein. Die Säulen erbebten, und im Boden taten sich zahlreiche Risse auf.

»Bring sie hinaus!«, schrie Eian. »Bring alle raus.« Er reckte einen Arm, und plötzlich flog das Dach des Thronsaals weg, und Feen drangen von oben ein, um die Dämonen abzuschlachten, die sich ihnen entgegenwarfen, und die Kräfte von Talamh zu retten, die nicht selbst zu fliegen in der Lage waren. Obwohl das Herz ihr bis zum Hals schlug, führte Mairghread den Befehl des Sohnes aus und führte andere durch das Labyrinth hinaus. Sie nahm die

Schlacht nur noch am Rande wahr, denn sie versuchte, ihre eigenen Gedanken mit den Überlegungen des Sohnes zu verbinden, bis sie Odrans dunkle, hasserfüllte Augen sah.

Nachdem die Truppen sicher und all die Verletzten heimgeflogen worden waren, wendete sie ihren Drachen, aber noch bevor sie ihn erreichte, flog der Wohnturm in die Luft. Die schreckliche Gewalt der Explosion machte sie schwindelig, aber sie trieb ihren Drachen unbarmherzig weiter an.

Dann sah sie ihn – den Sohn, den Jungen. Er stieg voll Blut und Asche aus den umgestürzten Mauern auf, war aber noch am Leben und kam eilig auf sie zu.

»Der Wasserfall!«, schrie er sie an. »Bring alle durch den Wasserfall, und sobald alle sicher sind, blockieren wir das Portal. Du musst mir helfen, es zu schließen.«

Mairghread nickte knapp. »Aber du bist verletzt. Du blutest.«

Er streckte einen seiner Arme aus und drückte ihr die Hand. »Ich konnte dich nicht sehen lassen, was ich im Schilde führte, denn dann hätte er es vielleicht ebenfalls gesehen.«

»Du bist am Leben, aber wie sieht es mit Odran aus?«

»Das weiß ich nicht genau. Er hätte mich auf keinen Fall am Leben lassen wollen, aber jetzt ist er an diesem unseligen Ort begraben, und ich hoffe, dass er hier für alle Zeiten liegen bleiben wird.«

»Aber das hat er nicht getan«, wandte sich Marg an ihre Enkelin. »Die Jahre zogen ins Land, und wir gingen davon aus, dass er tatsächlich niemals wiederkommen würde. Wir hatten das Portal zu jener Welt verschlossen, um kein Wagnis einzugehen, aber irgendwie hat er sich wieder einen Weg hindurch gebahnt. Trotzdem warst du sicher. Dafür hat dein Dad gesorgt, solange es ihm möglich war.«

»Indem er mit mir aus der Welt, die er geliebt hat, fortgegangen ist.«

»Wir haben einen Schutzzauber für dich bewirkt und einen, um die Erinnerung zu trüben, damit du nicht allzu traurig bist. In dieser Schlacht fiel auch sein bester Freund. Kavan, dessen Kindern Aisling, Harken, Keegan du bereits begegnet bist. Also hat er seinen Hof auf Kavans Witwe und die Kinder überschrieben, denn dort ist er in den besten Händen, und vor allem hatten sie dadurch ein sicheres Heim. Er hätte sein Schwert und seinen Stab gern abgelegt, doch nach dem Angriff auf die schwarze Burg haben ihn die Leute angefleht, es nicht zu tun. Also blieb er Taoiseach, als er dich und deine Mutter in die Welt brachte, aus der sie kam und die sie auch zu deiner hätte machen wollen. Aber er kam, so oft es ging, zurück und hat den Frieden so lange gewahrt, wie es ihm möglich war.«

»Und wie ist er zurückgekommen? Er hat … Er war nie auf Tournee. Er ist als Musiker nie auswärts aufgetreten, während er mit uns in Philadelphia war.«

»Eins musst du wissen.« Abermals nahm Marg die Hand der Enkelin. »Er hat dich mehr als alles andere geliebt. Aber natürlich hat er auch Talamh geliebt, und deshalb hat er seine andere Liebe – die Musik – zu der Zeit aufgegeben, um für dich und seine Heimat da zu sein.«

»Er war ein Krieger. Das war mir bisher nicht klar, aber du hast mich eben sehen lassen, wie er in die Schlacht gezogen ist.« Ein Krieger, dachte Breen. Ein Anführer. Ein Held.

»Es gab in all den Jahren keinen Grund, dir das zu zeigen, aber jetzt schon.«

»Und ich habe das Glas des Kastens, in dem ich gefangen war, zerspringen lassen. Ich.«

»Das hast du«, stimmte Marg ihr zu. »Obwohl du damals noch ein kleines Mädchen warst.«

»Und wie habe ich das gemacht?«

»Mit dem, was in dir steckt. Bis zu dem Augenblick waren deine Fähigkeiten sanft und süß und unschuldig. Doch als es nötig war, hast du die ganze Kraft mobilisiert, die in dir steckt.«

»Ich weiß nicht, was das heißt. Ich wusste nichts von einer ganz besonderen Kraft, die in mir steckt. Ich habe es gesehen, aber trotzdem ... Heißt das, dass es bösartige Gargoyles und Dämonen, wie ich sie aus Büchern und aus Filmen kenne, wirklich gibt?«

»In manchen Welten gibt es sie«, bestätigte ihr Marg. »Und er hat sie in eine Welt gebracht, von der er denkt, sie würde ihm gehören.«

»Du warst ... prachtvoll und furchteinflößend«, meinte Breen. »Du bist auf einem Drachen durch die Luft geritten und hattest ein Schwert und einen Zauberstab.«

»Der Stab ist die Verlängerung der Kraft, die in mir steckt. Denn ich bin eine Weise, so wie du.«

»Und wie mein Vater. Aber meine Mutter nicht.«

»Nein. Sie ist einfach ein Mensch und wollte, dass du auch nichts anderes bist.«

»Ich muss mich ...« Breen stand auf, lief durch den hübschen, heimeligen Raum und betrachtete die glitzernden Kristalle und das Feuer im Kamin. »Und wozu macht mich das? Bin ich halb Mensch und halb was anderes?

321

Und mein Großvater Odran hat sich selber einen Gott genannt. Ist er also nicht nur böse, sondern obendrein auch noch verrückt?«

»Er ist sehr vieles, auch ein Gott, aber außer nach Macht ist er auf keinen Fall verrückt.«

»Moment.« Bei diesen Worten musste sie sich wieder setzen. »Odran ist ein Gott? Wie Thor?«

Marg lächelte sie müde an. »Wie gesagt, die Sagen und Legenden, die wir kennen, haben immer einen wahren Kern.«

»Aber das ist ... Ich wollte sagen, dass das ganz unmöglich ist, aber wie alles andere hier ist es das offensichtlich nicht. Und falls mein Großvater ein Gott ist, war mein Dad ...«

»... ein Halbgott. Sohn der Götter und der Weisen«, klärte Marg sie auf. »Und du, *mo stór,* stammst von den Weisen, Sidhe, Göttern und den Menschen ab. Es gibt weder hier in dieser noch in der Welt, in der man dich großgezogen hat, so jemanden wie dich.«

»Und wozu macht mich das? Zu einem Freak?«

»Zu einem Schatz.«

In diesem Augenblick trat Sedric durch die Tür. »Ich denke, das genügt erst mal, Mairghread. Ich finde, dass sie erst einmal genug erfahren hat. Und du brauchst was zu essen, dann solltest du dich erst mal etwas ausruhen.«

Er hatte recht, erkannte Breen, denn ihre Großmutter war bleich und wirkte vollkommen erschöpft. Also unterdrückte sie die Fragen, die ihr auf der Zunge lagen und auf deren Antworten sie ganz versessen war.

»Das waren tatsächlich jede Menge Neuigkeiten, die ich erst einmal verdauen muss«, erklärte sie. »Ich weiß, dass du mich nicht belügst, denn ich habe es selbst gesehen, auch wenn ich es noch immer nicht verstehen kann.«

»Der Eintopf braucht noch etwas«, meinte Sedric. »Also fangt am besten schon mal mit dem Brot und Käse an.« Er machte auf dem Absatz kehrt und marschierte wieder durch die Küchentür.

»Ist er dein … Vertrauter?«, fragte Breen.

»Er ist mein Partner, und wenn ich noch mal den Treueschwur ablegen würde, dann mit ihm.«

»Oh. Dann seid ihre beide also … oh.«

Jetzt huschte ein entspanntes Lächeln über Margs Gesicht. »Diese Dinge sind nicht nur der Jugend vorbehalten, Schatz. Er hat an jenem Tag sein Blut für dich vergossen, und wenn nötig, gäbe er sein Leben für dich hin. Er und ich gehören zusammen, deshalb gehörst du ebenfalls zu ihm.«

Sie gingen in die warme Küche, aßen Brot und Käse, und die offene Tür ließ frische Luft und abendliches Sonnenlicht herein.

Natürlich hatte Breen noch immer jede Menge Fragen, aber unter Sedrics ruhigem, durchdringendem Blick wagte sie nicht, sie ihrer Großmutter zu stellen.

»Ich habe noch nicht ausgepackt. Im Grunde habe ich kaum etwas mitgebracht, aber ich hänge die paar Sachen besser trotzdem erst mal in den Schrank. Du hast gesagt, es gäbe eine Möglichkeit, auch hier zu schreiben, und ich würde gern gleich nach dem Aufstehen damit anfangen.«

»Ich zeige dir, wie's geht.« Sedric stand auf und küsste Marg die Hand. »Ruh dich ein bisschen aus. Du hattest einen anstrengenden Tag, und es genügt, wenn du ihr morgen mehr erzählst.«

»Musst du mich so bemuttern?«

»Wenn ich dich bemuttern würde, lägst du längst im Bett und hättest was genommen, damit du traumlos schlafen kannst. Komm mit, Mädchen, ich zeige dir die Dinge, die du wissen musst.«

»Morgen ist früh genug«, versicherte auch Breen der Großmutter. »Denn schließlich sind wir alle müde.«

»Das hast du sehr gut gemacht. Sie würde alles für dich tun, auch wenn ihr einige der Dinge, die sie tun muss, großen Kummer bereiten«, meinte Sedric, als er vor ihr durch den Flur in Richtung ihres Zimmers lief.

»Sie kannten meinen Vater.«

»Ja, ich kannte ihn. Ich habe ihn bewundert, respektiert, geliebt. Er war für mich so etwas wie ein Sohn.«

So etwas wie ein Sohn.

»Sie und meine Großmutter sind schon seit langer Zeit zusammen, stimmt's?«

»Und werden es so lange sein, wie sie mich will. Ich weiß noch, dass du ein sehr aufgewecktes und charmantes kleines Kind mit einem starken Willen warst. Den haben die Jahre in der Welt der Erde offenbar gedämpft. Aber egal. Du musst ihn einfach einsetzen, damit er abermals im alten Glanz erstrahlt. Und jetzt zu deiner Arbeit. Alles, was du dafür brauchst, ist hier.«

Er zeigte auf den Schreibtisch und den Stift, der dort neben dem dicken Stapel leerer Blätter lag. Sie nahm ihn in die Hand und sah ihn sich genauer an. Er war aus Silber, und die Kappe war mit einem hübschen roten Stein verziert.«

»Ein Füller?«

»Mehr als das. Vergiss nicht, wo du bist. Die Geräte, die du in der anderen Welt verwendest, funktionieren hier nicht, doch diesem extra für dich hergestellten Stift geht nie die Tinte aus. Er bringt deine Gedanken zu Papier, und zwar genau, wie du es beim Schreiben dieses Blogs und deiner anderen Geschichten und Nachrichten machst. Du bist eine begnadete Erzählerin, und dieser Stift und diese Blätter werden dir bei deiner Arbeit assistieren.«

»Ich bin mir nicht ganz sicher, ob ich tatsächlich so schreiben kann. Und für den Blog lade ich immer auch noch Fotos hoch.«

»Beschreib einfach die Bilder, die du haben willst, dann laden unsere Leute auf der anderen Seite des Portals sie für dich hoch. Sie nehmen auch das, was du geschrieben hast, und tippen es dann für dich ein.«

»Heißt das, in Irland leben Leute aus Talamh?«

»Nicht nur in Irland, sondern überall. Aber wenn sie sich dafür entscheiden, außerhalb von unserer Welt zu leben, halten sie sich an den Schwur, den jeder ablegt, der Talamh verlässt. Du solltest wissen, dass wir hier Erzähler von Geschichten sehr verehren und dass du während deines Aufenthalts hier weiterschreiben kannst.« Er wandte sich zum Gehen. »Wir werden mit dem Essen warten, bis du wieder runterkommst, aber ich hoffe, dass das nicht zu lange dauern wird, denn eine Schale Eintopf täte deiner Nan jetzt wirklich gut.«

»In zehn Minuten bin ich da.«

Nickend trat er in den Flur und zog die Tür hinter sich zu.

Kopfschüttelnd sah sie auf den Füller, den sie in der Hand hielt, und auf das Papier. »Wahrscheinlich habe ich noch Glück, dass man mir keine Feder hingelegt hat.«

Sie erwog, mit ihrem Blog vorübergehend zu pausieren,

schraubte dann aber neugierig den Füller auf und drückte seine Spitze auf ein Blatt.

»Wenn Füller und Papier …«

Sie sah die Worte und dann auch den Rest ihres Gedankens in demselben Schrifttyp, den sie sonst benutzte, auf dem Blatt.

Wenn Füller und Papier einer Jane Austen reichten …
Gott! Wie kann das sein − hör auf!

Sie riss die Hand zurück, in der der Füller lag. Das war einfach zu viel. Zu viel für einen Tag. Entschlossen schraubte sie den Füller wieder zu und legte ihn behutsam wieder auf den Tisch. Sie hatte wirklich nicht viel mitgebracht und legte einfach alles in den Schrank, der wunderbar nach Zeder und Lavendel roch. Dann trat sie durch die Tür des angrenzenden Badezimmers oder des Klosetts, wie man es hier wahrscheinlich nannte, und auch dieser kleine Raum verströmte mit der großen Kupferwanne, einer winzigen Toilette, über der tatsächlich eine Kette baumelte, der Waschschüssel und einem Krug voll Wasser auf dem groben Holztisch einen altmodischen Charme. Sie tauchte einen Finger in das − beinah kochend heiße − Wasser, doch inzwischen brachten sie die Dinge, die in ihrer Welt unmöglich waren, nicht mehr aus dem Gleichgewicht.

In den Regalen lagen flauschig weiche weiße Handtücher und standen Flaschen befüllt mit bunten Flüssigkeiten, Ölen und winzig kleinen Perlen, die nach Kräutern und nach Blumen dufteten, sowie ein Tellerchen mit einem Stück Seife, das denselben lieblichen Geruch verströmte wie die Kerzen, die Breen in den Eisenhaltern an den Wänden sah.

Zwar gab es keine Dusche, und womöglich hatte sie auch ihre Zweifel in Bezug auf die Toilette, aber davon abgesehen hatte dieses Badezimmer seinen eigenen, ganz besonderen Charme.

Sie probierte die Toilette aus, drückte die Daumen, als sie an der Kette zog, und obwohl sie kein Rauschen hörte, war die Schüssel, als sie wieder aufstand, leer und blitzte frisch geschrubbt.

»Okay, dieser Toilettenzauber ist echt cool.« Sie wusch sich mit Wasser aus dem Krug und schaute in den Spiegel mit dem Eisenrahmen an der Wand. »Wie heißt es noch im *Zauberer von Oz*? Du bist nicht mehr in Kansas, Breen.«

Dann folgte sie dem Eintopfduft, der aus der Küche zu ihr strömte, und sah den mit Sets, tönernen Schalen für die Suppe, Tellern für das Brot und blütenweißen Stoffservietten, die in Kupferringen steckten, hübsch gedeckten Tisch. Sedric stand am Herd, während Marg braunes Brot auf einem Brett schnitt.

Die Häuslichkeit der Szene bewies ihr, dass sie schon seit langer Zeit nicht nur als Hexe und Vertrauter hier zusammenlebten, dachte Breen.

»Das duftet wunderbar.«

»Wie jedes Mal, wenn Sedric kocht.« Marg stellte Brot und Butter auf den Tisch. »An gutem Essen wird es dir hier niemals fehlen. Das Brot habe ich heute früh vor deiner Ankunft selbst gebacken, und die Butter kommt direkt vom Bauernhof. Den Wein, den wir zum Essen trinken, haben Fi und Seamus hergestellt, und ich kann dir versichern, dass du nicht mal in der Hauptstadt einen besseren finden wirst.«

»Ich selbst bin keine gute Köchin«, gestand Breen und setzte sich Marg gegenüber an den Tisch. »Ich versuche gerade, es zu lernen, weil es in der Nähe meines Cottages keinen Lieferservice gibt und Marco jetzt wieder in Philadelphia ist. Er ist im Gegensatz zu mir ein wirklich guter Koch.«

»Vor allem ist er dir ein guter Freund. Finola war sehr angetan von ihm.«

»Sie hat eben einen Blick für attraktive Burschen.« Sedric trug die Suppenschüssel an den Tisch und löffelte den Eintopf in die Schalen.

»Das stimmt. Es heißt, dass er so musikalisch ist wie du.«

»Oh nein, ich bin nicht wirklich musikalisch, aber er ist ein Naturtalent. Mein Vater hat ihn so genannt und hat uns Geige-, Klavier- und Flötenspielen beigebracht. Und als er … als er gehen musste, hat Marco weiter Unterricht genommen, aber ich habe damit aufgehört.« Da sie kein Interesse hatte, dieses Thema zu vertiefen, schob sie sich den ersten Löffel Eintopf in den Mund. »Oh, Sedric, der ist wirklich köstlich. Ihr baut hier euer eigenes Gemüse an, nicht wahr?«

»Dafür ist die Erde schließlich da. Auch du bist eine talentierte Gärtnerin.«

»Ich glaube, ja. Das ist etwas, worin ich unbedingt noch besser werden will. Wir wohnen bisher in einer Wohnung, haben also kleinen Platz, um irgendetwas anzupflanzen, und bevor … Also, neben der Arbeit in der Schule und den ganzen anderen Sachen hatte ich kaum Zeit für irgendetwas anderes.«

»Inzwischen kannst du selber über deine Zeit verfügen.«

»Was fantastisch ist. Ich wollte noch was fragen – wenn du heute Abend nicht darüber reden willst, kann das natürlich auch noch warten –, aber woher kommt das viele Geld, das du in all den Jahren auf mein Konto überwiesen hast?«

»Tja nun, an Geld zu kommen ist nicht weiter schwer. Wir haben hier zwar keine Währung, aber ...«

»Ihr habt hier kein Geld?«

»Weil wir es hier nicht brauchen, denn wir tauschen, wenn wir etwas brauchen, und die Stämme und Gemeinden kümmern sich, wenn irgendwer in Not gerät. Und wenn jemand infolge eines Krankheits- oder Todesfalles oder anderer unglücklicher Umstände in Schwierigkeiten ist, kann er sich an den Taoiseach wenden oder an den Rat.«

Das konnte doch nicht sein. »Und Geld habt ihr hier wirklich keins?«

Achselzuckend bestrich Sedric ein Stück Brot mit Butter, doch bevor er davon abbiss, meinte er: »Das ist doch nur Metall oder Papier oder sonst was ohne echten Wert.«

»Aber ihr habt mir Geld geschickt.«

»Dort, wo du gelebt hast, hat man ohne Geld kein Essen und kein Bett und kein Dach über dem Kopf. Als deine Großmutter kam ich deshalb mit deinem Vater darin überein, dafür zu sorgen, dass du dir die Dinge, die du brauchst, auch leisten kannst. Wir haben Wertsachen hier in Talamh, die man in einer anderen Welt verkaufen kann, und das haben wir getan.«

»Danke. Durch dieses Geld genieße ich jetzt eine Freiheit, die ich vorher niemals hatte. Das klingt vielleicht etwas hohl, aber es ist tatsächlich so.«

»Jede Welt hat eben ihre eigenen Regeln und Gesetze und Kulturen.«

»Sedric hat erzählt, dass Menschen aus Talamh in anderen Welten leben würden.«

»Selbstverständlich, denn zu manchen passt das Leben draußen besser oder macht sie einfach glücklicher. Jeder kann frei wählen, wo er leben will. Manche von außen kommen nach Talamh, und manche aus Talamh gehen von hier fort.«

»Und wenn sie gehen, leisten Sie einen Schwur?«

»Der heiliger als alle anderen Schwüre ist«, erklärte Marg. »Sie schwören, niemand anderem einen Schaden zuzufügen und vor allem nicht zu töten, außer wenn es um die Rettung eines Lebens geht. Und zwar weder mit Magie noch ohne. Und selbst wenn sie durch eine solche Tat tatsächlich jemand anderen geschützt oder gerettet haben, kommen sie deshalb vor Gericht. In jedem anderen Fall wird einem für so was seine Macht genommen, und man wird verbannt.«

»Wohin?«

Sedric legte eine Hand auf Mairghreads Arm und wandte sich an Breen. »In eine Welt, in die man durch ein einziges Portal gelangt, das nur von außen aufgeschlossen werden kann. Und wenn jemand verurteilt wird, weil er den Eid gebrochen hat, wird er dorthin gebracht und muss dort ohne Zauber weiterleben.«

Es existierte also eine Art Gefängnis, wurde Breen bewusst. »Und woher wisst ihr, ob jemand den Eid gebrochen hat?«

»Wir haben Beobachter, deren besondere Gabe ist die Empathie. Sie wissen und sie müssen melden, wenn so was passiert. Wir sind Bauern, Künstler, Handwerker, Erzähler von Geschichten, aber trotzdem gibt's in unserer Welt Gesetze, und zwar ähnlich denen, die du kennst. Es geht darum ums Töten, Stehlen, jemanden zu zwingen, sich einem hinzugeben, oder darum, wenn ein Kind oder ein Tier vernachlässigt und schlecht behandelt wird. Durch alle diese Taten fügt man anderen Schaden zu, und unser oberstes Gesetz ist, dass man keinem Wesen jemals schaden darf.«

Breen schwirrten unzählige weitere Fragen durch den Kopf, ein Blick von Sedric aber warnte sie davor, sie jetzt zu stellen. Doch schließlich hatte sie für einen Tag bereits mehr als genug erfahren.

»Vielen Dank für das Papier und für den Stift. Ich freue mich darauf, wenn ich sie morgen ausprobieren kann.«

»Ich hoffe, dass die Sachen funktionieren und du deinen Spaß mit ihnen haben wirst. Genauso aber hoffe ich, dass du dir neben deiner Arbeit noch die Zeit nimmst, etwas mehr von unserer Welt zu sehen, und dir Dinge von mir beibringen lässt, die dir helfen zu erkennen, was du wirklich bist.«

»Und wie ich es geschafft habe, als kleines Kind das Glas zu sprengen.«

»Das und mehr.«

»Ich würde gern mehr sehen und lernen«, stimmte Breen ihr zu. »Warum fangen wir nicht damit an, dass du mir zeigst, wie ihr hier das Geschirr spült, denn ich habe schon herausgefunden, dass es hier klein fließend Wasser gibt.«

»Wir haben einen schönen Brunnen, aber heute Abend machst du sicher nicht den Abwasch. Heute Abend bist du zwar Familie, aber eben gleichzeitig auch Gast. Du gehst doch gern spazieren, und heute ist ein wunderbarer Abend zum Spazierengehen.«

»Also gut. Und wie lasse ich Wasser in die Wanne, falls ich später noch ein Bad nehmen möchte?«

»Der Krug wird sie mit Wasser füllen, das so lange warm bleibt, bis du wieder aus der Wanne steigst«, meinte Marg lächelnd.

»Dann kann man sich den Klempner hier auf alle Fälle sparen«, meinte Breen und sagte sich, ein kurzer Gang in frischer Luft und abendlicher Stille wäre jetzt genau das Richtige für sie. Dann könnte sie in Ruhe die Gedanken sortieren, die ihr durch den Kopf schwirrten.

»Danke für das Essen. Es war rundherum perfekt.« Sie zögerte, dann aber beugte sie sich vor und küsste Marg auf die Wange. »Danke, Nan.«

Als Breen den Raum verließ, griff sich die Großmutter ans Herz. »Ich muss ihr noch so vieles geben und sie um so vieles bitten, Sedric.«

»Bisher kämpft in ihrem Inneren noch die eine mit der anderen Welt.«

»Das wird sie vielleicht immer tun. Und jetzt geh bitte los und pass gut auf sie auf. Vielleicht hat Odran ja bereits Spione in der Gegend ausgeschickt. Ich kümmere mich ums Geschirr.«

Auch er stand auf, beugte sich vor und presste ihr sanft seine Lippen auf den Mund. Dann wandte er sich als Mann zum Gehen und glitt als Katze durch die Tür.

16

Breen sah die Katze, die durchs Gras am Rand der Straße schlich, und sofort war ihr klar, dass sie ihr niemals aufgefallen wäre, hätte sie sie nicht bemerken sollen.

Sie wusste zwar noch nicht, was sie von Sedric hielt, doch ihre Großmutter vertraute ihm und liebte ihn. Das hieß, sie selbst würde Sedric tolerieren, denn auch wenn sie die Enkelin von Mairghread war, war sie hier nur vorübergehend zu Besuch.

In einem fremden Land.

Allmählich ging die Sonne unter, und im Westen war der Himmel in ein Flammenmeer getaucht. Automatisch tastete sie nach dem Handy, das sie in der Tasche hatte, um ein Bild zu machen, und starrte auf den schwarzen Bildschirm. Erst dann fiel ihr wieder ein, dass die Technik, wie Breen sie kannte, hier nicht funktionierte.

»Schade.« Traurig steckte sie das Handy wieder ein und tat, als würde sie das Feixen im Gesicht der Katze übersehen und ganz den Sonnenuntergang genießen, dessen rote Strahlen auf das Wasser in der Bucht und auf die fernen Hügel fielen. Sie fragte sich, was hinter diesen Hügeln lag. Weitere Felder, Höfe, Seen, Felder? Andere Zauberwesen, die dort pflügten, pflanzten, Eintopf kochten und musizierten?

Mit der milden Abendbrise wehte eine leichte, helle Weise an ihr Ohr. Eine Fiedel, eine Flöte und dazu vielleicht noch eine Harfe spielten irgendwo zum Tanz. Auch das war wie ein Traum, denn es war die perfekte Melodie für einen lauen Sommerabend, an dem Schafe, Rinder und Pferde friedlich auf den Weiden grasten und die Luft nach Gras und nach den Torffeuern roch, die in den Häusern brannten.

Sie schlenderte durch diese liebreizende Landschaft mit ihrem vierbeinigen Bodyguard, der vor Kurzem noch ein Mann gewesen war. Was aber sollte ihr schon eine Katze nutzen, hätte es noch einmal eine irre Fee wie mittags auf dem Friedhof auf sie abgesehen?

Sie lenkte ihren Blick nach oben und erstarrte, als sie einen reiterlosen Drachen wie ein goldenes Schiff am Himmel schweben sah. Nichts, was sie bisher in dieser Zauberwelt gesehen hatte oder jemals sehen würde, konnte prachtvoller als dieses stumme goldene Fabelwesen sein. Sie verfolgte seinen Flug, und dann nahm sie die beiden Monde wahr, die am Himmel aufgegangen waren.

»Aber … da sind zwei Monde.«

»Und?«

Sie wirbelte herum.

Es war der Taoiseach, der auf einem grün-goldenen Drachen nachmittags zu ihrer Rettung angetreten war. Sie hatte ihn im Dämmerlicht nicht an der Mauer lehnen sehen, denn er war ganz in Schwarz gekleidet und verschmolz mit der anbrechenden Nacht. Was sicher seine Absicht war.

»Und wie kommen die Gezeiten mit zwei Monden klar?«

»Das Wasser kommt und geht genau wie in der anderen Welt. Ich kümmere mich um sie, Sedric« rief er der Katze zu. »Außer wenn sie die halbe Nacht lang durch die Gegend wandern will.«

»Ich wollte einfach kurz spazieren gehen, bevor …« Warum zum Teufel hatte sie nur immer das Gefühl, dass sie den anderen Erklärungen für alles, was sie machte, schuldig war? »Ich will nicht, dass sich irgendjemand um mich kümmert.«

»Aber Wollen und Brauchen sind nun mal verschiedene Dinge, oder nicht? Und Marg wird froh sein, wenn sie weiß, dass Sie nicht ganz allein hier draußen sind.«

Was hätte sie dagegen sagen sollen? »Ich muss mich noch bei Ihnen bedanken wegen heute Nachmittag.«

»Das ist nicht nötig. Aber trotzdem: gern geschehen.«

Sie überlegte, was sie Nettes sagen könnte, und sah auf den Bauernhof, durch dessen Fenster helles Licht nach draußen fiel. »Das klingt, als würde dort ein Fest gefeiert.«

Keegan folgte ihrem Blick. »Das wird es auch. Marg dachte, dass Sie Ihren ersten Abend hier vielleicht ein bisschen ruhiger angehen wollen würden, aber Sie sind eingeladen, und wenn Sie Lust haben zu feiern, meinetwegen gern.«

»Oh, nein, das wäre mir ein bisschen peinlich, denn ich kenne hier so gut wie niemanden und weiß auch noch nicht wirklich, wie die Dinge … funktionieren.«

»Dann müssen Sie das eben lernen.«

Er hatte eine herrlich melodiöse Stimme, aber was er sagte, machte sie zornig. »Ich habe für den ersten Tag auf jeden Fall genug gelernt. Zum Beispiel, dass mein Großvater ein durchgeknallter Gott ist, der die Absicht hat, mir etwas auszusaugen, von dem ich nicht einmal weiß, dass ich es in mir trage. Dabei habe ich bis heute Abend nicht einmal geglaubt, dass es so was wie Götter gibt.«

»Und warum nicht?«, fragte er sie ehrlich interessiert.

»Weil Götter Mythen sind. Wie Welten mit zwei Monden und mit Drachen, die am Himmel fliegen, und mit
dem Geliebten meiner Großmutter, der mal Mann und
mal Katze ist. Und jetzt habe ich auch noch einen Stift, der
meine Gedanken zu Papier bringt, und einen verdammten
Krug, der immer voll mit heißem Wasser ist. Mein blödes
Handy nützt mir nichts, aber ich kann mit meiner Nan
ins Feuer sehen und zuschauen, wie mein Vater sich in
Schlachten schlägt. Es war, als ob ich selbst dabei gewesen
wäre.«

Beide Hände lässig in den Taschen und ein Schwert
an seiner Seite, erklärte er: »Aber schließlich waren Sie,
wenigstens am Anfang, auch dabei. Ich selbst war damals
noch zu jung, obwohl ich meinen Vater angebettelt habe
mitzudürfen, als man Sie gerettet hat.«

Sein Vater war in dieser Schlacht gefallen, erinnerte sich
Breen. Er war an diesem grauenhaften Ort gestorben, weil
er sie hatte beschützen wollen. »Es tut mir leid. Ihr Vater
hat geholfen, mich zu retten, und in dieser Schlacht haben
Sie ihn verloren.«

»Das war ja wohl nicht Ihre Schuld, denn schließlich
waren Sie damals fast noch ein Baby. Und Sie haben selbst
gekämpft, nicht wahr? Sie haben sich als dreijähriges Mädchen gegen einen Gott zur Wehr gesetzt. Es gibt hier jede
Menge Lieder und Geschichten von dem kleinen Kind,
das nur mit seiner Willenskraft die Mauern, die ein Gott
errichtet hat, zum Einsturz bringt.«

Bei dem Gedanken war ihr alles andere als wohl. »Ich
weiß nicht, wie ich das gemacht habe.«

»Sie werden sich erinnern müssen«, meinte er, als wäre
das das reinste Kinderspiel, und sah sie forschend an. »Sie

haben viel zu früh das Training eingestellt, aber nun, da Sie hier sind, fangen wir eben wieder damit an.«

Instinktiv machte sie einen Schritt zurück. »Ich bleibe nicht auf Dauer hier. Ich bin nur zu Besuch.«

Er stieß sich von der Mauer ab. »Dies ist genauso Ihre Welt wie meine. Glauben Sie nicht auch, dass Sie ihr etwas schuldig sind?«

»Ich wüsste nicht, was ich ihr geben könnte«, fauchte sie ihn an. »Ich versuche, mich, so gut es geht, an alles anzupassen, auch wenn das nicht gerade einfach für mich ist. Ich habe gerade angefangen, mir zu überlegen, was ich mal mit meinem Leben anstellen will, und plötzlich finde ich heraus, dass der Großteil meines bisherigen Lebens … nun, vielleicht keine Lüge, aber voller Halbwahrheiten war.«

»Wie Wollen und Brauchen sind auch Wollen und Müssen zwei verschiedene Dinge. Sie müssten sich auf Ihre Kraft besinnen, und Marg wird Ihnen zeigen, wie das geht. Und Sie müssen trainieren, und zwar zu unser beider Pech mit mir.«

»Und was muss ich trainieren?«

»Für Talamh einzutreten und zu kämpfen, um sich selbst und andere zu beschützen, was denn sonst?«

»Kämpfen? Mit so etwas?« Entgeistert wies sie auf sein Schwert. »Aber ich bin keine Soldatin.«

»Trotzdem werden Sie es lernen, außer Sie erwarten, dass auch weiter immer irgendwer zu Ihrer Rettung naht«, stieß er verächtlich aus. »Laufen die Dinge so in Ihrer Welt? Ziehen Frau wie Sie einfach den Kopf ein und schreien sich die Seele aus dem Leib?«

»Ich habe einen Kurs in Selbstverteidigung gemacht«, setzte sie an, bevor ihr Zorn die Oberhand gewann. »Aber wissen Sie, was? Ich brauche weder Ihnen noch sonst wem irgendetwas zu erklären. Mein Leben lang haben mich Leute kritisiert, tyrannisiert und mir das Gefühl gegeben, dass ich eine Lusche bin. Aber davon habe ich endgültig die Nase voll. Ich bin die ganze Leisetreterei und die Entschuldigungen einfach leid.«

»Umso besser. Es ist nämlich wichtig, dass Sie anfangen, sich zu behaupten. Glauben Sie mir, Breen, er wird noch mal versuchen, Sie zu schnappen, und ich bin bereit, mein Leben hinzugeben, um ihn aufzuhalten, so wie jeder andere Mann und jede Frau in dieser Welt. Sie sind die Tochter von Eian O'Ceallaigh, dem Taoiseach vor mir, der mir nach dem Tod meines leiblichen Vaters wie ein zweiter Vater war. In seinem Namen habe ich geschworen, Sie zu beschützen. Aber bei den Göttern, trotzdem werden Sie auch selber kämpfen lernen.«

Diesmal trat sie nicht aus Furcht, sondern aus Überraschung einen Schritt zurück. »Sie haben ihn geliebt. Meinen Vater, meine ich.«

»Oh ja, er war ein großer, anständiger Mann und hat mir sehr viel beigebracht. Und jetzt bringe ich Ihnen diese Dinge bei. Das würde er von mir und auch von Ihnen erwarten.«

»Ja? Ich habe keine Ahnung, was mein Vater jetzt von mir erwarten würde.«

»Doch, das wissen Sie, oder Sie werden es auf alle Fälle wissen, wenn Sie endlich aufhören, sich blind zu stellen. Und jetzt bringe ich Sie nach Hause, denn dann kann ich endlich selbst ins Bett.«

»Ich kann auch gut alleine heimgehen.«

»Sie können ja so tun, als wäre ich nicht da. Ich habe

nichts dagegen, wenn ich selber meine Ruhe habe, aber trotzdem bringe ich Sie sicher bis zum Haus von Ihrer Nan, denn das würde sie wollen.«

»Noch eine Frage hätte ich. Haben wir uns gekannt? Ich meine, bevor ich als kleines Mädchen von hier weggegangen bin.«

»Ja, sicher haben wir uns gekannt, obwohl es selbstverständlich unter meiner Würde war, mich freiwillig mit einem kleinen Mädchen abzugeben«, gab er lächelnd zu und wirkte plötzlich wie der personifizierte Charme. »Sie waren wild auf Vögel und auf Schmetterlinge und haben ständig mit Morena rumgetuschelt, und ich habe mit den anderen Jungs mit Holzschwertern gekämpft und den Drachen gesucht, der einmal zu mir gehören würde. Eines Tages«, fügte er hinzu, »werde ich Ihnen auch noch von einer anderen Begegnung zwischen uns erzählen, die mein Schicksal besiegelt hat. Aber jetzt genießen wir erst mal die Ruhe, ja?«

Sie sagte nichts, als er an ihrer Seite unter einem sternenübersäten Himmel, an dem immer noch die beiden halben Monde hingen, bis zu Mairghreads Cottage lief. Ihr gingen unzählige Dinge durch den Kopf, doch in Gesellschaft schaffte sie es nicht, ihre Gedanken zu sortieren, und atmete deshalb erleichtert auf, als er am Rand des Grundstücks stehen blieb und sie die letzten Meter bis zum Haus allein gehen ließ.

Die Stille und das Feuer im Kamin waren wunderbar beruhigend, aber trotzdem schaute sie ihm noch durchs Fenster hinterher, als er den Weg wieder hinunterlief. Am besten nähme sie ein Bad, probierte dann noch mal den Zauberfüller aus, ginge ins Bett und dächte über die Erlebnisse an ihrem ersten Tag in Talamh und darüber nach, was der nächste Tag ihr vielleicht alles bringen würde.

Die Decke ihres Bettes erschien ihr wie ein wohlig wärmender Kokon, in dem sie tief und traumlos schlief. Was sicher unter anderem an dem langen, heißen Bad lag, das sie zuvor genommen hatte, und der anschließenden Stunde, in der sie mit ihrem ganz besonderen Füller Tagebuch geschrieben hatte.

Es war unglaublich amüsant gewesen, eine riesengroße Kupferbadewanne bis zum Rand aus einem Krug zu füllen, in dem das heiße Wasser nie zur Neige ging. Das aber hätte sie wohl kaum in ihrem Blog erwähnen können, deshalb war sie froh, dass sie ihn schon geschrieben hatte, ehe sie gebadet hatte. Und dass es in dem Blog statt um die seltsamen Erlebnisse in dieser fremden Welt vor allem um den wunderbaren Morgen, den sie mit dem kleinen Hund genossen hatte, und darum gegangen war, sich selbst zu finden und zu lernen, sich mit den Dingen, die man über sich herausfand, möglichst gut zu arrangieren.

Die übrigen Erlebnisse hatte sie nach dem Bad und vor dem Schlafengehen in ihrem Tagebuch notiert, und froh, dass sie am Morgen Zeit hätte, um ein Kapitel ihres Buchs zu schreiben, stand sie auf und überlegte, was sie trinken konnte, um die grauen Zellen in Schwung zu bringen. In Talamh gab es anscheinend weder Cola noch Kaffee. Am besten machte sie sich also einen starken Tee. Sie hatte keine Ahnung, ob es ihr gelingen würde, ohne Hilfe Feuer in dem alten Herd zu machen, aber als sie in die Küche kam, war es dort bereits wohlig warm. Entweder einer von den anderen war noch früher aufgestanden als sie selbst, oder das Feuer war wie der Füller magischer Natur und ging niemals aus.

Im trüben Dämmerlicht, das durch die Fenster fiel, studierte sie die Dosen im Regal. Natürlich gab es keinen Beutel-, sondern losen Tee, und da die Dosen keine Etiketten hatten, könnte es ein wenig dauern, bis sie etwas fände, was sie trinken konnte, deshalb ließ sie ihren kleinen Hund schon einmal in den Garten und erklärte: »Wenn ich weiß, wie man hier Tee kocht, komme ich nach draußen, und wir machen einen kleinen Spaziergang.«

Er rannte los, und sie nahm eine von den Dosen in die Hand und schnupperte daran. Der Tee roch blumig, leicht und süß und war bestimmt kein Muntermacher, also klappte sie die nächste Dose auf und stellte sie, als ihr der würzige Geruch von Kräutern, Holz und irgendwas Zitronigem entgegenschlug, genauso wieder fort. Der nächste Tee roch wie der Frühstückstee, den sie (in Beuteln) während ihres letzten Supermarktbesuchs erstanden hatte, auch wenn sie nicht sicher war, ob er nicht ein Kraut enthielt, das sie in einen Frosch verwandeln würde oder so. Aber so fahrlässig, ein solches Zaubermittel einfach neben all die anderen Kräuter und Gewürze ins Regal zu stellen, wäre ihre Großmutter doch sicher nicht. Bereit, das Wagnis einzugehen, goss sie heißes Wasser aus dem Kessel auf dem Herd durch ein Teesieb in den Becher, den sie aus dem Schrank genommen hatte, und betrachtete die dunkelbraune, beinah schwarze Flüssigkeit. Sie schnupperte daran, riskierte einen ersten, winzig kleinen Schluck, und da es schmeckte wie – wenn auch erschreckend starker – schwarzer Tee und sie sie selbst blieb, gratulierte sie sich stumm zu dem Erfolg.

Dann trat sie barfuß in Pyjamahose und mit einem T-Shirt in den anbrechenden Tag hinaus. Im Grunde war es auch nicht anders, als träte sie aus ihrem Cottage. Statt einer Bucht und eines Gartens sah sie einen Wald und einen Garten, doch die milde Luft, der dünne Nebel und das wilde Grün kamen ihr genauso wie in Irland vor. Sie würde später mit dem Hund die Bucht, die es hier gab, besuchen, überlegte sie, als sie ein Plätschern hörte und vorbei an Blumen, Kräutern und einem Gemüsegarten bis zu einem kleinen Bach lief, in dem Faxe übermütig durch das Wasser sprang.

»Ich nehme an, das reicht erst mal.«

Sie kehrte ihm den Rücken zu, um sich das Cottage ihrer Nan aus dieser Perspektive anzusehen. Es gab dort einen alten Brunnen, einen Baum voller orangefarbener Beeren und einen anderen, der unzählige winzig kleine grüne Äpfel trug. Daneben hingen Strandglas, blank polierte halbe Flaschen und Kristalle in den Ästen, und als eine leichte Brise durch die Bäume fegte, klimperten sie hell. An einer Art Spalier rankte ein süßlich duftendes, in Weiß und Goldtönen blühendes Gewächs. Das musste Geißblatt sein, das in der Nähe einer anderen Ranke wuchs, die mit violetten und mit rosa Blüten übersät war. Das Cottage selber schmiegte sich an dieses Fleckchen Land, als ob es dort gewachsen wäre – aber vielleicht war es das ja auch. Wie wunderschön und wie idyllisch es hier war! Auch wenn es keinen Kaffee gab …

Zurück im Haus fand sie den Hundenapf, das Futter und ein Ei und stellte ihm sein Fressen, da er von dem Bad im Bach noch nass war, vor die Tür.

»Bell einfach, wenn du reinwillst – und bleib in der Nähe, ja?«

Sie streichelte ihm sanft über den Kopf und ging dann zurück ins Haus. Die anderen schienen noch zu schlafen, also nutzte sie die Stille, setzte sich an ihren Schreibtisch und nahm ihren Zauberfüller in die Hand. Er schrieb wie von allein, bis Faxe angeschossen kam, den Kopf in ihren Schoß legte und sie mit einem liebevollen Blick bedachte, der ihr Herz vor Rührung schmelzen ließ.

»Aber hallo! Bist du von alleine reingekommen, oder ist inzwischen auch noch jemand anders aufgestanden?«

»Natürlich sind wir wach, und zwar schon eine ganze Weile«, hörte sie aus Richtung Tür die Stimme ihrer Nan.

Wieder trug sie eine maskuline dunkelgrüne Hose, diesmal unter einem cremefarbenen Pulli, der die feuerroten Haare vorteilhaft zur Geltung kommen ließ.

»Du warst derart in deine Schreiberei vertieft, dass ich nicht hatte stören wollen. Aber Faxe hat darauf bestanden, dich zu sehen.«

»Schon gut. Ich hatte sowieso allmählich aufhören wollen.« Denn plötzlich wurde ihr bewusst, wie hungrig sie inzwischen war. »Ich war mir erst nicht sicher, ob es mir gelingen würde, so zu schreiben, aber dann war ich mit einem Mal im Flow, und es lief wirklich gut.«

»Das höre ich natürlich gern. Wie wäre es mit einem Tee und was zu essen?«

»Gern.« Breen folgte ihr, und in der Küche meinte sie: »Ich habe mir vorhin schon selber einen Tee gemacht. Zumindest denke ich, dass es Tee war. Aus dieser Dose hier.«

Marg nickte zustimmend. »Da hast du gut gewählt. Das ist ein starker Tee, der einem Energie verleiht, und es ist gut, wenn man ihn morgens trinkt.«

»Ich habe einfach so lange geschnuppert, bis ich ihn gefunden habe. In den anderen Dosen sind Kamille, Pfefferminz und etwas mit Lavendel, stimmt's?«

»Du hast anscheinend eine wirklich gute Nase, aber trotzdem bringe ich dir gern auch noch bei, was es mit jeder dieser Mischungen auf sich hat. Aber jetzt setze ich uns erst mal einen feinen Jasmintee auf. Der ist ganz leicht und eine gute Wahl für einen schönen Tag.«

»Jasmin – das war's. Der Name fiel mir heute früh nicht ein, auch wenn der Duft mir bekannt vorkam. Aber ich will nicht, dass du extra für mich kochst. Wenn du mir zeigst, wo alles ist, mache ich mir einfach schnell ein Brot.«

»Du kannst dich umsehen, so viel du willst, aber es macht mir Freude, wenn ich für dich kochen kann – und sicher hast du abgesehen von deinem Tee noch nichts im Bauch.« Sie nahm eine gedrungene kobaltblaue Teekanne aus dem Regal. »Erzähl mir doch etwas von diesem Buch, an dem du schreibst.«

»Von welchem? Eigentlich sind's zwei. Ein Roman und dazu noch ein Kinderbuch.«

»Ein Kinderbuch? Als kleines Mädchen hast du es geliebt, wenn man dir vorgelesen hat. Wie ein Schwamm hast du alle Geschichten in dich aufgesaugt und sie dann selbst erzählt, wobei du Stellen, die dir nicht gefallen haben, gern verändert hast.«

»Ach ja?«

»Oh ja. Was schreibst du für ein Kinderbuch?«

»Es geht darin um Faxes Abenteuer. Eigentlich ist dieses Buch schon fertig, oder wenigstens kommt's mir so vor. Ich weiß nicht, ob es gut ist, aber es hat sehr viel Spaß gemacht. Im Grunde war es einfach eine Übung. Ich erwarte nicht, dass irgendjemand etwas, was ich schreibe, je verlegt, denn Amateurschriftstellerinnen so wie mich gibt es bestimmt wie Sand am Meer.«

Marg wandte sich von ihrer Arbeit ab. Sie hatte kleine Triangeln aus Silber an den Ohren, in denen je drei dunkelgrüne Steine glitzerten. »Das hat dir deine Mutter eingeredet, und es macht mich traurig, dass du so was sagst.«

»Vielleicht. Aber es ist erheblich leichter, was zu schreiben, als es einzuschicken und damit zu rechnen, dass man einen Verlagsvertrag zurückgeschickt bekommt.«

»Und wenn du es nicht wegschickst, nimmst du dir von vornherein die Chance, dass etwas daraus wird.« Sie lenkte ihren Blick von ihrer Pfanne auf die Enkelin. »Warum hast du für deine Tätowierung das Wort Mut gewählt, wenn du jetzt keinen Mut aufbringen willst?«

»Dasselbe hat auch Marco schon zu mir gesagt.«

»Das zeigt, dass dieser Marco offenbar ein kluger Bursche ist.«

»Ich habe es ihn noch nicht lesen lassen. Weder ihn noch jemand anderen. Wenn ich ihn dir zeige, würdest du ihn lesen und vollkommen ehrlich zu mir sein? Es hilft mir nämlich nicht, wenn jemand nur aus Rücksicht auf meine Gefühle sagt, es wäre gut.«

»Ich habe dir versprochen, dich nicht zu belügen. Das gilt auch für dieses Buch.« Sie trat mit einem Teller an den Tisch und stellte ihn der Enkeltochter hin: Knusprig braunes Vollkornbrot mit Speck sowie Spiegelei und Kräutern.

»Das hast du mir früher auch immer gemacht. Jetzt fällt's mir wieder ein. Du hast dieses Gericht Drachenauge genannt.«

»Das war eins deiner Lieblingsessen«, meinte Marg. »Auch wenn's, weil du noch klein warst, damals höchstens eine halbe Scheibe Brot gegeben hat. Ich werde auch noch andere Sachen kochen, die du früher gern gegessen hast.« Jetzt setzte sie sich selbst mit ihrem Becher an den Tisch. »Wirst du dich von mir unterrichten lassen?«, fragte sie. »Wir können mit etwas Einfachem beginnen wie den Tees und wie man sie verwendet oder mischt, wenn man was anderes damit bezweckt.«

»Ich – oh ja, das wäre schön. Wir könnten damit anfangen, wobei …«

»Sag einfach, was du möchtest, Kind. Wenn es in meiner Macht steht, werde ich dir deinen Wunsch erfüllen.«

»Morena hat zu mir gesagt, eine der ersten Sachen, die wir lernen würden, wäre Feuer zu entfachen oder eine Kerze anzuzünden, ohne dass man dafür Streichhölzer benutzt.«

»Das lernt man wirklich meistens ziemlich früh. Willst du das wieder können?«

»Das ist etwas, was man mit eigenen Augen sehen und deshalb schwerlich leugnen kann.« Vor allem war es wirklich faszinierend, dachte sie. »Bei all den anderen Dingen, die ich hier gesehen und empfunden habe, kommt's mir immer noch so vor, als hätte ich sie nur geträumt. Aber wenn ich selber Feuer erschaffen kann, könnte ich das nicht so einfach wieder abtun, als wäre nichts geschehen. Und du wirst mich nicht belügen und mir sagen, dass ich dieses Feuer angezündet habe, obwohl es in Wirklichkeit dein Werk gewesen ist.«

»Das werde ich auf keinen Fall. Und auch mit Blick auf die Geschichte werde ich ganz ehrlich sein, falls du sie mich tatsächlich lesen lässt.«

»Sie ist auf meinem Laptop. Wenn du möchtest, drucke ich sie aus und bringe sie dir mit, wenn ich das nächste Mal nach Talamh komme«, bot Breen an.

»Das wird nicht nötig sein. Wenn du es mir gestattest, lese ich sie mir auf meine Art schon vorher durch.«

»Okay. Oh Gott, ich bin total nervös.«

»Dann iss jetzt erst mal auf, trink deinen Tee, und dann fangen wir an. Nervös zu sein ist keine Schande. Aber deshalb nichts zu tun, sehr wohl.«

Vor lauter Aufregung hatte Breen eine Gänsehaut, während sie in der stillen Küche saß, wo Faxe seelenruhig auf ihren Füßen lag und schlief. Die Kerze auf dem Tisch war cremefarben und schlank.

»Die Kerzen, die ich für mein Handwerk brauche, mache ich am liebsten selbst. Sie sollen nicht die Dunkelheit erhellen, sondern sind für Zauber, Zeremonien und zum Heilen da. Ich kann dir gerne zeigen, wie das geht.«

»Du sprichst nicht nur davon, das Wachs zu formen, oder?«

»Nein. Schon mit der Herstellung verbindet man ein ganz bestimmtes Ziel. Die Kerze hier auf diesem Tisch zum Beispiel habe ich zur Feier deiner Heimkehr hergestellt.«

»Aber wenn ich es nicht schaffe …«

»Du solltest endlich aufhören zu denken, was dir deine Mutter eingeredet hat«, fuhr Marg sie ungehalten an und atmete tief durch. »Ich habe nicht die Absicht, etwas gegen sie zu sagen, denn sie hat dich auf die Welt gebracht. Aber sie hat dir jede Menge Zweifel eingeimpft, die du jetzt dringend überwinden musst. Öffne dich, *mo stór*, für das, was in dir ist. Öffne dich und halt die Dinge fest, die du in dir entdeckst.«

»Okay.« Breen legte ihre Hand auf ihr Tattoo. »Ich öffne mich.«

347

»Wie würdest du die Flamme einer Kerze löschen?«

»Ich würde sie auspusten.«

Marg strahlte stolz, als hätte ihre Enkeltochter eine komplizierte Gleichung gelöst. »Und um die Flamme zu entfachen, atmest du genauso einfach ein. Wobei du dich natürlich auf das Feuer konzentrieren musst. Öffne dich, entfalte deine Kraft, und konzentrier dich ganz auf das, was später wie von selbst passieren wird. Konzentrier dich darauf, dass du diese Kerze hier anzünden willst.«

Obwohl sie es versuchte und versuchte und versuchte, blieb der Docht der Kerze kalt. »Es tut mir leid.«

»Die Einzige, die wieder mal von dir enttäuscht ist, bist du selbst. Du hast das Feuer in dir. Ruf es auf und spür dem leisen Kribbeln nach. Dann setz es ein und konzentrier dich auf den Docht und auf die Flamme, die du dort entzünden willst. Atme tief ein, damit der Funke überspringen kann.«

Tatsächlich stieg in ihrem Inneren ein Gefühl der Hitze auf, und während sie noch dachte, dass die Kraft der Suggestion erstaunlich war, loderte plötzlich eine kleine Flamme auf. »Ich … du …«

»Oh nein, ich habe dir versprochen, mich nicht einzumischen«, meinte Marg und blies die Kerze wieder aus. »Noch mal. Erweck den Docht zum Leben, Kind.«

Zitternd vor Aufregung und Furcht und einer nagenden Begierde, dieses Kunststück zu beherrschen, zündete sie noch dreimal die Kerze an.

»Du lernst noch immer wirklich schnell. Das liegt einfach an all dem, was du in dir hast.«

»Was bin ich, Nan?«

»Meine Enkelin, mein Blut, mein Schatz. Ein Kind der

Fey, von Seiten deines Vaters, mir und meinen Vorfahren eines Weisen, dazu ebenfalls von meiner Seite eine Sidhe und von Seiten deiner Mutter Mensch, wobei du obendrein auch noch das Blut und die besondere Kraft von Göttern hast.« Marg faltete die Hände auf dem Tisch. »Deshalb bist du für ihn noch wichtiger, als es dein Vater für ihn war. Dein Vater hatte alles, was auch du hast, aber du bist obendrein auch noch ein Mensch, und Odran will die Kräfte, aber auch das Menschliche, was in dir ist. Denn du bist eine Brücke zu der Welt, die ihm bisher verschlossen ist.«

»Du meinst, zu meiner Welt? Der Welt von meiner Mutter?«

»Ja. Und Odran würde dich benutzen, um sie Stück für Stück und Herz für Herz zu übernehmen und die Menschen zu zerstören, zu versklaven und zu korrumpieren, wie es ihm in anderen Welten schon gelungen ist. Du bist die Brücke, die er überqueren will und niemals überqueren darf.«

»Weil ich zum Teil ein Mensch bin?«

»Weil du einzigartig bist und es, soweit ich weiß, niemanden sonst mit deinem ganz besonderen Erbe gibt. Ich und andere haben schon versucht herauszufinden, was genau der Kerl im Schilde führt, aber wir können es nicht sehen. Ich weiß nur, dass Odran dich und was du bist, benutzen will, um Talamh und die Welt, in der du großgezogen wurdest, zu zerstören, und dass wir, um ihn aufzuhalten, alle Waffen nutzen müssen, die uns zur Verfügung stehen.«

»Aber ich kann … Na ja, nach einer Stunde habe ich es gerade mal geschafft, eine einzelne Kerze anzuzünden.«

»Es beginnt mit einer Flamme.« Marg hielt einen Finger hoch und breitete dann ihre Hände aus. »Du hast die Wahl. Wenn du in deine andere Welt zurückkehrst und dort bleibst, kann er dich nicht erreichen.«

»Sicher nicht?«

Nach kurzem Zögern schüttelte die Großmutter den Kopf. »So sicher etwas sein kann, denn er müsste vorher die Barrieren überwinden, die von uns um dich herum errichtet worden sind.«

»Aber hierher kann er kommen?«

»Ja. Und wenn er denkt, dass er dazu bereit ist, wird er das auch tun. Natürlich werden wir uns widersetzen, denn wir haben ihn schon mal vertrieben. Und solange uns das gelingt, sind die andere Seite und auch du in Sicherheit.«

»Aber dann wird er immer wiederkommen, oder nicht? Und wie tötet man einen Gott?« Sie atmete vernehmlich aus. »Mithilfe eines anderen Gottes, oder? Ist es das, worum es geht? Denkst du, dass ich ihn töten kann?«

»So weit kann ich nicht sehen. Das heißt, ich kann's nicht sagen«, räumte Mairghread widerstrebend ein.

»Mein Vater hat versucht, ihn aufzuhalten, und dafür hat er ihn umgebracht. Aber ich ... will eines Tages Kinder haben. Wollte immer Kinder haben. Aber wenn ich tatsächlich ein Kind bekäme, wäre es wie ich, und diese ... diese Sache würde immer weitergehen.«

»Ich und andere können dir beibringen, was wir wissen, und falls du am Schluss entscheidest, doch zurückzugehen und nicht noch einmal nach Talamh zu kommen, werden wir auch weiter alles unternehmen, was in unserer Macht steht, damit du dort sicher bist.«

»Ich sitze hier an diesem Tisch in einem pittoresken

kleinen Haus in einer wunderschönen Landschaft, und du sagst mir, dass das Schicksal von zwei Welten – oder, Hölle, vielleicht auch noch anderer – in meinen Händen liegt?«

Die Großmutter bedachte sie mit einem unglücklichen Blick. »Ich weiß, dass eine furchtbar schwere Last auf deinen Schultern ruht. Aber ich habe dir versprochen, dich nicht zu belügen, und nachdem der Funke tief in deinem Inneren abermals entfacht ist, dachte ich, dass ich dir alles sagen muss. Du wirst erwachen, und zwar bald. Du bist nun einmal, was du bist, Breen Siobhan. Auch wenn du selbst entscheiden musst, was du mit diesem Wissen machen willst.«

»Ich brauche frische Luft. Am besten nehme ich den Hund und gehe erst einmal ein Stück spazieren. Ich habe das Gefühl, als lebte ich in meinem Buch. Und vielleicht tue ich das ja.«

»Nimm bitte den hier mit.« Auch Marg stand auf und hielt ihr einen runden roten Stein an einer Kette hin. »Den habe ich, nachdem er dich entführt hatte, zu deinem Schutz erschaffen. Erst als ihr weg wart, habe ich gesehen, dass deine Mutter ihn zurückgelassen hat.«

»Was ist das für ein schöner Stein?«

»Wir nennen diesen ganz besonderen Kristall das Drachenherz.«

Breen hob die dünne Kette über ihren Kopf. »Inzwischen hat sich meine Wut auf meine Mutter teilweise gelegt, das ist schon mal nicht schlecht. Aber vor allem habe ich inzwischen keine schlimmen Angstattacken mehr. Was vielleicht daran liegt, dass mir das alles immer noch vollkommen unwirklich erscheint.« Sie ging zur Tür und zog sie auf. »Aber auch wenn mir das irgendwie nicht in den Kopf will, wirkt das alles gleichzeitig total real.«

»Vielleicht kann ich ja schon mal anfangen, dein Buch zu lesen, während du spazieren gehst? Wenn du erlaubst, kann ich es kommen lassen.«

»Meinetwegen.« Zu erfahren, dass sie kein Talent zum Schreiben hatte, wäre im Vergleich zu all den anderen Dingen sicher ihr drängendstes Problem. »Ich sehe, dass es dir nicht leichtgefallen ist, mir all das zu erzählen«, fügte sie nach einem kurzen Augenblick hinzu. »Inzwischen glaube ich, dass du mich wirklich liebst.«

Margs Miene wurde weich. »Und zwar mehr als alles andere in allen Welten, die es gibt.«

»Ich komme wieder. Ich will einfach kurz spazieren gehen, am besten runter in die Bucht, damit der Hund dort etwas schwimmen kann. In einer Stunde bin ich wieder da, und vielleicht fällt dir bis dahin ja was anderes, etwas Leichtes ein, das du mir beibringen kannst. Etwas Schweres traue ich mir noch nicht zu.«

»Ich werde auf dich warten«, antwortete Marg, denn schließlich hatte sie seit zwanzig langen Jahren nichts anderes getan.

17

Aus Richtung Meer fegte der Wind die grauen Wolken über die mit sanft wogenden Feldern übersäte Landzunge hinweg.

Breen dachte, dass die Wolken Richtung Osten zogen, doch nach allem, was sie wusste, ging die Sonne hier in dieser Welt vielleicht ja auch im Norden auf. Sie ließ den Blick über das goldene Getreide auf den Feldern zu den Felsen wandern, wo sie ein paar Ziegen klettern sah. Erst als sie näher kam, erkannte sie, dass diese »Ziegen« kleine Männer waren. Und auf dem Feldweg sah sie eine Gruppe zehn- bis zwölfjähriger Kinder tollen. Zwei Mädchen und drei Jungen hatten Mützen auf und trugen lange Westen, und im Laufen stießen sie sich scherzhaft gegenseitig mit den Ellenbogen an. Dann hob das eine Mädchen – es war dunkelhäutig und hatte das Haar zu einer Unzahl schwarzer Zöpfe geflochten, deren blaue Spitzen in der Sonne glänzten – die Hand, ließ sie genauso plötzlich wieder fallen und lief zusammen mit zwei der Jungen blitzschnell los, während dem zweiten Mädchen regenbogenbunte Flügel wuchsen und der dritte Junge sich auf alle viere fallen ließ und sich vor ihren Augen in ein junges Pferd verwandelte, das im Galopp die Aufholjagd begann.

»So was sieht man nicht alle Tage. Außer hier.« Sie wandte sich an Faxe, um zu sehen, was er von diesem Treiben hielt, er aber hatte sich schon abgewandt und rannte weiter in die Bucht.

Sie folge ihm, und da ihr Schädel dröhnte, setzte sie sich in den Sand und klappte ihre Augen zu. Der kühle Wind, das Wasser, das um ihre Füße plätscherte, und Faxes gut gelauntes Kläffen waren eine Wohltat, denn all diese Dinge waren ihr aus ihrer anderen Welt vertraut. Sie hatte das Unmögliche als Wahrheit akzeptiert, erkannte sie, und müsste jetzt entscheiden, wie am besten damit umzugehen war. Dann hörte sie am Himmel einen lauten Schrei, riss ihre Augen auf und sah den Falken, der dort kreiste, während gleichzeitig Morena auf sie zugeflogen kam.

»Er will mit seinem Geschrei nur vor dir angeben«, erklärte sie.

»Zu Recht, denn er ist wirklich wunderschön.«

»Wir haben dich Richtung Bucht spazieren sehen. Du hast gewirkt, als gingen dir schwerwiegende Dinge durch den Kopf.«

»So war es auch, bis ich die Kinder sah. Einem von ihnen wuchsen plötzlich Flügel, während sich das andere in ein Pferd verwandelte. Und die drei anderen sind so schnell gerannt, dass selbst das Pferd kaum hinterhergekommen ist.«

»Das waren drei Elfen. Die sind wirklich schnell. Normalerweise ist auch noch ein drittes Mädchen bei der Truppe, aber sie hat heute Hausarrest, weil sie den Abwasch nicht von Hand, sondern mithilfe eines Zauberspruchs erledigt hat.«

»Dann ist sie also eine Weise?«

»Auch wenn es nicht wirklich weise war zu denken, dass sie damit durchkommt, wenn sie sich mithilfe ihrer Zauberkräfte vor der Arbeit drückt.«

Dann galten also Disziplin und Regeln auch für Kinder in Talamh, sagte sich Breen. »Heißt das, dass Zaubern beispielsweise verboten ist, um Geschirr zu spülen?«

»Nicht generell. Aber vor allem die Kinder sollen darauf verzichten, solche Abkürzungen zu nehmen. Sie müssen schließlich lernen, wie man eine Ziege melkt, wie man Karotten pflanzt und Wäsche wäscht. Wenn sie all das nicht können, werden sie am Ende faul und fett. Die Zauberei ist eine ernste Angelegenheit, auch wenn sie durchaus amüsant sein kann und soll. Aber wir nutzen sie nicht einfach aus Bequemlichkeit. Wenn wir das täten, würden wir die Dinge, die wir haben, nicht mehr ehren.«

Ganz einfach, dachte Breen. Vor allem blieb die Zauberei auf diese Weise rein. »Ich habe keine Ahnung, was ich mit den Kräften, über die ich offenbar verfüge, machen soll. Ich habe heute eine Kerze nur durch Luftholen angezündet. Meine arme Nan hat sich eine geschlagene Stunde damit abgemüht, mir beizubringen, wie es geht, aber am Ende habe ich es tatsächlich geschafft.«

»Das ist doch toll, und nächstes Mal wird es bestimmt nicht mehr so lange dauern«, machte ihr Morena Mut.

»Auch wenn ich immer noch nicht weiß, wofür ich diese Gabe nutzen soll. Ich habe übrigens vorhin gesehen, wie ein paar Männer so geschickt wie Ziegen in den Klippen rumgeklettert sind.«

»Das waren die Trolle, die in ihrer Mittagspause gern ein bisschen in der Sonne sitzen, bis es nach dem Essen wieder in die Höhlen geht.«

»Trolle, sicher. Darauf hätte ich auch von alleine kommen können«, stellte Breen sarkastisch fest. »In einer Welt, in der die Kinder durch die Gegend rennen und Flügel oder Hufe kriegen können, sind Trolle sicher ganz normal.«

»Was machen denn die Kinder in der anderen Welt während der Sommerferien?«

»Sommerferien? Heißt das, dass es hier auch Schulen gibt?«

»Natürlich gibt's hier Schulen. Denkst du etwa, dass wir nichts lernen wollen?«

»Doch, natürlich. Schulen, Kinder, die im Freien spielen, und Leute, die in ihren Mittagspausen in der Sonne sitzen – alles das ist ganz normal. Geht übrigens die Sonne hier im Osten auf?«

»Wo sollte sie denn sonst aufgehen?«

»Dann ist das also auch normal. Auch wenn ihr hier zwei Monde habt.«

»Manche Welten haben einen, andere zwei und wieder andere sieben. Und die Astronomen entdecken beinahe jeden Tag was Neues, stimmt's?«

»Dann habt ihr also auch Astronomen. Guck mich nicht so an. Ich versuche einfach rauszufinden, was in dieser Welt normal und was fantastisch ist. Inzwischen hat mir meine Großmutter erzählt, warum es Odran auf mich abgesehen hat.«

Morena rieb ihr freundschaftlich das Bein. »Es war ihre Aufgabe, dir das zu sagen, und wenn sie dich eingeweiht hat, denkt sie offenbar, dass du es wissen musst und die erforderliche Kraft besitzt, um diese Last zu tragen. Aber trotzdem ist mir klar, dass das bestimmt nicht einfach für dich ist.«

»Nachdem mir wieder eingefallen war, wie ich damals gekidnappt worden bin, haben Nan und ich vor dem Kamin gesessen und gesehen, wie genau es damals abgelaufen ist.«

»Ich hatte damals fürchterliche Angst.« Morena blickte über ihre an die Brust gezogenen Knie auf das Meer. »In jener Nacht gab es Alarm. Den hatte ich vorher noch nie gehört, aber ich hatte trotzdem Angst. Sie haben mich und meine Brüder mit den anderen Kindern weggebracht, und die, die bei uns blieben, um uns zu versorgen und zu schützen, haben uns erzählt, dass du gekidnappt worden wärst. Es kam mir vor wie eine Ewigkeit, aber in Wahrheit waren es nur ein paar Stunden, bevor meine Mutter mit dir kam.«

»Sie hat mir etwas vorgesungen. Sie hat mich durch das Portal im Wasserfall gebracht und mir dabei was vorgesungen«, entsann sich Breen.

»Du warst voller Blut. Du hattest dir die Hände an den Scherben aufgeschnitten, also hat dich Aisling erst einmal gesund gepflegt. Ich weiß nicht, ob dir das Probleme macht oder dir hilft, aber in deinen Augen blitzten grenzenloser Zorn und eine unglaubliche Macht. Aber dann haben sie dir etwas zur Beruhigung eingeflößt, und plötzlich warst du wieder einfach meine Freundin – meine Herzensschwester –, die zu meiner grenzenlosen Freude sicher heimgekommen war.«

»Das Zeug, das sie mich haben trinken lassen, muss echt stark gewesen sein, denn während all der Zeit in Philadelphia war ich geradezu erschreckend ruhig.«

»Und jetzt?«

»Ich weiß es nicht.« Breen streckte ihre Hand nach einem Stückchen Schiefer aus, warf es ins Wasser und fuhr fort. »Ich weiß, dass das Gefühl, als ich die Kerze angezündet habe, mir gefallen hat. Ich fühlte mich dabei so stark und wie ich selbst. Ich brauche noch ein bisschen Zeit, um über alles nachzudenken, doch vor allem muss ich auch noch andere Dinge lernen.«

»Wobei dich niemand so gut in der Kunst der Weisen unterrichten kann wie deine Nan.«

»Das hat Keegan auch gesagt.«

»Du hast mit ihm gesprochen?«

»Kurz. Ich war gestern Abend noch spazieren, und er stand vor dem Haus, in dem ihr anderen gefeiert habt.«

»Warum bist du nicht reingekommen?« Jetzt stieß Morena Breen mit ihrem Ellenbogen an. »Es war ein wirklich schönes Fest, und es waren jede Menge netter Leute da, die dich entweder hätten wiedersehen oder kennen lernen wollen.«

»Besonders nett kam Keegan mir nicht vor.«

»Tja nun. Er neigt zum Grübeln, aber schließlich hat er es als Taoiseach auch nicht leicht. Er trägt die Last der Welt auf seinen Schultern, aber trotzdem ist er ein gerechter Anführer, und wenn er mal nicht grübelt, kann er sogar durchaus unterhaltsam sein.«

Breen sah sie forschend von der Seite an. »Seid ihr …«

»Sind wir was?«

»Zusammen?«

»Sicher, wir sind ziemlich oft zu … Oh!« Auf ihren Zügen malte sich ein breites Grinsen ab. »Du meinst, als Paar? Gott, nein! Er ist für mich so etwas wie ein Bruder. Nicht, dass er kein wirklich attraktiver Bursche wäre, und nach allem, was ich höre, ist er auch als Liebhaber nicht schlecht, aber ich teile ab und zu das Bett mit Harken, und wenn ich daneben auch mit seinem Bruder schlafen würde, käme mir das irgendwie ein bisschen seltsam vor.«

Während Breen noch überlegte, was sie dazu sagen sollte, kam der Hund mit einem Stückchen Treibholz angerannt und wedelte erwartungsvoll mit seinem Schwanz.

Morena warf das Holz ins Wasser, und begeistert rannte Faxe hinterher.

»Du solltest dich von ihm im Nahkampf und im Schwertkampf unterrichten lassen«, wandte sie sich erneut an Breen. »Er ist nämlich der beste Kämpfer, den es gibt. Was auch kein Wunder ist, weil es dein Vater war, der ihn, Harken und Aisling nach dem Tod von ihrem Vater unterrichtet hat.«

Als Faxe wieder mit dem Holz gelaufen kam, warf sie es abermals für ihn ins Wasser, und er stürzte sofort wieder los.

»Ich könnte auch ein bisschen mit dir arbeiten, obwohl ich ziemlich ungeduldig und deshalb als Lehrerin nicht unbedingt geeignet bin.«

»Kannst du mit einem Schwert umgehen?«

»Natürlich kann ich das. Wie soll ein Mensch in Frieden leben, wenn er sich nicht wehren kann?«

Drei Drachen schwebten lautlos über sie hinweg. Waren sie eine Herde oder eine Schar? Am besten schlüge sie das einmal nach, sagte sich Breen, auch wenn die kleine Gruppe hier bestimmt eine Familie war. Der Größe nach waren sie Vater, Mutter, Kind.

»Bist du schon mal auf einem solchen Tier geritten?«, wollte sie von ihrer Freundin wissen.

»Allerdings, und es hat einen Riesenspaß gemacht. Ich stehe zwar mit keinem Drachen in Verbindung, aber Harken hat mir angeboten, dass ich mal auf seinem Drachen reiten kann.«

»Harken hat einen Drachen?«

»Sie haben sich gegenseitig, das macht die Verbindung aus. Wenn du ihn fragst, nimmt er dich sicher auch mal mit.«

»Ich glaube, erst mal bleibe ich am besten mit den Füßen auf der Erde, und vor allem sollte ich mich langsam auf den Rückweg machen, weil ich – da ist was im Wasser.«

Sie sprang auf, als sie das Wesen untergehen sah, Morena aber legte eine Hand auf ihren Arm und meinte lächelnd: »Das ist Ala. Sie ist ziemlich schüchtern, und wenn du jetzt auf sie zurennst, machst du ihr nur Angst.«

Sie winkte, und ein Arm winkte zurück. Der Kopf mit langem blondem Haar verschwand unter der Wasserober-fläche, und an seiner Stelle tauchte dort ein grün-golden schimmernder Schwanz mit roten Punkten auf.

»Eine Nixe. Eine scheue Meerjungfrau.«

»Sie ist noch jung und ziemlich neugierig, auch wenn sie gleichzeitig noch etwas schüchtern ist. Aber dein Hünd-chen scheint ihr zu gefallen, deshalb kommt sie bestimmt noch mal zurück, wenn du mit ihm das nächste Mal zur Bucht spazierst.«

Morena reckte ihren Arm, damit sich Amish darauf nie-derließ.

»Du hast gar keinen Handschuh an.«

»Den habe ich bei unserem ersten Treffen nur getragen, weil du das wohl erwartet hast, aber Amish würde mir nie etwas tun. Wir bringen dich noch bis zur Straße, und dann muss ich selbst langsam nach Hause, denn ich habe noch zu tun.«

»Ich ziehe morgen wieder in mein Cottage«, meinte Breen. »Ich brauche ein paar Tage dort, um über alles nach-zudenken. Aber danach komme ich ganz bestimmt zurück.«

»Ich weiß, dass du das wirst. Grüß Marg und Sedric, ja?«

»Das werde ich. Ah, und grüß du bitte deine Großeltern von mir.«

»Auf jeden Fall. Entfach das Feuer, Breen«, fügte Morena noch hinzu und bog in Richtung ihres Häuschens ab.

Den Rest des Tages brachte Breen mit einer Reihe von Lektionen über die für Tees verwandten Pflanzen, Wurzeln, Kräuter, deren Identifizierung, Ernte, Trocknung, Vorbereitung und vor allem Mischung zu. Was alles ungeheuer faszinierend, aber gleichzeitig auch wirklich praktisch war.

»Du lernst sehr schnell.«

»Mit Lernen kenne ich mich aus. Ich habe schließlich jahrelang für einen Studienabschluss gepaukt, den ich gar nicht hatte haben wollen. Wogegen das hier interessant und lustig, sinnvoll und, tja nun, total natürlich ist.«

Sie fütterte erst Faxe und danach das Pferd und hoffte, dass sie keine allzu großen Fehler machte, als sie an dem regnerischen Abend in der Küche bei der Zubereitung ihres Abendessens half.

»Es fehlt dir mehr an Selbstvertrauen als an Fähigkeiten«, meinte ihre Nan.

»Ich fürchte, dass es mir an beidem fehlt.« Doch die Kartoffeln, die sie ordentlich geviertelt hatte und die jetzt mit Öl und Kräutern angemacht im Ofen brieten, dufteten verführerisch. Sie hatte ihre Sache also offenbar nicht schlecht gemacht. Und zu dem Fisch, den Sedric erst am Nachmittag gefangen hatte, und den von ihr gepulten Erbsen schmeckten sie tatsächlich wunderbar.

Breen wartete, bis sie ihr Mahl beendet hatten, aber

dann sprach sie das Thema an, das vielleicht ein bisschen schwierig werden würde.

»Ich werde morgen wieder in mein Cottage ziehen. Ich brauche Zeit und einen Ort für mich. Ich sage das nicht gern, aber ich habe nie zuvor allein gelebt und brauche einfach erst mal meine Unabhängigkeit.«

»Es ist von großem Wert, wenn man auch allein klarkommt.«

»Ich wusste bisher nicht, wie wichtig mir das ist«, erklärte sie der Großmutter. »Bis zu der Zeit allein im Cottage war mir gar nicht klar, wie viel mir daran liegt. Aber ich weiß, dass ich mich davor hüten muss, zu eigenbrötlerisch zu werden, nachdem Marco nicht mehr da ist, um mich davor zu bewahren. Also dachte ich, wir könnten vielleicht … Aber nein, einen genauen Terminplan möchte ich nicht haben, denn der wäre mir zu starr.« Sie griff nach ihrem Glas, starrte hinein, und stellte es dann wieder ab.

»Sag uns, was du willst«, bat ihre Großmutter.

»Wenn ich das wüsste, würde ich das tun. Fürs Erste, denke ich, würde ich gern versuchen, zwischen hier und meinem Cottage abzuwechseln, wenn das möglich wäre. Morgens könnte ich dann schreiben, mittags herkommen, um mehr zu lernen, und abends wieder in mein Cottage gehen. Und meine Wochenenden könnte ich ja hier bei euch verbringen. Wobei ich keine Ahnung habe, ob es hier so was wie Wochenenden gibt.«

»Ich weiß, was du mir damit sagen willst.«

»Ich weiß, dass meine Ausbildung und auch das Training dann natürlich länger dauern werden, aber …«

»Du suchst einen Ausgleich, und ich finde, das ist alles andere als dumm.«

»Ich weiß nicht, ob ich sein und tun kann, was ihr euch von mir erhofft, aber wenn ich die Zeit hier bis zu meiner Rückkehr in die Staaten nutzen könnte, um so viel wie möglich zu lernen, hätte ich zumindest eine Grundlage, um zu entscheiden, wie es für mich weitergehen soll.«

Nickend stand Marg auf und tätschelte der Enkelin die Schulter. »Warte.«

Stirnrunzelnd sah Breen ihr hinterher. »Mir war klar, dass sie das traurig machen würde, aber ...«

Kopfschüttelnd trank Sedric einen Schluck von seinem Wein. »Im Gegenteil. Sie würde niemals wollen, dass du dich aus einem Impuls heraus oder aus Pflichtgefühl entscheidest. Solche Dinge sind niemals von Dauer, und wenn du dich davon hättest leiten lassen, wäre auch ich selbst enttäuscht von dir.«

Marg kam mit einem großen Buch zurück und zeigte auf den Drachen, den man auf dem dunkelbraunen Ledereinband sah. »Der Drache war auch damals schon dein Lieblingstier. Und er bewacht den Zauber, der in diesem Buch enthalten ist. Ich habe es für dich gemacht, und angefangen habe ich damit während der Nacht deiner Geburt.«

»Das ist ein wunderschönes Buch.« Breen schlug es auf, und wirklich hatte ihre Nan in einer hübsch geschwungenen Handschrift ihren Namen und ihren Geburtstag auf dem dicken Pergament notiert. Sie blätterte die erste Seite auf.

»Im ersten Teil stehen Rezepte – so wie die, um die es heute Nachmittag gegangen ist.«

»Hast du die wunderschönen Bilder dazu etwa selbst gemalt?«

»Ein paar, aber die meisten sind von Sedric, der ein echter Künstler ist.«

Breen sah ihn fragend an. »Ein Wer-Künstler?«

»So könnte man es nennen«, stimmte er ihr lächelnd
zu.

»Die Zeichnungen helfen dir, die Zutaten zu identifizie-
ren«, fuhr Mairghread fort. »Die Pflanzen und die Wurzeln
und die Dinge, die du sonst noch brauchst. Für Tees, für
Zaubertränke, Salben und Lotionen. Dann geht es weiter
mit Kristallen und Steinen, damit, was sie bedeuten und
wofür man sie benutzt, und schließlich kommen die Zaubersprüche dran. Zum Ziehen eines Kreises und für alles,
was man sonst so braucht. Ich habe dieses Buch für dich
gemacht, und jetzt gehört es dir. Ich hoffe, du benutzt es,
um daraus zu lernen, aber auch wenn nicht, gehört es dir.
Nur bitte versuch nicht, eine der Zeremonien durchzuführen oder einen von den Sprüchen anzuwenden, ohne
dass du es dir vorher von mir zeigen lässt.«

»Das tue ich ganz sicher nicht. Vielen Dank. Ich werde
dieses Buch studieren. Und …« Sie blickte voller Sehnsucht
auf die Kerze auf dem Tisch, atmete ein und zündete sie
an. »Ich werde jede Menge lernen. Das verspreche ich.«

Am nächsten Morgen machte sie sich mit dem Buch in
ihrem Rucksack und dem Hündchen auf den Weg zurück in ihre andere Welt. Bevor sie allerdings den Baum
erreichte, erklang plötzlich lautes Hufgetrappel, und sie
machte eilig einen Schritt zur Seite, denn das Pferd kam
direkt auf sie zu.

Sie war nicht wirklich überrascht, als Keegan an den
Zügeln zog, denn wie nicht anders zu erwarten, saß er auf

dem Rücken eines riesengroßen schwarzen Rosses, das ihr schon im Traum begegnet war.

Mit spöttisch hochgezogener Braue blickte er auf sie herab. »Dann machen Sie sich also wieder auf den Weg?«

»Ich komme in zwei Tagen wieder.«

»Ach.«

»Wenn ich das sage, tue ich das auch. Vor allem haben Sie mir nichts zu sagen, auch wenn Sie hier so was wie der König sind.«

»Ich bin kein König. So was gibt es bei uns nicht.«

Sie zuckte mit den Achseln, als sie seine böse Miene sah. »Wie auch immer. Bisher haben mir immer andere vorgeschrieben, was ich tun und lassen soll, doch damit ist es jetzt vorbei.«

Er sah sie fragend an. »Und warum haben Sie sich dagegen nicht bereits viel eher zur Wehr gesetzt?«

»Leute wie Sie verstehen Leute wie mich ganz einfach nicht.«

Jetzt schwang er sich von seinem Pferd und bedachte sie mit einem neugierigen Blick. »Und wer sind Leute wie ich und Sie?«

Sie hätte gern gewusst, wie er sich selber sah. Für sie war er ein großer, attraktiver, geradezu erschreckend selbstsicherer Mann.

»Leute wie Sie kommen schon mit großem Selbstbewusstsein auf die Welt. Sie übernehmen das Kommando, und die anderen respektieren und fürchten sie. Leuten wie mir wird beigebracht, dass man sich an die Regeln halten muss, sich nicht zu viel erhoffen soll und keine Wellen machen darf.«

»Tja nun, zivilisierte Welten brauchen Regeln, oder

365

nicht? Aber durch niedrige Erwartungen vermeidet man zwar Niederlagen, aber eben auch Erfolge, und wenn man das Boot niemals zum Kippen bringt und nie ins kalte Wasser springt, erfährt man nicht, wohin die Wellen einen hätten tragen können, stimmt's?«

»So wörtlich hatte ich's zwar nicht gemeint, aber wahrscheinlich haben Sie recht.« Das Pferd drehte den Kopf und schmiegte sich an ihre Schulter. Breen streichelte, ohne nachzudenken, sein Gesicht. »Sie müssen los. Ihr Pferd hat Durst und will jetzt endlich seine Möhre haben«, meinte sie und trat erschrocken einen Schritt zurück.

Keegan aber nickte nur und erklärte: »Stimmt. Nach unserem langen Ausritt hat er das verdient.« Er bückte sich nach Faxe, kraulte ihm den Kopf und stieg dann wieder auf sein Pferd. »Sichere Reisen, Breen Siobhan.«

Als er davonritt, atmete sie auf. »Das Pferd heißt Merlin wie der Zauberer der Artussage. Aber außer diesem Namen muss ich auch noch jede Menge anderer Dinge lernen. Also lass uns gehen, Faxe«, meinte sie und setzte ihren Weg zurück zu ihrem Cottage fort.

Die Stille in dem kleinen Haus war so beruhigend wie ein warmes Bad, und glücklich tauchte sie für achtundzwanzig Stunden darin ein. Sie schrieb, studierte, kümmerte sich um den Garten und genoss es, dass sie ganz allein mit ihrem kleinen Hündchen war. Sie zündete auf die erlernte Art die Kerzen auf dem Esstisch und mit großer Anstrengung am Ende auch das Feuer im Kamin im Wohnraum an.

»Ich bin tatsächlich eine Hexe, und inzwischen habe ich mich sogar an die Vorstellung gewöhnt«, erklärte sie dem Welpen, der mit ihr zusammen in die Flammen sah. Sie streichelte ihm den Kopf, der wieder mal auf ihren Knien lag, und zupfte sanft an seinem kleinen Ziegenbart. »Genau wie ich jetzt ein Hündchen habe, auch wenn ich noch keine Ahnung habe, was ich mit dir machen soll, falls es am Ende dieses Sommers zurück in die Staaten geht.«

Falls? Hatte sie wirklich falls gesagt anstatt wenn?

»Natürlich fliege ich zurück – was sonst? Denn dort sind Marco, Sally, Derrick, meine Mom und alles, was ich kenne. Dies ist einfach eine ...«

Zwischenphase?

So, wie sie ein Wesen zwischen zwei verschiedenen Welten war.

»Es hat jetzt keinen Sinn, darüber nachzudenken. Lass uns lieber noch als Lohn für all die Arbeit, die wir heute wieder mal geleistet haben, noch ein Stück spazieren gehen, bevor es dafür zu dunkel wird.«

Ein Mond, erkannte sie und folgte Faxe Richtung Bucht. Dreiviertelvoll und eingehüllt in weißen Dunst. Und morgen nach dem Schreiben würde sie die Einsamkeit der nur mit einem Mond ausgestatteten Welt verlassen, um in eine gleichzeitig von zwei Monden beschienene Welt zurückzukehren.

Auch daran hatte sie sich in der Zwischenzeit gewöhnt.

Am Mittag folgte sie dem Hündchen wieder in den Wald. Sie trug den roten Stein sowie den Ring, der ihr von ihrem Vater hinterlassen worden war, an einer Kette um den Hals, ein T-Shirt, einen leichten dunkelgrünen Hoodie, Jeans und Turnschuhe.

Das Hündchen kletterte laut bellend durch das Geäst

des Baumes, und wenig später landete auch sie im Sonnenschein bei gleichzeitigem Nieselregen und betrachtete den bunt schimmernden Doppel-Regenbogen, der die beiden Enden dieses Landes miteinander zu verbinden schien. Sie nahm die Stufen Richtung Feld, und plötzlich glitt ein Drache in der Farbe des ihr von der Großmutter geschenkten Steins unter dem Regenbogen durch.

Oh ja, sie schätzte das Alleinsein, aber das hier war ein Schatz, der kostbarer als alles andere war.

Das Hündchen schoss den Weg hinab über die Mauer des Gehöfts und stürzte sich begeistert auf den Wolfshund, der gemütlich auf dem Boden lag.

Ein Stückchen weiter auf dem Feld hielt Keegan seinen schwarzen Hengst am Zügel, während dieser die rötlich braune Stute bestieg, die von seinem Schwager und von seinem Bruder festgehalten wurde. Das Fell der Pferde glänzte feucht, und auch die Männer hatten Schweißperlen auf der Stirn. Breen hatte so was nie zuvor gesehen, doch sie verfolgte wie gebannt den Akt, der kraftvoll, sinnlich, aber gleichzeitig auch etwas furchteinflößend war.

Als Harken seine Hündin und den kleinen Faxe bellen hörte, drehte er den Kopf und rief mit lauter Stimme: »Guten Morgen, Breen! Wir helfen diesen beiden gerade bei der Schaffung neuen Lebens. Sie dürfen gerne dabei assistieren, wenn Sie wollen.«

Obwohl sie das bestimmt nicht wollte, trat sie etwas näher und empfand dabei die wilde Freude und die Lust der beiden Tiere an der Paarung nach.

Ihr wurde siedend heiß, und sie trat noch ein wenig dichter an den Weidezaun.

»Unsere hübsche Erin hier ist rossig, und der gute Merlin ist bereit, ihr ihren Wunsch nach einem Fohlen zu erfüllen«, erklärte Aislings Mann, der seine Haare so wie öfter Marco zu vielen Zöpfen geflochten trug.

»Das sehe ich. Aber ich hätte nicht gedacht, dass man den beiden dabei helfen muss. Ich hätte angenommen, sie wüssten selber, wie das geht.«

»Das tun sie auch«, stimmte ihr Harken zu und streichelte mit seiner freien Hand den Hals der Stute. »Aber wissen Sie, wir wollten, dass sich diese beiden paaren, und dadurch, dass wir ihre Paarung kontrollieren, verhindern wir, dass sich ein Tier dabei verletzt.«

Tatsächlich brauchte Keegan seine ganze Kraft, erkannte Breen, und seine Muskeln unter seinem schweiß- und regennassen Hemd waren zum Zerreißen angespannt.

Dann spürte sie den Schock, als Merlin kam, und klammerte sich an den Zaun, als ihm ein triumphierender Schrei entfuhr.

»Ganz ruhig, mein Freund, ganz ruhig«, wies Keegan ihn mit dunkler Stimme an. »Wir wollen schließlich, dass auch die junge Dame das Zusammensein genießt. Dafür bringt sie zur nächsten Sommersonnenwende auch dein hübsches Fohlen auf die Welt.«

»Und woher ...«, begann Breen mit rauer, atemloser Stimme, räusperte sich kurz und fing noch mal von vorne an. »Und woher wissen Sie, dass es geklappt hat?«

Er bedachte sie mit einem mitleidigen Blick. »Die Zeichen stehen auf diesem Tag und dieser Stunde, und dazu haben sie vor der Paarung jeder einen halben Apfel verspeist, der mit einem besonderen Zeugungs- und Empfängniszauber ausgestattet war. Ganz ruhig«, wandte er sich wieder Merlin zu, und dieser stellte seine Vorderhufe wieder auf dem Boden ab.

Dann löste Keegan die besonderen Seile, die er Merlin um den Hals geschlungen hatte, und das Pferd warf seinen Kopf zurück und galoppierte triumphierend los.

»Anscheinend ist er stolz auf sich.« Zufrieden wischte Keegan sich die blutverschmierten Hände an der Hose ab.

»Sie bluten.«

Achselzuckend meinte er: »Merlin kann manchmal etwas übereifrig sein. Falls Sie trainieren wollen, kommen Sie in einer Stunde wieder.«

»Nein.« Auf keinen Fall. »Ich will zu meiner Großmutter.«

»Wenn Sie Zeit haben, würde Aisling sich sehr freuen, Sie auch noch mal zu sehen«, meinte Mahon und streichelte der immer noch recht aufgeregten Stute sanft das Fell.

»Dann werde ich versuchen, noch einmal vorbeizukommen.« Aber erst mal trat sie einen Schritt zurück. »Das war sehr ... interessant.« Damit wandte sie sich zum Gehen.

Grinsend sah ihr Harken hinterher. »Ich wette, damit hat sie nicht gerechnet.«

»Sie muss endlich anfangen zu trainieren.«

»Ach, lass dem armen Mädchen doch ein bisschen Zeit.« Harken klopfte Keegan auf die Schulter. »Schließlich ist sie freiwillig zurückgekommen, oder etwa nicht? Nicht jeder hätte sich noch einmal auf den Weg hierher gemacht.«

»Hierherzukommen und die paar kleinen Tricks, die sie beherrscht, genügen ganz bestimmt nicht, wenn wir Odran ein für alle Male brechen wollen.«

»Geduld, *mo dheartháir.*«

»Geduld, Geduld«, äffte ihn Keegan nach. »Ich brauche bereits all meine Geduld, wenn ich in der verfluchten Hauptstadt bin. Aber fürs Erste überlasse ich sie vielleicht wirklich besser Marg.«

Die Tür des Cottages ihrer Großmutter stand offen, und der kleine Hund lief auf direktem Weg ins Haus.

Breen hörte, wie Mairghread das Tier begrüßte, und ein wenig unsicher klopfte sie selber an die offene Tür, bevor sie in die Küche trat.

»Hereinspaziert! Oh ja, natürlich habe ich ein Leckerli für dich, mein kleiner Schatz.«

Als Breen das Haus betrat, nahm Mairghread gerade einen Hundekuchen aus der Dose und stellte den Wasserkessel auf den Herd. »Schön, euch zu sehen«, sagte Marg und gab dem Hund das Zeichen dafür, dass er sich erst setzen sollte, ehe er das Leckerli bekam. »Ich bin gerade dabei, mir einen Tee zu machen, und ich freue mich, dass ich ihn nicht alleine trinken muss.«

»Ich hoffe nur, dass ich nicht ungelegen komme«, meinte Breen.

»Du bist mir stets willkommen. Also setz dich und iss auch erst mal ein Plätzchen, ja?«

»Ich habe in dem Buch gelesen, das du mir gemacht hast, und ich dachte, falls du Zeit hast, könntest du mir vielleicht ein paar leichte Dinge daraus beibringen. Das Feuermachen habe ich geübt, und gestern Abend habe ich tatsächlich Feuer im Kamin ganz ohne Streichhölzer entfacht.«

»Sehr gut.«

»Es hat etwas gedauert«, gab sie zu, »aber am Ende hat es sich total natürlich angefühlt. Soll das so sein?«

»Auf jeden Fall.« Marg drückte ihr die Schulter und stellte den Teller mit den Plätzchen auf den Tisch.

»Ich muss dich etwas fragen. Als ich Keegan vor zwei Tagen auf dem Weg zurück zum Baum getroffen habe, meinte er, ich müsste Nahkampf und den Umgang mit dem Schwert trainieren.«

Marg seufzte leise auf. »Der Junge hat zwar mehr Geduld als früher, aber immer noch nicht annähernd genug.«

»Das werte ich dann mal als Nein. Das ist auch gut so, denn selbst wenn ich jemals lernen würde, mit so einem Ding zu kämpfen – was ich sowieso für ziemlich unwahrscheinlich halte –, könnte ich es nie benutzen, um damit auf jemand anderen loszugehen.«

»Darüber können wir uns später noch Gedanken machen, aber überleg dir bitte, was du machen würdest, käme jemand in der Absicht, uns zu töten, hier zur Tür herein.«

»Ich – tja nun, wahrscheinlich würde ich versuchen wegzulaufen.«

»Gut.« Zufrieden lächelnd stellte Marg die Kanne und zwei Becher auf den Tisch. »Aber wenn das nicht reichen würde, würdest du dann einfach tatenlos mit ansehen, wie deine Großmutter ermordet wird?«

Jetzt seufzte Breen. »Ich musste mit den Kindern in der Schule üben, was sie machen müssen, falls es jemand auf sie abgesehen hat. Sie haben gelernt, die Türen zu verschließen und sich zu verstecken oder wegzurennen, falls die Zeit nicht zum Verstecken reicht. Und ich als ihre Lehrerin, ich hätte kämpfen müssen, wenn es keine andere

Möglichkeit mehr gäbe, sie vor Schaden zu bewahren. Zu meinem Glück ist während meiner Zeit als Lehrerin nie wirklich was passiert, aber ich glaube, wenn ich keine andere Möglichkeit gesehen hätte, hätte ich versucht, die Kinder zu beschützen, ganz egal, auf welche Art.«

»Kommt so etwas an euren Schulen vor?«

»Oh ja. Und wir trainieren für diesen Fall.«

»Dann ist das hier im Grunde kaum was anderes«, meinte Marg. »Wobei dir neben einem Schwert in diesem Kampf noch eine andere starke Waffe zur Verfügung steht. Die ganz besondere Kraft in deinem Inneren, die du jedoch nur zum Schutz einsetzen darfst.«

»Ich wüsste gern genauer, was für eine Kraft das ist und wie man sie anwendet.«

»Ich werde es dir zeigen, wenn du willst. Aber zuerst zu einem anderen Thema, ja? Ich habe selbst gelesen, und zwar in dem Buch, das du geschrieben hast.«

»Oh.«

»Du hast gesagt, dass ich es lesen dürfte«, meinte ihre Nan und blickte lächelnd auf den kleinen Hund. »Sie hat dich wirklich gut getroffen, Schätzchen, und zwar haargenau. Auch Schreiben ist ein Zauber, und zwar einer, den du wirklich gut beherrschst, *mo stór*. Ich habe laut gelacht, als ich das Buch gelesen habe, und die Abenteuer unseres Kleinen hier haben mich derart in ihren Bann gezogen, dass ich hätte immer weiterlesen wollen. Er ist in deinem Buch genauso treu und mutig, gutherzig und tollpatschig, wie er im wahren Leben ist.« Sie drückte Breen die Hand. »Denk bitte nicht, das wären die rührseligen Worte einer Frau, die ihre Enkeltochter liebt. Ich habe dir versprochen, dass ich völlig ehrlich bin, und das bin ich auch. Ich hoffe also, du hast die Geschichte jemandem geschickt, der Bücher daraus macht.«

»Ich hatte bisher nicht…« Als Marg die Brauen hochzog, nickte Breen. »Natürlich hast du recht. Um ja zu sagen, müssen sie es lesen, und bei einem Nein stehe ich auch nicht schlechter da als jetzt. Also habe ich mich schlaugemacht, wie diese Dinge funktionieren, und ich schicke das Skript an eine Agentur. Ich schicke es noch heute Abend ab.«

»Dann machen wir jetzt auch hier den nächsten Schritt. Bring deinen Tee mit, ja?«

»Wo gehen wir denn hin?«

»Nach draußen, wo ich mehr mache als Tees und irgendwelche kleinen Küchenzaubertricks.« Die Großmutter stand auf. »Am besten sagen wir, dass wir jetzt in die Schule gehen.«

»Wie nach Hogwarts?«

»Oh, ich habe Harry Potter wirklich gern gelesen. Aber nein, in dieser Schule gibt's nur mich und dich.«

18

Sie nahmen einen Pfad vorbei am Unterstand, in dem die Stute döste, und dann weiter über einen Bach zu einem kleinen, steinernen Gebäude mit den gleichen bunt bepflanzten Kästen vor den Fenstern wie bei Mairghreads Cottage und mit einer dicken, reich mit Schnitzereien verzierten Holztür, die jedoch im Gegensatz zu ihrer Haustür fest verschlossen war.

Die beiden Frauen überquerten die kleine Bogenbrücke, aber Faxe hüpfte fröhlich mitten durch den Bach, und Marg bedachte ihn mit einem nachsichtigen Blick. »Hier kann der kleine Kerl sich amüsieren, während wir bei der Arbeit sind.«

»Ist das so was wie eine Werkstatt?«

»Allerdings, denn schließlich werden ganz besondere Werke hier vollbracht. Gib mir die Hand, Kind«, bat ihre Großmutter und presste sie gegen das Holz der Tür. »Jetzt öffnet sie sich auch für dich.«

Tatsächlich schwang die dicke Holztür lautlos auf, und Breen sah Arbeitstische und Regale voller gläserner und tönerner Gefäße, getrocknete Kräuter, die an Leinen hingen, zwei Holzstühle, zwei Hocker sowie einen steinernen Kamin.

»Mach du bitte das Feuer«, forderte die Großmutter sie auf und klopfte sich gegen die Brust. »Hol es aus dir heraus.«

Breen hatte das Gefühl, als wollte sie sie auf die Probe stellen, und unterdrückte mühsam ihre Aufregung, als sie den Raum betrat. Doch schließlich hatte sie geübt. Erst gestern Abend und dann noch mal heute früh.

Also klappte sie die Augen zu und stellte sich das Feuer vor, bis sie die Wärme spürte, die aus ihrem Bauch in Richtung ihres Herzens und dann weiter in ihre Gedanken stieg. Erst war es nur ein leises Flackern, doch sie atmete so tief wie möglich ein, schlug ihre Augen wieder auf und freute sich, als sie den Torf in Flammen stehen sah.

»Das hast du ganz hervorragend gemacht. Und jetzt die Kerzen. Über dir.«

Sie blickte auf und sah den Eisenring mit mehr als einem Dutzend Kerzen, der unter der Decke hing. »Auf die Entfernung habe ich das bisher nie gemacht.«

»Entfernungen spielen dabei keine Rolle. Mach die Kerzen an.«

Noch einmal holte sie tief Luft, rief abermals die Hitze tief aus ihrem Inneren auf, und schließlich flackerten die Kerzen.

»Siehst du, du hast gelernt, indem du das getan hast, was schon in dir war.«

»Es ist verführerisch.«

»Das ist es, und das ist nicht schlimm, solange du das Ziel im Blick behältst und dich an dein Versprechen hältst.«

Im Licht der Kerzen und des Feuers schaute Breen sich um und nahm verschiedene Bereiche in dem Raum mit seiner hohen Balkendecke und dem rauen Holzfußboden wahr. In einer Ecke waren Blumen und Kräuter aufgehängt und Schalen und Dosen voller Wurzeln, Pulver und verschiedener Flüssigkeiten aufgereiht, in einer anderen lagen Steine und Kristalle neben Dutzenden von weißen, schwarzen und auch bunten Kerzen im Regal, in einer dritten wurde offenbar das Werkzeug aufbewahrt: leere Schalen und Töpfe, Spatel, Löffel, Zauberstäbe und verschiedene Messer mit geraden oder gebogenen Klingen; in einer kleinen Nische lagen Stoffe, Garn und Bänder und ein Buch, das dem, das sie von Marg bekommen hatte, ähnlich sah. Die Luft roch nach den Kräutern, die in Töpfen vor dem Fenster Richtung Bach gediehen.

»Sind das da vorne Hexenkessel?«

»Ja. Hast du dir schon die Liste mit dem Werkzeug angesehen, die in deinem Buch steht?«

Breen nickte knapp. »Hexenkessel, Schalen, Glocken, Kerzen, Zauberstäbe, rituelle Messer, Besen, Kelche, Schwerter.«

»Du musst allmählich lernen, damit umzugehen, und wir beginnen dabei mit der Herstellung von Glücksbringern und Amuletten zur Beruhigung entweder des Herzens oder der Gedanken, für sichere Reisen, Wohlstand, Fruchtbarkeit und allgemeinen Schutz.«

Man brauchte für die Glücksbringer und Amulette Kräuter und Kristalle, Bänder, Stoffe und vor allem gute Absicht, lernte Breen. Und die Verwendung eines falschen Steins oder des falschen Krauts lockte das Böse eher noch an, statt es zu vertreiben, oder verhinderte, dass man des Nachts auch nur ein Auge zubekam.

»Behalt den Beutel, denn du hast ihn schließlich selbst befüllt«, bat ihre Großmutter zum Schluss.

Breen nahm den kleinen, von ihr selbst genähten und gefüllten violetten Beutel in die Hand. »Der dient dem

Schutz«, erinnerte sie sich. »Aber dafür habe ich doch schon den Stein.«

»Und jetzt auch noch das Säckchen hier. Weißt du noch, womit du es befüllt hast?«

»Ja, ich glaube schon. Mit Ziest und Salbei, einem Stückchen Bernstein, einem Malachit und einem Turmalin – ich meine, einem schwarzen Turmalin«, verbesserte sie sich. »Dazu mit einer kleinen Muschel und mit einem kleinen Reisigzweig aus diesem Besen hier. Und dazu habe ich gesungen:

>*Auf dass die Macht,*
die diesem Beutel innewohnt,
mich zukünftig vor aller Niedertracht
und allem Leid verschont.<«

Marg nickte zustimmend und stellte anerkennend fest: »Das hast du ganz hervorragend gemacht.«

»Und wofür sind die anderen Sachen alle da?«

»Die kann ich entweder verschenken oder tauschen, wenn es nötig ist. Ich kenne beispielsweise eine junge Frau, die sich ein Baby wünscht. Die kriegt das Amulett für Fruchtbarkeit. Aber jetzt reinigen wir erst mal unser Werkzeug und räumen alles wieder weg.«

»Du hast wahrscheinlich keine Lust, mir vorher noch schnell einen Zauberspruch zu zeigen?«

Mairghread lachte auf. »Im Grunde habe ich das schon getan. Ein Glücksbringer ist nämlich auch nichts anderes als ein Zauberspruch, den man mit Händen greifen kann.«

»Ein Zauberspruch, den man mit Händen greifen kann.« Zufrieden steckte Breen den Beutel ein. »Vielleicht hätten wir auch noch einen Liebeszauber machen sollen. Die sind doch sicher sehr beliebt.«

»Zauber, um jemanden auf sich aufmerksam zu machen und dazu zu bringen zu erkennen, ob er einen mag, gibt es wie Sand am Meer. Aber echte Liebeszauber sind verboten, weil das Herz sich nicht mehr frei entscheiden kann, wenn es durch Zauberkraft gebunden wird.«

»Verstehe. Aber so ein Zauber würde wirklich funktionieren?«

»Manchmal sogar allzu gut und stets zu einem hohen Preis. Ein Herz kann auch vor Liebe durchdrehen, und vielleicht lässt eine Frau dann die Familie im Stich, vielleicht ersticht ein Mann einen vermeintlichen oder tatsächlichen Rivalen, oder vielleicht wendet der Verzauberte sich irgendwann aus lauter Eifersucht gegen die Person, die ihn in seinen Bann gezogen hat.«

Zwar hatte Breen das selbst noch nicht erlebt, aber sie glaubte ihrer Nan, dass solche Dinge möglich waren. »Bisher geht es bei allem, was du mich lehrst, um Heilung, Schutz und Trost. Mein größter Traum als kleines Kind war, Tierärztin zu werden. Nicht nur, weil ich Tiere liebe, sondern weil sich jemand um sie kümmern muss.«

»Du hast die Fähigkeit zu heilen in dir. Ich kann helfen, sie ans Licht zu bringen, obwohl Aisling darin besser ist als ich.«

Sie räumten Stoffe, Kerzen und Kristalle fort, und Breen sah zu, wie Marg die Scheren und Nadeln in Wasser wusch, das während Mondschein aus dem Brunnen geholt worden war, und sorgfältig mit einem weißen Stofftuch trockenrieb.

»Und jetzt geh ein bisschen an die frische Luft, damit du einen klaren Kopf bekommst. Besuch Morena oder

Aisling, wenn du willst, und danach zeige ich dir, wie man Zauberstäbe macht.«

»Die machst du selbst?«

»Ich kann und werde dir natürlich einen geben, aber wenn du selber einen machst und selbst das Holz, die Steine und die Schnitzereien dafür wählst, erfüllst du ihn mit einem Teil von dir, von deinem Herzen und von deiner Kraft. Dein Zauberstab ist die Verlängerung der Zauberkraft in deinem Inneren.«

»Ich bin mit meinen Händen alles andere als geschickt. Viel mehr als das Nähen dieser Beutel kriege ich bestimmt nicht hin.«

»Aber die Beutel sind sehr schön geworden, oder etwa nicht?«

Sie gingen zurück zum Haus, und Marg bemerkte: »Wie es aussieht, haben wir Besuch.«

Den schwarzen Hengst hätte Breen überall erkannt. Und neben ihm stand noch ein anderes, kleineres Pferd. Ein Falbe, wusste sie, weil sie als junges Mädchen einfach alle Bücher hatte lesen müssen, die es über Pferde gab.

»Der schwarze Prachtbursche wird Keegans Merlin sein.«

»Ich habe heute früh gesehen, wie er eine der Stuten auf dem Hof der Hannigans bestiegen hat. Womit sie offenkundig durchaus einverstanden war.«

»Das war bestimmt die hübsche Eryn von Mahon. Wie schön! Und dieser hübsche Wallach gehört Harken. Er hat ihn Good Boy genannt, weil er ein wirklich braver Junge ist. Im Gegensatz zu Keegan und zu Harken, denn wenn sie bei Sedric sind, haben sie sich sicher über meine Plätzchen hergemacht.«

Tatsächlich saß nur Keegan mit Margs Liebstem und

380

dem kleinen Hund vor dem Kamin. Die beiden Männer hielten riesige Krüge in den Händen, und als Marg und Breen den Raum betraten, gönnten sie sich gerade beide einen großen Schluck.

»Da seid ihr ja«, bemerkte Sedric. »Keegan sollte euch nicht bei der Arbeit stören, also dachte ich, wir trinken erst einmal ein Bier.«

»Wir waren wirklich fleißig«, meinte Marg und wandte sich an ihren jungen Gast: »Und auch der hübsche Merlin hat anscheinend heute Morgen seinen Job gemacht.«

»Das hat er, und zwar mit Erfolg.«

»Dann ist die gute Eryn also trächtig. Das ist schön.«

»Ist es nicht noch zu früh, um das zu wissen?«

Mit einem Seitenblick auf Breen erklärte Keegan: »Harken sagt, es hat geklappt, und wenn es jemand weiß, dann er.« Mit diesen Worten stand er auf und trank den Rest von seinem Bier. »Ich habe Good Boy dabei, denn schließlich muss Breen reiten lernen, und Harken sagt, dass er dafür hervorragend geeignet ist.«

Bevor Breen widersprechen konnte, meinte Marg: »Wahrscheinlich wäre eine Reitstunde genau das Richtige, damit Breen nach der stundenlangen Arbeit in der Werkstatt etwas frische Luft bekommt.«

»Ich wollte eigentlich ein Stück spazieren gehen.«

»Auf einem guten Pferd kommt man viel weiter als zu Fuß«, mischte sich Keegan ein. »Aber vielleicht haben Sie ja Angst davor, sich auf ein Pferd zu setzen und es zu probieren.«

»Keine Ahnung, denn ich kann mich schließlich nicht erinnern, dass ich je auf einem Pferd gesessen habe«, fauchte sie ihn an.

»Dann finden wir am besten langsam raus, ob Sie das Zeug zum Reiten haben oder nicht. Das Bier war wirklich gut«, wandte er sich an Sedric, küsste Marg auf die Wange und marschierte aus dem Haus.

»Als kleines Mädchen konntest du vom Reiten nicht genug bekommen«, meinte Marg. »Du hast es in dir, also keine Angst.«

»Mag sein.« Sie mochte Pferde, dachte sie, doch der Gedanke, dass sie vielleicht abgeworfen oder die Kontrolle über das Geschehen verlieren würde und das Tier dann mit ihr durchging, sagte ihr nicht wirklich zu.

»Er ist ein gutes Reitpferd«, meinte Keegan, »aber wenn Sie aufsteigen und zittern, machen Sie ihn nur nervös.«

»Ich zittere nicht.« Das hieß, vielleicht ein bisschen – innerlich. Aber entschlossen trat sie an das Pferd heran.

»Wenn Sie während unseres Ausritts nicht die ganze Zeit auf seinen Hintern starren wollen, steigen Sie am besten von der anderen Seite auf.«

Was für ein toller Anfang, dachte sie, umrundete das Pferd und stellte kritisch fest: »Der Sattel hat gar keinen Knauf, an dem ich mich festhalten kann.«

»Wir sind hier schließlich nicht im Wilden Westen und wollen keine Lassos schwingen«, klärte er sie auf. »Ich war mal dort und kann verstehen, dass man in diesen grenzenlosen Weiten diese großen, schweren Sättel braucht, doch das ist eine andere Welt. Sie nehmen die Zügel in die Hand und ziehen nach links, wenn Good Boy nach links gehen soll, nach rechts, wenn er nach rechts gehen soll, und beide, wenn er stehen bleiben soll. Und jetzt stellen Sie sich in den Steigbügel und schwingen das andere Bein über seinen Rücken.«

»Hilf ihr gefälligst, wie es sich für einen Gentleman gehört«, rief Marg aus Richtung Tür, doch Breen schwang schon das Bein hinüber, bis sie halbwegs sicher saß.

»Und jetzt den anderen Fuß in den anderen Steigbügel. Okay, die Länge passt. Und jetzt nehmen Sie die Zügel in die Hände und halten sie locker.«

Er zeigte ihr geduldig, wie sie sitzen musste, und sie konzentrierte sich darauf, sich zu entspannen, weil das offenbar beim Reiten wichtig war.

Dann stieg er selbst in seinem langen Ledermantel auf und wendete sein Pferd. »Und jetzt ziehen Sie leicht den linken Zügel an.«

»Am besten reitet ihr erst mal nur Schritt, Keegan. Sie muss sich erst daran gewöhnen, wie sie sitzen muss. Und bring sie rechtzeitig zum Abendbrot zurück.«

»Ihr wird schon nichts passieren, keine Angst. Fersen runter, Knie an das Pferd.«

Sie ritt auf einem Pferd, sagte sich Breen, und es war … gar nicht mal so schlecht. Auf der Straße angekommen, lenkte sie das Pferd nach rechts, Faxe hinterher. In diesem Tempo durch den zwischenzeitlich wieder warmen Sommertag zu reiten und die Gegend auf dem Pferderücken zu erkunden fiel ihr überraschend leicht. Ihr kleiner Hund wich nicht von ihrer Seite.

»Ist es okay, dass Faxe mitgekommen ist?«

»Die Pferde haben kein Problem mit Hunden, und wie's aussieht, hat er andersrum auch keins mit ihnen«, stellte Keegan fest.

Er ließ sie stehen bleiben, wieder anreiten, noch einmal stehen bleiben und das Pferd erst rückwärts und dann wieder vorwärts gehen. Dann bog er ab in einen sanft gewundenen Waldweg, und im weichen Licht, das durch die Äste fiel, sah Breen, wie irgendwas aus einem riesengroßen Baum gesprungen kam und wie der Blitz an ihr vorüberschoss.

»Die jungen Elfen spielen gerne hier im Wald.«

»Aber ... saß sie im Baum?«

»Wo sonst?«

Vor ihren Augen lief ein Bär über den Weg und blieb kurz stehen, um sie sich anzusehen. Breen presste ihre Lippen aufeinander, um nicht laut zu schreien, bevor er weiterlief.

»Das war ...«

»... ein junger Wer. Die spielen auch gern hier. Sie müssen sich daran gewöhnen, dass Sie immer wieder solche Sachen sehen.«

»Und woher wissen Sie, dass das kein echter Bär war, der uns hätte fressen wollen?«

»Echte Bären interessieren sich mehr für Beeren als für uns. Aber falls Sie einem in die Quere kommen und er Sie nicht leiden kann, erkennen Sie das früh genug.« Er wandte sich ihr zu und saß so lässig auf dem Hengst wie jemand anderes in einem Clubsessel. »Das ist der Grund, warum Sie neben Zaubertricks auch lernen müssen, mit dem Schwert und Pfeil und Bogen umzugehen und zu galoppieren. Es geht dabei ums Überleben und auch um die Pflicht.«

»Ich habe heute Glücksbringer gemacht.«

»Ach ja? Wenn Odran das erfährt, ergreift er sicher umgehend die Flucht.«

»Ersparen Sie mir Ihren herablassenden Ton. Den habe ich mein Leben lang gehört, und langsam habe ich die Nase voll davon. Vor allem bin ich schließlich hier und lerne jeden Tag dazu. Und jetzt sitze ich obendrein auf einem gottverdammten Pferd.«

Good Boy nutzte die Gelegenheit, den Kopf zu senken, um die leckeren Blätter von den tief hängenden Ästen abzuknabbern, und mit einem lauten Kreischen rutschte Breen ein Stück nach vorn.

Entschlossen packte Keegan ihren Arm und richtete sie wieder auf. »Sie dürfen nie die Zügel schleifen lassen, weil er jede Chance zum Fressen nutzt. Er denkt, dass er ein Leichtgewicht auf seinem Rücken hat. Also zeigen Sie ihm, wer das Sagen hat. Sie haben die Zügel in der Hand. Also setzen Sie sie ein.«

»Sie hätten mich ruhig davor warnen können, dass er solche Sachen macht«, murmelte Breen und zwang Good Boys Kopf zurück.

Sie ritten weiter, und sie gab sich alle Mühe, Good Boy zu lesen und die Dinge, die er tun könnte, vorherzusehen. Und trotz des wilden Hämmerns ihres Herzens, als der Weg über die Hügel führte und es wechselweise auf und ab ging, kreischte sie kein zweites Mal.

Sie ritten aus dem Wald heraus und quer über ein Feld. Die Schafe, die dort grasten, stoben auseinander, was der kleine Hund zum Anlass nahm, der Herde fröhlich hinterherzujagen. Dann nahmen sie wieder einen Weg und kamen an einem Bauernhof und einer Reihe Cottages vorbei, in deren Gärten Wäsche auf den Leinen flatterte, während die Menschen auf den Feldern oder mit dem Vieh beschäftigt waren. Wenn sie sie sahen, hielten sie kurz in ihrer Arbeit inne, winkten ihnen zu, und ab und zu hielt Keegan Merlin an, um kurz mit jemandem zu sprechen und sie höflich vorzustellen. Sie trafen ungefähr ein Dutzend Leute wie das kleine Mädchen, das ihr scheu ein Gänseblümchen schenkte und mit einem Lächeln im Gesicht verfolgte, wie sich Breen die Blüte in die Haare schob.

Was ihr den ersten beifälligen Blick von ihrem Reitlehrer eintrug.

»Sie kennen alle hier mit Namen«, meinte sie, als sie schließlich weiterritten. »Kennen Sie alle Leute hier?«

»Ich bin in diesem Tal geboren«, erklärte er. »Und denen, die Sie bisher noch nicht getroffen haben, ist es wichtig, Sie zu sehen. Eian O'Ceallaighs Tochter. Und genauso müssen Sie die Menschen und vor allem mehr als nur Margs Cottage kennen lernen.«

Good Boy interessierte sich für eine Hecke, aber wieder zog sie seinen Kopf zurück und murmelte: »Blamier mich bitte nicht«, bevor sie lauter fragte: »Ist das da ein See?«

Das Wasser in der Ferne war gespenstisch grün. Genauso wie der Fluss, in dem sie einst von ihrem Großvater gefangen gehalten worden war.

»Lough na Fírinne. Der See der Wahrheit. Dort wird unter allen, die ins Wasser springen, der neue Taoiseach ausgewählt.«

»Durch das Schwert.«

»Genau, durch Cosantoir.«

Sie blickte auf die Waffe, die an seiner Seite hing, und meinte: »Nan hat mir erzählt, dass Sie damals im Grunde noch ein Junge waren.«

»Ich habe meine Wahl getroffen«, gab er knapp zurück. »Sie machen Ihre Sache wirklich gut. Bevor der arme Merlin sich zu Tode langweilt, reiten wir jetzt erst einmal ein Stück im Trab.«

»Ich bin noch nicht bereit ...«

»Doch. Fersen runter, Knie an das Pferd. Good Boys Trab ist sehr geschmeidig, also passen Sie sich einfach an den Rhythmus an, den er vorgibt.«

Sein Hengst verfiel in einen flotten Trab, und da ihr Pferd ihm einfach folgte, warf es sie bei jedem Schritt ein Stückchen in die Luft, und zeitgleich mit dem Aufeinanderschlagen ihrer Zähne kam sie immer wieder krachend auf den Sattel auf.

»Sie müssen sich an seinen Rhythmus anpassen«, riet Keegan ihr erneut. »Sitzen Sie gerade und bewegen sich im Takt von seinen Schritten auf und ab, sonst ist Ihr Hintern nachher grün und blau.«

Sie war sich sicher, dass er das längst war. »Ich weiß nicht, wie...«

Aber sie wusste es. Egal, ob ihre Muskeln sich erinnerten, aus Notwehr oder blindem Glück bewegte sie sich urplötzlich im selben, flotten Tempo wie der Wallach auf und ab.

»So ist es besser«, stelle Keegan fest. »Und jetzt biegen Sie in den Weg da vorne ein.«

Sie sollte abbiegen und traben? Und dazu stieg der verdammte Weg auch noch steil an.

Sie hielt sich trotzdem weiter auf dem Pferderücken und war kurz davor, sich zu entspannen, während sie vorbei an Schafen und an Kühen und an ausgedehnten Feldern voll Getreide ritt, dessen goldene Ähren in der Sonne glänzten. Es ging so glatt, dass sie erst gar nicht merkte, dass der Wallach immer schneller lief.

»Das ist ein netter, einfacher Galopp«, erklärte Keegan ihr. »Um Gottes willen, Frau, Sie sollen gerade sitzen, habe ich gesagt. Sie haben ein Rückgrat, also setzen Sie es ein.«

Das Tempo war beängstigend, zumindest aber flog sie nicht mehr auf und ab. Erst als sie wieder trabten und am Schluss in den bequemen Schritt verfielen, erkannte sie, dass sie im Kreis geritten waren.

Sie sah den Hof, die Bucht und Aislings Haus. Sie hatte überlebt.

»Sie müssen Ihre Sitzhaltung verbessern, und auch Ihre Hände sind noch ziemlich schwer, doch davon abgesehen haben Sie sich gut gehalten, und ich schätze, dass es morgen noch ein bisschen besser laufen wird.«

»Morgen?«

»Morgen. Und dann satteln Sie den Burschen selbst«, fügte er noch hinzu. »Das Absteigen geht wie das Aufsteigen, nur andersrum.«

Inzwischen hatten sie das Cottage ihrer Großmutter erreicht. Der Boden wirkte viel zu weit entfernt, um einfach abzuspringen, aber die Genugtuung, dass er ihr half, hätte sie dem arroganten Keegan einfach nicht gegönnt. Sie hob ihr Bein über den Pferderücken, und sofort fing überall das Ziepen und das Stechen an. Mit einem unterdrückten Stöhnen drückte sie die wackeligen Knie durch, sobald sie auf der Erde stand, und hielt ihm stirnrunzelnd Good Boys Zügel hin.

»Danke für den Unterricht«, erklärte sie in einem Ton, der steifer als ihr Rücken und ihr Hintern war.

»Sie haben sich durchaus gut gehalten«, stellte er noch einmal fest. Dann wendete er Merlin, die Zügel seines Pferds in der Linken und die ihres Wallachs in der Rechten, und trabte den Weg wieder hinauf.

Sie wartete, bis er verschwunden war, und hinkte durch die offene Tür ins Haus.

Am Abend folgte sie dem Rat der Großmutter und nahm ein heißes Bad mit Heilkräutern, rieb jede Stelle ihres Körpers, die sie irgendwie erreichen konnte, mit der extra dafür vorgesehenen Salbe ein und schleppte sich ins Bett.

Dort lehnte sie sich in die dicken Kissen, und den Hund zu ihren Füßen und ein heimeliges Feuer im Kamin, schrieb sie in ihrem Blog von ihrer ersten Reitstunde, die trotz des knochenharten Lehrers und der Schmerzen, die sie überall verspürte, sicher nicht die letzte war. Auf irgendeine Weise müsste sie es schaffen, Fotos hier zu machen, überlegte sie. Die Leser ihres Blogs wären sicher nicht zufrieden, wenn sie keine Bilder sähen. Darüber aber dächte sie am besten nach, wenn sie nicht so erledigt wie an diesem Abend war.

In den darauffolgenden Tagen lernte sie das Ziehen magischer Kreise, wie man rituelle Kerzen machte, wie man Federn schweben ließ und Pferde striegelte und sattelte und auf ihnen galoppierte, ohne dass man die Balance verlor.

Sie löste das Dilemma mit den Aufnahmen für ihren Blog dadurch, dass sie Morena bat, mit Good Boy durch das Portal in ihre andere Welt zu kommen, und machte ihren eigenen Zauberstab. Sie wählte dafür Holz von einem Kastanienbaum und einen klaren, schimmernden Kristall, den sie im Licht der beiden Monde reinigte, um ihn danach mit ihren weißen Strahlen anzufüllen. Als Bild wählte sie einen Drachen, der entlang des Stabs dem Licht zustrebte, und verfolgte wie gebannt, wie sich das Bild aus ihrem Kopf im Rot des Steins, den sie um ihren Hals trug, in das Holz des Stabes grub.

Sie lernte eine Woche lang, bevor sie ihren ersten Solo-Ausritt unternahm.

Marg hatte ihr den Weg beschrieben, und sie ritt auf Good Boy vorbei am Hof der Hannigans, wo Harken mit dem jungen Finian und einem Mann, den sie nicht kannte, mit der Hilfe seiner Wolfshündin und eines munteren Border-Collies eine Schafherde zusammentrieb. Da ihr der Gedanke, dass die Tiere bald in einem Eintopf landen würden, nicht behagte, ritt sie weiter durch die Hügellandschaft, wo sie andere Schafe grasen und zwei Falken hoch am Himmel kreisen sah. Dann tauchte plötzlich einer von den beiden so schnell ab, dass er nur noch als braun-goldener Streifen zu erkennen war. Bevor im hohen Gras ein spitzer Schrei ertönte, der sie wie schon die zusammengetriebenen Schafe an die harte Welt der Räuber und der Beutetiere denken ließ.

Dann aber riss sie überrascht die Augen auf, als sie Finolas Cottage erkannte.

Verglichen mit der Blumenpracht in ihrem Garten nahm der wunderschöne Garten ihrer Nan sich fast bescheiden aus. Das Haus war eingebettet in ein wildes, buntes, von steinernen Brücken überspanntes Blütenmeer, dem ein berauschendes Gemisch aus starken und aus leichten, würzigen und süßen Duftnoten entstieg. Hier und da hingen hübsche, kleine Kupfervogelhäuschen sowie -tränken im Geäst der Bäume, die die Heimstatt eines bunt schillernden Kolibris und Tausender Schmetterlinge waren. Die Steinmauern des Cottages hatten einen rosafarbenen Schimmer, und die Fenster links und rechts der himmelblau gestrichenen Bogentür waren mit Kästen voller Blumen und wild rankenden Grünpflanzen geschmückt.

Breen band die Zügel ihres Pferds an den Zaun und folgte dem Geräusch der Stimmen durch einen Bogen voller weißer Rosen hinters Haus.

Das Blütenmeer erstreckte sich auf einer Seite bis zu einem eleganten Kräutergarten, wo die Pflanzen hübsche Kreise bildeten, und auf der anderen Seite bis zu einem Gemüsegarten, wo Finola, einen breitkrempigen Strohhut auf dem Kopf, eine Karotte für den über ihrem Arm hängenden Flechtkorb aus der Erde zog. Dann kam der Obstgarten, in dem Morena durch die Bäume flatterte und riesige Zitronen in den Korb, mit dem sie sich bewaffnet hatte, fallen ließ, bevor sie ihrem Großvater beim Pflücken der Orangen von den tief hängenden Ästen eines anderen Baumes half.

Wie stellten sie es an, dass hier in diesem Klima Zitrusfrüchte wuchsen und gediehen?

Breen schüttelte den Kopf und sagte sich, dass das verglichen mit den anderen Dingen, die ihr hier schon widerfahren waren, ein im Grunde eher bescheidenes Wunder war.

Finola richtete sich auf, legte die Hand in ihren Rücken und entdeckte Breen. »Hallo, Breen. Wie schön, dass du uns hier besuchen kommst.«

»Ein derart hübsches Haus und einen derart schönen Garten habe ich noch nie gesehen.«

»Hört, hört«, bemerkte Finola, aber die Freude war ihr deutlich anzusehen, während sie Breen entgegenlief. »Wie geht es dir, mein Schatz?«

»Ich lerne jeden Tag dazu. Ich hatte eigentlich schon früher kommen wollen, aber vor lauter Lernen hat mir bisher die Zeit gefehlt. Ich wollte Ihnen dafür danken, dass Sie sich vor all den Jahren um mich gekümmert haben.«

»Das hätte jeder hier gemacht.«

»Aber es war nicht jeder, sondern Sie. Wie dem auch sei, wollte ich einfach Danke sagen und Sie nicht bei Ihrer Arbeit stören. Ich – Sie haben hier Zitronen- und Orangenbäume.«

»Ja, und Pfirsiche und Pflaumen, Äpfel, Birnen und Bananen, auch wenn die Bananenbäume eigentlich gar keine echten Bäume sind.«

»Bananen.«

»Morena hat uns einen Steckling von der anderen Seite mitgebracht, um den sich Seamus liebevoll gekümmert hat. Morena, meine Jungs und ich sind auch nicht schlecht im Gärtnern, aber Seamus, er, tja nun ...«

»Er ist auf dem Gebiet der reinste Zauberer.«

Finola lachte zustimmend. »Da hast du recht.«

Jetzt kam Morena mit dem Korb voller Zitronen angeflogen und erklärte: »Vorn am Zaun steht Good Boy. Heißt das, dass du allein hierhergeritten bist?«

»Keegan und Mahon sind heute irgendwohin unterwegs, das heißt, ich habe heute keinen Unterricht.«

»Warum holst du nicht deinen Blue und reitest kurz mit deiner Freundin aus, Morena?«, fragte ihre Großmutter. »Und wenn ihr wiederkommt, gibt's frische Limonade.«

»Limonade?«, wiederholte Breen.

»Die gute Marg ist ganz verrückt danach. Am besten nimmst du ihr also nachher was davon mit.«

»Ein Ausritt und vor allem die Gesellschaft wären wirklich schön«, meinte Breen.

»Dann laufe ich schnell los und hole Blue.« Doch statt zu laufen, hob Morena wieder ab und flatterte über das Blumenmeer hinweg.

»Sie wollte dir noch Zeit lassen mit Marg und für die Reitstunden«, erklärte ihre Großmutter. »Obwohl es abgesehen von ihr und Harken kaum jemanden gibt, der sich mit Keegan auf dem Pferderücken messen kann.«

»Er ist ein strenger Lehrer, aber die Methode hat durchaus Erfolg.«

»Dann amüsiere dich jetzt ein bisschen mit Morena, ja? Und denk dran, dass es nach der Rückkehr Limonade gibt.«

»Das werde ich.«

Sie stieg wieder auf ihr Pferd und ließ es grasen, während sie erneut den Blick über die Blumen wandern ließ. Noch während sie sich fragte, welche Blumen sie mit Namen kannte, tauchte ihre Freundin auf dem Rücken eines grauen Pferds mit drei weißen Fesseln und leuchtend blauen Augen auf.

»Jetzt ist mir klar, woher er seinen Namen hat.«

»Er ist ein wirklich feiner Kerl, auch wenn er durchaus Feuer hat und Vater von fünf wunderbaren Fohlen ist.« In Morenas Stimme schwangen Liebe, aber gleichzeitig auch grenzenloser Stolz. Dann aber hakte sie das Thema ab. »Wo willst du hin?«

»Am liebsten zu dem See. Auch wenn ich seinen Namen nicht aussprechen kann.«

»Lough na Fírinne? In Ordnung, warum nicht? Ich schätze, Blue wird galoppieren wollen, weil er zwei Tage lang nur auf der Weide stand.«

»Es heißt, ich hätte einen schlechten Sitz und schwere Hände, aber galoppieren kann ich … ein wenig.«

»Das waren wahrscheinlich Keegans Worte«, stellte ihre Freundin augenrollend fest. »Er reitet selber wie ein Gott und ist ein strenger Lehrer, aber lass dich ja nicht von ihm einschüchtern.«

Bisher war Breen am Anfang immer Schritt, dann Trab und erst am Schluss Galopp geritten, aber Blue fing sofort an zu rennen, und als Good Boy ihm folgte, klammerte sie sich verzweifelt an den Zügeln fest.

Es war erschreckend, aber gleichzeitig auch herrlich aufregend, als sie den Pfad hinunterflog. Soweit sie sich erinnern konnte, hatte sie vor gerade einmal einer Woche überhaupt zum ersten Mal auf einem Pferd gesessen, und jetzt galoppierte sie auf ihrem Wallach durch die Gegend, und es wirkte fast, als ob sie wüsste, was sie tat.

Nach einer Weile verlangsamte die Freundin die Geschwindigkeit, wechselte in einen leichten Trab und stellte lächelnd fest: »Du bist anscheinend eine wirklich gute Schülerin, egal, was Keegan sagt.«

»Die ersten Abende habe ich nach den Stunden stöhnend in der Badewanne zugebracht, aber inzwischen kriege ich die Schmerzen auch mit Yoga in den Griff.«

»Und was ist mit dem anderen Unterricht?«

»Ich habe meinen eigenen Zauberstab gemacht. Ich weiß, dass Nan mit meinen Fortschritten zufrieden ist, auch wenn ich lange noch nicht alles kann. Ich weiß, dass sie auf irgendetwas von mir wartet, aber ich weiß einfach nicht, auf was.«

»Du wirst es wissen, wenn du's weißt. Wo ist der kleine Hund?«

»Er hatte keine Lust, mich zu begleiten, aber wenn ich mich nicht irre, flog vorhin dein Falke durch die Luft. Zusammen mit einem Freund. Dann ist er plötzlich abgetaucht und hat dem Schrei nach ein Kaninchen erlegt.«

»Er ist nun mal ein Raubvogel und hat die Jagd im Blut. Aber der Freund war sicher eine Freundin, mit der er schon länger flirtet, also hat er seine Mahlzeit sicher brav mit ihr geteilt.«

Sie zeigte auf den See, und Breen sah eine Schwanenfamilie, die majestätisch auf dem Wasser glitt.

»Die Schwäne sind die Hüter dieses Sees.«

»Und wovor müssen sie ihn schützen?«

»Davor, dass ihm irgendwer mit dunklen Absichten zu nahe kommt. Es heißt, vor langer Zeit hätte die Göttin Finnguala – nach der auch meine Großmutter benannt ist – ihn mit ihren Tränen gefüllt. Sie war die Tochter Lirs von den Tuuatha Dé Danann, aber Aoife, ihre Stiefmutter, hat sie verflucht und sie in einen Schwan verwandelt.«

»Krass.«

»Das war's auf jeden Fall«, stimmte Morena zu, und langsam führten sie die Tiere näher an das dicht mit Schilf und Rohrkolben bewachsene Seeufer heran. Libellen, deren Flügel durchsichtig wie Feenflügel waren, schwirrten über dem Wasser hin und her.

»Und wie ging es dann weiter? Mit der Göttin, meine ich.«

»Sie wanderte alleine Jahr für Jahr hier durch die Gegend, bis aus ihren Tränen der Verzweiflung dieser See entstanden ist.« Morena reckte ihren Arm, und eine der Libellen, deren Flügel blau waren wie die Augen ihres Hengstes, landete auf ihrer Hand. »Durch ihre Hochzeit mit Liargren wurde der Fluch gebrochen, aber sie kam weiter oft zum Schwimmen her und um sich an das Unrecht zu erinnern, das ihr widerfahren war. Und dann hat sie das Schwert geschmiedet, um ihre Getreuen zu beschützen, und den Stab als Zeichen der Gerechtigkeit geschnitzt, damit nie wieder irgendjemand so verdammt würde wie sie.« Leise surrend schwirrte die Libelle wieder los. »Dann hat sie beide Gegenstände in den See geworfen, wo allein ein Anführer, der dieser Aufgabe würdig ist, sie finden kann, um sie aus freien Stücken anzunehmen und uns zu führen und zu dienen und über unsere Welt zu wachen wie die Schwäne über diesen See.«

»Glaubst du die Geschichte?«

»Warum nicht? Der See ist schließlich da, und schon seit Hunderten von Jahren holt jedes Mal unser neuer Taoiseach das Schwert aus ihm.«

»Diese Geschichte und der See sind einfach wunderschön, aber das Wasser wirkt ein bisschen trüb. Wie kann man darin genug sehen, um auf dem Grund ein Schwert zu finden?«, fragte Breen.

»Das ist es ja. Wenn man im Wasser ist, ist es so klar wie Glas. Du kannst es gerne selber ausprobieren, falls du ein bisschen schwimmen willst.«

»Ist das erlaubt?«

»Na klar, warum denn nicht? Wenn du in böser Absicht in den See springen würdest, würden sich sofort die Schwäne auf dich stürzen, und ich kann dir sagen, dass sie wirklich wilde, furchteinflößende Geschöpfe sind.«

»Vielleicht ein anderes Mal. Ich weiß, dass meine Nan und auch mein Vater fast noch Kinder waren, als sie in den See gesprungen und ihm dann als Anführer entstiegen sind. Deswegen wollte ich ihn gerne einmal aus der Nähe sehen. Warst du damals dabei?«

»Natürlich bin ich so wie alle anderen in den See gesprungen, um das Schwert zu finden. Und ich war mir sicher, dass ich es entdecken und mit ihm und mit dem Stab, den Marg mir überreichen würde, der mit Abstand stärkste, mutigste und klügste Taoiseach würde, den Talamh jemals gesehen hat.« Sie schüttelte sich ihre Haare aus den Augen und gab lachend zu: »An Selbstvertrauen hat's mir nie gefehlt.«

»Du weißt gar nicht, wie sehr ich das bewundere. Das Selbstvertrauen zu glauben, dass man stark und klug und – keine Ahnung – würdig ist.«

»Das alles bist du und warst du immer schon.« Morena drehte sich im Sattel ihres Pferds nach ihr um. »Du darfst nicht zulassen, dass dir das irgendjemand nimmt.«

»Das sagt mein Kumpel Marco auch. Mit anderen Worten, aber die Bedeutung ist dieselbe«, meinte Breen.

»Dann wählst du deine Freunde, wie es aussieht, mit Bedacht.«

»Oh ja, das tue ich. Wie hast du dich gefühlt, als Keegan dann an deiner Stelle mit dem Schwert ans Ufer kam? Warst du enttäuscht?«

»Oh nein. Im Wasser sah ich Keegan mit dem Schwert, und er sah aus, als trüge er an einer zentnerschweren Last. Da dachte ich, oh nein, das ist ganz sicher kein Gewicht, das ich auf Dauer tragen will. Aber er trägt es seit dem Tag und wird es weitertragen, bis die Stunde eines neuen Taoiseach schlägt. Und, bitte, liebe Götter, lasst ihn Talamh weiterführen, bis ich einmal Enkelkinder habe, die ins Wasser springen wollen.«

19

Auf Bitten ihrer Nan besuchte Breen auch Aisling, damit die ihr Unterricht im Heilen gab. Ohne Webstuhl und die Schwerter, die sich über dem Kaminsims kreuzten, hätte sich das Cottage kaum von einem anderen Haus unterschieden, in dem zwei kleine Kinder und ein riesengroßer Wolfshund lebten. Es war chaotisch, laut, und auf dem Fußboden lagen Spielsachen verstreut, um die es immer wieder zu Gerangel kam.

»Dies ist kein Wohnraum und kein Schweinestall. Nehmt eure Sachen mit nach draußen und spielt dort. Mit den Händen«, warnte Aisling ihren Ältesten. »Ihr habt die Sachen schließlich auch mit euren Händen reingeschleppt.«

»Sie haben anscheinend gerade ziemlich viel zu tun.« Breen roch den Duft von frisch gebackenem Brot und sah die Wolle auf der Spindel eines echten Spinnrads, das in einer Ecke stand. »Falls Sie jetzt gerade keine Zeit haben, kann ich auch später wiederkommen«, bot sie an.

»Ein bisschen Ablenkung kommt mir jetzt gerade recht. Im Ernst.« Erschöpft fuhr Aisling sich mit einer ihrer Hände durch das dichte, dunkle Haar, das sie in einem wirren Knoten trug. »Ein bisschen Ruhe und dass ich mich mal mit jemand anderem als zwei kleinen Jungen unterhalten kann.«

Sie machte Tee – in Talamh machte immer irgendjemand Tee –, und ihre Söhne räumten widerstrebend ihre Sachen auf. Der kleinere der beiden trat mit einem Holzkreisel vor Breen, und sie ging in die Hocke und ließ das Spielzeug auf dem Boden drehen.

»Als Mahon und Keegan gestern Abend wiederkamen, musste Mahon ja unbedingt noch mit den Jungen ringen, sie in die Luft werfen und jede Menge Blödsinn mit den beiden machen. Das heißt, sie haben erst spät im Bett gelegen, was sie allerdings nicht davon abgehalten hat, in aller Herrgottsfrühe wieder aufzustehen«, stellte Aisling augenrollend fest. »Mir sind also ein bisschen Ruhe und vor allem eine andere Frau durchaus willkommen. Jetzt leg den Kreisel weg, mein Schatz. Setzt eure Mützen auf, striegelt das Pony, und bevor ihr wieder reinkommt, wascht ihr euch erst ordentlich am Brunnen, ja?«

Sie öffnete die Tür, und Faxe rannte sofort in den Hof. Die Wolfshündin hingegen wartete, bis auch die Jungen aus dem Haus gelaufen waren, und trottete den beiden dann in einem würdevollen Tempo hinterher.

»Marg ist das beste Kindermädchen, das man sich nur wünschen kann. Setz dich, Breen. Ich hole nur noch schnell die Brote aus dem Ofen, und dann trinken wir zusammen unseren Tee.«

»Wie geht es Ihnen?«

Aisling blickte sie verwundert an, doch dann huschte ein Lächeln über ihr Gesicht. »Oh, du meinst das Baby. Waren wir nicht übrigens beim Du? Dem Baby geht es ganz hervorragend. Ich will es nicht beschreien, aber die beiden Jungen haben es mir leicht gemacht, und so scheint es auch dieses Mal zu sein. Ich mag kein Bier mehr, aber das ist kein Problem. Und ich bin ungewöhnlich wild auf

Sex – was Mahon ebenfalls nicht stört.« Sie ließ die Brote abkühlen, zog ihre Schürze aus und kam mit Kanne und zwei Bechern an den Tisch. »Und wie geht's dir?«

»Ich habe alles Mögliche gesehen und getan, von dem ich noch vor einem Monat steif und fest behauptet hätte, dass es so etwas nicht gibt, und – ich weiß nicht –, aber ich kann Dinge spüren, die ich bisher nicht wahrgenommen habe. Außerdem habe ich das Gefühl, dass das noch längst nicht alles ist.«

»Marg ist sehr zufrieden mit den Dingen, die du bisher geleistet hast.«

»Das hoffe ich.«

»Und es bedeutet ihr die Welt, dass du sie hier besuchst. Du kommst tatsächlich jeden Tag, und zwar nicht nur, damit sie dir was beibringt, sondern auch, um sie zu sehen und Zeit mit ihr zusammen zu verbringen. Andere an deiner Stelle täten das wahrscheinlich nicht.«

»Ich suche immer noch nach meinem Platz. Weißt du immer, wo dein Platz im Leben ist?«, verfiel auch Breen ins Du.

Den Becher in der Hand, betrachtete Aisling die frisch gebackenen Brote auf dem Rost, den Kessel auf dem Herd, die Holzkiste mit Spielsachen, das Spinnrad in der Ecke und den Korb mit Stopfsachen, der neben einem Sessel stand.

»Früher dachte ich, ich würde einmal in die Hauptstadt ziehen. Dass ich einmal als Bäuerin enden würde, hatte ich ganz sicher nicht geplant. Ich hatte vor, im Rat zu sitzen, kluge Ratschläge zu geben und mit Gelehrten, Künstlern und den ganzen anderen wichtigen Personen zu verkehren. Aber dann, tja nun, dann hat Mahon mich davon überzeugt, dass dieses Leben besser zu mir passt und dass ich eigentlich auch gar nichts anderes will. Am Ende führt uns unsere Reise oft woanders hin, als wir am Anfang denken, oder nicht?«

»Ihr seid anscheinend eine wirklich glückliche Familie.«

»Allerdings. Dies ist genau das Leben, das ich haben will. Es reicht, dass meine Mutter Ratsvorsitzende und Keegan Taoiseach ist. Harken und ich kümmern uns währenddessen um den Hof. Es kommt mir vor, als wäre jeder dort, wo er sein soll. Das bist du auch. Egal, ob du auf Dauer bleibst oder in deine andere Welt zurückkehrst, bist du heute hier, und so soll es auch sein. Und jetzt zum Heilen. Im Grunde ist es angeboren, obwohl man sich durch das Erlernen der Fähigkeiten, die in einem schlummern, öffnen kann.«

»Nan sagt, du wärst die stärkste Heilerin, die ihr jemals begegnet ist.«

»Es ist sehr nett, dass sie das sagt. Im Grunde tragen alle Fey die Gabe in sich, aber sich für Kummer, Schmerzen oder Krankheiten von anderen zu öffnen ist nicht immer leicht. Man spürt den Schmerz oder den Kummer, selbst wenn man ihn heilt. Bei Freunden und Bekannten nimmt man das vielleicht noch gern in Kauf, aber bei Fremden oder gar bei Feinden fällt das manchmal alles andere als leicht. Und trotzdem muss man jedem helfen, wenn man diese Gabe akzeptiert.«

»Ist das so etwas wie ein Eid? In meiner Welt schwören die Ärzte auch, für jeden da zu sein.«

»Genau. Es heißt, dass du wie Harken auch mit Tieren in Verbindung treten kannst.«

»Ich dachte immer, dass … Ich weiß nicht, was ich dachte,

aber ja, und seit ich hier bin, hat sich die Verbindung noch verstärkt.«

»Im Grunde sind wir schließlich alle Tiere, oder nicht? Wir sind aus Fleisch und Blut, aus Knochen, Herz und Muskeln. Woher weißt du, was dein Hund empfindet, möchte oder braucht?«

Breen sah durchs Fenster in den Hof. Sie hörte Faxe bellen und wusste einfach, dass er glücklich war. »Ich weiß es nicht genau. Ich sehe einfach in ihn rein. Glaub mir, es ist schwerer, mich vor diesen Dingen zu verschließen, als in ihn hineinzusehen. Man denkt nicht nach, wenn man sich öffnet. Man sieht einfach einen süßen, kleinen Hund oder ein hübsches Pferd oder einen armen Vogel mit gebrochenem Flügel. Man hat diese Wesen einfach gern, man fragt sich, wie es ihnen geht, und öffnet sich für sie.«

Aisling nahm ihre Hand. »Darf ich jetzt auch mal sehen?«

»In mich hinein?« Bei dem Gedanken wurde Breen nervös. »Ist das ... Teil des Unterrichts?«

»Das kann es sein.«

»Okay. In Ordnung. Muss ich irgendetwas tun?«

»Nein.«

Tatsächlich änderte sich nichts, als Aisling ihre Hand ergriff.

Der Kessel pfiff noch immer, und das Hündchen bellte weiter fröhlich vor sich hin.

»Du bist eine gesunde, junge Frau. Fit wie ein Turnschuh, wie es bei euch heißt. Und stark, viel stärker, als die meisten denken – das ist gut. Natürlich hast du Ängste, doch die meisten rühren daher, dass du denkst, du wärst nicht gut oder nicht klug genug. Ich kann dir sagen, dass das vollkommener Unsinn ist, auch wenn du das natürlich selbst erkennen musst. Aber wir zwei sind jetzt verbunden, also sag mir bitte, was du in mir siehst.«

»Tja nun, ich sehe in dir eine wunderschöne Frau.«

Aisling lachte. »Schließlich habe ich mich heute Morgen extra etwas aufgebrezelt, als ich hörte, dass du kommst. Ein bisschen Eitelkeit ist schließlich nicht verkehrt, nicht wahr?«

»Wahrscheinlich nicht, auch wenn ich bisher leider keine Ahnung habe, wie man etwas aus sich macht. Du liebst deine Familie«, fuhr Breen fort. »Aber das sehe ich auch ohne irgendwelche Zaubertricks. Das Spinnrad und der Webstuhl zeigen, dass du gut mit deinen Händen umgehen kannst, und die gesunden, glücklichen und wirklich süßen beiden Jungen, die du großziehst, machen deutlich, dass du eine gute Mutter bist. Und…« Sie fuhr zusammen und riss die Augen auf. »Das Baby! Es bewegt sich. Ich kann spüren, wie es sich bewegt. Wie kann das sein?«

»Wir sind verbunden, und ich habe mich für dich geöffnet, damit du es fühlen kannst.«

»Das fühlt sich echt unglaublich an. Es macht dich glücklich und…«

»Und was?«

»… ein bisschen selbstgefällig.«

Wieder lachte Aisling auf. »Das stimmt. Und du bist sehr empathisch, was dir sehr beim Lernen helfen wird. Nicht alle Heiler sind empathisch, und nicht alle, die empathisch sind, haben das Zeug zum Heilen. Wenn jemand beides hat, verstärken sich die beiden Fähigkeiten gegenseitig. Und jetzt lass uns sehen, wie weit du schon beim Heilen bist, okay?« Mit diesen Worten stand sie auf, trat vor ihren Nähkorb, suchte dort nach einer Nadel, stach sich in den Finger und ergriff erneut Breens Hand. »Guck auf den kleinen Blutstropfen, und spür das leichte Piksen meines Fingers. Spür es so, wie du gespürt hast, dass sich neues Leben in mir regt. Spür es, und dann stell dir vor, dass sich die kleine Wunde wieder schließt. Öffne dich, damit das helle, warme Licht der Empathie mir meine Schmerzen nimmt.«

Sie wusste nicht, ob sie es wirklich spürte oder ob das leichte Brennen ihres eigenen Fingers ihrer Einbildung entsprang. Trotzdem presste Breen den Daumen auf die wunde Stelle, und mit einem neuerlichen Lächeln meinte Aisling: »Gut gemacht.«

»Aber ich habe . . .«

»Vielleicht habe ich ein bisschen nachgeholfen, aber trotzdem hast du mich geheilt.« Entschlossen wischte Aisling sich den Blutstropfen vom Finger, an dem keine Einstichstelle mehr zu sehen war. »Das war zwar keine große Sache, doch ein erster Schritt.«

Zu Breens Entsetzen trat sie an den Herd, verbrannte sich den Finger und schnitt sich mit einem Küchenmesser in den Arm. Sie unterstützte Breen beim Heilen auch dieser kleinen Wunden, und am Ende stellte sie zufrieden fest: »Du hast auf jeden Fall Talent. Für schlimmere Verletzungen reichen deine Kräfte bisher zwar nicht aus, aber sie werden wachsen, und vor allem wirst du lernen, wie du sie mit Salben und Arzneien und anderen Formen der Behandlung kombinieren musst. Aber jetzt mache ich uns erst mal eine zweite Tasse Tee.«

Während sie aufstand, um ihn aufzugießen, erschien Keegan in der Tür.

»Morena hat gesagt, sie wäre hier. Umso besser, denn

ich habe gerade etwas Zeit, um mit dem Training zu beginnen.«

»Sie ist anwesend, falls du das vergessen hast«, erklärte Aisling spitz. »Breen und ich haben an ihrer Fähigkeit zu heilen gearbeitet, und sie hat ihre Sache wirklich gut gemacht.«

»Das wird ihr sicher sehr gelegen kommen, weil sie sich dann nach dem Training selbst um ihre blauen Flecken kümmern kann.« Er wandte sich an Breen. »Wir machen heute erst mal grundlegendes Nahkampftraining, um zu sehen, was in Ihnen steckt.«

Am liebsten hätte sie sich an den Stuhl gekrallt, auf dem sie saß. »Ich habe nicht die Absicht, gegen irgendwen zu kämpfen.«

»Es geht nicht darum, was Sie vorhaben oder nicht. Wollen Sie auch in Zukunft einfach hilflos rumzappeln und kreischen, wenn sich Odran oder eine seiner Kreaturen auf Sie stürzt? Wollen Sie nächstes Mal, wenn Sie in einem Käfig sitzen, einfach zitternd in der Ecke kauern, bis jemand zu Ihrer Rettung naht? Warum sollte irgendwer riskieren, Sie zu beschützen, wenn Sie sich nicht selber schützen wollen?«

»Was bist du für ein grober Klotz!«, fauchte Aisling ihren Bruder an. »Sie kommt nach draußen, wenn sie so weit ist. Und du verlässt am besten meine Küche, wenn du dich nicht selber heute Abend um die blauen Flecken, die ich dir verpasse, kümmern willst.«

Achselzuckend wandte Keegan sich zum Gehen.

»Es tut mir wirklich leid, dass mir das Schicksal einen derart rüpelhaften Bruder aufgebürdet hat. Manchmal ist Keegan furchtbar brüsk.«

»Kann man so sagen.«

Lächelnd stellte Aisling Breen den frisch gefüllten Becher hin. »Ich habe ihn im Lauf der Jahre sicher schon mit allen Schimpfworten, die's gibt, belegt, denn Taoiseach oder nicht, hat er die meiner Meinung nach auf jeden Fall verdient. Aber ...«, seufzend setzte sie sich wieder an den Tisch, »...trotz allem hat er recht. Du musst um deinet- und unseretwillen lernen, dich zu verteidigen, denn es gibt niemanden in dieser Welt, der nicht sein Leben gäbe, um dich zu beschützen.«

»Aber ich will ...«

»Leider geht es nicht darum, was du willst, sondern um das, was ist.« Abermals nahm Aisling ihre Hand und sah sie durchdringend aus ihren klaren blauen Augen an. »Ich weiß noch, wie man dich als kleines Kind gekidnappt hat. Ich habe immer noch den Lärm der Kriegstrommeln im Ohr. Ich weiß noch, wie viele ihr Leben hingegeben haben, um zu helfen, dich zurückzuholen. Auch mein Vater ist damals für dich gefallen.«

»Es tut mir leid.« Die Schuldgefühle schnürten Breen die Kehle zu. »Es tut mir furchtbar leid.«

»Das darf es nicht.« Aufmunternd drückte Aisling ihr die Hand. »Du warst damals noch ein Kind und hast mit allem gekämpft, was in dir ist. Das Schild, das dich beschützt, wird allerdings nicht ewig halten, und zum Glück war Keegan da, als es zum ersten Mal durchbrochen wurde, denn sonst säßest du nicht hier. Er war schon immer furchtbar ungeduldig, und die wenige Geduld, die er besitzt, wird bei den Ratsversammlungen, den Gerichtsverhandlungen, der Politik und dem Gewicht, an dem er wegen seines Ranges trägt, aufgebraucht. Natürlich springt er ziemlich unsanft mit dir um, aber was er mit dir vorhat, ist deshalb nicht falsch.«

Breen roch den Duft von frischem Brot und Tee und erinnerte sich an die Schlacht, die Marg sie hatte sehen lassen, und an all die Leute, die für sie gefallen waren.

»Also gut. Obwohl er sicher alles andere als glücklich sein wird, wenn er feststellt, was für eine jämmerliche Kämpferin ich bin.«

»Das bleibt abzuwarten, und vor allem hast du mit Keegan den mit Abstand besten Lehrer, den du dir nur wünschen kannst. Er wurde erst von unserem und danach von deinem Vater ausgebildet, und auf seine Art wird er dir alles beibringen, was er selbst bekommen hat.«

Breen hatte nur zwei Möglichkeiten. Entweder sie sagte nein und müsste dann mit ihren Schuldgefühlen – und mit ihrer Feigheit – leben, oder sie war einverstanden und ließe das Training und die blauen Flecken über sich ergehen.

Wobei ihr ein geschundener Körper deutlich lieber als ein angekratztes Ego war.

Also ging sie hinaus und sah, dass Keegan ohne Sattel mit den beiden Jungen – einem vor und einem hinter sich – auf einem dunkelbraunen Pferd im Galopp über die Weide jagte, was aus ihrer Sicht zwar alles andere als ungefährlich, den Gesichtern beider Jungen nach jedoch ein herrliches Vergnügen war.

Als er sie sah, zog er die Zügel seines Pferds an, und obwohl die beiden Jungen um die nächste Runde bettelten, erklärte er: »Jetzt nicht. Runter mit dir, Fin.«

Widerstrebend kletterte der junge Finian auf den Weidezaun, und Keegan stieg, den Jüngeren im Arm, vom Pferd und warf ihn in die Luft.

»Und jetzt nervt eure Mutter«, wies er seine Neffen an, zerzauste ihnen liebevoll das Haar, hob sie über den Zaun und schwang sich selbst hinüber in den Hof.

Er wirkte geradezu erschreckend stark, erkannte Breen und hoffte nur, dass es bei ihrem Training bei den blauen Flecken blieb, die er ihr schon angekündigt hatte.

»Machen Sie eine Faust.« Dann packte er ihre Faust und ertastete mit der anderen Hand, wie es um ihren Bizeps stand. »Sie sind nicht schwach, doch früher oder später kriegen Sie's mit Gegnern zu tun, die erheblich größer und vor allem stärker sind. Das heißt, Sie müssen lernen, sich zu verteidigen und diese Größe und die Stärke so zu nutzen, dass sie Ihnen in die Hände spielen.«

»Ich habe einmal einen Kurs in Selbstverteidigung gemacht.«

»Ach ja? Und was genau haben Sie da gelernt?«

»Tja nun, wenn ich zum Beispiel ganz allein in einem Parkhaus wäre und Sie mich rücklings überfallen würden, um mich auszurauben oder zu vergewaltigen …«

Sie wandte ihm den Rücken zu, und er trat ihr die Beine weg.

Erst war sie überrascht, weil sie bisher noch nie von jemand umgeworfen worden war, doch dann stieg heißer Ärger in ihr auf. »Ich dachte, dass ich Ihnen zeigen soll, was ich bei diesem Kurs gelernt habe.«

»Ich warte noch darauf und frage mich, warum in aller Welt Sie einem Gegner einfach so den Rücken zukehren.«

Sie rappelte sich wieder auf. »Ich wollte Ihnen demonstrieren, wie man dann reagiert.«

»Und was, wenn ich von vorne komme?«

Er sprang drohend auf sie zu, sie stolperte zurück und landete erneut auf dem Boden.

»Sie sind zu langsam«, meinte er und zog sie wieder hoch.

Sie rammte ihm ihre Faust in seinen Bauch – der hart war wie Beton – und landete zum dritten Mal auf ihrem Hinterteil.

»Legen Sie Ihre ganz Kraft in Ihren Schlag.«

»Ich hatte Ihnen nicht wehtun wollen.« Sie schlug noch einmal – kraftvoll – zu, bevor sie aber die Gelegenheit bekam, ihm auf den Fuß zu treten, trat er einen Schritt zur Seite und brachte sie abermals zu Fall.

Bei ihrem Kurs hatte die Technik deutlich besser funktioniert.

»Sie müssen schneller und vor allem stärker sein, damit das Zeug, das Sie gelernt haben, Ihnen etwas nützt. Versuchen Sie's noch mal.«

Sie rammte ihre Faust mit solcher Wucht in seinen Bauch, dass ihre Knöchel brannten, wich seinem Tritt aus und tat, als würde sie ihr Knie in seine Kronjuwelen rammen wollen.

Im Grunde hätte sie das wirklich gern getan, und grinsend meinte er: »Das war nicht schlecht. Und was, wenn ich …«

Er drehte sie blitzschnell um ihre eigene Achse, legte einen Arm um ihren Hals, und auch wenn sie ihm wie erlernt den Ellenbogen in den Solarplexus rammte, schaffte sie es nicht, ihm auf den Fuß zu treten, weil er seine langen Beine so weit spreizte, dass er nicht mehr zu erreichen war.

»Hören Sie auf, so herumzuzappeln. Machen Sie sich

schlaff. Seien Sie gewitzt und nutzen aus, dass Sie als Frau normalerweise eine leichte Beute sind. Lassen Sie den anderen glauben, dass Sie schwächer sind, und sacken Sie in sich zusammen.«

Sie war tatsächlich schwächer, und das Wissen, dass er deutlich stärker war als sie, machte ihr mehr als nur ein bisschen Angst. Wenn er wollte, könnte er sie umbringen, und sie könnte nichts dagegen tun. Vor lauter Muffensausen gaben ihre Knie nach.

»Und jetzt überlegen Sie sich Ihren nächsten Schritt. Der Angreifer geht davon aus, dass er bereits gewonnen hat. Setzen Sie jetzt den Ellenbogen ein. Genau, nicht schlecht – aber beim nächsten Mal mit größerem Wumms. Jetzt lockert er den Griff. Nutzen Sie das aus.«

Sie tat, als könnte sie sich nicht mehr auf den Beinen halten, schaffte es, sich umzudrehen, und riss erneut das Knie nach oben.

»Nicht so jämmerlich. Was, wenn ich –«

Er ließ seine Faust nach vorne schießen, bis sie fast auf ihre Nasenspitze traf.

Sie riss schockiert die Augen auf, und er schüttelte mitleidig den Kopf. »Jetzt wären Sie erledigt. Also wehren Sie den Schlag gefälligst ab.«

Er riss an ihrem Arm, schlug seine Faust zur Seite und befahl: »Sie brauchen noch mehr Schwung! Und danach schlagen Sie zurück. So schnell es geht!«

Sie brachte eine Stunde überwiegend auf dem Boden zu, bevor er sie mit einem schwachen Lob dort liegen ließ.

»Morgen werden Sie es besser machen«, meinte er und wandte sich zum Gehen.

Sie rief nach ihrem Hund und hätte dabei gerne laut gestöhnt. Auch nach den ersten Reitstunden hatte ihr am Anfang alles wehgetan, doch das war nichts verglichen mit dem Pochen und dem Ziehen, dem Stechen und den Schmerzen, die die Folge ihres ersten Nahkampftrainings waren. Doch erst nachdem sie in den Pfad zu Mairghreads Cottage eingebogen war, wo niemand mehr sie sehen konnte, setzte sie sich auf den Boden, zog die Beine an und legte ihren Kopf auf ihren Knien ab.

Faxe fuhr ihr mit der Zunge durchs Gesicht und stieß das leise Jammern aus, das sie in ihrem Inneren vernahm.

Sie hatte keinerlei Erfahrung mit Gewalt, und nie zuvor in ihrem Leben hatte jemand anders ihr mit Absicht körperliche Schmerzen zugefügt. Genauso wenig hätte sie in ihrem ganzen Leben jemand anderem wehtun wollen. War das der Preis der Macht – und der Verwandlung in die Frau, die sie in ihrem tiefsten Inneren war? Okay, sie hatte sich in ihrem bisherigen ganz normalen, ereignislosen Leben ziemlich eingeengt gefühlt, aber …

Sie sah wieder auf und wischte sich die Tränen aus dem Gesicht. »Die Freiheit hat nun einmal ihren Preis«, erklärte sie dem Hund. »Auch wenn ich mir nicht sicher bin, ob ich ihn tatsächlich bezahlen will.«

Dann aber linderte sie ihre schlimmsten Schmerzen mit den, wenn auch noch so bescheidenen Kräften, die ihr innewohnten, und stand grimmig wieder auf.

Unterdessen schenkte Keegan sich im Haus der Schwester einen Whiskey ein.

»Ein bisschen früh für Whiskey, oder?«, fragte Aisling, die den Kohl für ihren abendlichen Eintopf schnitt.

»Ganz sicher nicht.«

»Wie hat sie sich geschlagen? Du bist so oft auf sie los, dass ich am liebsten aus dem Haus gerannt wäre, um dir selber eine reinzuhauen.«

»Sie ist erstaunlich stark und flink, nur denkt sie einfach zu viel nach.« Er kippte seinen Whiskey runter und gab zu: »Aber sie lernt erstaunlich schnell.« Er zog sein Hemd nach oben und sah sich die blauen Flecken an, die er selbst davongetragen hatte.

»Sieht aus, als hätte sie dir ganz schön zugesetzt. Komm her, damit ich dich verarzten kann.«

»Das kann ich allein.« Er ließ das Hemd wieder über die Hose fallen. »Es tut ihr leid, mir wehzutun, und das hält sie zurück. Sie hätte mir auch mehr als einmal in die Eier treten können, aber sie bereut die Schmerzen schon, die sie einem zufügt, bevor es so weit ist.«

»Tun wir das nicht alle irgendwie?«

Obwohl er seiner Schwester gerne widersprochen hätte, konnte er es nicht, denn schließlich brachte er seit Jahren jeden gottverdammten Tag in seinem Leben damit zu, verschiedene Dinge zu bereuen.

Trotzdem.

»Man muss sein Bedauern überwinden, wenn man diese und die anderen Welten dauerhaft beschützen will. Aber sie hat ihr Innerstes verschlossen, und ich weiß nicht, ob sie sich je wirklich öffnen wird. Sie hütet ihre Zweifel so wie andere Frauen ihren Lieblingsschmuck.«

»Sie braucht einfach noch Zeit.«

»Das tun wir alle. Aber das heißt nicht, dass man sie uns auch gibt.«

Als er ans Fenster trat und in den anbrechenden Abend

starrte, unterbrach sie ihre Arbeit und nahm ihren Bruder tröstend in den Arm.

»Die Last liegt nicht allein auf Ihren Schultern, Keegan. Auch wir anderen, alle Fey und alle, die auf unserer Seite stehen, tragen einen Teil dieses Gewichts.«

»Ich weiß, aber ich habe Eian nun einmal geschworen, sie zu beschützen und ihr, wenn sie kommt, zu helfen, zu erkennen, wer sie ist. Ich weiß nicht, wie ich das Versprechen anders halten soll.« Sein Brustkorb wurde warm, und seufzend meinte er: »Ich habe doch gesagt, ich kümmere mich selbst um die Blessuren.«

»Das brauchst du jetzt nicht mehr.« Sie gab Keegan einen Kuss auf die Wange. »Isst du noch mit?«

Er schüttelte den Kopf. »Das ist ein nettes Angebot, aber ich muss gleich los und Ma noch einen Falken schicken, damit sie und alle anderen Mitglieder des Rates erfahren, wie es läuft. Dann muss ich erst einmal nicht selber in die Hauptstadt fliegen, und ich habe das Gefühl, als würde ich hier augenblicklich mehr gebraucht als dort.«

»Gib deinem Vogel alles Liebe mit«, bat Aisling ihn und wandte sich erneut der Vorbereitung ihres Abendessens zu.

Nachdem es ihrem Körper wieder besser ging, beruhigte Breen ihr Herz und ihren Geist durch FaceTime mit dem besten Freund.

»Aber hallo, Mädel! Du siehst wirklich super aus. Ich hasse es, dich nicht zu sehen.«

»Wir facetimen doch jede Woche.«

»Trotzdem fehlst du mir.«

»Du fehlst mir auch. Habt ihr im *Sally's* viel zu tun?«

»Der Laden war gerammelt voll, und Desdemonas neue

Nummer war einfach der Hit. Ich bin total erledigt, und wenn du nicht angerufen hättest, läge ich wahrscheinlich schon im Bett. Wir alle hier vermissen dich und lesen täglich deinen Blog. Und jetzt erzähl mir alles, über das du nichts geschrieben hast.«

Wie gern hätte sie das getan, nur dass das eben nicht so einfach war. »Im Grunde gibt es da nichts zu erzählen. Ich schreibe, gehe viel spazieren, hänge mit Faxe ab und nehme Reitstunden.«

»Ich kann einfach nicht glauben, dass du dich das traust.«

»Es macht echt Spaß.«

»Erst dieser Hund und jetzt noch Pferde«, meinte er. »Wenn das so weitergeht, suchen wir uns am besten einen Bauernhof, wenn du wieder nach Hause kommst. Da ist doch was im Busch«, bemerkte er und sah sie aus zusammengekniffenen Augen an. »So guckst du nur, wenn irgendwas nicht stimmt. Sag mir, was los ist.«

»Ach, das weiß ich selbst noch nicht genau. Ich denke einfach gerade über viele Dinge nach.«

»Du kommst zu selten vor die Tür. Warum höre ich nichts von irgendwelchen Pub-Besuchen, Karaoke-Abenden und Flirts mit heißen Iren?«

»Das steht im Augenblick ganz einfach nicht auf dem Programm, vor allem, da der Mann, der mich bei diesen Sachen unterstützen könnte, Tausende von Meilen entfernt in Philadelphia sitzt. Wie steht's mit dir? Gibt es in deinem Leben einen neuen Mann?«

»Die zwei Versuche, die ich in der letzten Zeit gestartet habe, haben nichts gebracht. Es hat ganz einfach nicht gefunkt, das heißt, dass bei mir gerade diesbezüglich Flaute herrscht. Aber versuch nicht abzulenken, Breen.

Ich kenne dich, wie dich sonst niemand kennt, und sehe, dass etwas nicht stimmt. Du hast doch wohl kein Heimweh, Schatz?«

»Du und die anderen fehlt mir«, gab sie unumwunden zu. »Vielleicht dachte ein Teil von mir, dass ich etwas von meiner Mutter hören würde, doch natürlich habe ich das nicht. Das ist für mich okay, aber ich mag es nicht, dass das für mich in Ordnung ist.«

»Aber das ist nicht alles.«

Irgendetwas musste sie ihm geben, denn er kannte sie tatsächlich, und da sie ihm schwerlich etwas von Talamh erzählen könnte, warf sie Marco kurz entschlossen einen anderen Knochen hin. »Ich nehme an, ich bin etwas nervös. Es gibt da nämlich eine Sache, die ich in dem Blog erst einmal nicht erwähnen wollte, weil noch niemand etwas davon wissen soll.«

»Wovon?«

»Du weißt doch, dass ich dieses Kinderbuch geschrieben habe.«

»Über den Hund, na klar. Aber bisher hast du es mir noch immer nicht geschickt.«

»Dir nicht, aber dafür ... einer Agentin.«

»Du hast *was*?« Er richtete sich kerzengerade auf, und während eines kurzen Augenblicks sah sie seinen schlanken Oberkörper und das weiße Tanktop, das er trug. »Warum zum Teufel hast du mir das nicht sofort erzählt?«

»Ich dachte, falls ich jemals eine Antwort kriegen würde, stünde höchstens darin, dass ich sie nicht noch mal belästigen soll.«

»Hör auf.« Er drohte ihr mit seinem Zeigefinger und befahl: »Schick mir sofort eine Kopie.«

»Morgen«, versprach sie ihm. »Ich will nicht, dass du extra aufbleibst, um sie jetzt sofort zu lesen, nur weil du mich liebst, denn du brauchst schließlich deinen Schlaf. Aber gleich morgen früh bekommst du sie. Versprochen.«

»Ich bin wirklich stolz auf dich. Du hast ein Buch geschrieben, und das ist was völlig anderes als ein Blog. Und du hast eine Agentin angesprochen.«

»Tatsächlich gesprochen haben wir bisher noch nicht.«

»Schreiben oder sprechen ist ja wohl dasselbe.«

»Fast. Und jetzt lenk mich ein bisschen davon ab, denn der Gedanke an das Buch macht mich total nervös. Erzähl mir, was ihr alle so treibt und wie es allen geht. Erzähl mir ausführlich den neuesten Klatsch.«

Da Marco immer irgendwelchen Tratsch auf Lager hatte, klappte sie ihr Tablet erst nach einer halben Stunde wieder zu.

Und merkte, dass es ihr tatsächlich besser ging.

Sie liebte all die Zeit, die sie mit ihrer Großmutter verbrachte, und je besser sie sie kennen lernte, umso größer wurde die Bewunderung, die sie für sie empfand. Sie lernte bei ihr mehr als Zaubersprüche und die Freude und Verantwortung, die die Macht mit sich brachte. Sie lernte sehr viel über ihre Herkunft, ihr besonderes Erbe und den Teil von sich, der jahrelang so fest von ihr in ihrem Inneren verschlossen worden war, als müsste sie sich seiner schämen.

Am nächsten Tag ging sie mit Mairghread in den Wald, um ihren ersten Kreis im Freien zu werfen, wo es deutlich schwieriger als in der Werkstatt war.

»Wie machst du das?«, erkundigte sie sich. »Wie lässt du

all den Zorn und all den Widerwillen gegenüber meiner Mutter los?«

»Indem ich mich daran erinnere, dass sie einmal meinen Sohn geliebt hat, und in dem Bewusstsein, dass die Mutterliebe sie dazu bewogen hat, in ihre Welt zurückzukehren. Indem ich daran denke, dass sie hier in meiner Welt niemals wirklich zu Hause war.« Behutsam legte Marg das mitgebrachte Werkzeug auf den Dolmen, den sie als Altar verwendete. »Aber offen gestanden fällt's mir trotzdem oft nicht leicht.«

»Ich habe es versucht, vielleicht nicht allzu sehr, aber ich habe es auf jeden Fall versucht. Trotzdem kann ich ihr die ganzen Lügen einfach nicht verzeihen. Es geht dabei nicht nur um all das Geld, das sie mir jahrelang verschwiegen hat, obwohl ich ohne sicher nie nach Irland und dann weiter hierher hätte kommen können. Es geht vor allem um all die Zeit, die ich vergeudet habe ...«

»Sie war nicht vergeudet«, widersprach die Großmutter. »Vergeudet war sie nicht, denn jeder Tag ist ein Geschenk, an dem man etwas lernt. Woher wollen wir wissen, dass du ohne das zuvor in jener anderen Welt geführte Leben jemals das gefunden hättest, was du hier gefunden hast?«

»Sie hat mir immer das Gefühl gegeben, dass ich unzulänglich bin. Das ist das Hauptproblem. Sie hat mir immer das Gefühl gegeben, weniger zu sein, als ich in Wahrheit bin.«

Tröstend legte Mairghread eine Hand an Breens Gesicht. »Vielleicht weißt du deshalb ja mehr zu würdigen, was du inzwischen über dich herausgefunden hast.«

»Aber ich frage mich, ob ich so viele Zweifel an mir selbst und meinen Fähigkeiten habe, weil sie mir nicht nur mit Worten, sondern auch mit Blicken und mit Taten immer wieder zu verstehen gegeben hat, dass ich im Grunde nichts zu bieten habe. Denn ich habe ihr geglaubt und mich mit deutlich weniger begnügt, als ich hätte erreichen können oder wollen.«

»Und nun hast du die Chance, die zu sein, die du in Wahrheit bist.« Jetzt legte Marg auch noch die andere Hand an ihr Gesicht und zwang sie sanft, sie anzusehen. »Nimm diese Chance wahr, bau auf dem Leben, das du bisher hattest, auf, und streck die Hände nach der Zukunft aus. Wenn dir das nicht sofort gelingt – tja nun, zu wahrer Größe kann man nur gelangen, wenn man Fehler macht. Und jetzt, *mo stór*«, sie machte einen Schritt zurück, »befrei dein Hirn von all diesen Gedanken und wirf deinen Kreis.«

Breen fegte mit dem Besen alles Negative und auch ihre eigenen düsteren Gedanken fort. Dann stellte sie im Osten eine gelbe Kerze und ein Schälchen Weihrauch, Richtung Süden eine rote Kerze sowie einen Drachenherzenstein, nach Westen eine blaue Kerze sowie eine Muschel und nach Norden eine grüne Kerze und ein Schüsselchen mit trockenen Kräutern auf.

Unter den Augen ihrer Nan umrundete sie dreimal den von ihr gezogenen Kreis und murmelte:

»Ich ziehe diesen Kreis zum Schutz vor allem Leid,
das mich jemals befiel und mich in Zukunft noch befallen
   mag.
Ich forme ihn mit Liebe und mit Helligkeit,
und schwöre, selbst zu anderen so gut zu sein, wie ich
   vermag.«

Bei ihrer letzten Runde stieg ihr die vertraute Wärme aus der Leistengegend in den Bauch, von dort ins Herz und weiter in ihr Gehirn. Sie zündete die Kerzen an – die für Feuer, Wasser, Luft und Erde standen –, ergriff den rituellen Dolch, der auf dem Dolmen lag, wand sich nach Osten und rief aus:

>*»Ihr Götter, die die Sonne aufgehen lasst und*
>*   willens seid,*
>*mich hier an diesem Ort zu dieser Stunde anzuhören.*
>*Ich bin eure Tochter.*
>*Ich bin eure Dienerin.«*

Sie wiederholte diesen Ruf nach Süden, Westen und Norden, bis die Kerzen heller brannten und sich auch die Flamme, die in ihrem Inneren brannte, immer weiter auszudehnen schien. Dann trat sie vor den Altar, um den von Marg gewählten simplen Zauber zu vollführen und endlich klarzusehen. Sie warf die Kräuter und Kristalle in den Kessel auf dem Dolmen, schüttete das Wasser aus dem Becher über das Gemisch, schlug dreimal mit dem von ihr selbst hergestellten Stab gegen den Rand des Topfs, entfachte unter ihm ein Feuer und verrieb ein wenig Öl auf ihrem dritten Auge in der Mitte ihrer Stirn.

>*»Oh Rauch, gib meinen Augen eine klare Sicht,*
>*dem Herzen einen klaren Blick, und meinen Geist erfüll mit*
>*   Licht,*
>*auf dass die Wahrheit für mich durch den Nebel schein.*
>*Wie du es willst, so soll es sein.«*

Der Rauch stieg dünn und weiß zum Himmel auf, und sie vernahm ein anfangs dumpfes Echo, so als hätte der von ihr beschworene Nebel das Geräusch gedämpft. Dann lichtete er sich, und sie erkannte, dass es Wellen waren, die sich an Felsen brachen, sah die Klippen, sah die karge Insel und den Haufen schwarzer Steine, der dort lag.

Dann sah sie auch den Kreis, der schmerzlich anders als der Kreis war, den sie geworfen hatte. Die schwarzen Kerzen, deren Flammen rot waren wie Blut, und eine Gruppe von Dämonen, die in diesem Kreis um einen schimmernd schwarzen Opferstein versammelt waren. Auf diesen Stein gefesselt lag ein Junge, der an seinen Ketten riss und gellend schrie, als eine finstere Gestalt in einem schwarzen Umhang mit Kapuze an die Opferstätte trat.

Sie murmelte etwas in einer Sprache, die sie nicht verstand, und ihre Stimme klang wie dumpfer Trommelklang.

Dann streckte die Gestalt den Arm in Richtung Himmel aus, und dunkle Wolken zogen auf. Mit ihrer anderen reckte sie ein langes Messer mit gekrümmter Scheide in die Luft, und als sie es über den Hals des Opfers zog, wurden die Blitze, die am Himmel zuckten, von tosendem Donner untermalt. In einem goldenen Kelch fing die Gestalt das Blut des Jungen auf, und als sie ihn an ihren Mund hob, erkannte sie das Gesicht ihres Großvaters, das von einem neuerlichen, seltsam dunklen Blitz erhellt wurde. Er trank das Blut, das er vergossen hatte, und als die Vision endlich verblasste, ließ sich Breen ermattet auf die Knie fallen.

Erst da griff Mairghread ein.

»Du musst es ganz zu Ende bringen. Du musst noch deinen Dank aussprechen und den Kreis dann wieder schließen. Du musst es zu Ende bringen, aber keine Angst, ich helfe dir. Dann gebe ich dir was zur Stärkung, denn du bist erschreckend bleich, und dann erzählst du mir, was du gesehen hast.«

»Ich habe ihn gesehen. Odran.«

»Nun, das überrascht mich nicht.«

20

Da ihre Werkstatt näher als ihr Cottage war, setzte sie Breen erst einmal dort vor den Kamin, schenkte ihr Wein und etwas zur Beruhigung ein und war nur froh, dass auch sie selbst etwas genommen hatte, als sie hörte, was geschehen war.

»Die Blitze waren dunkel, aber dennoch hat ihr Licht mir den verfluchten Kelch gezeigt. Es war stockfinster, aber trotzdem konnte ich ihn sehen. Und dann hat Odran ihn an seinen Mund gehoben und das Blut getrunken. Gott, der arme Junge, Nan. Er kann höchstens zwölf gewesen sein. Nachdem Odran sein Blut in diesem Becher aufgefangen hat, sind die Dämonen über seinen Körper hergefallen. Sie haben sich draufgestürzt wie auf ein Festmahl und ...« Erschaudernd trank sie einen Schluck von ihrem Wein. »Es war einfach entsetzlich, einfach grauenhaft. Aber so jung, wie Odran aussah, ist das sicher ewig her.«

»Er kann so alt sein, wie er will. Ich weiß nicht, wann er dieses arme Kind geopfert hat, aber er hatte dafür sicher einen Grund, weil Blutopfer das größte denkbare Verbrechen und die größte vorstellbare Sünde sind.« Die Großmutter lief unruhig in der Werkstatt auf und ab. »Und dafür – so steht es geschrieben – haben die Götter ihn aus ihrem Reich verbannt. Du hast gesagt, die schwarze Burg wäre zerstört gewesen.«

»Sie lag in Trümmern«, wiederholte Breen. »Es muss

also gewesen sein, nachdem er mich damals gekidnappt hat.«

»Da hast du recht.« Die Großmutter nahm wieder Platz, ergriff die Hand der Enkelin und sah sie forschend an. »Du hast inzwischen wieder etwas Farbe im Gesicht. Ich bin sehr stolz auf dich, weil du das Ritual nach einer so brutalen Vision noch abgeschlossen hast. Vor allem, weil es bei unserem Zauber eigentlich um etwas völlig anderes ging.«

»Ich weiß. Ich habe keine Ahnung, woher diese Bilder kamen.«

»Aus deinem Inneren. Du hast darum gebeten klarzusehen. Und dass dann diese Bilder kamen, hatte sicher einen Grund, auch wenn ich dir nicht sagen kann, was für ein Grund das war. Ich werde Sedric gleich zu Keegan schicken, um ihm auszurichten, dass du heute nicht trainieren wirst.«

»Oh nein. Ich würde mir zwar lieber einen Zahn mitsamt der Wurzel ziehen lassen, statt noch einmal zu trainieren, aber wenn ich heute kneife, nimmt er mich dafür wahrscheinlich morgen doppelt so hart ran.«

Lächelnd drückte Mairghread ihr die Hand. »Anscheinend kennst du ihn inzwischen ziemlich gut. Auch das ist eine Form von Klarheit. Aber er wird Rücksicht darauf nehmen, wenn ich sage, dass es dir nicht gut geht und du deshalb heute eine Pause machen sollst.«

»Ich kann noch immer sehen, wie …« Sie atmete geräuschvoll aus. »Wenn Keegan mich vermöbelt, lenkt mich das zumindest von den Bildern ab. Und ich bringe das Training lieber hinter mich, als Angst davor zu haben, was er vielleicht morgen mit mir macht. Gestern kam er mit Schwertern an. Sie können einen zwar nicht verletzen, aber wenn er einen damit trifft, tut's trotzdem höllisch weh. Ich gehe besser langsam los.« Sie stand widerstrebend auf. »Es gibt wahrscheinlich keinen Zaubertrick, damit zur Abwechslung mal Keegan einen auf die Mütze kriegt?«

»Mit solchen Dingen sollte man nicht spielen. Soll ich dich begleiten?«

»Danke, aber es ist auch schon ohne Publikum peinlich genug.« Sie küsste Marg auf die Wange. »Also dann, bis morgen Nachmittag.«

»Trink deinen Tee, damit du heute Nacht ruhig schlafen kannst.«

»Das mache ich.«

»Trink ihn vor dem Zubettgehen, ja? Und was legst du unter dein Kissen?«

»Rosmarin und einen Amethyst oder einen schwarzen Turmalin.«

»Du hast tatsächlich schon sehr viel gelernt.«

Breen wünschte sich, das Erlernen irgendwelcher Kampfsportarten fiele ihr genauso leicht. Nur leider machte ihr das Training einfach keinen Spaß, und vor allem konnte sie auch weiter gut darauf verzichten, mit den Fäusten oder gar mit einem Schwert auf jemand anderen loszugehen.

Obwohl…

Sie dachte an den Jungen, der an den Ketten riss und schrie. Hätte sie nicht versucht, ihn zu beschützen, ganz egal, auf welche Art? Sie ließ den Blick über die Felder schweifen, während Faxe gut gelaunt vorauslief, schnupperte und wiederkam. Das satte Grün und auch das blaue Wasser unten in der Bucht sahen herrlich friedlich aus, und der Gedanke, dass inmitten all der Schönheit, die die

Welt zu bieten hatte, auch das Böse existierte, tat ihr in der Seele weh.

Der arme Junge! Hatte er aus dieser, ihrer oder einer anderen Welt gestammt? Das würde sie wahrscheinlich nie erfahren. Doch sie wusste, dass er sich nicht aufgegeben hatte, auch wenn er vor Panik völlig außer sich gewesen war. Er hatte keine Chance gehabt, es aber trotzdem bis zum Schluss versucht.

Wie sollte sie da etwas anderes tun?

Sie erblickte den Falken, bevor sie ihre alte Freundin sah. Amish landete geschmeidig auf einem der Steinpfosten des Tors zum Hof, und Faxe – der inzwischen deutlich größer als zu Anfang war – lief bellend los und stützte sich mit seinen Vorderpfoten auf dem Pfosten ab.

»Er ist viel zu erhaben, um mit dir zu spielen«, rief Morena, die die Haare heute offen trug. Sie überholte Breen auf ihrem Weg zum Tor, ging in die Hocke, und als sich das Hündchen auf den Rücken warf, kraulte sie seinen Bauch. »Aber ich nicht.« Sie rang ein bisschen mit dem Tier und fragte dann Breen: »Bist du bereit, Keegan zu zeigen, wo der Hammer hängt?«

»Wohl kaum.«

»Also bitte. Harken hat gesagt, du würdest immer besser.«

»Und woher will er das wissen?«

»Tja, er sieht euch ab und zu beim Training zu. Auch wenn er dann natürlich stets diskreten Abstand zu euch wahrt.«

»Wie peinlich.« Trotzdem trat sie durch das Tor.

»Und heute schaue ich euch zu.«

»Oh nein. Es ist auch so schon schlimm genug. Ich lande regelmäßig auf dem Hintern, und dazu erklärt er mir mit schöner Regelmäßigkeit, ich hätte Füße wie aus Blei, die Balance eines einbeinigen Trunkenbolds und Hände wie ein Kesselflicker, der nur noch drei Finger hat.«

»Umso mehr ein Grund, dass dich jemand anfeuert.« Morena schlang den Arm um ihre Schultern und verströmte den gleichzeitig süßen, würzigen und erdigen Geruch des Gartens ihrer Großeltern. »Ich wette, du bist besser, als du denkst.«

»Die Wette würdest du verlieren. Oh Gott, jetzt kommt er wieder mit den blöden Schwertern an. Mein Arm hat sich nach unserem Training gestern Nachmittag wie Gummi angefühlt.«

»Aber Gummi ist flexibel, oder nicht? Das heißt, dass du flexibel bist. Und da kommt unser Anführer und sieht so grimmig und entschlossen aus wie eh und je.«

Grinsend drehte er den Kopf. »Und da kommt unsere Obernervensäge, die mal wieder meinen armen Bruder quälen will.«

»Was ihm nicht wirklich etwas auszumachen scheint.« Morena schnappte sich ein Schwert, und Breen beneidete sie um die Eleganz, mit der sie die verdammte Waffe schwang. »Du hast das Ding manipuliert.«

»Natürlich. Wenn ich sie in Stücke hacken würde, wäre schließlich niemandem gedient.«

Behutsam glitt Morena mit der Klinge über ihre Hand. »Aber sie soll schon spüren, wenn sie getroffen wird.«

»Wenn man nichts spürt, lernt man auch nichts. Harken ist übrigens im Stall. Eine der Stuten frisst nicht mehr.«

»Ich werde später zu ihm gehen«, erklärte sie und drückte ihm die Waffe wieder in die Hand. »Erst will ich noch ein bisschen zusehen.«

»Guck, dass du uns nicht in die Quere kommst.«

Er wandte sich an Breen und warf ihr eins der Schwerter zu.

Als es zu Boden fiel, weil sie vor Schreck zusammenfuhr, wollte er augenrollend wissen: »Warum haben die Götter mich mit einer solchen Schülerin geschlagen? Heben Sie das Schwert auf, Breen. Ich gehe davon aus, dass Sie noch wissen, welches Ende zu was gut ist.«

»Das spitze Ende braucht man, um den Gegner zu durchbohren.«

Zu ihrer Überraschung huschte etwas wie ein Lächeln über sein Gesicht. »Ich kenne die Geschichte. Arya war noch ein Kind und hat sehr schnell und gut gelernt. Vielleicht sind Sie nicht mehr so wendig, weil Sie schon erwachsen sind, aber total verkalkt können Sie in Ihrem Alter ja wohl noch nicht sein. Also nehmen Sie das Schwert und gehen auf mich los.«

Sie gab sich alle Mühe, doch er wehrte ihren Angriff mühelos ab und bohrte ihr im Gegenzug die Spitze seiner Waffe in den Bauch.

»Noch mal.«

Diesmal verriet das Brennen ihrer Schulter, dass sie einen Arm verloren hatte, und noch während sie nach Luft rang, rief Morena: »Du musst dein Körpergewicht besser einsetzen.«

»Ruhe«, herrschte Keegan ihre Zuschauerin an und wandte sich erneut an Breen. »Noch mal.«

»Verdammt, Keegan, sie fängt gerade erst mit Schwertkampf an. Mach etwas langsamer, okay?«

»Sie war schon zweimal tot. Noch mal.«

Er zwang sie, immer wieder auf ihn loszugehen, bis es

427

an ihrem Körper kaum noch eine Stelle gab, die nicht von seinem Schwert getroffen worden war.

»Du elender Tyrann! Los, Breen, setz deine Schulter ein und wehr die Angriffe von diesem Bastard ab.«

Sie gab sich alle Mühe. Schweiß lief über ihre Stirn und ihren Rücken, doch sie ließ nichts unversucht. Tatsächlich schaffte sie es, einen Angriff umzulenken, der sie ihren Kopf gekostet hätte, aber dafür traf die Spitze seiner Waffe schmerzhaft ihren Arm.

»Ich muss ...«

»Sie müssen blocken!«, schnauzte er sie an. »Wenn Sie nichts anderes können, wehren Sie zumindest meine Hiebe ab.«

Ihr Schwert jedoch glitt schlaff an seinem Schwert herab, und wieder fügte er ihr eine tödliche Verletzung zu.

Inzwischen war sie völlig außer Atem, während er so ausgeruht wie zu Beginn des Trainings war.

Stirnrunzelnd trat er auf sie zu, packte ihr Handgelenk und fuhr sie an: »Verdammt, Sie haben genügend Muskeln, um das Schwert zu halten. Und benutzen Sie, verflucht noch mal, die Füße und vor allem Ihren Kopf, bevor Sie ihn verlieren. Alles, was Sie wissen müssen, ist, dass ich Sie umbringen will. Ich will Sie töten.« Immer wieder drosch er mit dem Schwert auf ihre Waffe ein. »Also kämpfen Sie gefälligst, um mich umzubringen, bevor ich Sie töten kann.«

Er trieb sie immer weiter rückwärts, bis sie beide Hände nutzen musste, um das Schwert zu halten, und befahl ihr: »Schlagen Sie gefälligst endlich zu!«

Sie holte aus, und wieder wehrte er den Stoß so kraftvoll ab, dass ihr das Schwert entglitt. Ihre Beine zitterten, und wäre es ein echter Kampf gewesen ...

»Das ist ja wohl kein Training. Musst du sie die ganze Zeit so fertigmachen?« Morena sprang erbost vom Zaun, marschierte los und hob Breens Schwert vom Boden auf. »Das ist kein fairer Kampf, das weißt du selbst.«

Er fuhr zu ihr herum, und außer sich vor Zorn bauten die zwei sich voreinander auf.

»Im Krieg wird niemals fair gekämpft, das weißt du auch. Und wenn das alles ist, was sie zu bieten hat, hat sie im Ernstfall nicht einmal den Hauch einer Chance. Sie kann nicht einmal ansatzweise mit dem Schwert umgehen, und mit den Fäusten ist sie fast genauso hoffnungslos.« Wütend entriss er Morena das Schwert und drückte es Breen wieder in die Hand. »Versuchen Sie's noch mal.«

»Ich bin kein hoffnungsloser Fall.«

»Beweisen Sie's. Gehen Sie auf mich los, und kämpfen oder sterben Sie.«

Inzwischen tat ihr jede Stelle an ihrem Körper weh, doch das war nichts verglichen mit dem heißen Zorn, der in ihr aufgestiegen war. Sie war bestimmt kein hoffnungsloser Fall.

»Dann sterben Sie.« Entschlossen trat er auf sie zu, bevor er ihr jedoch den nächsten Todesstoß versetzen konnte, ging sie selber auf ihn los.

Und plötzlich flog er durch die Luft und krachte so gewaltsam durch den Lattenzaun, dass er zerbarst.

Morena wurde schreckensstarr und riss entsetzt die Augen auf. »Oh Gott, hör auf. Komm zur Besinnung, Breen!« Dann lief sie eilig dorthin, wo der Taoiseach auf dem Boden lag.

Er aber winkte ab, rappelte sich ohne Hilfe wieder auf und blickte dorthin, wo die Schülerin mit selbstzufriedener Miene stand. »Anscheinend wird jetzt endlich jemand wach.«

Breens Hände zitterten, und selbst noch ganz erschüttert von der Kraft, die plötzlich in ihr aufgestiegen war, sank sie zu Boden. »Gott, es tut mir leid. Ich wollte Ihnen nicht...«

»Aber genau das sollten Sie.« Mit einem unterdrückten Stöhnen stand er auf. »Sie sollen alles tun, damit der Gegner und nicht Sie zu Boden gehen.«

»Sie haben Nasenbluten.«

Achtlos wischte er das Blut mit einer seiner Hände fort und meinte achselzuckend: »Nicht zum ersten und ganz sicher nicht zum letzten Mal. Und jetzt gehen Sie noch einmal auf mich los.«

»Sie ist total erschüttert, Keegan, und, oh Gott, das bin ich auch. Also lass sie in Ruhe.«

»Nein. Ich sehe, dass sie es noch immer in sich hat.« Er hockte sich vor Breen und legte eine Hand unter ihr Kinn. »Das spüren Sie selbst. Benutzen Sie die Kraft, die in Ihnen steckt. Wir konzentrieren uns jetzt ganz auf Ihren Zorn, um ihn zu kontrollieren und in die rechte Bahn zu lenken, damit Sie ihn dann zum Einsatz bringen können, wenn es nötig ist.«

Das Leuchten seiner Augen zeigte Breen, dass er tatsächlich hocherfreut und rundum zufrieden war.

»Das haben Sie so gewollt«, erkannte sie.

»Genau das brauchen Sie. Morena, geh und kümmre dich um Harken, denn er kommt da drüben aus dem Stall gerannt, als würde er in Flammen stehen. Und sag ihm, dass er Aisling und Mahon beruhigen soll. Sagt ihnen, dass wir wohlauf sind. Und jetzt stehen Sie auf.« Er packte

Breen am Arm und zog sie hoch. »Jetzt fängt das echte Training an.«

Entsetzt versuchte sie, ihn abzuschütteln, und bemerkte dumpf: »Sie haben mich absichtlich gereizt, bis ich am Ende ausgerastet bin.«

»Was eine Ewigkeit gedauert hat. Sie halten sehr viel aus, Breen Siobhan, aber wenn Sie mal die Geduld verlieren, bricht die Hölle los. Das nutzen wir am besten aus.«

»Aber ich will nicht...« Doch, erkannte sie, als er auch weiter ihren Arm umklammert hielt. Sie wollte das, was da in ihrem Inneren explodiert war, noch einmal erleben, denn es hatte ihr zwar Angst gemacht, sie aber gleichzeitig mit ungeahntem Stolz erfüllt. »Ich habe Ihnen nicht mit Absicht wehgetan. Ich konnte es nicht kontrollieren und bin nur froh, dass Ihnen außer Nasenbluten nichts geschehen ist.«

»Ich werde Ihnen helfen, es zu kontrollieren. Ich werde Ihnen helfen«, wiederholte er und klang dabei zum ersten Mal fast nett. »Ich stamme von den Weisen ab und habe selber einen Teil davon in mir, aber in meinen Adern fließt kein Götterblut, was heißt, dass Ihre Kraft erheblich größer ist. Ihr Vater war genau wie Sie, und als mein eigener Vater starb, hat er die Vaterstelle bei mir übernommen und mein Training fortgesetzt.« Er blickte auf die Felder, Weiden und das Haus aus Stein. »Von Geburt her haben Sie selber Anspruch auf den Hof.«

»Oh nein. Ich würde nie...«

Er sah sie traurig an. »Ich habe nicht gesagt, dass Sie ihn wiederkriegen, oder? Eian hat den Hof meiner Familie überlassen, weil er wusste, dass wir uns gut um ihn kümmern würden, und das haben wir getan. Aber was ich mit

Ihnen mache, tue ich für ihn. Für unsere Welt. Und für das Licht. Sind Sie bereit, das ebenfalls zu tun?«

»Ich weiß nicht, was ich machen soll. Aber ich werde niemals wieder unzulänglich sein und mich nie mehr damit begnügen, wie es vorher war.«

»Dann trödeln Sie nicht länger rum und nehmen jetzt das Schwert.«

»Und Sie sehen besser zu, dass Sie mich nicht noch mal so reizen«, meinte sie und hob die Waffe auf.

»Ich kann mich durchaus wehren«, klärte er sie grinsend auf. »Die bisherigen Kämpfe waren nur ein kleiner Vorgeschmack.«

Er zeigte ihr, was in ihm steckte, und auch wenn sie den Geschmack der tatsächlichen Kraft, die er besaß, nicht wirklich mochte, lernte sie, dass man die Kraft des Sturmes, den ein Feind heraufbeschwören konnte, nutzte, um das eigene Tempo zu erhöhen. Sie brauchte die Lektionen, die er ihr erteilte, nicht zu mögen, um davon etwas mitzunehmen, merkte sie.

»Ich muss jetzt aufhören, denn ich muss los, bevor es dunkel wird.«

»Aber die Schlachten enden nicht bei Sonnenuntergang.«

Wurde er nie müde?, wunderte sie sich und schüttelte den Kopf. »Ich muss wieder auf die andere Seite, und ich will nicht eine Meile durch den dunklen Wald laufen.«

»Die Elfen leuchten Ihnen ganz bestimmt den Weg, wenn Sie sie darum bitten, aber warum machen Sie sich nicht ganz einfach selber Licht?«

»Ich habe keine Taschenlampe an den Baum gelegt«, erklärte sie und sagte sich, dass sie das morgen machen würde, weil sie zeitlich dann nicht mehr derart gebunden war. »Und ich stolpere sicher nicht mit einer Kerze oder einer dämlichen Laterne durch den Wald.«

»Benutzen Sie Ihr eigenes Licht.«

»Was für ein Licht?«

Er schob sein Schwert in seine Scheide und verlangte ungeduldig: »Geben Sie mir Ihre Hand.«

»Warum?«

»Ach, Frau.« Er packte sie und drehte sie, bis ihre Handfläche nach oben wies. »Sie wissen, wie man Feuer macht.«

»Ja, aber ...«

»Feuer ist nicht immer eine Flamme, und selbst bei der Flamme können Sie entscheiden, ob Sie sie heiß haben wollen oder kalt. Aber Feuer ist auch Licht. Und wenn Sie Feuer machen können, können Sie auch Licht entstehen lassen. Holen Sie's aus sich heraus. Sie haben es in sich, also holen Sie es kalt und hell aus sich heraus. Lassen Sie es in sich aufsteigen und als Kugel materialisieren, die in Ihrer Hand liegt.«

Er hatte bernsteinfarbene Sprenkel in den Augen, wurde ihr bewusst. Flecken bernsteinbraunen Lichts inmitten zweier grüner Seen.

»Ich habe bisher nie ...«

»Konzentrieren Sie sich auf das Licht in Ihrem Inneren. Sehen Sie es, spüren Sie es, wissen, dass es da ist. Es liegt kühl in Ihrer Hand, ein reiner weißer Ball erfüllt durch Ihre Willenskraft mit Ihrem Licht.«

Sie sah ein leises Flackern, und vor Freude und vor Überraschung hätte sie fast aufgehört, sich auf das Licht zu konzentrieren, aber er umklammerte ihr Handgelenk und meinte: »Halten Sie es fest, verleihen Sie ihm mehr Kraft, bringen Sie es zum Leuchten.«

Sie befolgte den Befehl, und plötzlich hielt sie einen weißen Lichtball in der Hand, und als sie zu ihm aufsah, leuchtete dasselbe helle Licht in ihrem Herzen und in ihrem Blick.

»Wie schön sie ist.«

»Und hell genug, damit Sie unterwegs was sehen.« Er ließ sie los und machte einen Schritt zurück. »Sie müssen daran arbeiten, sich schneller und vor allem mehr zu konzentrieren. Und morgen setzen wir das Training fort.«

Er nahm ihr Schwert, nahm seinen Staubmantel vom Zaun und ging in Richtung Haus.

»Danke.«

Er blieb stehen und starrte sie verwundert an. Ein Mann mit einem Schwert am Gürtel und mit einem zweiten in der Hand, eingehüllt in abendliches Sonnenlicht. »Schon gut.«

Sie rief nach ihrem Hund, ging Richtung Tor und bewunderte das Licht in ihrer Hand.

Morena lief ihr hinterher und hatte sie nach ein paar Metern eingeholt. »Ich hatte dir nach Hause leuchten wollen, weil es im Wald allmählich dunkel wird.«

»Genau. Guck mal, was ich gemacht habe!«

»Sehr hübsch. Ich komme trotzdem noch ein Stückchen mit, damit ich Harken nicht beim abendlichen Melken helfen muss.«

»Komm doch noch mit zu mir. Dann stoßen wir drauf an, dass ich auch dieses Training überlebt habe.«

»Ein Gläschen Wein wäre nicht schlecht. Aber du hast das Training heute nicht nur überlebt.«

»Ich hatte selber Angst vor mir.«

Das Hündchen nahm bereits die Treppe Richtung Baum

und verschwand, und als auch Breen mit Morena den Wald erreichte, leuchtete sie ihnen den Weg.

»Ganz sicher nicht so viel wie ich. Du hast unglaublich leidenschaftlich und vor allem spinnewütend ausgesehen. Meine Ohren haben geklingelt von dem lauten Klirren, mit dem deine Klinge auf sein Schwert getroffen ist. Mein Gott, er ist bis in den Zaun geflogen.« Lachend wedelte Morena mit der Hand und versprühte hübsche Funken hellen Lichts. »Er wirkte wie ein Vogel, der in einem Sturm gefangen ist. Ich liebe ihn wie einen Bruder, und für einen Augenblick hatte ich wirklich Angst um ihn. Aber da er abgesehen von Nasenbluten keinerlei Verletzung hatte, hat er diesen Flug aus meiner Sicht auf jeden Fall verdient.«

»Es hat mir wirklich Angst gemacht«, erklärte Breen erneut. »Denn es brach einfach so aus mir heraus.«

»Genau so hat er es gewollt. Auch wenn er vielleicht nicht damit gerechnet hat, dass so viel in dir steckt. Sonst hätte er den Schlag doch sicher abgewehrt. Natürlich ist er ziemlich unsanft mit dir umgesprungen, was mir keineswegs gefallen hat. Aber inzwischen ist mir klar, dass die Methode ausnehmend erfolgreich war, auch wenn du jetzt wahrscheinlich jede Menge blaue Flecken hast.«

»Es gibt an meinem Körper kaum noch eine Stelle, die nicht wehtut«, gab Breen zu. »Aber inzwischen bin ich ziemlich gut darin, den Schmerz zu lindern.«

»Das hat Aisling mir erzählt.« Jetzt wedelte die Fee mit beiden Händen und versprühte weitere Funken hellen Lichts.

»Angeberin. Ich nehme an, dass ich mir keine Sorgen machen muss, wie du im Dunkeln heimfindest.«

»Das musst du wirklich nicht, obwohl ich nach dem

Wein mit dir noch mal zurück zu Harken will.« Sie schüttelte sich ihre langen, seidenweiche Haare aus der Stirn. »Zu zweit ist es im Bett einfach viel schöner als allein.«

»Angeberin«, erklärte Breen ein zweites Mal, und ihre Freundin lachte auf.

»Gibt es in Philadelphia niemanden, der darauf wartet, dass du wieder in sein Bett kommst?«

»Nein. Und zwar seit einer ganzen Weile schon nicht mehr.«

»Aber du siehst fantastisch aus, bist klug und hast ein gutes Herz. Sind alle Männer dort Idioten, oder was?«

»Ich war in Philadelphia eine andere als hier.«

»Hier gibt es jede Menge Leute, die das Bett mit Freuden mit dir teilen würden, falls dir danach ist. Wie wäre es mit einem Fest, damit du dir die Kandidaten ansehen kannst?«

»Ich glaube, mit dem Schreiben, mit dem Unterricht bei meiner Nan und Aisling, dem Training mit Keegan und der Zeit, um mich von diesem Training zu erholen, habe ich erst mal genug zu tun.«

»Aber für so etwas ist immer Zeit.« Kopfschüttelnd ließ Morena abermals die Funken sprühen. »Wenn du das nicht so siehst, scheinen die Männer oder vielleicht auch die Frauen in Philadelphia auf dem Gebiet nicht allzu talentiert zu sein.«

»Da hast du vielleicht recht. Zumindest waren die paar Männer, die ich bisher hatte, nicht so toll, dass ich es wirklich schade fand, als es vorüber war.« Inzwischen hatten sie den Rand des Waldes erreicht, und auf dem Weg zum Cottage sah Breen auf das Licht in ihrer Hand. »Er hat mir nicht gesagt, wie ich es ausmache.«

»Du musst ihm einfach sagen, dass es ausgehen soll.«

»Okay. Geh aus.«

Es dauerte zwar einen Augenblick, doch schließlich fing die Kugel an zu schrumpfen und ging aus. »Jetzt haben wir uns unseren Wein auf jeden Fall verdient. Schenk du uns schon mal ein, dann füttere ich noch schnell den Hund.«

»Okay.«

Auf ihrem Weg nach drinnen sah Breen die Freundin von der Seite an. »Ich stehe nicht auf Frauen. Ich meine, sexuell.«

»Das trifft sich gut. Ich nämlich auch nicht, und es hätte etwas peinlich werden können, wenn du versucht hättest, mich zu verführen.«

Lachend schüttelte Breen den Kopf. »Das hätte ich ganz sicher nicht. Aber mir geht gerade auf, dass alle meine Freunde in den Staaten Männer sind. Mit Frauen als Freundinnen hatte ich dort nie was am Hut.«

»Heißt das, dass mit den Frauen dort auch etwas nicht stimmt?«

»Oh nein, das lag wohl eher an mir.« Was, wie ihr plötzlich auffiel, ziemlich seltsam und vor allem mehr als nur ein bisschen peinlich war. »Ich hatte immer Marco, Sally, Derrick und die Leute, die im *Sally's* arbeiten.«

»Aber Sally ist ein Frauenname.«

»Aber hier steht er als Abkürzung für Salvador. Und die drei Männer, die mir dort am nächsten stehen, sind alle schwul.«

»Wie können Leute schwül sein?«

»Schwul, nicht schwül. Das heißt, sie fühlen sich zu Männern hingezogen, und Sally und Derrick sind ein Ehepaar.«

»Aha. Auf unserer Seite gibt's für Liebe und für Sex nur

diese beiden Worte, weil es dabei schließlich nur um Liebe und um Sex und um nichts anderes geht.«

»Das klingt… vernünftig«, meinte Breen, und während ihre Freundin Rotwein in zwei Gläser schenkte, füllte sie den Futter- und den Wassernapf des Hundes auf.

»Es freut mich, dass wir wieder in Verbindung stehen. Und es ist wirklich schön, am Ende eines Tages ein Glas Wein mit einer anderen Frau zu trinken.«

»Allerdings«, stimmte Morena lächelnd zu. »Und deshalb schenke ich uns gleich noch einmal nach.«

Nachdem die Flasche leer und Breen wieder allein war, übte sie ein paarmal, Licht zu machen und es wieder ausgehen zu lassen, und am Ende ging sie noch einmal mit Faxe runter an den Strand.

Er ließ vergnügt das Wasser spritzen. Aus Neugier warf sie eine Lichtkugel aufs Meer und verfolgte, wie sie dicht über dem Wasser schwebte und nach einem Augenblick darin versank. Nach mehreren Versuchen schaffte sie es, sie zurückzurufen, und die Kugel in der Hand, hob sie den Blick zum Mond. Sie stand jetzt hier in Irland, dachte sie, und blickte wieder auf das Licht in ihrer Hand.

Jetzt könnte ja wohl niemand mehr behaupten, dass sie unzulänglich war.

In Talamh, unter einem Himmel mi zwei Monden, hätte Keegan eigentlich zu Bett gehen und lesen wollen, um nicht länger an den Tag zu denken, doch egal, wie sehr er auch versuchte, es zu unterdrücken, spürte er, dass Harken und Morena sich im Nebenraum vergnügten. Wenn die zwei in Stimmung waren, hielten sie womöglich bis zum Morgengrauen durch.

Stirnrunzelnd stand er wieder auf, schwang sich auf seinen Drachen und flog in die Hauptstadt, auch wenn er die Politik, die Treffen und Gerichtsverhandlungen dort erst mal weiter seiner Mutter überließ.

Er brauchte eine Frau und wusste auch, wo sie zu finden war.

Um Fragen und Gesprächen aus dem Weg zu gehen, ließ er Cróga über einem der Balkone des burgeigenen Wohnturms schweben und sprang ab. Der Drache würde weiterfliegen und zurückkommen, wenn es Zeit für seinen Heimflug war. Durch die dünnen Gardinen, die sich in der milden Abendbrise blähten, sah er, dass sie am Frisiertisch saß. Sie bürstete sich sorgfältig das lange blonde Haar und trug ein weißes Kleid, das durchscheinend wie die Gardinen war.

Als er den Vorhang teilte, trafen ihre Blicke sich im Spiegel, und die schöne Shana, deren Vater Ratsmitglied und deren Bruder als Soldat bei den Talam'schen Truppen war, bemerkte im Akzent des Ostens und der Stadt, in der sie aufgewachsen war: »Wir haben dich nicht so schnell zurückerwartet, aber deine Mutter wird sich freuen, dich zu sehen.«

Sie stand auf, damit er die verführerischen Rundungen unter ihrem dünnen weißen Kleid im Licht des Feuers sah.

»Ich bin nicht meiner Mutter wegen hier.«

»Dann geht es dir also um mich.« Sie lächelte ihn sanft aus ihren goldfarbenen Katzenaugen an. »Es ist mir eine Ehre. Ein Glas Wein?«

»Das wäre schön.«

Sie bewegte sich wie eine Tänzerin. Dank ihres Elfenblutes war sie blitzschnell, jetzt aber ließ sie sich genügend Zeit, damit er ausreichend Gelegenheit bekam, sie anzusehen.

»Und wie läuft es im Westen?«, fragte sie und füllte zwei kristallene Kelche mit dem roten Wein, der funkelte wie ein Rubin.

»Relativ gut. Der Frieden hält noch an.«

»Wofür wir alle dankbar sind. Aber mich interessiert, wie es mit Mairghreads Enkeltochter läuft. Man sagte mir, im Nah- und Schwertkampf würdest du sie selbst trainieren.«

»So ist es, genau wie Marg sie in den anderen Künsten unterweist. Sie muss noch jede Menge lernen.«

Sie reichte ihm ein Glas. »Es heißt, sie wäre wunderschön. Mit feuerrotem Haar wie ihre Großmutter und den sturmgrauen Augen ihres Großvaters.«

»Sie sieht nicht übel aus.« Beiläufig ließ er eine Strähne blonden Haars, das ihr in sanften Wellen bis auf die Hüften fiel, durch seine Finger gleiten. Es verströmte einen Duft wie nachtblühender Jasmin und war so weich wie ihre Haut. »Aber sie ist ganz sicher nicht mein Typ.«

Das war gelogen, gestand er sich widerstrebend ein. Er konnte einfach nicht vergessen, wie sie von der hellen Kugel, die sie in der Hand hielt, zu ihm aufgesehen hatte, voller Freunde, doch vor allem überrascht von ihrer eigenen Kraft.

»Aber du denkst an sie.« Schmollend zog Shana mit den Fingern die Verschnürung seines Hemds nach.

»Weil ich das muss.« Er legte eine Hand unter ihr Kinn und zwang sie sanft, ihm ins Gesicht zu sehen. »Aber ich bin zu dir gekommen, oder nicht?«

»Dann bist du also einfach davon ausgegangen, dass es in meinem Bett ein Plätzchen für dich gibt? Dabei hätte dort doch auch schon jemand anders liegen können.«

»Da habe ich ja noch mal Glück gehabt.«

Lachend nippte sie an ihrem Wein und stellte ihren Kelch dann fort. »Das stimmt. Wobei du weißt, dass du mir stets willkommen bist, doch eine Frau freut sich nun mal, wenn sie zuvor etwas umworben wird.«

»Ich bin extra deinetwegen durch die Nacht geflogen, Shana. Findest du nicht auch, dass das als Werbung reicht?« Da er sie kannte und sie schätzte, wedelte er mit der Hand und hielt ihr eine weiße Rose hin.

»Aber hallo. Wie soll eine Frau dir da noch widerstehen?« Behutsam strich sie mit der Blüte über ihre Wange und sah unter ihren dichten Wimpern hervor zu ihm auf. »Ich für meinen Teil kann das auf keinen Fall.« Jetzt hob sie eine Hand an sein Gesicht. »Also leg dein Schwert, die Stiefel und auch alle anderen Sachen ab und komm in meine Arme und mein Bett. Lass uns den Westen erst einmal vergessen, ja?«

Das Schwert, die Stiefel und den Rest von seinen Kleidern legte er problemlos ab, doch wie es ihm gelingen sollte, auch nur während eines Augenblicks den Westen zu vergessen, wusste er beim besten Willen nicht.

Aber er kannte sie, und ihm war klar, dass sie niemals verstehen würde, was für ihn damit verbunden war.

Erst einmal aber stieg er in ihr Bett und gab sich ganz der seidig weichen, parfümierten Haut, den warmen Lippen und geschickten Händen der Geliebten hin, die seinen Körper und die Dinge, die er brauchte, vielleicht besser kannte als er selbst.

Dann stellte er vorübergehend das Denken ein. Hier gab es volle Brüste, die er kneten und an denen er nach Lust und Laune saugen konnte, Seufzer, die sein Blut in Wallung brachten, seidenweiches Haar, das wie ein Vorhang auf ihn fiel, während sie auf ihm saß.

»Ich habe dich vermisst.« Sie warf den Kopf zurück und nahm ihn stöhnend in sich auf. »Ich habe dich vermisst.«

Er sah ihr ins Gesicht, nahm wieder einmal dessen makellose Schönheit wahr und sah an ihren Augen, dass sie ganz in ihrer eigenen Lust gefangen war. Er packte ihre Hüfte so behutsam, dass kein Abdruck auf der weißen Haut zurückblieb, während sie ihn quälend langsam ritt, und machte selbst die Augen zu, um sich allein auf sie und ihr Zusammensein zu konzentrieren und die anderen Bilder weiter auszusperren.

Schließlich kam sie, und er rammte sich ein letztes Mal in sie hinein. Als sie flüsternd seinen Namen sprach, verfluchte er sich, weil er eigentlich bei einer anderen hätte liegen wollen.

Er blieb noch eine Stunde dort, brachte ihr Wein, hörte sich Klatschgeschichten aus der Hauptstadt an und streichelte ihr Haar. Dann schlief sie endlich ein, und auch wenn es ihm leidtat, eine warme, nackte Frau in einem weichen Federbett zurückzulassen, stand er lautlos auf. Er hatte Schuldgefühle, weil er immer noch an eine andere dachte, und das sagte ihm nicht im Geringsten zu.

»Willst du nicht bleiben?«, murmelte sie schläfrig, stützte sich auf einem Ellenbogen ab und streckte eine Hand in seine Richtung aus. »Willst du nicht bei mir schlafen und mit mir zusammen aufwachen?«

»Ich habe Pflichten.«

»Die hast du auch hier.«

»Das ist mir klar.« Ob aus Bedauern oder Schuldgefühlen, konnte er nicht sagen, aber eilig schüttelte er eine zweite Rose aus dem Ärmel und hielt sie ihr hin. »Ich komme wieder, wenn ich kann.«

Das spöttische Gesicht, das sie bei diesen Worten machte, hatte ihn von Anfang an gereizt. »Vielleicht liegt dann schon jemand anders in meinem Bett.«

Keegan küsste ihr die Hand. »Dann ist es gut, dass du im dritten Stock wohnst und ich diesen Kerl übers Balkongeländer werfen kann. Und jetzt schlaf weiter, ja?« Damit ging er zurück auf den Balkon, und da er Cróga in Gedanken schon herbeigerufen hatte, kreiste der Drache bereits über dem Hof. Er schwang sich auf die Brüstung, dann weiter auf den Rücken seines Drachen und flog los.

Hinter dem Vorhang an der Tür stand Shana und sah ihm versonnen hinterher.

Eines Tages würde er nicht mehr nach seinem Drachen rufen, um davonzufliegen.

Eines Tages würde er mit dem verdammten Westen abgeschlossen haben, wo es außer Feldern, Schafen, Kühen kaum was gab.

Eines Tages würde er beschließen, hier bei ihr zu bleiben und nie wieder fortzugehen.

Teil 3

ENTSCHEIDUNGEN

Das Schwierige im Leben ist,
dass man sich andauernd entscheiden muss.

GEORGE MOORE

Wenn man nur glaubt, was auch
wahrscheinlich ist,
ist man nicht gläubig, sondern Philosoph.

SIR THOMAS BROWNE

21

Breen folgte Faxe, der wie immer übermütig hin und her lief und an allem schnuppern musste, durch den Wald zurück in Richtung des Portals.

Der wundervolle, sonnenhelle Morgen hatte sie bereits zum Schreiben aus dem Haus gelockt. Sie hatte sich zum Arbeiten an den Terrassentisch gesetzt und die milde Brise und den Sonnenschein genossen, der den Garten leuchten ließ. Am liebsten hätte sie für einen Tag mit den Besuchen in Talamh und bei Mairghread ausgesetzt, um endlich wieder einmal ganz für sich zu sein, aber sie hatte ihrer Großmutter versprochen, dass sie wiederkäme, und das würde sie auch tun. Und sie liebte ja auch all die neuen Dinge, die ihr beigebracht wurden, und vielleicht zeigte ihre Nan ihr ein paar neue Zauber. Inzwischen hatte sie sogar den ersten eigenen Zauberspruch verfasst. Sie hatte einen altbekannten Lichtzauber, mit dem man sieben Lichtkugeln auf einmal schaffen und dann durch die Gegend schweben lassen konnte, etwas abgewandelt, und wenn Mairghread einverstanden wäre, würde sie ihn gerne einmal ausprobieren.

Weniger Lust hingegen verspürte sie, während der letzten beiden Stunden in Talamh ein Schwert zu schwingen oder mit den Fäusten auf jemanden loszugehen. Natürlich würde sie auch dieses Training absolvieren, sich dann aber noch einmal auf die Kunst des Zauberns konzentrieren.

Mit diesem Ziel vor Augen würde sie die Zeit mit Keegan sicher besser überstehen.

Zielgerichtetheit und Selbstbeherrschung, dachte sie. Sie müsste Keegan einfach davon überzeugen, dass es besser wäre, sie in diesen Dingen auszubilden, als mit Zauberschwertern aufeinander einzudreschen, weil sie dafür eben einfach nicht geeignet war.

Wie immer kletterte das Hündchen vor ihr durch den Baum. Und wenn Faxe auf dem Hof die Kinder und den Wolfshund sähe, würde er begeistert losrennen, wusste sie. Oder wenn er die Sechsertruppe traf – das hieß, die Kinder aus verschiedenen Stämmen, die sie mal beim Wettrennen gesehen hatte und die während ihrer Ferien ständig irgendwelche Streifzüge im Wald und auf den Feldern unternahmen –, würde er sich ihnen anschließen.

Die junge Elfe mit den schwarz-blauen Rastazöpfen und der Haut wie Ebenholz hieß Mina, hatte Breen herausgefunden. Sie hatte offenbar das Sagen in der Clique und löcherte Breen oft mit Fragen nach der Welt, aus der sie kam. Man durfte das Portal anscheinend erst mit sechzehn ganz allein durchschreiten, aber Mina hatte bereits Pläne, sich dann alles auf der anderen Seite anzusehen. Im Grunde waren sie ganz normale, aufgeweckte, neugierige Kinder, auch wenn eins von ihnen fliegen, sich ein anderes in ein Pferd verwandeln und die anderen schneller rennen konnten als der Blitz.

Und nach den Streifzügen mit ihnen oder nach dem Spielen mit Aislings Jungen tauchte Faxe früher oder später von allein in Mairghreads Cottage auf.

Jetzt kletterte auch Breen über die Steine, erklomm einen dicken Ast und tauschte Sonnenschein und Wärme gegen einen grauen Himmel und feucht-kühlen Nebel. Betrübt zog sie den Reißverschluss von ihrer Jacke zu und setzte die Kapuze auf. Sie schlitterte die Anhöhe hinab und stapfte weiter durch das nasse Gras. Der Nebel war so dicht, dass nur die Umrisse der Mauer, die den Hof umgab, zu sehen waren. Dies war kein Tag, um sich längere Zeit draußen aufzuhalten, dachte sie. Bei diesem Wetter hielt man sich am besten drinnen in der Nähe eines warmen Feuers auf.

Sie rief nach ihrem Hund und achtete darauf, dass sie am Rand der Straße lief. Es gab hier vielleicht keine Autos, aber schnelle Reiter, und der Nebel war so dicht, dass man kaum noch die Hand vor Augen sah.

Eilig beschwor sie eine Lichtkugel herauf und war begeistert, weil es deutlich schneller als zu Anfang ging. Der Nebel schluckte zwar den größten Teil des Lichts, aber ein bisschen half es doch.

Auch sämtliche Geräusche wurden von der Nebelwand verschluckt, und plötzlich kam ihr der vertraute Weg fremd und gespenstisch vor. Es war, als wäre sie allein in einer stillen Wolke, dachte sie und freute sich schon auf das Feuer und den heißen Tee im Haus von ihrer Nan.

Sie warf den Lichtball in die Luft, fing ihn wieder auf und sang *The Long and Winding Road*, weil sie das durchaus passend fand.

»Was haben Sie für eine schöne Stimme!«

Die Frau, die plötzlich aus dem Nebel trat, sah aus, als wäre sie ein Teil von ihm. Sie hatte einen langen grauen Umhang mit Kapuze an und graues Haar. Als Breen zusammenfuhr und fast die Kugel hätte fallen lassen, lächelte sie sanft.

»Oje, ich habe Sie erschreckt. Das tut mir leid. So dichten Nebel haben wir hier nicht oft. Sie sind Breen, die Tochter des einstigen Taoiseach und Mairghreads Enkelin, nicht wahr? Ich bin Isolde, und es freut mich, Sie zu treffen, selbst an einem solchen Tag.«

»Ja, ich bin Breen.«

Über den Rand des Korbs am Arm der Frau hingen die fedrig grünen Blätter frisch geernteter Karotten, und das Lächeln ihrer Augen, die so grau wie ihre Haare waren, flößte Breen Vertrauen ein.

»Wohnen Sie hier in der Nähe?«

»Oh, ich habe noch ein gutes Stück zu gehen. Ich habe einen Teil von meinem Obst auf dem O'Broin'schen Hof – der einmal Ihr Hof war – gegen Karotten eingetauscht. Bei mir gedeihen sie einfach nicht.«

»Ich bin gerade auf dem Weg zu meiner Großmutter.«

»Sie ist sicher glücklich, dass Sie nach so langer Zeit zurückgekommen sind.« Schaudernd hüllte sich die alte Frau fester in ihren Umhang ein. »Die Feuchtigkeit tut mir einfach nicht gut. Darf ich mich Ihnen vielleicht anschließen, um von dem hübschen Licht zu profitieren, das Sie da in der Hand halten? Ich würde meiner alten Freundin gern hallo sagen.«

»Gern. Sie kennen meine Großmutter?«, erkundigte sich Breen, als sie sich wieder in Bewegung setzten.

»Ja, natürlich, alle kennen Mairghread, und ich kannte sie bereits, als sie ein junges Mädchen war. Wir sind zusammen aufgewachsen, und auch Ihren Vater kannte ich schon, als er noch ein Baby war. Sie schlagen den O'Ceallaighs nach. Abgesehen von den Augen. Die haben Sie von Ihrem Großvater und dessen Vorfahren.«

»Das haben schon viele gesagt.«

»Sie waren eine Zeitlang auf der anderen Seite.« Sie wies mit dem Finger auf das Licht. »Dann haben Sie die Kunst also von Ihrem Dad gelernt?«

»Nein. Ich lerne diese Dinge erst, seit ich zurückgekommen bin.«

»Schade, finden Sie nicht auch? Ihr Großvater verfügte über große Macht, von den O'Ceallaighs und den Göttern, und Sie hätten sehr viel von ihm lernen können, denn auch in Ihren Adern fließt das Blut von Göttern, und Sie haben dieselbe Kraft, wie sie auch ihm zu eigen war.«

»Ich lerne von meiner Großmutter.«

»Wie man so lächerliche, kleine Lichtkugeln heraufbeschwört.«

Breen sah Isolde von der Seite an. Noch immer hatte sie das sanfte Lächeln im Gesicht, doch ihre Augen waren plötzlich nicht mehr grau, sondern fast schwarz. So tief und unergründlich, dass nicht einmal mehr das allerkleinste Licht darin zu sehen war.

»Licht ist das Zentrum und das Herz und die Grundlage von allem.«

»Ach ja? Obwohl man es so einfach löschen kann?« Die Alte schnappte sich die Lichtkugel, schloss ihre Hand, und als sie ihre Finger wieder aufbog, war alles schwarz. »Was für ein schwacher Glanz, und wie problemlos man ihn zum Erlöschen bringen kann! Die Dunkelheit ist immer stärker als das Licht, mein Kind. Sie wird es stets besiegen. Merk dir das, denn so wird es für alle Zeiten sein.«

Breen wurde schwindelig, als sie sah, dass auch Isoldes Haare plötzlich nicht mehr grau waren, sondern rot wie

451

Blut. Der Umhang wurde schwarz, und zischend schlängelten sich Schlangen aus dem Korb.

»Wer sind Sie?«

»Das habe ich dir doch schon gesagt. Ich bin Isolde, und ich kenne deine Großmutter sehr gut. Ich bin die Dunkelheit zu ihrem Licht. Ich habe mitgeholfen, deinen Vater, dieses jämmerliche Wesen, in den Tod zu schicken. Und jetzt komm, mein Kind, und sieh mir dabei zu, wie ich dasselbe mit dem Weib mache, das ihn geboren hat. Und dann bringe ich dich zu deinem Großvater. Er wartet schon darauf, dir goldene Kleider anzulegen und dir aufzuzeigen, welche wahre Macht mit deinem Blut verbunden ist.«

Breen wurde übel, und sie stolperte erschrocken einen Schritt zurück, als das bisher so schöne, freundliche Gesicht der anderen zu einer Fratze wurde, die ein dunkles Licht verströmte, während sich die Schar der zweiköpfigen Schlangen aus dem plötzlich goldenen Korb erhob.

»Oh nein. Ich gehe nirgendwo mit Ihnen hin. Ich lasse Sie bestimmt nicht in die Nähe meiner Großmutter.«

Isolde grinste breit. »Ich glaube kaum, dass mich ein derart junges, närrisches und schwaches Wesen daran hindern können wird. Die hübschen, kleinen Lichtkugeln, wie du sie machen kannst, halten mich ganz bestimmt nicht auf.«

Dann packte sie Breens Arm, und die Berührung rief so glühend heiße Schmerzen in ihr wach, dass sie darunter fast zusammenbrach. Noch während Breen den Arm zurückriss, bohrte eine Schlange ihr die Zähne in die Hand. Der Schmerz war unerträglich, doch noch während Breen zu Boden ging, beschwor sie ihre eigene Kraft und das besondere Licht in ihrem Inneren herauf. Es schoss aus ihren Fingerspitzen, und Isoldes Umhang ging in dunkle Flammen auf.

Mit hochgezogenen Brauen trat Isolde einen Schritt zurück, dann aber huschte abermals ein kaltes Lächeln über ihr Gesicht. »Ich hätte nicht gedacht, dass du das in dir hast. Aber das reicht nicht, kleine Blume. Das ist einfach nicht genug.«

Breen kreuzte ihre Hände in der Luft, die kleinen Blitze hellen Lichts jedoch verfehlten dieses Mal ihr Ziel.

»Du willst noch mehr. Ich spüre, dass dir das nicht reicht, und ich kann dafür sorgen, dass du noch viel stärker wirst. Dein Großvater kann dir mehr Dinge geben und mehr Macht verleihen, als du dir mit deinem beschränkten Geist vorstellen kannst.«

»Ich will weder was von Ihnen noch von ihm.«

»Aber trotzdem wirst du es bekommen, und wir werden im Gegenzug von dir bekommen, was wir schon immer hätten haben wollen.«

Wieder trat Isolde auf sie zu, und während Breen sich dafür wappnete, mit allem, was noch in ihr war, zu kämpfen, tauchte über ihnen der Drache auf.

Er legte schützend seinen Schwanz um Breen, als Keegan mit bereits gezücktem Schwert von seinem Rücken sprang, um auf Isolde loszugehen. Sie aber schüttelte die Schlangen aus dem Korb und löste sich im Nebel auf.

»Sie wird dein Tod sein, Taoiseach«, kreischte sie. »Und sie wird ihren Platz im schwarzen Turm einnehmen, während Odran dort für alle Zeit regiert.«

»Ich werde dein Tod sein.«

Die Schlangen wanden sich, als Keegan sie mit hellem Licht beschoss, und während sie als dunkle Aschehaufen

453

auf den Boden fielen, löste sich der Nebel auf, und ihre Herrin ward nicht mehr gesehen.

»Ich werde dein Tod sein«, rief Keegan seiner Feindin noch einmal mit lauter Stimme hinterher, gab seinem Drachen das Signal, den Schweif um Breen zu lösen, und bedachte sie mit einem missbilligenden Blick. »Wie wollen Sie kämpfen, während Sie auf Ihrem Hintern sitzen?«

Zornig trat er auf sie zu, mit einem Mal jedoch riss er schockiert die Augen auf und ließ sich eilig vor ihr auf die Knie fallen.

»Haben die Schlangen Sie erwischt?«

»Mein Arm.«

Er schob den Ärmel ihrer Jacke hoch und fluchte, als sie schrie, weil selbst die leichteste Berührung unerträglich war.

»Es tut mir leid. Nein, nein, bleiben Sie wach!« Als sie den Kopf zur Seite fallen ließ, umfasste er so grob ihr Kinn, dass sie wahrscheinlich einen blauen Fleck davon zurückbehalten würde, und erklärte rau: »Sie müssen wach bleiben, und wir müssen die Wunde ausbrennen, bevor das Gift Sie in den großen Schlaf versetzt. Wir haben keine Zeit, um Aisling herzuholen, aber wenn Sie mir ein bisschen helfen, kriegen wir das sicher auch alleine hin.«

»Ich weiß nicht, was ich machen soll. Ich bin so müde.«

»Schauen Sie mich an. Sie müssen sich mit mir verbinden. Müssen mit mir Licht und Feuer machen, müssen Ihre Kraft mit meiner Kraft verbinden und das Dunkle, das in Ihrem Blut fließt, mit dem weißen Feuer ausbrennen, bis nichts mehr davon übrig ist. Sprechen Sie mir nach.«

In ihrem Hirn, vor ihren Augen und in ihren Ohren nahm sie nur ein Flirren und ein Rauschen wahr. »Was?«

»Bleiben Sie wach, verdammt noch mal! Schauen Sie mich an. Meine Augen sollen deine Augen, mein Gehirn soll dein Gehirn, und meine Willenskraft soll deine sein. Sprechen Sie die Worte nach und rufen dann das Feuer auf. Machen Sie mit«, wies er sie nochmals an, und murmelnd sprach sie seine Worte nach.

Sie holte keuchend Luft, denn unter ihren Worten nahmen die verfluchten Schmerzen tatsächlich noch zu.

»Ich weiß, wie weh das tut. Aber nutzen Sie den Schmerz. Sie sind schon stärker, als Sie eben waren. Vor allem sind Sie nicht allein. Wir sind zusammen, und wir stehen das auch zusammen durch. Sprechen Sie mir noch mal nach. Das Dunkle ist erst nach dem dritten Mal gebannt, das heißt, Sie müssen da noch zweimal durch.«

Es war kein Schmerz, erkannte sie. Es war viel mehr als das. Es war, als würde sie in Flammen stehen. Auch diesmal schrie sie gellend auf, und als die Schreie in ein Schluchzen übergingen, meinte er: »Jetzt noch ein letztes Mal, dann haben Sie's geschafft. Versprochen.« Er verstärkte noch den Druck von seiner Hand um ihren Arm und wiederholte: »Sie sind nicht allein. Ein letztes Mal.«

Sie hielt den Atem an, bevor der unsägliche Schmerz sie noch ein drittes Mal durchzuckte, lenkte ihren Blick auf seine grünen Augen mit den goldenen Lichtern, flehte: »Halt mich fest«, und brach in hemmungsloses Schluchzen aus.

»So ist es gut. Du warst unglaublich tapfer«, lobte er und wechselte aufgrund der Nähe, die sie plötzlich zueinander hatten, ebenfalls zum Du. »Jetzt lass mich gucken, wie die Wunde aussieht, ja? Aber du darfst die Augen immer noch nicht zumachen. Du darfst jetzt nicht einschlafen. Bleib noch ein bisschen wach.« Behutsam strich er eine Strähne ihres Haars aus ihrer schweißglänzenden Stirn. »Das blöde Weib hat dich ganz schön verbrannt. Das kann ich heilen, ohne dass es allzu sehr wehtun wird. Schau hier, siehst du die Stellen, wo die Bisse waren? Sie sind nicht mehr geschwollen und auch nicht mehr rot. Das Gift ist ausgebrannt. Jetzt bleibt nur noch das Brandzeichen, mit dem sie dich versehen hat. Aber überlass das einfach mir.«

Sie ließ den Kopf nach hinten sinken und war zu ermattet, um auch nur zu registrieren, dass er auf das Bein von einem Drachen fiel.

»Wo sind wir? Das ist nicht der Weg am Hof vorbei zum Cottage meiner Nan.«

»Sie hat dich von dort weggelockt.«

»Das Rauschen kommt vom … Wasserfall.«

»Genau. Odran kann ihn nicht passieren, aber wie es aussieht, kann sie kommen und gehen, wie es ihr gefällt. Sie hätte dich mit ihrem dunklen Zauber durch die Pforte locken wollen.«

»Ich …« Sie seufzte abgrundtief erleichtert, als auch noch der letzte Schmerz in ihrem Arm verklang.

»Das hätten wir geschafft.« Er streichelte ihr sanft die Wange. »Das war sicher alles andere als leicht für dich, aber du hast es wirklich gut gemacht.« Dann setzte er sich auf die Fersen und bedachte sie mit dem vertrauten, bösen Blick. »Verdammt, was hast du dir dabei gedacht, mit einem Weibsbild wie Isolde mitzugehen?«

»Ich hatte keine Ahnung, wer sie ist, und war auf dem Weg zu meiner Nan. Sie hat gesagt, dass sie sie ebenfalls besuchen will, und mich gefragt, ob wir wegen des blöden Nebels nicht zusammen gehen wollen. Sie hat getan, als ob sie Freundinnen wären, bis dann plötzlich alles völlig anders war. Sie hat die Lichtkugel, die ich dabeihatte, genommen und zerdrückt.«

Als er sah, wie ihre Finger zitterten, ergriff er wieder tröstend ihre Hand. »Und was hast du an einem sonnenhellen Nachmittag mit einer Lichtkugel gemacht?«

»Es hat geregnet und war furchtbar neblig und ...«

»Wie in dem Augenblick, als ich dazugekommen bin?«

»Genau.«

»Das war ihr Werk.«

»Dann war es also gar nicht neblig?«

»Das war eine Illusion, speziell für dich.«

»Aber ... Wie hat sie mich zu dem Wasserfall geschafft? Wir waren nur ein paar Minuten unterwegs. Und wie hast du mich gefunden? Woher wusstest du, dass was nicht stimmt?«

»Sie hatte dich in Trance versetzt. Du hast gesungen. Das habe ich gehört, doch du warst nirgendwo zu sehen. Isolde verfügt über große Zauberkräfte, und sie hatte diese Sache sorgfältig geplant.« Er blickte auf und schätzte die Distanz zum Wasserfall und zum Portal. »Aber nicht gut genug, denn ich habe das Licht gesehen und konnte deine Stimme hören. Und als beides plötzlich weg war, bin ich dem besonderen Licht hier drin gefolgt«, erklärte er und zeigte auf sein Herz. Dann stand er auf und nahm den Weinschlauch, der am Sattel seines Drachen hing. »Da ist nur Wasser drin. Du brauchst jetzt erst mal dringend Flüssigkeit. Marg wird dir noch was geben, was dich wieder völlig auf den Damm bringt, also sieh zu, dass du so lange wach bleibst, bis wir bei ihr sind, okay?«

»Ich habe das Gefühl, als wäre ich ... betrunken.«

»Was nicht wirklich überraschend ist. Wir beide haben diesen ganz besonderen Zauber schließlich niemals vorher angewandt.«

Breen verschluckte sich an einem Rest des Wassers, das durch ihre Kehle lief. »Du hast ihn jetzt zum ersten Mal probiert? Und woher wusstest du dann, dass es klappen würde?«

»Das Einzige, was zählt, ist, dass es funktioniert hat, oder nicht? Und jetzt hoch mit dir.« Er nahm den Schlauch, schlang einen Arm um sie und zog sie hoch.

Als sie anfing zu schwanken, nahm er sie noch etwas fester in den Arm, und sie ließ ihren Kopf auf seine Schulter fallen. »Moment. Mir ist ein bisschen schwindelig, und ich glaube nicht, dass ich schon wieder laufen kann.«

»Das ist auch nicht erforderlich.«

Sie wurde schreckensstarr, als er sie auf den Sattel seines Drachen hob. »Oh nein, ich glaube nicht …«

»Ich werde dich bestimmt nicht fallen lassen«, sagte er zu ihr und schwang sich hinter sie.

Dann stieg der Drache wie der Falke in die Luft, und der Wind wehte ihr ins Gesicht und durch ihr Haar.

»Du – es gibt gar keine Zügel.«

»Wir wissen schließlich, wo es hingehen soll. Der Sattel ist im Grunde nur für den Komfort des Reiters und für den Transport von irgendwelchen Sachen da.«

Am liebsten hätte sie die Augen zugekniffen, bis sie wieder festen Boden unter ihren Füßen spürte, aber irgendwas in ihrem Inneren wollte mehr. Also sah sie sich zunächst den blau-weiß-goldenen Himmel, unter dem sie flogen, und danach auch die Hügel und die Felder, Cottages und Flüsse, all das Grün und Braun und Gold sowie das blaue Wasser mit den weißen Schaumkronen in der Bucht weit unter ihnen an. Breen hatte angenommen, dass sie allmählich ein Gefühl für die Magie besäße, doch den wahren Zauber, der ihr innewohnte, spürte sie erst jetzt. Sie streckte eine Hand nach hinten aus und drückte Keegans Hand.

»Ich habe doch gesagt, ich würde dich nicht fallen lassen, und vor allem sind wir schon fast da.«

»Oh, nein. Ich meine etwas anderes. Es ist … das alles ist einfach unglaublich. Wundervoll. Und wunderschön.« Verzaubert zog sie ihre Hand zurück und legte sie behutsam auf dem Drachenrücken ab. »Er fühlt sich so geschliffen an wie ein Juwel. Und er hat mich beschützt.«

»Das liegt in seinem Herzen und seiner Natur.«

Als sie den Hof sah, tat ihr beinah leid, dass dieser erste – und vielleicht auch letzte – Flug auf einem Drachen schon vorüber war.

»Ich bin euch beiden wirklich dankbar. Wenn ihr mich nicht gefunden hättet, wäre ich jetzt sicher tot.«

»Oh nein, sie hätten dich erst noch am Leben halten wollen.«

Inzwischen waren sie gelandet, und sie sah, dass Mairghread, dicht gefolgt von einem winselnden Faxe, aus dem Haus geschossen kam.

»Wo war sie, und was ist passiert?«

»Isolde hat ihr aufgelauert.« Keegan sprang vom Rücken seines Drachen und streckte die Arme nach Breen aus. »Es geht ihr gut«, erklärte er dem Hund, der an ihm hochsprang, weil sein Frauchen noch nicht zu erreichen war.

Statt sie aber auf ihren Füßen abzustellen, trug er sie ins Haus.

»Ich denke, dass ich langsam wieder laufen kann.«

»Aber wahrscheinlich noch nicht gut. Sie hatte Schlaf-schlangen dabei, die Breen gebissen haben.«

»Wie lange ist das her?«

Jetzt kam auch Aisling in den Hof gestürzt. »Schaff sie ins Haus. Das Gift muss schnellstmöglich aus ihr heraus.«

»Wir haben es schon aus ihr herausgebrannt.«

»Ihr?«

»Ja, wir. Und jetzt geht uns endlich aus dem Weg, damit ich sie nach drinnen schaffen kann.«

»Lass mich sie vorher ansehen.« Aisling legte ihre Hände auf Breens Brust und ihre Stirn. »Sie ist tatsächlich klar. Sie ist vollkommen klar, Marg, keine Angst. Das habt ihr wirklich gut gemacht.«

»Trotzdem braucht sie jetzt noch das Gegenmittel. Armes Kind.«

»Mahon, mein Schatz, geh bitte mit den Kindern raus. Breen braucht ein bisschen Ruhe. Und, Harken, du holst mir das Gegenmittel, ja?«

»Isolde«, klärte Keegan seinen Bruder und den Schwa-ger auf.

Die Kinder machten große Augen, als der Vater fluchte, und die Mutter schüttelte missbilligend den Kopf.

Doch endlich war die Tür zum Wohnraum frei, und Keegan schleppte Breen zum Kanapee, wo Faxe ihr die Vorderpfoten auf die Brust stellte und wild mit seiner Zunge über ihre Stirn und ihre Wangen fuhr.

»Mahon muss mit mir Fährten suchen – was wir bereits hatten machen wollen, als diese Sache hier dazwischen-kam.«

»Dann passt solange Mab auf Finian und Kavan auf.

Und du gehst auch raus, Faxe«, wand sich Aisling an den kleinen Hund. »Am besten überlässt du Breen jetzt erst mal uns und gehst mit Mab und mit den Kindern in den Hof.«

Bevor auch Keegan ging, wandte er sich noch mal an Breen. »Das Training holen wir morgen nach. Das war kein Zufallstreffer eines feindlichen Spions, sondern von langer Hand geplant. Das heißt, dass Odran weiß, dass du zurückgekommen bist. Er weiß, dass du erwacht bist, und das heißt, dass du dich noch mehr anstrengen musst.«

Als er den Raum verließ, kam Harken aus der Küche und hielt seiner Schwester einen Becher hin.

»Hier, trink das«, sagte sie zu Breen. »Und zwar bis auf den letzten Tropfen, ja? Und dann bekommst du einen Teller Eintopf, weil du nach der Reinigung wahrscheinlich völlig ausgehungert bist.«

»Das stimmt. Ich fühle mich ganz hohl.«

»Ich hätte es mir denken sollen.« Marg setzte sich behutsam auf den Rand des Kanapees, ergriff die Hand der Enkelin und legte sie an ihre Wange. »Ich hätte es erwarten und mich dafür wappnen sollen.«

»Das war nicht deine Schuld, und du bereitest mich bereits seit Wochen vor. Genau wie Keegan, und auch wenn ich hasse, dass er recht hat, reichen die Bemühungen, die ich bisher an den Tag gelegt habe, nicht aus. Ich war erschreckend schwach und sträflich dumm. Das war ich wirklich«, meinte sie, als Mairghread protestierte. »Aber das wird mir ganz sicher nicht noch mal passieren.«

»Jetzt wirst du erst mal etwas essen«, legte Aisling fest. »Und dann erzählst du uns noch mal genau, wie diese Sache abgelaufen ist, damit wir tun können, was nötig ist.

Sie ist von deinem Blut, Marg, und natürlich ist sie weder schwach noch dumm. Aber Isolde ist gewieft, und mit ihren verfluchten Schlangen verfügt sie über große Macht. Wir hören uns also erst mal an, was sie genau gemacht hat, und dann unternehmen wir, was nötig ist.«

Harken stand am Fenster, um die Jungs im Auge zu behalten, doch nach Ende des Berichts trat er zu Breen ans Kanapee, rahmte ihr Gesicht mit beiden Händen und küsste sie zärtlich auf den Mund.

»Du warst gefangen in einem Zaubernebel, ganz allein mit einer starken schwarzen Hexe, die dich erst mit ihrem Brandzeichen versehen hat und dich danach von einer Schlange hat beißen lassen, und trotzdem hattest du genügend Licht und Kampfeswillen in dir, um dafür zu sorgen, dass mein Bruder dich gefunden hat. Das zeigt, dass du tatsächlich ganz die Tochter deines Vaters bist«, verfiel auch er ins Du, weil sie im Grunde schließlich fast so etwas wie Familie waren.

So hatte Breen es bisher nicht gesehen. Aus ihrer Sicht hatte sie einfach jämmerlich versagt. »Das hoffe ich. Auch wenn ich das mit diesen Schlafschlangen nicht ganz verstehe. Keegan hat gesagt, sie hätte mich nicht töten wollen.«

»Man stirbt tatsächlich nicht an diesen Schlangenbissen«, mischte sich jetzt Aisling ein. »Auch wenn der Schlaf, in den sie einen versetzen, durchaus ähnlich ist.«

»Kennst du die Geschichte von Dornröschen?«, fragte Harken Breen. »Nur leider wird man aus dem Schlaf, in den man nach dem Schlangenbiss verfällt, nicht einfach nur durch einen Kuss erweckt. Wenn man von einem solchen Biest gebissen wird, schläft man so traumlos und so tief, dass nur der Wille der Person, die über diese Schlangen herrscht, den Schlaf beenden kann.«

»Wir hätten es auf jeden Fall geschafft, den Zauber aufzuheben. Aber das ist sehr gefährlich, deshalb ist es gut, dass du und Keegan dieses Gift aus deinem Körper ausgebrannt habt, ehe es dein Herz und dein Gehirn erreicht hat«, meinte ihre Großmutter und drückte ihr die Hand.

»Sie hat mich durch das Portal in diesem Wasserfall entführen wollen. Aber wie hätte sie mich durch die Pforte kriegen sollen?«

»Ich habe bisher nicht gehört, dass sie noch einmal in Talamh gewesen wäre, seit das Tor damals von uns geschlossen worden ist. Das heißt, dass sie wahrscheinlich jahrelang an einem ganz besonderen Zauber für den Übertritt getüftelt hat. Ursprünglich kommt sie selber aus Talamh«, erklärte Marg. »Ich nehme an, dass ihr das eine Hilfe war. Natürlich gibt es auch noch andere Portale, doch die werden alle gut bewacht. Trotzdem schleichen sich auch weiter immer wieder mal Spione bei uns ein, wie der, den Keegan umgebracht hat, als wir auf dem Friedhof waren.«

Harken nickte zustimmend. »Sie war allein, und das sagt mir, dass ihr die Kraft gefehlt hat, irgendwelche Söldner mitzubringen, als sie hier eingedrungen ist. Ich fliege selber gleich mal hin und gucke, ob ich irgendetwas finde, was mir zeigt, auf welchem Weg sie nach Talamh gekommen ist.«

»Geh bitte nicht allein«, bat Aisling ihn.

»Du könntest ruhig ein bisschen mehr Vertrauen in mich haben.«

»Das würde ich zu jedem sagen, du verdammter Sturschädel. Nimm noch zwei andere mit, weil ihr zu dritt auf alle Fälle sicher seid.«

Breen richtete sich auf. »Die Hexe reitet mit der Fee und einem Wer. Dann kommen noch ein Troll und eine Elfe durch den grünen Wald, und sie machen zu fünft mit Holz und Stein, mit Licht und mit Magie die Pforte wieder dicht.« Sie riss die Augen auf und ließ sich wieder in die Kissen fallen. »Was war denn das? Ich habe es genau gesehen. Du und Morena und ein Mann, der sich in einen Bären verwandeln kann. Und dann kommen eine Frau und ein Troll mit einer Steinaxt aus dem Wald.«

»Das war eine Vision«, klärte die Großmutter sie lächelnd auf.

»Aber ich habe nie Visionen. Ich meine, ja, okay, ich habe Träume, und die können unglaublich lebendig sein, und habe Déjà-vu-Erlebnisse wie jeder andere, aber ...«

»So was wie die Bilder eben erleben andere sicher nicht.«

»Vielleicht hat die Verbindung, die du nach dem Schlangenbiss mit Keegan eingegangen bist, dir zusätzliche Kraft verliehen. Noch einen Tee?«, bot Aisling freundlich an.

»Nein, danke. Es war so, als wäre ich dabei, könnte das alles aber nur durch einen dünnen Vorhang sehen.«

»Der Vorhang wird sich irgendwann noch lichten«, meinte Marg. »Und jetzt ruhst du dich besser erst einmal ein bisschen aus. Du hattest schließlich einen anstrengenden Nachmittag.«

»Ich brauche keine Ruhe, sondern zusätzliches Training«, widersprach ihr Breen. »Ich muss so viel wie möglich lernen und noch besser werden in den Fähigkeiten, dich ich bereits kann.«

»Also gut.« Mairghread stand auf. »Dann setzen wir den Unterricht jetzt fort.«

Als sie gegangen waren, legte Aisling eine Hand auf Harkens Arm. »Wie fühlt sie sich? Du hast aus Sorge um ihr Wohlergehen doch sicher nachgeschaut, ob die Gedanken, die sie hatte, rein und sauber waren, nicht wahr? Sag mir, was du gesehen hast.«

Er legte sich das Schwert an, das er nur sehr selten trug. »Ich habe wirklich nachgeschaut. Sie schwankt zwischen Faszination und Angst und weiß noch immer nicht, ob sie eher in die Welt, in der sie jahrelang gelebt hat, oder hierher nach Talamh gehört. Ihre Liebe und Loyalität, ihre Bedürfnisse und Zweifel bilden immer noch ein wirres Knäuel in ihrem Inneren.« Er setzte seine Mütze auf und zog sich seine Jacke an. »Dagegen können wir nichts tun. Sie wird ihre Entscheidung dann treffen, wenn sie sie treffen kann.«

»Manchmal könnte ich dir eine reinhauen für die geradezu erschreckende Geduld, die du mit allen und mit jedem hast.«

»Das kannst du gerne tun, nur würde es dann auch nicht schneller gehen.« Er gab ihr einen Kuss auf die Wange. »Und jetzt reite ich los und hole erst Morena, und nach dem, was Breen gesehen hat, Sean zu unserem Ausflug ab. Es wäre schön, wenn du zum Abendbrot noch hier wärst.«

»Um es an den Tisch zu bringen?«

»Ja, natürlich«, stimmte er ihr fröhlich zu. »Aber ich würde mich auch über deine und vor allem die Gesellschaft deiner beiden Jungen freuen.«

Als er an ihr vorbei zur Tür ging, gab sie ihm noch liebevoll eine Kopfnuss mit. »Wann wirst du Morena endlich bitten, deine Frau zu werden, damit sie das Abendessen für dich kochen kann?«

»Du weißt genauso gut wie ich, dass sie nicht kochen kann. Vor allem frage ich sie erst, wenn sie bereit ist, ja zu sagen, vorher nicht.«

»Warum gibst du ihr denn nicht einen kleinen Schubs?«, fragte sich Aisling, während er die Tür hinter sich schloss. Dann seufzte sie und schickte ihm auf ihrem Weg zum Fenster, um nach ihren Jungs zu schauen, einen Segen hinterher.

Sie würde für die Kinder töten und auch sterben, dachte sie und faltete die Hände sanft über dem neuen Leben, das in ihrem Inneren wuchs. Jetzt aber müsste sie erst einmal hoffen, dass die junge Breen bereit wäre, für ihre Kinder und für alle Kinder aller anderen Welten in den Kampf zu ziehen.

22

Sie arbeitete und trainierte bis nach Sonnenuntergang. Dann stürzte sie sich dankbar auf das Roastbeef und Gemüse, das von Sedric für sie vorbereitet worden war, und obwohl ihre Großmutter sie drängte, über Nacht zu bleiben, machte sie sich auf den Weg zurück zu ihrem eigenen, kleinen Cottage.

Sie brauchte Raum für sich und Ruhe, und sie wollte sich an ihren Schreibtisch setzen, um die Dinge, die geschehen waren, so genau wie möglich festzuhalten und beim Schreiben zu erkennen, was sie hätte anders machen sollen.

Dann ging sie in ihr Schlafzimmer, entfachte zwischenzeitlich mühelos ein Feuer im Kamin, und während Faxe sich davor zusammenrollte, holte sie den Rosmarin, der unter ihrem Kissen gegen die bösen Träume half. Nach kurzer Überlegung aber legte sie ihn wieder fort, denn vielleicht sollte sie die Träume jetzt willkommen heißen, auch wenn sie womöglich furchteinflößend oder schmerzlich waren.

Und tatsächlich träumte sie noch einmal von der schwarzen Burg mit Glaswänden, die auf der öden Felseninsel stand.

Auf dem Balkon des höchsten Turms stand breitbeinig der Gott. Sein schwarzer Umhang wirbelte um ihn herum, während er schwarze Blitze Richtung Himmel warf. In seinen Augen schimmerte heiße Wut auf, und sein Gesicht war eine Maske reinen Zorns.

Im Hof der Burg und auf den Klippen suchten seine Diener schreiend Schutz vor Regentropfen, die so todbringend wie spitze Pfeile waren. Die Tropfen brannten sich wie Säure in die Opfer ein, und kaum dass sie zu Boden gingen, wurden sie vom Wind gepackt und von den Klippen in das dunkle Meer geschleudert, das sich tosend an den Felsen brach. Die aus den Trümmern wieder aufgebauten Mauern und Gebäude fielen in sich zusammen, aber Odrans Zorn schwoll immer weiter an.

Dann trat Isolde aus dem Turm auf den Balkon. Der Wind zerrte an ihrem Haar und ihrem Kleid, die beide rot waren wie Blut. Sosehr sie auch versuchte, sie vor Odran zu verbergen, konnte Breen die Angst in ihren Augen sehen.

»Mein König, mein Gebieter«, grüßte sie in ehrfürchtigem Ton.

Er fuhr zu ihr herum, legte die Hand um ihren Hals und riss sie hoch. Inzwischen war sie außer sich vor Angst, und trotzdem ließ sie es geschehen.

»Du hast versagt! Du hättest sie mir bringen sollen. Ich sollte dich ins Meer schleudern und zusehen, wie dein elendiger Leib gegen die Felsen kracht.«

Stattdessen warf er sie auf den Balkon, und trotz der Angst und Schmerzen, die sie hatte, kroch sie auf den Knien zurück dorthin, wo er stand. »Ich stehe dir mit allen Kräften, die mir zur Verfügung stehen, zu Diensten, Herr. Wenn du es mir befehlen würdest, würde ich mich selber von den Klippen stürzen, aber sie ist stärker, als wir dachten, und, mein Herr, mein König, dieses Wissen dürfte langfristig von Vorteil für Euch sein.«

»Du hättest deine Pflicht erfüllen sollen.«

»Inzwischen ist ein Teil von ihr erwacht. Das heißt, dass Ihr, wenn Ihr sie habt, nicht lange warten müsst, bis Ihr sie dieser Kraft berauben könnt. Sie wird sie viel eher entfalten, als wir dachten, und mit Ihrem Blut werden Euch alle Türen und alle Welten offenstehen.« Unterwürfig neigte sie den Kopf. »Mein König, mein Gebieter, der, dem ich als Einzigem geschworen habe, immer treu zu sein: Ich habe meinen schwarzen Zauber schon vor langer Zeit in Euren Dienst gestellt und mit dem Blut von sieben Jungfrauen Eure Burg wieder mit aufgebaut. Genauso werde ich auch das gegebene Versprechen halten, Eure wundervolle Stadt noch prächtiger als vorher wiederaufzubauen und Euch zu helfen, Euren Thron als Herrscher über alle Götter sowie alle Welten zu besteigen und dann jeden in den Staub zu treten, der sich Euch nicht unterwerfen will.« Sie blickte wieder auf. »Ihr seid einzigartig, Odran, und deswegen flehe ich Euch an, mich nicht im Zorn zu töten, sondern mit Bedacht auf dem Altar, damit ich Euch auch durch den Tod noch dienen kann.«

Er sah Isolde forschend an, und Breen fiel auf, dass seine Augen grau wie ihre eigenen und wie die von ihrem Vater waren. »Du würdest dich freiwillig opfern lassen, Hexe?«

»Seit ich meinen Eid in Blut und Rauch auf Euch geschworen habe, gehört auch mein Leben Euch, und Ihr könnt damit tun und lassen, was Ihr wollt.«

»Steh auf.« Er wedelte mit einer Hand, und Wind und Regen ebbten ab. Dann stand er da und war mit seinem langen goldenen Haar erschreckend schön. »Ich zweifle nicht an deiner Treue, sondern an den Fähigkeiten, die du hast. Du hast mich sehr enttäuscht.«

»Was mich genauso schmerzt wie Euch.«

»Schick eine hübsche Sklavin mit dem Wein. Und räum das Chaos unten auf.«

»Euer Wunsch ist mir Befehl.«

Mit diesen Worten glitt sie wieder in den Turm, und Odran trat an die verfallene Mauer des Balkons und blickte übers Meer. Breen hatte das entsetzliche Gefühl, als sähe er ihr direkt ins Gesicht. Sie nahm die Überraschung und die düstere Zufriedenheit in seinen Zügen wahr und wachte zitternd auf.

Eilig hielt sie ihren Traum auf ihrem Tablet fest und sagte sich, am besten nähme sie jetzt doch den Rosmarin.

In ihrem Blog am nächsten Morgen konzentrierte sie sich auf den hellen Garten und lud ein paar wirklich hübsche, bunte Blumenbilder hoch. Auch mit dem Buch kam sie, vor allem dank der Einführung der bösen Hexe mit dem Zauberamulett, auf dem zwei zweiköpfige Schlangen prangten, überraschend gut voran. In einem späteren Kapitel würden auch die echten Schlangen folgen, aber dafür war sie jetzt noch nicht bereit. Vor allem schweifte sie beim Schreiben in Gedanken immer wieder ab zu ihrem Traum, dem Nebel und besonders Keegans durchdringendem Blick, als er geholfen hatte, sie vom Gift der Schlangen zu befreien.

Er hatte ihre Schmerzen ebenfalls gespürt, wurde ihr klar. Er hatte dieses unmenschliche Brennen ebenfalls empfunden, aber trotzdem keinen Rückzieher gemacht.

»*Misneach*«, murmelte sie und legte ihre Finger auf ihr tätowiertes Handgelenk. Er hatte wirklich Mut.

Sie bräuchte etwas Zeit, um sich darüber klar zu werden, ob sie selbst mehr davon als nur das Wort aufwies, das über ihrem Puls geschrieben stand. Um einen klaren Kopf zu kriegen, hörte sie auf zu schreiben und machte ein paar Arbeiten im Haushalt, für die in den letzten Tagen keine Zeit gewesen war. Sie belud die Waschmaschine und fuhr in den Supermarkt im Dorf. Dort angekommen, merkte sie, dass ihr der kleine Ort aufgrund der vielen Zeit, die sie inzwischen in Talamh verbrachte, richtiggehend fremd geworden war.

Nach ihrer Rückkehr hängte sie die Wäsche auf, räumte die Lebensmittel in den Kühlschrank, jätete ein wenig Unkraut und sah kurz nach ihren Mails.

»Oh Gott.«

Sie las die E-Mail, sprang von ihrem Stuhl hoch und lief so aufgeregt im Zimmer auf und ab, dass sich die Aufregung auf Faxe übertrug. Dann trat sie wieder an den Tisch und las die Mail noch einmal durch. »Oh Gott! Hör auf, dich derart aufzuregen«, rief sie sich zur Ordnung. »Im Grunde ist das nur der nächste Schritt. Ach was! Ich bin nun einmal aufgeregt!« Als Faxe an ihr hochsprang, nahm sie seine Vorderpfoten, tanzte mit ihm durch den Raum und juchzte: »Die Agentin sagt, dass sie das ganze Manuskript sehen will. Sie hat mir nicht geschrieben, dass ich kein Talent zum Schreiben habe und mich ja nie wieder bei ihr melden soll. Oh nein, sie hat gesagt, dass ihr das Exposé gefallen hat und dass sie jetzt das ganze Manuskript sehen will!«

Sie ging kurz in den Garten, atmete tief durch und tanzte noch mal mit dem Hund, dann aber setzte sie sich wieder an den Tisch, verfasste eine Antwort und las sie aus Angst, sie klänge allzu laienhaft, noch dreimal durch.

»Okay.«

Sie hängte das erbetene Manuskript an ihre Antwort an und saß dann einfach da.

»Oh Gott, jetzt schick es endlich ab! Nun schick es endlich ab.« Sie blickte Faxe an, dessen Kopf auf ihrem Schoß lag. »Ich wünschte mir, du könntest auf die Sendetaste drücken. Aber leider hast du keine Finger, also ...« Sie drückte nach kurzem Zögern selbst auf den Knopf und atmete erleichtert auf. »Okay, jetzt sehen wir besser zu, dass wir verschwinden, wenn ich nicht den ganzen Tag hier sitzen und vor Aufregung vergehen soll.«

Natürlich ging sie auf dem Weg zum Baum die ganze Sache immer wieder in Gedanken durch, doch dann verdrängte sie die Angelegenheit, denn wenn sie weiter daran dächte, würde sie am Ende irgendwem davon erzählen, und das wollte sie noch nicht.

Nicht einmal ihrem besten Freund.

Nach ihrem Übertritt ging sie direkt zu ihrer Großmutter, sprach aber nicht von ihrem Traum, denn dadurch würden sie wahrscheinlich von der Arbeit abgelenkt.

Sie musste besser werden, und zwar schnell; zunächst brachte sie zwei Stunden mit verschiedenen Zaubern zu. Dann räumte sie den Kessel und das Werkzeug wieder weg, legte die Kristalle, um sie nachts im Mondlicht wiederaufzuladen, auf die Fensterbank, und genehmigte sich eine erste Tasse Tee.

Als Sedric ihr und Mairghread einen Teller mit noch ofenwarmen Plätzchen brachte, meinte sie: »Die duften aber gut.«

»Das sind Zitronenplätzchen«, klärte er sie auf. »Die Früchte hat Finola uns vorbeigebracht.«

»Und der Geschmack hält, was der Duft verspricht«, stellte Breen anerkennend fest und fügte leicht beschämt hinzu: »Ich habe keine Ahnung, wie man Plätzchen backt.«

»Wie kann das sein?«, erkundigte sich Marg. »An Jul – an Weihnachten – und für die Kinder gibt's doch immer selbstgebackene Plätzchen.«

»Meine Mutter backt nicht, und ich sollte keinen Zucker essen, aber manchmal haben Dad und ich uns in die Bäckerei geschlichen und uns dort was Leckeres gegönnt. Ich habe nie verstanden, warum er sich niemals offen gegen meine Mutter aufgelehnt hat, aber langsam wird mir klar, dass es für sie wahrscheinlich auch nicht einfach war. Er hatte Schuldgefühle, weil er ständig in zwei Welten lebte und es ihm deshalb nicht möglich war, ganz für uns da zu sein. Er hatte schließlich eine Pflicht auch seiner alten Heimat gegenüber, und vor allem wollte er, dass ich vor Odran sicher bin.«

Bei diesen Worten stand sie auf und nahm die mitgebrachten Zettel aus der Tasche ihrer Jacke, die an einem Haken hing.

»Ich hatte einen Traum – oder vielleicht eine Vision. Ich habe alles aufgeschrieben, und ich denke, es wird klarer, wenn du selber liest, worum es darin ging.« Sie ging zurück zu ihrem Stuhl und hielt der Großmutter die Zettel hin. »Bitte«, sagte sie zu Sedric, »lesen Sie es auch. Ich weiß, was meine Nan Ihnen bedeutet, und ich habe das Gefühl, als hätten Sie mich vielleicht auch schon früher ab und zu mit leckerem Gebäck verwöhnt.«

»Wobei Zitronenplätzchen dir auch damals schon am liebsten waren.«

Er legte eine Hand auf Mairghreads Schulter, und zusammen lasen sie, was ihre Enkelin niedergeschrieben hatte.

Am Ende faltete die Großmutter die Hände über dem Papier und stellte fest: »Es war natürlich schlau von ihr, dass sie sich freiwillig als Opfer angeboten hat. Natürlich war ihr klar, dass er sie und ihre Fähigkeiten braucht. Aber auf Dauer werden sie sich trotzdem gegenseitig in den Rücken fallen, weil ihnen das Erreichte nicht genügen wird. Sie denken beide immer nur an sich, sie beide haben ihr Volk verraten und nicht einen Schwur gehalten, und am Ende werden sie sich gegenseitig hintergehen.«

»Sie hatte Angst vor ihm. Das habe ich gespürt.«

»Die sollte sie auch haben. Doch vor allem überschätzt sie sich. Am Ende werden das und ihre Gier nach immer mehr sie ins Verderben stürzen, so wie damals ihn. Im Grunde gibt es zwischen ihnen keinen großen Unterschied.«

»Er hat mich in dem Augenblick, bevor ich wach wurde, gesehen. Wie war das möglich?«, fragte Breen.

»Ihr zwei seid blutsverwandt, und als du dich geöffnet hast, um ihn zu sehen, gabst du ihm umgekehrt die Möglichkeit, auch dich zu sehen. Die Macht und die Kontrolle lagen in dem Augenblick bei dir, und du musst dafür sorgen, dass es weiterhin so bleibt.«

»Er hat es auf dich abgesehen«, mischte sich Sedric ein und wählte seine nächsten Worte mit Bedacht. »Die Mischung deines Blutes ist einzigartig und macht dich sogar noch mächtiger, als es dein Vater war.«

»Wegen meiner Mutter, die ein Mensch und von der anderen Seite ist. Ich weiß, ihr habt gesagt, es gäbe niemanden wie mich, aber es muss doch auch noch andere geben, die …«

»Es gibt sonst niemanden, der Blut von außen, Blut der Fey – von Weisen und von Sidhe – und dazu noch Götterblut in sich vereint. Du bist die Einzige in allen Welten, die wir kennen«, erklärte Sedric ihr. »Und ganz bestimmt bist du die Einzige, in deren Adern Blut von Odran fließt. Du bietest ihm die Möglichkeit, Talamh, die Welt von deiner Mutter und vielleicht noch andere Welten zu regieren oder zu zerstören.«

»Aber dafür braucht er mein Blut.«

»Dein Licht, dein Leben, deine Kraft.«

»Die wird er nie bekommen. Wir haben dich beschützt, seitdem du auf die Welt gekommen bist, *mo stór*«, erklärte ihre Nan. »Und das werden wir immer weiter tun.«

»Obwohl in dem Bemühen, mich zu schützen, neben meinem Vater und dem Dad von Keegan bereits unzählige andere umgekommen sind«, erklärte Breen. »Hast du mich also hergeholt, damit ich lerne, wie ich mich auf Dauer selbst beschützen kann?«

»Du hast schon viel gelernt.«

»Das Zaubern klappt vor allem deshalb gut, weil es mir Freude macht. Aber der Rest? Der macht mir keinen Spaß, und deshalb habe ich dabei bisher kaum Fortschritte gezeigt. Was sich jetzt ändern wird.«

Das würde es, versprach sie sich. Und zwar sofort.

Fürs Training hatte Keegan an dem Nachmittag ein Feld unweit des Hofs gewählt und stand schon mit den Schwertern dort, als sie den Weg vom Haus der Großmutter heraufgelaufen kam.

Eines musste er ihr lassen. Sie war immer pünktlich, dachte er. Sie konnte sicher niemals richtig mit dem Schwert umgehen, und auch im Nahkampf war sie ziemlich unbeholfen, aber sie kam nie zu spät.

Sie hatte sich das Haar zu einem Pferdeschwanz gebunden, der ihre Haarpracht nur mit Mühe hielt, und dazu trug sie eine leichte Sommerjacke sowie eine Hose, die wie angegossen um die langen Beine und die schlanke Hüfte lag und sie nicht daran hindern würde, hin und her zu springen.

Sie hatte eine sportliche, geschmeidige Figur, und wieder einmal überlegte er, warum in aller Welt sich ihre Füße in zwei Bleiklumpen verwandelten, sobald sie eine Waffe in den Händen hielt. Was allerdings nur eins der vielen Rätsel war, die sie ihm seit ihrer Rückkehr aufgab.

Der kleine Hund erreichte ihn zuerst und ließ sich kraulen, bevor er eilig weiter zu den Schafen und den Pferden flitzte.

Dann kam auch Breen, bevor er aber etwas sagen konnte, zog sie ein paar Blätter aus der Jackentasche und hielt sie ihm hin.

»Bevor wir anfangen, solltest du erst das hier lesen.« Damit ging sie weiter und sah sich die Pferde auf der Koppel an.

Sie hatte ihren Traum auf eine Art notiert, dass er die Wellen hörte, die sich brüllend an den Klippen brachen, und den Brandgeruch der Eingeweide und des Fleischs von Odrans Sklaven und den schwefligen Gestank des Windes roch. Vor allem aber schmeckte er Isoldes Angst, und grimmig ging er dorthin, wo Breen immer noch am Rand der Koppel stand.

»Du hast ihn dich sehen lassen.«

»Nicht mit Absicht.«

»Aber du hattest die Zügel in der Hand.«

Im Gegensatz zu ihrer Nan beschönigte er nichts. Und gerade deshalb hatte sie gewollt, dass er von ihrem Traum erfuhr.

»Das weiß ich jetzt, aber das war mir in dem Augenblick nicht klar. Vor allem dachte ich, dass ich verstehen würde, was er von mir will. Aber im Grunde habe ich das nicht oder auf jeden Fall nicht ganz. Doch jetzt ist es mir klar. Genau wie die Tatsache, dass mein Vater, als ich auf der Welt war, nicht nur nicht mehr wichtig, sondern ihm im Gegenteil eher lästig war. Deshalb hat er ihn umgebracht. Mein Vater, deiner und so viele andere sind gestorben, um mich zu beschützen. Vom Verstand her war mir das schon vorher klar, aber empfinden kann ich es erst jetzt. Nur sind in diesem Sommer derart viele Dinge auf mich eingestürmt, dass ich ein bisschen Zeit brauche, um alles zu verstehen.« Sie steckte die Papiere wieder ein. »Sedric behauptet, dass ich einzigartig bin. Ich habe mich, weiß Gott, seit einer Ewigkeit danach gesehnt, in irgendeiner Hinsicht was Besonderes zu sein. Und jetzt, da ich es plötzlich bin, ist es im Grunde eher eine Last. Aber ich bin ziemlich verantwortungsbewusst und wirklich gut darin zu tun, was ich im Grunde gar nicht will, weil es von mir erwartet wird. Das ist doch sicher eine gute Ausgangsposition.« Sie zog die Jacke aus und baute sich in einem schwarzen T-Shirt, das die muskulösen Arme vorteilhaft zur Geltung brachte, vor ihm auf. »Aber du musst mich härter rannehmen. Musst mir zeigen, wie man sich verteidigt und vor allem, wie man in die Offensive geht. Wie ich mich konzentrieren und die Fähigkeiten, die ich habe, kontrollieren kann. Es kann nicht sein, dass meine

Kräfte sich nur melden, wenn ich wütend bin. Das hat mir gestern Nachmittag Isolde gegenüber schließlich nichts genützt.«

»Wie hättest du nach dem verdammten Schlangenbiss noch mit ihr kämpfen sollen?«

»Ich meine vorher.«

Für gewöhnlich sah er anderen ihre Fehler nicht so einfach nach, sie aber hatte es am Vortag wirklich alles andere als leicht gehabt. »Der Nebel war verzaubert, damit er wie eine Droge auf dich wirkt.«

»Das hätte ich erkennen und mich dagegen wehren sollen.«

Er nickte zustimmend. »Das hättest du, und zukünftig wirst du das auch. Nur setzt du eben deine Kräfte bisher noch nicht richtig ein.«

»Es ist deine Aufgabe, mir beizubringen, wie das geht.« Entschlossen ging sie wieder auf das Feld und bückte sich nach ihrem Schwert. »Also mach gefälligst deinen Job.«

Er bemühte sich vergeblich um ein grimmiges Gesicht, als er nach seiner Waffe griff. »Dann ist es also meine Schuld?«

»Ich war selber eine schlechte Lehrerin, und deshalb weiß ich, wenn auch jemand anderes nicht das Zeug zum Lehrer hat.«

Im Grunde war er einer der mit Abstand besten Trainer von Talamh, doch offenbar zeigte Breen ihm diesbezüglich seine Grenzen auf. Am besten ginge er es also anders an.

»Du hast anständige Muskeln, und beim Laufen bist du zielgerichtet und geschmeidig wie ein Luchs, doch kaum dass du ein Schwert in deinen Händen hältst, wirkst du so unbeholfen und so tapsig wie ein Bär.«

»Es fühlt sich einfach nicht natürlich an. Es fühlt sich nicht so an, als wäre es ein Teil von mir.«

»Sieh es als die Verlängerung von deinem Arm, die deine Kraft verstärken soll, damit du deinen Gegner schlagen kannst. Du hast als Mädchen ein paar Jahre lang getanzt.«

»Tja nun, ich hatte mal Ballettstunden, aber mit elf habe ich aufgehört.«

»Warum?«

»Weil ich ... weil meine Mutter meinte, dass ich kein besonderes Talent zum Tanzen hätte, und sie sich die Stunden nicht mehr leisten konnte, als mein Vater uns verlassen hat.«

Nie im Leben hätte seine Mutter eins von ihren Kindern so herabgewürdigt, dachte er. Und wehe dem, von dem sie mitbekommen hätte, dass er so etwas mit seinen Kindern tat. Breen tat ihm leid, doch achselzuckend meinte er: »Auch wenn die Stunden eine Weile her sind, haben deine Muskeln die Bewegungen ganz sicher nicht verlernt. Setz dieses Wissen ein. Kannst du ...« Er ließ einen Zeigefinger kreisen.

»... eine Pirouette drehen? Wozu?«

»Ich bin immer noch der Trainer, und statt unnötig Zeit mit Fragen zu verlieren, tu einfach, was ich sage, ja?« Noch einmal ließ er seinen Zeigefinger kreisen, und auch wenn sie sich ein bisschen dämlich vorkam, legte sie das Schwert wieder ins Gras und drehte sich geschmeidig einmal um sich selbst.

»Ich meine, mit dem Schwert.«

Wahrscheinlich würde sie das Gleichgewicht verlieren und sich dann mit der Waffe selbst durchbohren, aber trotzdem bückte sie sich nach dem Schwert und wirbelte erneut im Kreis.

»Dein Körper weiß noch, wie es geht. Noch mal. So ist es gut. Du kennst noch andere Schritte. Zeig sie mir.«

Nach kurzem Überlegen bot sie einen kleinen Jeté, eine Arabeske und obendrein zwei Fouetté-Drehungen dar. Auch wenn das in den dicken Stiefeln, die sie an den Füßen trug, nicht so einfach war.

»Wir kämpfen heute tanzend«, meinte er und fügte ihr auch diesmal jede Menge blaue Flecken zu. Doch heute war sie beinah stolz auf jeden Treffer, den sie einkassierte, und vor allem überraschte sie sich einmal selbst, indem sie während einer Pirouette mit dem Schwert zustach und ihr sofort im Anschluss noch ein – zugegeben auch nicht sehr kräftiger – Tritt in seinen Bauch gelang.

»Jetzt lässt du endlich deinen Körper denken. So ist's besser, aber immer noch nicht gut genug.« Er traf sie fest genug, dass sie kurz aus dem Gleichgewicht geriet, und sah sie fragend an. »Was machst du beispielsweise jetzt?«

»Ich …«

»Du musst den Hieb blockieren!« Er stieß sofort noch einmal zu.

»Hör auf. Ich habe immer entweder zu viel oder zu wenig Kraft. Das kann ich einfach noch nicht regulieren.«

»Blockier den Stoß«, wies er sie wieder an und traf sie derart kraftvoll mit der Spitze seines Schwerts, dass eine Schockwelle durch ihren Körper zog.

Sie reagierte instinktiv. Sie ließ den Arm nach vorne schießen und ihr Schwert auf seine Klinge prallen, bis die Funken flogen und die Luft verkokelt roch.

»Jetzt drück. Halt weiter durch. Die Kraft dazu steckt in dir drin. Hol sie aus dir heraus.«

Sie stieg in ihrem Inneren auf und floss dann stark und

heiß aus ihr heraus. Er passte sich an ihre Kräfte an, doch zitternd hielt sie weiter stand.

»Das ist ein Schwert in meiner Hand«, schrie er sie an. »Ich habe vor, dich umzubringen, also nimm mir die verdammte Waffe ab.«

»Und wie soll ich das machen? Schließlich habe ich auch so schon alle Hände voll zu tun.«

»Nimm sie mir ab, wenn du nicht sterben willst.« Er holte kraftvoll aus.

Worauf sein Schwert mit einem Mal in Flammen stand und klirrend auf den Boden fiel. Harken, der vom Feld gekommen war, um ihnen zuzuschauen, stürzte eilig auf ihn zu. Und blieb dann wieder stehen, als Breen zu Keegan rannte und sein Handgelenk ergriff.

»Oh Gott, oh Gott.« Ihr wurde schlecht, und eilig legte sie die Hand auf seine von dem heißen Griff des Schwerts verbrannte Hand.

»Es tut mir leid. Ich hätte ...«

Sie erbleichte, denn bevor es ihm gelang, die Hand zurückzureißen, spürte sie den Schmerz in ihrer eigenen Hand.

»Hör auf und sieh mich an. Mach langsam, ja?« Er legte seine freie Hand unter ihr Kinn und zwang sie sanft, ihm ins Gesicht zu sehen. »Schön langsam, ja? Du darfst nichts überstürzen, wenn du dich beim Heilen nicht übernehmen willst.«

Sie nickte, und dann spürte sie den Unterschied. Die Hitze und die Schmerzen nahmen langsam, aber sicher ab.

»Zeig her«, murmelte sie und sah sich die Verbrennung an. »Jetzt ist es gut. Ich habe dein dämliches Schwert in Brand gesetzt.«

»Und mich auf diese Art entwaffnet«, lobte er und blickte dorthin, wo die Waffe immer noch in Flammen stand. »Aber jetzt mach das Feuer bitte wieder aus, damit ich mein wirklich gutes Schwert noch mal benutzen kann.«

Im Grunde war es auch nichts anderes, als wenn sie eine Kerze löschte, dachte sie und blies die Flammen aus.

»Ich brauche eine Pause.«

»Du hast selbst gesagt, dass ich dich hart rannehmen soll«, rief er ihr in Erinnerung. »Wir haben noch Zeit, bevor du wieder auf die andere Seite musst.«

»Ich brauche trotzdem eine Pause«, wiederholte sie.

»Verdammt, wenigstens fünf Minuten, ja? Ich habe dich jetzt schon zum zweiten Mal verletzt. Vielleicht macht dir das ja in deinem Machotum und ›Ich bin der große Taoiseach‹-Gehabe nichts aus, aber mir schon. Was, wenn ich statt des Schwerts dich abgefackelt hätte? Ich kann diese Kräfte erst zum Einsatz bringen, wenn ich sie auch kontrollieren kann.«

Da sie die gottverdammten fünf Minuten Pause einfach brauchte, setzte sie sich auf den Boden, und entschlossen hockte er sich vor sie hin.

Er hatte sich geirrt, denn dass sie sich am Ende so gut schlagen würde, hätte er beim besten Willen nicht gedacht. »Im Grunde war es mein Fehler, denn so was hätte ich dir noch nicht zugetraut.«

»Im Gegensatz zu mir schaffst du es, dich zurückzuhalten, damit ich nur ein paar blaue Flecken kriege, aber weiter nichts.«

»Es macht mir keinen Spaß, dir wehzutun.«

»Ach nein? Aber egal. Ich kann erst kämpfen, wenn ich keine Angst vor meinen eigenen Kräften haben muss.

Wenn ich nicht mehr befürchten muss, dir etwas anzutun, was sich am Ende nicht mehr heilen lässt.«

»So leicht bringt mich nichts um, aber wir finden sicher einen Weg.« Achselzuckend setzte er sich vor ihr in den Schneidersitz. »Ich kann dir beibringen, halbwegs kompetent mit einem Schwert und deinem eigenen Körper umzugehen.«

Sie bedachte ihn mit einem säuerlichen Blick. »Ist halbwegs kompetent für dich so was wie durchschnittlich?«

»Bisher warst du nicht einmal das. Aber jetzt eben warst du gut und wirst noch besser werden, weil ich nämlich, anders als du denkst, kein schlechter Lehrer bin. Du musst mit deinen Fäusten und mit Schwertern umgehen können, auch wenn das nicht deine echten Waffen sind. Die echten Waffen stecken in dir drin. Das weißt du selbst, und dieses Wissen macht dir Angst. Das soll es auch, weil diese Waffen großartig und furchteinflößend sind. Wenn die Welten wären, wie wir sie haben wollen, wäre das Licht in unserem Inneren nur zur Freude, für die Schönheit, für das Heilen und zum Helfen da. Nur sind die Welten eben leider nicht, wie wir sie uns wünschen. Deshalb benutz das Licht, um unsere Welten zu beschützen und zu bewahren, gegen das Dunkle anzukämpfen und zu töten, wenn es gar nicht anders geht. Sollen wir etwa einfach zulassen, dass sie uns auslöschen wie eine Kerze?«

»Nein. Ich habe vorher schon in einer anderen Vision gesehen, wozu er in der Lage ist. Er hatte einen Jungen von höchstens zwölf auf seinem Altar gefesselt, und ich habe in dem Traum mit angesehen, was mit dem armen Kind geschehen ist. So etwas dürfen wir nicht zulassen. Aber man drückt nun einmal Kindern keine Waffe in die

Hand, und mit dem Schwert bin ich im Grunde auch nichts anderes als ein Kind.«

»Papperlapapp«, fuhr er sie an. »Du hast dir viel zu lange sagen lassen, dass du höchstens Durchschnitt bist, und redest dir das offenbar inzwischen selber ein. Das ist ein Fehler.« Er stand auf, nahm ihre Hand und zog sie hoch. »Aber wir können deine Ängste erst einmal umgehen.«

»Und wie?«

»Indem wir einen anderen Gegner für dich wählen. Einen, dem du gerne wehtun willst.«

»Ich will niemandem wehtun.«

»Warten wir es ab.«

Er streckte seine Arme aus und bewegte sie gleichmäßig auf und ab. Dann fingen seine langen Haare an zu wehen, der Boden unter seinen Füßen bebte, und er rief mit lauter Stimme aus:

»Herbei, oh Wind, und Erde tu dich auf.
Schick mir den unseligen Geist herauf,
der ewiglich im Höllenfeuer hätte schmoren sollen,
nachdem er Breen hat großes Leid zufügen wollen.«

Dann spreizte er die Finger, und tatsächlich zuckten Feuerblitze, dicht gefolgt von dunklem Rauch, aus einer Spalte in der Erde. Sie spie einen Mann aus, in dessen Hand ein Schwert lag.

»Wo kommt der plötzlich her?«

»Das ist eine Chimäre. Ziemlich echt, aber lebendig ist sie nicht. Und um dich zusätzlich zu inspirieren, sieht sie extra aus wie jemand, den du ganz bestimmt nicht leiden kannst.«

»Ich werde trotzdem sicher nicht … Ist das der Kerl, der mich am Grab von meinem Vater angegriffen hat? Aber den hast du umgebracht.«

»Hast du was an den Ohren? Ich habe doch gesagt, dass er ein Trugbild ist. Er ist nicht lebendig, auch wenn er sich ganz normal bewegen und vor allem kämpfen kann. Wenn du ihn nicht zerstörst, verschwindet er bei Sonnenuntergang von selbst, aber ich dachte, dass er der perfekte Trainingspartner für dich ist.« Er sah Breen fragend an. »Du hast doch keine Angst, ihm wehzutun?«

Sie schüttelte den Kopf. »Aber …«

»Na, dann los.«

Als Keegan mit den Fingern schnipste, sprang das Trugbild auf sie zu und stach sie dreimal nieder, bis sie anfing, sich zu wehren.

Dann schlang es einen Arm um ihren Hals, breitete die Flügel aus, und als sie plötzlich in der Luft hing, drosch sie, ohne noch daran zu denken, dass ihr Gegner nur ein Trugbild war, in größter Panik auf ihn ein. Er stürzte um wie ein gefällter Baum und ließ sie unsanft wieder auf den Boden fallen.

Sofort war Keegan bei ihr, um sie wieder hochzuziehen. »Das hast du gut gemacht. Noch mal.«

Durch neuerliches Fingerschnipsen rief er die Chimäre wieder auf.

»Wie hast du das gemacht? Du hast gar keinen Zauberspruch gebraucht.«

»Wenn man das Bild einmal heraufbeschworen hat, bleibt's bis zum Sonnenuntergang bestehen«, erklärte er und fügte auffordernd hinzu: »Na los.«

»Ich will, dass du mir zeigst, wie man das macht.«

»Später.«

Kurzerhand fuhr sie mit einer ihrer Hände durch die Luft, und sofort löste sich die Chimäre in Wohlgefallen auf. »Nein, jetzt.«

Ihr Lehrer hob verblüfft die Brauen an. »Aber hallo, du hast wirklich Mumm. Wenn du das Ding noch zweimal umbringst, zeige ich dir, wie man diesen Zauber wieder aufhebt«, versprach er ihr.

»Und morgen zeigst du mir, wie man ein solches Bild heraufbeschwört.«

»In Ordnung, abgemacht.«

Dann sah er ihr beim Kämpfen zu und stellte fest, dass sie sich durchaus wacker hielt. Sie war zwar nicht brillant, doch überraschend gut und wirkte plötzlich souverän und selbstbewusst. Sie war auf eine ganz besondere, interessante Art Respekt einflößend, und wenn sie noch etwas mehr an ihrem Fokus und an ihrer Selbstbeherrschung feilten, brächte er sie für Talamh, die Fey und auch zu Ehren ihres Vaters weit genug auf Vordermann, dass sie zumindest eine Chance hätte, gegen Odran zu bestehen.

23

Drei Tage rackerte sich Breen vom Sonnenaufgang bis zum späten Abend ab, fing bereits im Morgengrauen an zu schreiben, damit ihr mehr Zeit für ihre Ausbildung in Talamh blieb.

Obwohl sie auch in Mairghreads Cottage hätte übernachten können, brauchte sie gelegentlich ein wenig Zeit für sich und pendelte deswegen weiter zwischen beiden Welten. So hatte es ihr Vater auch gemacht, und dank der eigenen Erfahrung wusste sie inzwischen, dass das jahrelange Hin und Her bestimmt nicht leicht für ihn gewesen war. Er hatte sehr viel für sie aufgegeben, aber trotzdem auch der alten Heimat gegenüber weiter seine Pflicht erfüllt. Und da sie ihrem Vater keine Schande machen wollte, tat sie das auch.

Wenn sie trotz allem weiter Rosmarin und einen zusätzlichen Glücksbringer unter ihr Kissen legte, um den Träumen und Visionen aus dem Weg zu gehen, tat sie das einfach, um am nächsten Morgen möglichst ausgeruht zu sein. Denn wenn sie nicht vernünftig schlief, könnte sie nicht die Aufgabe verfolgen, zu der sie auserkoren war.

Um kurz vor Mitternacht jedoch riss sie das Schrillen ihres Handys aus dem wohlverdienten Schlaf. Wahrscheinlich war es Marco, also tastete sie leicht benommen nach dem Gerät, das auf dem Nachttisch lag.

»Hi.«

»Breen Kelly?«

Es war eine Frauenstimme, und mit wild klopfendem Herzen tastete sie nach dem Licht. Bestimmt war irgendwas passiert, bestimmt war irgendwer verletzt.

»Ja?«

»Hier spricht Carlee Maybrook von der Sylvan-Agentur. Ich hoffe, dass mein später Anruf Ihnen nicht ungelegen kommt.«

»Oh nein. Hallo. Tja nun, nett, dass Sie anrufen.«

»Ich komme gerade aus einer Besprechung und wollte Sie sofort kontaktieren. Ich, das heißt die Agentur, würde Sie gern vertreten.«

»Bitte, was?« Breens Haut fing an zu kribbeln, während gleichzeitig ihr Magen eine Reihe wilder Purzelbäume schlug. »Sie würden *was*?«

»Ich war von *Faxes wundersamen Abenteuern* hin und weg und bin mir sicher, dass ich es problemlos bei einem Verlag für Kinderbücher unterbringen kann. Ich hoffe doch, dass Sie noch mehr Geschichten von dem kleinen Hund auf Lager haben. Das wäre eine wunderbare Serie, und die Zielgruppe für diese Art Geschichte fährt total auf Serien ab.«

In ihren Ohren rauschte es so laut, dass Breen nur jedes zweite Wort verstand, während der kleine Hund, um den es ging, von seinem Platz vor dem Kamin zu ihrem Bett getrottet kam, um dort den Kopf in ihren Schoß zu legen und mit großen Augen zu ihr aufzusehen.

»Ich – Sie wollen mich vertreten?«

»Ja. Ich schicke Ihnen gerne eine Liste meiner anderen Klienten und beantworte auch gerne alle Fragen, die Sie vielleicht haben.«

Fragen? Augenblicklich hatte Breen schon Mühe, sich an ihren eigenen Namen zu erinnern, also fielen ihr auf die Schnelle sicher keine Fragen ein. »Könnte ich erst einmal einfach ja und danke sagen?«

Carlee lachte fröhlich auf. »Na klar. Ich schicke Ihnen den Vertrag per Mail. Lesen Sie ihn sich in aller Ruhe durch, und melden Sie sich, wenn Sie dann Fragen haben oder Ihnen irgendetwas nicht gefällt. Und wenn Sie dann zufrieden sind, unterschreiben Sie und schicken ihn zurück, damit ich mich so schnell wie möglich an die Arbeit machen kann. Ich würde selbstverständlich gerne auch noch alles andere sehen, woran Sie arbeiten.«

»Ich habe tatsächlich ein zweites Faxe-Buch begonnen, bin dabei aber erst am Anfang, weil... Und daneben schreibe ich an einem Fantasy-Erwachsenenroman, aber der ist noch...«

»Können Sie mir vielleicht schon mal die ersten paar Kapitel schicken?«

War es möglich, dass ein Herz vor Freude explodierte?, überlegte Breen. »Sie wollen sie lesen? Wirklich?«

»Ja, natürlich, Breen. Sie sind sehr talentiert. Sie haben eine frische, amüsante Art zu schreiben, und der kleine Hund ist ein Juwel.«

»Das ist er«, stimmte Breen ihr zu und streichelte den Kopf der Hauptfigur des Buchs.

»Ich möchte Ihnen helfen, sich eine Karriere aufzubauen, und greife einfach schon mal vor. Ich bin mir sicher, dass ich erst mal mindestens drei Bücher um den kleinen Hund verkaufen kann. Und wenn der andere Roman genauso frisch und die Geschichte gut ist, werde ich erst ruhen, wenn auch er den richtigen Verlag gefunden hat.«

»Vielen Dank. Ich hätte nie gedacht, dass ich je so weit kommen würde.«

»Oh, ich kann Ihnen versichern, dass das erst der Anfang ist. Sie kriegen neben dem Vertrag noch einen Brief, in dem das alles schriftlich festgehalten wird. Und falls Sie Fragen haben, rufen Sie mich einfach an. Und schicken Sie mir die Kapitel von dem Buch.«

»Das werde ich.«

»Dann wünsche ich Ihnen noch einen schönen Abend, und wir bleiben in Kontakt, okay?«

»Auf jeden Fall. Ich danke Ihnen. Bis dann.« Sie starrte auf ihr Telefon. »Das ist kein Traum. Sie hat mich wirklich angerufen. Wow!« Sie sprang euphorisch aus dem Bett und nahm das Hündchen auf den Arm. »Und das verdanke ich nur dir!« Überwältigt presste sie die Nase in die Locken ihres vierbeinigen Freundes und erklärte: »Du bist ein Juwel. Mein magisches Juwel. Mein Glücksbringer. Wie soll ich jetzt noch schlafen? Lass uns runtergehen, damit ich dir ein Leckerli spendieren und die Kapitel von dem anderen Buch abschicken kann. Vor allem muss ich Marco anrufen. Oder nein, ich will es schließlich nicht beschreien. Am besten ist es, wenn erst einmal niemand was davon erfährt. Erst mal bist du der Einzige, der etwas davon weiß. Aber als meine vierbeinige Muse hast du das auf jeden Fall verdient.«

Als Erstes las sie unten den Vertragsentwurf, von dem sie rundherum begeistert war, und während sie an ihrer Antwort feilte, genehmigte sie sich zur Feier des Erfolgs ein Gläschen Wein. Dann schickte sie, halb furchtsam und halb hoffnungsvoll, den unterschriebenen Vertrag und die ersten Kapitel ihres Fantasyromans zurück.

Am nächsten Morgen würde sie ins Dorf fahren, um

den Ausdruck des Vertrags per Post zurückzusenden, aber erst mal trat sie mit dem Hund und mit dem Rest von ihrem Wein auf die Terrasse, sog die kühle Nachtluft ein und hatte das Gefühl, als breite sich die Zukunft mit all ihren wunderbaren Möglichkeiten wie das grenzenlose Wasser des Atlantiks vor ihr aus.

Die kleinen, hellen Punkte, die im Dunkeln tanzten, hielt sie erst für Glühwürmchen, doch schließlich wurde ihr bewusst, dass es die Lichter kleiner Elfen waren. Kamen sie wohl jede Nacht und wachten über ihren Schlaf? Als Teil des Schutzwalls, der um sie herum errichtet worden war?

Sie stand auf der Terrasse ihres Ferienhäuschens, und nur eine Meile weiter tanzten andere Menschen durch die Nacht, schliefen in ihren Betten oder wiegten Babys, die nicht schlafen konnten, hin und her. In einer anderen Welt, die aber ebenfalls die ihre war. Auch wenn sie bisher keine Ahnung hatte, wie sie es auf Dauer schaffen sollte, gleichermaßen Teil der Menschenwelt und von Talamh zu sein.

»Ich muss einen Weg finden, aber nicht mehr heute Nacht. Komm wieder rein, Faxe. Lass uns versuchen, noch ein bisschen Schlaf zu kriegen, ja?«

Da sie natürlich kaum ein Auge zubekam und ihr die Übermüdung deutlich anzusehen war, versuchte sie zum ersten Mal, sich etwas aufzubrezeln, einfach, um den Fragen und Sorgen zu entgehen, die die anderen sich dann um sie machen würden.

Den Vormittag verbrachte sie wie immer in der Welt des einen Mondes, die für Zauber jeder Art nicht unbedingt empfänglich war, und trat dann über in das Land der Fey.

»Du wirkst ein bisschen abgelenkt.«

Breen stand mit ihrer Nan in einem von ihr selbst geworfenen Kreis. Sie hatte auch das Feuer entfacht, das unter dem Kessel loderte, die Zutaten gewählt und – da sie selbst nicht wirklich zeichnen konnte – unter Sedrics Anleitung das Bild des rituellen Dolches, den sie für sich selber machen sollte, zu Papier gebracht.

Manche Werkzeuge, hatte ihr Marg erklärt, sollten einem entweder geschenkt oder von jemand anderem überlassen werden, wiederum andere sollte die Person, die sie benutzen würde, eben selbst herstellen.

»Habe ich etwas falsch gemacht?«

»Oh, nein, aber ich sehe, dass du in Gedanken nicht ganz bei der Sache bist. Du hast gesagt, du hättest nichts geträumt.«

»Das habe ich auch nicht. Aber ich habe nicht viel Schlaf bekommen, weil ich total in meiner Schreiberei gefangen war.«

Das war zumindest nicht gelogen, dachte Breen, denn schließlich hatte sie das Antwortschreiben und eine Zusammenfassung ihres Fantasyromans verfasst.

»Du verlangst zu viel von dir.«

»Ach ja?«

»Mein liebes Mädchen.« Marg glitt sanft mit einer Hand über den Arm der Enkelin. »Du hast deine Geschichten, die schon jede Menge Arbeit machen, und darüber hinaus hast du darum gebeten, dass ich selbst und Keegan dich beim Zaubern und beim Training härter rannehmen als bisher. Ich weiß, wie viel dir Keegan abverlangt. Morena sieht euch öfter zu und hat es mir erzählt.«

»Sie feuert mich beim Training an.«

»Und sagt, dass du dich unglaublich verbessert hast, aber zu einem hohen Preis. Du bräuchtest endlich wieder einmal einen Tag, der ganz der Freude vorbehalten ist.«

»Der Unterricht bei dir und das, was du mir beibringst, machen mir echt Spaß. Und auch wenn ich wohl kaum behaupten kann, dass mir das Training Freude macht, ist es auf jeden Fall durchaus befriedigend. Erst gestern habe ich ein Paar Dämonen-Chimären umgehauen. Zwar nacheinander, aber immerhin.« Sie zögerte, bevor sie aussprach, was ihr auf der Seele lag. »Der Teil der Ausbildung – das Kämpfen – kommt mir immer noch vollkommen unnatürlich vor. Als wäre es ein anstrengendes Spiel, das mir nicht sonderlich gefällt. Aber das, was wir hier tun? Das ist für mich inzwischen so normal wie atmen.«

»Dann atme durch, *mo stór*, und fang mit deinem Zauber an.«

Er war komplex, hatte die Großmutter sie vorgewarnt. Man musste ganz präzise sein und sich vor allem sehr gut konzentrieren.

Breen verdrängte alle anderen Gedanken aus ihrem Gehirn und öffnete ihr Herz. Inzwischen war das für sie ebenso natürlich wie der Regen und die Sonne, und darüber war sie froh.

»Zuerst das Silber, das von Trollen in der Halle,
in der Drachen schlafen, ausgegraben ward.«

Bei diesen Worten ließ sie sieben kleine Silberkugeln in den Kessel fallen.

»Danach für Licht und Kraft im Mondlicht aufgeladene
   Kristalle,
deren Energie sich mit der Weisheit von drei Runen paart.
Dazu für Schönheit etwas Heidekraut in meinen Kessel
   falle
sowie eine Taubenfeder, damit weiterhin der Frieden bleib
   gewahrt.«

Mit diesen Worten trat sie einen Schritt zurück und nahm
den rituellen Dolch der Großmutter vom Tisch. Sie hatte
das Gefühl, als träte sie aus sich heraus und ruhe gleichzeitig so sehr in sich wie nie zuvor.

»Auf dass im weißen Rauch, der diesem Sud entweicht,
mein Wunsch das Licht erreicht,
durchbrech mit dreimaligem Läuten ich die Ruh
und füge dem Gebräu noch einen Tropfen meines eigenen
   Bluts hinzu.
Ich hoffe, dass ich so besteh den neuerlichen Test
und dass das heil'ge Feuer das von mir gewünschte Bild
   entstehen lässt,
denn wie ich will, so soll es sein.«

Sie lief dreimal um den Kessel, und als sie das Feuer löschte,
rannen ihrer Großmutter vor Stolz und Liebe Tränen über
das Gesicht.

»Du glühst von innen«, stellte sie mit rauer Stimme fest.
»Vor Freude und vor Kraft. Und jetzt nimm dir, was dein
ist, Kind von meinem Kinde, Kind der Fey und Blut von
meinem Blut. Und wisse, dass du dich an diesem Tag bewiesen hast.«

Breen zog das selbst geschaffene Messer aus dem Sud, auf dessen Klinge das Wort MUT zu lesen und auf dessen Griff das fünffache Symbol für Erde, Wasser, Feuer, Licht sowie Magie inmitten eines rot schimmernden Drachenherzensteins zu sehen war.

»Wie schön er ist. Ich hätte nie gedacht, dass mir einmal ein Dolch gefallen würde, aber dieser hier ist wirklich wunderschön. Vor allem fühlt er sich wie mein Dolch an.«

»Weil er das ist.«

Sie drehte die von ihr geschaffene Stichwaffe in der Hand. »In die Rückseite der Klinge ist ein Drache eingraviert. Der war nicht auf dem Bild. Habt Sedric oder du ihn noch hinzugefügt?«

»Nein.« Marg legte eine Hand auf ihre Tätowierung und sah sich den Drachen an. »Den haben die Götter dir geschenkt, denn du hast deine Sache wirklich gut gemacht. Jetzt schließ den Kreis und iss noch was mit uns, bevor du gleich zu Keegan gehst.«

Sie nahm die Enkeltochter in den Arm, und plötzlich fühlte Breen sich mehr geliebt als je zuvor.

Nach der subtilen Zauberkunst nun abermals die alles andere als subtile Kampfkunst, sagte sich Breen auf ihrem Weg zum Hof. Sie blieb kurz stehen, legte die Hand auf Faxes Kopf und sah den Falken, der am Himmel seine Kreise zog.

Sie spürte, dass das Hündchen zitterte, und konnte hören, wie es dachte: *Lass uns endlich weitergehen. Hunde, Kinder, Spaß.*

»Lauf einfach schon mal vor«, wies sie den Kleinen an

und streichelte zum Abschied nochmals seinen Kopf. »Ich komme nach.«

Zwei Drachen glitten über sie hinweg, der eine silberfarben und der andere grün wie Frühlingslaub, und sie erkannte, dass sie neidisch auf die beiden Reiter, aber gleichzeitig auch dankbar war, weil sie mit beiden Füßen auf der Erde stand.

Dann kam Morena auf sie zu.

»Sie sind unglaublich schön.«

»Und wirklich mutig«, fügte ihre Freundin hinzu. »Sie sind gerade auf Spurensuche. Deaglan und Bria Mac Aodha – auf der anderen Seite hieße das Magee. Sie sind Zwillinge, und da sie näher bei der Hauptstadt leben, hast du sie wahrscheinlich hier noch nicht gesehen. Wie war's eben mit deiner Nan?«, erkundigte sie sich im Weitergehen.

»Vor allem der letzte Teil war echt unglaublich, denn ich habe meinen eigenen Dolch gemacht.« Sie zog ihn aus der Scheide, die an ihrem Gürtel hing. »Ich hatte ihn im Grunde erst mal in der Werkstatt liegen lassen wollen, aber Mairghread hat gesagt, dass ich ihn heute bei mir tragen soll. Um eine Bindung zu ihm einzugehen.«

»Natürlich. Und du hast ihn wirklich selbst gemacht?«

»Vor etwa einer Stunde, ja. Ich bin noch immer etwas aufgeregt.«

Morena schüttelte den Kopf, als Breen ihr anbot, ihn zu nehmen, um sich ihn genauer anzusehen. »Heute sollte er nur deine Hände kennen lernen. Er sieht fantastisch aus, im Ernst. Aber vor allem kriegt kaum jemand dieses Maß an Alchemie ohne jahrelange Studien und vor allem jede Menge Übung hin.« Sie unterzog Breen einer neugierigen

Musterung. »Du kannst stolz auf dich sein, Marg ist es auf jeden Fall.«

»Vor allem bin ich einfach glücklich, weil der Tag bisher einfach unglaublich war. Aber beim Training werde ich bestimmt wieder zurechtgestutzt.«

»Da bin ich mir gar nicht so sicher, denn inzwischen hältst du dich echt gut. Ich würde gerne zusehen, aber leider kann ich heute nicht. Zum einen habe ich gesehen, dass Keegan Merlin und ein anderes Pferd gesattelt hat, das heißt, dass er wahrscheinlich einen Ausritt mit dir machen wollen wird, und zum anderen muss ich Harken helfen, wenn er heute seine Schafe schert. Gott steh mir bei! Man sollte eben niemals einem Mann etwas versprechen, während man noch warm und weich und kribbelig unter ihm begraben ist.«

»Das werde ich mir merken für den Fall, dass jemals wieder was aus mir und irgendeinem Typen wird.«

Morena stieß sie mit dem Ellenbogen an. »Ich habe dir doch schon gesagt, dass es hier jede Menge Kandidaten gibt.«

»Bis Keegan abends mit mir fertig ist, fehlt mir einfach die Energie für irgendwelche Kribbeleien. Viel Glück beim Scheren der Schafe.«

»Ha!«

Sie trennten sich, und während ihre Freundin Richtung Feld marschierte, stapfte Breen in Richtung Stall. Sie kam jedoch nicht weit, bis Keegan ihr mit Merlin und dem anderen Pferd entgegenkam.

»Du brauchst mehr Reittraining.«

»Dir auch hallo, und warum nicht?« Sie streichelte den Wallach, den sie für gewöhnlich ritt, während ihr Hündchen angelaufen kam. »Die Reiterei hat mir schon gefehlt.«

»Wir werden sehen, ob du das nach dem Ausritt heute Nachmittag noch immer sagst.« Er übergab ihr einen Gürtel mitsamt Schwert. »Denn du musst lernen, zu kämpfen und dich zu verteidigen, während du auf dem Rücken eines Pferds sitzt.«

»Oh.« Das versetzte ihrer Freude einen Dämpfer, aber sie schnallte sich den Gürtel tapfer um.

»Was ist das?«, fragte er und wies auf ihren Dolch.

»Der Grund, aus dem du mir den Tag wohl kaum vermiesen können wirst. Ich habe heute meinen eigenen Dolch gemacht.«

Als er den Zeigefinger krümmte, zog sie ihre Waffe aus der Scheide, aber wie Morena fasste er den Dolch nicht an. Stattdessen drehte er ihr Handgelenk, um ihn sich eingehend von allen Seiten anzusehen.

»Den hast du wirklich selbst gemacht?«

»Die Skizze nicht. Ich kann einfach nicht zeichnen, aber Sedric hat das Bild nach meinen Angaben gemacht. Die anderen Sachen habe ich alleine hinbekommen, abgesehen von dem Drachen, der nicht auf der Zeichnung war.«

»Das heißt, dass er auf diesen Dolch gehört.« Er blickte sie an und meinte anerkennend: »Das ist eine wirklich gute Arbeit oder vielleicht sogar mehr als gut. Du hast genau die richtigen Symbole ausgewählt.«

Er schwang sich in den Sattel und sah zu, wie sie das Messer wieder in die Scheide schob und sich dann auf den Rücken ihres Pferds schwang.

»Könnten wir vielleicht noch mal zu der Ruine von den frommen Brüdern reiten, damit ich noch mal das

Grab von meinem Vater sehen kann? Ich war bisher nur einmal dort.«

»Das ist ein genauso gutes Ziel wie jedes andere«, stimmte er ihr zu.

»Und wenn wir dann noch mal mit einem Trugbild arbeiten, würde ich gern versuchen, selbst eins aufzurufen, denn vielleicht hält meine Glückssträhne ja weiter an.«

»Wir werden sehen.«

»Ich habe auf dem Weg hierher die Drachenreiter über mir gesehen«, bemerkte sie. »Morena hat gesagt, sie wären Spurensucher.«

»Ja.« Er hatte sie persönlich losgeschickt, und früher oder später würden er und Aislings Mann noch einmal selbst auf Spurensuche gehen. Auch wenn er seiner schwangeren Schwester alles andere als gern abermals den Mann und Vater ihrer Kinder nahm, weil dann die ganze Arbeit auf dem Hof an ihr und Harken hängen blieb. Es lag ihm auf der Seele, dass er selbst keinen Beitrag leisten konnte, doch das würde es wahrscheinlich immer tun.

»Morena schert heute die Schafe mit. Hast du schon mal …«

»Du solltest dich aufs Reiten konzentrieren«, wies er sie an und galoppierte los.

Auch wenn sie mit den Augen rollte, trieb sie Good Boy zum selben hohen Tempo an.

Es war was etwas völlig anderes, als gemächlich in dem zweirädrigen Karren ihrer Nan die Gegend zu erkunden, dachte sie. Zwar machte es ihr durchaus Spaß zu galoppieren, aber dabei blieb ihr keine Zeit, um sich an der Umgebung zu erfreuen, und vor allem hielt ihr Hündchen mit dem hohen Tempo sicher nicht auf Dauer Schritt.

»Mach mal ein bisschen langsamer, sonst kommt der Hund nicht mit.«

»Sag ihm einfach, wo er uns treffen soll.«

»Aber wie soll ich ihm den Weg beschreiben, wenn ich selbst mich nicht daran erinnern kann?«

»Verdammt.« Er zog an Merlins Zügeln und verfiel in einen noch immer flotten Trab. »Schick ihm einfach ein Bild des Ortes. Er war mit Marg schon öfter dort, er findet also ganz bestimmt den Weg.«

»Ich weiß nicht, wie ich das bei einem derart hohen Tempo machen soll.« Da Faxe und sein Wohlergehen für sie Vorrang hatten, ritt sie selber nur noch Schritt, und als das Hündchen sie erreichte, rief sie die Erinnerung an die Ruine und den Friedhof, an die Weide voller Schafe und an alles andere auf, was ihr einfiel, und schickte sie ihm zu.

Er wackelte mit seinem dünnen Schwanz und trottete auf seine gut gelaunte Art voraus.

»Vielleicht ist es für ihn zu weit. Wir hätten ihn zu meiner Nan bringen sollen.«

»Meine Güte, seine Vorfahren waren echte Höllenhunde, und ihn derart zu verzärteln täte ihm bestimmt nicht gut. Und da, siehst du? Er biegt von der Straße ab und nimmt die Abkürzung. Er ist schließlich nicht dumm. Und jetzt setz deine Knie ein, nimm die Zügel in die eine Hand und zück mit deiner anderen das Schwert.«

Er zückte schon sein eigenes Schwert, und sie brach um ein Haar in Panik aus. »Moment.«

»Ein Gegner würde auch nicht warten, sondern jede Schwäche nutzen, die du zeigst. Also setz dich zur Wehr!«

Noch ehe sie das Schwert aus der verdammten Scheide zerren konnte, hatte er sie bereits umgebracht.

»Zügel in die linke, Waffe in die rechte Hand. Noch mal.«

Jetzt zückte sie das Schwert, ließ dabei allerdings die Zügel fallen. Grimmig wedelte ihr Lehrer mit der Hand, bis sie sie wieder zwischen ihren Fingern hielt.

»Wie hast du das gemacht? Das will ich auch können.«

»Mir reiner Willenskraft. Hör auf zu reden und setz dich zur Wehr. Und lenk das Pferd dabei mit deinen Knien.«

Sie gab sich alle Mühe, und tatsächlich schaffte sie es, ihn einmal abzuwehren, geriet aber durch ihren Gegenschlag aus der Balance und plumpste fast vom Pferd. Dann aber richtete ein Luftzug sie auf wundersame Weise wieder auf.

Sie hätte gern gefragt, wie Keegan sie im letzten Augenblick gerettet hatte, doch inzwischen war sie völlig atemlos – und starb zum zweiten Mal.

Sie saß völlig erschöpft im hellen Sonnenlicht und schüttelte sich ihre Haare aus den Augen, während er mit Grabesstimme meinte: »Das war einfach jämmerlich. Dein Sitz, dein Schwertarm und vor allem deine Konzentration. Auch Good Boy ist eine Waffe, aber du setzt ihn nicht ein. Tja nun, der Hund hat jetzt genügend Vorsprung, also reiten wir am besten langsam wieder los.«

Er schob sein Schwert zurück in seine Scheide, wendete sein Pferd und schoss davon.

Sie hätte sich beschweren wollen, weil sie im Gegensatz zu ihm auf einem Pferderücken und vor allem im Umgang mit dem Schwert noch alles andere als sicher war. Der Sommer aber war bald vorbei, und auch zum Lernen bliebe ihr nicht ewig Zeit. Empört trieb sie auch Good Boy erneut zu einem hohen Tempo an. Natürlich hätte er den Hengst nie eingeholt, doch Keegan zog die Zügel an, bis sie auf seiner Höhe war.

Mal sehen, wie ihm das gefiel, sagte sie sich und zückte abermals ihr Schwert.

»Attacke!«, brüllte sie und nutzte den Moment der Überraschung aus. Zwar hielt er selbst sofort die Waffe in der Hand, sie aber stieß so kraftvoll zu, wie sie konnte.

Für einen vermeintlich Toten hatte er ein überraschend gut gelauntes Grinsen im Gesicht, erkannte sie und hätte ihn verfluchen wollen, weil dieses blöde Grinsen auch sie selbst zu einem Grinsen zwang. Denn ihr gefiel die Kraft, die ihr ihr Zorn verlieh.

»Das war schon nicht mehr ganz so jämmerlich«, erklärte er und, alles andere als besänftigt, steckte sie die Waffe wieder ein, bevor sie mit Good Boy davonschoss.

»Du bist an der Abbiegung vorbeigeritten«, rief ihr Keegan hinterher, wobei sein Lachen nicht zu überhören war.

»Verdammt.« Sie hatte ihren Abgang selbst ruiniert, wendete grimmig ihr Pferd und ritt dem arroganten Kerl jetzt wieder hinterher.

Auf ihrem Weg zum Friedhof starb sie noch dreimal, darunter einmal unter dem Gejauchze eines kleinen blonden Jungen, der auf der Hüfte seiner Mutter saß.

Es rührte sie, als sie das Hündchen in dem von ihr selbst und Mairghread angelegten Garten auf dem Grab von ihrem Vater liegen sah. Bei ihrer Ankunft setzte sich der Kleine auf, blieb aber, wo er war.

»Die Pferde werden trinken wollen. Ich führe sie zum Bach, damit du etwas Zeit allein mit deinem Vater hast«, bot Keegan an.

Erst dieses jungenhafte Grinsen und jetzt reine Freundlichkeit. Das hieß, dass ihre Hoffnung, sich den Zorn ihm gegenüber zu bewahren, immer weiter schwand.

»Danke.« Sie stieg ab und drückte ihm die Zügel ihres Wallachs in die Hand.

»Die Gegend wird inzwischen gut bewacht, du solltest also sicher sein.«

»Okay.«

»Fang aber nicht zu flennen an.« Dann wandte er sich fingerschnipsend an den Hund. »Du kommst mit mir und kannst ein bisschen schwimmen gehen.« Mit diesen Worten ließ er sie allein am väterlichen Grab inmitten eines bunten Blumenmeers zurück.

Sie spürte eine leichte Brise, während sie sich in Gedanken mit dem toten Vater unterhielt.

»Inzwischen weiß ich, was du alles leisten musstest und dass du auf alle Fälle hattest wiederkommen wollen. Ich lerne viel von Nan und werde diesen ganz besonderen Teil von mir nie wieder aufgeben. Den Teil, den du mir mitgegeben hast. Ich wünschte mir, ich könnte richtig mit dir reden, wie zu der Zeit, als ich noch ein kleines Mädchen war. Ich kann verstehen, warum du mir niemals etwas von alledem erzählen konntest, aber jetzt, da ich es weiß ...« Sie setzte sich auf ihre Fersen und zog seinen Namen mit den Fingerspitzen nach. »Du warst mit deinem Herzen in zwei Welten, und ich denke – nein, ich weiß –, dass es mir jetzt genauso geht. Und dass es auch in beiden Welten Pflichten gibt, die ich erfüllen muss.«

Sie richtete sich wieder auf, bevor sie ihren Blick über die Steine und die Hügel wandern ließ. Die Gräser und die Mauern der Ruine, wo die Frommen einst gewandelt waren, flüsterten im Wind.

Sie hörte Schafe blöken und daneben Faxes fröhliches Gebell.

»Du hast Talamh nur mir zuliebe überhaupt jemals verlassen, weil dein Herz nie wirklich auf der anderen Seite war. Gott, ich will dich nicht enttäuschen, und ich werde alles tun, damit das nicht passiert. Ich liebe und vermisse dich«, raunte sie ihrem Vater zu. »Und ich bin nicht die Einzige«, bemerkte sie und sah dorthin, wo Keegan ihre Pferde trinken ließ.

Dann lief sie durch das hohe Gras, vorbei an Gräbern und an der Ruine, deren Anblick einen kalten Schauder über ihren Rücken rinnen ließ. Sie blickte auf die breite Öffnung in dem längst verfallenen Gemäuer und versuchte, sich die beiden massiven Tore, die es einst verschlossen hatten, und die Wesen, die dahinter einst herumgelaufen waren, vorzustellen.

Aber noch immer lief dort irgendwas herum – das konnte sie in ihrem tiefsten Inneren spüren.

Sie blieb auf Abstand zu den alten Mauern, bis sie Keegan gegenüberstand.

»Jetzt kümmere ich mich um die Pferde, denn du hättest sicher auch gern einen Augenblick für dich.«

Er sah sie forschend an, doch schließlich meinte er: »Das stimmt. Ich danke dir«, und drückte ihr die Zügel in die Hand. »Da drüben, etwas südlich, steht ein großer Hirsch, ein Zwölfender. Vielleicht bewegt er sich genug, dass du ihn sehen kannst. Ein wunderschönes Tier.«

Wie schon so oft, erschauderte auch er, sobald er in die Nähe der Ruine kam. Und hörte ebenfalls das Wispern, das durch die verfallenen Bogentüren und von den geschwungenen Treppen drang.

Die Luft pulsierte wie ein gleichmäßig schlagendes Herz. Sie erzitterte unter dem Geschrei und dem erstickten Flehen derer, die dort einst gefoltert worden waren.

An einem anderen Tag hätte er Breen wahrscheinlich mit hineingenommen, um zu sehen, was sie hörte und empfand. Doch heute nicht.

Der Himmel war zwar klar, im Norden aber zeigten ein paar erste graue Wolken, dass ein Unwetter im Anzug war. Das käme ihm an diesem Abend gerade recht.

Mit einem leisen Seufzer blickte er auf Eians Grab. »Sie schlägt sich besser, als ich dachte. Sie ist zwar noch lange nicht am Ziel, aber sie lernt von Tag zu Tag dazu. Am besten ist sie, wenn sie sich daran erinnert, dass sie Kampfgeist und ein Rückgrat hat. An ihre Mutter kann ich mich noch ziemlich gut erinnern, doch ich nehme an, dass sie nach ihrer Rückkehr auf die andere Seite jemand anders geworden ist. Das tut mir leid – für dich und auch für Breen –, aber wir müssen uns nun einmal mit den Dingen arrangieren, wie sie sind, nicht wahr?« Er hielt kurz inne, dann fuhr er fort: »Gott, Eian, ich gäbe meinen rechten Arm für einen Rat von dir. Diese verdammte Politik macht mich noch mal verrückt. Ich muss den Göttern jeden Tag auf Knien für die wirklich kluge Mutter danken, mit der ich gesegnet bin. Ich muss auch deine Tochter in die Hauptstadt bringen, wenn sie so weit ist. Auch wenn ich keine Ahnung habe, wie sie von den Mitgliedern des Rates aufgenommen werden wird.«

Er blickte dorthin, wo sie wie zuvor er selbst mit dem Rücken zu den Grabsteinen und der Ruine stand.

»Sie gibt mir immer wieder Rätsel auf. In einem Augenblick kommt es mir vor, als ob die Kraft in ihrem Inneren voll entwickelt wäre, und im nächsten wirkt sie geradezu erschreckend unbedarft. Aber ich kann dir sagen, sie gibt garantiert nicht auf. Sobald sie sich zu irgendwas entschließt, bleibt sie auf jeden Fall am Ball, das ist schon mal nicht schlecht.«

Wie vorher Breen setzte auch er sich auf die Fersen und zog mit den Fingerspitzen Eians Namen nach.

»Die größte Angst, die ich im Leben habe, ist, dich zu enttäuschen, denn ich habe dir von Anführer zu Anführer, von Mann zu Mann, von Fey zu Fey geschworen, mein Leben hinzugeben, um sie zu beschützen, und zwar nicht nur, weil sie uns als Einzige von der Gefahr befreien kann, sondern vor allem, weil sie deine Tochter ist.« Dann stand er wieder auf, steckte seine Hände in die Hosentaschen und gab widerstrebend zu: »Sie sieht fantastisch aus. Ich gebe mir die größte Mühe, es zu übersehen, aber ich bin schließlich nicht blind. Vor allem, wenn ihre Augen wütend blitzen, gibt es keine schönere Frau als sie.« Er atmete tief durch und meinte: »So, jetzt ist es raus. Ruhe in Frieden.«

Stirnrunzelnd lief er zurück zu Breen.

»Der Hirsch war wirklich wunderschön«, erklärte sie, ohne sich nach ihm umzudrehen. »Doch woher weißt du, dass es tatsächlich ein Hirsch und nicht ein Wer in Hirschform war?«

»Wir Fey erkennen uns und erlegen niemals ein Tier, ohne zuvor genauestens hinzusehen. Und die von außen dürfen nur jagen gehen, wenn jemand aus Talamh dabei ist. Das ist Gesetz.«

»Und das Gesetz hast du gemacht?«

»Es ist der Rat, der die Gesetze macht, wobei der Taoiseach Teil des Rates ist. Aber das Jagdgesetz haben nicht wir gemacht. Das gibt es schon seit tausend Jahren, und ich bin mir sicher, dass es auch in tausend Jahren noch gelten wird. Aber wir sind nicht hier, um über Politik zu reden, sondern weil wir endlich einmal außerhalb des Hofs trainieren wollen. Das Feld da drüben auf der anderen Straßenseite ist dafür ideal.«

Als er die Zügel ihrer Pferde übernahm, erklärte Breen: »Ich muss eure Gesetze kennen, wenn ich sie nicht aus Versehen übertreten will.«

Er sah sie von der Seite an und wirkte – wie sie fand – eher amüsiert als schlecht gelaunt. »Hast du die Absicht, jemanden zu töten, der kein Feind des Lichts ist? Oder dir etwas zu nehmen, was dir nicht gehört? Jemand anderem oder dessen Eigentum absichtlich Schaden zuzufügen? Dich jemandem aufzuzwingen oder ein Tier zu quälen?«

»Eher nicht«, erklärte sie und sah ihn fragend an. »Und das ist alles?«

Er beschwerte Good Boy und Merlins Zügel mit zwei großen Steinen, und als sie die Köpfe neigten, um am Straßenrand zu grasen, meinte er: »Natürlich gibt es innerhalb der Stämme auch noch andere Gesetze wie, dass niemand einen Zauber oder andere Magie benutzen darf, um anderen zu schaden, ihnen was zu stehlen oder so.«

»Und wie wird man bestraft, wenn man sich nicht an die Gesetze hält?«

»Die Strafe soll zur jeweiligen Straftat passen.«

»Aber wie legt ihr das fest?«

Er unterdrückte einen Seufzer, denn sie hatte recht. Sie musste die Gesetze und die Strafen kennen, um eine gute

Fey zu sein. »Bei kleineren Problemen wie Streitereien zwischen Nachbarn, Handwerkern und Liebenden höre entweder ich selber oder meine Mutter, die mich oft vertritt, mir beide Seiten an und spreche dann mein Urteil.«

»Und bei schlimmeren Taten? Vergewaltigung und Mord?«

»Wir sind ein friedliebendes Volk.« Er ließ den Blick über die Felder schweifen, wo er einen Jungen und seinen Hund die Schafe hüten sah. »Das heißt, so was kommt nur sehr selten vor. In meiner Zeit als Taoiseach hatte ich noch keinen solchen Fall. Wofür ich wirklich dankbar bin, weil die Bestrafung dafür die Verbannung ist. Wenn mein Urteil schuldig lauten würde, würde die Person, die diese Tat begangen hat, bis an ihr Lebensende in die Welt der Dunkelheit geschickt. Manche sagen, das ist schlimmer als der Tod, und vielleicht haben sie recht.«

»Hat mein Vater jemals jemanden verbannt?«

Jetzt spürte er die alte Ungeduld. »Wie kommt es, dass du das nicht weißt?«

»Weil niemand mir etwas davon erzählt.« Sie sah ihn flehend an. »Wirst du es tun?«

Mit einem leisen Seufzer nahm er auf der Mauer Platz und blickte wieder dorthin, wo der junge Schafhirte mit süßer, glockenheller Stimme sang.

»Wir sind wie er.« Er zeigte auf das Kind. »Wir sind für dieses Land, die Tiere und auch füreinander da. Wir ehren unsere Gaben und umarmen das Licht. Aber es gibt andere, deren Herzen finster sind. Nachdem wir dich aus Odrans Hand gerettet hatten, hörten wir, dass Odran nicht allein gehandelt hat. Isolde und drei andere haben ihn unterstützt, und zwei von ihnen haben versucht, sich hier vor unser aller Augen zu verstecken – weißt du, was ich damit sagen will?«

»Ich kann's mir denken.«

»Aber schließlich kam ihr falsches Spiel ans Licht, wir haben sie festgenommen, und dein Vater hat mit ein paar anderen Männern nach den anderen gesucht. Isolde und der dritte Helfer waren geflohen. Sie ist entkommen, aber den dritten Kerl hat er erwischt.«

»Hat er ihn ... umgebracht?«, erkundigte sich Breen, wobei ihr das Entsetzen deutlich anzuhören war.

»Das hätte er wahrscheinlich gern getan. Aber er war Taoiseach, und er hat sich selbst in diesem Augenblick an das Gesetz gehalten. Es heißt, dass Ultan sich ergeben hat. So hieß der Kerl, und du wirst heute niemanden mehr finden, der so heißt. Wahrscheinlich hätte niemand Eian O'Ceallaigh Vorwürfe gemacht, wenn er den Kerl getötet hätte, doch er wusste, dass das gegen das Gesetz gewesen wäre und dass gerade er als Taoiseach sich an die Gesetze halten muss.«

Wie seltsam und wie wunderbar, erkannte Breen, im Sonnenlicht auf einer Mauer neben einem Mann zu sitzen, der sein Schwert so unbekümmert wie ein anderer seine Aktentasche trug. Zu hören, dass seine sonst so häufig barsche Stimme plötzlich melodiös wie die eines Erzählers klang. Und obendrein zu wissen, dass es bei den Dingen, über die er sprach, um die Geschichte ihres Vaters und somit um ihre eigene Geschichte ging.

»Was hat mein Vater dann getan?«

»Er brachte Ultan in die Hauptstadt und hat ihn zusammen mit den beiden anderen Gefangenen vor Gericht gestellt. Da die drei eine Mitschuld am Tod von meinem

Vater trugen, nahm meine Mutter uns mit zum Prozess, um uns zu zeigen, wie Gerechtigkeit und die Gesetze funktionieren.«

Als junge Witwe mit drei kleinen Kindern, dachte Breen. In Trauer um den toten Mann. »Das war bestimmt nicht leicht für sie. Das hat ihr sicher furchtbar wehgetan.«

»Natürlich, aber sie ist eine starke und vor allem kluge Frau, und es hat ihr geholfen, unseren Taoiseach auf dem Richterstuhl zu sehen, zu hören, was er sprach, und zu erleben, dass unsere Gesetze ihre Wirkung nicht verfehlen. Zwei Angeklagte haben geschluchzt und ihn um Gnade angefleht. Sie haben behauptet, Odran hätte sie in seinen Bann gezogen, aber es gibt Wege, so was rauszufinden, und es zeigte sich, dass das gelogen war. Und Ultan, der ein Anhänger der radikalen Frommen war, stand bis zum Schluss zu seiner Tat. Er hat gesagt, Odran wäre ein Gott und deswegen der wahre Herrscher und das einzig geltende Gesetz. Und mit dir könnte er machen, was er wollte, denn als Tochter seines Sohnes wärst du sein Eigentum. Vor allem wärst du eine Verirrung der Natur, denn du wärst eine Mischung aus verschiedenen Elementen und deshalb nicht rein.«

»So denken diese Frommen?«

»So dachten damals zwar nicht alle, doch die meisten Mitglieder der Bruderschaft.« Er lenkte seinen Blick zurück auf die Ruine, in der immer noch ein böser Geist zu herrschen schien. »Und die, die etwas anderes glaubten, wurden umgebracht oder gefoltert und versklavt, und zwar im Namen des Gottes, der ihnen dabei gelegen kam. Sie wollten damals die mit Abstand blutigste und ehrloseste Phase unserer Geschichte wiederholen, die sich Hunderte von Jahren zuvor ereignet hatte. Aber davon sprechen wir ein anderes Mal.«

»In Ordnung. War auch meine Mutter bei diesem Prozess?«

»Eian hatte sie und dich zu eurer Sicherheit in der Hauptstadt untergebracht, aber sie hielt sich dort die ganze Zeit in ihren Gemächern auf.«

»Anders als deine Mutter«, meinte Breen.

»Ich kenne keine andere Frau, die so wie meine Mutter ist«, klärte er sie mit einem sanften, liebevollen Lächeln auf und wandte sich dann wieder seinem eigentlichen Thema zu. »Die Verhandlung dauerte drei Wochen, weil die Taten und die Strafen wirklich schrecklich waren. Auch wir hatten zu der Zeit Zimmer in der Burg, und eines Tages hat dein Vater dich zu uns gebracht. Ich denke, dass du endlich mal was anderes sehen solltest, doch vor allem wollte er uns damit zeigen, wofür unser Vater heldenhaft sein Leben hingegeben hat.«

»Und wie alt warst du damals?«

»Alt genug, um mitzukriegen, wie du dich an deinen Dad geklammert hast. Doch dann hat meine Mutter ihre Arme ausgestreckt, und du bist auf sie zugetreten und hast ihr das Haar gestreichelt, als hättest du sie trösten wollen. Daran kann ich mich deshalb noch so gut erinnern, weil es meine Mutter tatsächlich getröstet hat.«

»Davon weiß ich nichts mehr. Manche Dinge kommen zwar inzwischen wieder, aber davon weiß ich nichts.«

»Aber wir wissen es«, erwiderte er schlicht. »Und dann, zum Abschluss des Prozesses, hat dein Vater offiziell verkündet, dass sich die drei Angeklagten mit einem gefallenen, verdammten Gott verschworen hätten, um die Dunkelheit in unser Land zu bringen und mit einem Kind das Kostbarste zu rauben, was es gibt. Er hat gesagt, sie hätten sich verschworen, um einem Kind erst großes Leid und dann den Tod zu bringen, obwohl es unser aller Pflicht ist, unsere Kinder bestmöglich vor jedem Schaden zu bewahren, uns um sie zu kümmern, sie zu lehren, was richtig und was falsch ist, und ihr Leben ganz mit Liebe und mit Freude anzufüllen. Durch diese schlimmste aller Sünden hatten sie bewirkt, dass viele anständige Frauen und Männer umgekommen waren, und ihren trauernden Familien großes Leid beschert. Bei diesem Satz sah er mich an, aber nicht zornig, sondern voller Mitgefühl.« Nach einer kurzen Pause fuhr er fort:»Ich kann mich noch genau an diesen Blick erinnern. Er hat mir gezeigt, dass unsere Trauer seine Trauer war und dass ihm leidtat, dass die Pflicht ihn zu dem Urteil zwang, das er fällen musste. Also hat er die drei verbannt, und als er durch das Senken seines Stabs das Urteil rechtskräftig gemacht und den Prozess beendet hat, war's im Gerichtssaal totenstill.«

Der Junge mit den Schafen zog über die Hügelkuppe und entschwand aus seinem Blick.

»Ich hatte angenommen, dass ich triumphieren würde. Durch das Urteil war der Tod von meinem Dad gerächt, doch statt Triumph empfand ich nur Erleichterung, und als ich Eian ansah, dachte ich, wie hart es ist, der Anführer zu sein, der über andere urteilen muss. Obwohl das Urteil richtig und gerecht war, habe ich an jenem Tag gelernt, dass es nicht immer Freude bringt, das Richtige zu tun, und dass ich niemals auf dem Stuhl des Richters würde sitzen wollen.«

»Aber jetzt bist du selbst der Anführer.«

»Wenn das nicht Ironie des Schicksals ist.« Mit diesen Worten stand er wieder auf. »Jetzt weißt du, wie es damals war.«

»Danke, dass du mir davon erzählt hast«, meinte sie und stieß sich von der Mauer ab. »Vor meinen Augen blitzen manchmal Bilder von meinem Vater in Talamh auf. Wie er mit mir über die Felder läuft oder Musik am Feuer macht. Wobei das meiste, was ich von ihm weiß, sich auf der anderen Seite zugetragen hat.«

»Wir sollten uns allmählich an die Arbeit machen.«

»Augenblick.« Der blöde Kerl gab ihr nicht einmal zwei Minuten, um den Wirrwarr ihrer Gefühle in den Griff zu kriegen, dachte sie. »Lass mich ein Trugbild machen, ja?«

Der Gargoyle mit den scharfen Zähnen und Krallen aber war schon fertig, und ihr Trainer forderte sie auf: »Bring vorher den hier um, okay?«

24

Die Zeit verging so schnell, dass Breen auch weiter ihre ganze Energie in ihren Unterricht bei ihrer Nan, das Kampftraining und die Kanalisierung ihrer Kräfte investierte und nach ihrer abendlichen Rückkehr in ihr Cottage immer vollkommen erledigt war.

An einem regnerischen Tag verbrachte sie zwei angenehme Stunden mit der Herstellung von Talismanen, Zaubertrank und verschiedener Salben und genoss das heimelige Feuer im Kamin, die angenehmen Düfte, die durch Mairghreads Werkstatt zogen, und das gleichmäßige, ganz natürliche Pulsieren des besonderen Blutes, das in ihren Adern floss.

Dann ging sie wie an jedem Nachmittag zum Hof, auch wenn sie sicher davon ausging, dass das Kampftraining bei diesem Regen ausfallen würde, doch bei ihrer Ankunft sah sie Keegan ohne Hut und schon bis auf die Haut durchnässt an der gewohnten Stelle stehen.

»Du kommst zu spät.«

»Es regnet.«

»Ach! Schick deinen Hund ins Haus. Die Kinder freuen sich bestimmt, wenn sie ihn sehen.«

Nach einem Blick von ihr leckte der Kleine ihr die Hand und trottete davon.

»Wie hast du ihm gesagt, dass er ins Haus gehen soll?«

»Ich habe es gedacht.«

»Gut.« Ihr Lehrer kehrte ihr den Rücken zu und rief drei Trugbilder auf einmal auf.

»Drei? Ich kann unmöglich …«

Er hob mahnend einen Zeigefinger in die Luft. »Hör auf zu reden. Die Chimären bleiben. Eine kannst du nur mit deiner ganz besonderen Kraft besiegen, eine mit dem Schwert und eine mit Händen und Füßen. Such dir eine aus, und überleg dir dabei gut, welches Trugbild du wie besiegst.«

Im Grunde hatte sie an diesem Nachmittag Morena sowie deren Großeltern besuchen wollen, also griff sie resigniert nach ihrem Schwert. Die Bilder stellten eine dralle Frau mit einem freundlichen Gesicht, einen Höllenhund und – wie es aussah – eine Elfe dar.

Der Hund sah wirklich furchteinflößend aus, deswegen ließ sie einen Blitz in seine Richtung zucken, während sie den Elf mit ihrem Schwert durchbohrte, aber als sie mit den Fäusten auf die Frau losgehen wollte, sah sie, dass sie plötzlich einem ausgewachsenen Bären mit langen, scharfen Klauen und geradezu erschreckend spitzen Zähnen gegenüberstand.

»Verdammt!« Um Krallen und Zähnen auszuweichen, zielte sie auf seinen Bauch und hatte das Gefühl, als hätte sie die Faust in eine Steinmauer gerammt, was dieser nicht viel ausmachte, doch ihre Hand tat höllisch weh.

»Du hast nicht wirklich klug gewählt.«

Angewidert schob sie sich die nassen, wirren Haare aus der Stirn. »Der Hund sah echt gefährlich aus, und Elfen sind blitzschnell. Es war also durchaus vernünftig, erst einmal die beiden auszuschalten und mich dann erst auf die alte Frau zu konzentrieren.«

»Nur manchmal sind die Dinge eben nicht so, wie sie scheinen, stimmt's?« Er klopfte leicht mit seinen Knöcheln gegen ihre Stirn. »Du bist zwar eine Fey, aber du hast nicht richtig hingeschaut.«

»Ich weiß nicht, wie das geht.«

»Schwachsinn. Schließlich hast du auch den Elf erkannt.«

»Das habe ich im Grunde eher geraten ... oder vielleicht auch gespürt.«

»Oh nein, du wusstest es. Und jetzt ...«

Er ließ die Trugbilder verschwinden und rief umgehend drei neue auf. Sie alle sahen ganz gewöhnlich aus. Zwei Frauen, eine grauhaarig mit einem Korb voll Äpfeln, eine jung mit einer weißen Schürze über einem rosafarbenen Kleid sowie ein Mann mit einem netten Lächeln und mit einem dichten Schopf goldbraunen Haars.

»Sieh sie dir an und handele.«

»Ich ...«

»Mach schnell.«

Der barsche Ton, in dem er mit ihr sprach, ließ sie zusammenfahren, riss sie aber zugleich aus der Erstarrung und zwang sie, genauer hinzuzusehen.

»Hexe.« Eilig streckte sie die alte Frau mit einem Blitzschlag nieder.

»Wer.« Entschlossen rammte sie ihr Schwert dem Mann, der sich in einen riesengroßen Ziegenbock verwandelt hatte, in den Bauch und trat der jungen Frau gegen die Brust. »Und Fee.«

»Nicht schlecht.«

Sie fragte sich, wie viele Trugbilder Keegan entstehen lassen konnte, denn sofort rief er die nächsten Chimären auf. So ging es ein ums andere Mal, bis er halbwegs zufrieden mit ihr war. »Okay. Und morgen nehmen wir ein Bild, das sich bewegt.«

Verschwitzt und nass vom Regen stützte sie die Hände auf den Knien ab und fragte keuchend: »Eins?«

»Das reicht erst mal.«

Darüber würde sie sich erst Gedanken machen, wenn es so weit wäre, dachte sie. Vor allem hatte sie für einen Streit mit Keegan nach dem anstrengenden Training einfach nicht genügend Luft.

»Okay.«

Sie wandte sich zum Gehen, aber er griff nach seinem Schwert und meinte: »Weiter geht's.«

Sie starrte ihn mit großen Augen an. »Willst du dich nicht langsam mit einem Bier vors Feuer setzen?«

»Wenn wir fertig sind. Na los, setz dich zur Wehr.«

Sie wehrte seine ersten, eher zurückhaltenden Hiebe ab, doch als sie selbst versuchte, auf ihn loszugehen, blockierte er den Stoß und traf sie seinerseits am Arm.

Die Wunde hätte sie nicht umgebracht, deswegen trat sie einfach einen Schritt zurück.

»Ich kämpfe jetzt seit einer knappen Stunde hier im Regen, aber du bist noch vollkommen ausgeruht.«

»So könnte es dir auch mit einem deiner Feinde gehen.«

Sie kämpfte weiter, und obwohl sie in den letzten Trainingsstunden, wenn er mal nicht bei der Sache war, den einen oder anderen Treffer hatte landen können, ging es ihr noch immer hauptsächlich ums Überleben und darum, dass sie sich möglichst lange auf den Beinen hielt. Es wäre einfach wunderbar, ihn endlich einmal umzuhauen. Mit Technik, Schläue und mit Kraft.

Sie fing mit Schläue an und tat, als wäre sie erschöpfter, als sie wirklich war. Sie keuchte übertrieben laut, sie wehrte seine Hiebe kaum noch ab, und als er plötzlich seine Deckung etwas fallen ließ, legte sie all ihre Kraft in ihren Hieb und spürte, wie er aus dem Gleichgewicht geriet. Dann holte sie noch einmal aus und wehrte seinen Gegenstoß erfolgreich ab.

Und war so stolz auf sich, dass sie sich zu schnell um die eigene Achse drehte, ausrutschte und derart unsanft gegen Keegan fiel, dass sie mit ihm zu Boden ging.

Er hielt sie extra fest, damit sie auf ihn fiel, doch ehe sie ihm dafür danken konnte, dass er selbst den schlimmsten Teil des Sturzes abgefangen hatte, rollte er sich über sie und bohrte ihr die Spitze seines Schwerts in den Hals.

»Du bist schon wieder tot.«

»Und nass und voller Schlamm. Das war nicht meine Schuld, denn ich bin einfach ausgerutscht.«

»Glaubst du, Gefechte oder Schlachten fänden nur bei schönem Wetter und auf trockenem Boden statt?«

»Ich war noch nie in einer Schlacht. Ich hatte bisher keine Feinde.«

»Solche Dinge können sich ändern.« Er zog sein Schwert zurück, blieb aber weiter auf ihr liegen und bedachte sie mit einem nachdenklichen Blick. »Du hast getan, als könntest du nicht mehr, damit ich mich zurückhalte.«

»Das hat am Anfang auch gut funktioniert.«

»Du bist nur ausgerutscht, weil du vor lauter Eifer nicht mehr auf den Untergrund geachtet hast, doch die Idee war wirklich gut.«

»Und trotzdem bin ich wieder einmal tot. Und nass und voller Schlamm.«

»Aber du hast echt Fortschritte gemacht. Schlechter als am Anfang hättest du auch nicht mehr werden können, aber du hast wirklich Fortschritte gemacht.«

»Ich nehme an, du denkst, das ist ein Kompliment.«

»Komplimente sind für Ballsäle und Stelldicheins im Mondschein, aber falls du etwas Nettes hören willst – du hast zwar nicht die Fähigkeiten und den Geist, aber den Körper einer Kriegerin. Du warst auch schon am Anfang stark und ausdauernd und hast inzwischen deine Kraft und Ausdauer noch ausgebaut.«

Und neben Ausdauer und Stärke hatte sie noch Haare, die aufgrund des Regens aussahen wie lange, nasse rote Taue, Augen, die so grau waren wie Wolken, die am Himmel hingen, herrlich volle Lippen und ein frohes Herz.

Sie war ganz einfach eine wunderschöne Frau. Nicht makellos wie Shana, aber gerade dadurch wurde ihre Schönheit für ihn interessant. Sie hatte ein Gesicht, das man einfach studieren musste, weil es ausdrucksstark und wunderbar lebendig war.

Das tat er jetzt, und sie hielt seinem Studium mit ausdrucksloser Miene, aber einer leichten Röte in den Wangen stand. Das war der Fluch des Rotschopfs, doch die roten Flecken auf den Wangenknochen sahen wie zwei frisch erblühte Rosen aus.

Sie spürte ihn, war ihm bewusst, und spürte auch die Hitze, die in seinem Inneren aufgestiegen war. Und wunderte sich ebenfalls über die Nähe, die es plötzlich zwischen ihnen gab.

»Bin ich wieder am Leben?«, fragte sie.

»Sieht ganz so aus.«

Er neigte seinen Kopf, bevor er aber ihre vollen Lippen kosten konnte, wurde er von einem glühend heißen Schmerz durchbohrt und sah das breite Lächeln, das mit einem Mal auf diesen Lippen lag.

»Jetzt bist du tot und nass und voller Schlamm.«

»Das war echt clever«, knurrte er und schwankte zwischen Frustration und ehrlicher Bewunderung. »Die weibliche Gewieftheit ist mitunter eine schärfere Waffe als das schärfste Schwert.«

»Dass ich gewieft bin, hat bisher noch nie jemand zu mir gesagt.«

»Aber das bist du unbedingt.« Er rollte sich von ihr herunter, rappelte sich auf, nahm ihren Arm und zog sie hoch. »Bei Regen wird es früher dunkel, und im Süden haben ein paar feindliche Späher versucht, die Grenze nach Talamh zu überqueren.«

»Oh.«

Das zeigte ihr, dass die Bedrohung ganz real und nicht nur Teil des Trainings war.

»Aber keine Sorge«, meinte er. »Wir haben sie aufgehalten und zurückgeschickt und die Grenze wieder dicht gemacht. Trotzdem werde ich dich auf die andere Seite bringen. Das würde Marg erwarten«, fügte er, bevor sie widersprechen konnte, noch hinzu. »Und meine Mutter auch. Und zur Belohnung trinke ich mein erstes Bier mit dir zusammen vor dem Kamin.«

»Aber ich habe gar kein Bier im Haus.«

Er starrte sie verwundert an. »Das kann doch wohl nicht sein.«

»Aber ich habe Wein.«

»Dann nehmen wir eben den. Ruf deinen Hund.«

Sie blickte durch den Regen und die anbrechende Dunkelheit zum Haus und sah hinter den Fenstern warmes Licht. »Auf die Entfernung habe ich ihn bisher nie gerufen.«

»Die Entfernung ist egal. Es kommt allein auf die Verbindung an.«

Sie dachte an den Hund, verband ihr Hirn mit seinem Hirn, ihr Herz mit seinem Herzen und rief stumm: *Wir müssen langsam gehen. Komm zurück, Junge.*

Sie spürte, wie er sich mit ihr verband, und schon nach wenigen Sekunden hörte sie sein gut gelauntes Bellen.

»Er liebt dich.« Als das Hündchen durch den Regen auf sie zuschoss, schob sich Keegan seine nassen Haare aus der Stirn. »Das heißt, dass er dich immer hören und immer kommen wird, wenn du ihn rufst.«

Schwanzwedelnd sprang der Kleine erst an ihr und dann an Keegan hoch und fuhr ihnen begeistert mit der Zunge durchs Gesicht, und schließlich wandten sich alle drei zum Gehen.

»Es gab mal eine Zeit, da hätte ich bei Regen immer einen Regenschirm dabeigehabt, weil ich immer auf alles vorbereitet war.« Sie schüttelte den Kopf. »Es war bereits bewölkt, als ich nach meinem Kaffee heute Morgen aufgebrochen bin. Wahrscheinlich hat es auf der anderen Seite auch geregnet, aber trotzdem habe ich nicht einen Augenblick an einen Regenschirm gedacht.«

»Ein bisschen Wasser bringt dich schon nicht um.« Während Faxe auf die Mauer hüpfte, legte Keegan Breen die Hände um die Taille und hob sie hinauf. »Du bist schließlich nicht die böse grüne Hexe.«

»Aus dem *Zauberer von Oz*.«

»Genau. Wobei das Wasser aus dem Eimer sie meiner Meinung nach auch nicht hätte umbringen sollen. Was der

Geschichte aber keinen Abbruch tut. Pass auf die Stufen auf. Sie könnten rutschig sein.«

»Hast du ein Lieblingsbuch?«

»Warum sollte ich, wenn es so viele tolle Bücher gibt, von denen ich die meisten bisher nicht einmal gelesen habe?«, fragte er zurück, schwenkte die Hand und erhellte den dunklen Wald mit ein paar Lichtkugeln.

Da sie nicht wusste, wie sie sich verhalten sollte, setzte sie den Small Talk fort: »Was anderes. Du hast diese Welt bereist.«

»Das habe ich.«

»Und was hat dir daran gefallen?«

»Die Berge und die unglaubliche Weite in Montana und die Wälder und die hohen weißen Berge, die es weiter westlich gibt. Und hier in Irland mag ich das vertraute Grün und die wunderbare Ruhe, die in dieser wunderschönen Hügellandschaft herrscht.«

»Und wie sieht es mit Dingen aus?«

»Mit Dingen?« Er bückte sich geschmeidig nach dem Ast, der vor ihm auf der Erde lag, und warf ihn für den Hund. »Ah, all die Bücher und all die Musik, die man sich anhören kann. Ein paar der Filme, die's im Fernsehen gibt. Und Pizza. Die ist wirklich toll. Die beste Pizza, die ich je gegessen habe, gab es in Italien, und dazu haben sie dort noch jede Menge wunderbarer Kunst, die einem echt zu Herzen geht.«

Im Wald bekamen sie nur noch hin und wieder ein paar Regentropfen ab, und Breen genoss das leise Prasseln, das wie eine Hintergrundmusik zu seiner melodiösen Stimme war.

»Ich esse selber gerne Pizza, aber es gibt doch bestimmt

noch irgendwelche anderen Sachen hier auf dieser Seite, die du gerne isst.«

»Eis in einer Waffel. Und Burritos«, klärte er sie achselzuckend auf. »Es gibt sehr viele leckere Sachen hier und viele Dinge, die sehr wertvoll sind. Ihr habt zum Beispiel großartige Städte, die von einer völlig eigenen Schönheit sind, nur leider voller Lärm. Es ist dort niemals wirklich still. Und ihr habt wunderbare Kunstwerke, doch gleichzeitig zu viele, die sie ganz für sich alleine haben wollen. Und es gibt nette, großzügige Menschen, die für ihre Nachbarn da sind und die ihre Kinder lieben, aber gleichzeitig auch allzu viele, die von Wut und Gier und Neid zerfressen sind. In manchen schwelt ein derartiger Hass, dass er ihr Blut vergiftet, und an vielen Orten gibt es Menschen, die vollkommen grundlos Kriege führen, und Herrscher, die sich an die Macht klammern, obwohl sie keinerlei Interesse daran haben, auch für die Gemeinschaft da zu sein. So etwas gibt es bei uns nicht.«

»Da hast du recht. Und trotzdem gibt es Leute aus Talamh, die hierher umgesiedelt sind.«

»Das stimmt. Ich habe selbst einen Cousin, der in Paris lebt. Er hat dort eine Bäckerei, eine Familie und sich dort ein Leben aufgebaut, mit dem er glücklich ist. Das heißt, dass die Entscheidung für ihn richtig war.«

Inzwischen hatten sie den Rand des Waldes erreicht, und Breen führte ihn bis zu ihrem Haus.

»Ich muss nur schnell den Hund füttern.«

»Er war bei meiner Schwester und den Kindern.« Keegan hängte seinen nassen Staubmantel an einen Haken an der Tür, bevor er ihr – ganz Gentleman – aus ihrer Jacke half. »Da hat er doch bestimmt schon was gekriegt.«

Sie blickte Faxe an und stellte fest, dass er tatsächlich vollständig gesättigt war. »Dann kriegt er wenigstens ein Leckerli dafür, dass er ein braver Junge ist. Wenn du schon mal das Feuer im Kamin machst, hole ich den Hundekuchen und den Wein.«

Er zündete es mit der Kraft seiner Gedanken an, bevor er zu ihr in die Küche ging.

»Das hat Marg richtig gut gemacht.« Er sah sich interessiert nach allen Seiten um. »Das ist ein wirklich hübsches Haus, mit tollem Ausblick und ganz hervorragend geschützt.«

»Wenn's dunkel wird, tauchen die Elfen auf.«

»Du bist hier gut geschützt«, erklärte er noch einmal, »aber trotzdem haben sie das Haus im Blick und geben Mairghread oder mir Bescheid, falls du uns brauchst.« Er zeigte auf den Herd. »Kochst du darauf?«

»Nicht wirklich«, gab sie seufzend zu und gab dem Hund sein Leckerli. »Und wenn ich einmal koche, wird's nicht richtig gut. Ich hatte diesen Sommer kochen lernen wollen, aber ...«

»Dann kamen wichtigere Dinge dazwischen.«

Sie nahm eine Flasche sowie zwei Gläser aus dem Schrank und schenkte ihnen ein. »So sieht es aus«, stimmte sie zu und runzelte verwirrt die Stirn. »Warum bist du so trocken? Nicht mal deine Haare sind noch nass.«

Lächelnd trat er auf sie zu, legte ihr die Hände auf die Schultern und ließ sie an ihr herunter bis auf ihre Hüften wandern, bis die Wärme seiner Finger sich – auf mehr als eine Art – auf ihren Körper übertrug.

»Besser?«

»Hm.«

Das Handy, das sie auf dem Tresen hatte liegen lassen, schrillte, und mit einem leisen Seufzer wandte sie sich ab. »Entschuldigung.«

Sie sah auf das Display, und als sie dort den Namen der Frau las, die ihre Bücher an den Mann bringen wollte, erklärte sie: »Da muss ich leider drangehen.«

Mit einem neuerlichen Achselzucken kehrte er ins Wohnzimmer zurück und trat mit seinem Glas vor den Kamin.

Telefone und vor allem Handys, die die Leute ständig bei sich trugen, waren sicher keins der Dinge, die ihm sonderlich gefielen. Genauso wenig wie der Lärm und der Gestank von Autos oder Flugzeugen. Er konnte einfach nicht verstehen, warum die Menschen gerne in Maschinen eingeschlossen durch die Gegend flogen oder sich zum Wohnen in Schuhkartons von Häusern zwängten, die fast bis zum Himmel reichten und niemals echte Ruhe boten.

Dass man gern in einem Cottage so wie diesem lebte, konnte er hingegen durchaus nachvollziehen. Es bot genügend Raum, ausreichend Stille und Komfort. Ob Breen wohl wusste, dass der größte Teil der Möbel in Talamh gebaut und dann hierher verfrachtet worden war?

Er trank den nächsten Schluck von seinem Wein. Und als er fand, dass sie ihn lange genug hatte warten lassen, kehrte er zu ihr zurück.

Sie saß, den Kopf des Hundes im Schoß und ihren eigenen auf dem Tisch, auf einem Stuhl und schluchzte leise vor sich hin.

Er schob das Hündchen fort, hockte sich vor sie hin und streichelte ihr sanft über das Haar. »Was ist passiert? Gab's irgendwelche schlimmen Nachrichten?«

Sie schüttelte den Kopf, aber noch immer strömten Tränen über ihr Gesicht, und hilflos hob er sie vom Stuhl und trug sie bis zur Couch vor dem Kamin. »Sag mir, was dich so traurig macht, damit ich dir auf irgendeine Weise helfen kann.«

Sie vergrub ihr Gesicht an seiner Schulter und stieß unter neuerlichem Schluchzen aus: »Mein Buch. Ich habe es verkauft.«

»Tja nun, wir finden sicher einen Weg, um es zurück-zuholen.«

»Nein, ich meine, dass ich etwas geschrieben habe, was jemand als Buch rausbringen will. Das heißt, dass die Ge-schichte tatsächlich gelesen werden wird.«

Er legte eine Hand unter ihr Kinn und zwang sie, zu ihm aufzusehen. »Und willst du, dass sie auch von anderen gelesen wird?«

»Auf jeden Fall.«

»Tja dann.« Er wischte eine ihrer Tränen fort. »Dann weinst du also, weil dein Herz vor Freude überquillt. Wein ruhig noch etwas weiter, wenn es das ist, was du brauchst. Ich hole dir inzwischen dein Glas.«

Als er zurückkam, saß sie mit im Schoß verschränkten Händen auf der Couch.

»Ich hätte es dir nicht erzählen sollen.«

»Und warum nicht?«

»Ich habe mir gesagt, falls so was je passieren würde, sollte Marco es zuerst von mir erfahren. Er ist mein bester Freund, und zwar bereits mein Leben lang. Aber ich will ihm nicht am Telefon davon erzählen, sondern erst wenn er mir gegenübersteht.«

»Der Mann, der mit dir hergekommen ist und der mit dir in Philadelphia zusammenwohnt.«

»Genau. Ich hätte ihm zuerst davon erzählen sollen.«

»Dann wird er eben jetzt der Erste hier auf dieser Seite sein, dem du davon erzählst. Es wäre schade, wenn du deiner Nan nichts davon sagen würdest, denn sie wäre sicher furchtbar stolz auf dich und würde sich vor allem mit dir freuen wollen. Und selbst wenn sie es hören würde, bliebe er auch weiterhin der Erste hier auf dieser Seite, der etwas davon erfährt.«

»Das stimmt.« Jetzt wischte sie sich selbst auch eine Träne fort. »Das wäre er. Er war derjenige, der mich bedrängt hat, mit dem Schreiben anzufangen, weil er wusste, dass ich immer schreiben wollte, aber dachte, dass ich es nicht kann. Und jetzt...« Sie presste eine Hand vor ihren Mund. »Ich habe tatsächlich ein Buch verkauft. Das heißt im Grunde sogar drei, auch wenn ich zwei davon noch schreiben muss.«

Neugierig und abgrundtief erleichtert, weil sie endlich nicht mehr weinte, nahm er auf der Sofalehne Platz. »Und wie verkaufst du etwas, was du gar nicht hast?«

»Indem ich ein Versprechen gebe. Und...« Jetzt gönnte sie sich einen ersten, großen Schluck aus ihrem Glas. »Verdammt, jetzt kann ich dir auch noch den Rest erzählen. Ich schreibe nebenher auch noch an einem anderen Buch, das für Erwachsene ist. Das Buch, das ich verkauft habe, ist eher ein Kinderbuch. Meine Agentin – das ist die Person, die mich vertritt und dieses Buch verkauft hat – hat darum gebeten, dass sie sich auch noch die ersten zwei Kapitel dieses Buchs ansehen darf, und hat am Telefon gesagt, dass es ihr gut gefällt. Es ist zwar bisher erst halb fertig, aber trotzdem findet sie es gut.« Bei diesen Worten sprang sie auf und wirbelte durchs Wohnzimmer. »Mein Leben hat sich vollkommen verändert. Nichts ist noch so wie vor einem Jahr. Da dachte ich, dass ich in meinem Leben und in meinem Job gefangen wäre, und war furchtbar unglücklich deshalb. Aber zugleich war ich so langweilig, dass ich niemals auf die Idee gekommen wäre, dass sich daran etwas ändern lässt.«

»Du warst mal langweilig?«

»Oh ja. Und jetzt« – sie streckte eine ihrer Hände aus und zündete im Handumdrehen alle Kerzen an, die im Zimmer standen – »jetzt kann ich zaubern. Weil ich eine Hexe bin. Die obendrein noch Bücher schreibt. Und nächstes Jahr um diese Zeit werde ich eine Hexe sein, die Bücher schreibt, die auch gelesen werden, und das kann mir niemand nehmen. Niemand kann jetzt noch behaupten, dass die Sachen, die ich mache, eigentlich nicht wichtig sind.«

Er runzelte verständnislos die Stirn. »Weshalb sollte das jemand sagen wollen?«

»Wenn du meine Mutter kennen würdest, würdest du die Frage bestimmt nicht stellen. Aber jetzt ist alles anders. Weil ich selber eine andere bin.« Sie glühte wie die Kerzen und wirbelte noch mal ausgelassen durch den Raum. »Und jetzt lass uns Pizza essen, ja?«

Er wusste nicht, wo er inmitten der Gefühle, die sie ihm weckte, seine Stimme fand, dann aber stieß er krächzend aus: »Hast du etwa Pizza im Haus?«

»Na klar, auch wenn sie vielleicht nicht so lecker wie die Pizza in Italien ist. Also lass uns Pizza essen und noch etwas Wein trinken.«

Sie stürzte in die Küche, doch bevor sie den Gefrierschrank öffnen konnte, wurde sie gepackt und mit dem Rücken sanft gegen die Kühlschranktür gepresst.

»Oh.«

»Schnell«, verlangte Keegan, während er sie zwischen Kühlschranktür und seinem muskulösen Leib gefangen hielt. »Ja oder nein.«

»Ja oder...«

Ehe sie den Satz beenden konnte, presste er ihr hungrig seine Lippen auf den Mund und löste dadurch eine Kettenreaktion aus Freude, Panik und vor allem allzu lange unterdrückter Leidenschaft in ihrem Inneren aus.

Dann zog er seinen Kopf zurück, hielt ihre Hüften aber weiter sanft umfasst. »War das ein Ja?«

»Ich habe eigentlich...« Sie zerrte seinen Mund zurück auf ihren Mund. »Oh ja.«

Er riss sie von den Füßen und warf sie im übertragenen Sinne einfach um. »Zeig mir dein Zimmer. Stell's dir einfach vor.«

»Oh, es ist...« Sie ging gedanklich in den ersten Stock und bog in Richtung ihres Zimmers ab.

Niemand hatte sie bisher jemals ins Bett getragen. Niemand hatte sie jemals in ihrer Küche schwindelig geküsst. Und nie zuvor hatte der Blick von einem Mann ein derart glühendes Verlangen nach ihr ausgedrückt, als würde nicht nur er, sondern die Luft um ihn herum in Flammen stehen. Sie hatte ihm erklären wollen, dass sie ein bisschen eingerostet und vor allem sowieso nicht wirklich gut in diesen Dingen war, doch dann genoss sie einfach den Moment.

Oh ja, ja, ja. Sie hatte sich verändert und war längst nicht mehr die langweilige graue Maus, die sie in Philadelphia gewesen war.

Wahrscheinlich käme er gleich von allein darauf, dass sie auf diesem ganz besonderen Gebiet noch ganz die Alte war, aber um die Zeit bis dahin zu genießen, presste sie ihm ihre Lippen an den Hals, um seine Haut zu kosten, und sog seinen Duft in ihre Lunge ein.

Er roch nach Regen und nach Leder, grünem Gras und reicher Erde. Nach Talamh, erkannte sie. Nach der Magie, die dort ein Teil des Alltags war.

Als er ihr Schlafzimmer betrat und sie neben dem Bett auf ihre Füße stellte, warf er einen kurzen Blick auf den Kamin, und der dort aufgetürmte Torf entflammte ebenso wie sie.

»Du scheinst sehr ordentlich zu sein«, stellte er anerkennend fest. »Alles ist an seinem Platz.«

Die Kerzen auf dem Sims, den Tischen und den Nachtschränken tauchten den Raum in warmes Licht.

»Wahrscheinlich.«

»Ordnung ist gut.« Das Fenster öffnete sich einen Spalt, und eine kühle Brise wehte in den Raum.

»Du wirst bestimmt nicht frieren«, erklärte er, bevor er seine Hände über ihre Hüften bis hinauf zu ihren Brüsten, weiter durch ihr Haar und über ihren Rücken wandern ließ.

Bei der Berührung wogte heiße Freude in ihr auf, und erst nach einem Augenblick wurde ihr klar, dass sie inzwischen völlig unbekleidet war.

»Du bist zwar keine Kriegerin«, er nahm die Hand, mit der sie ihre Scham hatte bedecken wollen, »aber du hast den Körper einer Kriegerin. Ich will ihn haben, und ich hoffe, dass du ihn mir geben wirst.«

Er glitt mit seiner freien, rauen Hand über das zarte Fleisch ihrer Brust. »Schnell oder langsam, *mo bandia?*«

»Egal.« Solange er sie nur berührte, dachte sie. »Egal«,

erklärte sie ein zweites Mal, schlang ihre Arme um seinen Hals und küsste ihn begierig auf den Mund.

Dann zog sie ihm, so wie er es zuvor bei ihr getan hatte, nur mit Gedankenkraft die Kleider aus, und als sein Schwert klirrend zu Boden fiel, stellte er lachend fest: »Die Stiefel hast du wohl vergessen.« Dann zog er sie eilig selbst aus und drückte sie aufs Bett.

»Das war schließlich das erste Mal, dass ich jemand auf diese Weise ausgezogen habe«, meinte sie und fuhr mit ihren Händen die Konturen seiner eisenharten Muskeln nach.

Ein Krieger, dachte sie, im Körper eines Kriegers und ein Mann, der sie begehrte.

Dann aber ließ er seine Hände über ihren Körper gleiten, und sie stellte kurzerhand das Denken ein.

Er stieß auf weiche Haut und feste Muskeln, faszinierende Kanten und auf wunderbare Rundungen. Er spürte ihren hammerharten Puls, während er ihren Körper kennen lernte und herausfand, was ihr Freude machte und wie sie am besten zu erregen war. Er hatte sich bereits seit Längerem gefragt, wie sie sich anfühlen und wie sich ihr Körper unter ihm bewegen würde, und nachdem er es herausgefunden hatte, hätte er am liebsten nicht nur ein paar Stunden, sondern ganze Tage oder besser Nächte mit ihr zugebracht.

Wie eifrig ihre Lippen seine Lippen suchten und wie gierig sie mit ihren Händen über seinen Körper glitt!

Er wusste bereits, dass ihr Atem stocken würde, ehe er es tat. Ihr leises Stöhnen hallte schon in seinen Ohren, bevor es über ihre Lippen kam. Und als er sie mit seinem Mund und seinen Fingern zum Erbeben brachte, harrte er so lange aus, bis er den warmen Schauder spürte, der durch ihren Körper rann.

Sie gab sich ihm ganz ohne Arg und Falschheit willig hin, sie zeigte ihm ganz offen, was sie wollte, und als sie sich ihm entgegenreckte, hätte er ihr alles, alles, alles geben wollen.

Schon viel zu lange hatte niemand sie mehr liebevoll berührt und bisher nie auf diese Art. Er glitt so ehrfürchtig mit seinen rauen Händen über ihren Leib, als wäre er die größte Kostbarkeit. Und die drahtigen Stoppeln seines Barts entfachten auf ihrer Haut und tief in ihrem Inneren Hunderte von kleinen Feuern.

In diesem wunderbaren, sehnlichen Verlangen nach noch mehr verlor sie jede Scheu und alle Selbstzweifel.

An Keegan war nichts glatt oder geschliffen, aber alles herrlich aufregend, und als er mit den Händen über ihre Mitte fuhr, rief er in ihrem Inneren eine solche Hitze wach, dass sie erschaudernd kam.

Sie schrie vor Freude auf, aber noch immer hörte er nicht auf, und hilflos schlang sie ihm die Arme um den Leib und klammerte sich an ihm fest.

Lass los.

»Oh Gott, oh Gott. Moment.«

»Du bist stark«, murmelte er, und als sie seine raue, atemlose Stimme hörte, sah sie ihn benommen an. »Nimm alles an. Nimm mich.«

Mit diesen Worten drang er langsam und beinah behutsam in sie ein, und seine Augen spiegelten das warme Licht des Raums.

»Du bist sehr stark«, erklärte er noch mal. »Und weich. Und, Gott, unglaublich heiß.«

Dann fing er an, sich in ihr zu bewegen, bis sie derart kraftvoll kam, dass sie die Hand in seine Schulter grub und flehte: »Hör nicht auf. Hör ja nicht auf.«

»Nicht mal die Götter könnten mich jetzt dazu bringen aufzuhören. Reite mit mir, Breen. Reite mit mir, bis du den Himmel siehst.«

Es war, als ritten sie zusammen einen aufregenden, wilden, fast verzweifelten Galopp. Das Kerzenlicht pulsierte immer schneller, bis der Raum um sie herum verschwamm. Das Einzige, was sie noch deutlich sah, war sein Gesicht, bevor das Licht im Zimmer mit dem Licht in ihrem und in seinem Inneren verschmolz.

Als er auf ihr zusammensackte, vergrub er sein Gesicht in ihrem Haar. Inzwischen war sie weicher als geschmolzenes Wachs, aber ihr Herz schlug weiter kraftvoll unter seiner Brust.

Er lauschte auf das Knistern im Kamin, auf die Musik des Windes und den abgrundtiefen Seufzer dicht an seinem Ohr.

»Ich bin nicht gerade leicht«, murmelte er, blieb aber weiter auf ihr liegen und bemerkte: »Aber du bist stark.«

Er spürte ihre Hand in seinem Haar und ihre Finger an dem Zopf, der Zeichen seines Stammes war.

»Damit hätte ich beim besten Willen nicht gerechnet«, stieß sie leise aus.

»Dann hast du offenbar nicht richtig hingeschaut. Das ist ein Fehler, den du unbedingt beheben musst.«

Mit einem neuerlichen Seufzer meinte sie: »So oft, wie du mich umbringst und beleidigst und verfluchst, hätte ich nicht gedacht, dass du mich magst.«

»Beim Training kann ich dich nicht leiden, weil ich dir

was beibringen soll. Und ich bringe dich um, beleidige oder verfluche dich, weil du das brauchst.« Er hob den Kopf und blickte auf den Wirrwarr feuerroter Locken, der auf ihrem Kissen ausgebreitet war. »Ansonsten mag ich dich durchaus.«

»Ich nehme an, das ist okay, weil ich dich während unseres Trainings auch nicht leiden kann. Als Lehrer bist du ein Tyrann, aber ansonsten finde ich dich durchaus nett.« Sie blickte auf das Feuer und den kleinen Hund, der dort auf seiner Decke lag und schlief. »Faxe hat anscheinend tief und fest geschlafen.«

»Braves Tier, denn schließlich ging ihn das, was wir gemacht haben, nichts an.«

Lächelnd wandte sie sich wieder Keegan zu. »Ich bin das nicht gewohnt.«

»Was?«

»Na, unter einem Weltenherrscher zu liegen.«

»Vor allem liegst du unter einem Mann, der dich begehrt. Was ich beruflich mache, ist ja wohl egal.«

»Aber genauso wenig bin ich das Zusammensein mit einem derart… gut gebauten, fitten, muskulösen Mann gewohnt.«

Sie amüsierte ihn und zog ihn an, und diese Mischung war genauso einzigartig wie sie selbst. »Dann waren deine bisherigen Liebhaber also eher weich und schwach?«

»So hart und stark wie du waren sie jedenfalls nicht.« Sie legte eine Hand an seine Brust, die wirklich hart wie Eisen war. »Am besten streiche ich mir diesen Tag rot im Kalender an, denn er war wirklich seltsam, aber gleichzeitig auch einfach wunderbar.«

»Anscheinend habe auch ich selber eine Vorliebe für

Rot.« Er wickelte sich eine Strähne ihrer Haare um die Finger, gab sie wieder frei und sah sie fragend an. »Wie wäre es jetzt mit der Pizza, die du mir versprochen hast?«

Sie lachte und nahm ihn so frei und unbekümmert in den Arm, dass sich sein Herz vor Glück zusammenzog. »Die werde ich jetzt in den Ofen schieben, weil ich selbst inzwischen völlig ausgehungert bin.«

25

Keegan hatte es nicht vorgehabt, doch schließlich blieb er über Nacht. Er wusste, dass man nach dem Sex nur bleiben sollte, wenn man mehr damit verband. Doch eher zu gehen, das hätte er einfach nicht über sich gebracht.

Am Morgen schliefen sie noch vor Sonnenaufgang abermals miteinander. Und danach gab es Kaffee – den er nur bei seinen seltenen Besuchen auf der anderen Seite trank. Sie machte Toast mit Rührei, das er durchaus lecker fand, und während sie im ersten morgendlichen Sonnenlicht auf der Terrasse aßen, lief der Hund hinunter in die Bucht und nahm dort gut gelaunt ein Bad.

Rundum zufrieden wandte er sich wieder seiner eigenen Welt und seinen Pflichten zu und ließ sie bis zum Nachmittag in ihrer Welt zurück.

Das Training aber setzte er genauso unbarmherzig fort – denn schließlich hing vielleicht einmal ihr Leben davon ab – und brachte sie auch an den nächsten beiden Abenden nicht heim. Er sagte sich, es wäre besser, wieder etwas auf Distanz zu ihr zu gehen, und schob die nächtlichen Patrouillengänge vor, die er an den Grenzen absolvieren müsste.

Am dritten Abend warf er einen Zauberkreis, um durch die Pforte und die von ihm selbst erdachten Sperren hindurchzusehen, denn noch immer fanden Odrans Spurensucher und Spione Wege nach Talamh. Falls er es schaffte, bis zur schwarzen Burg zu sehen, falls er es schaffte, die Verbindung herzustellen, könnte er die Pläne studieren, die der schwarze Gott im Kopf hatte, um sein Reich und all seine Bewohner weiterhin vor Schaden zu bewahren. Zwar war der Zauber stark genug, dass er sein eigenes Blut zum Kochen brachte, aber trotzdem konnte er nur undeutliche Schatten erkennen und leises Murmeln und die grauenhaften Schreie der Gefolterten und der Verdammten hören. Sein Unvermögen lastete auf ihm, denn wenn er nicht auf diese Art die Dunkelheit durchdringen könnte, müsste er riskieren, eigene Spione loszuschicken.

Und nicht jedem würde es gelingen, von dort zurückzukehren.

Er rief nach seinem Drachen, um über das Meer zu fliegen, bis auch noch das letzte Echo seines Zaubers endgültig verklungen war.

Stattdessen flog er durchs Portal und hoch über den Wald hinweg zu Breen. Jetzt reichte es mit der Distanz, sagte er sich. Es gäbe keinen besseren Ort, um sich von seinem Zauber und seinem Versagen abzulenken, als ihr Bett. Er würde erst mit Breen und dann an ihrer Seite schlafen und die Welt danach wieder mit anderen Augen sehen.

Bei seiner Landung brannte nur ein Licht in einem Raum im Erdgeschoss. Er sollte sie in Ruhe schlafen lassen, bahnte sich dann aber einen Weg zwischen den rund ums Haus tanzenden Elfen bis zur Tür, öffnete sie, trat ein und wandte sich seinem Drachen zu. »Leg dich irgendwo schlafen, *mo dheartháir.* Ich komme dann einfach zu Fuß zurück.«

Die Tür fiel hinter ihm ins Schloss, und sofort spürte er, dass etwas nicht in Ordnung war.

Breen schlief, doch die Visionen, die sie hatte, riefen Furcht und Schmerz in ihrem Inneren wach.

Er folgte einer Lichtkugel zur Treppe, rannte in den ersten Stock und sah, dass sie mit aufgerissenen Augen zitternd im Bett lag. Der Hund stand neben ihr und fuhr ihr winselnd mit der Zunge durchs Gesicht.

»Ich bin jetzt da und kümmere mich um sie, mein Freund. Ich kümmere mich um sie. Aber verdammt, sie muss da einfach durch. Visionen kommen niemals ohne Grund.« Er kniete sich neben das Bett und strich ihr sanft die Haare aus der Stirn. »Aber du bist nicht mehr allein, *mo bandia*.« Er griff nach ihrer Hand, um sie zu trösten, wenn sie wieder zu sich käme.

Doch statt aufzuwachen, riss sie ihn gewaltsam mit in die Vision.

Die Welt, Talamh, die grünen Hügel und die goldenen Felder waren verbrannt, und der aufsteigende schwarze Rauch war derart dicht, dass man die Sonne und den Himmel nicht mehr sah.

Die ganze Welt war grau und stank nach Tod.

Ein schwarzer Blitz zerriss den Rauch und traf den ihm und den Geschwistern anvertrauten Hof. Neben dem Gebrüll der Flammen hörte er das elende Geschrei der Sterbenden und das Geheul der Trauernden und sah die toten Männer, Frauen, Kinder, Tiere, deren Blut in die verbrannte Erde sickerte.

Sein Herz brach und würde sicher niemals wieder ganz.

Keegan zog sein Schwert und rief die von der Trauer und dem Zorn verstärkte Kraft in seinem Inneren auf. Der Stahl in seiner Hand pulsierte rot, als er den Höllenhund durchbohrte, der sich an der Leiche eines jungen Feenmädchens gütlich tat. Er kämpfte sich entschlossen durch den Rauch und streckte mit dem Schwert, mit Feuer und mit Zorn ein Dutzend Feinde nieder, doch es kamen immer neue Kreaturen nach. Er bahnte sich den Weg zum Haus der Schwester, wo auch noch die letzte Hoffnung starb, weil es dort außer einem Haufen schwarzen rauchenden Gesteins nichts mehr zu sehen gab.

Er war ein mächtiger und pflichtbewusster Mann, jetzt aber stand er da und schrie vor Trauer und vor Zorn.

Trotz seines Elends aber nahm er auch das trübe Licht der anderen wahr, die ihre letzten Kräfte aufboten, um zu verhindern, was doch nicht zu verhindern war. Er rief nach seinem Drachen, doch auch Cróga würde niemals mehr zu ihm zurückkehren.

Auch dies zerschnittene Band rief Zorn und Trauer in ihm wach.

Der Hof und sein getreuer Cróga waren nicht mehr. Und ohne Drachen oder Pferd hätte er keine Chance, so schnell die Hauptstadt oder seine Mutter zu erreichen, dass sie einen Gegenangriff starten könnten. Falls es ihre Hauptstadt überhaupt noch gab.

Er kämpfte sich zurück. Falls Marg noch lebte und er ihre Enkeltochter fände, könnten sie vielleicht ja ihre Kräfte bündeln, um das wenige zu retten, das noch übrig war. Er wäre fast über ein altes, schwer verletztes Elfenpaar gestolpert, das sich in den Armen hielt. Zuerst versuchte er, die Frau zu heilen, doch bevor sein Licht ihr Innerstes erreichte, wurden ihre Augen trüb, und sie verstarb. Dann wandte er sich an den alten Elf, der aber schüttelte den Kopf.

»Oh nein. Ich lasse meine Partnerin den Weg ins Jenseits nicht alleine gehen. Sie waren plötzlich einfach da und haben das Dunkel mitgebracht. Zieh in den Kampf und rette uns, Taoiseach.«

Er rannte wieder los und drosch mit seinem Schwert und seiner Kraft auf seine Gegner ein. Dann wogte leise Hoffnung in ihm auf, als er inmitten all der schwarzen welken Blumen Mairghreads Cottage sah.

»Breen!« Er rannte los und sah, dass sie mit blutverschmierten Wangen und Händen aus dem Rauch gestolpert kam.

»Nein!« Verzweifelt warf sie einen schwachen Kraftstrahl dorthin, wo er angelaufen kam. »Du bist gefallen, du bist tot. Ich habe es gesehen. Das ist ein weiterer böser Trick. Du, Nan, Morena und die anderen, ihr seid alle tot. Sie haben Faxe umgebracht. Sie haben alle umgebracht.«

»Das ist kein Trick. Ich bin es wirklich.«

Doch bevor er sie erreichte, ließ sich Odran auf sie fallen, schlang ihr die Arme um den Hals und lächelte ihn grimmig an. »Du hast verloren, Junge. Diese Welt gehört jetzt mir. Ich herrsche jetzt über Talamh.«

»Sie wird dir nie gehören. Du wirst niemals über Talamh regieren. Los, Breen, schüttle dieses Monster ab.« Er hatte keine Chance, auf Odran loszugehen, während sie noch zwischen ihnen stand.

»Ich konnte sie nicht aufhalten.«

»Du warst mal wieder unzulänglich«, raunte Odran dicht an ihrem Ohr. »Und du wirst immer unzulänglich sein.«

»Ich war unzulänglich«, stieß jetzt auch sie selber tonlos aus. »Das war ich immer schon.«

»Das ist gelogen.« Alles, was er hier erlebte, war gelogen, wurde Keegan klar. Es waren nur Visionen, die von einem dunklen Gott heraufbeschworen worden waren. »Kehr zurück in deine Hölle, Odran, denn ich habe deine Illusion durchschaut.«

»Bald werden diese Bilder Wirklichkeit.«

»Wach auf«, befahl der Taoiseach Breen, und obwohl noch genug von Odran in dem Bild enthalten war, um seine Finger zu verbrennen, packte er entschlossen ihre Hand. »Komm mit und mach die Augen auf.«

Er zerrte sie und auch sich selbst aus der Vision heraus.

»Sie haben sie alle umgebracht.«

Als sie den Kopf auf seine Schulter fallen ließ, schüttelte er sie und rief: »Das ist nicht wahr. Niemand ist tot. Das war nur eine Illusion. Verbanne die Bilder aus deinem Kopf.«

»Ich habe tatenlos mit angesehen, wie er dich getötet hat. Das heißt, dass dein Blut auch an meinen Händen klebt. Ich war nicht stark genug, um ihn zu stoppen.«

»Das waren lauter Lügen. Ich bin hier.« Noch einmal schüttelte er sie. »Mach deine Augen auf und sieh mich an.«

Sie schlug die Augen auf und brach in wildes Zittern aus. »Ist dies die Wirklichkeit? Bist du tatsächlich hier?«

»Natürlich ist es das. Natürlich bin ich das. Alles andere war gelogen.«

»Sie waren so viele, und sie waren unglaublich schnell. Die Schreie und das Feuer und der Rauch. Ich konnte nichts dagegen tun. Meine Kräfte haben nicht gereicht.«

»Das war gelogen. Du hast Odran deine Schwäche sehen lassen, und das hat er ausgenutzt. Und auch ich selber war zu schwach, denn schließlich habe ich die Illusion am Anfang ebenfalls geglaubt.« Er nahm sie tröstend in den Arm. »Du hast dem armen Faxe ganz schön Angst gemacht.«

Schluchzend schlang sie ihre Arme um den kleinen Hund. »Er hat ihn umgebracht. Hat ihn mit einem Fingerschnipsen umgebracht. Hat ihn in Flammen aufgehen lassen, und ich konnte nichts dagegen tun. Ich konnte ihn nicht retten. Und auch niemand anderen.«

»Hör auf. Er will, dass du dich fürchtest, dass du schwach bist und an deinen Fähigkeiten zweifelst. Aber willst du ihm tatsächlich geben, was er will?«

»Das alles hat so echt gewirkt. Was, wenn das passieren wird, was ich vorhergesehen habe?«

Das konnte er nicht sagen, denn das war nicht die Antwort, die sie hören müsste, also sagte er: »Das war es nicht, und als ich Odrans Illusion durchschaut habe, war es um seine Macht geschehen. Aber du hältst sie weiter aufrecht, und das darfst du nicht. Du brauchst jetzt erst mal etwas zur Beruhigung. Wo bewahrst du deine Tees und Zaubertränke auf?«

»Oh nein. Ich muss die Bilder sehen.«

Sie stieß ihn fort, rannte zum Fenster, riss es auf und blickte in die Dunkelheit hinaus.

»Und, siehst du es? Den Mond, die Elfen, die Konturen der Hügel und wie die Bäume flüsternd hin- und herschwingen?«

Als sie nickte, trat er hinter sie, drehte sie zu sich um, und wieder lehnte sie sich an ihn an. »Er hat gesagt, ihr würdet alle sterben, wenn ich nicht bereit bin, mit ihm mitzugehen. Er hat gesagt, er würde mich zur Königin über die Welt machen, die ich beherrschen will.«

»Was ebenfalls gelogen war.« Er strich ihr sanft über das

Haar und dachte an die Elfen, die ihn hätten davor warnen sollen, dass etwas nicht in Ordnung war.

»Wie's aussieht, hat er einen Weg gefunden zu verhindern, dass etwas von dieser Illusion nach außen dringt. Ich konnte seine Dunkelheit erst spüren, als ich durch die Tür getreten bin. Er hat einen Weg gefunden, bei dir einzudringen, also finden wir jetzt einen Weg, um ihn hier wieder auszusperren.«

»Ich habe keinen Rosmarin und keinen Talisman benutzt. Ich dachte, wenn ich etwas träumen würde, könnte ich was daraus lernen.«

Das war vielleicht nicht klug gewesen, aber mutig, dachte er und nickte zustimmend. »Und wir haben wirklich was daraus gelernt. Nämlich, dass sich Odran vor dir fürchtet.«

Das war natürlich lächerlich, doch leider fehlte ihr die Kraft zum Lachen. »Ich habe etwas anderes gelernt«, meinte sie schwach.

»Dann hast du wieder mal nicht richtig aufgepasst. Er hat versucht, dir mit den Bildern das Gefühl zu geben, dass du schwach bist, und dafür zu sorgen, dass du dir die Schuld an allem gibst. Er weiß nämlich genau, dass du unglaublich stark bist, aber leider kein Vertrauen in deine eigenen Fähigkeiten hast. Genauso hat es deine Mutter fast dein Leben lang gemacht, denn sie fürchtet sich ebenfalls vor dir.«

»Sie ... was?«

»Denk doch mal nach.« Er schüttelte sie wieder leicht, damit sie endlich sähe, wie es wirklich war. »Sie fürchtet sich vor dem, was du in Wahrheit bist. Vielleicht hat sie auch einfach Angst um dich – das weiß ich nicht. Auf jeden Fall hat sie dir immer das Gefühl gegeben, dass du schwach und unzulänglich bist, damit du nicht mehr an die ganz besondere Kraft denkst, vor der sie solche Angst hat. Du solltest sie so tief in deinem Inneren vergraben, dass du sie nicht mehr finden und nicht mehr zum Einsatz bringen kannst. Genauso macht es Odran jetzt.«

Er ließ sie wieder los und lief nervös im Zimmer auf und ab. »Wenn du schon keinen Tee willst, trinkst du wenigstens ein Gläschen Wein?«

Sie schüttelte den Kopf.

»Tja nun, ich schon.« Er dachte an den Schrank, in dem die Flasche und die Gläser standen, und da er sie nicht allein lassen wollte, rief er mit Gedankenkraft ein volles Glas in seine Hand.

»Ein Schlückchen Wasser täte mir jetzt gut.«

Sie zu schonen und zu verzärteln brächte nichts ein, dachte er und zog ironisch eine Braue hoch. »Stell es dir vor und wünsch es dann herbei.«

Wenn sie ihm sagen würde, dass ihr Schädel dröhnte, würde er wahrscheinlich ebenfalls erklären, dass sie sich einfach selber heilen sollte, also schloss sie seufzend die Augen.

Tatsächlich hielt sie kurz darauf ein Glas in ihrer Hand. Doch leider war es leer, und traurig meinte sie: »Für Wasser reichen meine Kräfte augenblicklich wohl nicht aus.«

Anscheinend war ihr deutlich anzusehen, wie elend sie sich gerade fühlte, denn bei ihren Worten hob er eine Hand und füllte selbst das Glas.

»Und du willst tatsächlich nur Wasser?«

»Ja.« Sie setzte sich und nippte vorsichtig an ihrem Glas.

Er lief weiter auf und ab und gönnte sich den ersten großen Schluck von seinem Wein. »Den Schutzwall hat er nicht durchbrochen, denn die Elfen haben nichts gemerkt. Das heißt, dass er durch dich ins Haus gekommen ist.« Er trat vor Breen und sah sie forschend an. »Er ist erst reingekommen, als du schon hier warst. Ja, genau. Du hast gesagt, er hätte dich bei der Vision der schwarzen Burg gespürt und vielleicht auch gesehen. Und sicher, ja natürlich hat er selber den Isolde-Zauber inszeniert und dann darauf gewartet, dass du dich ihm öffnest und er sich mit dir verbinden kann.«

»Wie kann ich das verhindern? Muss ich weiter einen Talisman benutzen, um die Träume und Visionen auszusperren?«

»Das wäre eine Möglichkeit, doch nein.« Sie müssten planvoll und gewieft vorgehen, erkannte er. »Am besten lässt du, wenn du schläfst und ganz allein hier bist, das Fenster auf. Dann kommen die Visionen zwar immer noch, aber die Elfen wären vorgewarnt. Ich habe auch schon eine Reihe von Ideen, wie du ihm die Kontrolle über diese Bilder abnehmen kannst. Ich werde daran arbeiten.«

»*Wir* werden daran arbeiten, okay?«

»Okay.« Er nickte zustimmend. »Dich dabei außen vor zu lassen wäre schließlich nicht gerecht. Aber im Augenblick bist du total erschöpft und legst dich besser erst mal wieder hin.«

Sie war derart erledigt, und ihr Schädel tat so weh, dass sie nicht widersprach. Am liebsten wäre sie vor lauter Dankbarkeit in Tränen ausgebrochen, als er selbst sein Schwert zur Seite legte und sich auf den Rand ihrer Matratze sinken ließ. »Dann bleibst du also hier?«

Er starrte sie mit großen Augen an. »Hast du etwa im Ernst gedacht, ich ließe dich nach einem derart schlimmen Traum allein?«

Statt einfach ja zu sagen, krabbelte sie völlig erschöpft ins Bett und meinte: »Ich bin so erledigt, dass ich einfach nicht mehr denken kann.«

»Dann schlaf.«

Kaum dass ihr Kopf auf ihrem Kissen lag, fing er mit einem harmlosen Beruhigungszauber an. »Für eine ruhige Nacht«, setzte er an, brach dann aber noch einmal ab. »Verdammt, warum hast du mir nicht gesagt, was du für Schmerzen hast?« Er linderte ihr Kopfweh und zog sich die Stiefel aus. »Sie ist mir einfach immer noch ein Rätsel, kleiner Freund«, erklärte er dem Hund, der abwartend am Fußende des Bettes saß. »Natürlich sind mir das die meisten Frauen, aber so rätselhaft wie Breen sind sie normalerweise sind.«

Das Hündchen blieb ihm eine Antwort schuldig, trottete zu seiner Decke neben dem Kamin und schlief nach dem gewohnten dreimaligen Drehen um die eigene Achse auf der Stelle ein.

Der Taoiseach legte sich in seinen Kleidern neben Breen, überlegte, wie er ihr am besten helfen könnte, die Visionen zu kontrollieren, und schlief selbst erst im Morgengrauen ein.

Sie erarbeiteten einen Zauber, der Breen helfen sollte, böse Träume zu erkennen und auszusperren, und vor allem ließ sie jetzt, wenn sie allein im Cottage war, die ganze Zeit ein Fenster offen stehen.

Es hatte nichts mit Selbstzweifeln zu tun, dass sie aus ihrer Sicht im Schwertkampf sicher nicht mehr besser würde, denn beim Training war sie zwischenzeitlich wirklich gut. Doch ihr war klar, dass sie während eines echten Schwertkampfs alles in die Waagschale werfen musste, um nicht völlig chancenlos zu sein. Und es war mehr als bloßes Wunschdenken, dass sie im Zaubern ... und im Bett erstaunliches Talent aufwies. Wahrscheinlich hätten ihre ersten beiden Bettgefährten sie niemals als Sexbombe bezeichnet, aber vielleicht hatte ja auch erst ein Mann wie Keegan kommen müssen, um ihr aufzuzeigen, dass sie auch in diesen Dingen alles andere als unzulänglich war.

Ihr Selbstvertrauen als Autorin schwankte noch, der Spaß am Schreiben aber hielt auch weiter an, und lächelnd schloss sie einen wieder einmal produktiven Vormittag am Schreibtisch ab. Zwar würde es noch ein paar Wochen dauern, doch das Ende ihres Fantasyromans war abzusehen, und auch mit Faxes zweitem Abenteuer kam sie durchaus gut voran. Was hatte sie doch für ein Glück, dass sie problemlos von Geschichte zu Geschichte springen konnte, dachte sie. Genau wie sie zwischen zwei Welten und zwei Leben pendeln konnte, wie es ihr gefiel.

Als sie aufstand, um in ihre andere Welt zu gehen, hörte sie das FaceTime-Läuten ihres Tablets, und obwohl ihr Freund normalerweise immer abends bei ihr anrief, nahm sie seinen Anruf an.

»Hi, Marco«, grüßte sie. »Du hast wirklich Glück, dass du mich noch erwischst. Ich wollte gerade ... mit dem Hund spazieren gehen.«

»Das hatte ich gehofft.« Er grinste breit. »Du siehst echt super aus.«

»So geht's mir auch.« Sie zeigte auf das Spiderman-Shirt, in dem er für gewöhnlich schlief, und fragte ihn: »Warum liegst du nicht mehr im Bett? Normalerweise schläfst du doch um diese Zeit.«

»Ich konnte einfach nicht bis heute Abend warten, Breen. Ich habe nämlich das ideale Haus gefunden.«

»Das ideale Haus?«

»Du wolltest was mit einem Garten, und jetzt hast du auch noch einen Hund. Also habe ich mich etwas umgesehen, im Grunde nur so nebenbei, aber trara: Es hat vier Zimmer, also hättest du dort einen Raum zum Schreiben, und ich hätte einen Raum, in dem ich stundenlang Gitarre spielen kann. Die Küche und der Wohnraum gehen ineinander über, und die Küche ist echt schön. Zwar liegt das Haus nicht in der Innenstadt, dafür aber inmitten eines halben Hektars Land. Du willst doch wohl noch immer einen Garten haben, oder nicht?«

»Na klar«, stieß sie mit rauer Stimme aus.

»Zur Arbeit kann ich pendeln, kein Problem. Und auch die Nachbarschaft ist durchaus nett – zwar nicht so schwul wie in dem Viertel, in dem wir bisher wohnen, aber so was gibt's in Philadelphia eben nur einmal. Es ist keine dieser langweiligen Vorstädte vom Reißbrett, sondern jedes Haus sieht anders aus. Das Haus ist offiziell noch gar nicht auf dem Markt, aber die Maklerin ist eine gute Freundin von Derricks Cousine und hat mir gesagt, dass du es kriegst, wenn du es haben willst. Sie hatten bereits irgendwelche anderen Interessenten, aber die haben einen Rückzieher gemacht, weshalb es jetzt wieder zu haben ist. Ich schicke dir sofort den Link, damit du dir die Bilder ansehen und vielleicht mit deinem Typen von der Bank darüber reden kannst. In einer Woche kommst du ja nach Hause, deswegen dachte ich, verdammt, die Bude kommt genau zur rechten Zeit.«

»In einer Woche.« Bisher hatte Breen verdrängt, dass ihre Zeit in Irland fast vorüber war.

»Sieh es dir mal an. Vielleicht schwebt dir ja etwas anderes vor, aber ich finde, es ist haargenau das Richtige für uns.« Er sah sie an und runzelte die Stirn. »Du willst doch noch ein Haus, oder?«

»Ja, sicher.«

Aber wo?

»Ich hätte dich vielleicht nicht derart überfallen sollen, aber ich war einfach so aufgeregt. Ich weiß, dass du die Zeit da drüben unglaublich genießt, aber du fehlst mir hier ganz schön.«

»Du fehlst mir auch.« Zumindest das entsprach der Wahrheit. »Du fehlst mir ganz unglaublich, Marco. Du und Sal und Derrick und auch alle anderen aus dem Club.«

»Lass dir also bloß nicht einfallen, dich da drüben auf den letzten Drücker zu verlieben.«

Oh, das hatte sie bereits, ging es ihr durch den Kopf. Und zwar in eine ganze Welt.

»Aber ein bisschen heißer Keltensex ist dir durchaus gegönnt.«

»Apropos Keltensex ...«

Er fuchtelte begeistert mit den Armen durch die Luft. »Was ist damit? Erzähl dem lieben Marco alles ganz genau.«

»Wenn ich wieder in Philadelphia bin.« Für eine Unterhaltung über heißen Sex und Buchverkäufe müsste sie ihm einfach direkt gegenübersitzen, dachte sie.

»Erzähl mir wenigstens ein winziges Detail. Ich kenne dich, das heißt, es geht ganz sicher nicht um mehr als einen Kerl. Sieht er fantastisch aus?«

»Auf jeden Fall.«

»Mein armes Herz und meine armen Eier. Schick mir unbedingt ein Bild.«

»Ich habe keins.«

»Mein Gott, dann machst du eben eins.«

»Mal sehen.« Sie musste aufhören zu reden, damit sie ihm nicht zu viel verriet. »Der Hund muss langsam wirklich raus.«

»Dann machen wir jetzt Schluss. Ich schicke dir den Link. Noch sieben Tage, Schatz.«

»Noch sieben Tage, Marco«, stimmte sie ihm zu. »Ich liebe dich.«

»Und ich dich erst. Melde dich, okay?«

Nach Ende des Gesprächs lehnte sich Breen auf ihrem Stuhl zurück.

Noch sieben Tage, dachte sie. Nicht gerade viel.

Sie legte sich beim Training und beim Studium noch mehr ins Zeug als sonst. Mit Keegans und mit Mairghreads Hilfe fand sie einen Zauber, der ihr half, die Träume und Visionen zu kontrollieren, aber das Zusammenspiel aus Trank und Talisman und Zauberspruch, das dafür nötig war, erschien ihr geradezu erschreckend kompliziert.

»Du kämpfst mit einem Gott, *mo stór*«, rief Marg ihr in Erinnerung. »Da brauchst du mehr als Kraft und die besonderen Fähigkeiten, die du hast. Du brauchst auch einen festen Glauben an das Licht und an dich selbst.«

Inzwischen waren sie allein in der Werkstatt ihrer Nan,

und Breen war klar, wie sehr ihr diese ruhigen Nachmittage und das Zauberstudium fehlen würden, wenn sie erst wieder in Philadelphia wäre, um dort *was* zu tun?

Während die Großmutter an einer Salbe gegen Gliederschmerzen rührte, mischte sie sich einen Trank, um ihre Nerven zu beruhigen, wobei sie wehmütig den Duft der Kräuter und des Kerzenwachses einsog. Dazu roch es nach Frieden, dachte sie. Falls Frieden ein besonderes Aroma hatte, dann den Duft in diesem Raum.

»Ich glaube an das Licht. Wie könnte ich das nach den Dingen, die ich während dieses Sommers hier gesehen und getan habe, wohl nicht?«

»Und wie steht's mit dem Glauben an dich selbst?«

»Ich glaube mehr an mich als je zuvor, und auch wenn ich die Gründe dafür kenne, es tut mir leid, dass ich nicht schon viel eher zurückgekommen bin. Ich wusste nichts von dir, Morena und Talamh. Ich hatte keine Ahnung, wer mein Vater war, was er getan und welche Opfer er für mich gebracht hat.«

Marg schloss den Salbentiegel und beschriftete ihn sorgfältig. »Und jetzt, da du es weißt?«

»Bin ich zwischen zwei Welten hin- und hergerissen«, gab die Enkeltochter zu.

Marg nickte und stand auf. Sie trug den Tiegel zum Regal, trat vor den Herd und kochte Tee. Das war das Zeichen, dass sie eine Arbeitspause machen und sich unterhalten würden, wusste Breen.

»Weil du ein Teil von beiden Welten bist und deshalb auch in beiden Welten Pflichten hast. Das macht dich einzigartig, aber mir ist klar, dass das nicht einfach für dich ist.«

Mit ihrem langen himmelblauen Kleid, der weißen Schürze und den langen feuerroten Locken sah sie aus wie eine aus der Zeit gefallene Frau. Doch nicht ihre Großmutter war aus der Zeit gefallen, dachte Breen, sondern sie selbst.

»Deswegen hoffe ich, dass du mit mir darüber sprechen wirst«, fuhr Mairghread fort. »Zwar hast du deinen Kummer in den letzten Tagen hinter deinem Training und der Arbeit hier versteckt, aber ich spüre, dass du traurig bist. Du bist mein Fleisch und Blut«, erklärte sie und trat mit Kanne und zwei Bechern an den Arbeitstisch. »Und ich kann spüren, dass dein Herz und dein Verstand bekümmert sind.«

Breen schüttelte den Kopf und starrte unglücklich in ihren Tee.

»Inzwischen neigt der Sommer sich dem Ende zu. Das Licht verändert sich, die Luft wird kühler, und in den nächsten Wochen wird die Ernte eingebracht. Das Rad der Zeit dreht sich so weiter, wie es vorgeschrieben ist.«

»Egal, was ich auch tue, ich werde auf alle Fälle Menschen wehtun, die mir wichtig sind.«

»Wenn du auch ihnen wichtig bist, werden sie respektieren, was du tust.«

Breens Stimme wurde schrill, und ihre Augen wurden feucht. »Ich muss zurück nach Philadelphia, denn dort gibt's auch noch viel, was ich zu Ende bringen muss, und wenn ich aus zwei Welten komme, habe ich die Pflicht, auch beiden irgendwie gerecht zu werden, oder nicht?«

»Und wie wirst du dir selbst am ehesten gerecht?«

Natürlich hatte diese Frage kommen müssen, dachte Breen. Denn Mairghread liebte sie und wollte, dass sie glücklich war. »Das weiß ich eben nicht. Das muss ich erst noch rausfinden, aber es gibt so viel … Ich habe übrigens mein Buch verkauft, das Faxe-Buch.«

»Oh!« Ihre Großmutter strahlte, und in ihren Augen stiegen Freudentränen auf. *»Mo chroí!«* Sie drückte Breen die Hände und rief aus: »Das ist ja wunderbar! Ich bin unglaublich stolz auf dich.«

»Im Grunde warst du selbst der Auslöser für dieses Buch, denn schließlich hast du mir den Hund geschickt.«

Marg lachte fröhlich auf. »Das stimmt. Ich habe dir den Hund geschickt, aber das Buch hast du allein mit deinem Verstand, mit deinem Herzen, deinem Talent und dem dir eigenen Mut verfasst. Wenn es verlegt ist, kommt ein Exemplar in unsere große Hauptstadt-Bibliothek und eines hierher zu mir. Der junge Faxe wird also nicht nur in einer, sondern gleich in zwei Welten berühmt.«

»Das ist es, was ich will. Ich möchte schreiben, will gelesen werden und dass dieses Buch – und die, die ich noch schreiben werde – in Bibliotheken, Schulen und bei den Leuten zu Hause in den Regalen stehen. Das ist mein allergrößter Wunsch, doch dafür brauche ich nun mal die andere Welt. Und dazu gibt es auf der anderen Seite auch noch Menschen, die ich liebe und die ich aus meinem Leben nicht einfach verbannen kann. Das heißt, ich muss noch mal zurück und dort meine Angelegenheiten klären. Und sehen, in welcher Welt ich dann auf Dauer leben will.« Jetzt drückte sie der Großmutter die Hand. »Aber ich verspreche, nein, ich schwöre dir, dass ich zurückkommen werde. Nach Talamh, zu meinen Freunden hier und auch zu dir. Ich werde wiederkommen, aus Liebe und um meine Pflicht hier zu erfüllen.«

»Das hat dein Vater ebenfalls geschworen. Er hat seinen Schwur gehalten, und ich weiß, dass du das auch tun wirst.«

»Auf jeden Fall. Wobei ich dich auch noch um zwei Gefallen bitten muss.«

»Du weißt, ich würde alles für die Tochter meines Sohnes tun.«

»Kann Faxe bei dir bleiben, bis ich wiederkomme? Ich will ihm die Freiheit, die er hier genießt, nicht nehmen, und vor allem wüsste ich in Philadelphia erst mal nicht, wo ich mit ihm hin soll.«

»Natürlich. Auch wenn er dich fürchterlich vermissen wird. Genau wie ich und wie wir alle hier.«

Breen atmete erleichtert auf, weil ihr zumindest diese eine Last genommen worden war. »Ich danke dir. Ich wohne bisher noch in einer Wohnung mitten in der Stadt. Dort wäre es nicht schön für einen Hund. Zwar sieht sich Marco schon nach Häusern um, aber ... Tja, auch das ist etwas, was ich noch zu Ende bringen muss. Und könntest du wohl auch das Cottage bis zu meiner Rückkehr für mich reservieren? Ich weiß zwar nicht genau, wie lange ich in Philadelphia bleiben werde, aber es ...«

»Das Cottage gehört dir, mein liebes Kind. Ich habe es für dich gemacht, und es wird immer dir gehören. Dein Hund, dein Cottage und das ganze Land werden so lange warten, bis du dich entschieden hast. Und ich verspreche dir, egal, wie du dich auch entscheidest, stelle ich mich dir bestimmt nicht in den Weg.« Mit diesen Worten stand sie wieder auf. »Ich habe auch noch ein Geschenk für dich.«

»Du hast mir schon so viel gegeben und mein Leben so verändert, dass es kaum noch wiederzuerkennen ist.«

»Dieses Geschenk ist gleichzeitig für dich und für mich selbst.«

Marg hielt der Enkeltochter einen Spiegel hin, auf dessen Rückseite ein Drachenherzenstein ins Silber eingelassen war. »Das ist der Kristallspiegel von deiner Urgroßmutter«, meinte sie. »Wenn du mich brauchst oder mich sprechen oder sehen möchtest, brauchst du nur nach mir zu rufen und hineinzuschauen.«

Ein Zauber-FaceTime-Spiegel, dachte Breen. »So einen schönen Spiegel hatte ich noch nie. Ach, Nan, ich brauche dich.« Sie sprang von ihrem Stuhl und schlang der Großmutter die Arme um den Hals. »Ich lasse dich ganz sicher nicht im Stich. Ich finde einen Weg«, versprach sie ihr.

»Jetzt finde erst mal einen Weg, um anderen, die dich mögen, das zu sagen, was du mir gesagt hast.«

Seufzend dachte Breen, dass sicher keiner von den anderen derart viel Verständnis für sie haben würde wie ihre liebe Nan. Am ehesten vielleicht noch Aisling, überlegte sie – und stellte fest, dass das ein großer Irrtum war.

»Tu, was du willst«, beschied ihr Aisling knapp, als sie mit einem Eimer Wasser aus dem Brunnen Richtung Küche lief. »Schließlich hat mein Vater damals so wie viele andere sein Leben hingegeben, damit du dich frei entscheiden kannst.«

»Aisling...«

»Und jetzt kämpft der Vater meiner Kinder für die Sicherheit von unserem Land«, fuhr sie mit barscher Stimme fort und kippte etwas von dem Wasser in dem auf dem Herd stehenden Topf. »Und während du gemütlich auf der anderen Seite lebst, auf der Wasser aus dem Krahn kommt und die Autos eure Luft verpesten, werden irgendwann auch meine

Kinder aufgefordert, unsere Freiheit notfalls mit dem Leben zu verteidigen.«

»Ich kehre nicht dorthin zurück, weil es dort Leitungswasser und Autos gibt. Ich habe auf der anderen Seite auch Verpflichtungen.«

»Geht's dabei auch um Leben oder Tod? Um Licht oder um Dunkelheit, um Freiheit oder Sklaverei?«

»Nein«, beschied ihr Breen. »In dieser anderen Welt bin ich nicht wirklich wichtig. Aber darum geht es nicht. Vor allem komme ich auf jeden Fall zurück. Ich habe meiner Nan geschworen und schwöre jetzt auch dir, dass ich zurückkommen werde, aber es gibt eben Dinge auf der anderen Seite, die ich noch zu Ende bringen muss...«

Als Harken durch die Tür trat, hielt sie inne.

»Sie geht«, stieß Aisling zornig aus und schälte wütend eine der Karotten, die fürs Abendessen vorgesehen waren.

»Tja dann.« Er nahm die Mütze an und stand dann einfach da.

»Ich komme wieder. Das verspreche ich. Aber ich muss...« Verdammt, sagte sie sich und packte seine Hand. »Sieh mir ins Herz. Ich gehe nicht, weil ich es will, sondern weil ich versuchen muss, das Richtige zu tun. Und wenn ich wiederkomme, werde ich versuchen, auch in dieser Welt das Richtige zu tun.«

»Es tut dir weh, uns zu verlassen«, stimmte er ihr zu. »Es tut dir weh, dass du aus Liebe und aus Pflichtgefühl so hin- und hergerissen bist.« Er blickte seine Schwester an. »So geht es auch Mahon, wenn er euch hier allein lassen muss, um seine Pflicht zu tun. Ich wünsche dir eine sichere Reise, Breen Siobhan, und dass du wohlbehalten wiederkommst.« Er küsste sie auf die Stirn. »Morena ist im

Hof bei Aislings Jungs, und Keegan wartet schon darauf, dass du zum Training kommst. Du musst es ihnen beiden sagen.«

»Ja, ich weiß. Das werde ich.« Sie wandte sich noch einmal Aisling zu. »Es tut mir leid.«

»Den größten Teil von ihrem Herzen lässt sie hier zurück«, erklärte Harken, nachdem Breen gegangen war.

»Der größte Teil von ihrem Herzen reicht nicht aus, um es mit Odran aufzunehmen.«

Wortlos trat er auf seine Schwester zu und nahm sie in den Arm. Sie wurde starr, doch statt sich von ihm loszumachen, lehnte sie sich müde an ihn an.

»Du kannst ein Schloss nicht ohne Schlüssel öffnen oder schließen, Harken.«

»Wenn sie wiederkommt, wird sie noch stärker sein.«

»Falls.« Sie sah durchs Fenster in den Hof und wiederholte düster: »Falls sie überhaupt noch einmal wiederkommt.«

26

Am liebsten hätte Breen auch die Gespräche mit den anderen so schnell wie möglich hinter sich gebracht, dann aber wartete sie erst mal ab, während Morena Kavans Arm so drehte, dass der Falke sich auf seinen Handschuh rufen ließ.

Der Vogel saß auf einem hohen Baum, jetzt aber breitete er majestätisch seine Flügel aus, segelte los, nahm auf dem Arm des kleinen Jungen Platz und ließ die lauten Freudenschreie, die er ausstieß, stoisch über sich ergehen.

»Ihr beide werdet einmal wirklich gute Falkner sein«, stellte Morena anerkennend fest. »Ich werde euch bald wieder einmal eine Stunde geben, aber jetzt muss Amish erst mal jagen.«

»Dad hat gesagt, dass er mir, wenn ich fleißig lerne, einen Falken zum Geburtstag schenkt.«

Morena lächelte den jungen Finian an. »Na, wenn das so ist, helfe ich dir gern, ihn auszubilden. Aber jetzt lass Amish erst mal fliegen, Kavan.«

»Tschüss!« Der Junge hob so, wie er es gelernt hatte, den Arm und ließ sich von Morena helfen, den von ihr speziell für ihn gemachten kleinen Handschuh wieder auszuziehen.

»Das habt ihr beiden wirklich gut gemacht. Und jetzt bringt eure Handschuhe dorthin zurück, wo ihr sie aufbewahrt.«

Sie rannten Richtung Haus. Als sie Breen erreichten, lächelte der junge Finian sie an, und Kavan streckte so wie jedes Mal die Arme nach ihr aus. In dem Bewusstsein, dass die beiden Jungs ihr schmerzlich fehlen würden, nahm sie Aislings Jüngsten auf den Arm und setzte ihn auf ihrer Hüfte ab.

»Morena hat uns unsere eigenen Handschuhe gemacht«, erklärte Finian voller Stolz. »Wir haben den Falken fliegen lassen und uns dabei abgewechselt, wie es sich gehört. Und zum Geburtstag schenkt mein Dad mir meinen eigenen Falken.«

»Und wann ist der?«, fragte Breen.

»An Samhain. Ma hat gesagt, ich hätte extra diesen Tag gewählt, damit sich meine Seele mit der Seele meines Granddads treffen kann. Komm mit, Kavan, wir müssen noch die Handschuhe weglegen.«

»Tschüss!«, schrie Kavan, als er aus Breens Armen auf den Boden sprang. »Tschüss, tschüss.«

»Die Jungs sind einfach nett«, stellte Morena fest. »Ich weiß, dass Aisling sich ein Mädchen wünscht, aber die Jungs, die sie und Mahon gezeugt haben, sind echt nicht schlecht.«

»Das stimmt. Und du gehst wirklich toll mit ihnen um.«

»Das ist nicht schwer und eine gute Übung für den Fall, dass ich und Harken auch einmal ein Baby zeugen wollen.«

»Oh.«

»Ich habe zwar noch immer keine Lust zu heiraten, aber ein Baby wäre vollkommen okay. Wobei er beides wollen wird. Das heißt, wir warten erst mal ab, in welche Richtung mich der Wind auf Dauer weht. Und, bist zu bereit fürs Training?«

»Habe ich denn eine Wahl?«

»Aus Keegans Sicht ganz sicher nicht. Und nach dem irren Training, das du in den letzten Tagen absolviert hast, kommt es mir so vor, als ob du entweder inzwischen Freude daran hättest oder ihm jetzt endlich mal den Arsch versohlen willst.«

»Tja, gefallen tun die Schwert- und Faustkämpfe mir immer noch nicht wirklich, aber könntest du mich vielleicht kurz begleiten? Ich muss mit dir reden.«

»Klar. Ich will euch sowieso ein bisschen zusehen und den Kerl beschimpfen, wenn er dir mal wieder keine Pause gönnt. Worüber willst du mit mir reden?«

»Du bist meine Freundin. Du warst meine erste Freundin, und auch wenn ich mich an diese Zeit nur undeutlich erinnere, kann ich inzwischen spüren, dass du meine erste und auch beste Freundin warst.«

»Und ich spüre sogar ohne Harkens Gabe, dass dir irgendetwas Kummer macht.«

»Auch auf der anderen Seite gibt es Leute, die mir wichtig sind. Es gibt dort jemanden, der so verständnis- und so liebevoll wie eine Mutter zu mir ist und der mich immer unterstützt hat, während meiner eigenen Mutter das nicht möglich war. Und dann ist da noch Marco.«

»Von dem meine Mutter ganz begeistert ist. Sie hat gesagt, er wäre attraktiv und unglaublich charmant und hätte obendrein ein gutes Herz.«

»All das. Er war die einzige Konstante, die's in meinem Leben gab. Er ist, schon seit ich denken kann, als Freund, als Bruder, Klagemauer für mich da und hat mich stets in allen Dingen unterstützt. Es fällt mir furchtbar schwer, dass ich all das, was ich hier in Talamh erlebe, nicht mit Marco teilen und ihm nicht die Wahrheit sagen kann.«

»Das kann ich gut verstehen.« Morena legte mitfühlend einen Arm um sie. »Mir ist es auch nicht leichtgefallen, dich nicht zu sehen, obwohl ich öfter auf der anderen Seite war. Aber echte Freundschaft ist eben nicht immer einfach, stimmt's?«

»Nein, und auch ich selber mache es mir jetzt nicht leicht, aber ich muss trotz allem noch mal zurück.«

»Zurück? Zurück nach … Aber du hast dich doch gerade erst gefunden, bist hier glücklich, und vor allem wirst du hier gebraucht.«

»Das stimmt. Aber ich muss aus vielen Gründen trotzdem erst noch mal zurück. Es gibt noch viele Dinge, die ich in der anderen Welt klären muss. Ich kann mich von den Leuten, die mir wichtig sind und denen etwas an mir liegt, nicht einfach abwenden.«

Mit ausdrucksloser Miene zog Morena ihren Arm zurück. »Aber die Leute hier einfach im Stich zu lassen ist okay?«

»Nein. Und deshalb komme ich ja auch zurück. Aber vorher brauche ich ein bisschen Zeit, damit ich ein paar Dinge klären kann. Ich muss das alles noch mal sehen und alles, was ich hier gelernt habe, mit einbeziehen.«

»Du hast den Großteil deines Lebens dort verbracht, bevor du heimgekommen bist. Du solltest also wissen, wo du hingehörst.«

»Ich brauche Zeit«, erklärte Breen erneut. »Aber ich werde wiederkommen. Wegen meiner Nan und meiner Freunde in Talamh, wegen allem, was hier nach mir ruft, und um meine Pflicht zu tun.«

»Wann wirst du uns verlassen?«

»In drei Tagen.«

»Und wann wirst du wiederkommen?«

»Das kann ich noch nicht sagen. Doch ich werde wieder-kommen. Das verspreche ich.«

»Nachdem du das das letzte Mal gesagt hast, warst du über zwanzig Jahre fort.«

»So lange wird es dieses Mal nicht dauern. Dieses Mal kann ich allein entscheiden, wann ich wiederkomme, denn im Gegensatz zu damals bin ich jetzt kein kleines Mäd-chen mehr.«

Morena ließ den Blick über die Felder schweifen, wandte sich dann abermals an Breen und stellte fest: »Dir ist das vielleicht noch nicht klar, aber deine wahre Heimat ist hier. Deshalb kommst du auf jeden Fall zurück. Pass auf dich auf und bleib nicht allzu lange weg, Breen. Hast du auch schon mit Marg gesprochen?«

»Ja. Und mit Aisling und mit Harken, weil der gerade reinkam, während ich bei Aisling war.«

Morena nickte. »Keegan weiß also noch nicht Bescheid. Als deine Freundin wünsche ich dir alles Glück bei dem Gespräch. Das wünsche ich dir wirklich, aber trotzdem ist es sicher besser, wenn du mit ihm alleine redest.«

»Okay.«

»Wir sehen uns noch, bevor du gehst.«

Breen hatte noch was sagen wollen, aber Morena lief bereits zurück zum Haus.

An ihrer Stelle kam der junge Faxe angesprungen, und zusammen mit dem Hund lief sie zum Trainingsplatz, wo Keegan zum Polieren der Schwester auf dem Boden saß.

»Du bist zu spät. Warum, verdammt noch mal, bildet ihr Frauen euch immer ein, ein Mann hätte nichts Besseres zu tun, als brav auf euch zu warten?«, schnauzte er sie an.

»Das habe ich noch nie gedacht, aber ich hatte und ich habe heute auch noch anderes zu tun.«

Sie setzte sich auf einen der Blöcke, die für kurze Pausen und Bestandteil des brutalen, von ihm erdachten Hindernisparcours gedacht waren, durch den er sie bereits des Öfteren getrieben hatte. »Ich musste noch mit meiner Nan und ... anderen sprechen. So wie jetzt mit dir.«

Er hob den Kopf und sah ihr ins Gesicht.

Sie konnte sehen, wie seine Miene sich verschloss, und schließlich stellte er mit ausdrucksloser Stimme fest: »Du gehst zurück.«

»Ja, aber ...«

»In drei Tagen bist du weg.«

Sie nickte überrascht, denn schließlich hatte sie den Zeitpunkt ihrer Rückkehr bisher nicht genannt.

»Denkst du, ich wüsste nicht, wie lange du von Anfang an in Irland hattest bleiben wollen? Und trotzdem hast du bisher nichts gesagt. Wahrscheinlich war es einfacher für dich, mir selbst und allen anderen vorzumachen, dass du vorhättest, zu bleiben und die Sache bis zum Ende durchzuziehen.«

»Oh nein, das war es nicht. Vielleicht war's eine Zeitlang einfacher, nicht über diese Dinge nachzudenken, also habe ich das nicht getan. Und als ich daran dachte, dass mein Urlaub bald vorüber wäre, habe ich erst mal geschwiegen, weil ich keine Ahnung hatte, wie ich es euch hätte sagen sollen.«

»Jetzt hast du es gesagt.« Er stand entschlossen auf. »Es hat also keinen Zweck mehr, meine Zeit mit deinem Training zu vergeuden, wenn du sowieso die Absicht hast, nach Philadelphia zurückzukehren.«

»Das ist nicht fair.« Auch sie sprang auf. »Das ist nicht fair. Wie konnte ich so dämlich sein zu denken, du wärst fair oder bereit, dir anzuhören, warum ich erst noch mal zurück nach Philadelphia muss?«

»Du gehst, und das ist alles, was mich interessiert. Von jetzt an ist es wieder ganz allein an mir, die Stellung in Talamh zu halten und auf irgendeine Weise zu verhindern, dass die schreckliche Vision von Tod und von Zerstörung, die wir hatten, zur schrecklichen Wahrheit wird. Aber schließlich habe ich ja auch das Schwert vom Grund des Sees geholt, wie du es mir befohlen hast.«

»Ich … was? Ich habe nie … ich war doch damals gar nicht hier.«

»Du kamst, als ich das Schwert im Wasser sah und dachte, nein, das will ich nicht. Ich will nicht Taoiseach sein. Aber dann warst du plötzlich da und redetest mir gut zu. Also habe ich das Schwert und all die Pflichten akzeptiert, die dazugehören. Und du, die du die angeborene Macht besitzt, um Welten zu behüten, schüttelst diese Last jetzt einfach ab.«

»Das habe ich doch gar nicht vor. Ich komme wieder, aber du hast keine Ahnung, wer ich war, bevor ich nach Talamh gekommen bin.« Haareraufend wandte sie sich ihm zu. »Die Frau, die ich bis dahin war, hättest du sicher nicht gemocht. Denn schließlich mochte ich mich selber nicht. Und deshalb muss ich jetzt als die, die ich geworden bin, noch mal dorthin zurück.«

»Zu welchem Zweck?«

»Um zu beweisen, dass ich die sein kann, die ich inzwischen bin. Um zu beweisen, dass ich die bin, die ich auch sein will. Um mich in dem Bewusstsein all der Dinge, die ich zwischenzeitlich rausgefunden habe, zu entscheiden, wo ich leben will. Verdammt, Keegan, ihr alle hier werdet ermutigt, Zeit auch außerhalb von eurer Heimat zu verbringen, euch dort umzusehen und zu entscheiden, ob ihr wieder heimkehren oder dauerhaft woanders bleiben wollt. Aber ich selber darf das nicht?«

»Du hast schon lange genug in der anderen Welt gelebt.«

»Das war nicht ich.« Sie wandte sich ihm wieder zu und klopfte sich gegen die Brust. »Die Frau in Philadelphia hat alles unternommen, um nicht aufzufallen. Die Regeln für ihr Leben dort hat jemand anders aufgestellt. Die Frau in Philadelphia dachte, dass die Liebe ihres Vaters nicht gereicht hat, um zu bleiben und auch weiter für sie da zu sein. Aber jetzt kehrt jemand anders dorthin zurück. Mit meiner Mutter habe ich seit Monaten nicht mehr gesprochen, und sie hat auch nicht versucht, mich zu erreichen, seit ich weggegangen bin. Aber die Frau, die jetzt zurückkommt, wird einmal Tacheles mit ihrer Mutter reden.«

»Du fliegst also zurück, um deiner Mutter zu beweisen, dass du dich jetzt nicht mehr von ihr gängeln lassen wirst?«

»Zum Teil. Und was ist daran falsch? Hast du mich nicht trainiert, um stark zu sein? Hast du mir nicht seit Wochen eingebläut, ich wäre eine starke Frau?« Sie wirbelte herum und schnappte sich ein Schwert. »Sie hat mir immer eingeredet, dass ich schwach und nichts Besonderes bin.« Die Klinge ihres Schwerts sandte glühend heiße Blitze aus, als sie die Luft damit zerschnitt. »Aber verdammt noch mal, jetzt werde ich ihr zeigen, dass ich alles andere als schwach und durchaus was Besonderes bin. Es gibt in Philadelphia Menschen, die mich lieben, und ich muss sie sehen und ihnen irgendwie erklären, dass ich zurück nach Irland kommen muss. Ich kann ihnen wohl kaum was von Talamh erzählen, also werde ich behaupten, dass ich noch einmal nach Irland und mein Buch zu Ende schreiben muss, was wenigstens nicht ganz gelogen ist.« Seufzend legte sie die Waffe wieder auf dem Boden ab. »Aber das tue ich nicht gern, und mir ist klar, dass sie das sehr verletzen wird. Marco, mein Freund, und ich hatten zusammen in ein Haus umziehen wollen. Er hat schon eins gefunden, und es ist genau das, was ich hatte haben wollen, bevor… dann plötzlich alles anders war. Und jetzt muss ich ihn enttäuschen, weil aus dem Projekt erst etwas werden wird, wenn ich… ach, ich weiß auch nicht, wann.«

»Du denkst also an Häuser und an deinen Stolz. Und was ist mit den grauenhaften Bildern und den Schreien und dem Rauch aus deinem Traum?«

Sie hob den Kopf und blickte ihn aus dunklen, harten Augen an. »Die haben sich mir unauslöschlich eingeprägt.«

»Dir ist doch wohl bewusst, dass Odran weiß, dass du erwacht bist, oder? Er wird weiter gegen die Portale drängen, seine Fährtensucher und Dämonen schicken und versuchen, dich in deinen Träumen zu bedrängen, bis du mürbe wirst.«

»Ich habe doch den Zauber…«

»Und wer soll dir in der anderen Welt in Philadelphia helfen, falls er nicht genügt?«

»Wenn niemand anderes da ist, setze ich mich eben selbst zu Wehr.«

»Und wenn du das nicht schaffst, kann er benutzen, was du hast, und unsere Welt wird untergehen. Und wenn

Talamh verloren ist, wird auch die andere Welt verloren gehen, weil du die Brücke zwischen beiden bist.«

»Dann werde ich es eben schaffen müssen«, wiederholte sie. »Bevor ich herkam, dachte nicht mal eine Handvoll Leute, dass ich überhaupt zu irgendetwas nützlich wäre, und nicht mal ich selbst habe an mich geglaubt.«

Es tat ihr in der Seele weh zu sehen, dass auch Keegan nicht an sie zu glauben schien.

»Es wäre einfacher zu bleiben, als zu gehen. Das kannst du sicher nicht verstehen, aber ich muss trotz allem noch mal dorthin zurück. Ich muss zurück, um dort zu tun, was ich tun muss, und dann komme ich wieder nach Talamh und gebe euch, was ich euch geben kann.«

»Dann sollte ich jetzt keine Zeit und keinen Atem mehr vergeuden, und da es vollkommen sinnlos wäre, dich noch weiter zu trainieren, setze ich beides besser ein, wo es was nützt.«

»Ich habe noch zwei Tage und …«

»Ich glaube kaum, dass du in Philadelphia in Schwertkämpfe verwickelt werden wirst.« Entschlossen schob er seine Waffe wieder in die Scheide und hob das für sie gedachte Schwert vom Boden auf. »Also geh, Breen Siobhan, und tu, was du aus deiner Sicht tun musst, denn offensichtlich brennt der Mensch in dir erheblich stärker als die Fey.«

Damit ließ er sie stehen, und Augenblicke später sah sie, wie sein Drache angeflogen kam. Und ohne sich noch einmal nach ihr umzudrehen, stieg Keegan auf und flog davon.

Sie kehrte nicht noch mal zum Hof zurück. Sie glaubte nicht, dass sie dort noch willkommen wäre, deshalb brachte sie den Rest der Zeit mit ihrer Großmutter und Sedric zu, besuchte noch ein letztes Mal Morena und die Großeltern und sah den jungen Fey, die durch den Wald rannten, beim Spielen zu.

Am Abend vor der Abreise ließ sie den Hund bei Marg.

Sein jämmerliches Winseln hallte ihr noch lange in den Ohren, als sie aus Margs Cottage trat und durch den Garten und danach den Weg hinunterlief. Sie war bis kurz vor Sonnenuntergang geblieben und betrachtete das weiche graue abendliche Licht, das Schatten auf die fernen Hügel warf. Um diese Zeit kam das gesamte Land zur Ruhe, denn die Arbeit war getan, und nach dem Abendessen würden sich die Leute unterhalten, lesen oder musizieren. Wie auf dem Hof, wo jemand eine wehmütige Weise auf der Violine spielte, die wie leises Schluchzen klang. Sie sah das Licht im Haus, in dem sie selbst und vorher schon ihr Vater auf die Welt gekommen war, und während sie mit wehem Herzen weiterlief, verfolgten sie die schwermütigen Violinenklänge wie ein Geist.

Als Breen den Baum erreichte, entdeckte sie Morena auf der Mauer vor dem Durchgang.

»Ich wollte dir noch mal auf Wiedersehen sagen.«

Wortlos trat Breen auf die Freundin zu und klammerte sich an ihr fest.

»Es tut dir weh zu gehen. Das sieht dir jeder an, das heißt, dass du nicht anders kannst.«

»Ich kann es nicht erklären, aber ich muss wirklich unbedingt noch mal nach Philadelphia zurück.«

»Mir reicht deine Erklärung.« Nach einer letzten innigen Umarmung machte sich Morena von ihr los und blickte Richtung Hof. »Aber den anderen vielleicht nicht.«

»Harken spielt mal wieder wie ein Engel. Auch wenn dieser Engel furchtbar traurig ist.«

»Harken kann zwar sehr gut Geige spielen, aber das ist Keegan.«

»Keegan?« Breen war ehrlich überrascht. »Ich wusste gar nicht, dass er Geige spielen kann.«

»Dein eigener Vater hat es Harken, ihm und Aisling beigebracht. Ich nehme an, das hat er nicht erwähnt, wenn er mit dir im Bett gelegen hat.«

Sie wusste es, erkannte Breen. Natürlich wusste sie, dass zwischen ihnen was gelaufen war. Und sicher wussten alle anderen ebenfalls Bescheid. »Das hat er nicht. Und jetzt ist er zu wütend, um mir überhaupt noch irgendetwas zu erzählen.«

»Auf seinen Schultern und auf seinem Herzen lasten Welten.«

»Das verstehe ich. Und deshalb kann ich umgekehrt nicht wütend auf ihn sein, auch wenn das deutlich leichter wäre.«

»Wenn du wieder da bist, wirst du dich mit ihm versöhnen«, machte ihr Morena Mut.

»Ich werde wiederkommen, aber ob wir uns noch mal versöhnen werden, weiß ich nicht.« Mit einem leicht gezwungenen Lächeln fügte sie hinzu: »Ich glaube nicht, dass außer mir noch irgendeine andere Frau in mehr als einer Welt von irgendwelchen Typen fallen gelassen worden ist.«

»Männer sind nun einmal sehr sensibel.«

»Findest du?«

»Auf jeden Fall. Und jetzt zu etwas anderem. Du hast mir ein Geschenk gemacht, als du hier angekommen bist, und deshalb schenke ich dir was, bevor du gehst.« Sie drückte Breen ein kleines Holzkästchen mit magischen Symbolen in die Hand.

»Wie schön.«

»Tja nun, das Kästchen ist nicht schlecht, aber es geht vor allem um das, was in dem Kästchen liegt.«

Morena machte etwas Licht, damit Breen besser sah.

»Das ist Nans Cottage. Vollständig mit seinem Garten und mit offenen Türen, wie sie es liebt.«

»Ich dachte erst, dass ich vielleicht das Cottage auf der anderen Seite machen sollte, in dem du so gerne wohnst.«

»Du hast das selbst gemacht? Das ist unglaublich.«

»Freut mich, dass es dir gefällt. Ich habe auch kurz an den Hof gedacht, weil du dort auf die Welt gekommen bist, aber am Ende dachte ich, am besten nähmst du Mairghreads Cottage mit.«

»Ich bin total begeistert, und es ist mal wieder typisch, dass du wusstest, wie sehr mir das Haus von meiner Nan am Herzen liegt. Oh, Morena, du wirst mir entsetzlich fehlen.«

»Dann guck, dass du so schnell wie möglich wiederkommst. Ich werde hier sein, um dich in Empfang zu nehmen.«

Behutsam legte Breen die Miniatur zurück in die mit einem weichen Samtstoff ausgeschlagene Schatulle und bat ihre Freundin: »Könntest du wohl ab und zu nach Nan und Faxe sehen?«

»Na klar.«

»Ich muss jetzt los.«

»Ich weiß. Gute Reise.«

Breen erklomm die Treppe Richtung Baum und drehte sich noch einmal nach Morena um. »Ich glaube nicht, dass außer mir noch irgendeine andere Frau in mehr als einer Welt so tolle Freundinnen und Freunde hat.«

Dann drückte sie das Kästchen gegen ihre Brust und wechselte entschlossen von der einen in die andere Welt.

Am nächsten Tag belud sie wie in Trance den Wagen, sah ein letztes Mal im Cottage nach dem Rechten und fuhr durch den leichten Nieselregen, der das Grün der Wiesen und der Hügel wie Smaragde leuchten ließ, zum Flughafen.

Der Lärm und das Gedränge, die im Flughafengebäude herrschten, hätte sie fast aus ihrer Trance geholt, sie aber konzentrierte sich aufs Einchecken und auf die Aufgabe der Koffer, setzte sich in eine ruhige Ecke in der Lounge der ersten Klasse und bestellte sich ein Mineralwasser. Auch ohne Alkohol kam es ihr vor, als stünde sie vollkommen neben sich, und ihre Hände zitterten, als sie das Glas an ihre Lippen hob.

Als sie an Bord des Fliegers ging, dachte sie an den Drachenflug zurück, der durch und durch real gewesen war. Dann antwortete sie auf Marcos gut gelaunte SMS und sagte sich, dass sie statt auf dem Rücken eines Drachen jetzt in einem Flugzeug den Atlantik überqueren würde, wäre ebenso real und einfach Teil der anderen Welt, in der sie ebenso zu Hause war. Beim Start sah sie nicht aus dem Fenster, denn sie wollte nicht mit ansehen, wie die grüne Insel immer kleiner wurde und dann endgültig verschwand. Und statt zu lesen oder einen Film zu schauen, versuchte sie, sich wenigstens für kurze Zeit im Schreiben zu verlieren.

Das half, und als Breen die Geschichte zu entgleiten

drohte, ging sie kurz auf die Toilette, um den Zaubertrank zu nehmen und den Zauber durchzuführen. Anschließend schlief sie, den Talisman in ihrer Tasche, traumlos bis zur Landung durch.

Auch nach der Ankunft konzentrierte sie sich erst mal auf die Passkontrolle und auf ihr Gepäck, und als sie in die Ankunftshalle kam, dröhnte der Lärm in ihren Ohren. Angesichts der allgemeinen Hektik, die dort herrschte, wurde ihr fast schlecht. Sie hatte kehrtmachen und sich in eine stille Ecke flüchten wollen, doch bei der Absperrung stand Marco, der mit beiden Händen winkte. Marco, der bis über beide Ohren grinste. Marco, der sie packte und im Kreis schwenkte und fröhlich rief: »Du bist zurück!«

»Ich bin zurück«, murmelte sie und schmiegte unter Tränen, aber gleichzeitig auch lachend ihr Gesicht an seine Schulter.

»Lass mich erst mal mein liebstes Mädel ansehen.« Er schob sie von sich fort und blinzelte. »Aber hallo, du warst schon athletisch, als ich dich verlassen habe, aber unglaublich, was für Muckis du jetzt hast. Wie hast du das gemacht?«

»Ich habe einfach jede Menge Sport getrieben.« Schwert- und Nahkampf, Reiten und dazu noch kilometerlange Märsche mit dem Hund.

»Das steht dir wirklich gut. Wo ist der Hund? Wo müssen wir ihn abholen?«

»Ich konnte ihn jetzt noch nicht mitbringen und habe ihn bei meiner ... das erkläre ich dir später«, meinte sie und brach erneut in Tränen aus.

»Schon gut, Baby, schon gut. Er hätte sich in unserer blöden Wohnung sicher sowieso nicht wohlgefühlt.«

»Lass uns erst mal von hier verschwinden.«

»Klar. Aber den Wagen schiebe ich.« Entschlossen baute er sich hinter dem Gefährt mit ihren vielen Koffern auf. »Ich habe mir den Minivan von meinem Cousin geliehen – das Ding sieht ziemlich mickrig aus, hat aber jede Menge Platz. Warte du einfach hier, dann hole ich dich mit der Kiste ab.«

»Danke.«

»Du musst doch völlig erledigt sein.«

»Das bin ich auch. Irgendwie fühlt sich alles total seltsam für mich an. Abgesehen von dir.« Sie packte seinen Arm, während er den Gepäckwagen nach draußen schob.

»Meine innere Uhr ging nach der Rückkehr auch noch Tage später falsch. Kommst du hier klar?«

»Ja, sicher.«

Nein, gestand sie sich gedanklich ein, als er zum Wagen lief. Sie kam hier ganz bestimmt nicht klar. Die Luft roch irgendwie verkehrt, der Himmel wirkte falsch, und mit den vielen Autos, die die Luft verpesteten, der Unmenge an Menschen, die wild durcheinandersprachen, und dem Dröhnen der Flugzeuge beim Start oder im Landeanflug käme sie ganz sicher nicht zurecht.

Er hielt in einem leuchtend roten Minivan am Straßenrand, stieg aus und öffnete die Tür des Laderaums. »Setz du dich schon mal rein und atme durch. Ich lade deine Sachen ein.«

»Oh nein, es geht mir gut, und nach dem langen Flug tut mir etwas Bewegung sicher gut.«

Bis sie ihm Auto saß, drohte ihr Schädel zu zerspringen.

»Bestimmt fühlt es sich erst mal seltsam für dich an, dass man hier auf der rechten Straßenseite fährt.« Er fädelte sich in den fließenden Verkehr ein. »Ich habe heute Abend frei, also werde ich was Feines für dich kochen. Und das Auspacken der Koffer hat bestimmt bis morgen Zeit. Am besten chillst du heute erst einmal.«

»Okay. Es gibt unglaublich viele Dinge, die ich dir erzählen muss.«

»Die ich auf alle Fälle hören will. Vor allem, wenn's um diesen hübschen Iren geht, den du da drüben aufgerissen hast.«

»Das ist vorbei.«

»Wart's ab. Vielleicht kommt er dich ja besuchen.«

»Nein. Ich musste gehen, und er musste bleiben«, meinte sie und schüttelte den Kopf.

»Vergiss nicht, wie's bei Sandy und bei Danny war. Auch eine Sommerliebe kann auf Dauer halten.« Auf ihren verständnislosen Blick hin stellte er augenrollend fest: »*Grease*, Breen. Du willst mir doch sicher nicht erzählen, dass du den Film noch nie gesehen hast.«

Sie musste einfach lachen und gab sich die größte Mühe, alles andere zu verdrängen, während sie mit ihm zurück zu ihrer Wohnung fuhr. Sie kannte diese Stadt, sagte sie sich, sie war ihr vollkommen vertraut. Doch gleichzeitig so fremd, wie es ihr zunächst die beiden Monde in Talamh gewesen waren.

Sie schleppten ihr Gepäck nach oben, und dann wandte Marco sich zum Gehen. »Ich muss den Van zurückbringen, aber spätestens in einer halben Stunde bin ich wieder da. Bist dahin chillst du einfach, ja?«

Sie nickte, und er zog sie abermals an seine Brust. »Willkommen zu Hause, Breen.«

Als er gegangen war, sah sie sich um. Auch das Apartment war ihr hinlänglich vertraut, doch nun war es kein echtes Zuhause mehr für sie. Egal, wie viel von ihr an diesem Ort zurückgeblieben war, und ganz egal, wie viel von Marco sich hier fand, würde sie hier in dieser Wohnung nie mehr heimisch sein.

Sie packte ihre Koffer aus und quetschte die Geschenke für die Freunde in den kleinen Kleiderschrank, der an der Wand in ihrem Zimmer stand. Das Holzkästchen, die Miniatur und der Kristallspiegel bekamen einen Ehrenplatz auf der Kommode, doch den Zauberstab, die Zaubertränke, die Kristalle und das Zauberbuch wurden in einer Schublade versteckt. Der rituelle Dolch lag noch bei ihrer Nan, denn ihn im Flugzeug mitzunehmen hatte sie sich nicht getraut.

Als Marco wiederkam, trat sie aus ihrem Zimmer in den Flur.

Er stemmte seine Hände in die Hüften und bedachte sie mit einem bösen Blick. »Natürlich hast du doch schon ausgepackt.«

»Sonst hätte ich mich irgendwie nicht wohlgefühlt.«

»Mädchen, Mädchen.« Er stieß einen übertriebenen Seufzer aus. »Aber jetzt setz dich endlich hin. Dann hole ich uns ein Erwachsenengetränk, wir tauschen ein paar Neuigkeiten aus, und danach koche ich uns mein berühmtes Huhn mit Reis.«

»Ich habe deine Küche echt vermisst.«

»Dem Blog nach hast du selbst in Irland kaum jemals gekocht.«

»Ich habe einfach kein Talent dafür.«

Er schenkte ihnen Rotwein ein und nahm ihr gegenüber Platz. »Da ist es gut, dass du mich hast. Und jetzt erzähl mir alles ganz genau.«

»Es gibt so viele Dinge zu erzählen, dass ich im Grunde gar nicht weiß, wo ich beginnen soll.«

»Egal.«

»Ich habe in dem Blog sehr viele Sachen ausgelassen, weil sie zu persönlich waren. Und über FaceTime wollte ich dir nichts davon erzählen, weil mir das zu unpersönlich war. Am besten fange ich vielleicht mit meinem Vater an.«

»Meine Güte, heißt das, dass du ihn gefunden hast?«

»Er ist gestorben, Marco, und zwar schon vor Jahren. Er hatte wiederkommen wollen, aber...«

»Oh, mein armer Schatz.« Marco sprang auf, hockte sich vor sie hin und zog sie tröstend in die Arme. »Das tut mir furchtbar leid. Oh, Breen, das tut es mir wirklich. Ich wünschte mir, dass ich noch da gewesen wäre, als du es erfahren hast. Du hättest so was Schlimmes nicht allein durchmachen sollen.«

»Ich war auch nicht allein. Ich habe meine Großmutter gefunden, seine Mutter.«

Er riss die Augen auf. »Wo und wie?«

»Ich ... ich hatte mich verlaufen und erreichte irgendwann diesen wunderschönen Hof. Auf dem ich auf die Welt gekommen bin.«

»Du bist dort was?«

»Ich wusste nichts davon, aber ich bin nicht hier geboren, sondern dort. Die Leute kannten meinen Vater, und sie haben mich zu meiner Großmutter gebracht, die in der Nähe dieses Hofs in einem Cottage lebt. Ich habe sehr viel Zeit mit ihr verbracht. Sie würde dir gefallen. Ich weiß, dass du total begeistert von ihr wärst.«

»Dann war es sicher Schicksal, dass du dich verlaufen hast.«

»Ganz bestimmt.« Im Grunde war es wirklich einfach, dachte sie, bevor sie ihm erzählte, was sie ihm erzählen konnte, ohne ihm zu offenbaren, dass Mairghread nicht in Irland, sondern in Talamh zu Hause war.

»Und ich habe den Hund dort gelassen, bis ...«

»Dein Dad hat dir von allen diesen Dingen nie etwas erzählt?«

»Ich denke schon, nur dachte ich, dass es einfach Geschichten wären. Und meine Mutter, nun, sie hat all das, so gut es ging, verdrängt.«

»Das alles ist ...« Er griff sich an den Kopf und machte ein Geräusch, als ob sein Schädel explodieren würde. »Warum schreibst du über alle diese Dinge nicht ein Buch?«

»Was das angeht ...« Sie atmete geräuschvoll aus. »Du weißt doch von dem Buch über den Hund.«

»Ich habe es gelesen und war hin und weg.«

»Ich arbeite bereits an einem zweiten Band und nebenher auch noch an einem Fantasy-Erwachsenenroman Und ich habe eine Agentur, die mich vertritt.«

»Nein! Ich meine, wow! Verdammt, das ist einfach unglaublich, Mädel!«

»Und es kommt sogar noch besser, denn den ersten Faxe-Band haben sie bereits verkauft und mir gesagt, dass ich zwei weitere Geschichten schreiben soll.«

Er blinzelte. »Noch mal.«

»Ich habe eine Agentur, einen Verlag, und nächsten Sommer kommt mein erstes Buch heraus.«

Jetzt stellte er sein Weinglas auf den Tisch, stand auf und lief im Zimmer auf und ab.

Aus Angst, dass er ihr böse wäre, weil sie ihm all das bisher verschwiegen hatte, stieß sie mit nervöser Stimme

aus: »Ich wollte es dir erst erzählen, wenn ich dir gegen-
übersitze. Wollte ...«

»Ach, sei still.« Er zerrte sie aus ihrem Sessel, schwenkte
sie wie auch schon auf dem Flughafen im Kreis und vergrub sein Gesicht in ihrem Haar. »Ich freue mich total und
bin unglaublich stolz auf dich. Jawohl, unglaublich stolz.«

Als er sie küsste, strich sie ihm die Tränen von den Wangen, während ihr das Herz vor Freude überging.

»Ich hätte ohne dich nie mit dem Schreiben angefangen.«

»Oh nein, mein Schatz, das hast du ganz alleine hinge-
kriegt.«

Sie griff nach seiner Hand und legte sie auf das Tattoo
an ihrem Handgelenk. »Du hast mir Mut gemacht. Und
diesen Mut werde ich morgen nutzen und zu meiner
Mutter fahren.«

»Früher hast du höchstens mal den Zeh ins kalte Wasser
strecken wollen, und jetzt stürzt du dich plötzlich kopfüber hinein. Soll ich dich begleiten?«

»Nein.« Sie legte ihren Kopf auf seiner Schulter ab und
stellte fest, dass sie bei ihm in dieser plötzlich fremden Welt
auch weiterhin zu Hause war. »Das kriege ich alleine hin.«

27

Bereits vor Sonnenaufgang nahm sie den Kristallspiegel zur Hand.

Da ihre Wohnung geradezu erschreckend dünne Wände hatte und ihr Mitbewohner nichts von ihrer Unterhaltung mitbekommen sollte, sprach sie nur sehr kurz und mit gedämpfter Stimme mit ihrer Großmutter. Trotzdem hörte Faxe ihre Stimme und kam fröhlich bellend und schwanzwedelnd in Sicht. Nach dem Gespräch war sie zu aufgewühlt, um noch mal einzuschlafen, und da die von ihr in ihrem Buch erdachte Welt Talamh entsprach, vergnügte sie sich damit, dass sie etwas weiterschrieb.

Zwei Stunden später hörte sie, dass Marco sich im Nebenzimmer rührte, stellte ihre Arbeit ein, ging in die Küche und setzte dort Kaffee für sie beide auf.

»Oh Mann, es hat mir echt gefehlt, dass du morgens den Kaffee kochst.« Er legte einen Arm um ihre Schultern, während er den ersten Schluck aus seinem Becher nahm. »Du hast schon an deinem Blog geschrieben. Mitten in der Nacht.«

»Das habe ich dem Jetlag zu verdanken.«

»Leg dich einfach noch mal hin, Mädchen.«

»Vielleicht.« Im Grunde aber hatte sie ganz andere Dinge als ein morgendliches Nickerchen im Sinn.

»Ich gehe nachher vom Musikgeschäft aus direkt in den Club. Wie wäre es, wenn du mich dort am frühen Abend triffst? Denn schließlich hast du große Neuigkeiten, und wenn du die nicht ziemlich bald auch den anderen erzählst, kann ich wahrscheinlich nicht mehr meinen Mund halten.«

»Das mache ich, denn schließlich will ich Sally, Derrick und die anderen so schnell wie möglich sehen.«

Nach dem Gespräch mit ihrer Mutter würde sie ihre Gesellschaft brauchen, das wusste sie.

»Du fährst heute wirklich zu deiner Mom?«

»Wenn sie nicht geschäftlich unterwegs ist, müsste sie so gegen sechs zu Hause sein. Ich komme in den Club, wenn ich mit ihr gesprochen habe, ja?«

»Dann steht auf jeden Fall schon mal ein Drink für dich bereit. Und falls ich doch mitkommen soll, schreib einfach eine kurze Textnachricht. Aber jetzt muss ich los, in einer Viertelstunde taucht nämlich mein erster Schüler auf. Leg du dich noch mal hin.«

Da Marco immer auf den letzten Drücker aus den Federn kam, verließ er überstürzt wie fast jeden Vormittag das Haus.

Sie trat ans Fenster, um ihm hinterherzusehen.

Sie hatte diese Gegend immer schon geliebt, und als sie jetzt hinaussah, waren dort die hübschen, kleinen Läden, Restaurants und auch die süße, kleine Bäckerei, in der sie jeden Sonntagmorgen herrlich klebrig-süße Brötchen für sich selbst und Marco kaufen ging. Auch die mit Ziegelsteinen ausgelegten Bürgersteine und der schmale Streifen Fluss im Hintergrund waren ihr auf wunderbare Art vertraut, und es war einfach schön, dass sie in jeden Laden und in jedes Restaurant in ihrem Viertel gehen konnte und dort immer jemand wusste, wer sie war.

Obwohl – oder vielleicht auch, weil – sie stets versucht hatte, sich unsichtbar zu machen, war sie überall bekannt, denn das hier war noch eine echte, funktionierende Nachbarschaft.

Sie überlegte, ob sie einen Spaziergang durch die Straßen machen sollte, aber ohne grüne Felder, die in grüne Hügel übergingen, und ohne eine Bucht, in deren Wasser man den blauen Himmel sah, war der Gedanke nicht mehr so verlockend, wie er es früher mal gewesen war. Vor allem hatte sie hier keinen Faxe, der begeistert vorlief, um die Schafe und die Eichhörnchen zu jagen, die so kühn waren, ihm nicht freiwillig aus dem Weg zu gehen.

Sie sagte sich, sie hätte sich ganz einfach noch nicht wieder eingewöhnt – was allerdings auch nicht so einfach war.

Sie war in Philadelphia, weil sie ein paar Dinge klären musste, denn solange sie sich noch in der Schwebe befänden, würde Breen auch weiter zwischen dieser und der anderen Welt hin- und hergerissen sein; zum einen wegen der Liebe, die sie hier bekam und gab, und der, die sie in ihrer anderen Heimat anderen entgegenbrachte und empfing; vor allem aber zwischen den Verpflichtungen auf beiden Seiten.

Sie würde sich noch einmal an die Arbeit machen, aber vorher musste sie noch einige Telefongespräche führen.

Am Ende ihres Arbeitstags nahm sie gewohnheitsmäßig den Bus. Da sie vor lauter Panik kaum noch Luft bekam, schob sie die Hand in ihre Tasche und betastete den Talisman, der ihr Entschlossenheit verleihen sollte, falls ihr eigener Mut nicht reichte, um die Sache durchzuziehen.

Auf alle Fälle half er ihr, die Fahrt im überfüllten Bus durch den Berufsverkehr zu überstehen. Sie konnte sogar fast das laute Hupen rings um sie herum und den gedämpften Hip-Hop ausblenden, den der Fahrgast vor ihr hörte.

An ihrer Haltestelle angekommen, ging Breen den Rest des Wegs zu Fuß und atmete erleichtert auf, weil sie auf dieser Strecke wieder einen halbwegs klaren Kopf bekam. Sogar um diese Uhrzeit war es in der Gegend herrlich ruhig. Die schmalen Vorgärten waren mit Sommerblumen und mit schattenspendenden Bäumen durchaus hübsch bepflanzt. Vielleicht waren diese Gärten nicht so wild wie die, die sie aus ihrer zweiten Heimat kannte, doch zumindest waren sie bunt.

Natürlich würde sie so einen kleinen, geometrisch angelegten Garten niemals haben wollen. Wenn sie einmal ein Haus mit Garten hätte, bräuchte sie mehr Raum, mehr Abgeschiedenheit und, ja, mehr Einfachheit.

Sie bog auf das Grundstück ihrer Mutter ein, holte tief Luft und drückte auf den Klingelknopf.

Die Tür ging auf, und Jennifer schien nicht mal ansatzweise überrascht. Die Reaktion ihrer Mutter bewies Breen, dass sie vor dem Öffnen bereits auf dem Bildschirm ihrer Außenkamera gesehen hatte, wer auf ihrer Schwelle stand.

»Du bist also zurück.«

Breen nickte knapp. »Ich würde gerne reinkommen, falls das möglich ist.«

»Natürlich.«

Ihre Mutter hatte sommerliche Strähnchen in den Haaren, die sie etwas länger als im Frühjahr trug, und ihre abgeschnittene Hose und die ärmellose Bluse zeigten, dass sie schon vor einer Weile von der Arbeit heimgekommen war. Dazu hielt sie statt eines Weinglases einen Gin Tonic in der Hand, was Breen verriet, dass dieser Arbeitstag nicht gut für sie gelaufen war. Und auch der Feierabend würde sicher alles andere als angenehm für sie.

»Nimm Platz«, bot Jennifer ihr an und ging voran ins Wohnzimmer. »Willst du was trinken?«

»Danke, nein.«

Im Haus war alles unverändert, merkte Breen. Die Einrichtung war makellos wie eh und je.

»Ich nehme an, dass du den Urlaub hinlänglich genossen hast und jetzt bereit bist, in die Wirklichkeit zurückzukehren. Natürlich wirst du dich erst mal mit einer Aushilfslehrerinnenstelle irgendwo begnügen müssen, bis ...«

»Ich werde nicht mehr unterrichten.«

Jennifer nahm einen Schluck aus ihrem Glas und unterzog die Tochter einer missbilligenden Musterung. »Wahrscheinlich bildest du dir ein, ein paar Millionen Dollar wären eine Menge Geld, doch so, wie du inzwischen damit um dich wirfst, wird dieser Reichtum nicht von Dauer sein. Europareisen, neue Kleider und was sonst noch alles, ohne dass du neben diesem Geld ein anderes Einkommen hast.«

»Ich habe andere Einkünfte«, erklärte Breen. »Ich schreibe und verdiene jetzt mein Geld mit etwas, was mir Freude macht.«

Wahrscheinlich sollte sie sich dafür schämen, aber das verächtliche Geräusch, das Jennifer entfuhr, war unglaublich befriedigend für sie. Denn wenn die Mutter es gleich runterschlucken müsste, würde es ihr sicherlich noch tagelang im Magen liegen wie ein Stein.

»Ich habe nämlich in der Zwischenzeit mein erstes Buch und gleich zwei Fortsetzungen verkauft.«

Die Mutter seufzte nur, als wären dies die Fantasien des kleinen Kindes, das die Tochter aber nicht mehr war.

»Das Internet ist voll angeblicher Verlage, die drauf bauen, dass man so dumm ist, ihnen auf den Leim zu gehen.«

»Ich bin bei der Sylvan-Agentur, die es bereits seit zweiunddreißig Jahren gibt und mich bei McNeal Day untergebracht hat. Von denen hast du ja vielleicht schon mal gehört«, erklärte sie und nahm das erste überraschte Zucken um die Mundwinkel der Mutter herum wahr. »Falls nicht, kannst du den Namen gerne googeln, wenn du willst. Nächste Woche treffe ich mich in New York mit der Agentin, der Lektorin und noch ein paar anderen Leuten, denn sie halten mich für durchaus talentiert. Sie haben mir eine steile Karriere prophezeit, und deshalb werde ich auf keinen Fall in einen Beruf zurückkehren, für den ich keinerlei Talent besitze und den ich ihm Grunde niemals hatte ausüben wollen.«

»Die wenigsten Autoren können vom Schreiben leben.«

»Na, dann habe ich ja Glück, dass ich noch etwas auf dem Konto habe, um die Zeit zu überbrücken, bis ich davon leben kann. Ich hatte angenommen, dass du dich für mich freuen würdest oder vielleicht sogar etwas stolz auf meinen Erfolg als Schriftstellerin wärst. Aber das hast und warst du ja noch nie.«

»Das ist beleidigend und vollkommener Unsinn«, regte Jennifer sich auf. »Ich habe mich dein Leben lang um dich gekümmert und dich vor den Fallen bewahrt, die das Leben einem stellt. Wenn du lieber von mir verhätschelt worden wärst, ist das nicht mein, sondern dein eigenes Problem.«

Es gab so vieles hier, was ihr in all den Jahren nie bewusst gewesen war, erkannte Breen. Und dass so viele andere Dinge fehlten, hatte sie bisher stets klaglos akzeptiert.

Doch damit war es jetzt vorbei.

»Du hast mich jahrelang nach deiner Pfeife tanzen lassen und verhindert, dass ich ausprobiere, was mir vielleicht Spaß macht und wozu ich fähig bin. Aber jetzt tanze ich nach meiner eigenen Pfeife, und ich habe festgestellt, dass mir das wirklich gut gefällt. Ich werde nie mehr die sein, zu der du mich über all die Zeit gemacht hast, denn inzwischen weiß ich, dass ich so nicht bin. Das kannst du akzeptieren oder nicht. Ich werde jedenfalls nie mehr dieselbe langweilige graue Maus wie früher sein.«

»Sobald dein Geld zur Neige geht ...«

»In einem guten Leben geht's nicht immer nur ums Geld. Ich hoffe, dass ich irgendwann mit einer Arbeit, die ich liebe, gut genug verdiene, dass ich nicht mehr auf die großzügige Unterstützung anderer angewiesen bin. Aber wenn nicht, finde ich einen anderen Weg. Inzwischen habe ich nämlich gelernt, dass es in einem guten Leben hauptsächlich um Liebe, darum, für sich selbst und andere einzustehen, und um Großmut anderen und sich selber gegenüber geht. Das habe ich zwar nicht von dir, aber von Marco, Sally, Derrick und den anderen gelernt.«

»Und haben sie dich auch jahrelang ernährt und dir ein Dach über dem Kopf gegeben?«

Breen fragte sich, ob neben glühender Empörung vielleicht auch ein Hauch Verletztheit in der Stimme ihrer Mutter lag. »Nein, das hast nur du getan. Und deshalb bin ich hier. Inzwischen kann ich etwas besser nachvollziehen, warum du mir von klein auf das Gefühl gegeben hast, dass ich nichts bin und auch nichts wirklich kann. Denn dir war klar, was in mir steckt, und dieses Wissen hat dir Angst gemacht.«

»Mach dich nicht lächerlich und steig endlich von diesem hohen Ross, auf dem du wegen eines einzigen verkauften Buchs sitzt.«

»Es geht nicht um das Buch, auch wenn das in Zusammenhang mit allem anderen steht. Denn ohne dieses Geld hätte ich vielleicht nie den Mut gehabt, um mit dem Schreiben anzufangen. Genauso hätte ich wahrscheinlich nie den Mut zu diesem Irland-Trip gehabt, und ohne diese Reise hätte ich Talamh niemals entdeckt.«

»Was redest du da für ein Zeug?« Die Mutter wurde blass und stand entschlossen auf. »Ich habe noch zu tun.«

»Du weißt genau, wovon ich rede«, ging Breen achtlos über ihre Reaktion hinweg. »Ich habe meine Großmutter getroffen, und wir haben uns eingehend mit meinem Geburtsort und mit meiner Abstammung befasst.«

»Ich habe dich von Eians Mutter ferngehalten, weil sie damals bereits mehr als nur ein bisschen seltsam war. Doch offenbar war sie gewieft genug, um dich in ihre Fantasiewelt reinzuziehen. Du musst …«

»Wag ja nicht, mir zu sagen, was ich tun und lassen soll.« Breen sprang empört von der Couch auf. »Sie hat nie schlecht von dir gesprochen. Kein einziges Mal. Aber das Erste, was du umgekehrt über eine Frau, die du mir jahrelang verschwiegen hast, zu sagen hast, ist, dass man ihr nicht trauen kann. Aber wie konntest du vier Jahre lang dort leben, wenn Talamh nur ihrer Einbildung entspringt?«

»Du redest wirres Zeug. Du musst jetzt gehen.«

»Ich rede wirres Zeug?« Breen ballte ihre Faust und

hielt dann eine Kugel weißen Lichts in ihrer Hand. »Das hier ist keine Einbildung und keine Fantasie. Das hier ist reine Kraft. Die Kraft, die du in all den Jahren hast unterdrücken wollen.«

»Hör auf! Das sind Verirrungen, die ich in meinem Haus nicht dulde«, herrschte Jennifer sie an.

»Verirrungen?«, fragte Breen. Genauso hatte Ultan es bei dem Prozess genannt. »Sind diese Dinge und ich selbst Verirrungen für dich?«

»Ich dulde so was nicht in meinem Haus. Dies ist die Welt, in der wir leben, klar? Ich habe deinem Vater …«

»Er ist tot.«

Statt rot vor Zorn und Angst war das Gesicht der Mutter plötzlich grau, und ihre Augen, die zuvor gefunkelt hatten, wurden trüb. Ihr entglitt das Glas und zersprang in tausend Stücke, als es auf den Boden fiel.

»Du hast es nicht gewusst. Du hast es wirklich nicht gewusst. Und vielleicht hatte Nan ja recht, und du hast ihn geliebt.«

»Er hat uns verlassen. Hat sich damals einfach aus dem Staub gemacht. Und jetzt muss ich hier saubermachen, weil der Fußboden sonst Flecken kriegt.«

»Hör auf.« Mit einer Handbewegung brachte Breen die Scherben und die Pfütze auf dem Boden zum Verschwinden.

»Wenn du so was in mein Haus bringst, will ich dich hier nicht mehr sehen.«

»Hast du das auch zu ihm gesagt? War das das Ultimatum, das du ihm gestellt hast? Nachdem er nur dir zuliebe damals überhaupt dort weggegangen ist?«

»Um immer wieder hinzufahren.«

»Er war der Taoiseach und hatte dort Verpflichtungen.«

»Ach, hör mir doch mit diesem ganzen Stammesblödsinn auf.« Als ihre Stimme brach, wandte Jennifer sich eilig ab. »Wir waren seine Familie.«

»Er hatte auch Familie dort. Und eine ganze Welt, die es zu schützen galt.«

»Aber dich hat er nicht beschützt, nicht wahr? Denn schließlich haben sie dich damals mitten in der Nacht aus deinem Bett entführt.«

»Natürlich hat er mich beschützt. Er hat für mich gekämpft, und ich kam sicher wieder heim.«

»Er hat sich immer wieder gegen mich und für ein Schwert und einen Stab entschieden, was ja wohl der größte Schwachsinn war. Er hätte auch die Möglichkeit gehabt, die Sachen einfach wieder in den gottverdammten See zu werfen und wie ein normaler Mann, wie ein normaler Ehemann und Vater hier mit uns zu leben, aber das hat er anscheinend nicht gewollt.«

»Er war nun einmal kein normaler Mensch. Verdammt, du hast nicht nur versucht, das Licht in meinem Inneren zu löschen, sondern auch die Flamme, die in ihm gelodert hat.«

»Und wenn mir das gelungen wäre, würde er noch leben.«

Bei diesen Worten war der Mutter ihrer Trauer deutlich anzusehen. Aber davon durfte Breen sich nicht erweichen lassen oder wenigstens nicht jetzt.

»Und zwar genauso unglücklich, wie ich es all die Jahre war. Odran hat mich damals eingesperrt, aber das hast du auch.«

»Wie kannst du es nur wagen, einen derart schändlichen Vergleich zu ziehen? Ich habe dich in all den Jahren beschützt.«

»Aber die Regeln hast in all den Jahren immer du gemacht. Du hast mich eingesperrt, und als mein Vater damals nicht mehr wiederkam – weil er gefallen ist, als er versucht hat, dich und mich und seine sowie diese Welt vor Schaden zu bewahren –, da hast du mich glauben lassen, dass er mich im Stich ließ, weil ich ihm eigentlich nicht wichtig war.«

»Das habe ich niemals gesagt.«

»Oh doch, und zwar auf tausend Arten, und das ist dir selber klar. Du hast dich von ihm scheiden lassen, aber trotzdem kam er ein ums andere Mal in diese Welt zurück. Denn er hat uns geliebt. Und jetzt ist er nicht mehr am Leben, und wir wissen nicht, wie wir uns gegenseitig trösten sollen.«

»Er hat uns nicht geliebt. Sonst wäre er nicht ein ums andere Mal dorthin zurückgekehrt.«

Wie traurig, dachte Breen, wenn man im Leben nur schwarz-weiß sah, weil man blind für alle anderen Schattierungen und Farben war. »Du tust mir leid, wenn du so denkst. Es tut mir leid, dass du dich weigerst oder vielleicht auch nicht fähig bist, die Freude und die Schönheit dieser Welt, für die er in den Kampf gezogen ist, zu sehen. Aber ich sehe und ich kenne sie. Ich bin erwacht und eine Fey, und du wirst lernen müssen, damit umzugehen.«

»Ich lasse es nicht zu, dass du in meinem Haus von diesen Dingen sprichst.«

»Verstehe. Nun, du weißt ja, wo du mich erreichen kannst, falls du das willst.«

»Du wirst in Philadelphia bleiben. Du kehrst nicht noch mal dorthin zurück.«

»Oh doch, natürlich kehre ich dorthin zurück, weil ich schließlich die Tochter meines Vaters bin«, erklärte Breen und wandte sich zum Gehen.

Sie lief entschlossen los, denn die Bewegung half, den schlimmsten Teil der Trauer und des Ärgers abzuschütteln, und nach etwas über einer Meile hatte sie sich soweit beruhigt, um sich an einer Haltestelle auf die Bank zu setzen und zu warten, bis der nächste Bus in Richtung City kam. Kaum hatte sie dort Platz genommen, saß urplötzlich Sedric neben ihr.

»Was ... machen Sie denn hier?«

»Marg hat gesagt, du würdest heute Nachmittag mit deiner Mutter sprechen wollen, und da wir wussten, dass das sicherlich nicht einfach für dich würde, dachten wir, es wäre gut, wenn dich einer von uns danach im Auge behält. Also hat Marg mich losgeschickt, um nachzusehen, ob du wohlauf bist. Du bist ein gutes Stück des Wegs gelaufen. Das kann ich nachvollziehen, denn wenn es mir nicht gut geht, reagiere ich mich selber gern durch Laufen ab. Aber dann sahst du aus, als könntest du etwas Gesellschaft brauchen, deshalb bin ich hier.«

»Sie ... glaubt, mein Vater und ich selbst wären Verirrungen der Natur. Aber ich habe ihr Gesicht gesehen, als sie erfuhr, dass er nicht mehr am Leben ist. Nan hatte recht. Sie hat in tatsächlich geliebt. Aber sie hat ihm nie verziehen, dass er nicht bereit war, seine Heimat aufzugeben und zu tun, als ob er jemand wäre, der er eigentlich nicht ist. Das war nicht nett von ihr.«

Es überraschte Breen, dass Sedric tröstend einen Arm um ihre Schultern legte, doch vor allem überraschte sie, dass sie den Kopf auf seine Schulter sinken ließ. »Ich habe meiner Mutter böse Dinge an den Kopf geworfen, denn sie mussten endlich einmal raus. Nur deshalb bin ich überhaupt zurückgekommen. Das heißt natürlich nicht nur deshalb, aber eben auch.«

»Und nun, da du all diese Dinge ausgesprochen hast, wirst du dich besser fühlen.«

»Ach ja?« So kam es ihr bisher nicht vor.

»Auf jeden Fall. Man kann erst wirklich stark und ausgeglichen sein, wenn man die Dinge, die einem auf der Seele liegen, losgeworden ist.«

»Ich bin sie losgeworden, aber stark und ausgeglichen fühle ich mich nicht. Ich habe ihr von dem verkauften Buch erzählt, und sie hat so getan, als wäre das nicht nur nichts wert, sondern vielleicht sogar verkehrt.«

Er drehte seinen Kopf und küsste sanft ihr Haar.

»Egal«, murmelte sie.

»Genau. Und jetzt erzähl mir, wie dein Kumpel Marco reagiert hat, als er von dem Buch erfahren hat.«

»Er hat vor Freude und vor Stolz geweint. Er hat sich unglaublich für mich gefreut.«

»Und das ist alles andere als egal, nicht wahr? Da kommt dein Bus. Soll ich dich auch noch heimbegleiten?«

»Danke, nein. Ich fahre erst mal in den Club.«

»Ein guter Ort. Was für tolle Feste sie dort feiern!«

»Wollen Sie mitkommen?«

Er lächelte gerührt. »Vielleicht, wenn ich das nächste Mal hier in der Gegend bin. Jetzt muss ich erst mal zurück und deiner Nan erzählen, dass du dich mit deinen Freunden triffst.«

»Danke, Sedric.« Sie stand auf und ging zum Bus. »Ich vermisse Ihre leckeren Zitronenplätzchen.«

»Wenn du nach Hause kommst, backe ich ein ganzes Blech für dich.«

Ein Lächeln auf den Lippen, stieg sie ein, suchte sich einen Platz, hob ihre Hand, um Sedric noch mal zu winken, und war eigentlich nicht wirklich überrascht, als er nicht mehr zu sehen war.

Umso größer war die Überraschung, als sie durch die Tür des *Sally's* trat und das Gedränge und der Lärm, die dort wie immer herrschten, statt erschreckend wunderbar vertraut und tröstlich für sie waren.

Das richtige Gedränge käme sowieso erst später, wenn die offiziellen Shows geboten würden, aber da auch schon die ersten Gäste unterhalten werden wollten, stand Larue als Judy Garland auf der Bühne und sang *Over the Rainbow* aus dem *Zauberer von Oz*. Inzwischen war sie selbst dort gewesen, dachte Breen. Auch wenn sie selbst am Ende ihres Regenbogens in Talamh und nicht in Oz gelandet war.

Suchend sah sie sich nach Sally und nach Derrick um, und als sie keinen von den beiden sah, ging sie direkt zu Marco an die Bar.

Er stellte ihr ein Glas erlesenen Champagners hin.

»Champagner?«

»Sally hat gesagt, dass ich zur Feier deines Buchs 'ne Flasche von dem guten Zeug aufmachen soll.«

»Zur Feier meines Buchs?«, hakte sie nach und starrte ihn durchdringend an.

Im Grunde hätte er sich schämen sollen, weil er nicht dichtgehalten hatte, doch er meinte einfach achselzuckend: »Es ist einfach aus mir rausgeplatzt. Ich bin eben ein schwacher Mensch. Und jetzt bestelle ich dir erst mal eine

Riesenportion Nachos, weil du garantiert noch nichts gegessen hast. Die Käsesauce, die es dazu gibt, ist nicht nur lecker, sondern auch noch voller Proteine, die du sicher dringend brauchst.«

»In Ordnung, ich verzeihe dir, denn was zu essen käme mir jetzt gerade recht.«

Sie griff nach ihrem Glas, doch plötzlich wurde sie gepackt, von ihrem Barhocker gezerrt, und Sally – oder mit den langen schwarzen Haaren und dem weißen Overall eher Cher – zog sie an seine respektive ihre breite Brust.

»Breen Siobhan Kelly, weitgereiste Bestsellerautorin und mit Abstand schönste Frau im ganzen Club!«

Lachend schlang Breen Sally ihre Arme um den Hals. »Das Buch ist doch bisher noch nicht einmal verlegt.«

»Aber das wird's, und extra dir zu Ehren singe ich gleich *Gypsies, Tramps & Thieves*.«

»Du hast mir unglaublich gefehlt.«

»Wahrscheinlich nicht mal halb so sehr wie du mir.«

»Komme ich vielleicht auch noch an die Reihe?« Derrick legte einen Arm um Breen, überreichte ihr ein Dutzend weißer Rosen und küsste sie schmatzend auf den Mund.

»Oh, danke. Was für wunderbare Blumen! Bei dem Empfang komme ich mir ja wie eine Prinzessin vor.«

»Die du für uns schließlich auch bist.«

Sally ließ sich auf den Hocker an Breens Seite sinken, warf wie Cher das lange schwarze Haar über die Schultern und zwinkerte Derrick zu. »Wie wäre es, wenn du die Schönheiten erst mal ins Wasser stellen würdest, Schätzchen? Schließlich wollen wir doch, dass unsere Prinzessin auch zu Hause noch was davon hat.«

»Okay.«

»Und Marco, du schenkst mir ein Glas von diesem feinen Bubbelwasser ein und kümmerst dich dann wieder
um die Gäste, damit ich mich kurz von Frau zu Frau mit
unserer Prinzessin unterhalten kann.« Nach einem ersten
Schluck aus seinem Glas wandte sich Sally an Breen. »Wie
war's bei deiner Mutter?«

»Wie erwartet.«

»Also schlimm.«

»Vielleicht sogar noch schlimmer. Aber« – jetzt griff
Breen nach ihrem Glas und prostete ihm zu – »jetzt bin
ich hier und sitze neben der Person, die meine wahre
Mutter ist.«

»Wenn du so weiterredest, Baby, muss ich weinen, und
das ist nicht gut für mein Make-up. Vor allem muss ich
dir als Erstes sagen, dass mir das mit deinem Vater wirklich leidtut. Als ich selbst vor ein paar Jahren meinen Dad
verloren habe, warst du für mich da. Und als du das von
deinem Dad erfahren hast, warst du ganz allein.«

»Aber ich weiß und wusste, dass ihr für mich da gewesen wärt, und in gewisser Weise wart ihr das auch. Natürlich war und ist es schlimm, aber ich weiß jetzt, dass er
mich geliebt hat und zu mir zurückgekommen wäre, und
das ist das Wichtigste für mich.«

»Und du hast deine Großmutter getroffen?«

»Ja, und sie ist einfach eine wunderbare Frau. Wenn du
sie kennen würdest, würdest du sie lieben, Sal.«

»Ich hoffe sehr, dass ich sie eines Tages kennen lernen
werde.«

Breen versteckte ihren Seufzer hinter einem Schluck
aus ihrem Glas. »Das wäre toll.«

»Und dazu hast du auch noch diesen süßen Hund – den

ich natürlich ebenfalls so schnell wie möglich kennen lernen möchte –, hast gelernt, auf einem Pferd zu reiten, und ein ganzes, gottverdammtes Buch geschrieben und verkauft. Nur gut, dass ich noch nicht geschminkt war, als uns Marco von dem Buch erzählt hat, denn vor lauter Stolz und Freude sind mir dicke Tränen übers Gesicht gekullert, und die hätten mein Make-up auf alle Fälle ruiniert. Ach, Baby, wie es aussieht, hast du dich auf dieser Reise endlich selbst gefunden.«

»Unbedingt.«

»Derrick und ich haben jeden Morgen deinen Blog gelesen. Haben mit unseren Tablets und Kaffee im Bett gesessen, und wenn wir den Blog gelesen haben, kam es uns so vor, als wären wir dabei und könnten alles dort mit unseren eigenen Augen sehen. Aber etwas hast du ausgelassen«, fuhr er fort und fuchtelte mit einem seiner rot lackierten Fingernägel vor ihrem Gesicht herum.

»Was?« Es gab so vieles, was sie ausgelassen hatte, dachte Breen.

»Einen gewissen Keltengott.«

»Einen gewissen – was?« Breen brach in Panik aus, bis sie das vielsagende Augenbrauenzucken ihres Freundes sah. »Oh, du meinst … Das war im Grunde nur … er war …« In diesem Fall brach sich der Seufzer Bahn. »Er ist der tollste Mann, der mir in meinem ganzen Leben je begegnet ist.«

»Beschreib ihn mir«, bat Sally und schob seinen Hocker möglichst nah an sie heran.

In den nächsten Tagen klammerte sich Breen an die Routine, die ihr auch in Irland Halt gegeben hatte, stand im

Morgengrauen auf und schrieb, machte dann ihren Sport und rief zum Abschluss hinter der verschlossenen Zimmertür und zugezogenen Vorhängen ein Trugbild auf, um mit dem Training fortzufahren.

Dann fuhr sie nach New York, und durch das Zugfenster sah sie die Welt an sich vorüberziehen und dachte über all die Heime und Geschäfte, Höfe und Fabriken und die Menschen nach, die dort lebten oder ihrer Arbeit nachgingen. Natürlich hatte sie darüber auch schon vorher hin und wieder nachgedacht, doch damals hatte sie sich selbst als kleines, unwichtiges Rädchen im Getriebe angesehen. Die Entscheidungen, die sie täglich fällte, spielten keine Rolle. Ob sie den Bus nahm oder lief, ob sie sich abends Rührei machte oder etwas vom Chinesen holte, Geld für neue Schuhe ausgab oder lieber etwas auf die Seite legte – nichts von allen diesen Dingen änderte den Lauf der Dinge oder machte einen echten Unterschied. Inzwischen aber wusste sie, dass alles, was sie tat oder vielleicht auch nicht tat, Bedeutung war.

Sie musste deshalb sicher sein, dass sie die richtige Entscheidung traf.

Allein nach New York zu fahren war eine wichtige, persönliche Entscheidung, die sie noch vor einem halben Jahr nicht hätte fällen können. Doch wenn sie nicht einmal den Mut besäße, etwas, was ihr derart wichtig war, wofür sie hart gearbeitet und was sie sich ihr Leben lang erträumt hatte, zu tun, wie fände sie dann je den Mut, für eine ganze Welt zu kämpfen und ihre besonderen Fähigkeiten einzusetzen, um dem Licht gegen das Dunkel beizustehen?

Bewaffnet mit der Wegbeschreibung aus der Mail ihrer Agentin nahm sie nach der Ankunft in New York die U-

Bahn in die Innenstadt. Die U-Bahn kam ihr riesig vor, doch gleichzeitig zu klein, um all die Menschen aufzunehmen, die mitfahren wollten.

Obwohl sie extra Marco ihre Outfits für die Treffen mit Agentin und Lektorin hatte auswählen lassen, war sie sich nicht sicher, ob er nicht womöglich über- oder untertrieben hatte oder ob ihr vielleicht trotz der passenden Garderobe ihre Unbedarftheit überdeutlich anzusehen war.

Sie quetschte sich in einen überfüllten Wagen, klammerte sich an der wunderschönen dunkelgrauen Laptoptasche, die sie extra für die Fahrt hierher von Derrick und von Sal bekommen hatte, und an ihrer Reisetasche fest und sah sich unauffällig um.

Ein Mann in einem Businessanzug las stirnrunzelnd etwas auf seinem Handy, eine Frau mit einem wunderschönen, bunten Turban auf dem Kopf schaukelte einen Säugling in dem Tuch vor ihrem Bauch, und eine andere Frau in einem karminroten Kostüm und knöchelhohen Turnschuhen an den Füßen saß auf einem Sitz und sah gelangweilt auf die riesengroße Handtasche auf ihrem Schoß. Sobald die U-Bahn unter lautem Bremsenquietschen hielt, quetschten sich weitere Fahrgäste mit Einkaufstaschen, Aktentaschen, Kopfhörern und Knöpfen in den Ohren in den Waggon. Es roch nach Kaffee und nach einem übertrieben schweren Parfüm, und um die Nerven zu behalten, konzentrierte Breen sich auf den nächsten Schritt.

Sie stieg an ihrer Haltestelle aus, schwamm mit der Flut der anderen Fahrgäste durch den langen Tunnel und war dankbar, dass die Reisetasche nicht besonders schwer war, als sie sie die Treppe rauf und weiter bis zum Ausgang schleppte ... und dann stürmte plötzlich New York City auf all ihre Sinne ein.

Breen hätte nicht erwartet, dass es ihr gefallen würde, aber sie war fasziniert von der besonderen Energie, die ihr an diesem Ort entgegenschlug. Sie kribbelte auf ihrer Haut, sie zeigte sich im Farbenmeer der unzähligen Autos auf dem Straßen und der Hast der Menschen, die sich eilig einen Weg durch das Gedränge auf den Bürgersteigen bahnten, und sie war dem lauten Hupen all der Fahrer, die sich echauffierten, weil sie wieder mal nicht von der Stelle kamen, und den zahlreichen verschiedenen Sprachen und Akzenten, die sich auf den Straßen mischten deutlich anzuhören. Die Sonne schien, und Breen lief langsam los. Es kümmerte sie nicht, dass sie sich als Touristin zu erkennen gab, indem sie immer wieder ihren Kopf in ihren Nacken legte, um sich die beeindruckenden Wolkenkratzer anzusehen, denn schließlich achtete kein Mensch auf sie. Und das, erkannte sie, machte die Schönheit dieser Stadt mit aus. Sie war den Menschen hier total egal. Sie hatten keine Ahnung, wer sie war, und nahmen sie im Grunde überhaupt nicht wahr. Sie konnte einfach in der Flut der Menschen abtauchen und tun, was ihr gefiel. Sie brauchte nicht mal zu versuchen, sich wie früher zu verstecken, um nicht aufzufallen, weil hier von vornherein niemand Notiz vom anderen nahm.

Spontan trat sie an einen Blumenstand und kaufte einen Strauß Sternguckerlilien, deren süßer Duft sie auf dem kurzen Weg bis zum Hotel begleitete.

Sie hatte etwas Kleines, Ruhiges haben wollen, und als sie das Foyer betrat, erkannte sie, dass die von ihrer Agentin Carlee ausgesuchte Unterkunft in jeder Hinsicht ihrer

Vorstellung entsprach. Mit den bequemen Sofas und dem blank polierten Marmorboden sah bereits die Eingangshalle urgemütlich aus.

Da sie ihr Zimmer erst am Nachmittag beziehen könnte, gab sie einfach ihr Gepäck an der Rezeption ab und lief dann ohne Taschen die paar Straßen weiter bis zu ihrer Agentur.

Sie hatte eine Agentur.

Obwohl sie sich die Fotos auf der Webseite schon angesehen hatte, blieb sie vor dem Doppelhaus mit seinen dunklen Holztüren und der Fassade aus cremeweißem Backstein stehen und machte selbst ein Bild. Dann trat sie mit dem Blumenstrauß im Arm wie angewiesen vor die linke Tür und drückte auf den Klingelknopf.

Ein paar Sekunden später hörte sie ein Summen, die Tür ging auf, und als sie den legeren Schick der Eingangshalle sah, war sie sich nicht mehr sicher, ob das alles nur ein Traum war oder tatsächlich geschah. Doch dann trat Carlee lächelnd und mit ausgestreckten Händen auf sie zu.

»Schön, dass wir uns endlich kennen lernen. Wie war die Reise?«

»Vollkommen problemlos, und auch das Hotel ist wunderbar. Danke noch mal für den Tipp und auch für ... alles andere.« Sie hielt Carlee die Blumen hin.

»Was für ein wundervoller Strauß. Das ist sehr nett von Ihnen. Und jetzt kommen Sie erst einmal mit rauf in mein Büro. Ich freue mich, dass Sie etwas früher kommen konnten und wir uns ein bisschen unterhalten können, bevor wir Adrian zum Mittagessen treffen.«

Sie sprach und sie bewegte sich unglaublich schnell, als sie vor Breen in flachen schwarzen Schuhen und einer schmal geschnittenen schwarzen Hose unter einer frisch gestärkten weißen Bluse Richtung Treppe lief. Das blond gesträhnte Haar trug sie in einem hübschen Pixie-Schnitt und wirkte damit wie ein Teenager, obwohl sie Breen am Telefon verraten hatte, dass sie Mutter zweier Kinder war, die schon auf die Highschool und aufs College gingen.

Auf ihrem Weg durch links und rechts von vollen Buchregalen flankierte Flure streckte sie den Kopf in mehrere Büros und einen Besprechungsraum und stellte Breen Kollegen und Kolleginnen und Assistenten sowie Assistentinnen verschiedener Hautfarben und Altersklassen vor. Bis sie am Schluss ihr eigenes, im dritten Stock gelegenes Büro erreichten, schwirrte Breen vor lauter Namen und Gesichtern regelrecht der Kopf.

»Und dies ist Lee. Meine Aufpasserin und Assistentin und die beste rechte Hand, die man sich wünschen kann.«

»Wie schön, Sie kennen zu lernen. Ich bin ein Riesenfan von Ihrem Blog.«

»Danke.«

Lee war winzig klein und asiatischer Abstammung, die dem Aussehen nach noch nicht lange achtzehn war.

»Lee geht zuerst die Anfragen und eingeschickten Manuskripte durch. Und Ihres hat sie mir hingelegt und mir befohlen, es mir so schnell wie möglich anzusehen.«

»Nochmals vielen Dank.«

»Ich liebe diesen kleinen Hund. Was wollen Sie trinken? Egal, was es auch ist, wir haben es sicher da.«

»Oh. Ich … hätte gerne eine Coke.«

»Geht klar. Für Sie ein Wasser, Carlee?«

»Gerne. Und würden Sie die hübschen Blumen wohl für mich in eine Vase stellen?«

»Na klar. Was für ein schöner Strauß«, meinte auch Lee und lief davon.

»Nehmen Sie Platz«, wandte Carlee sich an Breen, zog eine Schublade in ihrem Schreibtisch auf und hielt ihr einen Umschlag hin, bevor sie sich selbst in einen Sessel fallen ließ. »Die erste Vorschusszahlung wurde gestern angewiesen, und die Buchhaltung hat mir den Scheck geschickt. Es freut mich sehr, dass ich ihn Ihnen jetzt persönlich überreichen kann.«

»Dann haben Sie das Buch also wirklich verkauft«, murmelte Breen.

»Was denn wohl sonst? Die Einzelheiten gehen wir gleich mit Adrian beim Mittagessen durch. Wie gesagt, ich kenne sie seit Jahren. Sie ist klug und engagiert und einfühlsam und meiner Meinung nach genau die Richtige für Sie und dieses Buch. Und morgen haben Sie die Möglichkeit, sich das Verlagshaus anzusehen und die Leute zu treffen, die dort noch mit Ihrem Buch beschäftigt sind.«

Lee kam mit den Getränken und erklärte ihrer Chefin: »Falls Sie wieder mal die Zeit vergessen, kriegen Sie von mir Bescheid, wenn Sie zum Mittagessen müssen.«

»Sie weiß, dass ich nie daran denke, auf die Uhr zu schauen«, bemerkte Carlee, nachdem Lee erneut im Vorzimmer verschwunden war. »Und jetzt stecken Sie erst mal Ihren ersten Scheck von vielen ein und lassen uns über die Zukunft reden, ja?«

28

Nach einem aufregenden Tag ging Breen zu Bett. Und in dem fremden Bett in einer fremden Stadt hatte sie zum ersten Mal seit der erschreckenden Vision in Irland wieder einen Traum.

Sie kehrte darin zu dem grünen Wald mit seinem grünen Fluss und dem breiten, wilden Wasserfall zurück. Sein Rauschen wurde von den hellen Stimmen unzähliger Vögel übertönt, und sie sah einen Hirsch, der aus dem grünen Schatten eines Baumes zu ihr herüberschaute, und ein Streifenhörnchen, das laut plappernd einen anderen moosbewachsenen Stamm hinauflief und dann in der Baumkrone verschwand.

Es war ein Bild verborgener, stiller Schönheit, und es sprach von Frieden und von Sicherheit. Noch während das Szenario sie einzulullen versuchte, merkte sie, dass es ein Trugbild war und dass sie auf der falschen Seite stand.

Dass sie in Odrans Reich gelandet war.

Reißzähne wuchsen aus dem Maul des Hirschs, und seine bisher sanften Augen wurden ölig schwarz. Das Moos am Baumstamm wurde rot von Blut, während das Streifenhörnchen seine Krallen ausfuhr und laut schreiend auf sie zugesprungen kam.

Sie aber wedelte es einfach fort.

»Ich habe keine Angst vor Illusionen.«

»Gibt's irgendetwas, wovor du dich fürchten musst?«

Odrans Umhang wehte in den Nebelschwaden, die vom Boden aufgestiegen waren. »Ich bin dein Großvater. In unseren Adern fließt dasselbe Blut.«

»Du bist ein Monster.« Eilig reckte sie die Arme in die Luft, um ihn daran zu hindern, weiter auf sie zuzugehen, doch wie sie selbst zuvor das Streifenhörnchen, wischte er die Kräfte, die sie aufbot, einfach weg. Dann aber blieb er stehen und lächelte sie beinah freundlich an.

»Du bist der Mörder meines Vaters. Deines eigenen Sohnes.«

»Weil er mir keine andere Wahl gelassen hat. Er hätte alle Welten von mir haben können, aber er hat sich mir widersetzt. Er hat mich attackiert. Ich habe ihn gezeugt, um meine Macht zu stärken, und genauso hat er es mit dir gemacht.«

»Ich bin ein Kind der Liebe.«

Odrans Lachen klang auf unheimliche Art charmant. »Ach ja? Wie süß! Aber am Ende hat er dich verlassen, weil du den Erwartungen, die er an dich hatte, als er dich mit einer Menschenfrau gezeugt hat, nicht gerecht geworden bist.«

Sie durfte die Kontrolle nicht verlieren, rief sie sich in Erinnerung. Sie musste dafür sorgen, dass sie weiter die Kontrolle über das Gespräch behielt. »Du lügst.«

»Und warum sollte ich dich anlügen, mein Kind?« Er griff sich mit der einen Hand ans Herz und streckte seine andere nach ihr aus. »Und warum solltest du den Leuten auf der anderen Seite glauben, obwohl alles, was sie dir erzählen, gelogen ist? Zwar lächeln sie dich an und heißen dich willkommen, aber im Grunde wollen sie dich nur vor ihren Karren spannen.«

»Sie haben mir die Wahrheit offenbart«, gab sie zurück. »Sie haben mir zurückgegeben, was mir niemand jemals hätte nehmen sollen.«

»Ach ja?« Er schüttelte den Kopf, als täte sie ihm leid. »Sie haben dich erweckt und dich mit ihren sanften, hübschen Lügen angelockt. Damit sie dich benutzen können, um mich zu zerstören. Und danach würden sie auch dich zerstören. Du bist von meinem Blut und wirst am Ende auf dem Scheiterhaufen landen, ganz egal, ob du versagst oder erfolgreich bist. Sie können schließlich nicht riskieren, dass du mit deiner ganz besonderen Macht womöglich ihnen selber irgendwann einmal gefährlich wirst.«

»Sie würden mir nie wehtun und wenden sich bestimmt nicht gegen mich.«

»Haben sie das nicht bereits getan? Du hast dich ihrem Taoiseach hingegeben, aber trotzdem hat er sich nicht anders als dein Vater von dir abgewandt, als du nicht seiner Vorstellung entsprochen hast. Sie wollen einfach nur behalten, was sie haben, und wenn du ihnen nicht mehr nützlich bist, bringen sie dich um. Wogegen ich …« Er schob sich etwas näher, und sie spürte seine dunkle, todbringende, aber gleichzeitig verführerische Energie. »… dich zu der Göttin machen werde, die du bist, damit du über die von dir gewählten Welten herrschen kannst. Ich werde dich in Macht wie schwarze Seide hüllen, dafür, dass du deine Kraft mit meiner Kraft vereinst und mir nur ein paar kleine Schlucke deines Blutes überlässt.«

Inzwischen war er nah genug, um seine Hände nach ihr auszustrecken, aber wieder riss sie eilig ihre Arme in die Luft und rief mit lauter Stimme: »Nein.«

Er ließ die freundliche Maske fallen. »Dann werde ich

dich aussaugen, bis nur noch eine leere Hülle von dir übrig ist. Dann wirst du wieder schwach, verloren und alleine so wie all die Jahre sein. Du hast zwei Möglichkeiten. Entweder du gibst mir freiwillig etwas von deinem Blut, oder ich nehme mir, so viel ich will.«

Breen ballte ihre Fäuste, sammelte all ihre Kraft und kämpfte sich aus ihrem Traum heraus. Sie spürte noch, wie seine Finger sich in ihre Wange brannten, und fuhr sich mit einer Hand durch das Gesicht. Dann lief sie zum Spiegel im Badezimmer, um sich zu vergewissern, dass Odran keine Spuren auf ihrer Wange hinterlassen hatte. Kein Blut und keine Striemen, also war der kalte Schmerz, den sie empfand, nur eine Illusion. Sie ging zurück zum Bett, griff nach der Wasserflasche, die dort stand, und hob sie an den Mund.

»Aber ich habe diese Illusion beherrscht. Ich hatte tatsächlich die Zügel in der Hand.«

Sie wünschte sich, sie hätte ihren Spiegel mitgebracht, um ihre Großmutter zu kontaktieren. Denn auch wenn sie das Heft nicht aus der Hand gegeben hatte, gingen ihr Odrans Worte nicht mehr aus dem Kopf.

Zum ersten Mal seit ihrer Zeit im Kindergarten brachte Breen den Sommer nicht in einem Klassenzimmer zu. Sie tapste zweimal morgens nach dem Aufwachen ins Bad, um vor dem Unterricht zu duschen – doch als sie im Spiegel ihre leuchtend roten statt der langweiligen braunen Lehrerinnenhaare sah, vollführte sie in beiden Fällen einen kleinen Freudentanz. Die Freiheit, die sie in dem Augenblick empfand, war so berauschend wie der erste morgendliche Schluck Kaffee, wie der Geschmack erlesenen Weins oder wie wirklich guter Sex.

Oh ja, sie trug jetzt die Verantwortung für ganze Welten und musste schwierige Entscheidungen treffen, doch sie musste nicht mehr täglich eine Arbeit machen, die ihr keine Freude machte und für die sie alles andere als geeignet war. Was auch für all die Schülerinnen und Schüler, die sie nicht mehr unterrichten würde, besser war.

Die neu gewonnene Freiheit gab ihr Zeit zum Schreiben, Zeit für Menschen, die sie liebte, Zeit zum Nachdenken und Planen.

Sie wartete auf Marco, denn sie hoffte, dass sie ihm nach seiner Rückkehr von der Arbeit sagen könnte, was sie ihm zu sagen hätte, bevor er zu seinem Date mit einem jungen, heißen Fitnesscoach aufbrach.

Doch als er heimkam, warf er sich aufs Sofa, streifte seine ausgelatschten Sneaker ab und sah sie fragend an.

»Lust auf Pizza?«

»Ich dachte, du gehst heute mit dem heißen Jungspund aus. Erst zum Essen und danach zu einer Vernissage.«

Marco reckte seinen Daumen in die Luft, bevor er ihn nach unten zeigen ließ.

»Oje. Warum?«

»Ich bin ihm offenbar zu langweilig.«

»Du bist *was*?« Die Hände in den Hüften, baute Breen sich vor Empörung zitternd vor ihm auf. »Du bist das Gegenteil von langweilig. Du bist manchmal sogar so witzig, dass es kaum noch auszuhalten ist.«

»Ich habe nicht nur meine beiden Jobs, sondern zwacke – seine Worte – obendrein noch Zeit für meine blöde Mucke ab, und ein- bis zweimal in der Woche auszugehen und abzufeiern reicht ihm offenkundig nicht.« Mit einem gleichmütigen Achselzucken fügte er hinzu: »Ich hätte mir gleich denken sollen, dass er keinen Bock auf diese Vernissage hat. Er feiert einfach gern, aber nach fünf, sechs Abenden im *Sally's* habe ich ganz sicher keine Lust, an meinen freien Abenden auch noch in irgendwelche Clubs zu gehen.«

»Das zeigt mir, dass er dumm und oberflächlich ist.«

»Da hast du recht«, stimmte ihr Marco grinsend zu. »Aber das wusste ich von Anfang an. Im Grunde hatte ich es nur auf seinen Körper abgesehen. Ich meine, gottverdammt, hast du gesehen, wie er gebaut ist?«

»Wie hätte ich das übersehen sollen? Natürlich ist mir klar, dass du an meinem Körper kein Interesse hast, aber ich gehe gerne mit dir essen und danach zu dieser Vernissage.«

Er sah sie an und tätschelte sein Knie, bis sie sich brav auf seinen Schoß setzte und ihren Kopf auf seine Schulter fallen ließ.

»Du bist die Allerbeste«, murmelte er sanft. »Du bist für mich die Nummer eins. Lass uns zu Hause bleiben, Pizza essen und zusammen irgendeine Serie sehen.«

»Aber ohne Zombies und Vampire.«

»Weichei.«

»Stimmt. Lust auf ein Bier?«

»Weißt du, wir könnten heiraten und einfach Sex mit anderen Leuten haben.«

»Warum nicht? Falls wir in zwanzig Jahren noch immer solo sind, machen wir das.«

Sein kleiner Finger hakte sich bei ihrem kleinen Finger ein. »Dann ist es also abgemacht. Und jetzt hol mir ein Bier, wie sich's für eine gute Ehefrau gehört.«

Sie holte auch für sich ein Bier und nahm an seiner

Seite auf dem durchgesessenen Sofa Platz. »Jetzt haben wir ja Zeit, und es gibt ein paar Sachen, über die ich mit dir reden will.«

»Ach ja? Und werden mir die Sachen, über die du mit mir reden willst, gefallen?«

»Das hoffe ich. Ich habe dir doch alles über meine Abenteuer in New York erzählt.«

»Beim nächsten Mal komme ich mit, und wir sehen uns zusammen eine Show am Broadway an.«

»Auf jeden Fall. Bei vielen Sachen, über die wir in New York gesprochen haben und von denen ich dir bisher nichts erzählt habe, ging's gar nicht um die Schreiberei. Die liebe ich, Marco.«

»Das ist mir klar.«

»Und deshalb will ich mich auch weiter ganz aufs Schreiben konzentrieren, vor allem, weil ich eigentlich noch ganz am Anfang meiner Karriere bin. Doch gerade weil ich erst am Anfang stehe, muss ich selbst den größten Teil der Werbung übernehmen. Vor allem in den sozialen Medien. Das heißt, ich brauche neben meinem Blog – den ich mit Freuden schreibe – eine gute, aktuelle Webseite, auf der die Nutzer sich ganz leicht zurechtfinden. Ich muss in den sozialen Medien präsent sein, doch du weißt, dass ich mich eher von einem Bären fressen lassen würde, als freiwillig irgendwas zu twittern oder so. Aber ich muss auf Facebook und bei Instagram zu finden sein.«

Er prostete ihr zu. »Was habe ich gesagt?«

»Ja, ja. Ich habe keine Lust auf diesen Kram, aber wenn ich darauf verzichte, schränkt das meine Chancen ein, meine Leserinnen zu erreichen und mir eine Karriere aufzubauen.«

»Ich kann dir dabei helfen.«

Genau darum ging es, dachte sie und atmete geräuschvoll ein. »Ich will nicht nur, dass du mir hilfst. Ich will, dass du das für mich machst. Ich will dich engagieren. Als meinen Social Media Manager, als meinen Pressesprecher oder auch als meinen Verbindungsmann zum Internet – egal, wie du dich nennen willst.«

»Ich werde dir die Konten einrichten, aber ich nehme ganz bestimmt kein Geld dafür.«

»Nein, warte noch und hör mir bis zum Ende zu.«

»Ich nehme garantiert kein Geld von dir.«

»Hör zu. Es geht dabei um einen echten Job. Ich kann dir vielleicht erst mal nur das Minimum bezahlen, aber es ist auf jeden Fall ein richtiger Job. Du müsstest dich mit dem Verlag absprechen und vielleicht persönlich nach New York fahren, um dich mit Werbeleuten, die sie haben, zu treffen. Müsstest meine Webseite entwerfen und sie pflegen und mir alles abnehmen, was mit den sozialen Medien zusammenhängt. Natürlich unter deinem eigenen Namen, denn schließlich wollen wir ehrlich sein. Aber du würdest es in meinem Auftrag tun. Das wäre noch nicht alles«, fügte sie hinzu. »Es sind so viele Sachen, dass ich sie mir extra aufgeschrieben habe«, meinte sie, bevor sie einen Zettel aus der Tasche zog. »Die meisten dieser Dinge möchte ich nicht selber machen, weil ich keine Ahnung habe, wie das geht, und ich ewig Zeit in etwas investieren müsste, was mir einfach keine Freude macht. Und wenn du diesen Job nicht übernehmen willst, werde ich jemand anderen suchen, der ihn macht. Jemand Fremden, den ich gar nicht kenne und der umgekehrt auch mich nicht kennt.«

»Ich habe nicht gesagt, dass ich den Job nicht übernehmen werde, Breen. Ich habe nur gesagt, dass ich nicht möchte, dass du mich dafür bezahlst.«

»Ich bin immer noch nicht fertig.« Sie sah ihn böse an, er aber hielt der Musterung unbeeindruckt stand. »Ich habe schon mit einem Steuerberater über diese Angelegenheit gesprochen.«

»Aber hallo. Bist du plötzlich Großverdienerin?«

Sie ignorierte diese Frage und fuhr fort:»Du weißt, dass ich bei Mr. Ellsworth war, dem Vermögensverwalter, der sich um mein Konto kümmert. Er hat mir zwei Firmen empfohlen, und die habe ich mir angesehen. Ich hasse diese dämlichen Termine, Marco, aber schließlich muss ich dafür sorgen, dass das alles seine Ordnung hat.«

»Auf jeden Fall.« Er prostete ihr wieder zu.

»Die Vorschusszahlung war nicht riesig, aber durchaus ordentlich. Ich hätte nie gedacht, dass sich mit einer Arbeit, die ich liebe, so viel Geld verdienen lässt. Also habe ich mich ausführlich beraten lassen, ein Geschäftskonto eröffnet und soll jetzt nach Mr. Ellsworths Meinung und aus Sicht dieses Steuerberaters jemand anstellen, der all die Arbeiten übernimmt, die ich nicht selber machen möchte. Sie haben gesagt, dass das auch steuerlich von Vorteil für mich ist. Sie haben beide angeboten, mir zu helfen, jemanden zu finden, aber ich habe gesagt, dass das nicht nötig ist. Auf alle Fälle wäre es für mich von Vorteil, dich für diese Arbeit zu bezahlen. Im Grunde würde ich von allem, was ich bisher vorgeschlagen habe, selbst am meisten profitieren.«

Nach ihrer langen Rede trank sie einen Schluck von ihrem Bier, und Marcos Schweigen zeigte, dass er wenigstens darüber nachzudenken schien.

»Und du hättest genauso was davon. Den Job im *Sally's* machst du gern und könntest ihn problemlos weitermachen, wenn du willst. Aber die Arbeit im Musikgeschäft hast du von Anfang an gehasst. Warum also kündigst du nicht dort und arbeitest stattdessen zukünftig für mich? Die Arbeit dort machst du doch nur, damit du deine Miete zahlen kannst. Der Unterricht, den du dort gibst, gefällt dir vielleicht noch, aber den Rest machst du doch nur, weil du das Geld zum Leben brauchst. Und zu den Schülern könntest du nach Hause fahren, wenn du sie weiter unterrichten willst. Oder du gibst die Stunden einfach hier. Bring ihnen weiter das Gitarre-, das Klavier- und Geigespielen bei, aber in Zukunft eben entweder bei ihnen oder hier.« Sie packte seine Hand. »Ich will niemanden anheuern, den ich nicht kenne, der mich nicht versteht und dem ich alles erst erklären muss. Und du hast keine Lust, Trompeten oder Notenblätter zu verkaufen und kaum Zeit zum Schreiben deiner eigenen Songs zu haben. Also würden wir uns gegenseitig helfen, und wir würden beide davon profitieren, dass du mir hilfst.«

»Es kommt mir trotzdem irgendwie nicht richtig vor.«

»Weil du mich nur als Freundin siehst. Aber wir wären als Geschäftspartner doch sicher ein genauso gutes Team.«

Er tippte ihr gegen die Stirn. »Das ist ein gutes Argument. Bisher warst du im Diskutieren nicht so gut.«

»Dann habe ich dich also überzeugt?«

Marco sprang auf und stapfte vor dem Sofa auf und ab. »Wie wäre es damit? Ich entwerfe eine Webseite für dich, und wenn sie dir und dem Verlag gefällt, ziehen wir die Sache durch.«

Sie nickte ernst, stand auf, trat auf ihn zu und meinte: »Dazu habe ich nur eins zu sagen.«

»Und das wäre?«

»Ja!« Sie fiel ihm um den Hals und tanzte mit ihm durch den Raum. »Oh Gott! Jetzt hat sich mein Problem mit den sozialen Medien gelöst! Ich kann dir gar nicht sagen, wie erleichtert ich deswegen bin.«

»Lass uns erst gucken, ob es funktioniert.«

»Natürlich wird es das. Stell dir doch nur mal vor, Marco, wir beide können endlich unser Geld mit was verdienen, was uns Freude macht.« Sie kniff die Augen zu. »Wenn das kein Schicksal ist.«

Wobei der nächste Punkt auf ihrer Liste mit den Dingen, die noch abzuhaken wären, auf alle Fälle Schicksal war.

Auch Keegan nahm sein Schicksal in die Hand, als er zusammen mit Mahon in Richtung Hauptstadt ritt. Sie waren seit zwei Wochen entweder zu Pferd oder zu Drachen durch Talamh gereist und hatten kleine Gruppen von Soldaten überall postiert, die einerseits die Sicherheit des Landes garantieren und zum anderen bei der Ernte, bei Reparaturen oder anderen Dingen helfen sollten, wenn es nötig wurde. Trotz des Friedens und des Wohlstands, den er auf den Hügeln, in den Tälern, an den Küsten, in den Dörfern, auf den Höfen wahrgenommen hatte, hatte Keegan überall auch eine leichte Unruhe gespürt.

Es braute sich etwas zusammen, und die Atmosphäre überall im Land war angespannt.

Als er neben Mahon durchs Stadttor ritt, boten die Kaufleute und Handwerker in den belebten Straßen ihre Waren feil. Die Heiler und die Weber, Kräuterkundler, Alchemisten und auch alle anderen offerierten ihre Dienste oder Fähigkeiten unterhalb der Burg, die auf dem Hügel thronte. Aus den Schänken drang Musik, und durch die offenen Türen und Fenstern all der dicht an dicht stehenden, reetgedeckten Häuser drang der würzige Geruch von Fleischpasteten oder Bier.

In dieser Enge hätte er sich selbst nicht wohlgefühlt, doch ihm war klar, dass sie für andere tröstlich war.

Da auf der trockenen, schnurgeraden Straße keine Pferdeäpfel, Hundehaufen oder irgendwelcher anderer Unrat lagen, wusste er, dass die für ihre Wartung zuständige Truppe ihre Arbeit tat.

Ein Strohdachdecker und sein Lehrling hielten kurz in ihrer Arbeit inne, um sich vor ihm zu verbeugen, und verschiedene Leute traten aus den Läden, um ihm ebenfalls die Ehre zu erweisen, während er an ihnen vorüberritt. Um einen der fünf Brunnen, die es in der Hauptstadt gab, stand eine Gruppe Frauen und Kinder, die mit Eimern und mit Krügen Wasser holen wollten, und ein vielleicht zehnjähriger Junge stellte seinen Eimer auf dem Boden ab und lief auf Keegan zu.

»Habt Ihr Euren Drachen mitgebracht, Taoiseach?«

Keegan wusste, dass der kleine Bran ein Neffe von Morena war, und als er Richtung Himmel wies, flatterte Bran begeistert los, um sich den Drachen, der dort flog, genauer anzusehen.

Von der Straße zweigten links und rechts die Gassen mit den Werkstätten der Schreiner und der Schmiede, Häusern, Taubenschlägen, Pferde- oder Hühnerställen, weiteren Brunnen und Schulen ab, doch Keegan und Mahon ritten die grüne Anhöhe hinauf. Dort fanden sich all die Gärten, wo die Menschen ihrer Arbeit nachgingen, mit den Weiden, wo die Schafe und die Kühe grasten, und den Feldern voller goldenem Weizen für das täglich Brot der Leute in der Stadt. Ganz oben auf dem Hügel stand die Burg. Die grauen Mauern waren vom Regen und der Sonne und der Zeit verwittert, doch die Wehrgänge waren intakt, und die beindruckenden Türme ragten in den schmerzlich blauen Sommerhimmel auf. Über der höchsten Zinne flatterte ein Banner, und der rote Drache auf dem weißen Untergrund, der darauf prangte, hielt in einer seiner Klauen ein Schwert und in der anderen einen Stab. Die Burg und auch der Drache, wusste Keegan, wachten nicht nur über allen, die hier in der Hauptstadt lebten, sondern über ganz Talamh.

Genauso sollte es auch sein.

Sie ritten durch das nächste Tor, von dem er hoffte, dass es auch in Zukunft allzeit offen stehen könnte, und dann weiter über die steinerne Brücke oberhalb des Grabens, der die Burg umgab. Der reich mit Blumen geschmückte Brunnen hier war nicht zum Wasserholen, sondern einzig seiner Schönheit wegen da, so wie der Wald im Norden hauptsächlich ein Ort für Rituale, Stelldicheins, Spaziergänge und Kinderspiele war. Sie ritten bis zur hinteren Mauer, die am Rand der Klippen oberhalb des großen Meeres stand. Dort waren die Stallungen und die Falknerei, und als sie näher kamen, merkten sie, dass ihnen schon ein junger Mann entgegensah. Er hatte ehrfürchtig die Mütze abgenommen und stellte fest: »Es hat sich schon herumgesprochen, dass Ihr angekommen seid. Überlasst die Pferde einfach mir.«

»Danke, Devlin.« Ächzend stieg Mahon von seinem

Pferd. »Wir sind seit Tagesanbruch unterwegs, und dementsprechend tut mir jetzt der Hintern weh.«

»Dafür kriegst du jetzt gleich ein Bier«, rief Keegan dem Gefährten in Erinnerung und hielt dann Devlin ebenfalls die Zügel seines Pferds hin. »Wie geht es Ihrer Frau?«, erkundigte er sich. »Es ist doch sicher bald so weit.«

»Sie hat bereits vor einer Woche eine wunderhübsche Tochter auf die Welt gebracht, und beiden geht es gut. Den Göttern sei gedankt.«

»Dann seien Ihre Tochter, deren Mutter und Sie selbst gesegnet, Devlin. Und wie heißt die Kleine?«

»Cara, Taoiseach, weil sie uns schon jetzt das Liebste und das Teuerste im Leben ist.«

»Ein schöner Name. Warten Sie.« Keegan schob die Hand in seine Satteltasche und zog den Beryll hervor, den er am Tag zuvor bei einem Besuch der Trollminen bekommen hatte. »Sie haben neues Leben nach Talamh gebracht, und das hier ist ein kleiner Dank dafür.«

»Ich danke Euch. Sie wird sich, wenn sie groß ist, sehr darüber freuen.«

Lächelnd hängte Keegan sich die Tasche über eine Schulter. »Wer hätte, als wir jung waren und zusammen durch den Wald und quer über die Felder liefen, wohl gedacht, dass Sie mal eine Tochter und Mahon zwei Söhne haben würde und dass seine Frau schon bald ein drittes Kind bekommen wird?«

»Und wer hätte, als wir alle damals in den See gesprungen sind, gedacht, dass du der nächste Taoiseach wirst?«, mischte Mahon sich mit der Leichtigkeit des Freundes ein.

»Ich habe lieber Frau und Kind«, gab Devlin grinsend zu.

»Ich auch.« Mahon nahm seine eigene Tasche und schlug Keegan auf die Schulter. »Und jetzt freue ich mich auf das Bier und auf ein ausgedehntes Bad. Ich schätze, dass es dir genauso geht. Und während meine Frau weit weg im Westen ist, wirst du in Shanas Armen liegen.«

»Eher nicht. Ich habe zu viel zu tun.«

Mahon bedachte seinen Freund mit einem argwöhnischen Seitenblick. »Weil du noch immer an die rothaarige Hexe denkst?«

»Weil mir die Zeit für solche Ablenkungen fehlt.«

»Ach, hör doch auf.«

Keegan blieb stehen, und da sonst niemand in der Nähe war, gestand er widerstrebend ein: »Ich kann nicht mehr so tun, als wäre mir nicht klar, dass Shana mehr von mir erwartet, als ich ihr zu geben in der Lage bin. Ihr Vater ist ein anständiger Mann und Ratsmitglied. Vielleicht hofft er ja ebenfalls, dass etwas Festes aus uns wird. Nur fürchte ich, dass sie sich für die Dinge, die sie sich anscheinend wünscht, jemand anderen suchen muss.«

»Sie hat doch auch noch andere Liebhaber. Deswegen dachte ich, dass ihr nur Bettgenossen wärt, sonst nichts.«

»Deshalb war es auch einfach, so zu tun, als ob das alles wäre, aber es ist nicht gelogen, wenn ich sage, dass mir jetzt einfach die Zeit für derartige Ablenkungen fehlt. Und wie du selbst gesagt hast, geht sie schließlich auch mit anderen ins Bett. Das heißt, sie wird auch in den nächsten Nächten ganz bestimmt nicht einsam ein.«

Er wählte eine Seitentür und wusste, welchen Weg er nehmen musste, um dem Hauptsaal und den anderen öffentlichen Orten zu entgehen.

Doch kaum dass er den ersten Schritt ins Kühle tat, trat

seine Mutter Tarryn auf ihn zu. Sie trug ein sommerliches Kleid in einem warmen Blau und ihr honigfarbenes Haar geflochten, was die hübschen Stecker, die sie in den Ohren trug, hervorragend zur Geltung kommen ließ. Als weiteres Geschmeide zierte sie ein einfacher Kristall an einer Kette, den Keegans Vater ihr geschenkt hatte, nachdem sein Erstgeborener auf die Welt gekommen war.

»Willkommen, Reisende«, nahm sie die beiden jungen Männer in Empfang und streckte ihre Arme aus.

»Ich werde dich nicht küssen, denn wir waren ewig unterwegs und bringen jede Menge Dreck mit rein.«

»Unsinn.« Sie umarmte erst Mahon und dann ihren Sohn. »Wie geht es meiner Tochter und den Enkelkindern?«

»Mehr als gut«, erklärte ihr der Schwiegersohn. »Sie fragen sich, wann du sie endlich wieder mal besuchen kommst.«

»Ich hoffe bald, denn sie fehlen mir auch. Und was macht dein Bruder?«, fragte Tarryn und sah ihren Sohn mit hochgezogenen Brauen an.

»Dem geht's auch gut.«

»Na, da bin ich aber froh. Mahon, in deinem Zimmer steht schon ein Krug Bier, und die Wanne wird gefüllt.«

»Ich habe eindeutig die wunderbarste Schwiegermutter, die man sich nur wünschen kann.« Er küsste ihr die Hand. »Und mit deiner Erlaubnis zieh ich mich jetzt zurück, damit ich dieses Bier, aber vor allem das Bad genießen kann. Dein Sohn hat mich gezwungen, so lange durchzureiten, dass die Haut an meinem Hintern in Fetzen hängt.«

»So war er immer schon. Wir sehen uns dann später beim Bankett und Tanz. Ich hoffe, dass du mir dann mehr von deinen beiden Jungs erzählst.«

»Auf jeden Fall.«

Er nahm die Wendeltreppe, die auch Keegan hätte nehmen wollen, und Tarryn hakte sich bei ihrem Erstgeborenen ein. »Ich komme noch mit rauf. Ich würde gern persönlich mit dir sprechen, denn ich wollte das, was ich zu sagen habe, niemand anderem anvertrauen.«

»Gibt es Probleme?«

»Bisher nicht. Zwar gibt es Anzeichen, dass es Probleme geben wird, aber bisher ist alles ruhig.«

Sie führte Keegan in die sogenannte kleine Halle, und ihm wurde klar, dass alle Anweisung von ihr bekommen hatten, ihm erst einmal aus dem Weg zu gehen. Das hieß, dass ihn die Leute grüßten, davon abgesehen aber in Ruhe ließen, während sie die Treppe nahmen, immer höher, bis sie irgendwann die Turmzimmer erreichten, die dem Taoiseach vorbehalten waren.

»Ich wünschte mir, du würdest diese Zimmer nehmen.«

»Nicht ich bin Taoiseach, sondern du.«

Sie öffnete die Tür, trat einen Schritt zurück und ließ den Sohn an sich vorbei.

Im Wohnraum flackerte ein heimeliges Feuer im Kamin, und auf dem Tisch standen ein Bierkrug, eine Glaskaraffe voll mit süßem Wein und ein Tablett mit Obst und Käse, kaltem Braten sowie frisch gebackenem Brot.

Da Keegan wusste, was die Mutter mochte, schenkte er ihr ein Glas Rotwein ein. »Möchtest du auch was essen?«

Tarryn schüttelte den Kopf und setzte sich, während er selbst den ersten großen Schluck aus seinem Bierkrug nahm.

Wie rastlos er doch wieder einmal war, sagte sie sich, als er durchs Zimmer lief. Sie hatte dieses Zimmer morgens selbst geputzt, das Bett bezogen und dazu noch frische Blumen, Kräuter und die von ihr selbst gemachten Kerzen auf dem Sims verteilt. Denn Taoiseach oder nicht, war er ihr Sohn, und sie versuchte immer, ihm ein Mindestmaß an innerer Ruhe zu verschaffen, wenn er in der Hauptstadt war.

Bisher erfolglos, aber trotzdem gäbe sie nicht einfach auf.

»Morgen früh ist eine große Ratsversammlung, an der du teilnehmen musst.«

»Ich weiß. Deswegen bin ich unter anderem hier.«

»Wirst du auch Recht sprechen? Die Leute wissen, dass du hier bist, Keegan, also werden sie erwarten, dass du auch ihre Probleme löst.«

»Das werde ich.«

»Und wirst du heute Abend tanzen?«

Keegan lächelte sie zärtlich an. »Mit dir auf jeden Fall.«

»Aber mit keiner anderen sonst?«

»Ich bin nicht in der Hauptstadt, um zu tanzen. Schließlich hast du selbst gesagt, es gäbe Anzeichen dafür, dass es Probleme geben wird, und die gibt es im ganzen Land.« Jetzt nahm er Platz und beugte sich, den Krug zwischen den Knien, zu ihr vor. »Ich sehe, dass Talamh gedeiht, aber ich spüre trotzdem, dass sich über unserer Welt ein Sturm zusammenbraut, der alles hier in Schutt und Asche legen wird.«

»Das wirst du verhindern. Und wir anderen unterstützen dich dabei. Ich habe nicht nur deshalb Zutrauen zu dir, weil ich dich liebe und weil du der Taoiseach bist. Ich habe Zutrauen zu dir, weil ich den Menschen kenne, zu dem du von mir erzogen worden bist. Und was ist mit Eians Tochter?«

Achselzuckend lehnte Keegan sich auf seinem Stuhl zurück.

Oje, dachte die Mutter, denn sie kannte diesen grüblerischen Blick. »Sie ist in ihre Welt zurückgekehrt, nicht wahr?«

»Sie hat sich entschieden, und wir respektieren die Entscheidungen, die jemand fällt.«

»Das stimmt, weil niemand jemand anderem seinen Willen aufzwingen darf. Doch meine anderen Kinder und auch Marg haben mir erzählt, dass sie geschworen hat zurückzukommen.«

Er sah auf den Kamin, aber seit Breen Talamh verlassen hatte, widerstand er der Versuchung, durch das Feuer in die Zukunft oder die Vergangenheit zu schauen. »Mitunter kommt es vor, dass so ein Schwur gebrochen wird.«

»Dann glaubst du also nicht an sie? Dann hast du also kein Vertrauen zu ihr?« Die Mutter sah ihn an und nippte nachdenklich an ihrem Wein. »Es heißt, du hättest häufiger das Bett mit ihr geteilt.«

»Das ist was anderes.«

»Ach ja?« Sie lächelte in ihren Wein, doch sofort wurde ihre Miene wieder ernst. »Die Monde haben letzte Nacht geblutet.«

Keegan nickte knapp. »Das habe ich gesehen.«

»Sie wird hier in Talamh gebraucht.«

»Was man ihr deutlich zu verstehen gegeben hat. Was also soll ich tun?«

»Wenn du nicht schmollen würdest, wüsstest du das selbst. Ich kann erkennen, wenn jemand schmollt, mein Sohn«, kam sie seinem Protest zuvor und wandte sich dann wieder ihrem eigentlichen Thema zu. »Dann wüsstest du, dass du als Taoiseach zu ihr auf die andere Seite gehen und sie an ihren Schwur erinnern musst. Du kannst sie zwar nicht zwingen, aber diplomatisch davon überzeugen, dass sie wiederkommen muss.«

»Wie oft hast du mir schon gesagt, dass die Diplomatie nicht gerade eine meiner Stärken ist?«

»Unzählige Male«, gab die Mutter zu. »Das heißt, dass du es diesmal besser machen musst. Wie wäre es mit einer Spur von Demut? Oh. Was habe ich mir nur dabei gedacht, dir so was vorzuschlagen?«, meinte sie und schlug sich selbstironisch an die Stirn. »Anscheinend werde ich allmählich alt und etwas tüdelig.«

»Haha!« Er trank den nächsten möglichst großen Schluck von seinem Bier. »Ich habe Pflichten, denen ich hier nachgehen muss.«

»Das stimmt. Und wenn du ihnen nachgekommen bist, wirst du zu Eians Tochter auf die andere Seite gehen und deine Pflicht auch dort erfüllen, denn deine Pflicht hast du bisher noch jedes Mal getan.«

Mit diesen Worten stellte sie ihr leeres Weinglas ab, stand auf, beugte sich über ihn und gab ihm einen Wangenkuss. »Und das wirst du auch diesmal tun. Doch vorher überlasse ich dich erst mal deinem Bad.«

29

Shana hatte viele Gründe dafür, dass sie Kiaras Freundin war. Auch wenn sie deren fröhliches Geplapper manchmal recht ermüdend fand, war sie begierig auf die Klatschgeschichten aus der Hauptstadt, die sie während ihrer Unterhaltungen zum Besten gab. Vor allem hatte sie ein mitfühlendes Ohr, ein süßes Wesen – und war die mit Abstand talentierteste Frisörin, die ihr je begegnet war.

Auch heute Abend plapperte Kiara fröhlich vor sich hin, während sie geduldig Shanas langes Silberhaar zu unzähligen Zöpfen flocht.

Sie hatten sich schon in der Schule miteinander angefreundet, denn sie hatten beide keinen großen Sinn in dem dort stattfindenden Unterricht gesehen. Und während Shana heute ihre Zeit den Blumen- und den Kräutergärten widmete, und in der Hoffnung, eines Tages wie ihr Vater Ratsmitglied zu werden, die Geschäfte dieses Gremiums im Auge hatte, trug die sanfte Kiara als – bewunderte, umworbene – Frisörin und mit ihrer Liebe und der endlosen Geduld, die sie im Umgang mit den Kindern an den Tag legte, zum Wohl des Landes bei. Und weihte Shana durch die Klatschgeschichten, die sie ihr erzählte, oft in Dinge ein, die sie von ihrem Vater nicht erfuhr.

Auch von ihrer Mutter erfuhr Shana hin und wieder ein paar Dinge, denn als Tarryns beste Freundin und Vertraute stand sie auch dem Taoiseach nah.

Kiaras Eltern waren sich begegnet, als ihr Dad als junger Bursche in der Welt von Largus unterwegs gewesen war. Sie fand es unglaublich romantisch, dass die schöne Minga, die nicht einmal ansatzweise zaubern konnte, aus der Wüstenprovinz seinem Elfencharme verfallen war und all den goldenen Sand zurückgelassen hatte, um zu Og ins immergrüne Land der Fey zu ziehen. Og hatte allen seinen Kindern seine Fähigkeiten und sein Elfenblut vererbt, und auch wenn Kiara nicht die einmalige Schönheit ihrer Mutter hatte, wies sie doch zumindest deren goldfarbene Haut, das rabenschwarze Haar sowie die gleichen schräg stehenden, braunen Augen auf. Die beiden jungen Frauen konnten gegensätzlicher nicht sein und liebten es, dass der dramatische Kontrast an ihrem Äußeren ihren Auftritten noch zusätzlichen Glanz verlieh.

Sie hatten sich bereits als Schulmädchen geschworen, dass sie niemals um die Gunst desselben Mannes buhlen würden, und das hatten sie bisher auch nie getan. Weshalb die Freundschaft zwischen ihnen noch genauso eng wie in den ersten Jahren war.

»Ich werde heute Abend keinen Tanz auslassen.« Kiara band an das Ende eines jeden Zopfs ein kleines Glöckchen fest. »Aiden O'Brian ist mit dem Taoiseach heimgekehrt und könnte meiner Meinung nach jetzt endlich aufhören, so zu tun, als nähme er mich gar nicht wahr.«

»Was ihm aus meiner Sicht nicht wirklich gut gelingt.«

»Ich habe mir extra für den Ball ein neues Kleid zugelegt. Ich habe Daryns Schwestern und ihm selbst das Haar geschnitten und dazu noch Maevie ihre beiden Kinder abgenommen, während sie am Webstuhl saß. Dafür hat Daryn mir das Kleid gemacht. Warte, bis du es siehst!«

»Ich trage heute Abend Blau, Eisblau. Ich hoffe also, dass du eine andere Farbe tragen wirst.«

»Mein Kleid hat einen warmen Bronzeton. Daryn meinte, dass das meine Haut zum Glühen bringen wird. Blau steht dir ausgezeichnet, auch wenn dir natürlich alle Farben stehen. Der arme Loren Mac Niadh wird kochen, weil der Taoiseach wieder da ist und dich sicher mit Beschlag belegen wird.«

»Vielleicht.« Sie war sich nicht ganz sicher, ob die Zöpfe und die Glöckchen nicht ein bisschen übertrieben waren, im Grunde aber gingen ihr ganz andere Dinge durch den Kopf. »Er ist bereits vor Stunden angekommen, ohne dass er mir bisher nur einen Augenblick von seiner Zeit gewidmet hat.«

»Tja nun, er ist doch gerade erst zurück, und ich kann mir denken, dass er erst mal zahlreiche Gespräche führen muss. Und dazu habe ich gehört, dass seine Mutter eine Zeitlang bei ihm war.«

»Aber er findet doch bestimmt die Zeit, um in mein Bett zu kommen, oder?«

»Ganz bestimmt, denn schließlich hat er seit zwei Jahren keine andere mehr in der Hauptstadt angerührt. Wenn er das täte, würde ich es mitbekommen und dir erzählen«, machte ihr Kiara Mut, und Shana drückte ihr die Hand.

»Ich weiß, dass du das würdest, selbst wenn du danach in Deckung gehen müsstest, damit du nicht eine Vase oder sonst was an den Kopf geworfen kriegst.«

Lachend flocht Kiara einen weiteren Zopf. »Ich dachte schon, dass du irgendetwas nach mir werfen würdest, als ich dir erzählt habe, dass er angeblich was mit Mairghreads Enkeltochter hat.«

»Die Leute brauchen eben immer was zum Reden.«
Trotzdem stellte Shana das Parfümflakon, mit dem sie geis-
tesabwesend gespielt hatte, mit einem lauten Knall auf dem
Frisiertisch ab. »Vor allem hast du mir auch erzählt, dass er
sie so trainiert, als ob sie einer seiner Krieger wäre, und sie
dabei ständig von ihm eins auf die Mütze kriegt.«

»Ywain – du weißt schon, Birgits Bruder, der im Westen
lebt – hat Birgit erzählt, dass er es selbst gesehen hat. Aber
daneben ist im Westen offenbar auch allgemein bekannt,
dass er nicht nur den Kampfplatz, sondern eben auch das
Bett mit dieser Tussi teilt.« Jetzt machte sie sich an den
letzten Zopf. »Aber hast du nicht selbst gesagt, dass vollkommen egal ist, was er außerhalb der Hauptstadt treibt?
Solange er zu dir kommt, wenn er hier im Osten ist?«
Kiara jedoch kannte ihre Freundin und spürte, dass ihr
die Geschichte zwischen Keegan und Margs Enkeltochter
keine Ruhe ließ. »Aber ich habe dir doch schon erzählt,
dass sie in ihre eigene Welt zurückgegangen ist. Wahrscheinlich war er nur mit ihr im Bett, um sie davon zu
überzeugen, dass sie hier gebraucht wird und nicht einfach
abhauen kann. Das sagen alle.« Jetzt nahm sie alle Zöpfe
in die Hand und drehte sie zu einem dicken Knoten auf.

»Du hast gesagt, sie hätte rotes Haar.«

»Das stimmt, doch davon abgesehen ist sie alles andere
als hübsch. Und wenn der Taoiseach an sie denkt, geht es
ihm dabei einzig um Talamh. Denn als Privatmann braucht
er dich nur anzusehen, damit er sofort jede andere vergisst.«

Wie hatte sie sich nur all diese Zöpfe mit den lächerlichen Glöckchen machen lassen können?, ging es Shana
durch den Kopf. Sie bildeten auf ihrem Kopf so was wie

eine Krone und ergossen sich mit einem leisen Klirren auf ihren Rücken, das ihr jetzt schon auf die Nerven ging. »Es wird allmählich Zeit, dass er sich offiziell zu mir bekennt.«

Kiara neigte ihren Kopf und schmiegte ihre goldene Wange an die cremefarbene Wange ihrer Freundin. »Vielleicht hat er das ja auch heute Abend vor.«

Die bewundernden und neiderfüllten Blicke, die ihr folgten, zeigten Shana, dass sie in dem blauen Kleid und mit den Zöpfen und den Glöckchen wieder einmal wunderschön aussah. Ihr war bewusst, dass Schönheit und auch Sex Geschenke, aber gleichzeitig auch Waffen und für eine Lebenspartnerin des Taoiseach unerlässlich waren.

Dazu verstand sie sich auf Politik, war äußerst raffiniert und deswegen der festen Überzeugung, dass es keine bessere Partnerin für Keegan als den Taoiseach ihres Landes gab. Es wurde langsam Zeit, dass endlich jemand anders als Keegans Mutter diese Position, die Ehre und das Recht übernahm, an seiner Seite zu regieren. Trotzdem gab sie Tarryn und auch Kiaras Mutter den gewohnten Wangenkuss, als sie die beiden an der Tür des Ballsaals traf.

»Du siehst fantastisch aus«, erklärte Minga.

»Was ich wieder einmal deiner Tochter zu verdanken habe.« Shana schüttelte den Kopf, damit die Glöckchen klingelten, und wandte sich dann wieder Tarryn zu. Sie war absichtlich mit Verspätung auf dem Ball erschienen, aber wie es aussah, hatte diese Taktik nichts genützt. »Es tut mir leid. Ich bin zu spät. Aber wie's aussieht, ist der arme Keegan tatsächlich noch später dran.«

»Er hat gesagt, dass wir nicht auf ihn warten sollen.« Tarryn zeigte auf die Leute, die sich bereits an dem feinen

Essen gütlich taten, und sah in dem roten Kleid und mit dem ebenfalls zu einer Krone aufgesteckten honigblonden Haar nicht minder elegant als Shana aus. »Er hatte noch zu tun, wird aber nachkommen, sobald er kann.«

In diesem Augenblick trat Loren auf sie zu. Er trug Silber unter einer Weste, die von Daryn extra aus demselben blauen Stoff wie Shanas Kleid gefertigt worden war. Der Zauberer und Krieger küsste Shanas Hand. Er wusste, dass sie beide in dem Aufzug wie das Traumpaar wirkten, das sie seiner Meinung nach auch waren.

»Du überstrahlst mal wieder alle anderen Frauen hier im Saal. Komm mit mir, wir haben noch einen freien Platz für dich an unserem Tisch.«

»Setz dich zu deinen jungen Freunden«, bat auch Tarryn und sah ihnen hinterher, als sie sich zum Gehen wandten.

Die Elfe in dem kalten Blau und der Zauberer in Silber waren wirklich das perfekte Paar.

»Ein schönes Paar«, bemerkte sie. »In jeder Hinsicht, findest du nicht auch? Ich schätze, dass sie ihn erhören wird, wenn sie erkennt, dass Keegan sie niemals erwählen wird. Und sie vor allem niemals wirklich glücklich machen würde, selbst wenn er sie nähme.«

»Aber trotzdem hat sie es sich nun mal in den Kopf gesetzt, dass sie nur Keegan will.«

»Was sich noch ändern kann. Es braut sich was zusammen, Minga, und Talamh braucht keine Glöckchen, sondern Schwerter und den Mut, mit diesen Schwertern in den Kampf zu ziehen.«

»Aber jetzt sind wir erst mal auf einem Ball, Tarryn. Da passen Glöckchen sicher eher.«

»Natürlich hast du recht, und ich beurteile sie vielleicht

eine Spur zu streng. Ich weiß, dass du sie magst, und auch ich selbst habe sie durchaus gern. Und jetzt setzen wir uns zu deinen Leuten und genießen, was wir haben, ja?«

Tatsächlich fraß Loren der schönen Shana aus der Hand, und als sie jetzt mit ihm und Kiara und den anderen an einem der langen Tische saß und mit ihm flirtete, war nicht zu übersehen, dass er ihr hoffnungslos verfallen war.

Obgleich er keinen Kriegerzopf in seinen dunkelbraunen Haaren trug, war er ein guter Kämpfer, der mit seinen eigenen Kräften, mit dem Schwert und Pfeil und Bogen umzugehen verstand. Er hatte grüne Augen wie der Taoiseach, und auch wenn er etwas schmaler war als Keegan, war er durchaus gut gebaut. Das wusste sie, denn schließlich hatte sie nicht nur mit Keegan, sondern auch mit ihm bereits des Öfteren das Bett geteilt. Trotzdem stockte ihr der Atem, als der Taoiseach ganz in Schwarz den Saal betrat. Sie merkte nicht, dass Lorens Miene finster wurde, doch im Grunde hätte sie das auch nicht im Geringsten interessiert.

Sie wollte Keegan eifersüchtig machen, also trank sie einen Schluck von ihrem Wein und wandte sich mit einem leisen Lachen wieder dessen Nebenbuhler zu.

Statt aber zu ihr an den Tisch zu kommen, schlenderte der Taoiseach durch den Saal, blieb immer wieder einmal stehen, um kurz mit jemandem zu sprechen, seine Hand auf einer Schulter abzulegen oder irgendwelche Frauen mit Wangenküssen zu begrüßen, bevor er an den Tisch seiner Mutter ging. Er begrüßte Og und Minga, die drei Kinder der Familie und die anderen am Tisch mit der ihm eigenen Herzlichkeit und nahm bei ihnen Platz.

Die verstohlenen Blicke, die die anderen in ihre Richtung warfen, und ihr Tuscheln blieben Shana nicht verborgen. Denn der Taoiseach hatte sie bisher nach Kräften ignoriert. Das würde sie sich nicht gefallen lassen, also nahm sie Lorens Hand und reihte sich mit ihm als Partner in den Reihen der anderen Tänzer ein. Bei jedem Schritt und jeder Drehung war ihr klar, dass sie der Mittelpunkt des Ballsaals war. Sie tanzte auch mit ihrem Vater und mit einem Wer, der für sie schwärmte, sowie einem halben Dutzend anderer Männer, bevor Keegan vor sie trat.

»Du siehst mal wieder rundum bezaubernd aus.«

»Ach ja?« Sie warf den Kopf zurück und sah ihn unter sorgfältig mit Feenstaub geschminkten Lidern hervor an. »Du warst derart beschäftigt, dass dir das bisher doch sicher gar nicht aufgefallen ist.«

»Ich musste noch ein paar Gespräche führen, aber wie hätte ich wohl übersehen sollen, wie schön du heute Abend wieder einmal bist?«

»Dann hast du jetzt ja hoffentlich ein bisschen Zeit, um mit mir an die frische Luft zu gehen. Ich finde es hier drin entsetzlich warm.«

»Natürlich.«

Er begleitete sie in den kühlen Garten, wo das Licht des Mondes silbrig auf die Blumen fiel.

»Du hast mir so gefehlt.« Sie wandte sich ihm zu, schmiegte sich an ihn an, umfasste sein Gesicht mit beiden Händen und glitt sanft mit ihren Lippen über seinen Mund. »Warum nimmst du mich nicht mit rauf in dein Gemach?«

Keegan hatte sie noch nie in das Gemach des Taoiseach eingeladen, und behutsam machte er sich von ihr los. Er wusste, dass es ihr um mehr ging, als mit ihm das Bett zu teilen, deshalb erklärte er: »Ich habe hier Verpflichtungen, Shana.«

»Du hast getanzt und dich mit beinahe allen im Ballsaal unterhalten, aber erst nach über einer Stunde hast du meine Hand genommen und mich dadurch vor allen lächerlich gemacht.«

»Das ist totaler Unsinn.«

»Ist es nicht«, fuhr sie ihn an. »Natürlich lachen alle über mich, wenn du mich einfach ignorierst. Ich habe fast den ganzen Sommer lang auf dich gewartet, und ich habe langsam endgültig die Nase voll.«

In der Hoffnung, sie auf diese Weise zu beruhigen, nahm er ihre Hand. »Ich hätte nicht gedacht, dass dich das dämliche Geschwätz der anderen interessieren würde, und es tut mir leid, wenn es das tut. Genauso tut es mir leid, wenn du jetzt meinetwegen traurig bist.«

»Dann mach es wieder gut.«

Ihr Zorn verflog so schnell, dass Keegan wusste, dass der sanfte Ton, in dem sie plötzlich weitersprach, und ihre Hand, die seine Wange streichelte, Berechnung waren.

»Im Ballsaal fließt der Wein in Strömen, und die Musikanten spielen auf. Du wirst dort sicher nicht vermisst, wenn wir uns nehmen, was wir wollen und brauchen, und selbst wenn … Du bist der Taoiseach und kannst tun und lassen, was du willst.«

»Ich bin der Taoiseach«, stimmte er ihr zu, und ihm war klar, dass sie darin vor allem seinen Status statt der Pflichten sah, die ein Stammesführer hatte. »Ich bin der Taoiseach«, wiederholte er. »Und deshalb habe ich den Gästen und den Leuten, die den Wein servieren und musizieren, gegenüber die Verpflichtung, während dieser Feier für sie da zu sein.«

»Bin ich nicht ebenso viel wert wie all die anderen Leute hier? Auch ich hätte dich gerne einen Augenblick für mich. Auch ich hätte es gerne, dass du mit mir sprichst. Du hast die Pflicht, auch die Erwartungen, die ich an dich habe, zu erfüllen.«

Jetzt nahm er ihre beiden Hände und schob sie auf Armeslänge von sich fort. »Ich bin verpflichtet, dir den Schutz sowie das Recht zu bieten, die mit meinem Schwert und meinem Stab verbunden sind. Dein guter Freund bin ich, weil ich es will, und nicht, weil mich irgendetwas oder irgendjemand dazu zwingt.«

»Mein guter Freund? Steigst du etwa zu allen deinen *guten Freundinnen* ins Bett, so oft du willst?«

»Bisher war ich in deinem Bett durchaus willkommen, und du hast selbst gesagt und dazu noch durch dein Verhalten untermauert, dass das völlig unverbindlich ist. Jetzt sehe ich, dass das ein Irrtum war und mein Verhalten dich verletzt. Das tut mir wirklich leid.«

»Ich will nicht, dass dir irgendetwas leidtut.« Wieder schlang sie ihm die Arme um den Hals. »Lass uns ins Bett gehen, meinetwegen auch in meins. Tu deine Pflicht hier, wenn du musst, und komm danach zu mir.«

Jetzt zog er ihre Arme auseinander und trat einen Schritt zurück. »Es tut mir wirklich leid. Ich mochte dich und mag dich immer noch. Nicht mehr, nicht weniger.«

Als sie ihm ins Gesicht schlug, blieb er reglos stehen. Das hatte er verdient, weil ihm nicht klar gewesen war, dass sie weit mehr für ihn empfand als er für sie.

»Du wirfst mich also einfach weg, als würde ich dir weniger als nichts bedeuten. Und wofür? Für eine Halbblut-Hexe, die dich einfach hat sitzen lassen? Die so wie vorher schon ihr Vater ganz Talamh im Stich gelassen hat? Willst du etwa auch ihr so blind ergeben sein wie früher ihm?«

»Er hat uns nie im Stich gelassen. Weder mich noch meine Leute noch Talamh.« Obwohl er leise sprach, war nicht zu überhören, wie wütend er jetzt auf sie war. »Eian O'Ceallaigh hat sein Leben für uns alle hingegeben. Für Talamh, für dich, für mich, für meine Mutter und Geschwister und sein eigenes Kind, das hier nicht länger sicher war. Wag also nicht noch einmal, seinen Namen und das Opfer, das er für sein Land gebracht hat, zu verunglimpfen.«

»Aber er ist nicht mehr da! Und sie ist nicht mehr da! Doch ich bin hier und bereit, dir beizustehen, das Bett mit dir zu teilen, dich zu trösten und dir Söhne zu gebären. Ich liebe dich.«

»Es tut mir leid, aber ich kann nicht annehmen, was du mir bietest, und dir auch nicht geben, was du dir anscheinend von mir wünschst.«

»Du wirst es noch bereuen, dass du mich so erniedrigst«, fauchte sie ihn an. »Glaub mir, Taoiseach, du wirst noch bereuen, dass du mich zurückgewiesen hast. Denn andere werden das bestimmt nicht tun.«

»Ich weiß.«

»Dann denk an mich und den, den ich erwählen werde, und bereue, dass du mich jetzt nicht mehr haben kannst.«

Shana rannte los, blieb dann aber noch einmal stehen, unterdrückte ihren Tränen und jedes Zeichen ihres Zorns, bevor sie erhobenen Hauptes wieder in den Saal glitt. Als sie Loren erblickte, trat sie auf ihn zu und flüsterte ihm ins Ohr: »Der Taoiseach hatte diese Nacht mit mir verbringen wollen, aber ich habe ihm gesagt, dass ich mein Bett mit jemand anderem teilen will.«

Sie knabberte an seinem Ohrläppchen, nahm seine Hand, und obwohl er ihr nicht glaubte, folgte er ihr willig aus dem Saal.

Auch Keegan kehrte in den Saal zurück, erfüllte seine Pflicht, und während sich die anderen weiter amüsierten, zog er sich in sein Gemach zurück.

Mahon war bereits dort, servierte ihm ein Bier und hörte sich in Ruhe den Bericht von seinem Streit mit Shana an.

»Die wirkst nicht einmal ansatzweise überrascht.«

»Das wäre ich vielleicht«, meinte Mahon, »wenn Aisling nicht von Anfang an gewusst hätte, worauf es Shana abgesehen hat. Sie sind sich letztes Frühjahr mal begegnet, als Shana mit ihren Eltern in den Westen kam, und sie hat gleich gespürt, dass sie es auf dich abgesehen hat.«

»Und warum hat sie mir das nicht gesagt?«

»Hättest du denn auf sie gehört?«

Der Taoiseach blickte grüblerisch ins Feuer, aber schließlich gab er achselzuckend zu: »Wahrscheinlich nicht. Ich schwöre dir, dass Shana wirklich überzeugend war. Das heißt, das ist nicht wahr«, verbesserte er sich. »Ich konnte spüren, worauf sie's abgesehen hatte, und ich hätte deshalb schon vor langer Zeit auf Abstand zu ihr gehen sollen. So habe ich sie völlig unnötig verletzt.«

»Vielleicht hilft es dir ja, dass Aisling außerdem gesagt hat, dass sie denkt, dass Shana zwar durchaus Gefühle für dich hätte, doch vor allem die Frau des Taoiseach würde werden wollen.«

»Auch das habe ich selbst gespürt. Aber als die Tochter eines ehrenwerten Ratsmitglieds, die in der Hauptstadt aufgewachsen ist, müsste sie doch verstehen, dass ich als Taoiseach einem ganzen Volk verpflichtet bin. Tja nun, an Kandidaten, um die von mir hinterlassene Lücke auszufüllen, wird es ihr bestimmt nicht mangeln.«

»Von denen aber leider keiner auch nur annähernd denselben Status hat wie du.«

Keegan bedachte seinen Freund mit einem durchdringenden Blick. »Du mochtest sie noch nie, nicht wahr?«

»Das ist nicht wahr. Oder zumindest nur zum Teil, Natürlich ist sie ausnehmend charmant, und nach allem, was ich höre, ist sie ihren Eltern eine gute Tochter und trägt ihren Teil zum Wohl der Allgemeinheit bei. Wobei ihr Aussehen und die Vorteile, die sie sich damit leisten kann, ihr offenkundig wichtiger als ihre Pflicht und rechtschaffene Arbeit sind. Im Grunde hat sie also nie zu dir gepasst.« Mahon stand auf und streckte sich. »Und jetzt muss ich ins Bett. Und du grübelst am besten auch nicht länger rum.«

»Das habe ich auch gar nicht vor. Ich werde im Dorf frühstücken und ein paar Werkstätten und Läden dort besuchen, und am Mittag muss ich wieder mal den Richter spielen.«

»Da möchte ich bestimmt nicht mit dir tauschen, doch zum Frühstück kann ich dich begleiten, wenn du willst.«

»Auf jeden Fall.«

»Dann ist es abgemacht. Das Frühstück in der *Grinsekatze* soll fantastisch sein.«

»Dann frühstücken wir dort.«

Den Vormittag verbrachte er im Dorf und hörte sich den Rest des Tages Klagen, Gezänk und Hilfsgesuche an. Auch wenn die Betroffenen es natürlich anders sahen, waren es lauter Kleinigkeiten, wofür er von Herzen dankbar war.

Ein Mann behauptete, der Hund von seinem Nachbarn hätte eine ganze Nacht lang durchgeheult, der Nachbar aber sagte unter Tränen aus, dass ebendieser – alte und geliebte – Hund in jener Nacht wohl kaum hätte die Ruhe stören können, weil er kurz zuvor verstorben und begraben worden war. Ein betagtes Ehepaar zeigte den Tod von einem seiner Schafe an. Es war verbrannt und ausgeweidet worden, ohne dass vom Täter irgendwelche Spuren hinterlassen worden waren.

Diese beiden Fälle waren auch für Keegan keine Kleinigkeiten, denn auch wenn er den verstorbenen Hund sowie das Schaf ersetzen konnte, zeigten ihm die beiden Fälle, dass das Dunkle unaufhaltsam näher kam.

Das teilten ihm auch die Wahrsager mit, und ihm war klar, dass er nicht länger warten durfte, um zu tun, was nötig war. Am Rand des dunklen Waldes im Licht der Sterne gab er seiner Mutter einen Abschiedskuss.

»Ich hole sie zurück, denn schließlich hat sie mir geschworen, zurückzukommen und uns beizustehen.«

»Sag deinem Drachen, dass er euch erst einmal in den Westen bringen soll.«

»Warum denn das?«

»Die Gegend und die Leute dort sind ihr vertraut. Wenn du sie direkt in die Hauptstadt bringen würdest, wäre das ein zusätzlicher Schock für sie.«

»In Ordnung. Du hast recht.«

»Mahon bringt dir dein Pferd, und spätestens zu Samhain komme auch ich selbst, denn schließlich habe ich deine Geschwister und vor allem meine Enkel schon seit einer Ewigkeit nicht mehr gesehen. Du hast dich heute übrigens sehr gut geschlagen, Schatz.«

Er reichte ihr den Stab. »Bis dann.«

»Bis dann. Nimm meinen Segen mit, Keegan.«

»Das mache ich.«

Als Marco heimkam, klappte Breen den Laptop zu, sah sich in ihrem Zimmer um und zog, als sie den Raum verließ, die Tür hinter sich zu.

»Wie ist es gelaufen?«, fragte sie.

»Das war mein letzter Tag im Laden, und ich hoffe, dass ich diesen Job nie wieder machen muss.«

»Dann tut es dir nicht leid, dass du gekündigt hast?«

»Ich arbeite jetzt offiziell für die zwei Menschen, die mir wichtiger als alle anderen sind. Das fühlt sich seltsam an, aber auf eine durchaus gute Art. Für meinen neuen Job gehe ich rüber in den Coffee Shop, damit du hier in Ruhe schreiben kannst.«

»Das brauchst du nicht. Wir können auch …«

»Ich denke, dass das besser für uns beide ist.« Er trat ans Fenster und warf einen Blick auf seinen neuen Arbeitsplatz, der direkt gegenüber ihrer Wohnung lag. »Vor allem habe ich es bis zur Arbeit alles andere als weit.«

»Ich hoffe wirklich, dass du diesen Wechsel nie bereust. Aber, Marco, alle haben deinen Entwurf für meine Webseite geliebt. Ich weiß, sie haben ein paar Veränderungen vorgeschlagen, aber …«

»Und die Vorschläge waren wirklich gut«, unterbrach er sie. »Sie waren für mich okay. Aber das ist ein Riesenschritt für mich, und ohne das Musikgeschäft komme ich nicht mehr einfach so an all die Instrumente ran. Ich meine, ja, okay, ich habe hier meine Gitarre und mein Keyboard, aber jetzt kann ich mir nicht mehr einfach so ein Saxofon oder ein Banjo schnappen, um zu sehen, was ich damit anstellen kann.«

»Warte.« Eilig lief sie in ihr Schlafzimmer zurück und nahm den Kasten mit der Harfe aus dem Schrank. »Im Grunde hättest du die erst zu Weihnachten bekommen sollen, aber ...« Schließlich wusste sie nicht sicher, wo sie Weihnachten verbringen würde oder ob sie überhaupt im Winter noch am Leben wäre, falls es vorher wirklich Krieg zwischen Talamh und Odran gab. »So lange kann ich nicht mehr warten«, fuhr sie fort. »Und dies ist der perfekte Augenblick.«

»Was hast du da?«

»Setz dich einfach aufs Sofa und sieh nach.«

Er öffnete den Kasten, starrte auf das Instrument und brachte keinen Ton heraus.

»Ich habe sie gesehen und wusste gleich, dass du sie haben musst. Im Dorf gibt's einen kleinen Familienbetrieb, und der Vater baut die meisten Instrumente wie zum Beispiel diese Harfe selbst. Für meinen Vater hat er einmal ein Akkordeon gebaut.«

Mit Tränen in den Augen blickte Marco von der Harfe auf. »Ich weiß nicht, was ich sagen soll.«

»Es ist auch gar nicht nötig, dass du irgendetwas sagst. Ich weiß, du hast die Arbeit im Musikgeschäft gehasst, aber trotzdem ist das eine riesige Veränderung für dich, und mir ist klar, dass du das eigentlich nur mir zuliebe machst.«

Er zupfte an den Saiten, und als er die reinen Töne hörte, stellte er mit rauer Stimme fest: »Hör sie dir an. Sie klingt ganz wunderbar, findest du nicht auch? Ich muss so schnell wie möglich lernen, sie zu spielen. Du hast mir einen Schubs gegeben, Breen. Genau den habe ich gebraucht. Ich werde sowieso niemals ein Rockstar oder eine Hip-Hop-Größe.«

»Aber du bist unglaublich talentiert.«

»Wie unzählige andere Leute auch.« Noch während er gleichmütig mit den Achseln zuckte, fanden seine Finger die Musik, die in den Saiten seines neuen Instruments verborgen war. »Ich muss von irgendetwas leben, oder nicht? Das heißt zwar nicht, dass ich keine Musik mehr machen oder keine Songs mehr schreiben werde, aber wie die Dinge standen, hätte ich wahrscheinlich bis ans Lebensende in dem dämlichen Geschäft gestanden, nur damit ich meine Miete zahlen kann. Und jetzt kann ich was tun, worin ich wirklich gut bin, habe Zeit, um für mich selbst zu spielen, und gebe vielleicht einfach weiter Unterricht. Und zwar in meiner eigenen Wohnung, wie du es mir vorgeschlagen hast. Das kann ich nur machen, weil du wieder nach Irland gehst«, schloss er und sah sie abermals aus tränenfeuchten Augen an.

»Marco, ich ...«

»Ich bitte dich, ich kenne dich so gut wie niemand anders sonst.«

»Da hast du recht«, murmelte sie.

»Du denkst schon seit dem ersten Tag daran, dorthin zurückzugehen, nicht wahr? Du sprichst nicht mehr davon, ein Haus zu kaufen, und du bist total verändert, seit du heimgekommen bist. Auf eine durchaus gute Art. Du bist ... viel mehr du selbst. Wobei ein Teil von dir bei deiner Heimkehr dort zurückgeblieben ist.« Als sie nichts sagte, wischte er sich mit dem Handrücken die Tränen fort. »So ist es doch, nicht wahr?«

»Das stimmt. Es tut mir leid.«

»Das darf es nicht. Denn schließlich hast du einen Hund und eine Granny dort. Ich konnte bereits hören, wie es bei dir klick gemacht hat, als wir zwei dort angekommen sind. Ich wüsste also wirklich nicht, was dir da leidtun soll.«

»Ich muss etwas zu Ende bringen, was ich dort begonnen habe«, meinte sie, noch immer, ohne ins Detail zu gehen.

»So sieht es aus«, stimmte er zu, wobei er mit dem Finger über die verschiedenen Saiten seiner neuen Harfe glitt. »Wann willst du wieder los?«

»Ich ... habe gerade einen Flug herausgesucht, als du nach Hause kamst. Für nächste Woche.«

»Nächste Woche?« Seine Finger hörten auf zu spielen. »Aber du bist doch gerade erst zurückgekommen.«

»Ich bin inzwischen seit fast einem Monat hier. Ich hätte es dir früher sagen sollen, aber ich hatte keine Ahnung, wie. Und es gab noch so viele Dinge, die ich regeln musste, bevor es zurück nach Irland geht. Ich weiß noch nicht, wie lange ich dortbleiben werde. Vielleicht ein paar Wochen oder Monate oder auch ...«

»Für immer?«

»Für immer gibt es für mich nicht. Es geht mir erst mal einfach darum, dass ich etwas, was ich angefangen habe, dort zu Ende bringen muss. Erst danach werde ich mir überlegen, wie es für mich weitergehen soll.«

»Ich werde dir bestimmt nicht sagen, dass du nicht zurück nach Irland fliegen sollst, aber ich wüsste gern, wie viel der Typ damit zu tun hat, den du dort an Land gezogen hast.«

»Gar nichts«, gab sie eine Spur zu schnell zurück. »Er,

das heißt, was zwischen uns gelaufen ist, hat nicht mal ansatzweise was damit zu tun.«

»Okay, denn eins muss ich dir sagen: Sex kann einem das Gehirn vernebeln, und falls du dir einbildest, dass es um mehr geht, denkst du besser noch mal nach. Denn wenn's um Liebe geht, stellen sich die meisten Leute wie Idioten an.«

»Ich sehe völlig klar. Ich wusste schon, als ich dort losgeflogen bin, dass ich zurückkommen würde, und das hätte ich dir sagen sollen. Es tut mir leid, dass ich dafür bisher zu feige war.«

»Hast du es sonst schon irgendwem erzählt?«

»Ich habe meiner Großmutter versprochen, dass ich wiederkommen würde und… Aber hier in den Staaten habe ich es bisher niemandem erzählt.«

»Dann wird's allmählich Zeit, dass du das tust. Ich muss mich langsam umziehen, denn meine Schicht im *Sally's* fängt bald an. Du solltest rüberkommen, damit er und die anderen es von dir erfahren.«

»Okay.«

Marco stand auf und nahm sie in den Arm. »Ein besseres Geschenk als diese Harfe hat mir nie jemand gemacht. Und wenn's dich glücklich macht, dorthin zurückzukehren, werde ich mit dir glücklich sein. Es wird vielleicht ein bisschen dauern, bis mir das gelingt, aber am Ende werde ich mich für dich freuen.«

Punkt Mitternacht warf Keegan einen ganz besonderen Kreis im dunklen Wald. Er nutzte die speziellen Kräfte, die der Übergang von einem in den anderen Tag besaß, für dieses lange, komplizierte Ritual, mit dem er sicherstellen wollte, dass er zwar durch ein Portal im Osten auf die andere Seite überträte, ihm dann aber für die Heimkehr ein Portal im Westen seines Landes zur Verfügung stand.

Auch bei der Reise in die andere Welt musste er präzise sein, wenn er nicht einfach irgendwo in den USA oder Philadelphia landen wollte, sondern direkt in der Wohnung oder besser noch direkt in ihrem Schlafzimmer, damit er möglichst nicht auf ihren Mitbewohner traf.

Er hatte kurz erwogen, Marg zu bitten, ihm bei diesem Ritual zu helfen, weil die Blutsverwandtschaft zwischen ihr und Breen es leichter machen würde, doch am Ende war er zu dem Schluss gekommen, dass die Verantwortung allein auf seinen Schultern lag. Und wenn die harten Worte, die er Breen beim Abschied mitgegeben hatte, dazu beigetragen hatten, dass sie in Philadelphia bleiben wollte, musste er jetzt andere – sanfte – Worte finden, um sie zu bewegen, doch noch einmal heimzukehren.

Also warf er den Kreis, füllte die Dunkelheit mit seinem Licht und rief die Götter an, ihm dieses Lichts wegen beizustehen. Er trank den Wein, kippte die letzten Tropfen auf den Boden, atmete so tief wie möglich ein und entfachte das Feuer. Er zitterte vor Anstrengung, und dichter Schweiß lief über seinen Rücken, doch das Feuer brannte heiß und rot, dann blau und schließlich weiß, zog sich zusammen und bildete die Tür zwischen Talamh und ihrer Welt.

»Im Augenblick des Übergangs von Tag zu Tag,
erbitt' ich, dass die Tür sich für mich öffnen mag.
Damit voll Zuversicht
ich trag das Licht

von einer in die andere Welt,
weil nur die Helligkeit die Freiheit hier wie dort erhält.
Damit wir alle bleiben rein,
wie ich es will, so soll es sein.«

Er stürzte sich voll Zuversicht ins Feuer, spürte ein Gefühl von Hitze, und die Tür in seinem Rücken fiel mit einem lauten Knallen wieder zu.

Im nächsten Augenblick war er in einem dunklen Raum und hörte den Verkehrslärm, der durch das gekippte Fenster drang. Doch davon abgesehen war es still, und er war ganz allein.

Er wedelte mit seiner Hand, bis eine Lichtkugel durchs Zimmer schwebte, und sah sich nach allen Seiten um. Der Raum war bunt und aufgeräumt. Und menschenleer. Der Boden ächzte unter seinen Stiefeln, während er an einen kleinen Tisch trat und zur Rechten eine Küche sah.

Er hatte solche Küchen schon auf seinen Reisen und in Büchern über diese Welt gesehen, obwohl die Küche hier sehr klein war und auf durchaus angenehme Art dezent nach Zitrusfrüchten roch. Dann hörte er das Knallen einer Tür und Stimmen, die sich allerdings entfernten, also außerhalb der Wohnung waren.

Keegan war also auf jeden Fall in einer Wohnung, auch wenn er nicht sicher wusste, ob er nicht versehentlich bei ihren Nachbarn oder so gelandet war. Er ging durch einen engen Flur und sah nach links durch eine offene Zimmertür ein sorgfältig gemachtes, bunt bezogenes Bett, eine Gitarre, die auf einem Ständer stand, und Bilder von verschiedenen Leuten mit diversen Instrumenten an der Wand. Das Zimmer sah nicht nach ihr aus und roch auch nicht wie sie, und kurz entschlossen sah er sich das Zimmer auf der anderen Seite an.

Dieser Raum roch nach Breen und fühlte sich auch wie ihr Zimmer an.

Auf einem Schreibtisch stand das seltsame Gerät, mit dem sie schrieb, neben demselben Bild von ihren Vätern und den anderen, wie es zwischenzeitlich auch bei Mairghread und im Haus von seiner Schwester stand. In einem Koffer auf dem Boden lagen ein paar Sachen, die sie offenbar noch nicht herausgenommen hatte, seit sie angekommen war.

Doch wo war sie?

»Verdammt.«

Er griff nach dem Kristallspiegel, der auf der Holzkommode lag. Normalerweise hätte er nie einfach so das Zauberwerkzeug eines anderen benutzt, für derartige Höflichkeiten aber war jetzt einfach keine Zeit.

»Zeig mir, wo sie ist.«

Der Spiegel wurde dunkel und dann wieder klar.

Sie saß an einer Bar, hielt ein Weinglas in der Hand und sprach mit jemandem, den er nicht sah, und unbehaglich nahm er ihre tränenfeuchten Augen wahr.

Dann fiel sie ihrem Gegenüber, einer Frau mit langen weizenblonden Haaren, die auf nackte Schultern fielen, um den Hals. Das hieß, die Frau war eigentlich ein Mann, der Frauenkleider trug und darin wirklich gut aussah. Das musste Sally sein, das hieß, dass sie im *Sally's* war. Sie hatte ihm von diesem Mann und von dem Club erzählt.

Entschlossen legte er den Spiegel wieder fort, bevor er einen Wünschelstein aus seiner Tasche zog. »Zeig mir den Weg.« Er wandte sich zum Gehen, doch plötzlich fiel ihm ein, dass hier in dieser Welt ein Mann mit einem Schwert nicht gern gesehen war, und eilig legte er die Waffe ab.

Den Stein in einer Hand, verließ Keegan das Apartment. Draußen roch es nach den Abgasen der Autos, doch auch hier war alles bunt. Was nicht nur an den Kleidern, die die Leute trugen, und an den verschiedenen Hautfarben der Menschen lag. Die Gegend selbst schimmerte in allen Regenbogenfarben, und daran war sicher nichts verkehrt. Die Leute schlenderten gemütlich durch das warme Licht, das die Laternen auf die Bürgersteige warfen, und zwei Männer liefen lächelnd aufeinander zu und küssten sich.

Er folgte weiter seinem Stein, bog in eine Seitenstraße ab und landete vor einer Tür, auf der – erneut in Regen- bogenfarben – in Großbuchstaben SALLY'S stand. Ent- schlossen trat er ein und wurde in Musik, in Hitze und ein buntes Farbenmeer gehüllt. Das Einzige, was fehlte, war die junge Frau, die er im Spiegel an der Theke hatte sitzen sehen.

Obwohl er keine Lust hatte, sie in der ganzen Stadt zu suchen, hellte seine Stimmung sich in der Umgebung auf. Die Atmosphäre war so hell und freundlich wie die Stim- men der drei Frauen – nein, Männer –, die in glitzernden Kostümen auf der Bühne sangen. Also blieb er erst mal stehen, um den besonderen Zauber dieses Ortes in sich aufzusaugen, der auch Breen in seinen Bann zu ziehen schien, und sich zu überlegen, was er machen musste, um sie dazu zu bewegen, sich noch einmal von hier loszurei- ßen und mit ihm in seine Welt zurückzukehren.

30

Marco mixte gerade den perfekten Drink, und trotzdem fiel ihm Keegan sofort auf.

Er wusste aus Erfahrung, dass es Leute gab, die diese ganz besondere Fähigkeit besaßen, überall sofort im Mittelpunkt zu stehen. Man brauchte dafür neben gutem Aussehen – über das der Kerl im Übermaß verfügte – eine ganz besondere Ausstrahlung. Die man entweder hatte oder nicht.

Er füllte den Martini in ein eisgekühltes Glas, garnierte ihn mit drei Oliven und verfolgte, wie der Typ den Blick durchs *Sally's* wandern ließ. Anscheinend sagte die Musik ihm durchaus zu, was allerdings bei den Supremes nicht wirklich überraschend war. Und es war nicht zu übersehen, dass er nach irgendjemandem Ausschau hielt.

Das Glück, von einem solchen Kerl gesucht zu werden, hätte Marco gern einmal gehabt.

Dann kam der große, gut gebaute Typ tatsächlich auf ihn zu. Er trug einen legeren dunkelblauen Pulli, eine dunkelbraune Hose, und die ausgelatschten Stiefel, die er an den Füßen hatte, sahen genauso sexy aus wie der natürlich wirkende Dreitagebart. Sein kantiges Gesicht wurde von dichtem schwarzem Haar gerahmt, und als besonderen Kick trug er über der linken Schulter einen einzelnen, geflochtenen Zopf.

Von diesem Zopf hatte er schon mal irgendwo gehört,

fiel Marco ein, dann aber trat der Fremde an die Theke, sah ihm direkt ins Gesicht, und Marcos wollüstiges Hirn stellte vorübergehend die Arbeit ein.

»Willkommen im *Sally's*, großer, dunkler, schöner Mann. Was kann ich für Sie tun?«

»Ich bin auf der Suche nach Breen Kelly. Kennen Sie sie?«

Der irische Akzent war nicht zu überhören, und Marcos Hirn nahm seine Arbeit wieder auf. »Die irische Gottheit.«

Bei den Worten schossen Keegans Brauen hoch. »Tja nun, nicht ganz. Vielleicht haben Sie sie ja schon mal gesehen. Sie hat rote Haare ...«, fing er an, bevor ihn Marco unterbrach.

»Damit habe ich Sie gemeint. Und dass Breen rote Haare hat, ist mir durchaus bekannt. Ich bin ihr Mitbewohner Marco. Marco Olsen«, stellte er sich vor und reichte ihm die Hand.

»Marco? Freut mich. So, wie Breen Sie mir beschrieben hat, scheinen Sie ein wirklich netter Kerl zu sein. Ist sie zufällig hier?«

»Sie ist hinter der Bühne, aber kommt wahrscheinlich jeden Augenblick zurück.« Bis dahin, dachte Marco, horche ich dich noch ein bisschen aus. »Was wollen Sie trinken? Als Freund von Breen bekommen Sie den ersten Drink von mir spendiert.«

»Das ist sehr nett von Ihnen.« Und vor allem praktisch, denn daran, ein bisschen Geld auf seine Reise mitzunehmen, hatte er in seiner Eile nicht gedacht. Er schaute auf die Zapfhähne und nickte zustimmend. »Ein Guinness wäre schön.«

»Ist schon in Arbeit. Also ...« Marco schob ein Glas unter

den Hahn und fing an zu zapfen. »Sie leben in der Nähe von Breens Großmutter.«

»Das stimmt.«

»Es macht sie glücklich, dass sie ihre Großmutter gefunden hat. Vor allem, weil sie erfahren hat, dass ihr Vater nicht mehr lebt. Haben Sie ihn gekannt?«

»Oh ja, und abgesehen von meinem eigenen Vater gab es keinen besseren Mann als ihn.«

Marco nahm kurz eine weitere Bestellung – über einen Moscow Mule und einen Cosmo und zwei Rotwein – auf und wandte sich dann wieder Keegan zu.

»Breen hat gar nicht erzählt, dass Sie sie hier besuchen kommen würden.«

»Das hätte sie auch nicht gekonnt, denn schließlich habe ich ihr nichts davon gesagt.«

»Dann hat sie also keine Ahnung, dass Sie hier in Philadelphia sind? Wie lange haben Sie vor zu bleiben?«

»Nicht sehr lange«, meinte Keegan und sah Marco bei der Arbeit zu. »Sie wissen, was Sie tun«, bemerkte er und nickte anerkennend. »Ein talentierter Barmann ist was Tolles.«

»Tja, im Grunde habe ich das erst durch meine Arbeit hier gelernt.« Inzwischen war das Guinness fertig, und er schob es Keegan hin. »Breen ist für mich weit mehr als eine Freundin oder Schwester. Sie bedeutet mir die Welt.«

»So, wie Sie über Sie gesprochen hat, Sie ihr anscheinend auch.«

»Wenn wir uns schlagen würden, wäre ich wahrscheinlich schon nach Ihrem ersten Schlag hinüber, aber wenn Sie ihr wehtun, sehen Sie sich trotzdem besser vor.«

Keegan trank den ersten Schluck von seinem Guinness,

647

ohne dass er Marco aus den Augen ließ. »Ein wahrer Freund, der immer hinter einem steht, ist sehr viel wert. Aber ich habe ganz bestimmt nicht vor, ihr wehzutun.«

»Sie hat ein weiches Herz, das leicht zerbricht.«

»Ich kenne sie als willensstarke und entschlossene Frau, aber ich habe trotzdem nicht die Absicht, ihr das Herz zu brechen und den besten Freund, den sie hier hat, dazu zu bringen, auf mich loszugehen.«

»Wen haben wir denn da?«

In einem engen schwarzen Glitzerminikleid, in Stiefeln, die bis zu den Oberschenkeln reichten, und mit platinblondem Haar nahm Sally auf dem Barhocker an Keegans Seite Platz.

»Breens … Freund aus Irland«, stellte Marco ihm den Fremden vor. »Es tut mir leid, aber sie hat uns Ihren Namen nicht genannt.«

»Keegan Byrne.«

»Mein Gott, was für ein herrlicher Akzent!« Sal glitt verführerisch mit einem Finger über Keegans Arm, durchbohrte ihn aber zugleich mit seinem Blick. »Breen rechnet sicher nicht damit, Sie hier zu sehen. Ich bin übrigens Sally.«

»Ihre Herzensmutter«, stellte Keegan fest, und Sallys Miene wurde weich.

»So nett hat das bisher noch niemand formuliert.«

»Was sollten Sie, nach allem, was Sie mir von Ihnen erzählt hat, anderes sein? Ihr Club und die Musik, die hier gespielt wird, sind echt schön. Die Sänger haben wirklich gute Stimmen.«

»Warten Sie erst, bis Sie Sal Lady Gaga performen sehen«, schlug Marco vor und führte eine weitere Bestellung aus.

»Sie treten selbst hier auf?«

»Schätzchen, ich bin die geborene Entertainerin. Sobald ich auf der Bühne stehe, fängt der Laden an zu kochen, aber vorher sind noch ein paar andere Leute dran. Am besten setzen wir uns also noch an einen Tisch und unterhalten uns ein bisschen, ja? Die Drinks bringt Hettie«, fügte er hinzu und lotste Keegan durchs Gedränge bis zu einem freien, etwas abseits stehenden Tisch.

»Dann argwöhnen Sie also auch, ich wäre in der Absicht hier, Breen wehzutun?« Da Sal wie eine Frau gekleidet war, zog Keegan höflich einen Stuhl für ihn zurück.

Mit einem unterdrückten Lächeln stellte Sally fest: »Da wären Sie hier auf jeden Fall am falschen Ort.«

»Davor hat mich auch Marco schon gewarnt. Aber Sie sind ihre Familie, deshalb überrascht mich das nicht unbedingt. Danke«, meinte er, als die Bedienung mit dem Guinness für ihn selbst und einem Mineralwasser für Sally kam. »Mein Freund, der wie ein Bruder für mich ist, und meine Schwester haben sich irgendwann verliebt, und obwohl Aisling ein Jahr älter ist als ich und mir bewusst war, dass Mahon ganz sicher keine Spielchen mit ihr spielt, habe ich damals etwas ganz Ähnliches zu ihm gesagt.«

»Und wie ging die Geschichte aus?«

Keegan prostete dem anderen Mann mit seinem Guinness zu. »Tja, zum Glück kam's nicht zum Streit, denn Aisling hätte uns dafür die Ohren langgezogen, bis wir ausgesehen hätten wie die Esel, die wir schließlich auch gewesen wären. Inzwischen haben sie zwei wunderbare Jungen, und das dritte Kind ist unterwegs.«

»Auf Happy Ends.« Jetzt griff auch Sal nach seinem

Glas. »Und wollen Sie das auch mit Breen? Ein Happy End und Kinder?«

»Was?«

Er wirkte so geschockt, dass Sally einfach grinsen musste, auch wenn diese Reaktion im Grunde nicht zum Lachen war.

»Ich wollte damit eigentlich nur deutlich machen, dass ich weiß, wie wichtig die Familie ist. Ich will nur mit ihr reden, und ich hoffe, dass ich sie dazu bewegen kann, mit mir zusammen heimzukehren. Sie hat auch dort Familie und ... sie wird dort gebraucht.«

»Von ihrer Großmutter? Von einer Frau, die sie im Grunde erst seit diesem Sommer kennt?«

Er musste diplomatisch sein, rief Keegan sich stirnrunzelnd in Erinnerung. »Marg hat sich nur aus Achtung vor Breens Mutter all die Jahre nicht bei ihr gemeldet, und um ihrer Enkeltochter Zeit zu geben, selber zu entscheiden, wie und wo sie leben will. Aber es ist nicht meine, sondern Breens Geschichte, deshalb werde ich nur sagen, dass ihr Vater Breen damals hierhergebracht hat, weil es ihre Mutter wollte und weil es ihm wichtig war, dass die Familie weiterhin zusammen und sicher war. Genau wie die Familie, die damals von ihm zurückgelassen worden ist. Ich lasse also ganz bestimmt nicht zu, dass irgendwer in meiner Nähe schlecht von Mairghread oder Eian Kelly spricht.«

»Das kann ich nachvollziehen. Obwohl ich sagen muss, dass ihre Großmutter sich auch ruhig früher hätte melden können. Dann hätte Jennifer nicht so viel Zeit gehabt, um ihrer Tochter derart übel mitzuspielen.«

»Ich verstehe, was Sie damit sagen wollen, und natürlich

haben Sie recht. Aber die Zeit, sich zu entscheiden, kommt nun einmal, wenn sie kommt. Und hier in Philadelphia hatte Breen ja auch noch Sie und Marco und den Club.« Er sah sich noch mal um, und unter tosendem Applaus traten die Sänger von der Bühne ab. »Wie ich schon sagte – das hier ist ein guter Ort. Ein Ort der Liebe und der Zuflucht und des Amüsements.«

Mit einem leisen Seufzer lehnte Sally sich auf seinem Stuhl zurück. »Wie soll ich einen Menschen, der so etwas sagt, noch länger in die Zange nehmen?«

Keegan lächelte. »Ich sage einfach, was ich sehe und bereits gefühlt habe, als ich hereingekommen bin. Es stimmt mit all den Dingen überein, die Breen mir über Marco, Sie und ... Ihren Mann erzählt hat.«

»Derrick ist die Liebe meines Lebens.«

»Und bestimmt ein wunderbarer Mensch, denn warum hätten Sie sich mit etwas Geringerem begnügen sollen?«

»Scheiße. Gutes Aussehen, Charme und dann noch dieser köstliche Akzent.« Sal schob sich eine platinblonde Strähne aus der Stirn. »Was soll ich da als Mutter machen?«

»Sie mit mir gehen lassen, wenn sie will.«

»Ich wüsste nicht, wie ich sie daran hindern sollte, und ich würde nie versuchen, mich ihr in den Weg zu stellen, wenn sie etwas will. Wobei ihr bisher niemand je das Herz gebrochen hat. Ihr Ego, ihre Selbstachtung, die haben im Verlauf der Jahre jede Menge Beulen abbekommen, aber das Herz gebrochen wurde ihr noch nie, und ich hoffe doch sehr, dass es so bleibt.«

»Ich habe ganz bestimmt nicht vor ... Ich bin aus völlig anderen Gründen hier.«

Sally streckte eine ihrer manikürten Hände mit den pinkfarben lackierten Nägeln aus und tätschelte ihm sanft die Hand. »Wie auch immer, Schätzchen. Und jetzt muss ich langsam auf die Bühne. Bleiben Sie ganz einfach sitzen, und genießen Sie die Show.«

Trotz seiner zunehmenden Ungeduld – verdammt, wo blieb sie nur? –, wäre es Keegan schwergefallen, sich nicht zu amüsieren, als Sally unter tosendem Applaus die Stufen Richtung Bühne nahm. Denn Sally hatte recht. Er war tatsächlich der geborene Entertainer oder die geborene Entertainerin. Er wirkte völlig souverän und hatte eine ungeheure Ausstrahlung, als er von einer unglücklichen Liebe sang und seine Zuschauer dazu bewog, in den Refrain mit einzustimmen, wie es auch in Irland und Talamh bei Festen üblich war.

Obwohl er Sallys Auftritt rundum genoss, bemerkte er sofort, als Breen den Raum betrat. Er spürte sofort ihre Macht und war wie immer überrascht, dass niemand hier in dieser Welt sie wahrzunehmen schien.

Keegan drehte seinen Kopf, und als sich ihre Blicke trafen, kam sie eilig auf ihn zu.

»Was machst du hier?«

»Wir müssen reden. Könnten wir also vielleicht in deine Wohnung gehen?«

Stattdessen nahm sie Platz. »Wir können auch hier reden.«

»Ich würde einen privaten Ort für diese Unterhaltung vorziehen.«

»Der Ort hier ist privat genug.«

Ihr Selbstbewusstsein kam ihm nicht so angeschlagen vor, wie ihre Herzensmutter anzunehmen schien.

Er beugte sich über den Tisch, im selben Augenblick

jedoch erschien die Kellnerin mit einem Glas Wein für Breen. »Marco dachte, dass du den gebrauchen kannst«, erklärte sie und blickte Keegan fragend an. »Möchten Sie noch ein Bier?«

»Nein, danke.«

»Gib mir einfach ein Zeichen, wenn du irgendetwas brauchst«, wandte Hettie sich an Breen. »Okay?«

»Man sollte meinen, ich wäre hier, um dich an deinen Haaren aus dem Club zu zerren«, stieß Keegan knurrend aus.

»Wir passen hier nun einmal aufeinander auf.«

»Das tun wir auch«, rief er ihr in Erinnerung. »Du hast gesagt, du würdest wiederkommen, aber jetzt bist du bereits seit über einem Monat hier.«

»Seit etwas weniger als einem Monat«, korrigierte sie. »Und ich spreche fast jeden Tag mit Nan.«

»Aber sie würde niemals irgendetwas sagen, um dich in ein schlechtes Licht zu rücken, stimmt's? Wie dem auch sei, komme ich direkt aus der Hauptstadt, und die Zeichen mehren sich. Das heißt, dass du nach Hause kommen musst.«

»Von was für Zeichen redest du?«

»Den Zeichen dafür, dass das Dunkel näher kommt. Du hast versprochen heimzukommen, wenn wir dich dort brauchen. Und wir brauchen dich.«

»Ich hätte nicht gedacht, dass du mir mein Versprechen glaubst.«

»Es ist ja wohl verständlich, dass ich ziemlich angefressen war, als du so plötzlich wieder abgehauen bist. Aber es geht hier nicht um unsere Gefühle, sondern darum, unsere Pflicht zu tun.«

Breen hörte Sallys Darbietung von *Born This Way* und sah die bunten Lichter und das übliche Gedränge auf der Tanzfläche. Das alles war ihr so vertraut, so sicher und so wunderbar normal, dass der Gedanke, diesem Ort den Rücken zuzukehren, ihr das Herz zerriss.

»Sei ehrlich. Wenn ich mitkomme, könnte ich sterben, stimmt's?«

»Ich werde alles tun, um dich zu schützen«, sagte er ihr zu.

Sie sah ihn an und trank den ersten Schluck von ihrem Wein. »Das glaube ich. Aber ich könnte trotzdem sterben, oder?«

Keegan ballte eine Faust, verbot sich aber, damit auf den Tisch zu schlagen. »So wie ich und alle anderen dort. Und wenn wir diesen Kampf verlieren, auch alle hier in dieser Welt, weil Odran sich bestimmt nicht mit Talamh begnügen wird.«

»Ich habe es in meinen Träumen brennen sehen, habe Rauch und Blut gerochen und die Schreie der Verletzten und der Sterbenden gehört.« Bei diesen Worten stellte sie ihr Weinglas wieder auf den Tisch, und er nahm ihre Hand.

»Und trotzdem wirst du tatenlos mit ansehen, wie all das passiert?«

»Nein.« Jetzt stand sie wieder auf, sah Richtung Bühne, auf der Sally stand und sang, und Richtung Bar, wo Marco seinen Dienst versah, griff sich ans Herz und wandte sich zum Gehen.

»Ich habe meinen Rückflug schon gebucht«, erklärte sie, als Keegan mit ihr auf die Straße trat. »Ich habe allen, die mir wichtig sind, gesagt, dass ich zurück nach… Irland fliege«, meinte sie und stapfte los. »Ich musste ihnen sagen, dass ich wieder losmuss, und mich ordentlich verabschieden. Das hatten sie einfach verdient. Jetzt aber wissen sie Bescheid, das heißt, dass ich versuchen kann, den Flug noch einmal umzubuchen, damit ich ein bisschen früher fliegen kann.«

»Du hattest also wirklich vor zurückzukommen.«

Sie funkelte ihn wütend an. »Wenn ich etwas verspreche, halte ich das auch.«

Bevor sie weiterlaufen konnte, hielt er sie am Arm zurück und murmelte: »Entschuldigung. Es tut mir leid.«

»Egal.«

»Das ist es nicht. Ich habe dich beleidigt, denn ich habe deine Worte angezweifelt und dir wehgetan. Das tut mir leid. Es tut mir wirklich leid.«

Sie blickte reglos geradeaus. »Ich habe Angst, denn hier ist alles, was ich kenne, und mit meinem Schreiben habe ich jetzt was gefunden, was mir wirklich Freude macht. Es ist, als hätte mir das Schicksal endlich eine Chance auf echtes Glück geboten und mir gleichzeitig gezeigt, wo ich zu Hause bin. Wobei ich nicht nur hier zu Hause bin. Um das zu wissen, muss ich nur an Irland und mein Cottage denken, an Talamh und seine herrlich reine Luft, an Morena, wie sie ihre Flügel ausbreitet, an die Gerüche in Nans Küche und der Werkstatt und an ihre Tür, die immer offen steht.« Mit einem leisen Seufzer schloss Breen die Augen. »All das vermisse ich total. Und ich vermisse, einen Platz dort unter euch zu haben und auf eine bisher nie gekannte Art ein Teil von etwas zu sein. Ich will den Zauber, und ich will die Freude, die er in mir weckt, aber ich habe einfach Angst.«

»Es wäre dumm, die nicht zu haben.«

»Dann bin ich offensichtlich ziemlich schlau.«

Inzwischen hatten sie ihr Haus erreicht und nahmen den Weg durchs Treppenhaus. »Ich habe hier in Philadelphia Marco, Sally, Derrick und noch ein paar andere Freunde, die mir wirklich wichtig sind, aber inzwischen passe ich hier nicht mehr hin. Und falls ich später wiederkommen möchte oder muss, passe ich sicherlich noch weniger dazu. Wobei ich, um das rauszufinden, erst mal überleben muss.« Sie schob den Schlüssel in das Schloss der Wohnungstür und sperrte auf. »Muss ich, um euch zu helfen, aufgeben, was ich hier liebe?«

Er hätte sie berühren und beruhigen wollen, vor allem aber war er es ihr schuldig, dass er völlig ehrlich war. »Das weiß ich nicht.«

»Ich auch nicht. Setz dich einfach schon mal auf die Couch. Ich gucke kurz, ob ich vielleicht noch einen Platz in deinem Flieger kriegen kann. Mit welcher Fluggesellschaft und an welchem Tag fliegst du zurück?«

»Denkst du im Ernst, ich wäre mit dem Flugzeug angereist? Weswegen hätte ich mich wohl in eine solche grauenhafte Kiste zwängen sollen? Ich habe ein Portal geöffnet, und genauso kehren wir durch ein Portal dorthin zurück.« Er hob sein Schwert vom Boden auf und legte es sich wieder an.

»Du bist durch ein Portal direkt hierhergekommen, stimmt's?«

»Ich dachte mir, am ehesten träfe ich dich vielleicht hier in deiner Wohnung an.«

»Und was, wenn Marco hier gewesen wäre?«

»War er aber nicht.«

»Und was, wenn gerade eine wilde Orgie hier stattgefunden hätte oder so?«

»Hat sie aber nicht. Und Orgien gehören für mich zu dem von dir beschriebenen ruhigen Leben, das du hier in Philadelphia führst, auch nicht dazu.«

»Trotzdem klopfen Leute vor Betreten einer fremden Wohnung für gewöhnlich an.«

Er merkte, dass er langsam, aber sicher die Geduld verlor. »Ich dachte, dass ich unter den gegebenen Umständen auf diese Art von Förmlichkeit verzichten kann. Für diesen Mangel an Benimm kannst du mir ja den Kopf abreißen, wenn wir in Talamh gelandet sind. Du hast den anderen auf Wiedersehen gesagt, das heißt, wir können gehen.«

»Ich muss noch packen.«

»Gottverdammt, es gibt auch Kleidung in Talamh.«

»Ich werde trotzdem ein paar Sachen packen, denn ich reise ganz bestimmt nicht, ohne ein paar Dinge mitzunehmen, die mir wirklich wichtig sind. Wenn du's so eilig hast, geh einfach schon mal vor, dann komme ich mit dem verdammten Flieger nach.«

Sie stapfte hocherhobenen Hauptes in ihr Schlafzimmer und packte ihren Laptop, die Notizbücher und die Recherchematerialien ein.

Als er ihr folgte, schnauzte sie ihn an: »Ich brauche meine Arbeit. Vielleicht ist sie dir nicht wichtig, aber mir.«

»Ich habe nie gesagt, dass sie nicht wichtig ist.«

»Aber gedacht. Du denkst, nun mach schon, Breen, beeil dich, und geh mir nicht auf die Nerven dadurch, dass du dir die Zeit nimmst, die du brauchst.« Sie wickelte das Foto ihrer Väter und den Spiegel sorgsam in zwei T-Shirts ein und packte sie zusammen mit dem Zauberbuch ein, das Marg für sie geschrieben hatte.

Dann riss sie ruckartig verschiedene Sachen aus dem Schrank und der Kommode, und er stellte fest, dass sie nicht wütend, sondern einfach traurig war.

Er hatte stets geglaubt, dass er sich auf den Umgang mit dem weiblichen Geschlecht verstand, doch innerhalb von weniger als einer Woche hatte er mit ihr bereits die zweite Frau gegen sich aufgebracht.

»Ich habe ja wohl noch das Recht, in meinen eigenen Sachen rumzulaufen statt in irgendwelchem alten Zeug, das jemand anders nicht mehr braucht. Und wenn ich auch den Froschbecher, den Marco mir getöpfert hat, mitnehmen will, dann nehme ich ihn mit.« Sie ließ ein Dutzend Stifte in den Koffer fallen und wickelte den pinkfarbenen Becher mit dem breit grinsenden Frosch in eine ihrer Blusen ein. »Und falls es dir nichts ausmacht, hätte ich auch gerne meine eigene Zahnbürste.«

Das Schluchzen, das in ihrer Stimme lag, war nicht zu überhören, als sie ins Badezimmer lief und ein paar Dinge dort in einen kleinen Beutel fallen ließ.

»Mein eigenes Zeug, auch wenn das deiner Meinung nach frivol und reiner Luxus ist. Denn ich will einfach meine eigenen Sachen haben, solange das noch möglich ist. Ich habe keine Ahnung, ob ich jemals wiederkommen und Marco oder Sally oder sonst jemanden hier, der mir am Herzen liegt, wiedersehen werde. Doch bevor ich meine Pflicht erfülle, packe ich, verdammt noch mal, zumindest ein paar Sachen ein.«

Als sie wieder in ihr Zimmer gehen wollte, stellte sich Keegan in den Weg.

»Hör auf!«

»Ich bin noch längst nicht fertig!«

»Keine Angst, ich finde einen anderen Weg.« Er legte ihr die Hände auf die Schultern und nahm wahr, wie sie zitterten. »Es ist nicht richtig, dich zu zwingen. Es war falsch, hierherzukommen und dich zu bedrängen, deine Pflicht zu tun. Ich finde einen anderen Weg, denn das ist *meine* Pflicht. Ich bin der Taoiseach, deshalb ist es *meine* Pflicht, mein Volk zu schützen, und das war es schon, bevor ich damals in den See gesprungen bin. Ich weiß bereits mein Leben lang, was auf dem Spiel steht, während du erst diesen Sommer überhaupt etwas davon erfahren hast. Ich habe bei der Übernahme meines Amts geschworen, immer zwischen Falsch und Richtig abzuwägen und vor allem stets gerecht zu sein, doch das hier ist nicht richtig und vor allem nicht gerecht.« Er legte müde seinen Kopf an ihre Stirn, denn ihm war klar, dass das Gewicht allein auf seinen Schultern lag. »Bleib du in dieser Welt, die dir vertraut ist und der auch dein Herz gehört. Ich finde einen anderen Weg, um Talamh weiterhin vor Schaden zu bewahren.«

Da ihre Beine ihren Dienst versagten, glitt sie an der Wand herab und ließ den offenen Toilettenbeutel fallen.

Sie lehnte an der Wand, und während er sich vor sie hockte, stieß sie müde aus: »Du sagst, ich bräuchte nicht zu gehen. Heißt das, dass ich mich nicht entscheiden muss?«

»Tja nun, du könntest dich entscheiden, doch wir haben dir nicht genügend Zeit und Raum gelassen, um in Ruhe abzuwägen, stimmt's? Wenn du zurückgekommen wärst, hätte ich dich sicherlich noch härter rangenommen als zuvor. So laufen diese Dinge nun einmal bei uns. Oder bei mir. Aber für dich und hier in deiner Welt geht man die Dinge eben anders an.«

»Mein Vater ...«

»... ist im Kampf gefallen. Ich habe ihn geliebt wie meinen eigenen Dad, doch sicher würde er es nicht zu schätzen wissen, würde ich jetzt seine Tochter in die Sache reinziehen. Es ist allein an mir, dafür zu sorgen, dass wir sicher sind.«

Mit diesen Worten stand er wieder auf, bevor er aber die Gelegenheit bekam, sie hochzuziehen, flog die Tür der Wohnung auf, und Marco sah, dass seine Freundin weinend auf dem Boden hockte, während Keegan drohend auf sie heruntersah.

»Du Arschloch! Wag es nicht, sie noch mal anzurühren!«

Er stürzte sich auf Keegan und verpasste ihm einen Hieb, doch Breen sprang eilig auf. »Hört auf, hört auf! Tu ihm nicht weh«, wandte sie sich Keegan zu und baute sich entschlossen zwischen beiden Männern auf.

»Lass mich vorbei, Breen. So geht niemand mit dir um. Du Arschloch«, schrie ihr Freund aus Kindertagen Keegan an. »Du bildest dir doch wohl nicht ein, dass du hier auftauchen und meine Freundin schlagen kannst.«

»Das hat er nicht getan.« Jetzt klammerte sich Breen an Marcos Arm. »Er hat mich nicht geschlagen. Er hat mir nicht wehgetan. Im Gegenteil. Es ging mir einfach schlecht, und er war unglaublich verständnisvoll.«

»Ach ja? Und warum ging's dir schlecht? Warum ging's dir schon schlecht, als du vorhin im *Sally's* aufgebrochen bist? Das habe ich genau gesehen. Und deshalb dachte ich,

660

ich komme her und vergewissere mich, dass du wohlauf bist.«

»Es ging mir schlecht, und das tut's immer noch. Aber das ist nicht Keegans Schuld. Und jetzt mach erst einmal die Tür zu, bevor einer unserer Nachbarn nach der Polizei ruft, weil er denkt, hier wäre sonst was vorgefallen.«

Mit einem letzten bösen Blick in Keegans Richtung stapfte Marco los und warf die Tür ins Schloss.

»Verdammt, was ist hier los?«

»Ich war am Packen.« Eilig bückte sie sich nach den Sachen aus dem Bad, die auf dem Boden lagen, und vermied auf diese Art den Blickkontakt mit ihrem alten Freund. »Und dann bin ich mit einem Mal in Tränen ausgebrochen. Keegan war so nett zu mir, als ich in Tränen ausgebrochen bin. Er hat mir weder wehgetan noch mich bedroht.«

»Okay. Falls es tatsächlich nicht so war, wie es auf alle Fälle für mich ausgesehen hat, tut es mir leid, dass ich mit meinen Fäusten auf Sie losgegangen bin«, gab Marco nach, behielt aber auch weiter seine argwöhnische Miene bei.

»Schon gut. Sie haben als Freund für Ihre Freundin eingestanden, und vor allem war das ein wirklich guter und gut gezielter Schlag.«

»Tja nun, ich bin mir ziemlich sicher, dass ein paar von meinen Knöcheln angebrochen sind.« Er wandte sich erneut an Breen. »Wobei du mir sicherlich noch irgendwas verschweigst. Versuch nicht, mir was vorzumachen, Mädchen, denn ich kenne dich.«

»Das tust du«, murmelte sie rau und rappelte sich wieder auf. »Ich muss zurück.«

»Ich weiß. Das hast du mir doch schon erzählt.«

»Ich meine, jetzt sofort.«

»Jetzt gleich? Du hast gesagt, du hättest erst für nächste Woche einen Flug gebucht.«

»Ich weiß.« Sie sah auf den Kulturbeutel in ihrer Hand und all die Dinge, die ihr eben noch so wichtig vorgekommen waren. Das Einzige, was jetzt noch zählte, waren die beiden Männer und die beiden Welten, denen diese beiden Männer angehörten, wurde ihr bewusst. Sie legte den Toilettenbeutel auf ihr Bett, kam wieder in den Flur und bat: »Kommt mit ins Wohnzimmer.« Dort wandte sie sich an Keegan. »Ich gehe hier nicht weg, bevor ich nicht gepackt habe und Marco alles weiß.«

Kopfschüttelnd baute Keegan sich am Fenster auf und sah hinaus.

»Moment. Ist das ein Schwert? Warum hat er ein Schwert?«

»Am besten setzen wir uns erst mal hin.« Sie drückte ihren Freund in einen Sessel und nahm auf der Lehne eines anderen Sessels Platz. »Ich war nicht nur in Irland, auch wenn alles dort begonnen hat. Das heißt, im Grunde hat es nicht in Irland angefangen, sondern hier. Eigentlich fing es hier bereits mit Sedric an. Dem Mann im Bus. Erinnerst du dich noch?«

»Breen …«

»Aber in Irland hat sich dieses seltsame Gefühl dann noch verstärkt. Morena und der Falke? Weißt du noch, wie nahe mir die beiden sofort waren? Und dann, im Cottage habe ich es immer deutlicher gespürt. Dann bin ich Faxe durch den Wald gefolgt, und er hat mich zu diesem Baum geführt. Ich bin ihm hinterhergeklettert, und dann war ich plötzlich in Talamh. Dem Land, aus dem mein Vater stammt und wo ich selber auf die Welt gekommen bin. Und dort traf ich auf meine Großmutter.«

»Aber du hast mir doch erzählt, sie hätte dir den Hund geschenkt.«

»Das hat sie auch. Sie hat ihn mir geschickt, damit er mir den Weg nach Hause zeigt. Vor allem aber hat sie mir unglaublich viele Dinge beigebracht. Ich habe viel von ihr gelernt und konnte spüren, tja nun, dass es eine Verbindung zwischen allem gibt. Dass eine zweiseitige Macht – aus Dunkelheit und Licht – alles und alle miteinander in Verbindung bringt.«

»So etwas wie die Macht aus *Star Wars* oder was?«

»Nein, Marco, nicht... das heißt, vielleicht. Denn es gibt mehr als eine Welt. Du wolltest früher Astronom werden, erinnerst du dich noch? Du hast gesagt, wir könnten unmöglich allein im Universum sein, denn dafür wären wir viel zu klein. Und du hast recht gehabt.«

»Dann willst du also sagen, dass dein Stecher vom Planeten Tulpe kommt und du mit ihm gleich das Raum-Zeit-Kontinuum durchqueren wirst?«

»Dafür, dass du mit dem Erzählen von Geschichten Geld verdienst, vermasselst du's ganz schön«, warf Keegan spöttisch ein.

»Ich weiß. Stell dir ein Multiversum vor«, wandte Breen sich wieder Marco zu. »Denn es gibt mehr als eine Welt. Wir leben hier in einer, doch die Welt, aus der ich stamme, heißt Talamh. Es gibt Portale, durch die man von einer Welt in eine andere übertreten kann, wie den Willkommensbaum, durch den man von Talamh nach hier und umgekehrt von hier nach dort gelangt. Moment. Ich habe alles aufgeschrieben.«

Während Breen noch einmal in ihr Zimmer lief, stand Marco langsam wieder auf. »Sie haben Sie total verrückt gemacht. Verdammt, was ist das für ein Trip, auf dem sie plötzlich ist?«

»Sie hat ihr Geburtsrecht, ihren Geburtsort, ihre eigene Geschichte und ihr Schicksal in Talamh gefunden«, meinte Keegan, während Breen mit einem Stapel Blätter angelaufen kam. »Du hast gesagt, du würdest ihm vor deiner Abreise die Wahrheit sagen wollen. Aber du siehst doch selbst, dass er jetzt vollkommen verwirrt und total wütend ist.«

»Lies das.« Sie hielt dem Freund die Blätter hin. »Ich habe alles aufgeschrieben, was passiert ist, und meine Gedanken und Gefühle ebenfalls notiert. Ich habe so was wie ein Tagebuch geführt. Über Talamh, die Fey und darüber, dass die moderne Technik ihnen nicht so wichtig wie der alte Zauber ist.«

»Okay, na toll, dann ist er also jetzt auch noch ein Zauberer? Dann ist er so was wie ein zweiter Harry Potter, nur mit einem Schwert?«

»Es reicht. Ich selbst und Breen sind beide Fey und beide Weise«, mischte sich jetzt wieder Keegan ein. »Breen Siobhan O'Ceallaigh, als Taoiseach von Talamh entbinde ich dich offiziell von deinem Schwur zurückzukehren. Du musst dich jetzt und hier entscheiden, wo du weiter leben willst.«

»Ich komme mit.«

»Ich bitte dich«, empörte sich ihr Freund. »Der Kerl ist ein Verrückter oder ein Betrüger, der's auf deine Kohle abgesehen hat. Am besten rufe ich die Polizei.«

»Hör auf.« Breen streckte beide Hände aus, und plötzlich brannten alle Kerzen auf dem Tisch.

Als Marco sich verblüfft zurück in seinen Sessel fallen ließ, erklärte sie: »Ich werde dir beweisen, dass ich tatsächlich aus beiden Welten bin. Denn ich bin nicht nur Breen aus Philadelphia, sondern gleichzeitig auch Kind der Fey und eine Hexe, die das Blut der Sidhe und den Fluch von einer dunklen Gottheit in sich trägt.« Sie schnipste mit den Fingern und ließ eine blaue Lichtkugel durchs Zimmer schweben, wedelte mit ihrer anderen Hand, und plötzlich wehte eine Brise durch den Raum.

»Das hat mir meine Mutter über all die Jahre vorenthalten. Diese Kraft, diese besondere Gabe und die Pflichten gegenüber meinem Heimatland.«

»Okay, okay, anscheinend bin ich gerade selbst auf irgendeinem Trip.«

»Du weißt, dass keiner von uns beiden irgendwelche Drogen nimmt. Du siehst mich einfach jetzt als die, die ich in Wahrheit bin. Und wenn du dich jetzt vor mir fürchtest, bricht mir das das Herz.«

Er atmete so schnell, als wäre er gerannt, und seine Beine fingen derart an zu zittern, dass er kaum noch schaffte aufzustehen. Dann aber trat er auf sie zu und zog sie eng an seine Brust.

»Du bist durchaus ein bisschen furchteinflößend«, gab er unumwunden zu. »Und diese Sache ist echt abgefahren, okay? Aber du bist meine Breen und das mit Abstand tollste Mädchen, dem ich je begegnet bin.«

Sie ließ die Lichtkugel verschwinden und schlang die Arme um seinen Hals. »Ich liebe dich so sehr. Dies alles ist das Erbe meines Vaters«, klärte sie ihn auf und machte einen Schritt zurück. »Mir fehlt die Zeit, das alles zu erklären, also lies, was ich geschrieben habe, ja? Ich muss jetzt gehen. Ich werde meine Sachen holen«, wandte sie sich Keegan zu.

Als sie den Raum verließ, blickte auch Marco Keegan an. »Ich weiß, was ich gesehen habe. Es ist völlig unbegreiflich, aber trotzdem habe ich es selbst gesehen. Aber ich traue Ihnen noch immer nicht über den Weg.«

»Dazu gäbe es meiner Meinung nach auch keinen Grund. Aber genau wie Sie habe ich ganz bestimmt nicht vor, ihr wehzutun, und bin bereit, mein Leben für sie hinzugeben, wenn ich sie auf andere Art nicht schützen kann.«

»Lieben Sie sie?«

»Sie ist der Schlüssel zu dem Schloss, der das Dunkel daran hindert, meine Welt und danach Ihre zu verschlingen.«

»Vielleicht haben Sie nicht vor, ihr wehzutun. Vielleicht. Doch jemand anders hat es auf sie abgesehen. Ich kenne Breen, ich weiß, dass sie sich fürchtet, und ich wüsste gern, wovor.«

»Lies meinen Text«, bat Breen erneut, als sie mit einem in aller Hast gepackten Koffer wieder vor ihn trat. »Denn da steht alles drin. Ich habe garantiert etwas vergessen, aber ich kann einfach nicht mehr denken«, fügte sie mit einem unglücklichen Blick auf ihr Gepäck hinzu.

»Sedric wird dir alles holen, was du brauchst, aber wir müssen wirklich los. Gib her.« Inzwischen wieder ungeduldig, schnappte Keegan sich den Koffer und hängte sich ihre Laptoptasche um. »Wenn wir zusammen sind, öffnet sich das Portal erheblich einfacher und schneller als für mich allein.«

»Was für ein dämliches Portal?«, mischte sich Marco wieder ein und wandte sich mit einem jämmerlichen »Breen« der Freundin zu.

»Das Cottage ist auf dieser Seite, und ich rufe dich von dort aus an, sobald es geht. Wir sprechen uns«, versprach sie ihm und fiel ihm noch mal um den Hals. »Ich werde alle Fragen, die du hast, beantworten. Aber ich muss das einfach tun.« Sie blickte Keegan an. »Ich habe keine Ahnung, wie so ein Portal sich öffnen lässt.«

»Ich weiß, wie's geht.« Entschlossen nahm er ihre Hand. »Komm mit.«

Er konzentrierte sich auf seine eigene und auf ihre Kraft und öffnete das Tor, das schon vor seiner Abreise von ihm heraufbeschworen worden war.

Auch Marco sah das winzig kleine Licht, das erst zu einer Kugel und dann immer größer wurde, und dahinter einen schwarzen, sternenübersäten Himmel mit zwei Monden, deren Licht auf dunkle Hügel fiel.

»Verdammt!«

Breen sah ihn an. »Ich liebe dich, Marco.«

Dann machte sie den ersten Schritt, und ohne nachzudenken, machte Marco einen Satz in ihre Richtung, packte ihre freie Hand und taumelte mit ihr zusammen durch das Licht und durch die Dunkelheit.

»Oh Gott! Keegan, hör auf, bring uns noch mal zurück!«

Im hellen Licht und Wind, der zwischen beiden Welten wehte, klammerte sich Marco nur noch stärker an ihr fest. »Ich lasse dich ganz sicher nicht alleine gehen.«

»Es ist zu spät, um noch mal umzudrehen!« Obwohl jetzt die Gefahr bestand, dass sie etwas von ihrem Kurs abkämen, setzte Keegan alle Kräfte dafür ein, den Aufprall etwas abzumildern, und rief Marco zu: »Halt dich gut fest, Bruder!«

Sie hatte keine Wahl, also umklammerte Breen einerseits die Hand des Freundes, der sie in die altbekannte Welt zurückziehen wollte, und andererseits die Hand des Mannes, der versuchte, sie in eine andere, ihr zwar neue, doch inzwischen ebenso vertraute Welt zu überführen.

Ein majestätisches Haus auf den Klippen über der kalifornischen See, drei Freundinnen, die ihr Glück suchen und jede Menge Romantik ...

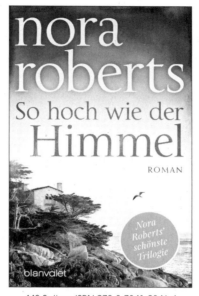

448 Seiten. ISBN 978-3-7341-0846-4

Margo Sullivan ist eine zielstrebige Schönheit aus einfachen Verhältnissen, die schon immer ganz bestimmte Vorstellungen hatte, wie ihre Zukunft aussehen sollte. Und so wagt sie eines Tages tatsächlich Hals über Kopf den Sprung nach Europa und startet eine glänzende Karriere als Model. Jahre später jedoch kehrt sie betrogen und tief verletzt zurück nach Kalifornien. Zum Glück hat sie Kate und Laura, die Freundinnen ihrer Kindheit, die ihr behutsam aus der Krise ihres Lebens helfen und immer für sie da sind. Und bald findet auch die Liebe langsam aber sicher den Weg zurück in ihr Herz ...

Lesen Sie mehr unter: **www.blanvalet.de**

Ein majestätisches Haus auf den Klippen über der kalifornischen See, drei Freundinnen, die ihr Glück suchen und jede Menge Romantik ...

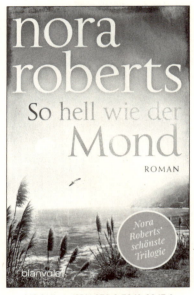

448 Seiten. ISBN 978-3-7341-0847-1

Nach dem Tod ihrer Eltern kam die lebhafte Kate Powell als kleines Mädchen zu ihren Verwandten – den Templetons –, die sich ihrer annahmen und sie wie eine zweite Tochter großzogen. Um ihnen diese Großzügigkeit zurückzahlen zu können, gilt als Erwachsene all ihr Streben dem beruflichen Erfolg. Schon fast am Ziel ihrer Träume angekommen, fällt die junge Frau einer Intrige zu Opfer und verliert alles. Doch Margo und Laura, die Freundinnen ihrer Kindheit, stehen zu ihr. Ihre grenzenlose Zuneigung hilft Kate, sich ein neues Leben aufzubauen. Und auch die Liebe lässt trotz der schweren Zeit nicht lange auf sich warten ...

Lesen Sie mehr unter: **www.blanvalet.de**

Ein majestätisches Haus auf den Klippen über der kalifornischen See, drei Freundinnen, die ihr Glück suchen und jede Menge Romantik …

448 Seiten. ISBN 978-3-7341-0848-8

Laura Templeton, die behütete Tochter eines Hotelbesitzers, wird nach der Scheidung von ihrem selbstsüchtigen Ehemann von tiefer Verzweiflung überwältigt: Das erste Mal seit sie denken kann, steht sie ganz allein da! Nur die Unterstützung und grenzenlose Liebe ihrer beiden Freundinnen Margo und Kate helfen ihr zurück ins Leben, und ihr Kampfgeist erwacht. Ohne die Hilfe des legendären Templeton-Vermögens will sie sich endlich eine Zukunft aufbauen und auf eigenen Beinen stehen. Nichts und niemand wird sie aufhalten können – außer vielleicht die Liebe …

Lesen Sie mehr unter: **www.blanvalet.de**